BASTEI
LÜBBE
TASCHENBUCH

Weitere Titel des Autors:

Die Oger
Der Rubin der Oger
Blutiger Winter
Dämonengold
Dämonenzeit

Titel in der Regel auch als E-Book erhältlich

Über den Autor:

Stephan Russbült wurde 1966 in Rendsburg in Schleswig-Holstein geboren. Er absolvierte eine Lehre als Großhandelskaufmann, studierte dann BWL und arbeitet heute als leitender Angestellter. Aus seiner langjährigen Begeisterung für Fantasy-Rollenspiele erwuchs auch seine Leidenschaft, Geschichten zu Papier zu bringen. Stephan Russbült lebt mit seiner Frau und seinen beiden Kindern in einem Land ohne Mulden und Bäume, irgendwo hoch im Norden, wo die Sonne niemals scheint.

Stephan Russbült

Der Rubin der Oger

Roman

BASTEI
LÜBBE
TASCHENBUCH

BASTEI LÜBBE TASCHENBUCH
Band 20658

1. Auflage: Mai 2012

Dieser Titel ist auch als E-Book erschienen

Vollständige Taschenbuchausgabe
der bei Bastei Lübbe Taschenbuch erschienenen Paperbackausgabe

Bastei Lübbe Taschenbuch in der Bastei Lübbe GmbH & Co. KG

Titelillustration: © Viktor Titov
Umschlaggestaltung: Guter Punkt, München
Satz: Urban SatzKonzept, Düsseldorf
Gesetzt aus der Goudy Old Style
Druck und Verarbeitung: CPI – Ebner & Spiegel, Ulm
Printed in Germany
ISBN 978-3-404-20658-2

Für Simon
Bewahre deine Fantasie

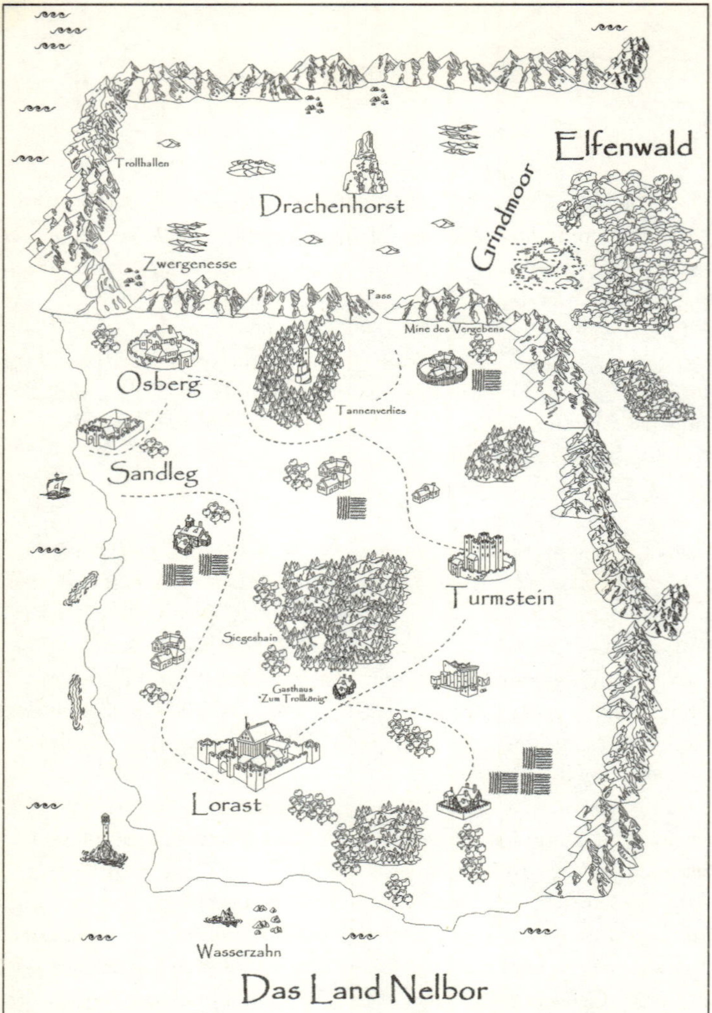
Elfenwald
Trollhallen
Drachenhorst
Grindmoor
Zwergenesse
Pass
Mine des Vergebens
Osberg
Tannenverlies
Sandleg
Turmstein
Siegeshain
Gasthaus
"Zum Trollkönig"
Lorast
Wasserzahn
Das Land Nelbor

Prolog

Viele Geschichten ranken sich um die großen Krieger von Nelbor. Einige waren bereits zuvor Helden und brachten ihre eigenen Abenteuer aus der Vergangenheit mit, andere wurden erst zu Berühmtheiten, weil man Geschichten um sie spann – verdient oder nicht.

Doch es gab auch große Krieger, deren Namen man nur flüsterte, und deren Geschichten man am besten für sich behielt. Einer von diesen dunklen Helden war Grind, der König der Trolle. In zahllosen Erzählungen rühmten sich Lords und Feldherrn der Menschen mit seinem Tod. Doch wie es wirklich war, wussten nur wenige.

Grind saß in seiner Höhle im Schwarzmoor. Ein umgestürzter Baum krönte den Eingang zu seinem Verlies und schien mit ihren langen knorrigen Wurzeln nach jedem zu greifen, der es wagte, sich dem Herrn der Trolle zu nähern. Grölendes Gelächter drang durch die engen Tunnel an die Oberfläche und wurde vom Wind fortgetragen. Grind hatte es sich auf seinem Wurzelholzthron gemütlich gemacht und schüttete sich den Rest aus einem kleinen Fass Zwergenbier in den Rachen. Laut gurgelnd ließ er sich das Gebräu über die Unterlippe am Kinn herabrinnen.

»Fangt mir ein paar von diesen Zwergen«, brüllte er. »Wir werden sie halten wie Schweine im Pferch. Dafür, dass ich ihr Leben verschone, müssen sie mir jeden Tag ein Fass Bier brauen.«

Die um den Tisch versammelten Goblins brachen in gehässiges Gelächter aus. Jeder wusste, dass sie zu feige und zu schwach waren, um auch nur einen Zwerg in ihre Gewalt zu bringen. Grind hielt sich diese geringsten Kreaturen Tabals als Diener. Genauer gesagt hatten diese sechs Goblins nur zwei Aufgaben im Gefolge des Trollkönigs: Zum einen besorgten sie Ratten aus den Städten der Hüttenbauer und brachten sie Grind, damit er sich an diesen Leckerbissen gütlich tun konnte. Zum anderen hatten sie die Aufgabe, bei dem Festschmaus darauf zu achten, dass die Nager nicht vom Tisch flüchteten, während Grind mit der Fleischforke nach ihnen stach, um sie dann am Stück zu verschlingen.

Heute war ein guter Tag für die Trolle. Grinds Krieger hatten den Pass auf dem Bergrücken besetzt und eine ganze Ladung Zwergenbier und mehrere Wagen Nahrungsmittel abfangen können. Zur Feier des Tages veranstaltete ihr Herrscher ein Saufgelage mit sich selbst. Sein Durst und seine Machtgier waren schier unersättlich.

»Bringt Tusfell her!«, schrie er, ohne zu bemerken, dass selbige bereits eine ganze Weile schräg hinter seinem Thron stand.

»Ich bin hier, Herr«, zischte sie.

Grind zuckte zusammen. »Du bist einfach zu hässlich, um so leise zu sein. Ich sollte dir eine Glocke umhängen, damit ich mich nicht irgendwann zu Tode erschrecke, wenn du dich wieder einmal anschleichst.«

Der überaus spritzige Charme des Trollkönigs sorgt für nur wenig Erheiterung bei den anderen Gästen. Die meisten fürchteten die Schamanin Tusfell ebenso wie ihren König.

»Ihr habt mich gerufen?«, sagte Tusfell und überging Grinds Beleidigung einfach.

»Hast du die Knochen befragt, wie ich es dir aufgetragen habe?«

Tusfell holte einen ledernen Beutel hervor und löste das Band, mit dem er zusammengeknotet war. Dann warf sie ihn zu Boden, wobei sich rund zwei Dutzend verschiedenartiger Knochen aus dem Bündel ergossen.

»Sie sagen immer dasselbe, Herr. Tabal ist stolz auf die Krieger der Trolle, und mit jedem Sieg steigt auch seine Macht. Der Starke soll sich den Schwachen Untertan machen. Doch es seid nicht Ihr, der an der Spitze dieses Krieges steht, sondern jemand, der nach noch mehr Macht strebt, nach göttlicher Macht.«

Wütend sprang Grind von seinem Thron auf, die Axt zum Schlag erhoben. Vor der Schamanin wirkte er wie ein Koloss. Er schien größer geworden zu sein in den letzten Wochen, und von Tag zu Tag steigerte sich sein Hass auf alle anderen Völker.

»Du wagst es zu behaupten, dass mir jemand Befehle gibt? Wenn du nicht selbst als Orakel in deinem kleinen Beutel landen möchtest, bist du beim nächsten Mal lieber vorsichtiger mit deinen Behauptungen.«

Er trat der alten Trollfrau in den Bauch. Tusfell stürzte zu Boden und brachte sich kriechend in Sicherheit.

»Wie Ihr befehlt«, zischte sie bösartig.

I
Der Rubin

Die Hammerschläge dröhnten dumpf aus dem Tunnelgang. Der Drachenhorst war schon seit vielen Jahren kein Ort der Magie mehr. In seinem Inneren herrschten nicht mehr Ruhe und Frieden, wie die schlafenden Drachen sie mit sich gebracht hatten. Seit Jahren war dies nun der Ort, den die Oger ihr Zuhause nannten, und Magie und Ruhe hatten hier nichts mehr verloren. Unentwegt hörte man die Werkzeuge, die das Gestein im Berg bearbeiteten. Lange Karawanen mit Felsbrocken verließen das Gebirge und noch längere mit Lebensmittel fanden den Weg hinein.

Im Gegensatz zu ihrem früheren Leben brachte die neue Behausung eine Menge Bequemlichkeiten mit sich. Kein Oger musste sich mehr auf der Suche nach Nahrung in Gefahr begeben. Sie hatten ein festes Winterquartier und einen Platz, an dem sie mit ansehen konnten, wie ihre Kinder aufwuchsen. Und sie hatten ihre Selbstbestimmung wiedererlangt, auch wenn die meisten von ihnen nicht wussten, was das war. Doch wie immer im Leben, hatte auch dieser Ort seine Schattenseiten, und Oger warfen riesige Schatten.

Die Hammerschläge erklangen tief aus dem Erdreich. Die Oger hatten ein weit verzweigtes Tunnelnetz unterhalb des Drachenhorstes gegraben. Nie hätte jemand gedacht, dass die behäbig wirkenden und meist handwerklich unbegabten Kolosse dazu imstande gewesen wären. Doch mit der Hilfe der Zwerge war es ihnen gelungen, ihre Gänge und Kammern so abzustützen, dass das Erdreich darüber nicht nachgab. Doch das war nicht alles, was man ihnen beigebracht hatte. Das kleine Volk hatte ihnen auch gezeigt, wie man den Marmor bearbeitete und abtransportierte. Extra großes Werkzeug hatten sie angefertigt, Gerätschaften, die auch der Kraft eines Ogers standhielten, auch wenn dessen Geduld am Ende war und durch einen Wutanfall abgelöst wurde. Tauwerk, Seilzüge und sogar eine Lore, die auf Schienen fuhr, hatten die Zwerge ihnen aus Dankbarkeit zur Verfügung gestellt. Wobei die Lore eher zur Unterhaltung beitrug, denn die Oger machten sich einen Spaß daraus, das Gefährt als Transportmittel für sich selbst zu verwenden. Mit angewinkelten Beinen in dem Metallkorb hockend und die Arme weit über das Gefährt hinaus gestreckt, die Deichsel packend, rasten sie unter dem Applaus und Gegröle der anderen die Gleisstrecke entlang.

Aber nicht nur die Zwerge hatten ihnen zu dieser Existenz verholfen, auch den Menschen aus Nelbor verdankten sie viel. Mit ihrer Hilfe hatten sie einen Brunnen tief ins Erdreich gebohrt und so das lebenswichtige Wasser für ihre Siedlung erhalten.

Sie schafften gewaltige Granitblöcke quer durch die Wüste und verkauften sie am Gebirgspass an Händler. Kein Gold, keine Edelsteine und auch keine Waffen waren es, die sie gegen das rote Gestein eintauschten. Nahrung war das Einzige, das für sie wertvoll war.

Vieles hatten sie im Laufe der Zeit gelernt, einiges wieder vergessen und anderes nie richtig begriffen, so zum Beispiel das Streben nach mehr. Die Menschen waren da anders, sie horteten, sie rafften und versuchten, Dinge zu erreichen, die Ogern wertlos erschienen. Es lag einfach nicht in der Natur der Oger, mehr zu wollen, als sie verbrauchen konnten. Es hatte keinen Sinn sich Geschmeide umzuhängen, denn man konnte es nicht essen, wenn man hungrig war. Man brauchte keine zwei Häuser, denn man schlief ja ohnehin nur in einem. Kleidung aus Seide wärmte nicht, und zwei Pferde galoppierten auch nicht schneller als eins.

Dies war auch ein Grund dafür, warum sie nie ein Oberhaupt bestimmt hatten. Jeder tat einfach das, was er am besten konnte, oder wenigstens das, was er überhaupt konnte. Am wichtigsten war, dass es funktionierte, und das tat es. Die Welt der Oger war nicht perfekt. Die großen Wesen waren immer noch übellaunig, faul und verfressen, aber sie hielten zusammen. Kein Oger nahm es einem anderen übel, wenn er mitten in der Arbeit einschlief oder eine Pause machte, um seinen immerwährenden Hunger zu stillen. Allein die Aussicht, sich nicht mehr herumkommandieren lassen zu müssen, im Winter nicht zu frieren und keinen Hunger zu leiden und bei ihren Familien zu sein, drängte sie immer wieder dazu, irgendwann weiterzumachen. Und es gab immer noch das Gespött der anderen, um einen Faulpelz wieder an die Arbeit zu bekommen.

»Du sehen aus wie Oger, aber du nur fetter Ork«, pflegten sie zu sagen. Ein Ausspruch, der selbst den trägsten unter ihnen dazu brachte, zu zeigen, was in ihm steckte.

Das Hämmern aus der Mine hatte aufgehört. Die Arbeiten unter der Roten Wüste ruhten heute, denn Glimdibur, ein zwergischer Minenbaumeister, stattete den Ogern einen seiner regelmäßigen Besuche ab. Er inspizierte die Mine und gab Anweisungen, wo Stützbalken eingezogen oder erneuert, die Grabungen eingestellt oder neue begonnen werden mussten. Außer ihm war nur Rolgist hier unten. Glimdibur gab dem Oger Anweisungen, wo er Probeschläge in den Fels zu setzen hatte, um die Adern des kostbaren Marmorgesteins weiter verfolgen zu können. Rolgist hatte wenig Lust, den ausschweifenden Erklärungen des Zwerges zu folgen. Ständig hetzte er ihn von Tunnel zu Tunnel.

»Grab hier. Grab da. Nimm den Balken mit. Setz dort eine Markierung. Schaff das Geröll beiseite«, waren schon zu viele Befehle für ihn. Aber: »Schau dir das an. Was sagst du dazu? Lass es mich dir einmal erklären«, überstieg sein Wohlwollen bei weitem. Rolgist schaltete einfach ab und versank mit seinen Gedanken tief ins Nichts, was ihm nicht sonderlich schwerfiel. Bei den letzten Besuchen des Zwerges war immer sein Bruder Tastmar zugegen gewesen, doch heute hatte er etwas Besseres zu tun: essen, schlafen, faulenzen. Widerwillig hatte Rolgist zugestimmt, dieses Martyrium über sich ergehen zu lassen, und nur der Ausblick darauf, dass sein Bruder die nächste Begehung ohne ihn erledigen würde, hatte ihn überzeugt. Rolgist wusste, dass die Arbeit des Zwerges wichtig war, und er erkannte auch die Gefahr, die darin lag, wenn man seinen bautechnischen Anweisungen nicht Folge leistete. In einem Tunnel unter der Erde zu hocken, der jeden Moment zusammenbrechen konnte, war noch unangenehmer als einem Zwerg zuzuhören, der endlos von viel zu schwierigen Dingen sprach.

»Dein mangelndes Interesse kommt daher, weil du nicht verstehst, was ich hier tue. Du verstehst den Stein nicht. Du hörst ihm nicht zu. Du erkennst nicht, was er will. Sprich mit den Felsen, und du wirst merken, dass sie dir viel zu erzählen haben«, ermahnte Glimdibur ihn.

Rolgist war erleichtert, dass er nicht hören konnte, was die Felsen zu erzählen hatten, das Gefasel des Zwerges reichte ihm schon vollauf.

»Felsen nicht reden. Felsen tote Erde«, brummte er und hoffte damit einen, wie Mogda immer sagte, *logischen Einwand* zu bringen, damit Glimdibur endlich die Klappe hielt. Doch leider funktionierte so etwas immer nur bei Mogda, bei ihm bewirkte es das genaue Gegenteil.

»Na, darüber kann ich dir einiges erzählen«, entgegnete Glimdibur tadelnd. »Steine sind ganz und gar nicht tot. Sie sind lebendig, so wie du und ich. Alles fing mit Steinen an. Die Zwerge sind aus Steinen erschaffen worden. Ich sehe schon, ich muss etwas weiter ausholen.«

Nein, dachte Rolgist. *Musst du nicht*. Aber er rollte bloß mit den Augen, ließ die Schultern hängen und ergab sich seinem Schicksal. Glimdibur hatte sich scheinbar gerade für sein Thema erwärmt. Er war erst bei der Entstehungsgeschichte des ersten Zwerges. Rolgist wusste nicht, wie viele des kleinen Volkes es gab, doch es waren zu viele, um allen Lebensgeschichten zu folgen. Sein Magen knurrte, und Müdigkeit überkam ihn. Glimdibur machte keine Pause. Seine Erläuterungen nahmen kein Ende. Zwischen den einzelnen Geschichten, die sich zu einem endlosen Netz aus Geburten, Vermählungen und Todesfällen aneinanderfügten, gab es nicht einmal genug Luft für Rolgist, um hastig »Steine doch leben« zu sagen. Aber irgendwann würde der Zwerg atmen müssen und kurz absetzen, es sei denn, die Geschichte mit den Steinen stimmte wirklich.

Es war ihm egal. Wenn sie nicht stimmte, würde Glimdibur irgendwann blau anlaufen und tot umfallen. Bis dahin wollte Rolgist sich ablenken, indem er die letzten Anweisungen des Zwerges ausführte.

Seinen gewaltigen Steinhammer hinter sich herziehend begab er sich zu der Stelle, an der ein mannshoher Felsbrocken lag, der laut Glimdibur aus Vulkangestein bestand. Aus den Ausführungen des Zwerges dazu hatte er vor allem eines herausgehört: »Weg damit.«

Völlig genervt holte Rolgist zu einem mächtigen Schlag aus. Er führte den Hammer hinter dem Rücken über den Kopf nach vorn. Ein tiefes Brummen aus der Kehle des Ogers begleitete den Schlag und gab Aufschluss darüber, wie enorm viel Kraft er in den Hieb legte. Funken sprühten, als das zwergische Metall auf den Felsen traf. Ein tiefer Riss zog sich vertikal durch das Gestein, und mit einem knirschenden Geräusch brach der Findling in zwei fast gleichgroße Teile, die sofort auseinanderklappten. Rolgist musste sich mit einem Sprung zur Seite vor der tonnenschweren Last retten. Verwundert kam er wieder auf die Füße und betrachtete das Resultat seines Wutausbruches. Der Stein barg einen Hohlraum, und das Innere war verziert mit hunderten von gezackten Kristallen, die im Licht seiner Fackel rötlich glitzerten. Fasziniert beobachtete er das Lichterspiel, das sich ihm bot. Noch nie hatte er so etwas Schönes gesehen, und normalerweise beeindruckte ihn Schönheit auch nicht besonders. Eigentlich drehte sich alles in seinem Leben mehr um die Frage, ob etwas essbar war oder nicht. Diese Glitzersteine hingegen konnte man sicherlich nicht essen. Aber in seinem Geist begann sich die Frage zu formen, wie viel Essen man dafür wohl bekommen könnte?

Rolgist war nicht aufgefallen, dass Glimdibur davon abgelassen hatte, seinen lehrreichen Vortrag fortzuführen. Erst als der Kopf des Zwerges sich langsam an seinem Bein vorbeischob, bemerkte er ihn. Glimdibur schien nicht weniger fasziniert. Rolgist war hin und her gerissen, weil er nicht wusste, was ihn mehr überraschte, der phänomenale Fund eines verborgenen Schatzes oder die Tatsache, den Zwerg sprachlos zu sehen.

Vorsichtig griff Rolgist nach den funkelnden Kristallen und ließ seine Finger über die Spitzen gleiten. Dann packte er die größte, die hervorstach wie ein Kirchturm in einem Bauerndorf, und rüttelte an ihr. Mit dem Geräusch einer zerberstenden Rippe löste sich der Stein.

»Weißt du, was das ist?«, flüsterte Glimdibur ihm zu.

»Großer Schatz«, antwortete Rolgist, der die Stimme weniger erfolgreich senkte.

»Da hast du ausnahmsweise Recht, mein kräftiger Freund. Es ist ein großer Schatz. Ein Schatz, den die Natur für uns bereitgehalten hat. Das ist eine Rubindruse, und der Splitter, den du in den Händen hältst, ist der größte Rubin, den die Welt je gesehen hat.«

Rolgist drehte den Splitter zwischen seinen Fingern hin und her und freute sich über die lustigen Lichtreflexe, die sich in ihm spiegelten.

»Viel Essen wert?«, fragte er Glimdibur hoffnungsvoll, der seine Hand ausgestreckt hatte, um nach dem Edelstein zu greifen. Rolgist hielt ihn hoch und stierte durch die Facetten des Rubins. Er beobachtete jede Ecke der Höhle und erfreute sich an den verzerrten Bildern, die sich ihm boten. Bei einem flüchtigen Blick durch den Stein auf den Zwerg brach er in schallendes Gelächter aus.

»Ha, ha, Stein machen ganze Armee von Zwergen. Zwerge aber noch viel kleiner und fetter.«

Glimdibur wurde zunehmend unruhig. Diese Kostbarkeit in den Händen eines übergroßen, nichts wissenden Barbaren zu sehen, und dabei ruhig zu bleiben, kostete ihn alle Beherrschung, zu der er fähig war. Am Ende war es mehr, als er zu geben hatte.

»Gib ihn mir! Gib ihn mir!«, platzte es plötzlich aus ihm heraus. »Du wirst ihn noch fallen lassen.«

Rolgist genoss die Situation. Die überhebliche Art des Zwerges und sein belehrendes Gerede waren wie weggeblasen. Der Baumeister des kleinen Volkes war wie verwandelt.

»Bringen zu Kruzmak«, erklärte er Glimdibur, dem daraufhin sämtliche Gesichtszüge entgleisten.

Entsetzt wich der Zwerg zurück.

»Zu Kruzmak?«, fragte er fassungslos nach, ohne eine Antwort abzuwarten. »Bist du verrückt? Kruzmak wird es Mogda erzählen, und Mogda wird sie, genau wie den Marmor, zu einem lächerlichen Preis an die Menschen verhökern. Wir hätten gar nichts von dem Schatz. Wir würden ihn genauso schnell verlieren, wie wir ihn gefunden haben. Stell dir nur einmal vor, was wir mit diesem Reichtum alles machen könnten.«

Rolgist brauchte nicht lange zu überlegen, was man mit Reichtum alles machen konnte. Reichtum bedeutete ihm nichts, dafür aber Essen umso mehr. Und der Oger, der unglaublich gut Besitz in Nahrung verwandeln konnte, war Mogda. Er war es, der es geschafft hatte, die Oger so sorglos leben zu lassen, und er war es auch, dem er sein Leben verdankte.

»Gehen zu Kruzmak und zeigen Stein«, wiederholte er.

Glimdibur konnte es nicht fassen. Er stand vor der größten Kostbarkeit, die er in seinem zwergischen Leben gesehen hatte, und alles, was ihn davon trennte, waren tausend Pfund Dummheit.

Aufgeregt lief der Zwerg in dem Schacht hin und her. Rolgist beobachtete ihn verwundert. Er schien mit sich selbst zu sprechen, Fragen zu stellen und diese gleichzeitig zu beantworten. Immer lauter wurden seine Selbstgespräche, geführt in der Sprache der Zwerge

Abrupt wirbelte der Zwerg herum.

»Gut, ich hab's! Du überlässt mir den Stein als Bezahlung für meine jahrelange Arbeit hier. Ich stecke ihn ein, und wir vergessen die Sache. Dann gehen wir zu Kruzmak und erzählen ihm von der Druse. Alles, was ich will, ist dieser Splitter, verstehst du?«

Rolgist verstand, was Glimdibur von ihm wollte, wobei ihm noch unklar war, wie man absichtlich etwas vergessen konnte. Es war nicht so, dass er nie etwas vergaß, aber das geschah immer ohne Vorbedacht.

Trotzdem war ihm nicht wohl bei dem Gedanken, seine Kameraden zu hintergehen, auch wenn es sich nur um einen Steinsplitter handelte. Es war nicht richtig, oder zumindest hatte er nicht zu entscheiden, ob es richtig war.

»Nein, Kruzmak entscheiden«, erklärte er.

Glimdibur ballte die Fäuste zusammen und presste die Lippen aufeinander. Der Zwerg, der sonst äußerst ausgeglichen wirkte, schäumte vor Zorn. Vor Wut schnaubend trat er gegen einen Eimer.

»Das kann ich nicht zulassen«, schrie er.

Seine Augen hatten sich verändert. Der sonst so müde und abgeklärte Blick war verschwunden. Die Gier überschattete seinen Geist.

Mit einer Hand packte er seinen Helm und stülpte ihn über. Seine langen roten Zöpfe quollen an den Seiten hervor. Außer den buschigen Augenbrauen und dem sorgfältig geflochtenen Bart war nun so gut wie nichts mehr von seinem Gesicht zu erkennen. Glimdibur tastete nach seiner reich verzierten Streitaxt, ohne Rolgist auch nur einen Moment aus den Augen zu lassen.

»Du kämpfen?«, fragte Rolgist ungläubig.

Er war kein Krieger, und er hatte auch nie einer sein wollen. Manchmal hatte man ihm keine Wahl gelassen, aber solange es ihm möglich war, einem Kampf aus dem Weg zu gehen, hatte er das auch getan. Er verstand nicht, wie man sein Leben für einen Gesteinssplitter opfern konnte, und genau das würde der Zwerg tun. Rolgist kannte die Krieger des kleinen Volkes. Man durfte sie nicht unterschätzen, sie waren zäh und für ihren geringen Wuchs äußerst kräftig. Aber eben nur dafür. Außerdem war Glimdibur alles andere als ein Kämpfer, selbst wenn man sein hohes Alter außer Acht ließ.

»Hier, du nehmen«, sagte Rolgist und warf den Rubin vor die Füße des Zwerges.

Wortlos griff Glimdibur danach und steckte den Stein in seinen breiten Ledergürtel.

»Ich habe nur Spaß gemacht«, lachte er nervös. »Ich wollte nur mal sehen, ob man sich auf dich verlassen kann. Natürlich erzählen wir Kruzmak von dem Fund. Er kann dann entscheiden, ob ich den Stein als Bezahlung behalten darf.«

Rolgist wurde der Zwerg immer unheimlicher. Er wusste nicht mehr, was er von ihm halten sollte. Wenn Kruzmak ihm den Stein wieder abnehmen wollte, sollte er es ruhig tun, Hauptsache, er war nicht in der Nähe.

Zögerlich nickte Rolgist mit dem Kopf.

»Na los«, rief Glimdibur angestrengt fröhlich, »wir machen den Rest hier noch fertig, und dann gehen wir zusammen einen trinken. Ich habe ein kleines Fass Starkbier dabei, davon genehmigen wir uns einen Becher.«

Rolgist sollte es recht sein. Je schneller sie hier weg kamen, desto besser.

Glimdibur ließ ihn noch einigen Schutt beiseite räumen und zwei Holzstämme unter der Decke verkeilen. Dem Zwerg war nichts mehr von seiner Sinneswandlung anzumerken. Nach wenigen Augenblicken überschüttete er Rolgist schon wieder mit seinen Weisheiten.

»Du musst immer auf das Muster im Massiv achten, daran kann man erkennen, wie sich der Stein verhält, wenn man ihn bearbeitet. So, hier muss noch eine Stütze hin, dann haben wir alles erledigt.«

Rolgist blickte sich um. Alle Stützbalken waren verbraucht. Jetzt wieder nach oben zu gehen, um einen neuen zu besorgen, würde dauern.

»Stützen alle«, wandte er ein. »Einfach machen Zeichen, dann bringen morgen und machen fertig.«

Glimdibur hatte immer einen großen Sack Kreide dabei, mit der er bestimmte Gebiete markierte, an denen noch gearbeitet werden musste. Es gab eine Menge Aufgaben, die man nicht allein bewältigen konnte. Die Zeichen stellten sicher, dass hier niemand weitergrub, ohne die Felsen abzustützen.

»Nein warte, wir können diesen hier nehmen«, sagte der Zwerg und klopfte gegen einen Stamm, der neben ihm senkrecht unter die Decke gestemmt war.

Rolgist sollte es recht sein, besser, als dass Glimdibur ihn doch noch nach oben schickte, um einen weiteren Balken zu holen. Mit seinem Hammer im Schlepptau machte er sich daran, den Stamm auszutauschen.

»Balken klemmt«, stöhnte Rolgist nach den ersten beiden Schlägen.

»Dann musst du ein bisschen kräftiger zuschlagen, oder bist du gar kein Oger, sondern nur ein fetter Ork? Zeig mal, was du kannst, ich sammle inzwischen schon mal das Werkzeug wieder ein.«

»Fetter Ork«, brummte Rolgist und holte erneut zum Schlag aus.

Der Stamm knickte unter der Wucht des Hammers in der Mitte ein. Ein breiter Spalt zog sich quer über die Decke, dann lösten sich die ersten Gesteinsbrocken und stürzten auf Rolgist nieder.

Ein dumpfes Grollen fegte durch die Tunnelgänge, das den erstickten Schrei schluckte, den er ausstieß.

2

Die Grotte

Der leichte Seegang ließ die Wellen in der Grotte wie einen monotonen Singsang widerhallen. In regelmäßigen Abständen wechselte das klatschende Brechen der Wellen mit dem Rauschen ab, wenn das Wasser über den Fels zurück ins Meer floss. Die Sonne stand bereits niedrig und ließ den Eingang zur Grotte in einem tiefen Rot erleuchten, das sich mit der Spiegelung auf der Wasseroberfläche vermischte. Diese Höhle war nicht viel mehr, als eine von der Brandung ausgewaschene Vertiefung im porösen Gestein des Bergwalls, dennoch hätte sie Geschichten erzählen können, die denen eines Königspalastes ebenbürtig waren.

Das Geräusch der Wellen wurde schwächer, dafür verringerte sich der Abstand zwischen ihnen. Eine einzelne Woge rauschte heran, die nicht zu den Gezeiten des Meeres gehörte. Sie bewegte sich eigenständig und zielgerichtet. Sie schien ihre eigene Strömung zu haben, die sich schneller bewegte als das Wasser es zugelassen hätte, und auf ihrem Weg verschlang sie zahllose andere Wellen. Als sie auf das vulkanartige Gestein in der Grotte traf, hätte man denken können, sie zügele ihr Tempo. Fast behutsam ergoss sich die Brandung über den Fels und verteilte sich gleichmäßig über die scharfen Kanten der Steine. Das Wasser dehnte sich für einen kurzen Moment zu einer glatten, verspiegelten Oberfläche aus, bevor es wieder zurück ins Meer floss. Alles, was von ihr übrig blieb, war die Gestalt eines jungen Mannes, der in der Gischt der neu herannahenden Wellen kauerte.

Langsam erhob er sich und kletterte über die kantigen Steine weiter in die Grotte hinein. Er trug nichts außer einem wollenen Umhang mit Kapuze. Der durch die Nässe dunkelbraun verfärbte Stoff hing tropfend von seinem Leib. Die Kapuze war tief in sein Gesicht gezogen und verbarg es fast vollends. Mit sicheren Schritten bewegte er sich über den scharfkantigen Untergrund, ohne dass seine nackten Füße auch nur ein einziges Mal zögerten. Er ging einige Schritte, bis er das Ende der Grotte erreichte, und hockte sich dann wieder hin, den Blick auf das

Meer gerichtet. Bedächtig griff er mit beiden Händen an die Kapuze und zog sie nach hinten. Sein langes blondes Haar verschwand im Nacken unter dem Umhang, nur einige Strähnen fielen an der Seite heraus und hingen in seinem fast weiblich anmutenden Gesicht. Seine zierliche Nase und sein schmales Kinn unterstrichen den Eindruck. Seine Augen waren von einem durchdringenden Blau.

Keine einzige Welle entging seinem geschärften Blick. Wie nach einem Muster Ausschau haltend fixierte er das Meer vor sich.

Blitzschnell klatsche er in die Hände, und wie durch fremde Hand wurde ein Fisch aus den Wogen geschleudert und vor seine Füße geworfen. Der kleine Barsch lag hilflos zappelnd auf den Steinen. Der Jüngling griff nach ihm, hielt ihn sich vor das Gesicht und ahmte seine Maulbewegungen nach, mit denen er versuchte, nach Luft zu schnappen.

»Du brauchst keine Angst zu haben«, sagte er zu dem Fisch. »Ich werde dich gleich wieder zurückschicken, aber du musst etwas für mich tun.«

Die Stimme passte nicht zu ihm, sie war zu tief und zu männlich für seine Erscheinung.

»Schwimm hinaus und erzähle es den Meinen. Die Zeit ist gekommen, ein zweiter Funken erleuchtet meinen Weg. Sobald ich ihn habe, werde ich es sie wissen lassen. Sag es allen, die es verstehen können.«

Sanft ließ er den Fisch wieder zurück ins Wasser gleiten.

3

Marmor in der Wüste

Die schweren Karren rollten nur langsam über den sandigen Boden der Roten Wüste. Trotz ihrer breiten Holzräder sackten sie tief in die Erde ein und hinterließen Furchen im Boden, die einem Bauern mit einem Pflug nicht besser gelungen wären. Die grob gezimmerten Fuhrwerke ächzten stark unter der Last der tonnenschweren Granitblöcke. Die Räder der Karren waren leicht unrund, und ihre Achsen nicht ganz zentrisch gelagert, somit blockierten sie von Zeit zu Zeit. Doch die Kraft von vier Ogern ließ es nicht zu, dass die Wagen langsamer wurden oder gar anhielten. Sie wurden einfach gezogen, ob mit oder ohne runde Räder. Die einzigen Konstruktionen, welche die Oger vorher gebaut hatten, waren schwere Katapulte, Rammböcke und andere Belagerungsmaschinen. Die Lastkarren waren augenscheinlich mit dem gleichen handwerklichen Ungeschick erstellt worden, und ohne Granitblöcke hätte man sie sicher auch als Kriegsmaschinerie eingestuft. Vier Karren gehörten zu der kleinen Karawane. Sechzehn Oger zogen die Last, einer überwachte das Vorankommen, und einer stritt unentwegt ab, etwas damit zu tun zu haben.

»Ich machen vier Jahre«, brummte Rator, »und nun haben Aufpasser.«

»Ich bin nicht als Aufpasser hier«, rechtfertigte sich Mogda genervt.

»Wohl«

»Nein, bin ich nicht. Ich laufe einfach nur in die gleiche Richtung.«

»Dann wir warten halben Tag, und du gehen weiter.«

Langsam war Mogda es leid, sich diese lächerlichen Unterstellungen Rators noch weiter anhören zu müssen. Es fehlte nicht viel, und er hätte zugestimmt.

»Das ist doch Blödsinn, ich wollte einfach nur in Gesellschaft reisen und hatte gehofft, du freust dich darüber.«

»Ha, warum freuen, wenn du denken, ich alles falsch mache.«

»Ich denke doch gar nicht, dass du alles falsch machst. Ich finde, du erledigst deine Aufgabe ganz hervorragend.«

Rator schleuderte einen Stein, den er kurz zuvor aufgehoben hatte, mit Wucht auf den Boden.

»Haben gewusst, du doch Aufpasser.«

»Bin ich nicht.«

»Wohl«

Mogda ließ sich etwas zurückfallen. Er trottete hinter dem zweiten Wagen her, und von Zeit zu Zeit schüttelte er sich, um das Gefühl der Überflüssigkeit loszuwerden.

Er konnte es einfach nicht fassen. Seit Jahren verhandelte er jetzt mit den Menschen, und fast jeder versuchte, ihn auf irgendeine Art und Weise zu übervorteilen. Jedes Gespräch verlief anders. Jeder hatte eine andere Masche, aber keinem konnte man nachsagen, dass er nicht tief in die Trickkiste griff, um ihn hereinzulegen. Und doch war es ein Oger, mit einem eingeschränkten Sprachschatz und dem Hang zu gewalttätigen Problemlösungen, der ihn an den Rand der Verzweiflung brachte.

Gerade hatte er seine Gedankengänge abgeschlossen, da taten ihm seine Überlegungen auch schon leid. Er tat Rator Unrecht. Er selbst war auch nur ein Oger, und nur durch einen glücklichen Zufall war er in der Lage, zu schreiben und zu lesen. Rator hatte ihm in vielen gefährlichen Situationen beigestanden. Seine Loyalität stand außer Frage. Er war eben ein Oger und regelte die Probleme auf Ogerweise. Daran war nichts Verwerfliches. Er selbst war es, der sich immer weiter von dem entfernte, was er wirklich war. Die Menschen hatten schon zu viel Einfluss auf ihn genommen. Manchmal ertappte er sich dabei, wie er versuchte, sie zu imitieren, doch er war dabei nur eine schlechte Fälschung mit Übergewicht.

»Du«, rief eine schnaubende Stimme hinter ihm. Mogda drehte sich um und sah sich den Ogern gegenüber, die den dritten Wagen zogen.

»Dort sein Pass. Wir bald da.«

»Das wurde auch Zeit«, stöhnte Mogda.

»Du erschöpft? Wir können machen Pause«, bot der stämmig wirkende Oger an.

»Nein, warum sollten wir eine Pause machen?«

»Weil du immer festhalten an Karren.«

Mogda stockte der Atem vor Wut. Das war eine Ungeheuerlichkeit. Egal, wo er seine Hilfe anbot, er wurde missverstanden.

»Ich habe mich nicht festgehalten«, versuchte er, sein Bestreben richtig zu stellen. »Ich wollte nur verhindern, dass wir immer langsamer werden, deshalb habe ich mit geschoben.«

Das breite Grinsen der vier Oger strafte ihn Lügen. Er war es satt, sich weiter rechtfertigen zu müssen. Er entschied, dass es ihm lieber war, sich mit der schlechten Laune Rators abzugeben, als sich dem Gespött der anderen auszusetzen. Mit aller Kraft warf er sein Gewicht noch einmal gegen den Karren, der sein Tempo dadurch aber keineswegs beschleunigte, und ging dann wutschnaubend wieder an die Spitze der Karawane.

Rator empfing ihn grinsend. »Na, andere alles machen richtig?«

Mogda ging nicht auf die Frage ein. Alles was er hätte sagen können, wäre falsch gewesen. Die letzten Meilen würden sie einfach nebeneinander hergehen und so tun, als ob sie sich nicht kannten, besser noch, als ob der andere gar nicht da wäre.

Mit jedem Schritt besserte sich Mogdas Laune. Sein Groll legte sich, und auch Rator schien etwas ausgeglichener. Der wirkliche Grund seiner Reise kam ihm wieder zu Bewusstsein. Er war auf dem Weg nach Osberg, um Cindiel zu besuchen. Zwei Jahre war es her, seit er sie das letzte Mal gesehen hatte. Damals war sie schon kein kleines Mädchen mehr gewesen, sondern schon auf halbem Weg zum Erwachsenwerden. Mogda war gespannt, inwieweit sie sich verändert hatte.

Der Bergwall lag keine zwei Stunden vor ihnen. Auf dem Rest der Reise würden sie ihre letzten Kräfte mobilisieren müssen. Die hügelige Landschaft vor dem Pass beanspruchte Oger und Fuhrwerk in gleichem Maße. Von der Handelskarawane aus Nelbor war noch nichts zu sehen.

»Wohin geht der Marmor diesmal?«, wollte Mogda wissen.

Er hatte gehört, dass Rator auf einer Landkarte den Verbleib eines jeden einzelnen Steins verzeichnete. Als er darauf angesprochen wurde, erklärte er: »Wenn nicht mehr Pakt mit Menschen, besser wissen, wo Festungen gebaut.«

Die Quelle, von der Mogda diese Information hatte, war nicht besonders zuverlässig, aber in diesem Fall war er sich sicher, dass es stimmte. Er kannte Rator genau und wusste, wie gut das zu ihm passte.

»Turmstein«, gab Rator zur Antwort. »Zwölfte Mal vier Steine.«

»Mann, das wird aber eine große Festung«, sagte Mogda, ohne genau über seine Worte nachgedacht zu haben. Dies war eine der Eigenarten, die er sich von den Menschen angewöhnt hatte. Früher hatte er lange nachgedacht, bevor er den Mund öffnete, und dann waren es nur wenige Worte gewesen, die aus ihm herauskamen. Heute redete er einfach drauflos. Aber manchmal sagte er damit weniger als früher, oder er blamierte sich, wie in diesem Fall.

Rators Blick zeigte ihm, wie weit er danebenlag.

»Steine nicht mal reichen für Eingang«, erklärte Rator. »Nicht bauen Festung. Bauen kleine Menschen für denken dran.«

Nach kurzem Überlegen erkannte Mogda, was Rator meinen musste. »Ah, ein Denkmal. Für wen denn?«

Der große Oger zuckte nur die Schultern. Mogda wusste, dass ihn die Menschen nicht sonderlich interessierten.

Als sie die Mündung zum Passweg erreichten, waren die Händler aus Turmstein noch immer nicht in Sicht. Die Oger waren in den vergangenen Verhandlungen stur geblieben und beharrten darauf, den Handelstreffpunkt auf der Nordseite der Berge einzurichten. Die Strapazen, die sie auf dem Weg durch die Wüste auf sich nahmen, reichten schon, auch ohne dass sie den beschwerlichen Weg über die Berge mit den tonnenschweren Granitblöcken machten. Die Menschen waren pragmatischer veranlagt, sie benutzten Maultiere, um die Karren zu ziehen, und wälzten somit die schweißtreibende Arbeit auf die Tiere ab. Immer wieder boten die Händler den Ogern Zugtiere an, die ihnen auf dem Weg durch die Wüste helfen würden, doch Rator lehnte jedes Mal dankend ab. Für ihn waren Pferde, Mulis und Ochsen nichts anderes als Nahrung. Je mehr man sie zur Bewegung drängte, desto zäher wurden sie, und irgendwann waren sie dann vollends ungenießbar. Außerdem war Rator auch stets darauf bedacht, dass seine Männer in Form blieben. Trägheit und Faulenzen war etwas, das Oger bis zur Perfektion beherrschten, und noch ein Stück weiter. Bei dem Nahrungsangebot, das sich ihnen durch den Handel mit den Menschen bot, würde es nicht lange dauern, und die Oger bräuchten Ochsen, um sich selbst von einem Ort zum anderen zu befördern.

Die Kolonne stoppte. Der erste Wagen wurde unter einen Lastbaum gezogen, der zum Umladen der Granitblöcke von den Menschen aufgestellt worden war. Die anderen Wagen standen in Reih und Glied dahinter. Der Umschlagplatz war ansonsten nur spärlich eingerichtet, mit einer von Felssteinen umrandeten Feuerstelle und einem Futtertrog für die Tiere. Keine der beiden Gruppen wollte hier länger kampieren als nötig.

»Da kommen«, rief Hagmu, einer der Oger, die den ersten Karren zogen. Eine Staubwolke verriet, dass sich schwer beladene Wagen mit Nahrung näherten.

»Pünktlich wie immer, die Menschen«, brummte Mogda. »Ich werde weiterziehen, es ist noch ein weiter Weg bis Osberg. Ihr braucht mich hier ja nicht.«

»Du reisen zu Cindiel?«, fragte Rator.

»Ja, würdest du sie nicht auch gern mal wiedersehen?«

»Nicht haben Zeit zu kümmern um Menschen.«

Mogda wusste, dass er log. In Wahrheit war es ihm peinlich zuzugeben, dass er einen Menschen mochte.

»Ich werde sie einfach von dir grüßen. Sie wird sich bestimmt freuen.«

Mogda sah, wie Rator zustimmend nickte, aber so, dass es niemand außer den beiden sehen konnte.

»Ich werde mich dann mal auf den Weg machen. Lasst euch nicht von den Händlern über den Tisch ziehen.«

»Händler niemals können ...«, brauste Rator auf, doch Mogda beruhigte ihn sofort.

»Das ist nur ein Sprichwort der Menschen.«

Das schien Rator als Erklärung zu reichen. Der genaue Sinn interessierte ihn weniger.

Mogda hatte sich schon sein Proviantbündel vom Karren gezogen und über die Schulter geworfen. Etwas sehnsüchtig schaute Rator ihm hinterher. Er würde die kleine Hexe auch gern wiedersehen. Von allen Menschen, die er kannte, war sie die Einzige, die ihm etwas bedeutete. Er verdankte ihr sein Leben, und das gleich mehrfach.

Hagmu trat von hinten an ihn heran. Er baute sich neben Rator auf und stützte sich auf seiner Keule ab. Rator wusste nicht viel über ihn, außer dass er auch einer der Kriegsoger war, die vor Jahren erst für und dann gegen die Nesselschrecken gekämpft hatten. Ihm und seiner Gruppe war es zu verdanken, dass die Trolle in der Schlacht nicht zu den Menschen durchgebrochen waren. Er hatte viele Menschen gerettet, auch wenn sie es nicht wussten.

»Nur drei Wagen«, sagte er und zeigte auf die Gespanne der Menschen die gerade die letzte Anhöhe zum Lagerplatz überwanden.

»Wollen erst hören, was sagen«, antwortete Rator.

Sein Blick fiel auf die schwere Keule des Ogers. Angeschliffene Knochensplitter waren tief im Holz verankert, und der Griff war mit einem einfachen Lederband umwickelt. Zwischen dem Leder und dem Keulenende waren zahlreiche Kerben ins Holz geschnitzt.

»Nicht gut, wenn Menschen sehen Kerben für Feinde getötet. Früher Feinde, jetzt Freunde.«

Hagmu hob die Keule auf Augenhöhe und drehte sie vor seinem Gesicht einmal herum.

»Du wissen, wie viel Kerben sein?«

Rator schüttelte den Kopf.

»Ich auch nicht können zählen, aber zu viele Kerben sein. Kerbe nicht für getötete Feinde. Kerbe für tote Freunde. Menschen sollen sehen«, erklärte Hagmu.

Rator hatte ihn falsch eingeschätzt. Er hätte es besser wissen müssen, schließlich war er ein Kriegsoger, genau wie er.

»Kommen mit, reden mit Menschen. Sehen warum Wagen einer zu wenig«, forderte Rator ihn auf mitzukommen.

Die Menschen lenkten ihre Fuhrwerke zum Lastenzug und stellten die Wagen neben denen der Oger ab. Einer der Händler kam auf Rator und Hagmu zu. Sein Name war Briftalon. Er war ein junger Mann mit dunklem Haar und auffällig buschigen Augenbrauen. Sein äußerst schlaksiger Körperbau wurde durch die sonderbare Art, seinen Oberkörper beim Gehen hin und her zu bewegen noch verstärkt. Die nach außen zeigenden Füße verstärkten den unbeholfenen Eindruck.

»Hallo, wartet ihr schon lange?«, begrüßte er die Oger.

Rator, der nicht sonderlich geschickt darin war, belanglose Konversation zu betreiben, kam gleich zur Sache.

»Wo sein vierter Wagen?«

»Naja, das war so«, begann Briftalon, wobei Rator schon wusste, dass ihm die folgende Erklärung nicht gefallen würde. Immer wenn die Menschen versuchten, mit viel Gerede abzulenken, führten sie irgendetwas im Schilde.

»An der Südseite des Passes hatten wir einen Radbruch. Unsere Leute reparieren den Wagen und kommen dann nach.«

Rator hasste es, immer Recht zu behalten.

»Wann kommen?«, wollte er wissen.

»Hab ich doch gerade gesagt«, erwiderte Briftalon in gereiztem Ton.

»Dann warten. Wenn nicht da wenn Abend, wir tauschen drei zu drei.«

Rator erkannte, dass Briftalon auf eine andere Antwort gehofft hatte. Er fuchtelte mit den Armen umher, brach dann aber seine übertrieben Gestik ab und kehrte wortlos zu seinen Leuten zurück.

»Gehen mit, tauschen drei, dann warten bis kommen letzter Wagen«, wies Rator Hagmu an. Er selbst blieb zurück und versuchte Mogda noch zu erspähen, konnte ihn aber nirgends entdecken.

Stunden vergingen, aber der fehlende Wagen tauchte nicht auf. Es war jetzt schon das dritte Mal innerhalb weniger Stunden, dass Rator dem Pass Richtung Süden folgte und einen steilen Felsvorsprung erklomm. Von hier aus hatte er einen guten Überblick und würde den Wagen schon sehen können, wenn er die Passspitze erreichte. Aber er konnte nichts entdecken, und nichts deutete darauf hin, dass sich das in naher Zukunft ändern würde. Eine Hirschkuh mit ihrem Kitz suchte dort oben nach schmackhaften Kräutern. Rator wusste, dass diese Tiere die Ersten waren, die Reißaus nahmen, wenn sich ihnen Fremde näherten, und einen schwer beladenen Wagen würden sie schon von Weitem wittern. Ein nützliches, wenn auch bitteres Wissen. Erst einmal in seinem Leben hatte er Hirschfleisch gegessen. Es war außerordentlich wohlschmeckend, und Rator hätte vieles getan, um noch einmal in den Genuss zu kommen, doch leider wussten die Tiere das anscheinend ebenso gut wie er.

Es fiel ihm erst auf, als er zurück ins Lager kam und seine eigenen Leute betrachtete. Sie sahen ihn fragend an. In ihren Blicken lag der Wunsch endlich von hier zu verschwinden. Wurgut stand sogar auf in freudiger Erwartung endlich wieder heimzukehren, um sich dann doch enttäuscht wieder ans Feuer zu setzen. Und was taten die Menschen? Sie beachteten ihn überhaupt nicht. Sie schauten nicht in seine Richtung, und sie schauten nicht zum Pass. Sie schienen die Antwort schon zu kennen.

»Feuer löschen, wir aufbrechen«, rief Rator seinen Kameraden zu.

Diesmal war es Briftalon, der zuerst aufsprang.

»Halt, halt, ihr solltet nichts überstürzen. Es wäre doch dumm, den letzten Wagen wieder ganz durch die Wüste zu ziehen.

Ich mache euch einen Vorschlag. Ihr nehmt diesmal nur die drei Wagen, und beim nächsten Mal bekommt ihr einen mehr. Was haltet ihr davon?«

Rator musste nicht lange überlegen. Der Handel hieß Wagen gegen Wagen, und nur so funktionierte es. Handelsvereinbarungen waren wie Schlachtpläne, sie mussten eingehalten werden. Wenn man davon abwich, verlor man die Kontrolle.

»Nein, drei gegen drei«, antwortete Rator.

»Drei gegen drei«, imitierte Briftalon nun Rator. »Wir müssen verrückt gewesen sein, als wir euch das Zählen beigebracht haben.«

Die Art, wie der Mensch mit ihm sprach, gefiel Rator nicht. Er schien gereizt, mehr als es sich für einen Wagen Marmor gelohnt hätte, wenn es sich überhaupt lohnte, sich über Steine aufzuregen. Aber die Menschen waren in vieler Hinsicht verschroben.

»Rator schon vorher zählen. Nicht wissen von Menschen«, brummte der Oger, wobei er allerdings verschwieg, dass sein Talent nicht weiter als bis zur Anzahl seiner Finger reichte.

»Ja, ist ja gut, aber was du nicht weißt, ist, für wen der Marmor bestimmt ist. Wir sind nämlich geschickt worden von Tribert von Sigurt. Und ich glaube nicht, dass du ihn verärgern möchtest.«

Rator war es vollkommen gleichgültig, ob es irgendwo einen Menschen mit diesem Namen gab, der sich ärgerte. Wichtig war für ihn nur, dass der Handel eingehalten wurde.

»Nein, drei gegen ...«

»... gegen drei«, unterbrach in Briftalon. »Du hattest es schon gesagt. Nur leider läuft es diesmal nicht so.«

Wie durch ein geheimes Zeichen erhoben sich die übrigen Händler von der Feuerstelle. Jeder von ihnen hielt eine gespannte Armbrust in den Händen. Es waren leichte Armbrüste, wie Rator sie bei den Wachen in Städten gesehen hatte, denen er früher zu nahe gekommen war. Aber es waren immerhin Armbrüste. Ihre Bolzen hatten viel Wucht, doch für einen direkten Kampf waren sie wenig geeignet, es dauerte zu lange, bis man sie wieder gespannt hatte. Die übrige Bewaffnung der

Händler bestand aus Kurzschwertern, Dolchen und Totschlägern. Sie sahen nicht unbedingt nach den Männern aus, denen er sich sonst gestellt hatte. Im Falle eines Kampfes wären sie hoffnungslos unterlegen.

»Du wollen kämpfen für Stein?«, fragte Rator verständnislos.

»Nein, wir wollen nicht kämpfen, wir wollen nur den Marmor mitnehmen. Doch wenn es nicht anders geht, werden wir euch alle töten«, erwiderte Briftalon selbstsicher.

Auch Hagmu, Wurgut und die übrigen Oger hatten die Auseinandersetzung zwischen Briftalon und Rator bemerkt, genau wie die übrigen Händler, die ihnen nun mit gespannten Armbrüsten gegenüberstanden. Doch die meisten Oger waren kampferfahren und schätzten die Situation ähnlich wie Rator ein.

»Dnu, ja dnu da«, brüllte Gnunt einen der Händler an. Rator wusste nicht genau, ob er wirklich Gnunt hieß. Er sprach so seltsam, dass es schwierig war, sich überhaupt mit ihm zu verständigen. Aber Gnunt war zum Glück so von Tabal geschaffen worden, dass keiner der anderen Oger es wagte, sich über ihn lustig zu machen. Er war noch gut einen Kopf größer als Rator, und sein Gewicht betrug sicherlich das Anderthalbfache.

»Dnu höher znielen, snonst Pfneil in Bnein.«

Briftalon schien verwirrt, genauso wie der Händler, der von Gnunt belehrt wurde. Gnunt trat hervor und ging zielstrebig auf den Händler zu.

»Sag ihm, er soll zurückbleiben«, brüllte Briftalon Rator an.

»Sagen selbst, er nicht hören auf mich.«

Es war schon zu spät, Gnunt hatte bereits die Armbrust an den Wurfarmen gepackt und zeigte mit der Spitze des Bolzens auf verschieden Körperregionen.

Rator hörte nur ein Stetiges »Hier gnut, da nicht gnut«.

Die anderen Händler waren einige Schritte zurückgewichen, und sie hatten offenbar ihren Mut mitgenommen. Dann sah Rator, wie Gnunt die Armbrust auf seinen Oberschenkel setzte und mit der anderen Hand den Händler zwang, den Bolzen abzufeuern. Die Wurfarme schnellten nach vorn, und der Bolzen bohrte sich bis zu Hälfte in Gnunts Bein. Entsetzt ließ der Händler die Armbrust fallen und stolperte rückwärts, bis er über eine abgestellte Satteltasche stürzte.

»Da, nicht gnut, so Gnunt bnöse«, war alles, was der Oger von sich gab, während er den Bolzen wieder aus seinem Bein zog. Ein wilder Tumult entstand zwischen den Händlern. Sie ließen ihre Armbrüste fallen, wo sie standen, und versuchten sich in Sicherheit zu bringen. Sie rannten und schrien, liefen durcheinander, stürzten übereinander und suchten das Weite. Nur einer rannte nicht. Briftalon stand immer noch vor Rator, doch jetzt hatte er die Armbrust im Anschlag und zielte auf den Kopf des Ogers.

»Du sagst deinen Männern jetzt, sie sollen abziehen, sonst wirst du der Erste sein, der stirbt.«

»Nur du sterben«, antwortete Rator.

Von der Seite flog ein Bolzen heran und durchschlug Briftalons Knie. Er schrie auf, und das linke Bein sackte unter ihm weg. Im Sturz feuerte er die Armbrust ab. Der Bolzen surrte durch die Dunkelheit und löste irgendwo einen qualvollen Schrei aus.

Sofort stürmte Rator auf den am Boden liegenden Briftalon zu und trat die Armbrust beiseite. Er packte ihn so fest am Hemd, dass er den Brustkorb des Händlers quetschte.

»Wer verletzt?«, schrie Rator.

»Hagmu getroffen in Auge. Er lebt«, kam eine Stimme aus dem Lager der Oger.

»Du büßen«, schrie Rator Briftalon an und umfasste seinen Schädel. Dann drückte er zu.

4
Gerüchte über Elfen

Das Feuer knisterte behaglich im Kamin. Die rußigen Steine des Rauchfangs ließen auf seine jahrelange Benutzung schließen. Dort, wo die Hitze am größten war, hatten die Flammen den Putz schon soweit ausgebrannt, dass er wie weißes Knochenmehl zwischen den grob behauenen Felssteinen lag. Schnell verzerrten die Flammen das nur kurz gelagerte Tannenholz und hinterließen dabei kaum mehr Asche als die ausgeklopfte Tonpfeife eines Zwergs. Mit einem Knall verpuffte das Harz aus einem Holzscheit und schleuderte einen feurigen Span auf den Dielenboden.

Cindiel stand auf und schob den Holzschemel zur Seite. Dann umrundete sie ihren gut gefüllten Arbeitstisch und trat das glühende Stück Kohle an den Rand des Kamins zurück. Mürrisch betrachtete sie den dunkel verbrannten Fleck auf dem Boden. Dann riss sie ihren Blick los und setzte sich wieder auf das Dreibein an ihrem Tisch. Dutzende von kleinen Phiolen lagen über die Arbeitsplatte verstreut. Die meisten von ihnen bargen durchsichtige Flüssigkeiten und waren nur mit einzelnen Symbolen gekennzeichnet. Ein schwerer Steinmörser mit einem abgebrochenen Stößel stand direkt vor ihr, und zwischen all den Ingredienzen und alchemistischen Utensilien lagen verstreut zerknüllte Papiere. Cindiel stützte ihren Kopf auf den Handballen ab und betrachtete gedankenverloren das Durcheinander.

Ein rücksichtsloser Fußtritt öffnete die hölzerne Eingangstür zu ihrer Hütte. Cindiel würdigte diese ruppige Vorgehensweise mit keinem Blick, sie wusste genau, zu wem die provokante Art gehörte.

»Du kommst spät, Hagrim«, sagte sie, während sie einer Phiole einige Tropfen einer anderen Essenz hinzufügte.

»*Spät* ist ein Wort, das hauptsächlich von Leuten gebraucht wird, die dazu neigen, ihr ganzes Leben lang gehetzt zu sein«, sagte die dunkle Silhouette im Eingang.

»Na, dann wundert es mich, dass du überhaupt die Bedeutung dieses Wortes kennst«, erwiderte Cindiel aufgeräumt.

Hagrim betrat die kleine Hütte, die Cindiel nach dem Tod ihrer Großmutter ihr Eigen nannte und in der er selbst als eine Art Dauergast aufgenommen worden war. Mit der Hacke stieß er die Tür wieder ins Schloss und blieb einige Schritt entfernt hinter Cindiels Rücken stehen. Mit schräg gelegtem Kopf musterte er die junge Frau.

»Du siehst richtig anmutig aus, wenn du da über deinem Hokuspokus-Zeug hockst.«

Cindiel drehte sich auf ihrem Schemel um und sah Hagrim mit vor der Brust verschränkten Armen giftig an.

»Du findest jeden anmutig, der für seinen Lebensunterhalt arbeitet. Das gibt dir das Gefühl etwas Besseres zu sein, und es zeigt dir, dass sich auf der Welt doch noch etwas bewegt, auch wenn du keinen Anteil daran hast.«

Hagrim hob in übertrieben untertäniger Geste die Arme.

»Sachte, sachte. Ich wollte nur sagen, so eine hübsche Frau wie du sollte vielleicht auch mal vor die Tür schauen. Wenn du nie ausgehst, kannst du auch niemanden kennen lernen. Es gibt bestimmt nicht wenige junge Männer, die ganz verrückt nach dir wären.«

Cindiels Haltung gegenüber dem Geschichtenerzähler entspannte sich trotz der Erklärung nicht. Ihr Blick wurde stattdessen noch eisiger.

»Vielleicht möchtest du mir ja einen von deinen Saufkumpanen vorstellen. Ich bin richtig wild darauf, noch mehr von deiner Sorte kennen zu lernen. Dann werde ich in meiner Freizeit noch meinen Körper in einer dunklen Gasse verkaufen, um euch allen ein sorgenfreies Leben zu ermöglichen.«

Hagrim bemerkte, dass die Unterhaltung nicht mehr das übliche Katz-und-Maus-Spiel war, dem er sich sonst so gern mit Cindiel widmete. Jetzt war sie wirklich zornig, und er war verlegen.

»Was ist los mit dir? Ich hab es nicht böse gemeint. Ich wollte dich nur ein wenig aufheitern.«

Sofort bedauerte Cindiel ihren Ausrutscher.

»Tut mir leid. Seit über einer Woche will mir einfach kein einziger Trank mehr gelingen. Immer wenn ich die verschiedenen Essenzen miteinander mische, verbinden die sich nicht richtig. Es ist so, als ob man versuchen würde, Wasser und Öl zu vermengen. Wenn das so weitergeht, habe ich bald keine Grundstoffe mehr und keine Tränke zum

Verkauf. Dann müssen wir von dem leben, was du als Geschichtenerzähler nach Hause bringst.«

Hagrim zog eine Flasche Rotwein aus seinem Mantel und hob sie hoch. »Essen ist ohnehin schlecht für die Zähne.«

Cindiel lächelte wenig überzeugt. Hagrim war alles, was ihr an Familie geblieben war, doch trotz seines vorangeschrittenen Alters konnte sie ihn nicht als Vater sehen. Seine äußerst unbedachte Lebensart ließ ihn in ihren Augen mehr wie ein hilfsbedürftiges Wesen erscheinen. Sie war sich sicher, wenn Hagrim für ihren täglichen Lebensunterhalt aufkommen müsste, sie in kürzester Zeit obdachlos wären und des Nachts in einer dunklen Gasse in selbst leer getrunkenen Weinfässern hausen müssten. Aber er mochte sein, wie er wollte, seine Gutmütigkeit und seine ehrliche Freundschaft ließen Cindiel über seine völlige Unfähigkeit, was Geldangelegenheiten anging, hinwegsehen. Und es gab noch einen großen Vorteil, mit ihm unter einem Dach zu leben – man musste nicht die Straße betreten und mit anderen Leuten sprechen, um die neusten Gerüchte zu hören.

»Sag schon, was gibt es Neues, außer den schier endlos langen Schlangen von Verehrern, die das Haus belagern, um mich zu ehelichen?«, spottete Cindiel.

Hagrim war unterdessen hinüber zur Kochstelle gegangen und verzog angeekelt das Gesicht, als er den Deckel eines Topfes anhob und einen kurzen Blick hineinwarf.

»Ich kann es nicht den ganzen Tag warmhalten, in der Hoffnung, dass du irgendwann auftauchst«, rechtfertigte sich Cindiel.

»Ich bin mir nicht ganz sicher, dass es heiß schmackhafter gewesen wäre. Außerdem wollte ich auch gar nichts essen, ich suche nur den Korkenzieher.«

Cindiel nahm es Hagrim nicht übel, dass er ihre Kochkünste so missachtete. Er meinte es nicht böse, und außerdem reichten seine eigenen Kochkünste nur zum Erwärmen von Wasser und zum Öffnen von Flaschen.

»Ich weiß, man hätte es besser abschmecken können, aber ich hatte nicht genügend Gartenkräuter im Haus, und so habe ich einfach Alraune, Tollkirsche und Fliegenpilze hinzugetan, um dich umzubringen. Aber du musst mir glauben, das schwöre ich bei meiner Hexenkunst, den Korkenzieher habe ich nicht hineingetan.«

Hagrim musste grinsen. Er freute sich darüber, dass Cindiel gewisse sprachliche Eigenheiten von ihm übernahm und sich so entwickelte wie seine nie geborene Tochter.

»Nun sag schon, was wird auf der Straße so gemunkelt?«, drängte die junge Frau.

»Weißt du, Prinzessin, die Kunst Neuigkeiten aufzuschnappen besteht nicht darin, das Erzählte wiederzugeben, es ist vielmehr die Fähigkeit, das zu hören, was nicht gesagt wird und rechtzeitig zu gehen, wenn sich bei deinem Gegenüber Wirklichkeit und Fantasie vermischen. Umso öfter man eine Geschichte erzählt bekommt, desto unwirklicher wird sie.«

Für Belehrungen war Cindiel im Moment nicht in der Stimmung. Sie wollte einfach nur ein wenig Ablenkung von ihren misslungenen Experimenten, egal ob es wahre Geschichten waren oder nicht.

»Hast du etwas über die Langschiffe der Elfen gehört?«, fragte sie aufgeregt.

»Ach, diese dämlichen Langschiffe«, winkte Hagrim ab. »Wenn du einem Seemann auf Landurlaub lange genug zuhörst, fragst du dich nach einiger Zeit, ob es wirklich möglich ist, dass es mehr Langschiffe als Elfen gibt. Sie erzählen immer dasselbe: Die Schiffe tauchen bei Dunkelheit am Horizont auf und halten auf die Küste zu. Leider ist bis jetzt noch niemand nah genug herangekommen, um wirklich einen Elfen gesehen zu haben, es sei denn, man spendiert ihnen noch eine Flasche Rotwein, dann haben sie alle einen gesehen. Ich verstehe einfach nicht, was dich an den Spitzohren so fasziniert.«

Cindiel hatte erst zweimal in ihrem Leben einen Elfen getroffen, aber sie hatte gespürt, dass es ganz besondere Wesen waren. Von ihrer Großmutter wusste sie, dass die Elfen eins mit der Natur waren. Ihr Gott Timaschall war der Herr über alles, das wächst und blüht. Die Elfen kannten jede Pflanze und ihre Wirkung. Sie konnten Tränke brauen, die so mancher Zauberer mit seiner arkanen Magie nicht herzustellen vermochte. Zu alledem waren sie selbst sehr magiebegabt. Alles an ihnen war anmutig, und sie besaßen das, wonach die meisten Menschen strebten – die Unsterblichkeit.

»Was meinst du, ist etwas Wahres an den Geschichten dran?«, fragte sie.

Hagrim bedachte sie mit einer nachdenklichen Miene.

»Es ist möglich, dass sie Abgesandte schicken. Vielleicht wollen sie versuchen die Fehde mit den Zwergen zu beenden und neue Kontakte zu den Menschen aufnehmen. Sie täten gut daran, wieder eine Stadt in Nelbor zu errichten. Das Land hier versorgte sie mit allem, was sie benötigten, und es ist wichtig, Kontakte mit anderen Völkern zu bewahren, auch für Wesen, deren Leben so lange währt wie das der Elfen. Ein Volk kann sich nur weiterentwickeln, wenn es neue Eindrücke sammelt.«

Cindiel merkte, wie ihr Herz vor Aufregung klopfte. Was für Möglichkeiten sich daraus ergeben konnten! Der Austausch von Wissen und Erfahrungen wäre unerschöpflich. All das, was ihre Großmutter ihr nicht mehr beibringen konnte, könnte sie von den Elfen erlernen.

»Was sie wohl dazu sagen, wenn sie erfahren, dass wir mit den Ogern Handel treiben?«, fragte sie belustigt.

»So wie ich die Elfen einschätze, sind ihnen die Oger zehn Mal lieber als die Zwerge«, antworte Hagrim.

Die Auseinandersetzung zwischen Elfen und Zwergen war selbst bei den Menschen wohl bekannt. Kurz nachdem man mit vereinten Kräften den Trollfürsten Grind und seine Armee von Unholden bezwungen hatte, kam es zu handfesten Auseinandersetzungen zwischen Elfen und Zwergen. Überall wo Gesteinsmassive und Wälder aufeinander trafen, bekriegten sich die zwei Völker. Nicht selten wurden dabei auf beiden Seiten viele Krieger getötet. Seit Anbeginn der Geschichte waren sie sich verhasst gewesen, doch so blutig stießen sie noch nie aufeinander. Irgendwann stellten die Zwerge den Menschen ein Ultimatum und wollten sie damit zwingen alle Kontakte zu den Elfen abzubrechen. Bei Nichterfüllung wollten sie die Lieferungen von Materialien einstellen die die Menschen für den Bau von Städten benötigten. Noch bevor die Menschen einen Entschluss fassen konnten, zogen sich die Elfen zurück in die Wälder und waren eines Tages ganz verschwunden. Seeleute berichteten damals, dass sie große Langschiffe gesehen hatten, auf denen die Elfen aufs offene Meer hinausfuhren.

5

Alte Freunde, alte Feinde

Mogda genoss seine Reise durch das nördliche Nelbor. Hier, in dem Land, das er jahrelang sein Revier genannt hatte und in dem er doch nie erwünscht gewesen war, konnte er sich nun frei bewegen, ohne Angst davor haben zu müssen, gejagt zu werden. Endlich war es ihm gestattet, die Straßen und Wege zu benutzen, bei Tage zu marschieren, und er musste sich nicht ins Unterholz werfen, wenn Menschen seinen Weg kreuzten. Die einzige Ausnahme waren jedoch Händler und andere Reisende mit Gespannen. Die Zugtiere, meist Pferde oder Mulis, hatten sich an den Anblick eines Ogers immer noch nicht gewöhnt. Genau genommen waren es alle Tiere, die nicht darauf abgerichtet waren, eigenständig und ohne Furcht zu ihrem Metzger zu gehen. Irgendwie verdrängten sie, dass auch Menschen sie aßen, oder die Gestalt der Hüttenbauer war es, die sie keine Angst haben ließ.

Den ganzen Tag war Mogda schon unterwegs, und langsam machten sich seine Füße bemerkbar. Er wollte sich einen geeigneten Schlafplatz suchen, doch dann sah er plötzlich das kleine verwitterte Holzschild am Straßenrand. Das beschriftete Brett war an einen Pfosten eines Weidezaunes angebracht. Die Höhe, auf der der Wegweiser angebracht war, schien allerdings eher für das grasende Vieh auf der Koppel gedacht zu sein. Wenn die Tiere nicht ständig darum bemüht gewesen wären, es wieder von den hohen Grashalmen zu befreien, wäre es schon längst zugewuchert. Der Name, der einst in das Holz eingeritzt worden war, hatte sich nun mit Moos gefüllt und erstrahlte in einem kräftigen Grünton. »Meister Trebor« stand darauf geschrieben.

Den Turm zu besuchen wäre ein zu weiter Umweg. Es war aber auch nicht die Unterkunft des Zauberers, die Mogda im Sinne hatte. Vielmehr dachte er an einen alten Freund, den er schon seit Jahren nicht mehr gesehen hatte. Voller Vorfreude machte er sich wieder auf den Weg. Lediglich zwei Wegstunden trennten ihn von vielen Erinnerungen. Der schmale Weg, der sich am Rande des Tannenverlieses, wie die Bewohner das Gehölz nannten, entlangschlängelte, wurde augenscheinlich nur noch selten benutzt. Schwere Äste bogen sich weit herunter, die es Reitern und Fuhrwerken unmöglich gemacht hätten, diesen Weg zu passieren. Gestrüpp überwucherte die Fuhrrillen und ließ die Straße nicht viel mehr scheinen als einen Wildpfad.

Während er einen Fuß vor den nächsten setzte, fragte er sich plötzlich, ob es richtig war, Usil nach so vielen Jahren wieder zu besuchen. Er war damals schon ein alter Mann mit vielen Gebrechen gewesen. Was, wenn er nicht mehr lebte und nun andere Menschen hier wohnten, die Mogda nicht willkommen hießen? Er wollte gerade wieder umkehren, als er einen schwachen Lichtschein zwischen den Bäumen sah. Usils Haus lag dichter an der Straße, als er es vermutet hätte. Es war Jahre her, dass er und Rator auf ihrem Weg nach Osberg hier vorbeigekommen waren. Damals konnten sie noch nicht die Straßen bewandern. Sie mussten sich mühsam durch das Unterholz schlagen.

Herabgefallene Äste knackten unter Mogdas Gewicht, und das Laub raschelte bei jeder seiner Bewegungen. Der trockene Waldboden machte ein lautloses Herannahen so gut wie unmöglich. Dennoch war es ihm unangenehm, sich auf diese Art an den Hof heranzuschleichen. Er fühlte sich zurückversetzt in die Zeit, in der er gezwungen war, aus Gründen des Selbsterhaltes auf das Vieh der Hüttenbauer zurückzugreifen. Er musste so handeln, damals wie heute. Menschen, Zwerge und Oger lebten friedlich nebeneinander, doch nicht alle Oger wussten von dieser Allianz oder wollten davon wissen. Um Missverständnissen vorzubeugen, hatten die Menschen bestimmt, dass die Oger vom Drachenhorst sich nur auf den offiziellen Wegen aufhalten durften, wenn sie in der Nähe von Siedlungen waren. Ein Erlass, der so manchem aus Mogdas Volk missfiel, dem aber doch zugestimmt wurde, um die endlosen Verhandlungen endlich zu beschließen. Mogda hatte von Anfang an nicht verstanden, warum die Menschen sich durch diesen Beschluss geschützt fühlten. Zwar war es den Ogern jetzt gesetzlich verboten, einen Menschen im Wald niederzustrecken. Wenn einem dasselbe auf der Straße passierte, war man aber trotzdem tot.

Mogda hoffte, jegliche Begegnung umgehen zu können, indem er sich so gut wie möglich verbarg. Hier im Tannenverlies auf eine Horde Jungbauern zu treffen, die davon überzeugt waren, richtig zu handeln, wenn sie ihn mit ihren Forken jagten, war keine Erfahrung, die er machen wollte.

Weiterhin vorsichtig näherte sich Mogda der großen Lichtung, auf der Usil seinen Hof hatte. Behutsam drückte er die Äste einer weit verzweigten Pappel beiseite. Der Blick auf das Gehöft wurde von weiten Reihen Maispflanzen verdeckt. Die reifen Fruchtstände zeigten, dass Usil mit seiner Arbeit wieder im Verzug war. Der alte Mann hatte schon vor Jahren Mühe gehabt, seinen Hof allein zu bewirtschaften, doch er hing an diesem Ort und wollte ihn unter keinen Umständen verlassen.

Mogda erkannte den Schein mehrerer Fackeln, die sich vor dem Haus auf und ab bewegten.

Egal, wer dieses Haus jetzt bewohnte, es war nicht Usil. Mogda ärgerte sich bereits, den Umweg leichtsinnig in Kauf genommen zu haben, nur um festzustellen, dass er umsonst gekommen war. Er wollte gar nicht wissen, wer jetzt auf dem Hof lebte. Jedes weitere Detail würde nur dazu führen, dass er sich schlechter fühlte. In seinen Gedanken war Usil einfach aus Altersgründen in die Stadt gezogen. Tief in ihm schlummerte dennoch die Befürchtung, dass es nicht so war.

Mogda ließ gerade die biegsamen Äste der Pappel langsam wieder zurückfedern und wollte im Dickicht des Waldes verschwinden, als er eine krächzende Stimme vom anderen Ende des Maisfeldes hörte.

»Sieh uns an, Tabal wird uns zu seiner persönlichen Meute machen. Wir werden die sein, die seinen Willen vollstrecken.«

Mogda kannte den Klang dieser Stimme. Er konnte sie keiner Person zuweisen, aber er wusste, zu welchem Volk sie gehörte – zu den Goblins, diesen kleinen, ständig ängstlich wirkenden Aasfressern, die mehr lästig als nützlich waren. Im Gefecht mit ihnen zusammen musste man aufpassen nicht auf sie zu treten, und wenn man gegen sie kämpfte, eben nicht. Sie waren für einen Oger keine wirkliche Bedrohung, stellten eher so etwas wie Ungeziefer dar. Sie waren immer diejenigen, die am lautesten schrien, wenn es darum ging, Tabals Willen zu überbringen, und sie waren auch diejenigen, die am schnellsten rannten, wenn es brenzlig wurde.

Normalerweise hätte Mogda sie einfach weiträumig umgangen, um Scherereien zu vermeiden, aber in diesem Fall war es möglich, dass sie Usil in ihre Gewalt gebracht hatten. Ein alter Bauer war so einem Trupp Plagegeister vermutlich nicht gewachsen.

Mogda verließ die Deckung des Waldes und ging auf die Knie. Auf allen Vieren krabbelte er durch die Reihen des Maisfeldes. Zwei Rillen breit drückte er die kräftigen Pflanzen nieder, die mit einem morschen

Geräusch kurz über der Erde abbrachen. Behutsam tastete sich Mogda an die letzten Pflanzen, die direkt vor dem Innenhof standen, heran.

»Ja, ja, ja, mach ihn kaputt, lass uns alles zerschlagen«, hörte er eine Stimme, keine fünf Schritt vor sich.

»Los, du musst dagegen treten«, sagte jemand anderes.

»Nein, draufschlagen«, ein weiterer.

Mogda bog vorsichtig zwei Pflanzen auseinander und spähte zwischen den Blättern hindurch. Direkt dahinter fiel sein Blick auf einen alten Holzstuhl mit Lehne. Auf seiner Sitzfläche sprang und trampelte ein Goblin herum, der ihm den Rücken zukehrte. So sehr sich die kleine Kreatur auch bemühte, sein Gewicht reichte nicht aus, um die Bretter zu durchtreten. Aber anstatt davon abzulassen, trieb ihn sein Versagen zu immer größerer Anstrengung.

Die Goblins hatten Mogdas Anwesenheit nicht bemerkt, sie waren zu sehr mit sich und ihrem Treiben beschäftigt.

»Los, tritt zu. Mach ihn kaputt. Mach alles kaputt«, feuerten die anderen beiden ihren Kameraden an. Sie waren wie berauscht. Selbst in Schlachten hatte Mogda noch nie so einen Eifer bei ihnen entdecken können.

Auch wenn sie klein und schwach waren, durfte man sie nicht unterschätzen. Ihre Hinterlist und Bösartigkeit konnten selbst einem erfahrenen Kämpfer zusetzten. Mogda brauchte etwas, um sie in Schach zu halten.

Er beobachtete sie noch einige Momente, dann griff er zu. Sein Arm schnellte zwischen den Maispflanzen hervor, und seine Hand umklammerte die dürre Taille des Goblins. Mogda hatte ihn mitten im Sprung erwischt doch seine Beine hüpften noch mehrmals in freudiger Erwartung auf und ab, bevor er bemerkte, was mit ihm geschah. Seine beiden Kameraden reagierten etwas schneller. Sofort hatten sie sich mit zwei Holzlatten bewaffnet und schlugen auf den Oger ein. Einer von ihnen traf Mogda schmerzhaft am Unterarm, und eine reflexartige Bewegung führte dazu, dass er dem Goblin in seiner Hand einige Rippen brach. Der kleine Kerl schrie und zappelte, während er erfolglos versuchte, Mogdas Umklammerung zu lösen.

Mit lautem Geschrei kamen zwei weitere Goblins aus der Hütte gestürmt. Einer war mit einem Schürhaken bewaffnet, der andere mit einem Dolch. Mogda erhob sich und zog sein Runenschwert. Seit Jahren begleitete ihn diese Waffe, die er damals von den Ettins aus Wasserzahn erhalten hatte. Er wusste, dass sie zu mehr imstande war als Gegner niederzustrecken, doch er fürchtete sich vor der Macht des Zauberschwertes. Mit der flachen Seite schlug er in die Reihen der Maispflanzen. Etliche Kolben und Stängel flogen den Angreifern entgegen und geboten ihrem Angriff für einen Augenblick Einhalt.

Schnell hatten sich die kleinen Unholde jedoch wieder aufgerappelt und attackierten Mogda erneut. Ihr Verhalten war ihm unverständlich. Sie scherten sich nicht darum, dass er einen ihrer Kameraden in der Gewalt hatte. Selbst bei den Angriffen nahmen sie in Kauf, auch ihren Freund zu verletzen. Mogda bemerkte, dass ihre Augen blutunterlaufen waren und ihnen der Speichel aus den Mündern tropfte. Die sonst so feigen Goblins waren wie im Taumel. In Windeseile hatten sie ihn umzingelt und schlugen gleichzeitig von mehreren Seiten auf ihn ein. Der Goblin in seiner Hand hatte eine Platzwunde am Schädel davongetragen und mittlerweile das Bewusstsein verloren. Mogda schleuderte ihn, so weit er konnte, zurück ins Maisfeld. Beidhändig packte er den Griff seines Schwertes und drehte seinen Oberkörper von links nach rechts, um die Angriffe vorweg zu nehmen.

Mogda wehrte die Angriffe des Goblins mit dem Schürhaken ab, als ihn von hinten eine der angespitzten Dachlatten in die Kniekehle traf. Das Holz war zu morsch, um ihm eine wirkliche Verletzung zuzufügen, dennoch wäre er beinahe gestürzt. Wenn er erst einmal am Boden lag, würden sie über ihn herfallen wie Ameisen über eine Wespe. Ihre Taktik bestand üblicherweise darin, den Gegner zu ermüden. Mogda wollte sich auf keinen Fall auf ihr Spiel einlassen. Gerade als er sich einen Gegner ausgesucht hatte, um diesem nachzustellen, traf ihn ein kleines Tongefäß gefüllt mit Zucker an der Schläfe. Ohne nachzudenken griff er sich an die Stirn. Sofort attackierten die kleinen Unholde seinen Schwertarm, um ihn seiner Waffe zu berauben. Mit einem gebückten Rundumschlag trieb er seine Angreifer einige Schritt zurück, ohne jedoch einen Treffer zu landen. Mehrere weit ausladende Schläge brachten Mogda weiter an das Haus heran. Mit einem Ausfallschritt und einer Drehung durchbrach er die Holzwand des Gebäudes in seinem Rücken. Jetzt war er endlich bereit, seine Gegner gezielt anzugreifen. Er täuschte einen Schlag an und sah aus dem Augenwinkel, wie einer der Goblins versuchte, kleine Kieselsteine auf dem Weg aufzuklauben. Mogda schlug seine Klinge mit der flachen Seite auf den Boden, und eine Woge aus Erde und Steinen wurde dem Goblin entgegengeschleudert. Die quiekende Kreatur hielt zum Schutz die Arme vors Gesicht und fiel zappelnd auf den Rücken. Ein weiterer Schritt brachte Mogda heran, und mit einem Fußtritt beförderte er den Goblin über dreißig Fuß weit gegen das Scheunentor, an dem er abprallte und davor reglos liegen blieb.

Als Mogda sich wieder seinen übrigen Gegnern zuwandte, sah er sich nur noch zwei Goblins gegenüber. Noch bevor er sich umblicken konnte, um den fehlenden Unhold auszumachen, wurde er von dem Schürhaken am Fuß getroffen. Die eiserne Klaue krallte sich in seinen Spann, verfing sich in den Ledersandalen und wurde dem Goblin aus der Hand gerissen. Der Zweite stürmte heran und benutzte seine Dachlatte als Lanze. Mit einem weit ausholenden Rückhandschlag durchtrennte Mogda das Holz in der Mitte. Der Goblin verlor das Gleichgewicht und geriet ins Straucheln. Mit der geborstenen Latte rannte er gegen die Wand und trieb sich das Holz dabei selbst durch den Brustkorb. Der Schwung, den Mogda in den Schlag legte, ließ seinen Arm durch die Hauswand krachen und das Runenschwert aus seinen Händen gleiten. Unterdessen versuchte der letzte Goblin wieder an seinen Schürhaken zu kommen und verkrallte sich dabei in Mogdas Wade. Es gelang dem Oger nicht, ihn abzuschütteln. Mogda griff nach hinten, um ihn zu packen, doch trat er dabei versehentlich auf den Schürhaken und stürzte. Mit dem Gesicht voran schlug er gegen die Türzarge des Hauses. Der kurze Moment der Benommenheit verflog, als er den Biss des Goblins in seiner Ferse spürte. Mit einem dumpfen Pochen im Schädel robbte Mogda durch den Eingang des Hauses. Als er seine Füße gerade ins Haus gezogen hatte, und sein Widersacher halb auf der Schwelle liegen blieb, schlug er mit aller Kraft die Tür zu. Um sicherzustellen, dass die Tür trotz des eingeklemmten Goblins ins Schloss fiel, trat er mit dem Fuß gegen das Türblatt. Das Schloss rastete ein, und die Krallen in Mogdas Wade lockerten sich.

Erschöpft lag Mogda mit dem Rücken auf dem Holzfußboden und starrte zur Decke. Er brauchte einen Augenblick der Entspannung.

»In Ordnung Fettsack, es steht unentschieden«, drang eine krächzende Stimme an sein Ohr. Entnervt ließ Mogda seinen Kopf zur Seite rollen.

Der aus dem Kampf verschwundene Goblin hatte sich in einer Ecke des Raumes postiert, die mit einer Konstruktion aus Holz und Stoffbahnen abgetrennt war. Dahinter lag Usils Schlafgemach. Durch die schmale Öffnung sah Mogda in kurzen Abständen den Kopf des kleinen Plagegeistes hervorschauen.

Absichtlich langsam erhob sich Mogda vom Fußboden und wollte sich gerade in ganzer Größe präsentieren, als er mit dem Kopf gegen einen Deckenbalken stieß.

»Pass auf, Katapultbestücker, sonst bringst du dich noch selber um und raubst mir die gebührende Ehre«, kreischte der Goblin vor Freude.

Mogda fasste sich nicht an den Kopf, um seine Beule zu untersuchen, da er seinem Gegenüber nicht noch mehr Schadenfreude gönnte. Mit eingezogenem Kopf und gekrümmten Rücken ging er auf den Goblin los.

»Du kleiner Wicht, ich weiß zwar nicht, was du für ein Spiel spielst, aber für mich sieht es nach einem klaren Vier zu Null aus, und in wenigen Augenblicken werden mir die Gegner ausgehen«, brummte Mogda ärgerlich.

Er riss den Paravent beiseite und stoppte.

»Na, da staunst du Fettwanst, oder?«

Usil lag in seiner Koje, das Hemd vom Körper gerissen und nur mit einer schmutzigen, braunen Leinenhose bekleidet. Arme und Beine waren mit Sisalbändern an die Bettpfosten gebunden. Sein Bauch und seine Brust waren mit roten Striemen übersäht. Die Füße wiesen unzählige kleine Schnittwunden auf. Der Goblin hatte die Klinge seines Dolches an Usils Hals gesetzt, und ein schmaler Rinnsaal roten Blutes tränkte die schäbige Matratze, auf der er lag. Der alte Mann lebte und war wach, aber die Schmerzen hatten ihn offenbar in einen Dämmerzustand versetzt.

Mogda versuchte, sich von seiner Besorgnis nichts anmerken zu lassen.

»Und, was soll das? Ihr habt einen Hüttenbauer gefangen. Was geht mich dieser alte Greis an?«

Der Goblin setzte ein breites Grinsen auf, wobei er seine gelben, nadelspitzen Zähne entblößte. In seinen Mundwinkeln hatte sich weißer Schaum gesammelt, und seine Pupillen waren von geplatzten Äderchen rot gefärbt.

»Ich habe dich erkannt«, protzte der Goblin. »Du bist der, den sie Mogda nennen. Die Hüttenbauer sind deine Freunde. In dieser Gegend gibt es weit und breit nichts außer diesem Hof. Also sagt mir mein

Gefühl, deine Reise hat dich hierher geführt, weil du den Alten kennst. Ja, da staunst du, jetzt hab ich dich.« Dann machte er eine Verbeugung und eine seltsame Handbewegung, die er sich bei den Menschen abgeschaut hatte.

Dieser kleine Wicht hatte Mogda tatsächlich durchschaut, aber das sollte nicht heißen, dass er jetzt die Oberhand besaß.

»Du hast Recht, ähh ...«

»Wizzel«, stellte sich der Goblin vor.

»Du hast Recht, Wizzel. Ich kenne den Alten, aber wir sind nicht befreundet. Er hat uns mit einer Wagenladung Essen beliefert, und wie wir erst später festgestellt haben, war die Hälfte der Waren verdorben. Jetzt wollte ich ihn zur Rede stellen und unser Gold zurückfordern.«

Wizzel schien verunsichert, doch ein Goblin wäre kein Goblin, wenn er sich aus so einer Situation nicht hätte herausreden können.

»Na prima, dann stehen wir ja auf der gleichen Seite. Leider haben wir hier auch kein Gold gefunden. Vielleicht solltest du noch einmal in der Scheune nachsehen, die haben wir noch nicht durchsucht.«

Wizzels Dolch wich dennoch keinen Fingerbreit von Usils Hals. Ihm war klar, dass sein Druckmittel an Stärke verloren hatte, doch es war alles, was er im Moment noch hatte.

»Egal, wie es kommt«, sagte Mogda und drehte sich ab, »ich kann nicht mit leeren Händen zurück zum Drachenhorst.«

Er bückte sich neben einem Kürbis, den Usil wohl ins Haus getragen hatte, und verdeckte Wizzel somit die Sicht. Lautlos griff er nach seinem Schwert und zog es zu sich hinüber. Dann umfasste er den riesigen Kürbis, hob ihn sich vor den Bauch und drehte sich um.

Wizzel gluckste vor Freude und verpasste Usil in Blitzesschnelle einen feinen Schnitt über die Brust. Dann setzte er den Dolch sofort wieder an seine Kehle. Anschließend tunkte er mehrere kleine weiße Beeren, die er aus der Tasche zog, in das Blut der Wunde ein und verschlang sie, wobei er die Augen verdrehte.

»Ihr seid nicht besonders wählerisch, was eure Nahrung angeht. Es gab schon mal bessere Zeiten für euch«, grinste Wizzel mit einem irren Ausdruck im Blick.

»Schlechte Zeiten machen erfindungsreich«, erwiderte Mogda und sah auf Usil. »Was meinst du, Hüttenbauer, wie kommst du wieder aus dieser misslichen Lage heraus?«

Usil drehte den Kopf zur Seite, und Mogda konnte Tränen in seinen Augen sehen. Er benetzte sich mit der Zunge die Lippen und flüsterte unverständliche Worte.

»Sprich lauter, Mensch, sonst versteht man dich nicht«, fauchte Wizzel ihn an und schlug ihm ins Gesicht.

»Töte ihn«, brachte Usil mit letzter Kraft und einem abschließenden Hustenanfall heraus.

Wizzel wollte ihn gerade für diese Unverschämtheit maßregeln, als Mogda einschritt.

»Wizzel?«

»Was?«, krächzte der Goblin.

»Fang!«

Mogda warf ihm den fünfzig Pfund schweren Kürbis entgegen und lächelte. Von einer urtümlichen Gier angetrieben, die augenscheinlich seinen Verstand ausschaltete, ließ Wizzel sein Messer fallen, um das dreimal schwerere Gemüse zu fangen. Das Gewicht des Kürbisses ließ seinen Körper zusammenklappen wie eine Blume, auf die man tritt, und begrub ihn unter sich. Nur seine Beine schauten unter der Frucht hervor, die außerdem bei ihrem Aufprall noch zwei Dielenbretter zerschmetterte. Mogda nahm sein Schwert auf, trat zwei Schritte an Wizzel heran und trieb die Klinge durch den Kürbis, durch Wizzel und durch die Bretter. Dann ließ er das Runenschwert stecken, um sich um Usil zu kümmern. Der Hustenanfall des Alten vermischte sich mit einem zaghaften Lachen.

»Ich hätte ihn schon vorher umgebracht, doch ich wusste nicht, ob es dir Recht wäre. Ihr habt so vertraut gewirkt«, flachste Mogda.

Schnell hatte er die Fesseln zerrissen und setzte Usil im Bett auf. Er war zu schwach, um zu sprechen, doch Mogda konnte in seinen Augen mehr erkennen, als der Alte hätte sagen können.

Mogda hielt ihm eine Schöpfkelle mit Wasser hin, von der Usil vorsichtig trank. Danach tupfte er behutsam die Wunden ab und legte den Alten wieder hin.

»Ruh dich erst einmal aus, morgen ist noch genug Zeit für eine Unterhaltung.«

Schnell war Usil eingeschlafen, und auch Mogda nutzte die Zeit, um sich hinzulegen.

6

Fremder ohne Schuhe

Es war finsterste Nacht, und sogar die Sterne hatten sich dazu entschlossen, hinter den Wolken zu verbleiben. Der Himmel bot kein Zeichen, um einem einzelnen Wanderer die Orientierung zu erleichtern. Die Dunkelheit schien nicht nur alle Farben zu schlucken, sondern auch jedes Geräusch zu dämpfen. Alles, was blieb, war der knirschende Sand aus zerstoßenen Muschelschalen, vermischt mit dem roten Quarzsediment, der bei jedem Schritt des jungen Mannes in die Nacht hinein flüsterte. Normalerweise wäre es unmöglich gewesen, ohne Wegpunkte die Wüste zu durchqueren. Ohne zu wissen, wohin man lief, war ein solches Unterfangen reiner Selbstmord. Doch dieser Wanderer war anders, er folgte nicht einem Pfad, er folgte dem Ziel, dass ihn anzog wie ein Sog im Meer einen Schwimmer.

Seine Schritte folgten unbeirrbar aufeinander, keine Unsicherheit tat sich auf, kein Stocken, kein Zögern, nichts was darauf schließen ließ, dass etwas Unvorhergesehenes passieren konnte.

Doch dann endeten die Schritte abrupt.

Eine halbe Meile voraus wurde plötzlich eine kleine Gruppe von Felsen erhellt. Ihre rot geränderten Umrisse waren nur für einen Augenblick zu erkennen, dann verschwanden sie wieder in der Dunkelheit. Kurz danach tanzten kleine glühende Funken in der Luft, die immer höher stiegen, bis auch sie von der Nacht aufgesogen wurden.

Eilig setzte der junge Mann seinen Weg fort, diesmal hielt er genau auf das nächtliche Lager zu. Hundert Schritt davor hielt er abermals.

»Wer ist da?«, hörte er eine kräftige Männerstimme rufen.

Einen Augenblick herrschte angespannte Stille, dann antwortete der junge Mann.

»Keine Angst, ich bin nur ein einsamer Wanderer auf der Suche nach einem nächtlichen Lager.«

»Dann zeigt Euch, wenn Ihr nichts zu verbergen habt«, antwortete die Stimme im Dunkeln, jetzt etwas selbstsicherer. Kurz darauf wurde die kleine Gruppe Felsen wieder in Licht getaucht und warf ihre langen

Schatten weit in die Rote Wüste hinein, wo sie sich in den Mustern der rissigen Erde verloren. Ein Zwerg erklomm die Gesteinsgruppe, eine Axt in der linken und einen Schild in der rechten Hand.

»Ich bin hier, Herr Zwerg«, antwortete der junge Mann. Der Zwerg wirbelte herum und verlor beinahe das Gleichgewicht. Der junge Mann näherte sich dem Feuer aus genau der entgegengesetzten Richtung, in der der Zwerg seinen nächtlichen Gast vermutete.

»Mein Name ist Glimdibur, nicht *Herr Zwerg*«, sagte der Zwerg, um über seine Unzulänglichkeit hinwegzutäuschen. Der fremde Besucher trat in den Schein des abgedeckten Lagerfeuers. Die jugendliche Stimme und die Art, wie er sich bewegte, waren die eines jungen Mannes, aber sein Gesicht und die Haut auf seinen Händen waren die eines Greises. Seine langen Haare hingen in schmutzigen Strähnen auf seinen Schultern. Er war nur in einen einfachen Wollmantel gehüllt und trug keine Schuhe.

»Es tut mir leid, Euch erschreckt zu haben, Herr Glimdibur.«

»Erschreckt, wieso denn? Ich wollte nur sichergehen, dass Ihr allein seid.«

Der Mann hockte sich zwei Schritt entfernt vor das Feuer und wartete darauf, dass sich Glimdibur zu ihm gesellte.

»Was macht ein, verzeiht mir, wenn ich das so sage, aber: ein alter Mann wie Ihr des Nachts in der Wüste?«, erkundigte sich der Zwerg.

»Nennt mich Elliah«, erklärte sein Gegenüber. »Ich bin auf der Reise zur Ogerstadt, um dort einen Tauschhandel zu tätigen.«

Glimdibur musste lächeln. Er hatte schon viele Ausdrücke für den Drachenhorst gehört, doch Ogerstadt war bis jetzt nicht dabei gewesen.

»Ogerstadt? Es ist doch wohl eher eine Behausung als eine Stadt.«

Das schien die Aufmerksamkeit von Elliah zu wecken. Er musterte den Zwerg vor sich genauer und fixierte seine Augen.

Glimdibur wich den Blicken des Mannes aus.

»Na, na, dass soll doch wohl kein Techtelmechtel werden, oder versucht Ihr mich zu verhexen?«

Elliah brach den Blickkontakt ab.

»Leider reichen meine Kräfte nicht aus.«

Glimdibur nahm es als Scherz hin, konnte aber die Unsicherheit in seinem Lachen nicht verbergen.

»Das muss aber ein gutes Geschäft sein, wegen dessen Ihr Euch allein auf die Reise zu diesen ungehobelten Barbaren macht. Sie gehen nicht gerade zimperlich mit Fremden um, außerdem besitzen sie kaum etwas, worum es sich zu feilschen lohnt.«

»Es kommt nicht auf den Wert der Ware und dessen Bezahlung an. Es hat nur etwas mit dem Nutzen für beide Parteien zu tun.«

Glimdibur dachte über diese Worte nach, konnte sich aber keinen Reim darauf machen.

»Wenn ich Euch so ansehe, frage ich mich, was die Oger von Euch erhalten könnten, dass ihnen von Nutzen ist«, grübelte er.

»Sie behalten ihr Leben und den Fortbestand ihrer Rasse.«

Glimdibur wurde der Alte allmählich unheimlich. Körperlich war er ihm zwar überlegen, aber man konnte nie wissen, auf was man sich wirklich einließ, wenn man einen Menschen herausforderte.

»Tja, es war schön mit Euch geplaudert zu haben, aber ich muss mich wieder auf den Weg machen. Es ist einfacher für mich, in der Nacht zu laufen. Kann ich Euch noch irgendwie behilflich sein?«

Elliah schien nicht verwundert über den plötzlichen Aufbruch.

»Ja, wisst Ihr vielleicht, wo ich die nächste Wasserquelle finden kann?«

Das brachte Glimdibur nun vollkommen aus dem Konzept.

»Hier in der Wüste? Das Einfachste wäre es wohl, fünfzig Schritt tief zu graben. Wartet, ich lasse Euch einen Bierschlauch zurück. Mein Proviant reicht noch länger.«

Mit einer Geste des Dankes nahm Elliah das gegerbte Ziegenleder entgegen. Glimdibur ließ ihn allein zurück am Feuer und war schnell in der Dunkelheit verschwunden.

Elliah saß am Feuer und zog behutsam den Korken aus dem Trinkschlauch. Mit einem Auge schaute er in die Öffnung und schüttelte dabei den Schlauch hin und her. Vorsichtig setzte er ihn an seinen Mund und nahm einen winzigen Schluck. Er verzog das Gesicht und spuckte das Bier sofort wieder aus. Den restlichen Inhalt vergoss er auf der roten Erde und beobachtete, wie der Sand die Flüssigkeit gierig schluckte.

»Grauenvolles Gebräu«, murmelte er zu sich selbst. »Allein dafür hätte ich dich töten sollen.«

Elliah stand auf und warf das leere Ziegenleder auf die Feuerstelle. Er schaute einen Moment auf den Boden und fand, wonach er suchte. Mit zwei großen Schritten hatte er den Platz seiner Wahl gefunden, stellte sich aufrecht hin und begann sich um die eigene Achse zu drehen. Zuerst, indem er seine Füße abwechselnd in neunzig Grad Stellung setzte, dann plötzlich ganz ohne eigenes Zutun. Er drehte sich wie eine kleine geschnitzte Figur auf einer Spieluhr und bohrte sich langsam in die Erde. Innerhalb weniger Augenblicke war er vom roten Sand der Wüste verschlungen worden, so wie das Bier des Zwerges kurz zuvor.

7

Zuhause bei Feinden

Glimdibur klopfte sich den roten Sand von den Schuhen und zog das Schnürband fester um den Schaft. Der Aufstieg in die Berge ließ es nicht zu, mit sich und seiner Ausrüstung fahrlässig umzugehen. Jeder Fehltritt, jedes Abrutschen konnte den Tod bedeuten, selbst für einen erfahrenen Zwerg, der mehr Tunnelgänge in den Fels getrieben hatte, als es Rattenlöcher unter einer Stadt gab.

Er dachte nicht mehr an den seltsamen Mann, den er vor zwei Nächten in der Wüste getroffen hatte. Verrückte und größenwahnsinnige Spinner gab es überall.

Vielmehr beschäftigten ihn noch immer die Vorkommnisse im Drachenhorst. Die Tat war unverzeihlich, und dennoch trennten Recht und Unrecht nur wenige Jahre. Er tröstete sich damit, dass es noch nicht lange her war, als es eine Zeit gab, da man Oger töten konnte, ohne mit Sanktionen zu rechnen. Damals hatte man sich sogar damit brüsten können, einen dieser Unholde Tabals im Alleingang erledigt zu haben. Nur weil man jetzt mit ihnen Handel trieb, waren sie noch lange nicht zivilisiert. Sie blieben blutrünstige Barbaren, denen man nicht vertrauen konnte. Wer würde sich schon um einen Oger kümmern, der, wie es aussah, bei einem Tunnelsturz ums Leben gekommen war? Er hatte den Stein, und niemand konnte ihn mehr wegnehmen; nichts konnte wichtiger sein als diese Tatsache. Das Zwergenrecht sagte, Edelsteine, die nicht in Zwergenminen entdeckt wurden, gehörten dem Finder, und genau so sollte es sein. Jetzt, nach so vielen Jahren der Arbeit, würde er endlich seinen gerechten Lohn bekommen. Er würde eine Berühmtheit sein. Dieser Stein machte ihn von Glimdibur Tunnelbauer zu … Glimdibur Rubinfels.

Das steile Gebirge ragte vor ihm auf. Riesige Felsblöcke türmten sich übereinander, ineinander verkeilt und über und über mit Geröllsplitt bedeckt. Einen sicheren Halt gab es hier genauso wenig wie eine Verschnaufpause auf dem Weg nach oben. Dennoch, Glimdibur hatte diesen Weg nicht ohne Grund gewählt. Er war einerseits der schnellste, wenn man zur Zwergenesse gelangen wollte, und andererseits bot er ihm die Möglichkeit, ungesehen in die Tiefen der Zwergenstadt vorzudringen. Er war sich nicht sicher, ob es vonnöten war, nicht gesehen zu werden, aber schaden konnte es auch nicht. Er würde nicht umhin kommen, dem König von dem Vorfall im Drachenhorst zu erzählen, doch er hatte sich vorgenommen, die Ereignisse in etwas abgewandelter Form wiederzugeben. Außer ihm gab es niemanden, der es hätte anders erzählen können.

Mit einer Gewandtheit, die man nur einem Elfen im Wald oder einem Hai im Wasser zugetraut hätte, bewegte sich Glimdibur zwischen den Felsen. Jeder Schritt war wohlgesetzt, und jeder Handgriff saß. Sein ganzer Körper war gleichermaßen angespannt, und die Kraft, die er dabei aufbrachte, ließ seine Adern unter der Haut hervortreten. Er musste einen Höhenunterschied von etwas mehr als dreitausend Fuß überwinden, und er musste es schaffen, bevor es dunkel wurde. Eine Nacht zwischen zwei Felsen eingeklemmt zu verbringen, nicht richtig essen zu können und nicht einschlafen zu dürfen hatte wenig Reiz für ihn. Glimdibur erhöhte sein Tempo, doch ohne dabei seine Sicherheit aufzugeben. Er hockte in einer Felsspalte, die Beine auf der einen Seite an die Wand gedrückt und seinen Rücken auf der anderen. Er griff nach oben und wischte mit der Hand über eine Felskante, die er als Halt benutzen wollte, doch außer etwas Staub kam nichts heruntergerieselt.

Glimdiburs Atem stockte. Er schaute verängstigt nach oben und musterte die Felsen. Er griff an seinen Gürtel und löste das Essgeschirr. Vorsichtig und ohne Lärm zu machen klemmte er es in eine Spalte. Dann versicherte er sich, dass das Lederpäckchen an seinem Gürtel gut verschnürt war. Mit einem fast liebevollen Klopfen und einem zufriedenen Gesichtsausdruck rückte er es noch einmal zurecht, dann machte er sich weiter an den Aufstieg. Fast wie in Zeitlupe bewegte sich der Bärtige zwischen den Gesteinsbrocken. Bei jedem Griff nach oben tastete er die Vorsprünge ab.

»Wo bist du?«, fragte er sich selbst im Flüsterton.

Mit ausgestrecktem Arm griff er nach einer Felsnase und hielt plötzlich inne. Behutsam zog er seine Hand zurück. Er drehte die Handfläche mit erstarrten Fingern zu sich und betrachtete sie. Eine klebrige, braune Masse hing daran und tropfte zähflüssig seinen Arm hinunter. Er roch daran, wobei er sorgfältig darauf achtete, direkten Kontakt mit Gesicht oder Bart zu vermeiden. Angeekelt rümpfte er die Nase. Er griff nach seiner Wasserflasche, die er zuvor abgelegt hatte, und musste zu seinem Ärger feststellen, dass sie beim Einklemmen leckgeschlagen war. Den letzten Rest des wertvollen Nasses verteilte er so gut er konnte, um seine Hand zu reinigen. Es reichte nicht. Überaus emsig versuchte er seine Hand am schroffen Fels abzuwischen. Ohne Erfolg. Angewidert starrte er auf seine Finger, schüttelte resigniert den Kopf und wischte sie mehrfach an Hemd und Hosenboden ab.

Glimdibur brauchte einen Augenblick, um sich wieder zu sammeln, dann stieß er sich mit den Beinen ab, griff in eine Felsspalte und ballte die Hand zur Faust, die sich damit verankerte wie ein Kletterhaken, und rollte sein Gewicht auf den nächsthöheren Vorsprung. Sofort war er wieder auf den Beinen und zog seinen Kriegshammer. Direkt vor ihm lag ein Troll, dessen Körper stark verkrümmt war und dessen Augen weit nach hinten verdreht waren. Er war tot. Glimdibur war nicht gerade ein Fachmann für Trolle, aber an Altersschwäche schien dieser hier nicht gestorben zu sein. Auch alle Anzeichen für einen tödlichen Sturz fehlten. Das Einzige, was ihm auffiel, war der weiße Schaum, der ihm vor dem Maul stand. In der Klaue hielt der Troll eine Steinkartoffel, die nicht sonderlich schmackhaft, aber auch nicht giftig war. Er wusste, ein Troll würde nur in höchster Not auf fleischlose Nahrung zurückgreifen, aber der Zwerg verspürte nur geringe Lust ihn näher zu untersuchen.

Er war erleichtert, dass er den Troll tot vorgefunden hatte, denn einen Kampf mit so einem Ungetüm hätte er nicht unbeschadet überstanden, wenn überhaupt. Trolle waren erstklassige Kletterer und überragende Kämpfer. Beides zusammen machte sie zu erbitterten Feinden der Zwerge.

Glimdibur sammelte seine Ausrüstung zusammen und machte sich an den restlichen Aufstieg. Er war aufgeregt, nur noch tausend Fuß trennten ihn von seinem neuen Leben. All die Schmerzen, die das Klettern mit sich brachte, verflogen bei dem Gedanken an seine Zukunft, genauso wie der Gestank des Trollkots. Je näher er seinem Ziel kam, desto häufiger überprüfte er das kleine Lederpaket an seiner Seite. Er drückte es, rückte es zurecht und verschnürte es erneut. Nur noch ein Steinwurf trennte ihn von dem Pfad zum Eingang der Zwergenesse, dann hatte er es geschafft. Die Sonne zeichnete sich nur noch als glühend roter Streifen am Bergrücken ab. Noch bevor er das mächtige Doppelportal erreicht hatte, sandte sie ihre letzten Strahlen hinab in die zerklüftete Felsenlandschaft.

»Halt, wer da?«, rief ihm eine außerordentlich energische Zwergenstimme zu.

»Ich bin es, Glimdibur«, antwortete er dem Schatten.

Aus den Wächternischen am Portal traten zwei Zwerge und öffneten die Klappen ihrer Grubenlaternen. Glimdibur musste die Augen zusammenkneifen, um gegen das blendende Licht noch etwas erkennen zu können.

»Golbat, bist du das?«, fragte er unsicher.

»Ja, ich bin es, und Tungbasch. Du kommst spät, Glimdibur«, antwortete die Stimme.

»Ja, ich weiß, aber ich muss rasch zum König. Es ist dringend.«

Die beiden Wachen fragten nicht näher nach, sie kannten Glimdiburs Ruf, demzufolge er ebenso geheimniskrämerisch wie integer war. Gemeinsam zogen sie die schweren Flügel des Doppelportales auf, und Glimdibur schlüpfte hindurch. Er hastete durch die Gänge der Zwergenstadt. Aufwendige Steinmetzarbeiten zierten die Wände, und auf dem Boden fanden sich reichhaltige Mosaike mit Ornamenten. Viele der Tunnel waren einfach nur Blindgänge, die unbefugte Eindringlinge verwirren und ihr Vorrücken zur eigentlichen Zwergenstadt verhindern sollten.

Doch Glimdibur hatte heute keinen Blick für die Schönheiten der Zwergenwelt übrig, sein ganzer Sinn war auf die Aussprache mit dem König und die Bestätigung der Rechtmäßigkeit seines Besitzes gerichtet. Viele Tunnel und Hallen durchquerte er, viele Treppen stieg er hinab, aber außer den gewohnten Wachposten kreuzte niemand seinen Weg. Nach einiger Zeit betrat er ein kleines Gewölbe, das über keinen weiteren Ausgang zu verfügen schien. Der Raum war ebenso verziert wie jeder Teil des Zwergenreiches. Glimdibur nahm seine Laterne und stellte sie auf eine Mosaiksonne am Boden. Den Spiegel seiner Lampe richtete er so aus, dass er das in Stein gehauene Gesicht eines würdevoll aussehenden Zwerges beleuchtete. Dann wartete er ab. Seine Unruhe ließ ihn in dem Raum auf und ab gehen, während er mit seinen Lippen unhörbare Worte formte, um sich seine Ansprache zurechtzulegen.

Ein schwerfälliges Getriebe wurde in Gang gesetzt. Eine Mechanik, die ein leichtes Vibrieren im Boden hinterließ, wie sie nur ein Zwerg spüren konnte. Glimdibur drehte sich zur Wand und starrte auf das hell erleuchtete Gesicht. Die Mechanik rastete ein, und ein dumpfes Grollen erklang. Stück für Stück verschwand ein Teilstück der Mauer im

Boden. Die Geheimtür, die nur einen Schritt breit und eineinhalb Schritt hoch war, versank fast lautlos im Massiv. An ihren Seiten blieb nicht genug Platz, um ein Pergament dazwischen zu schieben. Glimdibur wusste, dass nur eine Phiole Öl imstande wäre, die feinen Zwischenräume in den Gesteinsplatten zu zeigen. Hinter der Öffnung befand sich ein eiserner Käfig, dessen Schmiedekunst den Steinmetzarbeiten der Zwerge nicht im Geringsten nachstand.

Glimdibur betrat den Aufzug und betätigte einen Hebel. Das Absacken des Käfigs ging einher mit dem Heben der Geheimtür, und alles geschah wie gewohnt geräuschlos. Glimdibur fuhr fast dreihundert Fuß in die Tiefe, bevor der Aufzug zur Ruhe kam.

Auf die gleiche Weise wie zuvor öffnete sich die Wand vor ihm und gab den Blick auf eine große Halle frei. Die prunkvolle Ausstattung ließ keinen Zweifel daran, wo man sich befand. Dies war die Residenz von König Braktobil dem Zweiten, Herrscher über die Zwerge Nelbors. Zwei Wachen in aufwendig geschmiedeten Rüstungen versperrten Glimdibur den Weg. Jeder von ihnen war mit einer Zwergenhellebarde bewaffnet, und wenn man den Geschichten Glauben schenken durfte, waren die Obsidianwachen im Kampf jeder Kreatur gewachsen. Sie waren stumm, und alles, wofür sie lebten, war ihr König und sein Schutz. Wenn sie nicht gerade seinen direkten Befehlen folgten, trainierten sie den Umgang mit ihren Waffen.

»Meister Glimdibur, welch glücklichem Geschick haben wir den Umstand deines Besuches zu verdanken?«, ertönte eine Stimme hinter den Wachen. Glimdibur kannte sie nur zu gut, es war die Stimme von Ugomasch, seinem Bruder und gleichzeitig Berater und langjähriger Freund des Königs.

Die Wachen traten beiseite und gaben den Weg frei. Andächtig und mit gesenktem Haupt betrat Glimdibur die Halle.

»Nicht so untertänig, Bruder, wir sind doch vom selben Blut«, maßregelte Ugomasch ihn.

»Ich habe ein dringliches Anliegen. Es ist von größter Wichtigkeit, dass ich mit dem König spreche.«

»Du kommst aber äußerst ungelegen. Der König hat sich gerade zur Ruhe begeben«, erklärte Ugomasch. »Es war ein anstrengender Tag, viele Entscheidungen gab es zu treffen, und die eine oder andere Ungereimtheit machte uns einen Strich durch die straffe Zeitplanung.«

Glimdibur hasste es, wenn sein Bruder so geschwollen daherredete. Immer war er darauf bedacht, mit der Wahl seiner Worte etwas Normales in etwas Geheimnisvolles zu verwandeln. Die Stellung, die er innehatte, war zwar gut für sein Ansehen, doch seinem Charakter schadete sie enorm.

»Du glaubst doch nicht, dass ich den geheimen Tunnel benutze, um mit dem König ein kleines Pläuschchen zu halten«, rechtfertigte Glimdibur sich mürrisch. »Ich habe den König erst ein einziges Mal in meinem Leben unaufgefordert behelligt, und das war der Tag, an dem die Elfen ihre Schiffe bestiegen, und was ich dem König damals kundtat, rechtfertigte jede meiner Handlungen. Heute ist es nicht weniger wichtig.«

Ugomasch zog eine Augenbraue hoch.

»Du scheinst in deinen dunklen Tunneln geübt zu haben mich nachzuahmen, und ich muss zugeben, es ist dir recht gut gelungen.

Ich werde sehen, was ich tun kann. Warte hier.«

Ohne Glimdibur die Möglichkeit zu einer schlagfertigen Antwort zu geben, drehte Ugomasch sich um und hielt auf die bronzene Tür zum Schlafgemach des Königs zu. Glimdibur sah ihm nach und fragte sich, was sie eigentlich so entzweit hatte. Als Kinder waren sie unzertrennlich gewesen. Aber Ugomasch strebte schon früh nach Höherem. Er war darauf versessen, bei allem, was er tat, der Beste zu sein, und egal, womit er sich beschäftigte, es war wichtig, wichtiger als das, was die anderen taten. Glimdibur hatte diesen Ehrgeiz nicht oder, wie sein Bruder sagen würde, er hatte nicht das Durchhaltevermögen, immer nach der Meisterschaft zu streben. Im Laufe der Jahre hatten sie sich immer weiter entfremdet. Nicht nur ihre moralischen Vorstellungen gingen auseinander, sie hatten sich auch körperlich unterschiedlich entwickelt. Ugomasch war der Stolz der Familie. Er dachte an das Wohl des Stammes, dafür war er bereit fast jedes Opfer zu bringen. Es gab für ihn kein Gut und kein Böse, nur ein Richtig oder Falsch. Immer darauf bedacht, unantastbar zu wirken, tat er das, wovon er überzeugt war, ohne je Reue zu verspüren. Sein Körper war vom Kampftraining gestählt, seine Kleidung aus feinsten Stoffen, der Bart akkurat geschnitten und die Zöpfe mit duftendem Öl gesalbt. Alles, was Glimdibur darstellte, war ein ältlicher Gelehrter in abgerissener Kleidung auf der Suche nach den großen Antworten im Fels.

Ein zaghaftes Klopfen und einige erklärende Worte durch die geschlossene Tür veranlassten den König dazu, seine Gemächer zu verlassen. Glimdibur wollte niederknien, wie es das Protokoll verlangte, doch König Braktobil unterbrach ihn herrisch, noch bevor seine Knie den Boden erreichten.

»Glimdibur, wie du siehst, trage ich einen Nachtrock, also sollten wir das offizielle Geplänkel beiseite lassen und gleich zum Thema kommen. Was führt dich zu mir?«

König Braktobil trug tatsächlich ein schweres dunkelblaues Nachtgewand, und seine Zöpfe, wie auch der Bart, waren mit farblich abgestimmten Bändern fixiert. Es war ein Anblick, der seine Feinde in lautes Gelächter hätte ausbrechen lassen.

Glimdibur schnürte eilig das Paket von seinem Gürtel und öffnete es, dann reckte er es dem König entgegen.

»Ich habe ihn in den Marmorminen am Drachenhorst gefunden. Leider kam es dabei zu einer Auseinandersetzung mit einem Oger. Der Oger ist tot, aber es war ein Unfall. Er hat sich nicht an meine Anweisungen gehalten und die falsche Stütze weggeschlagen.«

Der König sagte nichts, er starrte nur auf den Rubin. In seinen Augen spiegelte sich das Verlangen danach wider.

»Hast du dies alles den Ogern erklärt und die genauen Umstände des Unfalls vorgetragen?«, fragte Ugomasch.

»Nein, ich bin geflüchtet. Ich wollte zuerst meinen rechtmäßigen Besitz in Sicherheit bringen«, erklärte Glimdibur, der dem Blick seines Bruders auswich, da er ihn Lügen strafte.

»Bruder, verzeih mir, aber vielleicht wäre es besser, wenn wir erst einmal eine Nacht darüber schlafen und morgen eine Entscheidung treffen. Wir hatten hier allerhand Probleme, während du im Drachenhorst warst, zwei Schächte sind eingestürzt, weil sich eine Bimssteinader gelöst hatte, und im Arbeiterviertel kam es zu Vergiftungserscheinungen beim Verzehr von Steinkartoffeln. Der König muss sich zuerst ausruhen, aber wir werden gleich morgen früh nach dir schicken lassen. Bitte entschuldige uns.«

Der König hatte kein einziges Wort mehr gesprochen, er hatte sich einfach umgedreht und war in seinem Zimmer verschwunden. Glimdibur war verwirrt und enttäuscht. *Was für eine Entscheidung wollten sie treffen? Die Besitzrechte waren doch klar.*

Auf dem Weg zu der Unterkunft gingen ihm die Worte seines Bruders immer wieder durch den Kopf. Vielleicht wäre es richtig gewesen, ihnen von dem Troll zu erzählen, der sich anscheinend auch mit einer

Steinkartoffel vergiftete hatte? Aber das hätte zu sehr von seinem eigentlichen Anliegen abgelenkt. Morgen wäre immer noch genug Zeit dafür. Die anstrengende Reise und die Aufregung ließen Glimdibur vor Erschöpfung voll bekleidet einschlafen, als er endlich sein Bett erreichte. Den Stein hielt er fest umklammert in seinen Händen.

Es war mitten in der Nacht, als Glimdibur erwachte. Seine Finger hatten sich verkrampft, und seine Knöchel schmerzten. Irgendetwas hatte ihn geweckt, nur wusste er nicht, was es war. Er spürte einen Lufthauch und hatte das unbestimmte Gefühl, nicht allein zu sein. Der Raum war stockfinster, und deshalb konnten noch nicht einmal die geschärften Augen eines Zwerges die Dunkelheit durchdringen. Ein Geruch drang an seine Nase, der Duft von Rosenöl.

Glimdibur stockte der Atem, und er lag regungslos auf seinem Bett, dennoch vernahm er das Geräusch von Luft, die durch zwei Nasenflügel in den Körper gepumpt wurde, und er hörte, wie sich Stoff über einem Oberkörper spannte, wenn sich der Brustkorb hob. Er war nicht allein, und er wusste, wer ihm diesen Besuch mitten in der Nacht abstattete. Er wusste auch, was er wollte, nur verstand er nicht, warum.

»Hat *er* dich geschickt?«, wisperte Glimdibur in die Dunkelheit.

Einen Moment lang herrschte Grabesstille, dann flüsterte ihm jemand direkt ins Ohr.

»Ja, er hat entschieden, dass es zu gefährlich ist, dich am Leben zu lassen. Du könntest das Bündnis zwischen Menschen, Zwergen und Ogern gefährden. Dein Tod lässt den Unfall glaubwürdig erscheinen.«

Glimdiburs Herz raste, und sein Atem war schnell und flach. Er hörte, wie sein Bruder den Knopf der Waffenschlaufe öffnete, an dem der Kriegshammer befestigt war.

Wenn König Braktobil sein Ableben wünschte, dann war er bereits tot, die Ausführung war nur noch reine Formsache. Außerdem wäre er Ugomasch ohnehin nicht gewachsen, aber vielleicht hatte sein Bruder auch Recht, und er verfügte einfach nicht über genug Schneid, um am Leben zu bleiben.

»Du hast vergessen«, röchelte Glimdibur, »dass der König somit auch dich …«

Niemand hörte den Schlag in der nächtlichen Stille, genauso wenig wie den letzten Atemzug, den der Tunnelbaumeister in die Gänge der Zwergenstadt schickte.

8

Besuch im Tempel

Usils Zustand hatte sich nicht verbessert, kalter Schweiß stand ihm auf der Stirn, und sein Körper wurde von Schüttelfrost geplagt. Mogda war mehrfach in der Nacht dadurch hochgeschreckt, dass Usil von Fieberträumen gepeinigt aufschrie. Er hatte ihm zu trinken gegeben und seine Stirn abgetupft, genau so, wie er es bei Cindiel immer beobachtet hatte, wenn sie sich um kranke Menschen kümmerte. Mogda untersuchte das ganze Haus auf der Suche nach kleinen Fläschchen mit Medizin, die die Händler in den Gassen feilboten. Er wusste, dass sie garantierten, damit jede bekannte Krankheit und jedes Gebrechen kurieren zu können. Usil hatte keine Medizin im Haus, aber dafür stieß er in einer Kammer auf ein Lager eingemachter Kürbisse, von denen sich der Alte mindestens ein Jahr hätte ernähren können.

Mogda wollte nicht darauf vertrauen, dass Usil von allein gesundete, er musste ihn fortschaffen. Er entschied sich, ihn mit nach Osberg zu nehmen und dort von einem Heiler behandeln zu lassen.

Schon beim Betreten der Scheune stieg ihm ein süßlicher Geruch in die Nase, den er sofort erkannte. Es war der Geruch von Tod und Verwesung, der auch die Anwesenheit der Goblins erklärte. Er fand Usils Pferd im Gatter liegen. Der Bauch des Tieres war ganz aufgedunsen und die Augen weißlich getrübt. Mogda kannte sich nicht gut mit Pferden aus, es sei denn mit ihrer Zubereitung, aber er konnte mit Sicherheit sagen, dass die Goblins es nicht getötet hatten. Dieses Tier war mindestens seit zwei Wochen tot, und es hatte keine sichtbaren Verletzungen.

Vor Mogdas innerem Auge entstand das Bild eines Ogers, der einen Karren, voll beladen mit Kürbissen, durch die Straßen von Osberg zog, während die Einwohner in ihren Hauseingängen standen und sich über ihn lustig machten.

»Jetzt weiß ich, was ihr Götter mit uns vorhabt – ihr bestimmt uns zur Strafe für die vielen getöteten Pferde zu dummen Lasteseln«, brummte er. »Und ihr werdet keine Ruhe geben, bis auch der Letzte von uns vor ein Fuhrwerk gespannt wurde.«

Wenig begeistert zog er den alten, einachsigen Karren, auf dem Usil immer sein Brennholz transportierte, vor das Haus. Er breitete Decken und Tücher, die er im Haus fand, auf der Ladefläche aus und bettete Usil darauf. Er suchte noch ein wenig Proviant zusammen, musste sich aber mit zwei Glas Kürbissen, einer Hand voll kleinen Beeren und einer angebrochenen Flasche Rotwein sowie einem gefüllten Wasserschlauch begnügen. Dann zog er den Karren mit einem energischen *Hüa brrt brrt* vom Hof Richtung Osberg.

Es war für Mogda ein Leichtes, den Karren zu ziehen. Er hatte schon schwerer zu schleppen gehabt, wie Pferde oder Rinder, die nicht mehr in der Lage waren, sich selbst vorwärtszubewegen. Mit solch einem Gewicht durchs Unterholz zu hetzten, weil ein aufgebrachter Mob Hüttenbauer hinter einem her war, *das* verlangte alle Kraft, die man besaß.

In kürzester Zeit hatte Mogda wieder die Straße nach Osberg erreicht, dann erhöhte er sein Tempo und begann zu laufen. Er wusste, wie zerbrechlich und verletzlich der menschliche Körper war. Die Vorstellung am Tod seines Freundes Schuld zu haben, nur weil er trödelte, trieb ihn voran.

Es war früher Nachmittag, als er die aufgewirbelte Staubwolke fünf Meilen hinter sich im Osten sah.

Reiter, dachte er. Vielleicht konnten sie ihm helfen schneller an sein Ziel zu kommen? Ihm war klar, dass den Menschen nicht allzu viel daran lag, einem Oger zu helfen, aber unter Umständen würden sie es für Usil tun, der immerhin einer der ihren war. Obwohl er wusste, dass die meisten Menschen, die er kannte, nicht selbstlos handelten, sondern am liebsten Bezahlung für ihre Dienste entgegennahmen, tat er den Gedanken damit ab, dass es möglicherweise reichte, ihnen ein Glas Kürbisse zu geben. *Oder so viele wie sie haben möchten und ihre Mägen vertragen*.

In der Staubwolke wurden tatsächlich beim Näherkommen Reiter sichtbar, und sie legten eine hohe Geschwindigkeit vor. Sie trieben ihre Pferde an, als wenn Tabal persönlich hinter ihnen her wäre. Mogda entschied sich, auf sie zu warten, immerhin war es möglich, dass einer von ihnen ein Heiler war und Usil an Ort und Stelle helfen konnte.

»Da kommt Hilfe, alter Freund«, sagte er zu Usil, der zum wiederholten Male das Bewusstsein verloren hatte. »Die können uns bestimmt eine Hand reichen, zumindest wenn ...«, Mogda runzelte die Stirn, »wenn sie langsamer werden.«

Das gute Dutzend Reiter hielt genau auf sie zu und drohte Mogda niederzutrampeln, wenn er nicht beiseite sprang. Er blieb stocksteif stehen, in der Annahme, niemand wäre dumm genug, um einen Oger mit seinem Pferd zu Fall bringen zu wollen.

»Du brauchst keine Angst zu haben«, murmelte er, wobei er selbst nicht wusste, ob die Worte Usil oder ihm selbst galten. »Das werden sie nicht wagen, es wäre so verrückt, wie zu versuchen, jemanden mit einem Kürbis zu erschlagen.«

Er sollte Recht behalten. Die Männer rissen einer nach dem anderen die Zügel hoch, drängten ihre Pferde haarscharf an ihm vorbei und wendeten ihre Tiere hinter ihm. Dann ritten sie in immer enger werdenden Kreisen um ihn herum. Sie versuchten, ihren Radius immer kleiner werden zu lassen, um ihn zu verängstigen, doch Mogda blieb ruhig. Es gab keinen Grund, um in Panik zu geraten. Die Reiter waren zwar mit Armbrüsten bewaffnet, aber soweit Mogda sehen konnte, hatte nur ein einziger einen Bolzen eingelegt, und in diesem Durcheinander einen gezielten Schuss abzugeben war unmöglich. Auch die Annahme, die Pferde würden ihn einschüchtern, war falsch. Kein Oger hatte Angst davor, von seiner Lieblingsspeise eingekreist zu werden. Da ihr Plan nicht aufging, begannen die Reiter wild durcheinander zu schreien und sich gegenseitig Mut zu machen. Es waren zu viele Stimmen, um herauszuhören, was sie wirklich wollten. Nur Bruchstücke drangen an Mogdas Ohr.

»Das ist er. Er war auch dabei. Das ist der Anführer. Wir nehmen ihn gefangen. Lasst ihn uns töten.«

Gerade die letzte Aussage war es, die Mogda davon überzeugte, dem ganzen Firlefanz ein Ende zu setzen. Er fixierte den Reiter mit der geladenen Armbrust. Der Mann schien der älteste der Reiter und ihr Anführer zu sein, aber was ihn für Mogdas Zwecke besonders geeignet erscheinen ließ, war, dass er ein zweites Pferd an seinen Sattelknauf angebunden hatte und sein eigenes äußerst jung und bestimmt schmackhaft war. Mogda hatte schon lange kein Pferdefleisch mehr gegessen. Der Handel mit den Menschen versorgte sie zwar gut, aber Pferde waren den Menschen zu kostbar, um sie an die Oger zu verfüttern – so gab es meistens nur alte Rinder oder Hammel als Tauschobjekte.

Der Zeitpunkt war gekommen. Mogda packte zu und griff dem Pferd mit einer Hand unter die Vorderläufe, und mit der anderen drückte er gegen die Kehle des Tieres. Unfreiwillig bäumte sich das Reittier auf. Der Mann im Sattel geriet in Panik, verlor das Gleichgewicht und drohte, vom Rücken des Tieres zu rutschen. Mit letzter Kraft konnte er sich am Sattelknauf festhalten und drückte sich fest gegen den Hals des Pferdes. In seiner Verzweiflung oder aus Versehen schoss er dabei den Bolzen ab. Das Geschoss trat in den Hals seines Reittieres ein und bohrte sich tief in dessen Brust. Das Pferd war auf der Stelle tot, doch es brach nicht zusammen, da Mogda seinen Griff nicht löste, und die Vorderflanken des Tieres weiterhin hochhielt. Die anderen Reiter stoben auseinander und hatten alle Hände voll zu tun, ihre Pferde unter Kontrolle zu bringen. Zwei stürzten und rannten hinter ihren Pferden her, ein weiterer verfing sich in seinem Steigbügel und wurde von seinem durchgehenden Gaul mitgeschleift.

Nachdem Mogda sich vergewissert hatte, dass das Beipferd noch fest am Sattelknauf vertäut war, ließ er das tote Tier zur Seite wegsacken. Stattdessen griff er sich den Mann, der sich noch an den Rücken des Tieres klammerte, und hielt ihn, am Hals baumelnd, in die Höhe.

»Was wollt ihr von mir? Was habe ich euch getan?«, fauchte Mogda ihn an.

»Du, du hast Briftalon getötet«, stotterte er.

»Briftalon? Ich kenne keinen Briftalon. Wovon redest du?«

Mogda sah, wie sich der Zügel des zweiten Pferdes vom Knauf lockerte. Er wollte es auf keinen Fall entkommen lassen, es würde ihm noch gute Dienste leisten. Er ließ den Mann zu Boden fallen und griff die Zügel des Tieres kurz hinter seinen Nüstern. Dann zog er das Pferd zu Boden und zwang es dazu, sich hinzulegen. Mit seinem Fuß trat er auf das lederne Zaumzeug und wendete sich wieder dem Mann zu. Der hatte die Situation genutzt und Reißaus genommen. Er war schon zu weit entfernt, um ihn gefahrlos greifen zu können, ohne dabei das Pferd zu verlieren, so entschloss Mogda sich dazu, ihn laufen zu lassen. Anscheinend war das alles ohnehin nur eine Verwechslung, versicherte sich der Oger selbst.

Ein Dutzend berittener, aufgebrachter Hüttenbauer zu vertreiben, erwies sich als einfacher, als ein unwilliges Pferd vor einen Karren zu spannen. Jedes Mal, wenn Mogda den Wagen endlich hinter das Pferd gebracht hatte, drehte das dumme Vieh sein Hinterteil weg. Er hatte schon versucht, das Tier in den Schwitzkasten zu nehmen, aber dann reichte seine Armlänge nicht mehr aus, um den Karren zu greifen. Schlussendlich hatte er es auf den Boden geworfen, sich auf seinen Hals gesetzt und den Wagen mit der Trense um den Bauch des Pferdes geknotet.

Mogda wollte das andere, tote Pferd zusammen mit Usil auf den Karren legen, doch er merkte schon beim ersten Versuch, dass die Achse des alten Vehikels dem Gewicht nicht standhalten würde. Es half nichts, er musste es zurücklassen. Alle anderen Möglichkeiten, wie das Hinterherschleifen oder Zerstückeln, hätten gewiss einen falschen Eindruck bei der Bevölkerung von Osberg hinterlassen.

Mogda lenkte das Pferd von einer Position hinter dem Karren aus, mehr mit Kraft als mit Geschick, aber es war besser für das Pferd, wenn der Oger aus dessen Sichtbereich blieb. Nach einer halben Meile drehte Mogda sich noch einmal um. Von den aufgebrachten Menschen war nichts mehr zu sehen. Nur der tote Gaul lag noch da.

Mogda fühlte sich ausgesprochen gut, jetzt die Zügel in der Hand zu haben statt des Jochs um seinen Hals. In zwei Tagen würden sie Osberg erreicht haben.

Usils Zustand verschlechterte sich abermals. Zusätzlich zu seinem Fieber kamen jetzt noch starker Husten und Erbrechen hinzu. Der alte Mann war zu geschwächt, um noch Nahrung aufzunehmen, nur etwas Wasser träufelte Mogda ihm von Zeit zu Zeit in den Rachen.

Mogda gönnte sich und dem Pferd keine einzige Pause mehr, und als er die Stadtmauern von Osberg erkennen konnte, erhöhte er sein Tempo nochmals. Das Pferd wurde mittlerweile mehr von dem Karren geschoben.

Völlig erschöpft erreichte Mogda schließlich das Osttor, unter den erstaunten Blicken der zwei Stadtwachen, die davor postiert waren.

»Halt! Wohin willst du?«, wurde er von ihnen begrüßt.

Mogda stützte sich auf dem Wagen ab, welcher durch Knarren seinen Unmut äußerte. Dann holte er zweimal tief Luft, bevor er antwortete.

»Ich muss zu einem Heiler, der alte Mann hier ist schwer krank.«

Die beiden Stadtwachen warfen einen wenig beeindruckten Blick auf die Ladefläche.

»Ich weiß nicht, ob es so gut wäre, wenn du frei in der Stadt umherläufst«, erklärte einer von ihnen.

»Wir sind den Umgang mit euch nicht gewohnt, die Leute könnten Angst vor euch haben«, fügte der andere hinzu, in dem vergeblichen Versuch, beschwichtigend zu wirken.

Mogda hatte nicht die Zeit und nicht die Muße, sich den beiden lang und breit vorzustellen, während sein Freund im Sterben lag.

»Es ist auch besser, wenn die Leute Angst vor mir haben«, brüllte er stattdessen. »Denn wenn ich nicht gleich durch dieses Tor gelassen werde, wird man eure Abdrücke in dem Holz noch lange bestaunen können.«

Das Gebrüll weckte die Lebensgeister des Pferdes wieder, und die beiden Wachen konnten gar nicht anders, als das Tor zu öffnen, wenn sie nicht zwischen das Gespann und das Tor geraten wollten. Laut protestierend, aber unwillig, ihr Leben zu riskieren, sprangen die wackeren Wachen zur Seite.

Mogda hetzte durch die Straßen und Gassen von Osberg und kümmerte sich nicht weiter um die neugierigen, ängstlichen und erbosten Blicke, die er dabei erntete. Mütter umklammerten ihre Kinder, um zu verhindern, dass sie in die Nähe des Riesen kamen. Alte Leute, die die Oger noch aus den Trollkriegen kannten, flüchteten schnell in ihre Häuser.

Schließlich konnte Mogda den Turm der Kirche sehen und nahm eine Abkürzung über den Marktplatz, auf dem verschiedene Händler ihre Waren feilboten. Mit entschlossenem Blick preschte er zwischen den Ständen hindurch.

Ohne dass jemand zu Schaden gekommen war, erreichte Mogda die Stufen des Tempels. Er ließ den Wagen los und hob Usil behutsam von der Ladefläche. Er blickte zum Portal des Tempels hinauf, und in ihm erwachte eine fast vergessene Erinnerung. Dieser Platz, diese Kirche waren die Orte, an dem die Bündnisse zwischen Menschen und Ogern vor Jahren geschmiedet worden waren. Hier hatten die Feierlichkeiten stattgefunden, bei denen bekannt gegeben worden war, dass von nun an die beiden Rassen in Frieden miteinander leben wollten.

Mogda schaute über die Steinplatten, welche die Grenzen des Marktplatzes absteckten, aber er suchte einen bestimmten Stein. Er brauchte nicht lange, denn die rote Färbung stach hervor. Zwei Schritt neben dem

Karren hatte man den Stein in die Erde gelassen. Mogda wischte mit dem Fuß Staub und Unrat beiseite. Es war der erste Marmorblock, der den Drachenhorst verlassen hatte, und es war der einzige, für den die Oger keine Gegenleistung bekommen hatten. Mogda kannte die Gravur auf ihm nur zu genau. Er hatte sie zusammen mit dem Zwerg Dagolin in den Stein getrieben.

GEDENKSTEIN FÜR EINEN WAHRLICH GROSSEN HELDEN; DEN OGER TARBUR.

Er hatte Tarbur nicht persönlich gekannt, aber seine Geschichte war in aller Munde. Hagrim der Geschichtenerzähler hatte dafür gesorgt.

Schnell kehrten Mogdas Gedanken zurück in die Gegenwart. Mit jedem Schritt nahm er vier Stufen auf dem Weg zum Tempelportal, dann drückte er mit der Schulter die Flügel des Tores auf. Er durchquerte gerade das Hauptschiff, als ein Priester, der aus einer der Unterkünfte kam, ihn barsch anrief.

»Halt! Im Namen der Götter, wie könnt Ihr es wagen, den Tempel des Prios zu betreten? Eine Kreatur Tabals darf diesen heiligen Boden nicht entweihen. Schert Euch hinaus.«

Mogda traute seinen Ohren nicht. Immerhin wollte er eines der Kinder des Prios retten! Durfte er dafür nicht auf Prios Boden gehen?

Es waren aber nicht nur die Worte, die ihn störten, viel mehr reizte ihn der arrogante, zänkische Ton, in dem der Priester sprach. Dennoch, er wusste, dass er in dieser Stadt nur ein Besucher war und sich auch so zu benehmen hatte. Gelassen drehte er sich zu dem Priester um, der auf ihn zustürmte, als ob er ein übergroßes diebisches Nagetier sei, das sich an den Vorräten der Menschen zu schaffen machte.

»Was hast du mit dem alten Mann gemacht?«, fauchte der Priester, der aussah wie jemand, der einen großen Teil seines Tages damit zubrachte, darauf aufzupassen, nur keine Muskeln anzusetzen. Seine dünnen grauen Haare fielen über das Priestergewand, was ihm zusammen mit der hakenförmigen Nase das Aussehen eines Vogels verlieh.

Ruhig bleiben, dachte Mogda.

»Er ist krank, und ich habe ihn aus dem Tannenverlies hierhergebracht, damit Ihr ihm helfen könnt.«

Wenig interessiert blickte der Priester auf Usil, den Mogda auf eine der Bänke gelegt hatte.

»Er ist nicht krank, er wurde vergiftet, wie viele andere auch. Was habt Ihr ihm zu essen gegeben?«

Ruhig bleiben.

»Er hat seit Tagen gar nichts gegessen. Er ist zu schwach.«

Der Priester klappte eines von Usils Augenlidern hoch und schaute ihm in die Pupille. »Ich werde sehen, was ich tun kann, aber versprechen kann ich nichts.«

»Ich habe auch kein Orakel gesucht, sondern einen Heiler«, murmelte Mogda. Sorgenvoll strich er Usil mit zwei Fingern über die Stirn.

»So, nun macht, dass Ihr hier rauskommt, oder wollt Ihr die Götter erzürnen?«, befahl der Priester energisch.

Mogda folgte der Anweisung, doch bevor er den Tempel verließ, drehte er sich noch einmal zu dem Priester um.

»Hüttenbauer, erinnert Ihr Euch an Tarbur?«

»Natürlich, jeder kennt die Geschichte.«

»Passt auf, dass sie nicht ein zweites Mal geschieht.«

Der Priester machte einen verwirrten Eindruck, doch Mogda war sich sicher, dass ihm die Drohung irgendwann aufgehen würde.

Mit einem Knall zog er die Türen ins Schloss und lenkte das Pferd in Richtung seines eigentlichen Ziels. Mogda war gespannt, wie Cindiel auf seinen unerwarteten Besuch reagieren würde. Auch wollte er wissen, wie sie sich in den letzten zwei Jahren verändert hatte. Bei seinem letzten Besuch hatte sie gerade auf der Schwelle vom Mädchen zur jungen Frau gestanden.

9

Viele Fragen

»Werden genund?«, fragte eine Stimme hinter Rator. Er drehte sich genervt um und sah in das Gesicht von Gnunt, der versuchte, eine mitleidige Miene aufzusetzen, die jedoch eher an eine Magenverstimmung erinnerte.

»Hä?«

»Werden genund?«, wiederholte er seine Frage.

»Gesund«, korrigierte Rator und erntete dafür ein hastiges Nicken.

»Ja, werden gesund, aber Auge weg.«

Rator hatte entschieden, die Karren mit den Marmorblöcken zurückzulassen und sich mit den drei Wagenladungen an Vorräten zu begnügen. Ihm war unwohl bei dem Gedanken, wie die Händler die Geschichte auslegen würden. Er dachte, dass es besser sei, ihnen keine Gelegenheit zu geben, den Ogern Böswilligkeit zu unterstellen. Was passiert war, war ohnehin schlimm genug.

Seit ihrem Aufbruch ging er neben dem Wagen her, auf den sie den schwer verletzten Hagmu gelegt hatten. Er hatte das Bewusstsein verloren, als Rator den Bolzen aus seinem Auge ziehen musste. Seitdem war er wie weggetreten.

Es war nur noch eine halbe Tagesreise bis zum Drachenhorst, doch wie es dann weiterging, wusste Rator auch nicht.

Die Abenddämmerung war hereingebrochen, und Rator sah in einiger Entfernung den mit Fackeln beleuchteten Eingang zum Berg. Zwei Wachen hatten sich wie angewiesen davor postiert und achteten darauf, dass niemand unangekündigt das Heim der Oger betrat.

Die beiden Oger am Eingang kannte Rator nur vom Sehen. Ihrer Kleidung, ihrem Auftreten und ihrer Körperfülle nach zu urteilen, waren sie aus dem Hinterland von Nelbor gekommen und somit wenig kampferfahren.

Sie schenkten Rator und dem restlichen Gefolge nur wenig Beachtung, aber sie erkannten den großen Kriegsoger offensichtlich und versuchten um seinetwillen eine halbwegs stattliche Figur zu machen.

Rator stellte keine großen Ansprüche an die Oger aus dem Hinterland. Er wusste, dass sie nur wenig Kontakt zu ihresgleichen hatten, und jede andere Begegnung war nicht gerade durch einen anregenden Gedankenaustausch geprägt. Meistens beherrschten sie nur die notwendigsten Worte, um sich untereinander verständlich zu machen. Solange sie ihre Arbeit gut machten, war ihm das egal.

Rator übertrug Gnunt die Aufsicht über die Karren mit den Lebensmitteln.

»Ich snollen Aufsicht haben?«, fragte dieser verwundert.

»Ja, du nicht können?«

»Nie dnürfen sagen was machen andere.«

Rator klopfte ihm freundschaftlich auf die Schulter.

»Dann jetzt Zeit dafür. Bringen Hagmu in Quartier, dann du warten auf mich.«

Rator wendete sich ab und folgte einem breiten Gang, den die Oger mit Hilfe der Zwerge angelegt hatten, um die schweren Karren mit Granitblöcken in die Stollen hinunterzufahren. Die tiefen Furchen im Boden waren dazu gedacht, den Wagen nicht seitlich ausbrechen zu lassen, wenn er voll beladen nach oben geschoben wurde. Hunderte von Fuhren hatten diesen Weg schon genommen, und der von den Rädern fein zerstoßene Gesteinsstaub hatte sich in den Rillen gesammelt. Rator wunderte sich über die Stille hier unten. Es gab kaum eine Zeit, in der nicht gehämmert oder geklopft wurde. Die Oger waren in acht Schichten eingeteilt, um sicherzustellen, dass sie genug Marmor förderten, um die Händler am Pass beliefern zu können. Kruzmak, Rators langjähriger Kampfgefährte und Freund, war dazu eingeteilt, den reibungslosen Abbau des Gesteins zu überwachen, und er nahm seine Aufgabe sehr ernst. Die meiste Zeit war er hier unten in den Minen und passte auf, dass die eingeteilten Oger keine Schläfchen hielten, um sich vor der Arbeit zu drücken.

Eine einzelne Schicht dauerte zwar nur zwei Stunden, aber wenn ein Oger zwischen zwei Stunden Arbeit oder keiner Arbeit wählen konnte, fiel ihm die Entscheidung nicht sonderlich schwer. Es hieß, dass jeder, der seinen Anteil an der anfallenden Arbeit nicht leistete, zuerst auf halbe Ration gesetzt und bei erneutem Verstoß aus dem Drachenhorst vertrieben wurde. Zu solch drastischen Maßnahmen war es bis jetzt aber noch nie gekommen, da allein die Androhung, nicht so viel Essen zu bekommen wie die anderen, jeden Oger zu Höchstleistungen antreiben konnte.

Außerdem handelte es sich dabei eher um eine Richtlinie als eine Regel, und in Wirklichkeit erstreckte sich Kruzmaks Aufgabe eher auf die gerechte Verteilung des Schlafens während der Arbeit, da es ohnehin jeder tat, auch Kruzmak.

Auf halben Weg in die Stollen kam Rator einer der Minenarbeiter entgegen. Er hatte sich einen Stamm über die Schultern gelegt und an jedem Ende einen großen Bottich, gefüllt mit Geröllsplitt, befestigt. So wie es ihnen die Zwerge gezeigt hatten, sollten sie den Abraum in die ausgebeuteten Schächte bringen. Rator erkannte den Oger erst, als er vor ihm stand. Es war Tastmar, einer der beiden Brüder, die sie vor über sechs Jahren aus der Gefangenschaft von Ursadan, dem Orkhauptmann, befreit hatten. Seit dieser Zeit waren sie treue und loyale Gefährten, wie die meisten Oger im Drachenhorst. Tastmar war über und über mit rotem Staub bedeckt, der sich mit seinem Schweiß zu einer festen Kruste verband, die wie ein Panzer auf seiner Haut klebte.

»Tastmar, du gesehen Kruzmak?«

Tastmar schien erschöpft, fast am Ende seine Kräfte. Er deutete nur mit einer Handbewegung nach unten in die Mine, als er an Rator vorbeiging.

Oger konnten merkwürdig sein, das wusste auch Rator, besonders wenn sie ihre Zeit mit Arbeit verbringen mussten. Doch die beiden Brüder, die sonst stets zusammen waren, gehörten zu denen, die ihr Tagwerk für üblich leicht nahmen.

Rator grübelte darüber, was er Kruzmak sagen sollte. Er musste ihm von der Auseinandersetzung mit den Händlern berichten. Es war sicherlich sinnvoll, alle weiteren Lieferungen aufzuschieben, bis die Situation geklärt wurde. Es gab noch weitere Oger, denen er berichten musste, aber es war sicherlich einfacher, wenn er schon einen Freund und Fürsprecher an seiner Seite hatte. Entscheidungen, die gefällt werden mussten, wurden grundsätzlich allen Kriegsogern vorgetragen, und gemeinsam beratschlagten sie dann, was zu tun war. Jeder Oger konnte an diesem Rat teilhaben, aber nicht jeder war daran interessiert oder verstand, welches Problem es zu lösen gab. Umso näher das Thema an der Verteilung der Essensrationen lag, umso größer war üblicherweise die Beteiligung. Mogda gehörte ebenfalls zu den ständigen Mitgliedern des Rates, und seine Stimme hatte mehr Einfluss als die jedes anderen, nur war er momentan in Osberg und fiel deshalb wohl aus.

Rator folgte einfach den Fackeln, die im Tunnel angebracht waren, und gelangte, nachdem er zwei ausgebeutete Stollen hinter sich gelassen hatte, zu dem Teil der Mine, der gerade bearbeitet wurde. Die sorgfältig nach den Angaben der Zwerge abgestützte Halle war hell erleuchtet. Kruzmak stand an einen Balken gelehnt und erteilte Anweisungen an eine Gruppe von Ogern. An allen haftete der rote Staub.

»Rator, gut du da«, brüllte Kruzmak und lief auf ihn zu.

»Was gehen hier vor?«, brummte Rator.

»Das kann ich dir sagen, mein kräftiger Freund«, antwortete eine Stimme neben ihm. Rator sah einen jungen Mann mit langen blonden Haaren, der nichts am Körper trug als einen wollenen Umhang. Irgendwie hatte er es geschafft, sich von all dem Schmutz und rotem Staub fernzuhalten. Seine femininen Züge und der schmächtige Körperbau ließen darauf schließen, dass er in seinem Leben noch nie viel körperliche Arbeit verrichtet hatte.

»So wie es aussieht, hat einer eurer Leute die falsche Stütze weggeschlagen und zu lange damit gewartet, sich aus dem Staub zu machen«, sagte er in einem leicht spöttischen Tonfall.

»Wer du sein?«, wollte Rator wissen.

»Anscheinend der Einzige, der diesem unglückseligen, tölpelhaften Oger noch helfen kann. Ich bin so etwas wie ein Heiler auf Wanderschaft. Meine Reise hat mich nur durch Zufall hier vorbeigeführt. Aber wenn mir die Gelegenheit geboten wird, etwas Gutes zu tun, dann kann ich nicht umhin und muss meine Talente für den Segen der Götter darbringen.«

Rator hob die Hand und gebot ihm zu schweigen, eine Aufforderung, der sein Gegenüber unverzüglich nachkam. Rator wendete sich Kruzmak zu, um zu vermeiden, durch das Gefasel Kopfschmerzen zu bekommen.

»Wie viele verschüttet?«

»Einer von unseren«, gab Kruzmak zur Antwort. »Rolgist hier allein.«

»Heiler wird nicht können helfen, Rolgist tot«, sagte Rator und wendete sich wieder dem jungen Mann zu.

»Du kommen mit, wir schwer Verletzten im Lager. Dort können helfen, hier nur finden toten Oger.«

Der junge Mann schien enttäuscht zu sein, dass seine Fähigkeiten so unterschätz wurden.

»Ich glaube, ihr solltet die Sache noch einmal überdenken, vielleicht sitzt er irgendwo in einem Hohlraum fest und wartet nur darauf, befreit zu werden.«

Rator ging auf den verschütteten Durchgang zu und trat gegen einen zentnerschweren Quader.

»Einziger Hohlraum, Kopf von Rolgist, wenn nicht gehört auf Anweisungen von Zwerg«, erwiderte er und nahm sich vor, keine weiteren Erklärungen abzugeben.

»Zwerg auch verschüttet«, warf Kruzmak vorsichtig ein, der spürte, dass Rator am Ende seiner Geduld angelangt war.

»Siehst du, mein kräftiger Freund, hier gilt es *zwei* Leben zu retten, und das verlangt nach meiner ungeteilten Aufmerksamkeit.«

»Welcher Zwerg verschüttet?«, wollte Rator wissen und starrte den jungen Mann an, der wiederum fragend zu Kruzmak blickte.

»Glimdibur.«

Der Mensch hielt die Luft an, und seine Augen verengten sich. Etwas Dämonisches lag plötzlich in seinem Ausdruck.

»Glimdibur?«, fauchte er. »Du verfettete Missgeburt eines schwachsinnigen Trolls, du lässt mich hier stundenlang mit deinen grenzdebilen Schergen verbringen und sagst mir nicht, dass wir noch einen Zwerg suchen? Euer Gott Tabal müsste sich schämen, Anhänger wie euch zu haben.«

Für einen kurzen Moment waren Rator, Kruzmak und die übrigen Oger verwirrt. Noch nie hatten sie einen Hüttenbauer gesehen, der so schnell aus der Haut fuhr. Besonders verrückt schien die Tatsache zu sein, dass er noch nicht einmal eine Waffe besaß.

»Glimdibur, noch einmal entkommst du mir nicht«, schrie der junge Mann und hatte schon fast den Stollen verlassen, als Kruzmak hinter ihm herhechtete.

Er erwischte den Menschen am Arm und griff zu. Man hätte vermuten können, dass der Kriegsoger ihm den Arm aus der Schulter reißen würde, aber der junge Mann kam noch nicht einmal ins Straucheln, geschweige denn, dass sich sein Tempo verlangsamte. Er ging einfach weiter und schleifte Kruzmak hinter sich her. Nach wenigen Schritten blieb er stehen und drehte sich verärgert um.

»Du wagst es, mich zu berühren?«, fauchte er und löste Kruzmaks Griff mit zwei Fingern und dem Daumen.

»Niemand wagt es ungestraft, mich zu berühren. Seit tausend Jahren ernähre ich mich von Wesen, die dich noch nicht einmal als Lebensform ansehen, und du wagst es, dich mir entgegenzustellen.«

Er verdrehte Kruzmak den Arm so weit, dass der Oger sich am Boden wand und laut aufschrie. Mit einem einfachen Fußtritt in den Magen schleuderte er den Oger zwanzig Fuß weit gegen die Felsen, wo er benommen liegen blieb.

Sofort hasteten drei weitere Oger, bewaffnet mit schweren Steinhämmern, auf den Mann zu.

Rator hatte seine beidhändige Streitaxt vom Rücken gezogen und lauerte auf den richtigen Moment, um anzugreifen. Solange die drei Oger ihn attackierten, war es töricht, in den Kampf eingreifen zu wollen, die Gefahr, einen seiner Mitstreiter zu verletzten, war zu hoch.

Durch die Gotteslästerung angespornt droschen die drei Oger auf den Menschen ein. Der junge Mann hatte sich am Boden zusammengekauert und hielt die Arme schützend über seinen Kopf erhoben. Die schweren Hammerschläge prasselten auf ihn nieder. Immer wieder wurde er am Rücken, an den Oberschenkeln oder Armen getroffen, doch die Schläge schienen ihm nichts anhaben zu können. Sein Körper war weich, wie das dumpfe Geräusch der Schläge verkündete, doch wurden seine Gliedmaßen nicht verletzt. Der junge Mann rutschte nicht vom Fleck, keine blutende Wunde zeigte sich an seinem Körper, und kein Laut erklang aus seinem Mund.

Unerwartet blockte er einen Schlag mit dem Unterarm ab und griff nach dem Stiel des Steinhammers. Der Oger versuchte, seine Waffe wieder an sich zu reißen, doch konnte er dem Griff des Mannes nichts entgegensetzen. Mit einem kurzen Ruck glitt die Waffe aus den Händen des Ogers, und der Knauf des Hammers krachte gegen seine Brust. Das knirschende Geräusch von brechenden Knochen drang an Rators Ohr, und er sah, wie sein Mitstreiter auf die Knie fiel und sich die Schulter hielt.

Der Mensch erhob sich, obgleich ein weiterer Schlag ihn auf die Brust traf, und hielt das schwere Werkzeug frei schwingend in einer Hand. Der Hammer wog gut sechzig Pfund, und selbst die Oger mussten ihn beidhändig führen, um mit dem schweren Gerät arbeiten zu können, doch dieser junge Hüttenbauer führte ihn wie ein Kurzschwert. Dann traf ihn sein Gegner am Kopf, doch anstatt tot zusammenzubrechen, wie jedes andere Lebewesen es getan hätte, wandte er sich nur seinem Angreifer zu und zog eine Augenbraue hoch. Einhändig schwang er seine Waffe zielgerichtet auf das Haupt des Ogers. Sein Gegner hatte nicht die Zeit, den Schlag zu blocken, und nicht die Gewandtheit, sich unter ihm wegzuducken. Der steinerne Hammerkopf traf ihn an der Schläfe. Der Oger drehte sich zweimal um die eigene Achse und stürzte dann zu Boden. Rator sah, wie Blut aus seiner Nase und den Ohren floss. Der dritte Oger wollte gerade erneut zum Angriff übergehen, als Rator ihn zurückhielt.

»Stopp«, brüllte er. »Lassen Hüttenbauer laufen.«

Die Situation war aussichtslos. Rator wusste, wann man einen Kampf nicht gewinnen konnte, und er war erfahren genug, um nicht weitere seiner Leute opfern zu wollen. Diese Einsicht war den meisten Ogern nicht gegeben, und so stellte sich der verbleibende Hüne in Kampfpose vor den Durchgang.

»Geben Weg frei«, ermahnte ihn Rator. Erst diese Aufforderung ließ ihn beiseite treten, doch seine Körperhaltung zeigte Bereitschaft, sofort wieder auf den Menschen loszugehen.

»Ihr Oger habt dazugelernt, das macht euren Wert als willenlose Kriegsbestien zunichte«, sagte der junge Mann, als er den Stollen verließ. »Jedes Wesen hat seinen Platz und seine Bestimmung, doch ihr habt euren Weg verlassen, um nach etwas Anderem zu streben. Doch der Pfad, dem ihr nun folgt, führt euch zum Friedhof der ausgestorbenen Rassen.«

Ohne Hast folgte er dem Gang nach oben, und als das Ende seines Schattens den Durchbruch freigab, löste sich in Rator und seinen Kumpanen die lähmende Angst.

»Ihr hier warten und kümmern um Kruzmak und die, wo verletzt«, wies er die anderen an, dann hastete er hinter dem übermächtigen Angreifer her.

Schnell hatte Rator ihn eingeholt, doch er behielt Abstand. Der junge Mann trug immer noch den schweren Steinhammer bei sich, und er schien ihn nicht im Geringsten zu behindern. Rator hoffte, dass sie nicht auf eine übereifrige Patrouille stoßen würden.

Die Wachen waren zwar zu regelmäßigen Rundgängen angehalten, aber anscheinend bewegten sie sich so geschickt, dass bislang niemand von ihnen Notiz nahm ... oder die Patrouille hielt gerade ein kurzes Nickerchen. Das erste Mal, seit dem die Oger den Drachenhorst bezogen hatten, hoffte Rator, dass die zweite Möglichkeit zutraf.

Der junge Mann beschleunigte sein Tempo, und Rator gab Acht, dass er ihn nicht aus den Augen verlor, verringerte aber ebenso wenig den Abstand. Unbehelligt gelangten sie zum Ausgang.

Rator sah, wie der Fackelschein vom Eingang sich verdunkelte, und brüllte, so laut er konnte: »Lasst Hüttenbauer durch. Er ist Freund«.

Das war zweifelsfrei gelogen, aber er hoffte, dass »Freund« eines der Wörter war, das die beiden Wachen beherrschten.

Es war nur ein Moment, indem Rator durch das fehlende Licht den Hüttenbauer aus den Augen verlor, aber als er den Eingang erreichte, beugte sich einer der Wachoger über seinen Kameraden, hielt den Stiel des Steinhammers, der aus dessen Brust ragte, mit einer Hand fest, und mit der anderen versuchte er, die Blutung zu stoppen. Rator wollte ihm helfen, als die Blutung von allein verebbte, da sein Herz zu schlagen aufhörte.

»Ich sagen, ihr Hüttenbauer nicht aufhalten. Warum du doch versuchen?«, warf Rator dem Toten vor.

»Er nicht haben Ohren. Trolle haben weggemacht.«

Rator drehte den Kopf des Toten zur Seite und sah die breite Narbe, die sich von der Schläfe bis zum Hals hinunterzog. Die Ohren waren auf beiden Seiten abgetrennt. Die Wunden waren schon lange verheilt und schienen aus dem letzten Gefecht mit den Trollen zu stammen, die es liebten, ihre Gegner zu verstümmeln.

Rator hätte sich ohrfeigen können. Es wäre seine Aufgabe gewesen, die Einteilung der Wachen vorzunehmen, oder zumindest hätte er sie einem der anderen Kriegsoger überlassen müssen. Einen tauben Oger auf Wache zu schicken, war nicht nur verantwortungslos, sondern auch dumm. Die Freiheit, sich selbst zu organisieren, war für die meisten neu, brachte aber eine Menge Bequemlichkeiten mit sich. Manchmal brachte sie aber auch den Tod.

»Hüttenbauer, wo ist hingegangen?«, fragte er die andere Wache.

Er zeigte nur wortlos in die Richtung der Zwergenbinge.

Rator starrte in die Nacht, konnte aber nichts erkennen. Noch nie hatte er ein Wesen gesehen wie dieses. Angst hatte er bislang kaum gekannt, aber dieser junge Mensch hatte sie in ihm geweckt.

10

Hängt das Pferd

Cindiel hatte es aufgegeben, mit ihren Kräutern weiter zu experimentieren. Keiner der Tränke, die sie vorher auch blind hätte brauen können, wollte ihr gelingen. Ihre Vorräte waren fast erschöpft, und ihre Geduld war schon lange am Ende. Nachdem sie Mörser und Tiegel sowie einige andere Gefäße gründlich gereinigt hatte, deckte sie ihre Hexenküche mit einem großen Laken ab.

Die letzten Abende hatte sie damit verbracht in den alten Büchern ihrer Großmutter zu schmökern und alles, was sie über die Elfen finden konnte, nachzulesen. Besonders faszinierend fand sie die Angaben über die einzelnen Pflanzen, die von den Elfen gesammelt wurden, und ihre Wirkstoffe, die sie entfalteten, wenn man sie richtig verarbeitete. Die Elfen hatten einen Zugang zur Natur, den kein Mensch hätte erlernen können, nicht in zwei Leben oder mehr. Diese grazilen, spitzohrigen Wesen schienen eins zu sein mit ihrer Umwelt. Leider fand Cindiel nur wenig über ihre Geschichte. Die meisten Aufzeichnungen ihrer Großmutter beschäftigten sich mit der Magie der Elfen.

Cindiels Versenkung in die Bücher hatte dazu geführt, dass Hagrim an den letzten Abenden das Haus schon vorzeitig verließ, um seiner mehr oder minder lukrativen Tätigkeit nachzugehen. Er hatte es wohl satt, beim Vortragen seiner neusten Geschichten nur ein »hm«, »aha« oder ein »puh« zu ernten. So entschloss er sich, die einsilbigen Bemerkungen Cindiels gegen ein Lächeln und ein Glas Hochprozentiges einzutauschen.

Cindiel zuckte zusammen, als jemand gegen ihre Tür hämmerte. Ein solch energisches Auftreten hatte meist nichts Gutes zu bedeuten. Entweder war es ein erboster Ehemann, der mit dem Effekt eines Liebestrankes nicht zufrieden, oder einer, der mit dem Resultat überfordert war.

Cindiel legte ihr Buch beiseite und erhob sich aus ihrem Sessel. Sie hatte keine Angst, sich Kunden zu stellen, die sich ungerecht behandelt fühlten. Mit einigen klärenden Worten und einem Zauber, der die Gefühle ihres Gegenübers besänftigte, hatte sie solche Situationen bis jetzt noch immer schnell wieder in den Griff bekommen. Sie rückte ihr übergeworfenes Schultertuch zurecht und öffnete die Tür. Ihr Blick prallte gegen einen von übermäßiger Nahrungsaufnahme geformten Wanst. Ihr Besucher ragte weit über den Türrahmen hinaus. Alles, was von ihm zu sehen war, waren die Beine und der Oberkörper bis zum Ansatz der Brust. Der Rest wurde vom Dachüberstand verdeckt.

»Mogda, was machst du denn hier?«, rief sie dennoch verzückt aus. Sie umklammerte voller Freude seinen Oberschenkel und drückte sich an ihn.

»Heh, heh, Prinzessin, nicht so stürmisch, ich brauche das Bein noch.«

Mogda trat einen Schritt zurück und beugte sich zu ihr herunter.

»Du bist ja richtig groß geworden, zumindest für einen Menschen, und soweit ich das beurteilen kann, auch äußerst hübsch. Die jungen Männer deines Volkes müssen vor deiner Tür Schlange stehen.«

Cindiel lachte. »Es muss sich herumgesprochen haben, dass ich einen Mitbewohner habe, der dreimal so alt ist wie meine möglichen Bewerber, und einen Aufpasser, der fünfmal so schwer ist wie sie. Mit diesen beiden Bürden würden es nur die Mutigsten wagen, an meine Tür zu klopfen. Und so wie es aussieht, haben gerade diese noch nie von mir gehört.«

Mogda hob sie an der Taille hoch und setzte sie auf das Vordach.

»Bleib hier oben sitzen, ich versuche sie in deine Richtung zu treiben. Wenn dir einer gefällt, beleg ihn einfach mit einem Liebeszauber. Bleibt er stehen, wenn er mich im Rücken spürt, ist er der Richtige, wenn ich nicht aus Versehen auf ihn trete.«

Cindiel grinste ihn breit an.

»Ich habe dich vermisst, Mogda. Es tut gut, mal jemand anderen zu sehen. Aber sag, warum bist du schon hier? Wir wollten uns doch erst morgen Abend vor der Stadt treffen.«

Mogdas Miene verfinsterte sich, er hob Cindiel wieder vom Dach und setzte sie sanft vor ihrer Tür ab.

»Das ist eine längere Geschichte, ich erzähle sie dir nachher. Habt ihr auf dem Hinterhof immer noch ein Plätzchen für mich?«

»Ja«, sagte Cindiel. »Es ist kaum zu glauben, der Unterstand für das Brennholz, den Hagrim bei deinem letzten Besuch gebaut hat, steht immer noch und trotzt Wind und Wetter. Da kannst du es dir gemütlich machen. Er ist leer, und neues Holz kommt erst in einem Monat.«

Mogda machte es nichts aus, auf dem Hinterhof zu nächtigen. Cindiels Haus war zu klein, um ihn zu beherbergen, und auch die Gasthäuser waren nicht darauf eingerichtet, einen Oger unterzubringen, es sei denn in einem der Pferdeställe. Leider waren nicht nur die Besitzer der Tiere dagegen, sondern auch die Pferde zeigten sich äußerst beunruhigt, mit ihren natürlichen Feinden zusammenzuwohnen.

So zog Mogda es vor, bei Freunden unterzukommen, und außerdem bereitete es ihm große Freude mit anzusehen, wie Frau Mergil und ihr Mann sich für die Dauer seines Aufenthaltes im Haus verbarrikadierten. Sie hatten ihm den Überraschungsbesuch vor sechs Jahren immer noch nicht verziehen.

Mogda ging auf den Hinterhof, während Cindiel noch prüfte, ob sie beobachtet wurden. Dann ging auch sie zurück ins Haus. Sitzend schob Mogda sich vorsichtig in den Unterstand, der von Hagrim vor zwei Jahren an das Haus angebaut worden war. Er hatte beobachtet, wie der Geschichtenerzähler sich damals mit den Brettern und Latten abrackerte, um zu beweisen, dass auch er zu etwas Nutze war. Genau deswegen, und weil er Hagrims Baukünsten nicht vertraute, versuchte er keine der Wände zu berühren.

Cindiel öffnete das kleine Küchenfenster, das in den Schuppen ragte, und stellte eine Kerze hinein. Dann ging sie zur Hintertür und setzte sich vor Mogda auf die Stufen.

»Was ist, gibt es irgendwelche Probleme?«, fragte Cindiel. »Gibt es Streit mit den Händlern oder den Zwergen?«

Cindiel kam immer gleich zur Sache.

»Nicht direkt, aber etwas hat sich verändert«, erwiderte er. »Ich spüre, dass etwas in der Luft steht.«

»Wenn deine Prophezeiungen genauso gut sind wie deine Sprichworte, würde ich sagen, du bildest dir das nur ein. Es heißt: dass etwas in der Luft *liegt*.«

Doch Mogda war nicht mehr zum Lachen zumute. Er dachte an Usil und erzählte Cindiel von seinem kleinen Abstecher ins Tannenverlies und den Angriffen der Goblins. Er erzählte ihr auch von den Händlern, die ihm aufgelauert hatten, und dem merkwürdigen Verhalten des Priesters, als er den kranken Usil zu ihnen gebracht hatte.

Mogda wusste nicht genau, wie er es ihr erklären sollte. Etwas ging vor sich – etwas Großes. Das Verhalten der Menschen, Goblins und auch sonst aller anderen veränderte sich. Anstelle der alten Bündnisse trat Hass und Eifersucht. Der jungen Hexe etwas vorzumachen war aussichtslos. Sie würde sein Spiel sofort durchschauen, doch ihr die Wahrheit zu sagen würde sie vielleicht kränken. Vielleicht schätzte Mogda die Menschen auch nur falsch ein?

Als er Cindiel in die Augen sah, wusste er, dass auch sie etwas spürte. Verunsicherung und eine Ahnung lagen in ihrem Blick. Schließlich war sie eine Hexe, wenn sie es nicht spürte, wer dann?

»Vielleicht hast du einfach nur einen schlechten Tag erwischt. Die Leute in Osberg sind momentan recht angespannt. Die Nachricht von der Rückkehr der Elfen und die verdorbene Kornernte heizen die Gemüter an«, versuchte sie den Oger zu beruhigen.

Mogda schüttelte den Kopf.

»Nein, da ist etwas anderes. Sie respektieren uns nicht mehr. Unsere Taten geraten langsam in Vergessenheit. Und die Goblins, sie pfeifen auf die Elfen oder euer Korn. Es ist etwas anderes.«

Er verstand nicht immer, wie die Menschen reagierten oder was sie veranlasste, etwas zu tun, aber er wusste, dass sie sich verändert hatten. Genauso war es auch mit den Goblins.

»Goblins sind wilde, unberechenbare Kreaturen. Du selbst hast mir gesagt, dass sie nicht würdig sind, deinem Gott Tabal zu dienen.«

»Genau das ist es. Abgesehen davon, dass sie tot sind, wäre Tabal stolz auf sie gewesen. Sie haben sich nicht verhalten wie Goblins. Sie haben alles daran gesetzt, mich fertigzumachen. Und da war noch etwas, was mir aufgefallen ist.«

Mogda wühlte in seiner Tasche und kramte die Beeren heraus, die er bei Usil eingesammelt hatte.

»Die waren überall im Haus verstreut, und die Goblins steckten sich ständig welche davon in den Mund.«

Cindiel betrachtete die kleinen roten Beeren in Mogdas Hand und nahm eine, als er sie ihr entgegenstreckte. Vorsichtig roch sie daran, dann zerdrückte sie die Frucht zwischen Zeigefinger und Daumen und kostete mit der Zungenspitze ein wenig von dem Saft.

»Sie scheinen nicht besonders wählerisch zu sein, was ihre Nahrung betrifft. Das sind Trommelbeeren. Sie sind nicht sonderlich nahrhaft, ihr Geschmack ist einfach nur mehlig.«

»Und?«, fragte Mogda.

»Und nichts. Sie sind nicht giftig, aber haben auch sonst keine mir bekannte Wirkung.«

Mogda starrte auf die Beeren, während er sie in seiner Handfläche hin und her rollen ließ.

»Schade, ich dachte, du wüsstest etwas darüber«, brummte er.

»Wie meinst du das?«, fauchte Cindiel ihn an. »Nur weil ich sage, dass die Dinger nichts Besonderes an sich haben, unterstellst du mir, dass ich mich nicht auskenne?«

Blitzschnell schnappte sie sich die Beeren aus Mogdas Hand und stopfte sie sich in den Mund. Angewidert zerkaute sie die Früchte, um sie dann mit einem Würgelaut hinunterzuschlucken.

»Siehst du, es gibt nichts, was man über Trommelbeeren noch sagen könnte. Mir wachsen kein Flügel, ich habe keine Visionen von Tabal, ich höre keine Stimmen, und wenn ich nicht völlig falsch liege, bin ich auch nicht schwanger. So, nun habe ich hoffentlich deinen Wissensdurst gestillt und mir auf jeden Fall meinen Geschmackssinn verdorben.«

Mogda war verlegen. Er hatte Cindiel nicht kränken wollen, er hatte nur gehofft, dass sie etwas Licht ins Dunkel bringen konnte. So hatte er sich das Wiedersehen nach fast zwei Jahren nicht vorgestellt. Irgendwie musste er sie wieder beruhigen.

»Tut mir leid, ich habe es gar nicht so gemeint.«

»Das sagen sie alle«, sagte sie und funkelte ihn mit zornigen Augen an.

»Cindiel … falls du doch falsch liegst«, begann er erneut und sah, wie sie von ihrem Platz aufstand, »könntest du das Kind anstatt Trommelbeere vielleicht *Mogda* nennen?«

Cindiels Gesicht hatte sich für einen kurzen Moment vor Zorn rot gefärbt, doch nachdem sie die Worte hatte auf sich wirken lassen, brach sie in schallendes Lachen aus. Im gleichen Moment löste sich auch Mogdas Anspannung, und er stimmte mit ein.

Sie alberten noch einige Zeit miteinander herum. Cindiel wollte gerade zurück ins Haus gehen, um für sie etwas zu trinken zu holen, als erneut gegen die Tür gehämmert wurde.

»Hast du noch jemanden mitgebracht?«, fragte Cindiel verwundert.

»Vielleicht ist es Hagrim«, vermutete Mogda, »oder ein Kunde?«

Cindiel schüttelte den Kopf.

»Meine Kunden sind meist etwas diskreter, und Hagrim klopft immer nur einmal, nämlich dann, wenn er sturzbesoffen mit dem Kopf gegen die Tür knallt und davor liegen bleibt.«

Cindiel ging leise zum Fenster an der Vorderseite und wagte einen vorsichtigen Blick durch die Fensterläden.

»Das glaubst du nicht«, murmelte sie.

Mogda streckte neugierig den Kopf zur Hintertür herein.

»Mach die Tür auf, Hexe, ich weiß, dass er da drin ist«, schrie eine rabiate Männerstimme von der Straße.

»Ein eifersüchtiger Liebhaber?«, fragte Mogda.

Cindiel schüttelte hastig den Kopf und zog sich langsam vom Fenster zurück.

»Da draußen steht eine ganze Horde«, flüsterte sie Mogda zu. »Sie sind bewaffnet, mit Heugabeln und Fackeln. Verhalte dich lieber ruhig, ich versuche, das zu regeln.«

Sie ging zum Eingang und zog den hölzernen Riegel zurück. Dann öffnete sie die Tür einen Spalt und steckte den Kopf hinaus.

»Was wollt ihr? Ich werde die Stadtwachen rufen, wenn ihr nicht gleich verschwindet.«

Mogda hörte, wie jemand die Veranda betrat, und der Schein einer Fackel fiel durch den Türspalt ins Innere der Hütte.

»Wir wissen, dass du dieses Vieh beherbergst. Übergib ihn uns, dann wir lassen dich in Frieden.«

Mogda erkannte die Stimme des Mannes wieder. Es war derselbe, der versucht hatte, ihn vor der Stadt mit seinen Schergen zu überfallen.

»Was soll Mogda denn getan haben?«, fragte Cindiel, die sich ihre Unsicherheit nicht anmerken ließ.

»Er hat einen der Händler am Pass getötet, und danach hat er dieses Pferd dort vorn gestohlen«, hörte er den Mann sagen.

»Das ist die Strafe des Prios dafür, dass wir uns mit den Kreaturen Tabals eingelassen haben. Er ist das Übel in dieser Stadt, deswegen straft er uns mit der Vernichtung unserer Ernten.«

Auch diese Stimme kannte Mogda, es war der Priester aus dem Tempel, der seine Warnung anscheinend doch nicht verstanden hatte.

»Bring ihn heraus, damit wir ihn lynchen können, oder wir brennen dein Haus nieder«, schrie der Mann am Eingang.

Cindiel knallte die Tür zu und schob den Riegel vor.

»Was heißt *lynchen?*«, fragte Mogda Cindiel, die ziemlich ratlos vor ihm stand.

»Sie wollen dich hängen«, erklärte sie fassungslos.

Mogda kroch langsam aus seiner Behausung hervor.

»Wo willst du hin?«

»Ich glaube, die Leute vor dem Haus sind aufgebracht und verwirrt. Ich werde sie auf altherkömmliche Ogerweise wieder beruhigen. Außerdem möchte ich mir das mit dem Hängen gern selber anhören. Überdies haben sie mein Pferd, und das will ich wiederhaben.«

Cindiel blieb keine Zeit Mogda daran zu hindern, diese Dummheit zu begehen. Aber sie hätte ohnehin nicht gewusst, wie man einen achthundert Pfund schweren Oger davon abhalten sollte, irgendwo hinzugehen. Stattdessen stürmte sie zur Vorderseite und riss die Tür auf. Doch noch bevor sie die Menschen vor ihrem Haus anbrüllen konnte, hörte sie die keifende Stimme von Frau Mergil, die aus ihrem Küchenfester brüllte.

»Hier ist das Vieh, holt ihn euch!«

Etwas zögerlich bewegten sich die Ersten zum Hinterhof des kleinen Hauses, als Mogda ihnen entgegenkam. Das riesige Runenschwert hing an seiner Seite. Er hatte es in den letzten Jahren nur selten gezogen, und wenn, dann nur, wenn er wusste, dass es um Leben und Tod ging. Ein Schwert gegen Hüttenbauer ohne Kampferfahrung zu ziehen, die mit landwirtschaftlichen Arbeitsgeräten bewaffnet waren, erschien ihm ehrlos und feige.

Nachdem die erste Verwirrung über ihren schnellen Fang und dessen körperlichen Ausmaße verflogen war, schrie einer aus dem Pulk: »Los, fesselt ihn!«, und warf ein Hanfseil über die Köpfe der anderen, genau vor Mogdas Füße.

Der Händler, dem die Kraft des Ogers noch allzu gut in Erinnerung war, tippelte unentschlossen von einem Bein aufs andere. Erst als Mogda sich bereitwillig umdrehte und seine Arme hinter dem Rücken verschränkte, fasste er sich ein Herz und zog das Seil um die Handgelenke seines Gefangenen.

»Hängt es auf, das Scheusal«, schrie Frau Mergil, die sich jetzt anscheinend in Sicherheit wiegte und zusammen mit ihrem Mann das Haus verlassen hatte. Sie hatte sich einen kräftigen Tampen über die

Schulter geworfen und zeigte im Schein ihrer Laterne auf die alte Eiche, die im Hinterhof stand. Sie und ihr Mann trugen schon das Nachtgewand, das sie sich augenscheinlich teilten. Sie hatte das weiße Oberteil übergestreift, das selbst einem Oger als Hemd gepasst hätte. Er musste die dazugehörige Hose tragen, die, wenn er sie nicht bis zu den Brustwarzen hochgezogen hätte, über den Boden geschleift wäre.

Ermutigt von so viel Selbstbewusstsein drängte die Gruppe von fast zwei Dutzend Bürgern Mogda wieder hinter das Haus. Mogda warf einen Blick auf Cindiel, die immer noch auf ihrer Veranda stand und die Hände vor das Gesicht geschlagen hatte.

»Keine Angst, Prinzessin, wir klären das schon«, rief er ihr zu, in der Hoffnung seine beruhigende Stimme würde über die missliche Lage hinwegtäuschen.

Ehe Mogda sich versah, stand er auch schon unter dem Baum und schaute auf den verdorrten Ast zwei Schritt über ihm. Schnell hatte einer der Männer die Schlinge zurechtgeknotet und warf sie zielgenau über den natürlichen Galgen. Nach etwas Hin und Her und einigem kleinlauten Gemurmel verstand auch Mogda, wo das Problem lag, als er auf die Schlinge sah, die vor seinem Bauch baumelte. Kein Mitglied des Lynchmobs war imstande, ihm die Schlinge um den Hals zu legen. Ihr verblendeter Hass reichte zwar aus, einen Unschuldigen zu hängen, aber er brachte nicht genug Mut hervor, die Schlinge um den Hals ihres Opfers zu knoten. Um das Ganze nicht unnötig in die Länge zu ziehen, fasste Mogda sich ein Herz und legte sich die Schlinge selbst um.

Er war gespannt, wie es jetzt weitergehen sollte.

Fasziniert starrten die Menschen vom Ende des Tampens, über den Ast, zu Mogdas Hals.

Der Rädelsführer trat vor, eine brennende Fackel in Händen.

»Hast du noch etwas zu sagen, bevor wir das Urteil vollstrecken?«

Mogda fragte sich, von welchem Urteil der Mann wohl sprach. Die Anklage war ja laut genug herausposaunt worden, aber der Prozess ließ doch etwas zu wünschen übrig. Trotzdem wollte Mogda nichts zum Verlauf der Geschehnisse sagen. Aber es gab doch etwas, was ihm auf dem Herzen lag.

»Was ist mit meinem Pferd?«

Einige aus dem Pulk drehten sich um und schauten auf den immer noch erschöpften Gaul.

»Genau, nehmen wir das Pferd, um ihn hochzuziehen.«

Jetzt wusste Mogda auch, was mit dem Spruch »sich um Kopf und Kragen reden« gemeint war.

Ohne weitere Möglichkeiten abzuwägen, führten sie das Pferd neben den Baum und verzurrten den Tampen mit dem Geschirr. Das Tier schien zu spüren, dass seine Revanche für die Tortur der Reise nahte, denn dieses eine Mal scheute es nicht vor der Anwesenheit des Ogers. Dann schlug Frau Mergil mit der flachen Hand auf das Hinterteil des Pferdes, woraufhin das Tier das Seil straff zog.

Mogda spannte den Nacken an, und seine Muskeln verhärteten sich bis zum Unterkiefer. Die Schlinge zog sich zu und drückte ihm unangenehm auf die Halswirbel, doch Luft bekam er weiterhin. Immer wieder spornten sie das Pferd an weiterzuziehen, doch es stand wie festgewachsen. Die Leute starrten auf Mogda. Der versuchte, einen gequälten Gesichtsausdruck zu machen, stand aber immer noch mit beiden Füßen am Boden.

Plötzlich stoben die Bürger auseinander, und aus dem Pulk heraus trat Hagrim. Sein alkoholgetränkter Atem stieg hoch bis zu Mogdas Nase. Unsicher schwankend stand Hagrim nur einen Schritt entfernt vor Mogda und tastete sich mit seinem Blick Stück für Stück an dem Oger hoch. Dann drehte er den Kopf und blickte vom Seil zum Ast und wieder hinunter zum Pferd.

»Hallo Mogda«, sagte er urplötzlich und warf den Kopf herum.

»Is das dein Gaul?«

»Ja, ist ein hübsches Pferd, nicht wahr«, röchelte Mogda etwas schwerfällig.

Hagrim starrte währenddessen wieder auf das Seil. Dann schien er einen Augenblick nachzudenken.

»Kanns du es fliegen lassen?«

Mogda brummte zustimmend und drehte dem Tier den Rücken zu. Dann stemmte er seine gefesselten Hände gegen den Stamm der Eiche und drückte den Oberkörper nach vorn. Er hörte, wie das Tier unruhig wurde und mit den beschlagenen Hufen über das Pflaster schrammte.

»Gleich fliegt es. Gleich fliegt es«, hörte er Hagrim verzückt rufen.

Schreie wurden laut, und Mogda glaubte für einen Augenblick, dass sie ihm und seinem Kunststück galten, doch dann drang der Geruch von verbrannter Kleidung und verkohltem Fleisch in seine Nase. Mit einem Ruck zerriss er die Fesseln um seine Handgelenke und hob einen Arm, um die Schlinge von seinem Hals zu lösen. Dann streifte er sie über seinen Kopf. Im selben Moment ging das Pferd durch und riss ihm den Tampen aus der Hand.

Mogda sah Cindiel, wie sie vor einem der Männer stand und ihre Hände auf seine Ohren gelegt hatte. Der Mann schrie wie im Todeskampf, während kleine gekräuselte Rauchfäden über seinem Kopf aufstiegen. Vor ihr lag ein weiterer Mann, der starke Brandwunden auf der Brust und im Gesicht hatte. Er krümmte sich vor Schmerzen.

Mogda konnte sehen, dass Cindiels Augen blutunterlaufen waren und weißer Schaum vor ihrem Mund stand. Ihr Gesicht war von Hass verzerrt. Er blickte sich um und sah die Leute in alle Richtungen davonlaufen. Frau Mergil lag am Boden und hatte es anscheinend versäumt, rechtzeitig zur Seite zu gehen, als das Pferd ausbrach. Ihr Mann kniete neben ihr und hielt sich die Schulter, die den gut sichtbaren Abdruck eines Pferdehufes aufwies.

Mogda wusste, dass man sich aus dieser Situation nicht mehr herausreden konnte. Er musste wieder einmal aus der Stadt fliehen, und Cindiel würde ihn wohl begleiten. Er stürmte an Hagrim vorbei, der immer noch an seinem Platz stand und die Eindrücke auf sich wirken ließ. Oder er versuchte zu begreifen, was vor sich ging. Dann rannte der Oger auf Cindiel zu und packte sie an der Taille. Er riss sie von dem gequälten Mann weg, der schreiend zu Boden stürzte. Dann sah er sich um und entdeckte den Einstieg zur Kanalisation, den er schon vor Jahren benutzt hatte. Er hielt darauf zu. Ohne Cindiel wieder herunterzulassen, riss er den Deckel hoch. Am lang gestreckten Arm ließ er sie in die Dunkelheit gleiten.

Mit wehmütigem Blick sah Mogda seinen hart umkämpften Proviant für eine Woche am Ende der Straße in eine Seitengasse einbiegen. Er tröstete sich damit, dass er es ohnehin nicht geschafft hätte, ein Pferd unbeschadet in die Kanalisation zu bekommen. Dennoch enttäuscht schob er sich hinter Cindiel her in die Kanalisation. Innerhalb weniger Augenblicke schwanden alle seine Pläne zur Flucht. Entsetzt starrte er auf seinen Bauch, der die Öffnung des Schachtes und zwei weitere Reihen Pflastersteine überdeckte.

»Unmöglich!«, schrie er. »Niemals habe ich soviel zugenommen.«

Da stürmten auch schon zwei Männer auf ihn zu, die ihre Fassung wiedererlangt und die missliche Lage des Ogers erkannt hatten. Bewaffnet mit Forken machten sie keinen Hehl aus dem Ernst ihrer Absichten.

»Ihr hinterhältigen Schufte, ihr habt die Einstiege enger gemacht«, schrie Mogda ihnen entgegen.

Da seine Waffe, das Runenschwert, unterhalb des Bauches in unerreichbarer Ferne hing, griff er zum einzig erreichbaren Gegenstand, dem Kanaldeckel. Er schleuderte ihn auf die Männer zu, die dank seiner eingeschränkten Bewegungsfreiheit keine Schwierigkeiten hatten, dem Geschoss auszuweichen. Der Oger steckte hoffnungslos fest, und alles, womit er sich wehren konnte, waren Beschimpfungen und schlechter Atem. Er versuchte einen der Pflastersteine aus der Straße zu ziehen, fand aber keinen Ansatzpunkt. Plötzlich durchfuhr ein stechender Schmerz seinen Fußknöchel. Es fühlte sich an wie glühendes Metall, das man ihm in den Fuß bohrte. Der Schock presste ihm die Luft aus den Lungen. Seine Muskeln verkrampften sich. Wie ein zu eng gewordener Fingerring in Seifenwasser löste sich Mogda aus der Umklammerung der Kanaldeckeleinfassung und sauste in die Tiefe.

»Alles eine Sache der richtigen Atmung!«, schrie er den wütenden Gesichtern über sich noch zu. Dann verschwand er im Dunkel der Kanalisation.

11

Troll und Mensch

Nokrat hatte sich gut versteckt, ein Umstand, den er dem Ausgang des Krieges zu verdanken hatte. Seit Jahren versteckte er sich mit ein paar Kumpanen und einer Gruppe heruntergekommener Orks in den Bergen. Nach der verlorenen Schlacht am Drachenhorst hatten die Zwerge regelrecht Jagd auf sie gemacht. Sie töteten jeden Troll, egal ob er eine Gefahr für sie darstellte oder nicht.

Nokrat hasste sein Leben. Es war eines Trolls nicht würdig sich zwischen Felsspalten und Gebüschen zu verstecken. Sie waren die Jäger, nicht die Beute. Kaum eine Kreatur war imstande, sich mit ihnen zu messen, dennoch mussten sich die Trolle verborgen halten. Zu viele Feinde wurden zusammengerufen, wenn es darum ging, sich an den Söldnern der Meister zu rächen. Der Hass, der in dem kleinen Steinvolk schwelte, konnte nicht gestillt werden, egal wie viele Trolle sie töteten. Sie würden so lange weitermachen, bis es keine Trolle mehr gab ... oder keine Zwerge mehr.

Dies war eine Hoffnung, eine neue Hoffnung, die erst seit wenigen Wochen in Nokrat schlummerte. Geboren worden war sie durch eine Stimme in der Nacht. Nokrat wusste nicht, ob es nur ein Traum war oder ob wirklich jemand zu ihm gesprochen hatte, doch im Grunde genommen war es egal, er musste diesen Funken Hoffnung lebendig halten.

Die Stimme wies ihn an, alle Trolle, Orks und Goblins um sich zu scharen, die er finden konnte, dann sollte er sie in die Nähe des alten Durchbruchs zum Meer führen. Danach sollte er allein am Ende des Zwergenpasses warten, bis die Stimme wieder zu ihm sprach.

Und hier saß er nun seit mehreren Tagen und starrte gebannt auf die rote Steppe vor sich. Alles, was er gesehen hatte, war ein einzelner Zwerg, der den Pass hinauf zur Esse genommen hatte. Nokrat hatte überlegt, ihn zu töten, doch wollte er sich der Stimme nicht widersetzen, die ihn angewiesen hatte, sich ruhig zu verhalten. Mit etwas Pech wäre der Zwerg entkommen und hätte eine ganze Patrouille Verstärkung geholt. Abgesehen davon hielt Nokrat es nicht für unmöglich, dass vielleicht ein abtrünniger Zwerg zu ihm gesprochen hatte.

Tagein, tagaus hockte er nun zwischen den Felsen und versuchte, jemanden oder irgendetwas zu erspähen. Der Hunger nagte an ihm, und er war gezwungen sich von kleinem Getier und Insekten zu ernähren. Trolle kamen wochenlang ohne Nahrung aus, doch wenn es ihnen möglich war, aßen sie so oft und so viel es ging. Am geeignetsten, um ihren Kampfeswillen zu schüren, war Fleisch von ihren Feinden. Das – so dachten sie – machte sie unbesiegbar.

Während er wartete, stiegen langsam die ersten Zweifel in Nokrat hoch. Vielleicht war alles doch nur eine Einbildung gewesen? Aber wie sollte er das den Kriegern seines Volkes erklären, ohne sein Gesicht zu verlieren? Er war ihr Anführer. Er stammte aus der direkten Blutlinie des Trollkönigs Grind, und das allein machte jedes Wort von ihm zum Gesetz. Sollte er nun zu ihnen gehen und sagen, dass er unsichtbare Stimmen hörte, die zu ihm redeten? Einige würden über ihn lachen, andere wären enttäuscht. Aber die Trolle, die ihn auslachen würden, waren es nicht, die ihm die größten Sorgen machten, sondern es waren die, die versuchen würden, ihn zu töten und seinen Platz einzunehmen.

Nokrat beobachtete gerade eine rotschwarze Eidechse, die drei Schritt von ihm entfernt auf einem Felsen in der Sonne lag, als ihm etwas Flüssigkeit ins Gesicht spritzte. Er blieb regungslos liegen. Es roch nach Urin, nicht besonders stark, aber stark genug, um es zu erkennen. Kein Tier wäre so dumm und instinktlos gewesen. Eigentlich gab es nur ein Wesen, das dazu im Stande war, sich selbst in so eine Lage zu bringen, nämlich ein Mensch.

Nokrat wartete ab, bis die letzten Tropfen zu Boden fielen. Es war würdelos und peinlich, jemanden bei der Erledigung seines Geschäftes zu töten.

Nokrats Muskeln spannten sich unter der behaarten Haut. Sein ungebetener Gast hatte ihn vermutlich noch nicht entdeckt. Er hörte kein Schwert, dass sanft aus der Scheide gezogen wurde und keine eiligen Schritte, die sich entfernten. Er musste etwas tun.

Nokrat rollte sich schwungvoll auf den Rücken und stemmte sich mit einem Arm hoch. Der andere Arm war bereit, seine Krallen tief in das Fleisch seiner Beute zu treiben. Doch der tödliche Schlag blieb aus.

Er blickte in das Gesicht eines jungen Mannes mit langem, blondem Haar. Entweder war dieser Mann blind und taub oder seines Lebens überdrüssig. Keine Gemütsregung war in seinem Gesicht zu erkennen, keine Angst, kein Hass.

Immer noch bereit, zuzuschlagen, erhob sich Nokrat zu voller Größe. Er beugte seinen Kopf nach unten und schnüffelte an dem Mann herum wie ein Raubtier, das sich vor dem Verzehr von dem Geschmack seiner Beute vergewissern möchte.

»Du bist kein Mensch«, knurrte Nokrat den Fremden an.

Der junge Mann starrte ihm furchtlos in die Augen und bohrte seinen Blick tief in den Schädel des Trolls.

»Damit hast du Recht und ich Glück. Andernfalls würde es wohl bedeuten, dass ich bereits tot wäre. Stimmt's?«

Nokrat nickte und versuchte, dem Blick des Mannes standzuhalten. Er hatte Angst zu zwinkern, da es ihm als Schwäche hätte ausgelegt werden können. Nach einer Weile sammelte sich Flüssigkeit in seinen Augen, doch bevor der erste Tropfen sich von seinen Lidern lösen konnte, wendete sich der junge Mann von ihm ab.

»Ich sehe, ich habe den Richtigen ausgewählt. Das Blut, das in deinen Adern fließt, hat mir vor langer Zeit schon einmal gute Dienste geleistet.«

»Grind«, brummte Nokrat mit einem wohligen Unterton.

»Richtig, Grind. Er war ein tapferer Krieger und ein guter Anführer für sein Volk. Was ihn aber besonders auszeichnete, war sein Hass gegen alle ›Hüttenbauer‹, wie er sie nannte. Ich frage mich jetzt – wie steht es mit dir?«

Nokrat griff sich einen Felsbrocken und hielt ihn über den Kopf, bereit, den Stein zu zerschlagen. Seine Augen verengten sich, und er entblößte die verrotteten Hauer. Dann schlug er zu. Der Stein in seiner Hand krachte auf die Felsen, und Staub wirbelte auf. Die Wucht des Schlages zertrümmerte den Felsen in zahllose Brocken, die in alle Richtungen davonstoben.

»Das Blut meiner Ahnen ist nicht dünner geworden, und der Hass in meinen Adern ist stark wie eh und je. Mit dem Tod von Grind hat unser Volk geschworen, jeden Hüttenbauer zu töten, den wir in unsere Klauen bekommen.«

Der junge Mann griff in den Sand und ließ die Kiesel aus seiner Faust rieseln. Dann öffnete er die Hand und pustete den restlichen Staub in Nokrats Gesicht.

»Es wird Zeit, unsere Feinde vom Antlitz dieser Welt zu wischen. Hast du getan, worum ich dich gebeten hatte?«

»Ja, hundertsechzig Kreaturen Tabals habe ich um mich geschart, die darauf warten, meinen Befehlen zu folgen.«

»Gut, dann ziehe los und vollende die Aufgaben, an denen ihr vor sechs Jahren so kläglich gescheitert seid.«

Nokrat wich einige Schritt zurück.

»Wir sind zu wenige. Die Zwerge bewachen die Minen wie ihre eigen Feste. Sie werden uns töten, ohne dass wir etwas erreicht haben.«

»Du fürchtest den Tod? Dein Blut scheint so dünn wie Wasser geworden zu sein.«

Sofort hatte Nokrat wieder einen Felsbrocken in der Hand, doch diesmal zielte er auf den Kopf des Mannes.

»Seit Jahren lachen die Menschen und Zwerge über euch Trolle. In ihren Augen seid ihr nichts weiter als Abschaum. Selbst die Orks zollen euch nicht mehr den Respekt, der euch einst gebührte. Ihr seid nichts weiter als schwache, behaarte Oger, die sich in den Bergen verstecken, weil jeder sie töten kann.«

Nokrats Blut begann zu kochen. Schon ewig hatte niemand mehr gewagt, so mit ihm zu sprechen. Er konnte nicht anders, er musste jemanden töten, jetzt. Der Stein prallte gegen die Stirn des Mannes und zerbarst dort. Keinen Schritt wich der Mann zurück. Er taumelte nicht, und er blutete nicht. Zwei Splitter steckten in seiner Schläfe, aber es gab keinen Wundrand.

Nokrat stand nur da und wartete auf eine Reaktion. Aber außer, dass der Mann sich ruhig die Splitter aus der Schläfe zog, passierte nichts.

»Ich nehme das als eine Art Prüfung, um mir vertrauen zu können«, sagte der Mann, »aber wenn du oder einer deiner Sippe es je wieder wagen sollte, die Hand gegen mich zu erheben, werde ich euch alle töten. Alle, ohne Ausnahme. So, jetzt geh und tu, wie dir befohlen wurde!«

12
Brennende Pilze

Cindiel bahnte sich mit verärgertem Gesicht den Weg zurück durch die Dornenbüsche.

»Was ist denn jetzt schon wieder?«, keifte sie Mogda an, der auf der kleinen Lichtung hockte und sich den Knöchel hielt.

»Nicht wieder, immer noch«, gab der Oger zurück. »Die Verbrennung macht mir zu schaffen. Bei jedem Schritt brennt es wie Feuer.«

Drei Tage war es nun her, seit sie die Flucht aus Osberg hatten antreten müssen. Nachdem sie die Gitter der Kanalisation aufgebrochen hatten, waren sie nordwärts geflohen, weitab von allen Ortschaften und Straßen. Immer wieder hatten sie sich Zeit genommen, das hinter sich gelassene Gelände zu beobachten, doch sie hatten keine Verfolger ausmachen können, weder Soldaten noch auf Rache sinnende Händler. Am Fuß der Berge waren sie nach Osten abgebogen, um im Tannenverlies nach Antworten zu suchen, Antworten auf das Verhalten der Goblins und die wundersame Wirkung der Trommelbeeren.

»Bei den Göttern, was soll ich denn noch tun, ich habe mich doch schon entschuldigt«, stöhnte Cindiel. »Nach dem Verzehr der Trommelbeeren war ich wie im Rausch. Ich weiß auch nicht, woher diese Angriffslust in meinen Zaubern kam. Heilzauber, Linderungszauber, Salben und Tränke – ich habe alles versucht, um dir die Schmerzen zu nehmen, aber magische Wunden sind nicht so einfach zu kurieren. Es braucht seine Zeit.«

Mogda erhob sich wieder, achtete aber darauf, einen überzeugend leidenden Eindruck zu machen. Sein Gesicht war schmerzverzerrt, und sein Humpeln wirkte gequält.

»Zeit ist alles, was wir nicht haben. Wenn uns doch jemand verfolgt, haben wir nicht die Möglichkeit, zu flüchten. Du hast ja gesehen, wie eng es werden kann.«

Cindiel verdrehte genervt die Augen.

»Bitte erzähl mir nicht schon wieder die Geschichte mit den ausgetauschten Einstiegen in die Kanalisation.«

Mogda wirkte beleidigt.

»Wie oft soll ich dir denn noch sagen, dass ich mein Gewicht gehalten habe? Meine Hose und mein Hemd passen mir schon seit Jahren. Ich habe kein Pfund zugenommen; meine täglichen Übungen lassen es gar nicht zu, fett zu werden.«

Cindiel kehrte ihm lachend den Rücken zu und setzte ihren Weg fort.

»Es tut mir leid, dich enttäuschen zu müssen, aber du *bist* fett. Ich weiß nicht genau, wie deine Übungen aussehen, aber sie haben bestimmt nichts mit Bewegung zu tun. Außerdem, woher willst du wissen, dass du nicht zugenommen hast? Ach, ich weiß, du steigst immer in eine riesige Waagschale, und wenn die sechs Milchkühe auf der anderen Seite nicht wegkatapultiert werden, hast du nicht zugenommen. Und was deine Hosen angeht: Londor – du erinnerst dich, der Kapitän – wäre sicherlich stolz, so ein riesiges Segel sein Eigen zu nennen. Du kannst doch nicht allen Ernstes daran glauben, dass die Bewohner von Osberg ihre Kanalisation enger machen, damit darin Oger stecken bleiben?«

Mogda entgegnete nichts darauf. Er kannte sie gut genug, um zu wissen, dass keine Gefahr drohte, solange sie schrie. Doch sobald sie begann, resigniert zu lachen, wurde es ernst. Die Vorstellung, nicht zurück nach Osberg zu können, quälte sie. Sie hatte den Mann nicht töten wollen, doch die Trommelbeeren hatten ein Gefühl der Raserei in ihr geweckt. Sie und Mogda wussten es, leider waren sie aber die Einzigen. Ohne entlastende Beweise würden sie nach einem schnellen Prozess eingekerkert oder, schlimmer noch, hingerichtet werden. Die Tatsache, dass sie dabei nur hatte verhindern wollen, einen unschuldigen Oger zu lynchen, änderte wenig an der Situation. Vor dem Gesetz war das Leben eines Menschen mehr wert als das eines Ogers ... Viel mehr.

»Was steckst du da alles in deine Tasche?«, fragte Mogda, um sie von ihren trübsinnigen Gedanken abzubringen.

»Ich sammle Kräuter, Beeren und Früchte. Wir müssen herausfinden, ob sich vielleicht nicht nur die Trommelbeeren verändert haben.«

Mogda rupfte ein ganzes Büschel Wildkräuter aus dem Boden, hielt sie hoch und beäugte sie misstrauisch.

»Sieht aus wie Grünzeug und riecht wie Grünzeug. Jetzt müssen wir nur noch jemanden finden, der den Vorkoster spielt.«

Cindiel zerrieb einige Blätter zwischen den Fingern und roch daran.

»Du kannst sie gern probieren.«

Mogda warf das Büschel wieder zu Boden.

»Lieber nicht, nachher machen sie noch dick«, sagte er grinsend.

Der Tag neigte sich seinem Ende zu. Mogda und Cindiel hatten die Ausläufer des Tannenverlieses erreicht und streunten noch einige Zeit durch den lichten Wald. Das Tageslicht reichte bald nicht mehr aus, um ihre Suche fortzusetzen. So entschlossen sie sich, ein Nachtlager aufzuschlagen.

Mogda bereitete wie gewohnt die zwei Schlafplätze, und Cindiel sammelte Reisig für ein wärmendes Feuer.

Fast schon übertrieben genau hackte Mogda mit seinem Schwert in der Erde herum, um Steine und Baumwurzeln zu entfernen, die seinen wohl verdienten Schlaf stören könnten. Danach verteilte er einige Hände voll Laub in den Kuhlen, als Schutz gegen die aufsteigende Feuchtigkeit aus dem Boden. Zwei morsche, moosbewachsene Stämme dienten als Kopfkissen, und nach mehrmaligem Zurechtrücken stellte er die Arbeit zufrieden ein. Während er noch stolz sein Werk betrachtete, fiel ihm auf, dass Cindiel schon am Feuer saß und ihn beobachtete.

»Was ist?«, fragte er in der Befürchtung, schon wieder etwas falsch gemacht zu haben.

»Seit wann bist du so?«, fragte sie.

»Wie?«

»Na, so ... menschlich.«

»Nur weil ich es etwas gemütlicher mag, bin ich doch nicht menschlich. Was soll das überhaupt heißen, menschlich? Ihr denkt wohl, auf alles, was genau durchdacht ist, funktioniert und etwas Konfekt bietet, habt allein ihr ein Anrecht.«

»Komfort«, berichtigte sie ihn.

»Ist doch egal. Nur weil wir Oger sind, heißt das noch lange nicht, dass wir keine Ansprüche an unser Leben haben. Früher mussten wir uns mit dem Wenigen begnügen, das ihr uns nicht wieder weggenommen habt.«

»Nachdem ihr es uns gestohlen habt«, wandte Cindiel ein.

»Die Menschen beanspruchen alles für sich, *das* ist menschlich, und genau das bin ich nicht.«

Cindiel wirkte nachdenklich.

Er hatte es geschafft. Er hatte eine Diskussion mit ihr begonnen, und er hatte das letzte Wort behalten. Stolz ließ seine Brust schwellen, gleichzeitig wuchs aber auch ein Gefühl des Verrats. Cindiel hatte ihm vor sechs Jahren vertraut und sogar zur Flucht verholfen. Ihr schien es egal, welcher Rasse jemand angehörte, für sie zählte nur die Person selbst. Er war gerade dabei, dieselben Fehler zu machen, deretwegen er die Menschen damals gehasst hatte. Er sah nur die Taten, nicht die Beweggründe.

Zur Versöhnung reichte Mogda Cindiel ein Stück Dörrfleisch, das sie aus der Scheune eines Gehöfts außerhalb von Osberg gestohlen hatten. Gierig schlang Mogda sein Fleischstück hinunter, während Cindiel lustlos auf ihrem Streifen herumkaute. Sie sortierte ihre gesammelten Kräuter und Beeren und ordnete sie zu kleinen Häufchen an. Die Trommelbeeren sammelte sie wieder ein und wickelte sie in einen Stofffetzen.

»Na, mal sehen, was haben wir denn da alles?«, murmelte sie mit halb vollem Mund. Mogda rückte etwas näher an sie heran und schaute ihr gespannt über die Schulter. Cindiel spürte sein Interesse, deshalb fuhr sie etwas deutlicher sprechend fort.

»Nesselkraut. Man benutzt es, um Blutungen zu stillen. Die Anwendung ist zwar etwas schmerzhaft, bringt aber schnellen Erfolg. Das hier, was aussieht wie ein Knäuel grüner Würmer, ist Würgegras. Wenn man es lange genug durchkaut, kann es Vergiftungen aus dem Körper ziehen. Leider hilft es bei schnell wirkenden Giften zu langsam und meist zu spät. Dieses Stück braune Rinde ist vom Talbusch, sehr gut bei Ohnmachtsanfällen. Nur, wenn man zu lange daran schnuppert, wird einem übel. Und zu guter Letzt haben wir noch dieses Prachtstück hier.«

Cindiel hob einen Pilz hoch und drehte ihn stolz vor Mogdas gerümpfter Nase.

»Den sagenumwobenen Alle-Schwierigkeiten-weg-Pilz?«, fragte Mogda boshaft.

Cindiel schüttelte missbilligend den Kopf.

»Das hier ist der äußerst seltene Schleimröhrling.«

»Klingt nicht sonderlich lecker«, entgegnete der Oger.

»Das vielleicht nicht, aber seine Wirkung ist in gewissen Kreisen sehr beliebt. Nachdem man den Pilz roh verspeist hat, dauert es einige Momente, doch dann zeigt er, was in ihm steckt. Zuerst verändern sich die Farben um einen herum, alles wird bunt und leuchtend. Wenig später verschwimmen dann auch die Umrisse von allem, was man sieht, und vermengen sich miteinander. Zusätzlich gerät man in Hochstimmung und wird extrem guter Dinge.«

»Wozu soll das gut sein?«, erkundigte sich Mogda.

Cindiel starrte Mogda fassungslos an.

»Aus demselben Grund, weshalb jemand ein Dutzend Flaschen Wein trinkt.«

»Dann hätten sie ihn *Hagrimpilz* nennen sollen«, entschied Mogda.

»Setz dich wieder hin und verhalte dich ruhig«, sagte Cindiel. »Wir wollen mal sehen, ob wir einige Vorkoster aus dem Wald locken können.«

Mogda rückte ans Feuer und beobachtete Cindiel erwartungsvoll. Sie hatte die Augen geschlossen und strich mit sanften Bewegungen über den moosbewachsenen Boden. Aus ihrer Kehle drang ein leises Summen. Es war keine richtige Melodie, es klang eher wie ein rhythmisches Rauschen. Die Zeit verstrich, aber Mogda wagte es nicht, sich zu rühren. Er befürchtete, ihren Zauber damit zu unterbrechen und dann selbst als Versuchstier zu enden.

Aus dem Augenwinkel nahm Mogda eine Bewegung wahr. Über das Feuer hinweg sah er ein Eichhörnchen, das kopfüber von seinem Baum kletterte und aufgeregt in Cindiels Richtung spähte. Mit wenigen Sprüngen eilte es heran und hockte schließlich in Habtachtstellung zu ihren Füßen. Fast zeitgleich landete ein kleiner blauschwarzer Vogel auf ihrer Schulter und hüpfte mit verärgert klingendem Piepsen hin und her. Cindiel bewegte sich vorsichtig, dann zeigte sie mit den ausgestreckten Fingern ihrer Hand auf das Nesselkraut.

Der kleine Vogel flatterte etwas unbeholfen auf Cindiels Schulter herum. Mit Hilfe seiner Krallen und des Schnabels hangelte er sich an ihrem Arm hinunter, landete auf dem Nesselkraut und pickte eifrig daran herum. Schon nach kurzer Zeit ließ er wieder davon ab und begann einen merkwürdigen Tanz. Mit seiner blau gefärbten Brust, ausgebreiteten Flügeln und hoch erhobenem Haupt stolzierte er auf und ab. Dabei trat er rhythmisch mit seinen Krallen im Moos herum. Plötzlich flatterte er los und landete auf Mogdas Kopf. Eilig begann er, einzelne Haare aus den geflochtenen Zöpfen des Ogers zu zupfen und neu zu drapieren. Mogda schaute etwas eingeschüchtert zu Cindiel hinüber, wagte es aber nicht, sich zu bewegen. Cindiel verfolgte das Schauspiel aufmerksam und lachte leise.

»Bleib so bis morgen früh, dann wird das Nest fertig sein«, kicherte sie.

Sie wandte sich wieder ab und führte die Hand über das Nesselgras. Das Eichhörnchen hoppelte herbei und begann sofort, sich die dünnen grünen Fäden in die Backen zu stopfen und genüsslich zu kauen. Plötzlich zuckte es zusammen und stellte den buschigen Schwanz auf.

»Na, was ist mit dir?«, flüsterte Cindiel, als Mógda sie unterbrach.

»Psst!«

»Nicht jetzt, Mogda«, wollte sie ihn abwimmeln.

»Wir werden beobachtet«, brummte er.

Vom Waldrand drang das Geräusch brechender Äste zu ihnen herüber. Cindiel drehte hektisch den Kopf von einer Seite zur anderen. Das Eichhörnchen hatte sich dicht an ihren Schenkel gepresst und kauerte nun in ihrem Schutz. Nur der Vogel auf Mogdas Kopf war zu beschäftigt, als dass er sich für seine Umgebung interessiert hätte.

»Was hast du mit deinem Zauber alles angelockt?«, wollte Mogda wissen.

»Ich?«, gab Cindiel empört zurück. »Es ist kein starker Zauber. Nur kleine Nager und Vögel reagieren darauf.«

Mogda versuchte, den Vogel von seinem Kopf zu verscheuchen, ohne ihn zu verletzen, doch das zarte Tier ließ sich nicht abschütteln. Es flatterte nur kurz auf, um gleich danach wieder auf seinem neuen Nest Platz zu nehmen.

»Wie schwer können Eichhörnchen werden?«, fragte Mogda, der mit konzentriertem Blick ins Feuer starrte.

»Ein halbes Pfund, mehr nicht«, antwortete Cindiel.

»Dann sind es vermutlich tausend Stück in einem Bollerwagen.«

»Sollen wir lieber das Feuer löschen, Mogda?«

Er schüttelte den Kopf.

»Es sind drei; sie beobachten uns. Wir warten einfach, was passiert.«

Cindiel zog die Knie an und kauerte mit gesenktem Blick vor dem Feuer.

»Ein wirklich ausgefeilter Plan.«

Mogda legte eine Hand auf seinen Schwertknauf.

Aus der undurchdringlichen Schwärze der hohen Tannen lösten sich drei Gestalten. Ihre Umrisse waren groß und massig, ihr Gang gebückt, und ihre Arme hingen fast bis zum Boden.

»Trolle«, zischte Mogda.

Die Trolle näherten sich der Lagerstätte und bauten sich im Schein des Feuers auf. Mogda erkannte, dass sie keine ausgebildeten Krieger waren. Ihre Kleidung bestand aus Wolfs- und Bärenfellen. Die Waffen, die sie trugen, waren schlichte Keulen. Dennoch waren sie nicht zu unterschätzen.

»Hallo, wen haben wir denn da?«, grollte einer von ihnen.

»Ihr geht besser wieder. Bei uns gibt es nichts zu holen. Die Hexe und ich stehen unter dem Schutz Tabals«, sagte Mogda und hoffte, dass man den unsicheren Unterton in seiner Stimme nicht heraushören konnte.

»Guck mal, Knaak, der Fette hat einen Vogel im Haar.«

Der Fette? Jetzt wusste Mogda, wen er zuerst töten würde, wenn es zu einem Kampf kommen sollte. Und als kleine Dreingabe hatten sie ihm auch noch ihren Anführer gezeigt, den er als Zweiten töten würde ... wenn er so lange durchhielt.

Knaak griff ins Lagerfeuer und zog ein brennendes Holzscheit heraus. Er fuchtelte damit vor Cindiel herum, die wie versteinert dasaß.

»Tabal hat euch verstoßen, nachdem ihr die Gemeinschaft verraten habt. Wir waren Freunde, vor dem Krieg. In ihm wurden wir zu Feinden und sind es immer noch. Wir nehmen die Frau und lassen dich zurück, Oger. Ob du stirbst oder nicht, liegt an dir.«

Die Hoffnung, dass sie nichts von dem Verrat des Paktes zwischen Orks, Ogern, Trollen und Goblins gehört hatten, zerplatzte. Nun legte Mogda all seine Zuversicht in die Möglichkeit, dass sie keine Einzelheiten kannten.

»Wir hatten nichts mit dem Krieg zu tun. Wir gehören zu einer Gauklertruppe«, versuchte der Oger, die Situation zu retten.

»Knaak, schau dir das Schwert von dem Fetten an. So eins hatte doch auch der Anführer dieser Verräter, dieser ... Moda.«

Ganz sicher würde er diesen Schwätzer zuerst töten; und es würde wehtun.

Die drei teilten sich auf und umringten Cindiel und Mogda langsam. Mogda musste den Angriff hinauszögern. Im Moment waren sie den Kerlen hoffnungslos unterlegen.

»Ich mache euch einen Vorschlag. Ihr nehmt die Frau und mein Schwert, aber ihre Tasche mit den Kräutern lasst ihr hier.«

Die schnelle Aufgabe seiner Besitztümer verwirrte die Trolle. Sie waren es gewohnt, erst um die Beute zu feilschen, ihr Opfer dann im Nachhinein zu töten und alles zu bekommen.

Cindiel regte sich noch immer nicht. Mogdas falsches Angebot hatte sie sicherlich durchschaut, doch ein einziger Schlag dieser Unholde konnte ein jähes Ende für einen Menschen bedeuten.

»Was sind das für Kräuter?«, brüllte Knaak.

Sie hatten angebissen. Jetzt kam es nur noch darauf an, ihr Interesse zu steigern.

»Nichts Besonderes«, sagte Mogda in übertrieben ahnungslosem Tonfall.

Jetzt war es an Cindiel, in die Scharade einzusteigen. Sie schnappte sich, so unbeholfen sie konnte, den Schleimröhrling und ließ ihn unter ihrem Kleid verschwinden.

Knaaks Rechte schnellte vor und packte sie am Handgelenk. Seine Kraft hätte ausgereicht, ihr mühelos den Arm zu brechen, doch er drehte ihr nur die Handfläche nach oben. Während der ganzen Aktion hatten sich seine Füße keinen Zoll breit bewegt. Der lange Oberkörper und die schlaksigen Arme erlaubten es ihm, drei Schritt weit in jede Richtung zu greifen, ohne seinen Platz zu verlassen.

»Was ist das?«, knurrte er Cindiel an.

»Das ist ein Pilz«, rief einer der Trolle euphorisch von hinten.

»Schnauze, ihr Idioten, das sehe ich selber!«, brüllte ihr Anführer zurück.

Knaak riss den anderen Arm herum und zeigte auf Mogda.

»Du. Du sagst mir, was mit dem Ding ist, sonst reiße ich der kleinen Hexe den Arm aus.«

Mogda stellte sich trotzig und wendete seinen Blick ab.

»Du redest auf der Stelle«, keifte Knaak, »oder ich werfe das Ding ins Feuer.«

»Nein, nicht ins Feuer«, flehte Mogda. »Der Pilz, ich brauche ihn. Ich habe jahrelang nach ihm gesucht. Er ist alles, was ich will.«

Knaak inspizierte das kleine Schwammgewächs genauer. Er schnüffelte daran herum und rollte ihn in seiner massigen Hand von einer Seite zur anderen.

»Was ist damit? Ist er verzaubert?«

Mogda nickte betrübt. Er kannte die Trolle, sie waren leicht zufrieden zu stellen. Es gab nur wenig, wonach sie strebten. Reichlich Nahrung und die Aussicht auf eine Schlacht reichten den meisten ihres Volkes. Magische Effekte wie Kraft, Unsichtbarkeit oder Heilung waren ihnen egal, ihr Größenwahn ließ sie ohnehin denken, sie seien unverwundbar. Jedoch gab es etwas, nach dem sie mehr verlangten als alles andere. Es war die Magie. Allerdings nicht deren Effekte, sondern deren eigene Anwendung. Sie wollten sein wie jene Rassen, die mit ihren Magiern diese Welt beherrschten.

Also begann Mogda zu fabulieren: »Du hast von mir gehört und weißt, dass ich mich von anderen Ogern unterscheide. Ich bin schlauer als sie, und das habe ich einem Pilz zu verdanken. Genau so einem, wie du ihn in den Händen hältst. Vor Jahren traf ich einen Zauberer. Ich wollte sein Vieh stehlen und ihn töten, aber er schlug mir einen Handel vor. Er sagte, wenn ich ihn verschone, würde er mir seine Klugheit übertragen. Ich ging auf den Handel ein, und er verzauberte einen Pilz. Nachdem ich ihn gegessen hatte, konnte ich lesen, schreiben und wusste alles Mögliche über das Land und deren Bewohner. Ich wurde alles, was ich heute bin. Jetzt, etliche Jahre später, habe ich es geschafft, diese Hexe in meine Gewalt zu bringen und sie zu zwingen, ihre Magie in den Pilz zu legen. Damit wäre ich kein Oger mehr. Ich wäre ein Gott, würde ganze Völker unterwerfen und über das Land herrschen.«

Die drei Trolle schwiegen nachdenklich und drängten sich dicht aneinander, um einen genaueren Blick auf diese wundersame Pflanze zu werfen.

»Trolle sind von Natur aus klug. Aber wenn ich den Pilz esse, kann ich dann zaubern?«, fragte Knaak.

Mogda zeigte auf Cindiel.

Knaak hatte sie immer noch am Handgelenk gepackt und hob sie nun wie ein erlegtes Stück Wild vor sich in die Höhe. Cindiel hatte begriffen, was Mogda plante, nur war sie sich nicht sicher, ob es funktionieren würde. Sie nickte überzeugend.

Der Troll zu Knaaks Linken meldete sich zu Wort.

»Iss ihn nicht, das ist eine Falle. Sie wollen dich vergiften.«

Der Troll zu seiner Rechten versuchte ebenfalls, den Anführer von seinem Vorhaben abzubringen.

»Vergiss nicht, er ist ziemlich schlau. Er versucht nur, dich reinzulegen.«

Knaak ließ die Einwände einen Augenblick auf sich wirken, zerstreute sie dann aber.

»Genau! Ihm ist klar, dass wir wissen, dass er schlau ist, und deswegen denkt er, wir glauben, er lügt uns an, damit ich den Pilz nicht esse. Darauf falle ich aber nicht rein. Ich bin nämlich noch viel gewitzter als so ein Oger.«

Mit diesen Worten warf er sich den Pilz tief in den Rachen und schlang ihn hinunter.

»Was passiert jetzt, Hexe?«

Cindiels Arm schmerzte, und ihr standen Tränen in den Augen.

»Es dauert etwas, bevor der Zauber wirkt«, antwortete sie mit ängstlicher Stimme.

Knaak schleuderte sie in hohem Bogen über die Feuerstelle hinweg in Mogdas Richtung. Dieser hatte Schwierigkeiten, sie aufzufangen und erwischte sie nur am Bein, kurz unterhalb des Knies. Cindiel schlug mit dem Kopf hart auf die Erde auf und verstauchte sich ein Handgelenk. Mogda zog sie auf seinen Schoß und hielt seine Arme schützend vor sie.

»Ihr bleibt da hocken und rührt euch nicht vom Fleck«, grollte Knaak Mogda und Cindiel an. Die anderen beiden Trolle schlugen vor Aufregung mit ihren Keulen auf den Boden.

Knaak kniete sich vor das Feuer und beobachtete die Flammen. Sein Blick schien immer tiefer in die züngelnde Glut einzudringen. Seine Pupillen weiteten und verengten sich schneller als der Herzschlag eines Mannes in der Schlacht. Der massige Kopf des Trolls legte sich immer wieder schief, und seine Muskeln versuchten dagegen anzugehen, doch schienen sie ihm immer weniger gehorchen zu wollen. Zu guter Letzt verkrümmte sich sein Rückgrat, die Klauen ballten sich zu Fäusten, und seine Augenlider verkrampften sich. Dann entspannte sich sein Körper, und ein breites Grinsen trat auf sein Gesicht.

»Knaak, was ist mit dir?«, fragte einer der Trolle und rüttelte an seiner Schulter. Blitzschnell packte der Anführer zu und verdrehte seinem Kumpanen schmerzhaft die Klaue.

»Die Flammen des Feuers, ich konnte mit ihnen reden – bis du Volltrottel uns unterbrochen hast«, stammelte Knaak.

Mogda packte Cindiel an der Taille und setzte sie etwas seitlich auf sein Knie, sodass sie mit ihrem Körper den Schwertknauf verdeckte. Dann zog er langsam die Waffe aus der Scheide.

»Die Flammen, sie waren so nah«, lallte Knaak unterdessen weiter. »Sie waren so gierig darauf. Sie wollten es auch, deswegen habe ich sie mitgenommen.«

Knaaks Kopf fiel vor Erschöpfung auf die Brust, und er verstummte.

»Wen hast du mitgenommen, und wohin?«, fragte einer der Trolle verständnislos. Er ließ seine Keule auf den Boden fallen und rüttelte an Knaaks Schultern, um ihn wieder ins Bewusstsein zu holen.

Das war Mogdas Chance. Er packte Cindiel und schob sie hinter sich. Mit einem Satz sprang er über das Feuer hinweg und attackierte den Troll, der zwar bewaffnet, aber abgelenkt war.

Bevor sein Gegner die Waffe heben konnte, bohrte Mogdas Klinge sich tief in seine Eingeweide. Er riss das Runenschwert seitlich heraus und brachte etwas Abstand zwischen sich und seinen Gegner.

»Die Flammen, sie sind in *mir*«, brüllte Knaak.

Er hatte beide Klauen um die Unterarme seines Kameraden gelegt. Dieser versuchte, sich aus dem Griff zu befreien. Flammen züngelten von Kaaks Handrücken und fraßen sich langsam über die Unterarme bis hoch zu den Schultern.

Cindiel war hinter einem Gebüsch in Deckung gegangen. Der schwer verletzte Troll hielt die klaffende Wunde zusammen und taumelte auf Mogda zu. Von Knaaks wundersamer Selbstentzündung und den panischen Schreien seines Kameraden hatte er noch nichts mitbekommen. Mogda bereitete sich darauf vor, ihm diesen Anblick zu ersparen. Mit der Spitze seiner Klinge zielte er auf den heranwankenden Troll. Die Keule schlug gegen das Runenschwert.

Beinahe hätte die Wucht des Schlages Mogda die Waffe aus der Hand gerissen; nur der klobige Knauf verhinderte, dass er seinem Gegner wehrlos gegenüberstand. Die Kraft, die der Troll trotz seiner nahezu tödlichen Verletzung aufbrachte, ließ Mogda schaudern. Ein Kampf gegen die drei Unholde gleichzeitig hätte seinen und Cindiels Tod bedeutet. Mogda vollführte eine Drehung, um die Wucht des gegnerischen Schlages auszunutzen. Sein Schlag zielte auf den Hals des Trolls, doch dieser hatte sich geduckt und rammte Mogda die Keule in den Bauch. Mogda taumelte rückwärts und stürtze über einen abgestorbenen Baumstumpf.

Der Troll verlor keine Zeit. Er setzte dem Gegner nach. Mit einem Sprung stand er über ihm und holte mit seiner Waffe weit zum tödlichen Schlag aus. Die sehnigen Muskeln spannten seinen Oberkörper, wodurch die Bauchwunde weiter aufriss. Der Schmerz musste unerträglich sein. Der Schrei des Trolls übertönte die panischen Rufe seines Kameraden, dann verstummte er urplötzlich und brach zusammen. Mogda blieb gerade noch genügend Zeit, um sein Schwert in die Höhe zu reißen. Die Spitze der Klinge stieß durch den Unterkiefer des Trolls, und die Klinge trat auf Höhe des Nasenrückens wieder aus. Mogda rollte unter dem leblosen Körper hervor und kam wieder auf die Beine. Sein Blick fiel auf Knaak und den brennenden Torso vor ihm. Die Flammen hatten den Körper des anderen Trolls stark verstümmelt. Nun war es an Mogda, die Sache zu Ende zu bringen.

Knaaks Körper war übersät mit kleinen Flammen, die auf seiner Haut umhertanzten wie Schmetterlinge im Wind. Das Feuer hatte auch ihn entstellt; zwar nicht so stark wie sein Opfer, doch sein Körper war haarlos, und die Haut schlug Blasen. Wie eine Marionette stieg er über den verkohlten Körper seines Kameraden hinweg und wandte sich Mogda zu. Er schien keine Schmerzen zu haben oder sonst etwas zu spüren. Die kleinen blauen Flammen, die seinen Körper bedeckten, suchten nach Nahrung. Sie sprangen umher, verloschen und entzündeten sich an anderer Stelle erneut. Knaaks Augen funkelten wie glühende Kohlen, und aus seinem Mund tropfte brennender Schleim wie Lava.

Knaak, oder was immer er jetzt war, hatte Mogda entdeckt. Wie der flackernde Schein einer Kerze bewegte er sich auf ihn zu.

»Ja, komm her, du laufender Spießbraten!«, schrie Mogda ihn an, um sicherzustellen, dass er nicht auf Cindiel aufmerksam wurde. »Jetzt müssen wir dich nur noch traktieren.«

Mogda zielte mit dem Schwert auf Knaak und ahmte jede von dessen Bewegungen nach. Je näher sie sich kamen, desto stärker spürte Mogda die Hitze, die von dem Troll ausging. Die Flammen auf der Haut züngelten in Mogdas Richtung und entwickelten ein regelrechtes Eigenleben. Mit einem gewaltigen Satz sprang Knaak seinen Gegner an und schlug dessen Runenschwert mit bloßer Hand beiseite. Mogda wich zurück, die Hitze war unerträglich. Er spürte, wie sich die kleinen Härchen auf seiner Haut kräuselten. Er musste Abstand halten, aber wie sollte er Knaak dann töten?

Sie umrundeten einander so lange, bis Mogda einen leichten Luftzug im Rücken spürte, dann schnellte er vor und hieb mit ausgestrecktem Arm nach den Klauen des Trolls. Die Attacke war erfolgreich, und die Klinge trennte die Kralle zur Hälfte ab. Ein gleißender Feuerstrahl schlug Mogda aus der Wunde entgegen und versengte einige seiner Zöpfe und sein Hemd. In Gedanken malte sich Mogda aus, was ein tödlicher Treffer wohl an Flammen hervorbringen würde.

Schnell versuchte Mogda wieder, etwas Abstand zwischen sich und die lebende Fackel zu bringen. Sein Gegner wurde langsamer, und die Wunde an seiner Hand breitete sich weiter aus. Wie die Glut von brennendem Torf fraß sie sich den Arm hinauf. Irgendwann würde von seinem Gegner nur noch Asche übrig sein, und bis dahin musste er in Bewegung bleiben. Immer wieder lockte Mogda ihn zu sich heran, um zu vermeiden, dass er sich ein anderes Ziel suchte. Gerade als er vorhatte, Knaaks anderen Arm zu attackieren, um seinen Tod zu beschleunigen, stolperte er rückwärts über den getöteten Troll und schlug mit dem Kopf auf einen Baumstamm.

Benommen sah er Knaaks glühende Gestalt auf sich zukommen. Bereit, ihn mit seinen Flammen zu verschlingen, baute sich der Troll vor Mogda auf. Der Arm des Unholds war mittlerweile bis zur Schulter verkohlt und hing leblos an ihm herab. Sein Maul öffnete sich, und Flammen schlugen daraus hervor. Mit einer Hand schlug er sich immer wieder gegen den Kopf, sodass das Glühen in seinen Augen eine weiße Färbung annahm und aufblitzte. Danach erlosch das Leuchten, und die Flammen aus seinem Rachen ergossen sich über den restlichen Körper.

Im nächsten Augenblick stand er restlos in Flammen. Er taumelte rückwärts. Sein Arm fiel herab, Knochen knackten, ein Bein brach unterhalb des Knies und ließ den Koloss straucheln. Dann sackte er vollkommen in sich zusammen. Kurz darauf zerfiel er zu glühenden Brocken.

Mogda stocherte mit der Spitze seines Runenschwertes in den Überresten herum. Cindiel tauchte neben ihm auf und starrte fassungslos auf das Häufchen Asche.

»Komm her, nun müssen wir dich nur noch traktieren?«, wiederholte Cindiel Mogdas letzten Worte an den Troll. »Es heißt ›tranchieren‹. Traktieren ist das, was ich ständig mit *dir* mache.«

13

Ergebt euch!

Die beiden Männer ritten schweigend nebeneinander her, bis sie die ersten Bäume des Tannenverlieses erreichten.

»Hauptmann Barrasch?«

Barrasch antwortete nicht. Er starrte zwischen den Bäumen hindurch, und sein Blick verriet, dass er nicht zu antworten beabsichtigte. Fast regungslos, nur dem leichten Trab des Pferdes angepasst, trottete er dahin.

»Hauptmann Barrasch.«

Der Ton des jungen Soldaten wurde eindringlicher.

Barrasch hatte gehofft, Finnegan würde es irgendwann leid werden, ihn mit seinen Fragen zu quälen, doch der junge Soldat erwies sich so hartnäckig wie ein Zwerg mit seiner Spitzhacke in einer Goldmine. Er mochte den Jungen, aber er wusste nicht, ob dieser den Sinn ihrer Reise wirklich verstand.

»Hauptmann Barrasch!«

»Barrasch, Finnegan, einfach nur Barrasch«, brummte er. »Die Zeit, in der die Soldaten und Stadtwachen meinem Befehl unterstellt waren, ist vorbei. Jetzt bin ich nur noch der alternde Ratgeber des Hochadels, und das auch nur durch die Fürsprache von Lord Felton.«

Dem jungen Soldaten schien diese Darstellung nicht zu schmecken, zumindest ließ er sich zwei Pferdelängen zurückfallen und setzte eine beleidigte Miene auf. Nach einigen Augenblicken gab er seinem Pferd jedoch einen Klaps und rückte wieder zu Barrasch auf.

»Ihr irrt Euch«, sagte Finnegan bestimmt und hoffte inständig, damit keine unsichtbare Grenze zu überschreiten. »Ihr seid ein wahrer Held. Eure Kampftaktiken werden noch heute in der Grundausbildung gelehrt. Es gibt keinen Rekruten, der Euren Namen nicht kennt. Ihr seid das Vorbild eines jeden Soldaten.«

Barrasch fühlte sich zwar geschmeichelt, wusste aber auch genau, was er von dieser Lobpreisung zu halten hatte. Junge Soldaten waren schnell mit ein paar Geschichten zu beeindrucken.

»Ich danke Euch für diese Aufmunterung, Soldat Finnegan, aber König Leondres hat vor hundertfünfzig Jahren die Steuergesetze eingeführt, die heute noch gelten. Jedermann kennt ihn. Damals war er ein großer König, heute ist er nur noch ein toter Mann.«

»Ihr seid nicht tot«, erwiderte Finnegan mit unwiderlegbarer Logik.

Barrasch setzte ein breites Grinsen auf.

»Wenn Ihr weiter so herumschreit, wird es nicht mehr lange dauern.«

Finnegan senkte den Blick und machte das, was Soldaten meistens taten: gehorchen.

Der Wald wurde dichter, und die beiden Männer waren jetzt gezwungen, hintereinander zu reiten; ein Umstand, den Barrasch sehr begrüßte.

Sie folgten keiner richtigen Spur, der Veteran ließ sich mehr von seinem Instinkt leiten, der sie bis hierher gebracht hatte. Flüchtige bewegten sich nach eigenen Regeln. Emotionen spielten dabei eine große Rolle.

Barrasch und Finnegan erreichten eine Lichtung innerhalb des Tannenverlieses. Am anderen Ende kräuselte sich das dünne Rauchfähnchen eines fast erloschen Lagerfeuers.

Barrasch ließ anhalten und verschaffte sich von seinem Pferd aus einen Überblick. Die Lichtung schien verlassen, aber der Schein konnte auch trügen, das wusste er aus einigen schmerzhaften Erfahrungen. Er gab Zeichen, weiter am Rand zu bleiben und sich vorsichtig der Lagerstätte zu nähern. Die Soldaten zogen ihre Schwerter blank und lösten die Schilde von den Seiten ihrer Pferde. Auf halbem Wege entdeckte Barrasch drei verkohlte Trollkörper. Seltsam verkrümmt lagen sie um das erloschene Feuer herum.

Wortlos schritt Barrasch zwischen den Leichen umher.

»Sie haben sie verbrannt, damit ihre Selbstheilung nicht einsetzen konnte«, folgerte Finnegan bei näherer Untersuchung eines Trolls.

Barrasch untersuchte die verbliebene Glut.

»Nicht ganz«, erklärte er, »der dort drüben sieht aus, als wenn er von *innen* heraus verbrannt wäre. Außerdem kenne ich niemanden, der drei Trolle tötet, sie in Brand steckt und dann bei dem Gestank in aller Seelenruhe sein Nachtlager aufschlägt.«

»Woher wollt Ihr wissen, dass es so abgelaufen ist?«

Barrasch griff in die Asche des Lagerfeuers und schnappte sich ein Stück verkohltes Holz.

»Hier, fang!«

Finnegan fing das Scheit mit einer Hand auf, ließ es aber sofort wieder zu Boden fallen.

»Autsch, das glüht ja noch!«, schrie er. »Was soll das?«

»Schmerz ist der beste Lehrmeister«, sagte Barrasch und konnte sich ein Grinsen nicht verkneifen.

Sie suchten die Lichtung weiter ab, konnten aber keine Hinweise entdecken, nur eine Spur, die tiefer ins Innere des Tannenverlieses führte.

»Hauptmann, warum hat man uns hierhergeschickt?«, fragte Finnegan, als sie wieder auf ihren Pferden saßen.

Barrasch verwunderte die Frage nicht, er hatte sie schon früher erwartet.

»Wir suchen die Hexe und den Oger. Wenn wir sie haben, finden wir heraus, was wirklich passiert ist.«

»Ich meinte eigentlich, warum ausgerechnet *wir* hier sind?«

»Lord Felton dachte wahrscheinlich, er braucht jemanden mit Erfahrung; jemanden, der die beiden kennt und nicht zu viel Wirbel macht. Und außerdem bin ich entbehrlich.«

Barrasch gab seinem Pferd die Sporen und lenkte es in östlicher Richtung weiter in den Wald hinein.

»Und warum habt Ihr mich als Begleitung ausgesucht?«, rief Finnegan ihm hinterher.

»Mit irgendwas muss ich den Oger doch anlocken.«

Diese Aussage tat ihre Wirkung. In den folgenden Stunden sprachen sie kein Wort miteinander. Der Wald wurde immer dichter, und sie mussten die Pferde vorwärtstreiben, damit sie nicht vor dem Dickicht scheuten. Immer häufiger mussten sie sich weit über den Pferderücken beugen, um den schweren Ästen zu entgehen. Oft verfing sich ihre Ausrüstung in den Zweigen, und sie mussten darauf achten, dabei nicht die Hälfte zu verlieren. Ihr Vorankommen wurde immer langsamer und beschwerlicher, doch die Pferde zurückzulassen kam nicht in Frage. Im offenen Gelände hätten sie so jede Chance vertan, die Flüchtigen weiterzuverfolgen.

Barrasch war kurz davor, den Rückzug anzutreten und das Dickicht zu umrunden, als ihm ein süßlicher Geruch in die Nase stieg.

»Riechst du das auch, Finnegan?«, erkundigte er sich.

Der junge Soldat schnüffelte wie ein Fährtenhund.

»Es riecht süßlich, wie in einer Bäckerei.«

Barrasch gab das Zeichen zum Absitzen. Behutsam tasteten sich die beiden Männer vorwärts, immer dem süßlichen Duft folgend. Der Geruch wurde intensiver, und mit der Zeit rief er eine gewisse Übelkeit bei den beiden Soldaten hervor. Ein lautes Niesen ließ sie innehalten und ihre Schwerter blankziehen. Barrasch bedeutete Finnegan, sich zu trennen und dem Ursprung des Geräusches von zwei Seiten auf den Grund zu gehen. Vorsichtig krochen sie über den Waldboden. Finnegan löste seine überflüssige Ausrüstung vom Gürtel. Er war jung und unerfahren, das wusste er, doch er wollte auf keinen Fall einen Fehler begehen, der sie in Gefahr brachte. Wenn durch sein Versagen der größte Soldat der Stadt und engste Freund von Lord Felton umkommen würde, könnte er in Osberg nicht einmal mehr als Torwache dienen.

Akribisch befreite er den Waldboden vor sich von vertrockneten Blättern und Ästen. Er zwängte sich unter den niedrigsten Zweigen hindurch, um ja kein verdächtiges Geräusch zu machen. Nach einer Weile erreichte er eine Stelle, auf der ein Dutzend der gigantischen Bäume gefällt und zu einem Stapel zusammengelegt worden waren.

Über den letzten Stamm hinweg sah er das Haupt eines Ogers, das sich von Zeit zu Zeit schüttelte und dabei die filzigen Zöpfe umherwarf. Auf allen vieren kroch Finnegan aus seinem Versteck zu den mächtigen Stämmen hinüber. Vorsichtig umrundete er das Hindernis.

»Hör endlich auf mit dem Unsinn, mir ist schon ganz schlecht«, sagte eine Frauenstimme.

»Es riecht aber gut«, antwortete der Oger.

Finnegan sprang hinter den Stämmen hervor und richtete seine Schwertspitze abwechselnd auf Mogda und Cindiel.

»Siehst du, mit dem Gestank lockst du jeden Strauchdieb in fünf Meilen Entfernung an«, sagte Cindiel, ohne Finnegan und dessen Bemühungen Beachtung zu schenken.

»Wenn er Sträucher stiehlt, was will er dann von uns?«, erkundigte sich Mogda, der den Soldaten ebenfalls zu ignorieren schien.

»Strauchdieb ist nur so ein Ausdruck. Man meint damit einen Räuber, der einem im Wald auflauert.«

Finnegan war zutiefst verunsichert. Ihn mit einem gewöhnlichen Räuber zu verwechseln war absurd. Sein schulterlanges, dunkelblondes Haar war gepflegt, und seine Bartstoppeln verliehen seinen Zügen einen männlich-verwegenen Ausdruck. Er war groß und schlank, im Grunde genommen ein Prachtexemplar seiner Gattung.

In der Stadt zollte man ihm und seiner Uniform Respekt, doch dieser Oger und das Mädchen ließen sich nicht einmal dadurch beeindrucken, dass er mit seinem Schwert herumfuchtelte.

»Hauptmann Barrasch!«, rief er. »Ich habe sie. Wir sind hier drüben.«

»Er hat uns«, kicherte Cindiel. »Hoffentlich fängt er nicht auch noch an, uns zu umzingeln.«

Mogda lehnte sich gelassen zurück und zerdrückte zwei Beeren zwischen seinen Fingern. Die leere Rebe schleuderte er achtlos nach hinten über die Stämme, dann streckte er die Beine aus und atmete den süßen Geruch tief ein.

Finnegan änderte seine Vorgehensweise. Er trat vor und rammte sein Schwert in die Erde.

»Im Namen von König Wigold und im Auftrag von Lord Felton, ihr seid verhaftet!«

Mogda hatte schon viel erlebt, aber so viel Dreistigkeit und Selbstüberschätzung hatte er noch nicht gesehen.

Finnegan stützte sich auf seinen Schwertknauf und versuchte, Autorität auszustrahlen, wovon er so weit entfernt war wie Mogda vom Fliegen.

»Übergebt mir eure Waffen, dann wird euch nichts geschehen«, verkündete er.

Mogda beugte sich nach vorn, um sicherzugehen, dass es kein Trugbild war, dem er aufsaß.

»Unsere Waffen?«, fragte er und erntete ein zufriedenes Lächeln.

»Meine Waffe ist dieses Runenschwert an meiner Seite, und die Waffe meiner Begleiterin ist ihr Verstand. Ich gehe davon aus, dass du keines von beiden je bekommen wirst. Alles, was du in die Hände nehmen solltest, sind deine Beine. Und wenn das nicht auf der Stelle passiert, werde ich sie dir abhacken und behalten. Hast du verstanden?«

»Hat er«, flüsterte eine Stimme hinter Mogda, und mit ein wenig mehr Druck spürte er auch die Spitze einer Klinge in seinem Rücken. »Er ist jung und unerfahren, aber dieser Triumph gebührt ihm, findest du nicht auch?«

Mogda erkannte die Stimme sofort. Sie gehörte Barrasch. Der ehemalige Hauptmann der Stadtwache gehörte zwar zu Mogdas Freunden, aber die jüngsten Ereignisse hatten das möglicherweise geändert. Ein kurzer Blick zu Cindiel bestätigte seinen Verdacht. Auch sie spürte den

Schaft eines Speeres im Rücken. Vorsichtig rückte sie weiter nach vorn.

»Gut, Junge, du hast gewonnen«, murrte Mogda. »Ich will kein unnötiges Blutvergießen, wir ergeben uns.«

Mit ausgestrecktem Arm warf er Finnegan das Schwert vor die Füße, und fast gleichzeitig hob Cindiel ihre Arme. Ein stechender Schmerz im Rücken überredete auch Mogda dazu, seine Hände zu heben.

»Hauptmann, sie haben sich ergeben«, rief Finnegan, selbst überrascht von seinem schnellen Erfolg.

Einen Augenblick später trat Barrasch hinter den Stämmen hervor. Seine Hose war an den Knien verschmutzt, genauso wie die Ärmel seiner Jacke. Den Speer trug er über dem Rücken, und sein Schwert steckte in der Scheide. Mogda warf einen flüchtigen Blick nach hinten. Die Klinge, die ihn noch kurz zuvor bedroht hatte, war jetzt nur noch ein verdorrter Ast.

»Ganz hervorragend, Finnegan«, lobte Barrasch seinen Untergebenen. »Aus Euch wird noch ein großer Krieger.«

Barrasch trat vor und bückte sich nach dem Runenschwert. Etwas verblüfft wog er es in den Händen.

»Ganz schön schwer, das Ding. Würde eine leichtere Waffe nicht mehr von Nutzen sein?«, fragte er Mogda und grinste.

Mogda griff nach hinten und zerbrach geräuschvoll den Ast, der in seinen Rücken stach.

»Nein, normalerweise habe ich es mit ziemlichen Dickschädeln zu tun. Aber hätte ich gewusst, dass man mir einen alten Mann und ein Kind hinterherschickt, hätte ich mich auch mit einem Ast begnügen können.«

Barrasch trat vor und setzte einen Fuß auf den untersten Stamm. Mogdas Schwert legte er über sein Knie und sah Cindiel tief in die Augen.

»Was ist passiert?«, fragte er.

»Ich konnte nichts dafür«, sagte sie.

»Das habe ich nicht gefragt. Wenn Lord Felton der Ansicht gewesen wäre, dass ihr Mörder seid, hätte er wohl kaum uns zwei losgeschickt. Ich will nur wissen, *was* vorgefallen ist.«

Und zu Finnegans nicht enden wollendem Erstaunen erzählte Cindiel Barrasch, was an dem Abend in Osberg vorgefallen war und wie sich ihre Sinne durch die Trommelbeeren verändert hatten.

14
Kieselschnapper

Rator gönnte seinen Leuten kaum eine Verschnaufpause. Einen ganzen Tag hatte er überlegt, ob es richtig war, den Fremden zu verfolgen, dann hatte er entschieden, dass niemand ungestraft die Heimat der Oger bedrohen und entkommen durfte.

Ihm war unwohl bei dem Gedanken, jemanden zu verfolgen und nicht zu wissen, wer oder was er war. Er wusste nur, dass er nicht das war, was er zu sein vorgab, nämlich ein Mensch.

Er hatte keine Angst davor, sich einem übermächtigen Gegner zu stellen und dem Tod ins Auge zu blicken. Seitdem er denken konnte, hatte er nichts anderes getan. Etwas anderes bereitete ihm Angst: Er fürchtete, sich einem Gegner stellen zu müssen, der ihm keine Chance ließ. Jemand, auf den er unvorbereitet traf, der es ihm nicht erlaubte, zu kämpfen; jemand, der ihn und seine Leute ohne Gegenwehr abschlachtete – jemand wie der, den sie verfolgten.

»Rator, hier guter Ort für Ruhe«, hörte er hinter sich die Stimme von Tastmar.

Im Laufe des Tages hatte Rator diesen Satz schon unzählige Male gehört. Er bereute es, Tastmar mitgenommen zu haben, aber er war der Bruder von Rolgist, und somit stand es ihm zu, herauszufinden, was mit ihm passiert war. Der schwerfällige Oger war es nicht gewohnt, lange Strecken zurückzulegen, und selbst wenn er mit den anderen mithalten konnte, wäre er für einen bevorstehenden Kampf zu erschöpft.

»Machen Pause, wenn Sonne hinter Bergen«, erwiderte Rator, den seine ein Dutzend Mal wiederholte Antwort mittlerweile selbst langweilte. In den zwei Stunden Fußmarsch, die ihnen bevorstanden, würde er Tastmars Vorschlag noch einige Male hören und seine Antwort wiederholen müssen. Rator sehnte sich nach etwas schweigsamer Abwechselung und ließ sich zurückfallen, bis Kruzmak ihn eingeholt hatte.

Die Truppe, mit der er unterwegs war, war dieselbe wie auf den Marmortransporten, nur hatten sie den verletzten Hagmu im Drachenhorst zurückgelassen, und dafür war Kruzmak eingesprungen. Den erfahrenen Kriegsoger und Freund an seiner Seite zu wissen erleichterte Rators Last. Kruzmak hatte zwar die Oberaufsicht beim Abbau des Gesteins im Drachenhorst, doch solange die Arbeiten ruhten, war er abkömmlich. Außerdem gab es keinen besseren Ersatz für Hagmu, wenn Rators Einschätzungen, was den Fremden betraf, stimmten.

»Du in Ordnung?«, erkundigte sich Kruzmak.

Rator brummte nur verständnislos. Seit vielen Jahren waren die beiden gemeinsam unterwegs. In vielen Schlachten hatten sie Seite an Seite gestanden und ihre Gegner bezwungen. Selbst wenn sie aus dem Kampf kamen, reichte ein einziger Blick, um zu wissen, wie es dem anderen ging. Gerade jetzt, nach all den Jahren des Friedens, stellte Kruzmak ihm diese Frage.

»Du müde, ich kann sehen«, drängte Kruzmak.

»Machen Pause, wenn Sonne hinter Bergen.«

Diesmal gefiel ihm die Antwort besser, jedenfalls besser als die Wahrheit. Er *war* müde. Es war nicht wie nach einem langen Marsch oder einem verbissenen Kampf, es war eine Müdigkeit, die von woanders herrührte. Sie hatte sich auf ihn gelegt wie ein Schleier und wollte nicht weichen, egal wie lange er schlief. Das Einzige, was den Schleier noch vertrieb, war der Fremde, den er verfolgte. Er hoffte nur, dass sein Kampf gegen den Trübsinn nicht seines oder das Leben seiner Kameraden kosten würde.

»Du denken an Hüttenbauer und warum gekommen in Drachenhorst«, folgerte Kruzmak.

»Nicht gewesen Hüttenbauer«, brummte Rator.

»Du Recht, nur außen Hüttenbauer. Innen gewesen Meister.«

»Du nicht wissen.«

»Wohl. Du auch gemerkt«, flüsterte Kruzmak. »Stimme gesprochen wie Meister, Körper weich wie Meister, und Geruch auch wie von Meister.«

»Meister niemals so stark, nur mächtig mit Zauber.«

»Vielleicht gewesen Zauber?«

Insgeheim wusste Rator, dass Kruzmak Recht hatte, aber er wollte es nicht wahrhaben. Die Meister waren besiegt, ihre Ära war zu Ende, und jeder andere Gedanke würde nur einen Schatten auf ihren Triumph und ihre Freiheit werfen.

»Machen Rast bei Felsen dort vorn!«, wies er seine Kameraden an.

Augenblicklich sah man Tastmar die Erleichterung an, und auch die anderen schienen glücklich über die Entscheidung ihres Anführers zu sein. Nur Wurgut nutzte Rators Nachgiebigkeit, um sich, wie so häufig schon, aufzuspielen.

»Rast zu früh, besser gehen bis Sonne hinter Bergen«, rief er seinen Kameraden zu und erwartete Zustimmung oder wenigstens etwas Anerkennung.

Rator spürte, dass die Zweifel in ihm auch den anderen aufgefallen waren. Sie versuchten, diese Schwäche zu nutzen. Früher oder später würden sie seine Entscheidungen anzweifeln, und dann konnte es nicht mehr lange dauern, bis jemand seinen Platz einnahm.

Rator blieb stehen und senkte sein Haupt. Er löste die Streitaxt von seinem Gürtel und ging in die Knie, dann legte er die Waffe neben sich in den Sand.

»Wurgut!«, rief er seinen Männern hinterher, die sein Zurückbleiben nicht bemerkt hatten.

»Du gefunden Spuren?«, ereiferte sich Wurgut. »Wir können einholen bis Nacht, töten Hüttenbauer und gehen zurück.«

Rator ging nicht darauf ein. Er winkte den anderen Oger nur zu sich und verharrte dort, wo er hockte. Wurgut eilte zurück, in der Hoffnung, doch noch seine Anerkennung zu bekommen.

Kaum war er an Rator herangetreten, packte dieser seine Axt an der Klinge und schlug Wurgut den Schaft in die Kniekehlen. Völlig von dem Schlag überrascht, knickten dessen Beine weg, und er sank vor Rator nieder. Ein zweiter schwerer Schlag gegen die Schulter warf ihn in den Sand. Augenblicklich war Rator über ihm und presste sein Gesicht in die rote Erde. Er nahm den Stiel der Axt zu Hilfe und drückte gegen Wurguts Halswirbel, dann schrie er ihn an: »Du sehen Sonne? Wenn nicht, wir machen Rast.«

Wurgut leistete keinen Widerstand. Er hatte die Arme ausgestreckt und ließ die Schmach über sich ergehen. Eine ganze Weile hielt Rator ihn noch am Boden, bis er merkte, dass seinem Gegner die Kraft ausging. Rator erhob sich wieder und befestigte seine Axt am Gürtel. Wurgut kroch auf allen vieren davon, um sich in Sicherheit zu bringen. Erst dann stand er auf und schlich zurück zu den anderen. Er sah sich nicht um und sagte nichts. Er wusste, jedes Widerwort würde seinen Tod bedeuten, und niemand würde ihm zu Hilfe eilen.

Wenig später saßen alle zusammen im Schutz der Felsen und machten sich über ihren Proviant her. Sie hatten mit etwas Reisig, das der Wind zwischen die Steine getrieben hatte, ein Feuer entzündet. Keiner der Oger sprach ein Wort, alle kauten stumm auf ihrem Dörrfleisch herum und spülten es mit dem Wasser aus ihren Ziegenbeuteln herunter.

Das Geräusch von knirschendem Gestein ließ Rator seine Mahlzeit unterbrechen. Offenbar hatte niemand sonst etwas wahrgenommen, alle schmatzten genüsslich vor sich hin. Der Laut wiederholte sich.

»Du gehört?«, fragte Rator Kruzmak, der neben ihm saß. Der Kriegsoger würgte einen trockenen Bissen hinunter und ließ seinen Blick im Lager umherschweifen.

»Tastmar neuen Freund gefunden«, antwortete er knapp und nahm einen Schluck Wasser.

Tastmar saß etwas abseits des Feuers. Rator sah, wie er einen faustgroßen Stein in der Hand hielt und damit herumspielte. Der Brocken fiel zu Boden, genau in eine Schüssel, wie Rator dachte, doch die Schüssel entpuppte sich als Insekt. Der schuppige Körper klappte zusammen wie eine der Fallen, welche die Hüttenbauer zur Jagd benutzten, und kräftige Beine umklammerten den Stein. Immer fester wurde die Umklammerung, bis der Fels mit einem Knirschen zerbarst.

Rator zuckte zusammen. Das Wesen erinnerte ihn entfernt an die Sandläufer, die das Erscheinen des dämonischen Schattenwurmes angekündigt hatten, den der Meister vor Jahren auf Cindiel, Mogda und ihn gehetzt hatte.

»Was sein das?«, fragte er Kruzmak mit zitternder Stimme.

Wieder sah sein Gefährte nur kurz auf und biss genüsslich in das Dörrfleisch.

»Sein Kieselschnapper, leben tief in Erde. Fressen nur Stein. Dumme Tiere.«

»Woher du wissen?«, fragte Rator.

»Zwerge sagen. Wir finden bei Abbau von Marmor. Glimdibur sagen, diese nur Kinder. Große viel tiefer leben in Sand, tiefer als können graben.«

»Es geben größere von diese Viecher?«, erkundigte sich Rator zweifelnd. »Wie groß?«

Kruzmak breitete die Arme aus und deutete eine Länge von zwei Schritt an, wobei er aber unwissend mit den Achseln zuckte.

Rator waren diese Wesen unheimlich. Sie waren nicht sonderlich groß, aber die Kraft ihrer Zangen und Beine überstieg die eines ausgewachsenen Ogers. Sie konnten Steine zermalmen und wer weiß was noch. Ein Kieselschnapper in der Größe eines Ogers wäre eine furchtbare Bestie.

»Was sie fressen?«

Kruzmak zeigte auf Tastmar, der erneut einen Felsen in die Umklammerung des Kieselschnappers fallen ließ.

»Können nicht fressen Stein. Stein nicht leben«, erklärte Rator.

»Warum? Du trinken Wasser. Wasser auch nicht leben«, wandte Kruzmak ein.

»Können nicht fressen Stein«, wiederholte Rator.

»Wohl.«

Eine Diskussion schien aussichtslos. Rator begnügte sich mit den spärlichen Informationen, die er bekommen hatte, ließ das asselartige Wesen aber nicht aus den Augen. Dann verschlang auch er den Rest seiner Mahlzeit.

Keiner der Oger war sonderlich gesprächig an diesem Abend. Jeder gönnte sich etwas Ruhe, um neue Kraft zu schöpfen.

Rator verstaute gerade Teile seiner Ausrüstung und wollte sich einen Überblick verschaffen, wie weit es noch bis zum Fuß der Berge war, als er plötzlich in zwei Facettenaugen starrte. Der Kieselschnapper hockte auf dem Felsen über ihm und tastete mit seinen Fühlern Rators Stirn ab. Seine Hinterbeine schabten an den Seiten des Rückenpanzers und verursachten ein zirpendes Geräusch. Rator drehte sich um, um sich zu vergewissern, dass es nicht dasselbe Insekt war, mit dem Tastmar spielte, als sich unweit der Feuerstelle ein weiterer Kieselschnapper aus dem Sand bohrte. Im Gegensatz zu den anderen beiden maß dieser fast vier Fuß. Scheinbar ziellos krabbelte er auf die heiße Glut des Feuers zu. Seine Fühler schnellten nach hinten und legten sich über den Körper. Dann rollte sich der Kieselschnapper zusammen, wobei seine Kneifzangen das hintere Ende des Panzers packten, und kugelte einige Schritt zurück. Schnell hatte er sich wieder gestreckt und flüchtete aus dem Lager, ohne den Ogern überhaupt Beachtung geschenkt zu haben.

Die Oger hatten ihre Waffen gezückt, hielten jedoch Abstand zu dem fremdartigen Wesen. Nachdem der Kieselschnapper das zirpende

Geräusch seiner kleineren Kollegen wiederholt hatte, verschwand er in der Dunkelheit.

Rator wusste nicht, was diese Wesen aus der Erde gelockt hatte, und er wollte es eigentlich auch nicht herausfinden. Nachdem sich alle wieder beruhigt hatten, gab er das Zeichen zum Aufbruch. Keiner der Oger verbrachte mehr Zeit als nötig mit dem Zusammensuchen seiner Sachen.

Sie hatten die Felsen gerade hinter sich gelassen, als Rator stehen blieb und in die Nacht hineinhorchte. Wieder erklang das zirpende Geräusch, nur ertönte es diesmal vor ihnen und war um einiges lauter.

»Fackeln«, rief Rator seinen Kameraden zu und warf seinen Rucksack ab. Die anderen taten es ihm gleich und zerrten Flintsteine und pechgetränkte, in Wachspapier gehüllte Fackeln aus ihren Säcken. Diese Utensilien gehörten erst seit wenigen Jahren zur Ausrüstung der Oger. Die Zwerge hatten ihnen die Vorteile der Gegenstände zu erklären versucht, doch erst der wirkungsvolle Einsatz gegen die Trolle hatten die Oger von ihrer Nützlichkeit überzeugt. Rator war der Einzige, der weiterhin auf das Zirpen und Schaben lauschte, das immer näher zu kommen schien.

Die ersten Flammen loderten auf, und einige Oger entzündeten die Fackeln jener Kameraden, die mit dem Feuermachen nicht so vertraut waren. Rator befahl, sich im Halbkreis zu postieren. Als alle ihre Position eingenommen hatten, war der Ansturm für niemanden mehr zu überhören. Aus der Dunkelheit vor ihnen lösten sich Hunderte von Kieselschnappern. Die kleinsten waren nicht länger als der Fuß eines Ogers, die größten erreichten die Ausmaße eines beladenen Marmorkarrens. Wie ein Steinschlag toste die Horde Insekten auf sie zu.

»Stellung halten!«, brüllte Rator.

Das Zirpen wurde ohrenbetäubend. Jedes Mal, wenn eines dieser Wesen die Hitze des Feuers spürte, hielt es kurz inne, gab einen warnenden Laut von sich und rollte sich ein, um sich zu schützen. Die kleineren Kieselschnapper ließen die Oger einfach zwischen sich hindurch laufen, während sie mit ihren Fackeln nach den größeren schlugen. Rators Plan ging auf. Die Herde teilte sich vor ihnen, wie eine Gruppe verängstigter Schafe. Immer mehr kamen aus der Dunkelheit und drängten den anderen nach. Ihre Warnlaute signalisierten den Folgenden die Gefahr. Die Schnapper begannen jetzt, sich früher einzurollen, und kugelten gefährlich nahe an der Gruppe vorbei. Einem der Oger an der Außenflanke schlug ein kleiner Kieselschnapper ans Bein und blieb dort reglos liegen. Mit einem Fußtritt wollte er das Insekt wegstoßen, als es sich blitzschnell streckte und seine messerscharfen Beißwerkzeuge in sein Fußgelenk rammte. Mit einem lauten Schrei löste sich der Oger aus der Formation und humpelte zur Seite. Ein riesiger Schnapper rollte auf ihn zu und drohte ihn zu zermalmen. Der Oger neben ihm wollte seinem Kameraden zu Hilfe eilen und schlug mit der Axt auf die gewaltige Kugel ein. Seine Klinge wurde zwischen zwei Schuppen eingeklemmt. Von der Wucht des Schlags mitgerissen, flog der Oger in die Luft und wurde in die Menge flüchtender Schnapper geschleudert. Sein Kumpan wurde einfach überrollt und vom Gewicht der Tiere zerquetscht, genau wie er selbst.

Rator gab Anweisung, dichter zusammenzurücken, und nach einigen Ausweichmanövern endete der Angriff ebenso plötzlich, wie er begonnen hatte. Es dauerte einige Zeit, bevor die Oger ihre Stellung verließen. Gebannt standen sie im Halbkreis und starrten in die Dunkelheit. Erst als alle Geräusche verklungen waren und die Schemen der Nacht keine Trugbilder mehr lieferten, setzten sie ihren Weg fort. Für die beiden Oger, die aus der Formation gerissen worden waren, kam jedoch jede Hilfe zu spät. Das Gewicht der Rieseninsekten hatte ihre Brustkörbe zermalmt und ihnen sämtliche Knochen im Leib zertrümmert. Wortlos verscharrten die verbliebenen Oger die Toten im roten Sand der Wüste.

Die Verluste in den eigenen Reihen waren nicht leicht zu verkraften, doch die Enttäuschung, abermals auf einen überlegenen Gegner gestoßen zu sein, lastete noch schlimmer auf ihnen.

»Warum sie uns angegriffen?«, fragte Kruzmak, der neben Rator hertrottete.

»Sie nicht angegriffen, sie geflüchtet.«

»Flucht wovor?«

Rator wusste darauf keine Antwort. Er war ein Kämpfer, und es war ihm lieber, sich einem Schrecken zu stellen, als darüber zu grübeln, was der Schrecken eigentlich war und was er ihm alles antun konnte.

Über dem vor ihnen liegenden Gebirge entlud sich ein Gewitter. Gewaltige Blitze zuckten über den Nachthimmel und tauchten die Gipfel in gleißendes Licht. Der Donnerhall, der sich den Ogern entgegenwarf, kam der Stimme eines Gottes gleich. Windböen peitschten den feinen Sand durch die Luft und drohten den Ogern die Haut vom Körper zu ziehen. Dann wurde es still …

Rator ließ den Trupp halten und horchte gebannt in die Nacht hinaus. Ein weit entferntes Grollen setzte ein. Zuerst dachte Rator, es sei der Klang des Donners, der noch nachhallte und nur langsam verebbte, doch das Geräusch lag nicht hinter, sondern vor ihnen, und es wurde nicht leiser, sondern lauter. Er verharrte, und sein Blick versuchte das fahle Mondlicht zu durchdringen. Dann sah er es. Was zuerst wie eine Front von Quellwolken aussah, die ihren Schatten über die Erde fallen ließen, entpuppte sich als Gebirge aus Wasser, mit tobender Gischt als Gipfel. Hundert Fuß und höher raste die Welle auf sie zu.

Es gab keinen Ausdruck dafür, den die Oger verstanden hätten. Daher behalf Rator sich mit etwas, das sie kannten.

»Lawine!«, brüllte er.

15

Springt!

Mogda hatte es nicht mehr weit bis zum Gipfel des Bergwalls. Erschöpft sah er sich um. Hundert Schritt weiter unten leisteten sich Cindiel, Barrasch und Finnegan gegenseitig Hilfestellung beim Erklimmen des steilen Aufstiegs.

»Mogda, warte auf uns«, rief Cindiel zu ihm hoch. »Es war nur ein kleines Beben. Du bringst uns alle unnötig in Gefahr.«

Er wusste, dass sie Unrecht hatte. Die Hüttenbauer lebten in ihren Städten, zurückgezogen von der Natur. Sie hatten zwar viel Wissen in Form von Büchern und Pergamenten zusammengetragen, doch fehlte ihnen oft das Verständnis für die einfachsten Dinge. Cindiel war eine Ausnahme, sie kannte allerhand Pflanzen und Tiere. Sie wusste, wie das Zusammenspiel der Elemente funktionierte, doch auch sie hatte dessen Folgen nur selten am eigenen Leib verspürt. Mogda hingegen war in der Natur groß geworden. Er wusste, was es bedeutete, Hunger zu leiden, zu frieren. Und er wusste, wie erbarmungslos die Naturgewalten waren. Ein Erdbeben konnte hier draußen den Tod bedeuten, und es war überlebenswichtig, frühzeitig zu erkennen, was vor sich ging.

Mogdas Kräfte schwanden langsam. Bis zum Fuß der Berge war er die ganze Zeit gelaufen, während seine Begleiter sich auf die Pferde verteilt hatten und bemüht waren, ihn im Dickicht des Tannenverlieses nicht aus den Augen zu verlieren. Mit letzter Kraft erklomm er den Gipfel der Gebirgskette und wandte seinen Blick hinunter zur unendlich scheinenden Weite der roten Wüste.

»Siehst du, es ist alles in Ordnung, nicht wahr?«, rief Cindiel zu ihm hinauf. »Ich habe doch gleich gesagt, dass es lediglich ein kleines Beben war. So etwas passiert hier oben öfter. Man muss nur aufpassen, dass man nicht von losen Gesteinsbrocken erschlagen wird. Deswegen ist es wichtig, nicht gleich danach in den Bergen herumzukraxeln.«

Mogda blieb ihr die Antwort schuldig. Er stand da, wie zur Säule erstarrt.

»Was ist denn los, Mogda? Sag doch was!«, rief Barrasch.

Die drei beeilten sich, um herauszufinden, was dem Oger die Sprache verschlug. In halsbrecherischen Manövern erklommen sie Felsen um Felsen, bis sie endlich den Gipfel erreichten. Cindiel war die Letzte, die ihren Blick ins Tal warf, da sie sich zuerst um Mogda kümmern wollte. Plötzlich merkte sie, dass Barrasch und Finnegan eine ähnlich rätselhafte Apathie wie Mogda zeigten. Was sie dann sah, ließ auch sie erstarren.

Es dauerte länger, als ein Oger brauchte, um satt zu werden, bis die vier sich wieder rühren konnten.

»Was im Namen der Götter ist hier geschehen?«, stammelte Cindiel.

Wortlos zeigte Mogda nach Nordwesten. Mitten im Bergwall klaffte eine tiefe Schlucht, wo sie einst zusammen mit den Zwergen gegen die Trolle der Meister gekämpft hatten, um zu verhindern, dass die Armeen beider Seiten in einer Flutwelle ertränkt wurden. Jetzt war von dem Gebirge und den riesigen Hallen der Zwerge nichts mehr zu sehen. Sie hatten ihre ursprüngliche Bestimmung erfüllt und dem jenseitigen Meer erlaubt, die Wüste zu überfluten. Gewaltige Massen an Sand, Geröll und riesige Gesteinsbrocken waren einfach weggespült worden und verteilten sich nun entlang des Durchbruchs wie die Einfahrt in ein befestigtes Hafenbecken.

Die Wassermassen hatten es nicht geschafft, die Wüste vollkommen zu schlucken. Überall stachen kleine Inseln aus dem rot verfärbten Wasser heraus, viele von ihnen nur wenige Schritt groß. Die größte aller Inseln war der Drachenhorst, dem das Wasser nur wenig anhaben konnte, doch die tiefen Grabungen im Inneren waren sicherlich den Fluten zum Opfer gefallen, und mit ihnen wohl viele Oger. Das Meer hatte sich seinen Weg bis hin zu den äußersten Ausläufern des Grindmoores gebahnt.

Mogda wendete sich abrupt ab und folgte dem Kammrücken weiter Richtung Westen.

»Wo willst du hin?«, rief Cindiel ihm nach.

»Ich gehe zu den Zwergen und werde herausfinden, ob *sie* das getan haben«, brummte er.

Cindiel blickte ratlos zu Barrasch und Finnegan, die beide mit den Schultern zuckten.

»Und was dann?«, rief sie.

»Dann fange ich an, die Schlucht mit den toten Körpern der Schuldigen zu füllen.«

»Sie werden ihn töten! Bitte helft mir«, flehte sie die beiden Soldaten an.

»Wenn wir ihm folgen, wird es uns ebenso ergehen«, antwortete Finnegan hastig.

Barrasch klopfte ihm beruhigend auf die Schulter und nahm ihn beiseite.

»Es ist ohnehin unsere Richtung, was macht es da schon, wenn wir ihn ein Stück auf seinem Weg zum Untergang begleiten?«

Finnegan war nicht im Geringsten derselben Meinung, doch der Vorschlag eines Hauptmanns wurde für einen einfachen Soldaten zum Befehl.

»Aber unsere Pferde und der Rest der Ausrüstung ...«, gab er dennoch zu bedenken.

»Wenn Mogda die Zwerge in die Mangel genommen hat, fordern wir einfach Ersatz von ihnen«, tat Barrasch den Einwand mit einem breiten Grinsen ab. Freudlos nahm Finnegan den Beutel mit dem restlichen Proviant auf.

Der Marsch über den Bergrücken gestaltete sich einfacher als der Aufstieg. Viele Hindernisse waren im Laufe der Jahre von den Zwergen weggeräumt worden. Und wo ein Vorankommen nur schwer möglich war, waren eiserne Haken in den Fels getrieben worden. Über weite Strecken folgten die ungleichen Gefährten engen, verschlungenen Pfaden, die ansonsten von den Zwergenpatrouillen genutzt wurden.

Immer wieder hielt Mogda inne und ließ seinen Blick über die geflutete Wüste schweifen. Er hielt Ausschau nach anderen Ogern, die auf ihrem Weg durch die Wüste die Katastrophe überlebt und sich auf eine der rettenden Inseln in Sicherheit gebracht hatten. Nichts schien dem Wasser dort unten entkommen zu sein, und zum ersten Mal in seinem Leben hatte er das Gefühl, die Wüste sei tot. Mogdas anfänglicher Groll verhärtete sich immer weiter. Es konnte und durfte nicht sein, dass man so mit den Ogern umsprang. Vor Jahren waren sie verwegene Einzelgänger gewesen. Die Menschen hatten sie wegen ihrer Raubzüge gejagt, doch sie wurden respektiert und gefürchtet zugleich.

Nun hatte er sein Volk in eine andere Richtung gelenkt und die Oger glauben lassen, es sei ihre Bestimmung. Ihr altes Leben war nicht leicht gewesen. Jetzt hatte man ihnen ein Stück Land gegeben, das sonst niemand wollte, aber auch damit waren sie zufrieden, denn sie waren frei. Sie versuchten, sich in eine Gemeinschaft einzufügen und gaben ihr Bestes, und wie lohnte man es ihnen? Sie wurden wieder Sklaven einer Ordnung, die andere aufgestellt hatten. Jeder Händler versuchte sie zu übervorteilen, und wenn ihm dies nicht gelang, klagte er sie des Betrugs an. Sie waren Vogelfreie, die sich nicht wehren durften, und man zerstörte das Wenige, das man ihnen zugestanden hatte. Am Schlimmsten aber war, dass man sie nicht achtete. Für die Oger war die Zeit gekommen, wieder einen anderen Weg einzuschlagen.

Bis zum Abend hatten sie einen beträchtlichen Teil des Gebirges hinter sich gelassen, doch bis zur Esse würden sie noch gut drei Tage brauchen.

Als die Dämmerung hereinbrach, beschlossen sie, ein Lager für die Nacht zu suchen. In einem Probeschacht, den die Zwerge zur Erkundung neuer Edelsteinvorkommen nur wenige Schritt tief in den Fels getrieben hatten, fanden sie Schutz. Die kleine Höhle beengte Mogda, und er musste zum Schlafen eine sitzende Position einnehmen. Doch das war immer noch besser, als die Nacht unter freiem Himmel zu verbringen und auf die wohlige Wärme eines Feuers zu verzichten.

Viele Gedanken gingen in den Köpfen der Wanderer umher, und jeder sorgte sich um etwas anderes.

»Glaubst du wirklich, die Zwerge sind schuld am Untergang der Wüste?«, fragte Cindiel.

Mogda hob den Kopf und sah ihr ausdruckslos in die Augen.

»Nach der großen Schlacht am Drachenhorst waren einige unseres Volkes und ich bei König Braktobil. Wir baten darum, die Hallen der Trolle zu versiegeln. Wir boten sogar unsere Hilfe an, doch Braktobil sagte, die Hallen seien ein ehrwürdiges Bauwerk, und die toten Körper der Zwerge, Oger und Trolle verdienten ein Grabmal wie dieses. Er schwor beim Leben seines Volkes, diese Grabstätte als heiligen Platz zu ehren und zu schützen. Trotz unserer Bedenken und der Gefahr für unsere neue Heimat ließ er sich nicht erweichen. Ich habe ihm geglaubt. Er hat mir sein Wort für meines gegeben.«

Mogda verstummte für einen Augenblick, in seine Erinnerungen versunken.

»Wenn ich ihm jetzt gegenübertrete, um den Blutzoll einzufordern, gibt es nur eine Möglichkeit für ihn, meinem Zorn zu entgehen.«

»Und die wäre?«, fragte Cindiel hoffnungsvoll nach.

»Er und seine Männer sind schon tot«, erklärte Mogda mit furchtbarer Ruhe.

»Somit gibt es wenig Hoffnung auf Aussöhnung«, wandte Barrasch lakonisch ein.

»Keine«, gab Mogda mit funkelnden Augen zurück. »Ihr Menschen schreibt euch stets Verständnis und Diplomatie auf euer Banner, doch wenn euch selbst ein Unrecht trifft, sendet ihr ganze Armeen in den Tod, um euch zu rächen. Jetzt werdet ihr mit ansehen können, wie wir Oger mit solchen Problemen umgehen. Und ich verspreche euch, jedes Ogerleben wird zehnfach gerächt.«

Cindiel erkannte Mogda kaum wieder. In früheren Zeiten hatte man ihm und seinem Volk viel Unrecht angetan, doch nach der Schlacht in der roten Wüste hatte sich ihr Leben stark verändert und war um ein Vielfaches besser geworden. Warum wollte er dies alles aufs Spiel setzten, ohne genau zu wissen, was passiert war? Aber in seinen Augen konnte sie lesen, dass er ihr diese Antwort heute Nacht schuldig bleiben würde.

Am nächsten Morgen hatte sich Mogdas Laune kaum gebessert. Wurde er angesprochen, antwortete er mit Knurr- und Brummlauten. Immer häufiger konnte Cindiel beobachten, wie seine Hand den Knauf des Runenschwertes umklammerte und sich dann für einen Moment verkrampfte.

Die drei Menschen hatten Schwierigkeiten, Mogda auf den unwegsamen Pfaden zu folgen. Immer größer wurde der Abstand zwischen ihnen, und der Oger sah sich immer seltener nach seinen Begleitern um. Mit jedem Schritt, den er den Zwergen näher kam, steigerte sich seine Ausdauer. Bald hatten ihn die Menschen aus den Augen verloren und folgten nur noch den spärlichen Spuren, die Barrasch glücklicherweise zu deuten wusste.

Am späten Nachmittag, als sie nahe einer tiefen Spalte an drei hintereinander eingeschlagenen Kletterhaken eine Felswand entlang hangelten, sahen sie Mogda auf einem Vorsprung stehen und in die Tiefe starren. Er schien sie nicht zu bemerken, sondern konzentrierte sich auf das, was unter ihm lag. Vorsichtig, ohne ihn erschrecken zu wollen, näherten sie sich ihm.

»Dort unten ist jemand«, erklärte er.

Finnegan ging auf die andere Seite des Vorsprunges, wahrte somit gebührenden Abstand zu Mogda, und blickte hinunter.

»Vielleicht ist es jemand aus deinem Volk, der sich vor dem Wasser in Sicherheit gebracht hat«, sagte er in der Hoffnung, Mogdas Laune etwas zu bessern und sich selbst in der Gegenwart des Ogers sicherer zu fühlen.

»Wir werden es bald wissen, denn sie kommen hier herauf«, sagte Mogda ohne den Blick zu wenden. »Es wird besser sein, ihr sucht euch ein Versteck. Denn egal, wer sich die Mühe macht, hier heraufzuklettern, er wird schlechte Laune haben, wenn er ankommt.«

Finnegan hoffte inständig, es handle sich bei den Neuankömmlingen um irgendwelche Menschen, die Zuflucht suchten. Das, oder wenigstens Zwerge. Er entfernte sich schnell vom Rand und suchte verzweifelt nach einem Platz, wo er, Barrasch und Cindiel in Sicherheit gehen konnten. Schließlich fanden sie auf der anderen Seite etwas weiter unten einen Vorsprung, der zwar Sichtschutz bot, jedoch schlecht zu verteidigen war. Sie mussten darauf hoffen, dass es nichts zu verteidigen gab oder dass Mogda sich nicht zurückdrängen ließ.

Der Oger hatte auf einem Felsen, gut zehn Schritt vom Rand entfernt, Platz genommen und erwartete mit unerschütterlicher Geduld die Ankunft der Kletterer.

Es verging noch gut eine halbe Stunde, bis der Lärm der ersten losgetretenen und in die Tiefe polternden Gesteinsbrocken von unterhalb des Gipfels zu hören war. Kurz darauf zeigte sich eine behaarte Klaue mit stark abgewetzten Krallen, die auf dem Vorsprung Halt zu finden suchte. Mit der Anmut und der Kraft einer Raubkatze zog sich ein Troll das letzte Stück zum Gipfel empor. Seine Knochenkeule hatte er beim Klettern nicht aus der Hand gelegt und reckte sie nun drohend Mogda entgegen, als er den Oger erblickte.

Diese Art von Waffe hatte Oger schon häufiger gesehen. Es handelte sich um den Knochen eines Drachen. Viele Trolle hatten sich damit ausgerüstet. Für sie war es eine Art Symbol, das ausdrückte: *Auch ich war dabei und habe auf der Seite der Meister gegen die Menschen und die verräterischen Oger gekämpft. Habt Acht, denn ich habe die Schlacht überlebt und werde sie weiterführen.*

Mogda saß immer noch unbeteiligt auf dem Felsen und starrte auf den Horizont.

»Sieh mal einer an«, grollte der Troll. »Ein fetter Oger sitzt auf einem Berg und trauert seiner zerstörten Bleibe nach. Oder hast du nur Angst, dir nasse Füße zu holen?«

Mogda richtete seinen Blick auf ihn.

»Was weißt du darüber?«

Kraftvoll und mit vorgebeugtem Oberkörper umrundete der Troll Mogda.

»Ich weiß *gar nichts*«, verhöhnte ihn der Troll. »Und selbst wenn es nicht so wäre, würde ich es dir nicht sagen.«

Ein Enterhaken traf klirrend auf den Felsen auf. An ihm war ein grobes Hanfseil befestigt, das über den Vorsprung in die Tiefe führte. Mit einem kräftigen Ruck verankerte sich das Eisen in einer Spalte. Der Troll trat heran und drückte es mit seinem Fuß tiefer in den Zwischenraum. Zur Kontrolle zog jemand von unten zweimal kurz am Seil, dann spannte es sich straff.

»Was weißt du über den Einsturz der Berge und über die Flut?«, wiederholte Mogda seine Frage.

Mit letzter Kraft erklomm ein Ork den Gipfel. Keuchend blieb er auf den Steinen liegen und schaute über den Rand in die Tiefe.

»Was nützt es dir, die Wahrheit zu kennen?«, schnaubte der Troll. »Du würdest dein Wissen nur mit ins Grab nehmen, ohne jemandem davon erzählen zu können.«

Jetzt hatte auch der Ork Mogda bemerkt und kam flink auf die Beine. Seine Kleidung war bis zur Taille mit getrocknetem roten Schlamm bedeckt. Anscheinend hatte er sich vor dem Aufstieg von seiner Rüstung getrennt, und als einzige Waffe hielt er einen einfachen Dolch in der Hand. Zwei weitere Orks erklommen soeben die sicheren Felsen. Auch sie trugen nur wenig Ausrüstung bei sich.

»Schaut ihn euch an«, rief der Troll seinen Begleitern zu. »Anstatt sein Schwert zu ziehen und endlich zu kämpfen wie ein Krieger hockt er nur traurig da und sucht nach Antworten.«

»Töte ihn, Zischgrat«, brachte einer der Orks keuchend hervor.

Der Troll bewegte sich von hinten auf Mogda zu.

»Die Antworten bekommst du dort unten, und ich werde dir helfen, sie zu finden«, schnaubte der Troll.

Cindiel verfolgte die Szene aus ihrem Versteck heraus. Sie konnte nicht sagen, ob der spitze Flintstein zu Mogdas Füßen vorher schon dort gelegen oder ob er ihn vorausschauend dort platziert hatte. Sie sah nur, wie Mogda danach griff, von seinem Platz aufsprang und die steinerne Waffe von unten durch den Kiefer tief in den Kopf des Trolls bohrte. Alles, was sein Opfer von sich gab, war ein gurgelndes Geräusch. Rote Bläschen aus Blut und Speichel formten sich an den Mundwinkeln des Trolls, und als Mogda ihn losließ, sackte er vor ihm auf die Knie. Mogda trat einen Schritt zurück und zog das Runenschwert blank. Mit einem weit ausholenden Schlag trennte er den Kopf des Trolls vom Hals, drehte sich weiter, zog die Klinge wieder hoch und schnitt damit quer über die Brust des ersten Orks, der seinem Anführer zu Hilfe eilen wollte.

Cindiel beobachtete den Kampf und ihren alten Freund genau. Sie sah, wie die Wut in ihm kochte und der Hass gegen jeden, der seinem Volk nicht wohl gesonnen war. Dennoch hatte er sich unter Kontrolle; die Art und Weise, in der er kämpfte, war kühl und überlegt. Mit ausgebreiteten Armen trat er vor die zwei übrigen Orks. Die eine Hand triefte vor Trollblut, die andere reckte das Runenschwert in den Himmel. Trotz des drohenden Abhangs hatten sie es nicht gewagt, sich weiter nach vorn zu bewegen. In ihren Gesichtern spiegelte sich ihre Erschöpfung, und das spärliche Waffenarsenal verurteilte jeden Versuch der Gegenwehr zum Scheitern.

»Springt«, wies Mogda sie an. Fassungslos starrten sie den Oger an, der sich vor ihnen aufgebaut hatte – wie ein Rachedämon vor seinen Opfern.

»Springt!«, brüllte er. »Oder das, was ich mit euch mache, wird die Götter dazu zwingen, wegzusehen.«

Die beiden Orks warfen einen ängstlichen Blick über die Schulter. Einer beugte sich nach vorne und ging in die Knie, um das Tau zu fassen. Mogdas Fuß schnellte hoch und traf ihn am Kinn. Der wuchtige Tritt ließ den Ork nach hinten wegkippen und in den Abgrund stürzen. Kein Laut drang aus seiner Kehle, und nur wenig später hörte man seinen Körper auf den Felsen aufschlagen. Der andere Ork drehte sich beherzt um und sprang mit rudernden Armen und Beinen ins Nichts.

Mogda trat dichter an den Abgrund heran und schaute hinunter. Die beiden Körper der toten Orks lagen zerschmettert rund hundert Schritt in der Tiefe. Mogda wollte gerade zurücktreten, als er eine weitere Bewegung unter sich bemerkte. Dreißig Fuß unter ihm presste sich ein weiterer Ork dicht an die Wand. Er stand auf einem kleinen Vorsprung, der nicht größer war als die Sitzfläche eines Stuhls, und versuchte Halt zu finden. Mit einer Hand bemühte er sich darum, das Seil zu erreichen, doch das Ende baumelte zwar direkt vor ihm, pendelte aber trotzdem in für ihn unerreichbarer Ferne hin und her. Mogda wartete einen Moment, um vielleicht Zeuge eines entschlossenen Sprungs zu werden, doch der Ork schien zu erschöpft oder zu ängstlich zu sein, um alles zu wagen.

Hart schabte die blutverschmierte Klinge des Runenschwertes über den Fels und zerteilte das rettende Seil.

Als Mogda sich umdrehte, sah er in die entsetzten Gesichter seiner Begleiter, die ihr Versteck gerade verlassen hatten.

»Das war äußerst beeindruckend«, sagte Barrasch, der als Erster seine Fassung wiedererlangte. »Leider hat es dich den erhofften Antworten nicht näher gebracht. Aber wenn du so weitermachst, wird irgendwann der Schuldige dabei sein.«

»Du hättest umkommen können«, fiel Cindiel dem Hauptmann ins Wort. »Es war töricht, dich so beweisen zu wollen. Was ist nur los mit dir?«

Mogda wischte seine Klinge am toten Körper des Trolls ab und steckte sie zurück in die Scheide. Er nahm den abgetrennten Kopf des Unholds und schleuderte ihn so weit er konnte in die Tiefe.

»Das ist der Weg, den die Oger einschlagen sollten«, sagte er. »Ich habe ihnen und mir etwas vorgemacht. Ich dachte, wir könnten leben wie die Menschen, aber das ist nicht möglich. Wir sind keine fahrenden Händler, Kaufleute oder Minenarbeiter. Das haben alle erkannt, nur wir selbst nicht. Meine Intelligenz ist ein Geschenk und ein Fluch zugleich, doch ihr verdanke ich die Erkenntnis, dass wir nichts anderes sein sollten als Oger. Von jeher haben wir unsere Probleme mit Kraft und der Angst der anderen vor uns gelöst. So wie jetzt und hier, und das werden wir auch in Zukunft tun.«

16

Audienz beim König

Das Schlafgemach war äußerst prunkvoll eingerichtet. Die exakt geschliffenen Edelsteinscheiben warfen das Licht der dahinter stehenden Öllampen auf gezielt ausgewählte Einrichtungsgegenstände und Kostbarkeiten, die im Raum geschmackvoll angeordnet waren. Hier befanden sich Wertgegenstände, die kostbarer waren als die kompletten Habseligkeiten einer mittelgroßen Stadt. Allein die Tür zu diesem Zimmer, die momentan durch eine hauchdünn geschliffene Turmalinscheibe in grünliches Licht getaucht wurde, hätte ausgereicht, um sich von ihrem Gegenwert einen Palast bauen zu lassen. Sie bestand zwar nur aus Eichenholz, war aber mit Intarsienarbeiten aus reinem Gold und Platin verziert. Fein säuberlich hatte man die Metalle in die dafür vorgesehenen Vertiefungen gegossen und damit das Bild eines Berges erschaffen. Unzählige Edelsteine waren dazu benutzt worden, die Szene lebendig wirken zu lassen. Baumkronen waren aus winzigen Juwelen geformt worden und ließen den Betrachter denken, der Wind streife durch die Blätter. Einen Pfad hinauf zum Gipfel hatte man mit Granat- und Rubinsplittern dargestellt, doch die größte Pracht lag in der eisbedeckten Bergspitze, deren weiße Haube im Glanz von Hunderten Diamanten und Aquamarinen schimmerte.

So prunkvoll und aufwändig diese Tür auch gearbeitet war, hatte sie doch nicht verhindern können, dass in dieser Nacht jemand das Schlafgemach des Zwergenkönigs betreten hatte, dem es nicht zustand, hier zu sein.

König Braktobil konnte schon seit Tagen keinen richtigen Schlaf mehr finden. Die jüngsten Ereignisse hatten ihn dazu gezwungen, eine Ratssitzung nach der anderen einzuberufen, um herauszufinden, was geschehen war. Noch immer war ihm die Katastrophe ein Rätsel, und die Kundschafter, die er ausgesandt hatte, waren noch nicht zurückgekehrt. Ugomasch, sein Berater, hatte ihm geraten, einen Trupp zum Drachenhorst zu senden, um den Ogern ihre Hilfe anzubieten und sicherzustellen, dass sie nicht glaubten, die Zwerge hätten sie hintergangen. Braktobil hatte diesen Vorschlag abgelehnt, da er befürchtete, die Oger würden wenig Verständnis für ihre Bemühungen zeigen und seine Leute töten, bevor sie Gelegenheit hätten, den Einsturz der Höhlen und die damit zusammenhängende Überflutung der Ogerlande zu klären.

Heute Nacht jedoch hatte Braktobils Körper sein Recht gefordert. Der Zwergenkönig wälzte sich in unruhigem Schlaf hin und her. Träume, Gedanken und Ängste vermischten sich miteinander und marterten seinen Geist. Etwas zwang ihn schließlich, die Augen zu öffnen. Sein Körper sträubte sich dagegen, in einen Zustand zu verfallen, der tiefer war als der Schlaf. Das Blinzeln seiner Lider und das Befeuchten seiner Lippen mit der Zunge gab ihm das Gefühl, noch Herr über seinen Leib zu sein. Verschwommen nahm er eine Gestalt wahr, die hinter dem halbdurchsichtigen Vorhang seines Bettes saß.

»Wer seid Ihr?«, lallte Braktobil, ohne zu wissen, ob es Traum oder Realität war.

Der unbekannte Besucher drehte sich auf dem kleinen, hölzernen Schemel zu ihm und beugte sich vor.

»Oh, Ihr seid zurück, das ist gut. Ich dachte schon, ich hätte bei der Dosierung einen Fehler gemacht und müsste auf Eure Hilfe verzichten.«

König Braktobil glaubte, an der Stimme und dem Umriss des ungebetenen Gastes einen Menschen zu erkennen.

»Wer seid Ihr, und was wollt Ihr hier?«

»So ein König gefällt mir, ohne große Umschweife gleich zur Sache zu kommen«, entgegnete der Mann erfreut. »Um mich im Vorfeld schon einmal zu entschuldigen, muss ich sagen, dass es mir leid tut, aber ich war gezwungen, Euren Geist von großen Teilen Eures Körpers zu trennen. Ich wusste nicht, wie Ihr reagiert, wenn Ihr mich nachts in Eurem Schlafgemach antreffen würdet. Zu Eurem eigenen Schutz habe ich mir erlaubt, Euch von den Schultern abwärts zu lähmen.«

Erst jetzt wurde dem König bewusst, dass Arme und Beine nicht mehr auf sein Kommando reagierten. Zwar spürte er sie noch, doch war er nicht in der Lage, sie Befehle ausführen zu lassen.

»Um Eure Fragen zu beantworten«, fuhr der Mann fort, »ich bin niemand, den Ihr in Eurer Reich eingeladen hättet. Was meine Absichten betrifft, kann ich Euch nur eines sagen: Ich suche etwas, von dem ich weiß, dass Ihr es mir nicht freiwillig geben würdet. Es hat die Größe einer Faust, die Farbe von Blut, ist von unermesslichem Wert und wurde – soweit ich weiß – von jemand namens Glimdibur in Euer Reich gebracht.«

»Glimdibur ist tot«, flüsterte König Braktobil.

»Auch das ist mir bereits bekannt. Deswegen wende ich mich an Euch. Ich gehe davon aus, dass es nicht bei den Habseligkeiten war, die der Familie nach dem Tod des kleinen Buddlers übergeben wurde. So etwas wie das, was ich suche, reißen sich meist andere unter den Nagel. Wo ist der Kristall?«

Braktobil schwieg. Der Unbekannte wartete jedoch nicht lange, sondern ging zielstrebig auf die hölzerne Truhe zu, die am Fußende des Bettes stand. Mit einem Handgriff riss er das Schloss aus seiner Verankerung und warf es achtlos zu Boden. Gierig öffnete er die Truhe und wühlte darin herum, bis er fand, wonach er suchte. Der König hatte den Rubinsplitter in ein blaues Seidentuch gewickelt, um ihn vor neugierigen Blicken zu schützen. Jetzt lag der kostbare Stein in der Hand des Fremden.

»Werdet Ihr mich töten?«, fragte Braktobil ängstlich. Angesichts seiner Lage war ihm gerade bewusst geworden, dass das Leben ein teureres Gut war als jeder Reichtum. Jedenfalls, wenn es um sein eigenes Leben ging.

Der Fremde lachte leise auf.

»Ich bin doch kein feiger Meuchelmörder. Ein König legt nicht Hand an einen anderen König, das verbietet die Etikette. Die Schmutzarbeit überlassen wir unserem Gefolge. Und in diesem speziellen Fall bin ich besonders stolz auf mich, da es mir gelungen ist, jemanden zu finden, der noch eine Rechnung mit Euch zu begleichen hat.«

Wie durch einen stummen Befehl öffnete sich die Tür zum Schlafgemach erneut. Braktobil sah die Umrisse eines Elfen im Türrahmen stehen. Mit schallendem Gelächter verließ der Fremde die Gemächer des Königs und überließ seinen Platz dem Elfen. Die verzweifelten Rufe des Königs nach seiner Leibgarde und seiner rechten Hand Ugomasch verzerrten sich schnell zu Schmerzensschreien, bis irgendwann auch diese verstummten und sich eine gespenstische Stille über die Zwergenesse legte.

17

Schiffe in der Wüste

Rator stand hüfthoch im rot verfärbten Wasser. Er hatte die Reise mit siebzehn seiner Kameraden begonnen. Es war nicht mehr als eine Erkundung, eine Suche nach einem einzelnen Mann, von dem er noch nicht einmal wusste, wer oder was er war. Zwei seiner Kameraden hatte er bei dem Ansturm der Rieseninsekten verloren, vier waren der Flutwelle zum Opfer gefallen, darunter auch der übereifrige Wurgut, und seit gestern war ein weiterer Oger spurlos verschwunden.

Schon bei der ersten Begegnung mit dem Fremden hatte Rator das Gefühl gehabt, dass von ihm eine Gefahr ausging, der die Oger nicht gewachsen waren. Daher hatte er beschlossen, sich zurückzuhalten, abzuwarten und zu beobachten. Jetzt befürchtete er, gerade dieses Zögern könnte sieben seiner Kameraden das Leben gekostet haben. Er hatte den Fremden entkommen lassen. War er selbst Schuld an all dem Unglück? Er suchte nach einer Antwort, doch der rote Schlamm schien sie verschluckt zu haben. Nein, er würde solange nach dem wahren Schuldigen suchen, bis er ihn erwischt hatte. Oder bis zum Tod. Tabal würde seinen Weg bestimmen, wie er es immer getan hatte.

»Du mir Zeichen geben, das ich kann sehen«, bat er leise.

Die vielen Gedanken in seinem Kopf verdammten ihn zur Untätigkeit. Er ging voraus, führte die Gruppe der Überlebenden an und bestimmte die Richtung, doch als Anführer fühlte er sich nicht. In den Kriegen, die er bislang bestritten hatte, war das anders gewesen. Er hatte entschieden, wie ein Angriff durchgeführt werden musste, wer was zu tun hatte und womit gekämpft wurde. Dennoch war er nicht verantwortlich gewesen für das, was vorher und nachher geschah. Er hatte für sich und seinen Kampftrupp entschieden, jedoch niemals für das Wohlergehen eines ganzen Volkes.

Rator stocherte mit einem langen Stück Holz das Gebiet vor sich halbkreisförmig ab. Er suchte nach flachen Passagen, die er und seine Kameraden überqueren konnten. An vielen Stellen war das Wasser tief. Ihre Ausrüstung wog schwer, und er war sich auch nicht sicher, ob alle schwimmen konnten. Daher mieden sie diese Gebiete. Es dauerte einige Zeit, sich von einer rettenden Insel zu nächsten durchzuschlagen. Manchmal mussten sie zwei oder drei Wegstunden zurückmarschieren, um es anderswo zu probieren. Immer, wenn sie eine Insel erreicht hatten, legten sie eine Pause ein. Die Bewegung im Wasser kostete viel Kraft, die sie unter Umständen benötigen würden, wenn sie die Berge erreichten.

Der Tod ihrer Kameraden und die Strapazen schlugen den meisten von ihnen aufs Gemüt, nur Gnunt schien seinen Spaß an der Reise zu haben. Er hatte das Steuerrad eines Schiffes gefunden und war unentwegt damit beschäftigt, es von sich zu schleudern, sich an dem spritzenden Wasser zu erfreuen, das Rad zu bergen und wieder wegzuwerfen. Diesen Vorgang wiederholte er seit den frühen Morgenstunden. Er musste sich doppelt so viel bewegt haben wie die anderen, und dennoch schien er nicht erschöpft zu sein.

Kruzmak hatte zu Rator aufgeschlossen und tippte ihm auf die Schulter.

»Er verrückt geworden?«, fragte er und zeigte auf Gnunt, der gerade einen Hechtsprung machte, um sich sein Spielzeug zurückzuholen.

Rator blieb stehen und schaute dem mächtigen Oger einen Moment zu. Gnunt war der einzige, der von oben bis unten mit rotem Schlamm bedeckt war, während alle anderen darauf achteten, nicht mehr als nötig mit dem ekelhaften Morast in Kontakt zu kommen. Rator zuckte mit den Achseln.

»Er wie kleines Kind«, stellte Kruzmak fest.

»Er nie gewesen Kind«, sagte Rator. »Ich gesehen, als wir gezogen Gnunt aus Wasser. Viele Schläge von Peitsche auf Rücken. Und Brandeisen. Narben schon alt, so alt wie Gnunt.«

Sie schauten ihrem Kameraden noch einen Augenblick zu, beobachteten, wie er sich freute, als das Steuerrad abermals mit einem lauten Klatschen aufs Wasser aufschlug und er hinterherlief. Dann führten sie den Trupp weiter. Eine Meile vor ihnen ragten einige Felsen aus dem Wasser, die Rator als nächsten Anlaufpunkt gewählt hatte.

Zwei Mal mussten sie wieder umkehren und einen anderen Weg durch die immer sumpfiger werdende Landschaft suchen. Es war bereits später Nachmittag, als sie die Felsen endlich erreichten.

Schnell hatte jeder einen Platz gefunden und nutzte die Zeit, um sich vom Schlamm zu befreien und ein paar Bissen der spärlichen Reste ihres Proviants zu kauen. Der Einzige, der keinen Hunger zu haben schien und bei dem es auch keinen Sinn machte, sich zu reinigen, war Gnunt. Er saß am Fuß der Felsen, bis zur Unterlippe eingetaucht in schlammiges Wasser, und gab gurgelnde Laute von sich, wobei vor seinem Gesicht rötliche Bläschen auf der Wasseroberfläche tanzten.

»Gnunt, was du machen?«, fauchte Kruzmak ihn ärgerlich an.

Erschrocken tauchte der Oger aus dem Wasser auf, und eine rote Brühe tropfte aus seinem Mund, als er sich Kruzmak zuwandte.

»Gnunt snitzen hier«, war der komplette Kommentar, wobei er jedoch zu merken schien, dass die anderen von seinem Verhalten nicht allzu begeistert waren. Stumm und etwas eingeschüchtert gesellte er sich zu den übrigen Ogern oberhalb des Wasserspiegels.

Rator sah, wie der Hüne zusammenzuckte, als ihm jemand ein Stück Dörrfleisch reichen wollte.

»Gnunt«, fragte Rator, »wo du gewesen vor Krieg mit Meistern?«

Gnunt wischte sich über die Lippen und begann freudestrahlend zu erzählen.

Rator hatte Mühe, den Ausführungen zu folgen. Gnunts Wortschatz, der selbst für einen Oger äußerst beschränkt war, und die schlecht verständliche Aussprache machten es unmöglich, jedes Wort zu verstehen. Mit etwas Zeichensprache und ein wenig Unterstützung der anderen konnte Rator sich dennoch bald ein Bild davon machen, was der Oger durchlebt haben musste.

Gnunt berichtete, wie er als sehr junger Oger von einem Trupp Orks gefangen genommen und in die nördlichen Berge verschleppt worden war. In einem Lager in der Nähe des Gipfels hielten sie ihn in einem Käfig gefangen und folterten ihn. Sie gaben ihm Abfälle zu essen, wobei allein schon das, was die Orks normalerweise aßen, in den Augen der Oger Abfälle waren. Als er groß und kräftig wurde, ketteten sie ihn an einen Lastenkorb der Zwerge. Seine Aufgabe bestand darin, die Patrouillen der Orks in dem provisorischen Aufzug nach oben in das Lager zu ziehen und den nächsten Trupp wieder hinunterzulassen. Die Orks nutzten jede Gelegenheit, ihn zu verspotten und zu quälen. Über zwanzig Jahre diente er den widerlichsten Kreaturen der Schöpfung Tabals. Als der Tag des Aufstands gekommen war, tötete er sämtliche Orks mit der langen eisernen Kette, die bis dahin um seinen Fuß gehangen hatte, und band die geschundenen Körper der Orks daran fest. Selbst als sich die Schlacht dem Ende zuneigte, zog er immer noch die toten Körper seiner Peiniger hinter sich her.

Im Laufe des Berichts steigerten sich viele der Oger in einen neuen Hass gegen die Orks. Sie brüllten und schlugen mit den Schäften ihrer Waffen auf den Fels, als wenn sie Gnunt anfeuern wollten, neuerlich Rache zu nehmen. Nur ihn selbst schien die Geschichte nicht zu berühren. Im Gegenteil, er freute sich, sie seinen Kameraden erzählen zu können. Rator las in seinen Augen, dass er mit der Sache abgeschlossen hatte. Als alle verstummt waren und ihren Groll hinunterzuschlucken versuchten, sagte Gnunt: »Orks Gnunt stnark gemacht, kneiner knann Gnunt mehr einspnerren.«

Noch als sie die nächste Insel erreichten, um ein Nachtlager aufzuschlagen, schwirrten Rator die letzten Worte Gnunts im Kopf herum, doch er konnte sich keinen Reim darauf machen und gab schließlich auf.

Es dauerte eine Weile, bis er eingeschlafen war, da die untergehende Sonne nicht mehr genug Kraft besaß, um seine nasse und verschmutzte Kleidung zu trocknen. Seine Haut war vom langen Marsch im Wasser verschrumpelt, und der feine Sand scheuerte sie wund. Doch nach einiger Zeit siegte die Erschöpfung über alle Unannehmlichkeiten.

Als Tastmar an seiner Schulter rüttelte, konnte er noch nicht lange geschlafen haben, da die Sonne die Ränder des Gebirges immer noch rot färbte.

»Du erste Wache, ich dritte Wache«, brummte Rator ihn im Halbschlaf an.

Schnell aber begriff er, das Tastmar etwas anderes wollte.

»Dort Licht«, flüsterte er, um die anderen nicht zu wecken. Er zeigte Richtung Westen.

Zuerst dachte Rator, es sei ein Stern, doch es lag auf halber Höhe zwischen ihnen und dem Gebirge. Plötzlich begann es sich zu bewegen und zu flackern.

»Sein vielleicht Wanderer?«, mutmaßte Tastmar.

Rator schüttelte den Kopf.

»Licht zu hoch«, erklärte er. »Du wecken Kruzmak und zwei andere. Wir gehen nachsehen.«

Tastmar tat, wie ihm aufgetragen. Kruzmak, Gnunt und Drachte waren nicht sonderlich angetan von dem Vorschlag, in der Nacht einen Späherauftrag auszuführen. Das Wasser, die Dunkelheit und eine Schar unbekannter Feinde konnten schnell ihren Tod bedeuten. Doch sie wussten auch, dass es unvermeidbar war, nachzuforschen, wer dort draußen lauerte. Andernfalls waren sie alle in Gefahr.

Rator vermutete die Quelle des Lichtes ein bis zwei Meilen vor ihnen. Sie legten alle unnötigen Ausrüstungsgegenstände ab, um im Dunkeln nicht gezwungen zu sein, dem tieferen Wasser auszuweichen, und machten sich unverzüglich auf den Weg.

Als die vier nahe genug waren, um zu erkennen, dass es sich um eine große Laterne handelte, die in hundert Fuß Höhe zu schweben schien, verlangsamten sie ihr Tempo. Rator tauchte bis zum Hals ins Wasser und bedeutete seinen Gefährten, es ihm nachzutun. Sinn und Zweck dieser Art Bewegung war den anderen zunächst unklar, doch als sie merkten, dass sie so fast lautlos durchs Wasser gleiten konnten und so gut wie unsichtbar waren, folgten sie seinem Beispiel. Beim Näherkommen lösten sich langsam die ersten erkennbaren Umrisse aus der Finsternis, und bald wurde ihnen klar, was sie gefunden hatten.

Rator traute seinen Augen kaum. Vor ihm lag ein gestrandetes Schiff. Oder besser das, was von ihm übrig war. Es war keines dieser kleinen Fischerboote, die vor der Küste kreuzten, sondern eine ausgewachsene Dreimastbark.

Rator kannte sich nicht sonderlich gut aus mit Schiffen. Das einzige Mal, dass er mit einem gefahren war, hatte er die meiste Zeit im Laderaum verbracht; und kurz nachdem er an Bord gekommen war, wurde es angegriffen und versank.

Von diesem hier konnte er nur eines mit Bestimmtheit sagen: Es würde nie wieder fahren.

Der Bug war weggerissen und klaffte auseinander wie das offene Maul eines Fisches. Der vordere Mast war in der Mitte gebrochen und hing in den Brassen fest. Die Aufbauten waren größtenteils zerstört oder unter herabgestürzten Trümmern begraben. Der Rumpf wies mehrere Löcher auf, durch die ein Mann hätte aufrecht gehen können, und das Ruder fehlte. Das ganze Schiff neigte sich auf eine Seite und war anscheinend auf Grund gelaufen. Im Ausguck des Hauptmasts hatte jemand eine brennende Laterne angebracht, vermutlich um Hilfe herbeizurufen. Rator wusste jedoch aus Erfahrung, dass so etwas eher Feinde anlockte.

Insgesamt bot die Bark einen traurigen Anblick. Im Notfall hätte sie gereicht, um einer Horde Goblins als Unterschlupf für die Nacht zu dienen; oder als Brennholzvorrat für einen Monat.

Ein schwacher Lichtschein drang durch die Löcher im Rumpf und wurde von Zeit zu Zeit durch lange, sich bewegende Schatten verdeckt.

Lautlos glitten die Oger durch das fünf Fuß tiefe Wasser und arbeiteten sich langsam zum Bug des Schiffes vor.

»Wenn ihr noch länger auf die Fässer glotzt, werde ich euch eigenhändig in der Brühe dort unten ertränken«, knurrte eine kräftige Männerstimme aus dem Rumpf des Schiffes.

Unzufriedenes Gemurmel von mehreren Seeleuten erklang.

»Käpt'n, nun seien Sie doch nicht so«, forderte eine zaghafte Stimme. »Wer wird später schon sagen können, wie viele Fässer den Schiffbruch überstanden haben? Eines mehr oder weniger, was macht das schon für einen Unterschied.«

Wieder drang Gemurmel aus dem Rumpf, doch diesmal wurde es von beifälligem Klopfen begleitet.

»Halt die Schnauze, Wirret! Kümmere dich lieber darum, dass der Fraß, den du uns hier zusammenschusterst, endlich genießbar wird.«

»Auch dabei, Käpt'n, würde ein Schuss Rum Wunder wirken.«

Die Oger hörten, wie eine Kiste beiseite gestoßen wurde und jemand aufsprang.

»Ich hab dich gewarnt, Smutje. Jetzt friss das hier.«

Ein hagerer Mann in einst weißer Hose und Hemd taumelte haltlos über die Planken und verlor das Gleichgewicht. Mit rudernden Armen und einem spitzen Schrei stürzte er durch das Loch im Bug rückwärts in die Tiefe. Doch der Sturz ins Wasser blieb ihm erspart. Gnunt fing ihn auf und wiegte ihn in seinen Armen wie eine Mutter ihr Neugeborenes.

»Dnu Koch?«, fragte ihn der Oger verzückt.

Durch das ausbleibende Geräusch des Auftreffens auf dem Wasser angelockt, zeigten sich die ersten neugierigen Köpfe am Rand des Laderaumes. Mit einem kräftigen Sprung stieß sich Kruzmak aus dem Wasser, fand auf einer der unteren Planken Halt und griff nach dem erstbesten Paar Beine. In Erwartung eines Angriffs der Seeleute wollte er sein Opfer von den Beinen reißen. Die Männer taten jedoch nichts dergleichen. Sie standen auf den Trümmern ihres Schiffes und starrten zu den Ogern hinab.

»Halt!«, schrie eine kräftige Stimme aus dem hinteren Teil des Laderaums. Das Kommando galt anscheinend beiden Parteien und sollte vermeiden, dass eine von ihnen etwas Unüberlegtes tat.

»Wir sind nur schiffbrüchige Händler. Wir sind unbewaffnet und haben keinen Streit mit euch«, erklärte der Mann kategorisch, während er vortrat.

Einige Männer hoben die Arme, um die Aussage ihres Kapitäns zu stützen. Rator sah in den Gesichtern der Seeleute, dass keine Gefahr von ihnen ausging. Sie waren müde und am Ende ihrer Kräfte, genau wie er.

Gnunt hatte den Koch derweil eingehend inspiziert und ein kleines Messer aus der Gürteltasche des Mannes gezogen.

»Das ist für Kar ... Kartoffeln«, stotterte der Smutje. »Oder dafür wäre es, wenn wir welche hätten.«

Gnunt war fasziniert, wie klein so eine Klinge sein konnte und reichte das Messer, zwischen zwei Fingern haltend, dem Koch zurück.

»Wir suchen Lager für Nacht«, sagte Rator. »Morgen ziehen weiter.«

Der kräftige Mann trat an den Rand und baute sich vor den Ogern auf. Lange dunkle Zöpfe hingen ihm über die Schultern, und ein Vollbart verdeckte sein Gesicht.

»Wenn das so ist, dann seid ihr herzlich eingeladen, die Nacht auf meinem Schiff zu verbringen. Mein Name ist Kapitän Morrodak. Leider ist unsere Gastfreundschaft durch den Zustand unseres Schiffes etwas eingeschränkt. Ich hoffe, ihr habt Nachsicht mit uns.«

Rator verstand nicht alles, was der Kapitän sagte, aber die Worte klangen freundlich. Er und die drei anderen erklommen den Laderaum, nachdem sie den Koch nach oben gereicht hatten. Die Planken knarrten bedrohlich, als sich die zentnerschweren Kolosse einen Platz suchten.

Stumm saßen sie sich in dem lädierten Schiffsrumpf gegenüber und tauschten verstohlene Blicke aus.

»Rator, soll gehen zurück und sagen anderen?«, fragte Kruzmak leise.

»Nein, sie morgen folgen.«

»Rator?«, stieß Kapitän Morrodak hervor. »*Der* Rator?«

Der Kriegsoger sah ihn fragend an. Er wusste nicht, was der Kapitän mit »der Rator«, meinte. Er kannte keinen anderen. Also nickte er zögerlich.

»Bei den Göttern, das ist ein Grund, ein Fass aufzumachen«, rief der Kapitän verzückt aus.

»Über dich habe ich schon mehr Geschichten gehört als von den berühmtesten Rittern des Landes. Du bist sozusagen eine Legende für jeden Seefahrer.«

Rator verstand immer noch nicht, und auch die anderen schienen durch die Worte des Menschen verwirrt zu sein.

»Wer erzählen Geschichten?«, fragte Rator.

»Na, dieser verrückte Kapitän aus Osberg, wie war doch gleich sein Name ...?«

»Londor«, half ihm einer der beiden Seeleute auf die Sprünge, die gerade damit beschäftigt waren, ein Fass Rum herbeizurollen.

»... genau, Londor. Er erzählt die unglaublichsten Dinge über euch, und eure Legende verbreitet sich schneller als ein Lauffeuer über alle Meere.«

»Lauffeuer?«, fragte Rator nach, der Schwierigkeiten hatte, in dem Redefluss des Kapitäns einen Sinn zu entdecken.

»Ja, in Windeseile. Schnell eben«, erklärte Morrodak.

Die Oger staunten nicht schlecht, wie fix ein Rumfass geöffnet werden konnte und aus jeder Ecke und jedem Winkel ein Becher zum Vorschein kam. Augenblicklich wurden die Trinkgefäße aufgefüllt und weitergegeben. Auch Rator und seinen Gefährten wurden Becher gereicht.

Der Kriegsoger kannte die Wirkung des Gebräus und seine Auswirkung auf die Kampfbereitschaft, doch die Gastfreundschaft verlangte es, zumindest einen Becher zu leeren, und so goss er sich den hochprozentigen Rum in den Rachen.

Das anfängliche Schweigen wich rasch einer ausgelassenen Stimmung. Beflügelt durch den Rum krakeelten und johlten die Seeleute bald wild durcheinander. Bevor die dritte Runde an die Männer ausgeschenkt wurde, ertönten schon die ersten Seemannslieder. Morrodak erzählte voller Faszination von den Geschichten, die er gehört hatte. Immer haarsträubender wurden seine Erzählungen.

Rator hörte nur zu, nickte dann und wann und wunderte sich darüber, wie jemand all den Blödsinn glauben konnte. Halb betrunken und völlig erschöpft nutzten alle irgendwann die restliche Nacht, um sich auszuruhen.

Rator erwachte mit einem fahlen Geschmack im Mund und spröden Lippen. Durch seine Körperwärme hatten sich Kauder und Pech aus den Zwischenräumen der Planken gelöst und in den Haaren auf seinem Rücken verklebt. Schmerzvoll rollte er sich auf die Seite und musste feststellen, dass jetzt einige Stellen seines Rückens kahl waren, während andere zusätzliche Hanffasern aufwiesen. Seinen Kameraden erging es ähnlich.

Die Seeleute hatten die Nacht besser überstanden. Die Auswirkungen des Alkohols schienen bei ihnen wie verflogen, und geschlafen hatten sie auf alten Leinensäcken.

»Wo Kapitän?«, fragte Rator in die Runde.

»Der Käpt'n ist an Deck und bestimmt den neuen Kurs«, murmelte Wirret, der Koch, und zeigte hinauf zu einer Luke.

Es dauerte einige Zeit, bis Rator sich durch das enge Loch gezwängt hatte. Kapitän Morrodak stand achtern und befreite gerade seine Kajüte von dem herabgestürzten Tauwerk und anderen Trümmern.

»Zieht ihr weiter?«, begrüßte er den Oger.

Rator nickte beiläufig, weil sein Blick auf zwei weitere Schiffe fiel, die unweit am Fuß der Berge gestrandet waren. Fast hätte man denken können, sie kreuzten das Meer hinter der neu erschaffenen Kluft; nur ihre Schräglage und die abgebrochenen Masten deuteten darauf hin, dass sie nicht mehr seetüchtig waren.

»Ja, wir sind nicht die Einzigen, die dem Sog zum Opfer gefallen sind. Aber im Gegensatz zu uns haben diese räudigen Bastarde ihr Schiff und ihre Ladung aufgegeben. Sie haben sich mit Mann und Maus in die Berge gerettet«, erklärte Morrodak.

Rator versuchte mehr zu erkennen, doch die Spiegelungen auf dem Wasser und die langsam ziehenden Wolken am Horizont ließen alles undeutlich erscheinen. Morrodak bemerkte sein Interesse und reichte ihm ein Fernrohr, das auf dem Dach seiner Kajüte lag. Verwundert drehte Rator das Instrument in der Hand herum.

»Das ist ein Fernrohr. Man hält es vor sein Auge und blickt hindurch«, verriet er. »Es vergrößert, sodass man weiter sehen kann.«

Rator tat wie ihm geheißen und bestaunte das kleine Rohr. Er wandte sich Richtung Osten und visierte die Insel an, auf der sie ihre Kameraden zurückgelassen hatten. Schnell fand er die Gruppe. Sie waren auf halbem Weg zwischen ihrem Lagerplatz und dem Schiff. Tastmar führte sie an.

Rator schob zwei Finger vor die Linse und versuchte vorsichtig, nach den Ogern zu greifen.

»Man kann nur hindurchsehen, anfassen geht leider nicht«, sagte der Kapitän schmunzelnd.

Rator drehte sich um und spähte nun zu den beiden Wracks hinüber.

»Menschen auf Schiff nicht finden Rettung in Berge«, sagte er, nachdem er einen Augenblick durch das Fernrohr geschaut hatte.

»Sondern?«

»Finden Trolle.«

Kapitän Morrodak überzeugte sich selbst von den Worten des Ogers und zählte leise die Geschöpfe, die auf den Trümmern der anderen Schiffe nach Nahrung und Schätzen suchten. Er glaubte einen Troll zu erkennen, der sich mit Inbrust an einem der toten Seeleute, der in den Wanten hing, gütlich tat. Er senkte das Fernrohr und flüsterte: »Es sind wenigstens drei Dutzend.«

Er ließ den Kriegsoger stehen und ging unter Deck. Rator war der Weg zu beschwerlich, deshalb hangelte er sich an der Bordwand hinunter und kletterte durch den beschädigten Rumpf in den Laderaum, in dem der Kapitän seine Mannschaft um sich versammelt hatte.

»Hört mir zu, Leute! Eine Bande Trolle ist auf dem Weg hierher. Ich möchte, dass ihr euch mit irgendetwas bewaffnet. Wir werden unser Schiff gegen diese stinkenden Biester verteidigen müssen.«

Rator war verblüfft. Wie konnte dieser Mann für sein zerstörtes Schiff in den Tod gehen? Und nicht ein einziger seiner Mannschaft gab ein Widerwort von sich. Sie waren hoffnungslos unterlegen, dennoch folgten sie ihm.

»Wir auch kämpfen gegen Trolle«, beschloss Rator grimmig.

Kruzmak war der Erste, der sein Schwert blankzog.

»Trolle viele?«

»Zu viele«, entgegnete Morrodak an Rators Stelle. »Es sind immer zu viele, wisst ihr? Ich war nicht immer Kapitän auf diesem Schiff. Als junger Bursche habe ich auf der Nordinsel Argaht als Söldner gegen die Barbaren gekämpft. Jeden Morgen, an dem wir uns in Reih und Glied vor dem Schlachtfeld aufstellten, war mir schleierhaft, wie wir gegen diese Überzahl von Berserkern bestehen und den Abend erleben sollten. Aber jeden Morgen stand ich wieder dort, bis wir gewonnen hatten und das Feld von toten Körpern bedeckt war.«

Erstmals erkannte Rator, wie viel Macht von dem gesprochenen Wort ausging, und er wünschte sich, etwas vom Talent dieses Mannes oder von Mogdas Klugheit zu besitzen. In seinem Kopf formten sich jedoch weder glorreiche Gedanken noch hoffnungsvolle Worte. Alles, was er vor sich sah, war ein Kampf, Vorstöße und Rückzüge.

»Du Plan?«, fragte Rator den Kapitän.

»Und ob ich einen Plan habe! Alles, was ich jetzt noch brauche, sind ein paar gute Läufer.«

Gnunt und Drachte begleiteten Rator bei dessen Vorstoß. Kruzmak hatte die Aufgabe, die Nachkömmlinge einzuweisen und die Oger im Falle eines Versagens ihrer Kameraden in den Kampf zu führen.

Behutsam bahnten sich Rator und die beiden anderen einen Weg durch den immer flacher werdenden Morast. Der viele Sand und das Geröll hatten sich in einem Delta vor dem Durchbruch gesammelt und eine Sumpflandschaft geschaffen.

Die drei waren nur noch zweihundert Schritt vom nächsten Wrack entfernt und beobachteten vorsichtig das Treiben der Trolle.

Rator stieß Gnunt auffordernd in die Seite.

Gnunt löste daraufhin das Steuerrad von seinem Gürtel. Liebevoll streichelte er über das glatt geschliffene Holz und drehte es vor seinem Bauch hin und her. Er stand auf und schätzte die Entfernung zwischen sich und dem Schiff ab. Drei Mal holte er weit Schwung und schleuderte das Rad dann mit aller Kraft in Richtung der Trolle. Noch während das Rad durch die Luft segelte, erhoben sich Rator und Drachte aus ihrem Versteck und gafften dem Geschoss bewundernd hinterher. Niemals hätten sie gedacht, dass es möglich sein könnte, einen Gegenstand so weit zu werfen.

Im Schein der gleißenden Sonne sahen die Trolle nichts von ihren Angreifern oder dem herannahenden Steuerrad.

Gnunt zuckte schmerzvoll zusammen, als sein geliebtes Spielzeug ausgerechnet einen Troll direkt am Kopf traf, der durch die Wucht des Rades vom Wrack gerissen wurde.

Erst als die drei zu brüllen begannen und ihre Waffen in die Luft streckten, wurden sie von den Trollen bemerkt. Mit ihren langen Armen und Beinen kletterten sie von Deck wie eine Horde Spinnen, die ihre nächsten Opfer suchen. Die ersten Wurfgeschosse flogen Richtung Rator und seiner Kameraden, doch schon auf halber Strecke blieben sie im Morast stecken.

Als ihnen so gut wie alle aufgescheuchten Trolle entgegenstrebten, traten die Oger den Rückzug an. Rator lief voraus, die anderen folgten ihm.

Das Gebrüll der Trolle kam immer näher. Mit jedem Schritt, den sie aufholten, stieg auch ihre Mordlust. Rator spürte, wie der Hass die Trolle vorwärtstrug. Er hörte die ersten Speere hinter sich ins Wasser klatschen. Er wusste, sobald einer von ihnen stürzte, würde die Meute hungriger Bestien über sie herfallen.

Eine halbe Meile vor Kapitän Morrodaks Schiff konnten sie wieder etwas Abstand gewinnen. Der Hinweg hatte ihnen gezeigt, wo die einfachsten Übergänge zu finden waren, die Trolle jedoch mussten sich erst in den Unwägbarkeiten der neuen Landschaft zurechtfinden.

Das Schiff lag direkt vor ihnen. Keine Seele war zu sehen, hinter sich hörten sie das markerschütternde Gebrüll ihrer Verfolger. Wrack und Trümmerteile bildeten eine halbkreisförmige Sichel und formten damit ein kleines abgetrenntes Becken. Aus dem Wasser stachen verschiedene Plankenstücke hervor und zeichneten so den Pfad, an dem das Wasser nur knöchelhoch stand. Mit großen Schritten folgte Rator den Markierungen und versuchte dabei möglichst viele umzutreten, um den Trollen keine Gelegenheit zu geben, das Hindernis ebenso leicht zu überbrücken. Gnunt und Drachte waren direkt hinter Rator. Er nahm den süßlichen Geruch des Rums wahr und den stechenden Schmerz, wenn der Alkohol an die zahlreichen Schnitt- und Schürfwunden gelangte, die diese Reise schon verursacht hatte.

Mit einem Hechtsprung warfen sich die drei Oger über die schützende Trümmerbrüstung. Ein Speer verfehlte Gnunts Kopf nur um Haaresbreite und bohrte sich neben ihm in den Morast.

Aus dem Schutz des schrägliegenden Decks flog ein halbes Dutzend brennender Fackeln über die Reling.

Rator wagte einen vorsichtigen Blick durch die Trümmerteile und sah, wie die Feuer auf dem Wasser aufschlugen.

Das Geräusch, mit dem sich der auf dem Wasser schwimmende Alkohol entzündete, glich einem weit entfernten Donner. Rasend schnell breiteten sich die blassblauen Flammen auf der Wasseroberfläche aus.

Die Trolle quiekten und schrien, wanden sich, tauchten in der vergeblichen Hoffnung unter, dem Feuer zu entgehen, nur um dann beim Auftauchen doch ein Opfer der Flammen zu werden. Der süßliche Geruch des Rums vermischte sich mit dem verbrannter Haare und kokelnden Fleisches.

Nur ein paar Trolle schafften es, sich vor dem Inferno zu retten. Einige, die das Wasser verlassen hatten, gerieten dennoch in Brand, obwohl sie zehn Schritt und mehr zwischen sich und die Flammen gebracht hatten.

Schlussendlich brachen nur sechs der Trolle durch. Sie töteten drei Seeleute und zwei von Rators Kampfgefährten, bevor sie von den Übrigen abgeschlachtet wurden.

Das Wrack fiel komplett den Flammen zum Opfer, und zusammen mit den Ogern machten sich die Seeleute auf, um in den Bergen Schutz zu suchen.

Rator und Morrodak blieben nach dem Aufbruch hinter den anderen zurück. Als sie sich noch einmal umdrehten und mit ansahen, wie das glühende Gerippe des Bootsrumpfes in sich zusammenstürzte, fragte Rator: »Das Lauffeuer gewesen?«

Kapitän Morrodak lachte.

»Ja, mein großer Freund, das war ein Lauffeuer.«

18

Geheime Gänge

»Jetzt weiß ich, warum die Zwerge immer so verdrießlich dreinschauen, außer wenn sie in einer Kneipe sitzen und sich voll laufen lassen können«, stöhnte Barrasch.

Cindiel und Finnegan sahen ihn vorwurfsvoll an.

»Ist doch wahr«, fügte er schlecht gelaunt hinzu. »Ich bin eben nicht mehr so jung wie ihr. Meine alten Knochen sollten eigentlich gemütlich auf einem Hocker sitzen, und ich sollte Rekruten beibringen, möglichst nicht zu sterben. Aber wir haben natürlich Besseres zu tun. Wir überqueren das Gebirge der Länge nach, und wer am Ende noch steht, wird Zwerg ehrenhalber.«

Mogda hatte sich wie gewohnt von den anderen abgesetzt und lief voraus. Er scheute ihre Gesellschaft und vermied jede Art von Gespräch. Unermüdlich schien er auf der Suche nach den Schuldigen oder jedenfalls nach jemandem zu sein, dem er die Schuld geben konnte.

Auch Barrasch hatte sich verändert. Der erfahrene Krieger war ein einziges Nervenbündel geworden. Ständig klagte er über irgendwelche Wehwehchen und beschwerte sich über alles und jeden. Cindiel spürte seine Unentschlossenheit. Er haderte mit sich selbst, ob das, was er tat, richtig war oder nicht.

Der Einzige, der die ganze Reise als großes Abenteuer zu betrachten schien, war Finnegan. Der junge Soldat bewies eine Ausdauer, die an Übermenschlichkeit grenzte, und er begegnete Cindiel wie ein perfekter Kavalier. Selbst Barrasch profitierte von seinem Einsatz, wobei Finnegan darauf achtete, seine Bemühungen um den alternden Veteranen nicht wie Hilfe, sondern Gehorsam aussehen zu lassen.

Cindiel kraxelte, wie schon so oft, in einem waghalsigen Manöver zwischen mehreren großen Felsen umher. Finnegan sicherte sie mit einem Seil, das er von Barrasch bekommen hatte.

»Gib noch etwas mehr nach«, rief Cindiel dem jungen Soldaten zu. »Es hängt drei Fuß weiter unten und klemmt zwischen einer Baumwurzel fest.«

Finnegan tat, wie ihm geheißen, und gab eine Armlänge Seil nach.

»Ich habe es. Du kannst mich jetzt wieder ein Stück raufziehen, dann habe ich Halt und kann allein zurückklettern.«

Es dauerte eine Weile, bevor Cindiel sich aus den schroffen Felsen nach oben gearbeitet hatte. Mit einem zufriedenen Gesichtsausdruck, zerzausten Haaren und einer an den Knien abgewetzten Hose erklomm sie den sicheren Pfad. Stolz präsentierte sie Finnegan ein grüngraues unscheinbares Gewächs.

»Ist es ein seltenes Heilkraut?«, fragte er erwartungsvoll.

Cindiel schüttelte den Kopf und blickte ihn aufmunternd an, um ihn zu neuen Vermutungen anzuspornen.

»Eine Zauberpflanze?«, riet er.

Sie rümpfte schockiert die Nase über das Unwissen des jungen Soldaten.

»Nein, es gibt keine Zauberpflanzen«, erklärte sie. »In alten Aufzeichnungen der Elfen werden zwar einige Pflanzenwesen beschrieben, aber das sind eben Wesen und keine Pflanzen.«

Finnegan dachte einen Moment nach.

»Und was ist mit den Alraunen?«

»Oh je, wie konnte ich *das* vergessen«, sagte Cindiel übertrieben erschrocken. »Die Alraunen – und dann gibt es natürlich noch das kleine Pilzmännchen, das abends auf den Fenstersimsen für die kleinen Kinder tanzt. Du solltest aufhören, Kinderbücher zu lesen; oder wenigstens nicht mehr daran glauben, was darin steht«, lachte sie.

Finnegan fühlte sich vorgeführt, jedenfalls was sein Wissen über Kräuter anging.

»Und, was ist dann so besonders an diesem ... Moos, dass man sich dafür kopfüber in einen Abgrund hängt?«, fragte Finnegan beleidigt.

Cindiel zerrieb einen Teil der Pflanze zwischen den Fingern und hielt ihre Hand Finnegan vors Gesicht. Der Soldat rümpfte die Nase und zog den Kopf zurück.

»Wäre es ein einfaches Moos, nichts. Nur handelt es sich um eine Alge, die man in flachen Meeresbuchten findet, und die Tatsache, dass es in einer Meile Höhe im Gebirge wächst, macht es zu etwas Besonderem.«

Finnegan fielen auf Anhieb ein halbes Dutzend Erklärungen dafür ein, von denen er aber wusste, dass Cindiel sie sofort entkräften würde, um ihn abermals bloßzustellen.

»Du scheinst nicht die Einzige zu sein, die hier oben sonderbare Dinge gefunden hat.« Finnegan zeigte nach Westen.

Cindiel verstand zuerst nicht, doch dann sah auch sie Mogda, der über einen Felsen gelehnt nach etwas zu greifen schien.

Als Cindiel und Finnegan näher kamen, hatte Barrasch sich schon in der Nähe des Ogers auf einem Stein niedergelassen.

»Was macht er da?«, fragte Cindiel.

Barrasch wollte antworten, doch Mogda kam ihm zuvor.

»Hier ist der Abstieg sicher«, sagte er. »Wenn ihr euch beeilt, schafft ihr es bis zum Sonnenuntergang nach unten. Mit etwas Glück seid ihr in zwei Tagen zurück in Osberg.«

Er nahm sein Seil und band es um einen großen Felsen, dann nahm er das Ende auf und warf es den Abhang hinunter. Mit einer einladenden Bewegung wies er den dreien den Weg nach unten.

»Was soll das denn jetzt?«, keifte Cindiel. »Du glaubst doch wohl nicht, dass wir dich allein ziehen lassen.«

»Es ist besser so. Ihr habt nichts mit der Sache zu tun, und ich würde euch nur in Gefahr bringen«, antwortete Mogda ruhig.

Cindiel sah ihre Kameraden an. Sie suchte nach Hilfe und Unterstützung. Finnegan schaute betrübt zu Boden. Ihm war anzusehen, dass er das Abenteuer ungern beenden würde, doch er wagte nicht, dem Oger zu widersprechen. Barrasch erhob sich stöhnend und verstaute seine Wasserflasche im Rucksack.

»Das ist schade«, sagte er. »Bis zur Esse wäre ich gerne mitgekommen. Ich hätte wetten können, dass Finnegan bis dahin all meine Ausrüstungsgegenstände an sich genommen hat und zusätzlich noch die junge Dame auf Händen trägt. Außerdem werde ich so um den Anblick betrogen, dich vor dem mächtigen Portal der Zwerge stehen zu sehen, wie du hilflos dagegen hämmerst und um Einlass flehst. *Bitte, bitte, lasst mich rein, ich will euch alle töten*«, imitierte er die Stimme des Ogers.

»Hast du einen besseren Weg?«, brüllte Mogda ihn an.

»Einen besseren Weg? Wofür? Deinen blinden Hass zu stillen und dich dabei selbst umzubringen? Na sicher, nimm Anlauf und spring den beiden Orks hinterher. Wenn du aber wirklich herausfinden willst, was geschehen ist, kann ich dir helfen.«

Mogda wirkte nachdenklich.

»Dann tu es«, forderte er.

»Da gibt es nur ein paar Bedingungen. Erstens, wir begleiten dich weiterhin, und zweitens, du reißt dich zusammen, denn so wirst du nichts erreichen.«

Mogda nickte zustimmend, doch sein Gesichtsausdruck verriet seine Wut.

»Gut, dann folgt mir. Ich kenne einen anderen Zugang zum Reich der Zwerge«, erklärte der Hauptmann.

Barrasch wirkte mit einem Mal wie ausgewechselt. Etwas in ihm hatte neue Kraft geschöpft. Diese Kraft und seine Entschlossenheit wirkten sich auch auf Mogdas Gemütszustand aus. Er war immer noch davon beseelt, das Unrecht zu rächen, das seinem Volk widerfahren war, doch diesmal war er bereit, mit Bedacht vorzugehen. Es dämmerte bereits, als Barrasch vom Pfad der Zwerge abwich und ein paar Felsen erklomm. Er verschaffte sich einen Überblick und zeigte nach unten auf ein Plateau.

»Dort ist ein geheimer Einstieg ins Reich der Zwerge.«

Mogda runzelte die Stirn und versuchte etwas zu erkennen, doch außer Felsen und Sand gab es dort unten nichts, was auch nur annähernd nach einem Zugang aussah.

»Glaub mir«, versicherte ihm Barrasch, »er ist da unten. Ich bin Hauptmann der Stadtwache in Osberg. Es ist unsere Aufgabe, über jede Festung jedes Volkes in unserem Land Bescheid zu wissen, und die Esse der Zwerge ist eine Festung.«

»Vor sechs Jahren wusstet ihr noch nicht einmal, dass die Ausstiege eurer Kanalisation vor der Stadtmauer enden, und jetzt willst du mir weismachen, dass ihr das Geheimnis der Zwergenesse ergründet habt?«, zweifelte Mogda.

»Na ja, es ist kein richtiger Einstieg, mehr so etwas wie eine Belüftung. Es waren auch nicht wir, die ihn gefunden haben, sondern einer aus deinem Volk«, druckste Barrasch herum.

Mogda lächelte. »Tarbur, stimmt's?«

Der Hauptmann nickte.

Mogda bereitete alles für den Abstieg vor und hangelte sich als Erster auf das Plateau hinunter. Zwei Seile waren nötig, um das Gewicht des Ogers zu halten. Cindiel beobachtete seinen Abstieg missmutig.

»Was hast du vor?«, fragte sie den Hauptmann, als Mogda sie nicht mehr hören konnte.

»Nichts als genau das, was ich gesagt habe. Wir werden sehen, ob uns die Zwerge weiterhelfen können.«

»Er hat sich verändert.«

Barrasch blickte Mogda hinterher und nickte.

»Ja, und das wurde auch Zeit. Endlich denkt er nicht mehr, dass er nur ein zu groß geratener Mensch ist. Wir haben zusammen mit den Ogern gefeiert, als die Schlacht gewonnen war, wir haben versucht, ihnen ein neues Leben zu ermöglichen, und heute sind sie nicht mehr als billige Arbeitskräfte der Händler. Wir haben ihnen keinen Gefallen getan ... lediglich uns. Es wird Zeit, dass sie sich wieder auf das besinnen, was sie sind, nämlich Oger. Ich weiß genau, wie er sich gefühlt hat. Wie ein Krieger, den man nicht mehr braucht und der ständig von vergangenen Tagen spricht, um die Erinnerung zurückzuholen.«

Cindiel verstand, was er meinte, und sie erkannte auch, dass seine Worte nicht nur für Mogda und die Oger galten.

»Dann wollen wir mal sehen, ob die Belüftungsschächte der Zwerge größer sind als die Kanalisation in Osberg«, sagte sie und kletterte Mogda hinterher.

»Dort drüben ist der Einstieg«, sagte Barrasch und deutete auf eine Felsformation. »Wir müssen nur das Gestein abtragen, dann können wir in den Tunnel steigen.«

Als sie die Felsen erreicht hatten, war Finnegan der Erste, der zeigen wollte, was in ihm steckte. Schnell räumte er kleinere Steine beiseite und stapelte sie sorgfältig auf. Nach kurzer Zeit musste er feststellen, dass seine Kraft nicht ausreichte, um weitere Felsen zu bewegen.

»Will mir keiner helfen?«, fragte er.

Mogda erklärte ihm, dass es besser sei, zu warten, bis die Dunkelheit hereingebrochen war. Er wollte vermeiden, dass Tageslicht in den Tunnel fiel und die Zwerge vorzeitig gewarnt wurden.

»Glaubst du wirklich, die Zwerge haben die Wüste überflutet?«, fragte Cindiel Mogda, der mit einer gewissen Schadenfreude Finnegans erfolglose Anstrengung beobachtete.

»Nein, aber ich glaube, dass die Zwerge damit rechnen, dass wir Oger ihnen die Schuld geben. Sie werden nicht höflich fragen, um den

Grund unseres Besuchs zu erfahren. Sie sind eben auch nur kleine Oger und keine besonders guten Diplomaten.«

Nachdem die Sonne hinter den Bergen verschwunden war, erhob sich Mogda und machte dort weiter, wo Finnegan aufgehört hatte. In der Dunkelheit hörte man nur, wie ein schwerer Fels nach dem anderen weggerollt wurde.

Ein schwacher Lichtschein drang zwischen den Felsen hindurch, gab außer einigen Umrissen des Gewölbes unter ihnen jedoch nicht viel preis. Vom nächtlichen Schatten verhüllt ließen sich die vier in die endlosen Tunnel der Zwerge hinunter.

Mogda war froh, dass der Größenwahn der Zwerge, was den Bau von unterirdischen Gewölben anging, Auswirkungen auch auf die Ausmaße der Belüftungsschächte gehabt hatte; er konnte trotz seiner Größe aufrecht stehen.

Nicht weit vor ihnen ragte eine Fackel aus der Wand. Jemand musste vergessen haben, sie zu löschen, denn sie war bereits bis auf die lederne Einfassung herabgebrannt. Die Flamme flackerte leicht im Luftzug. Der Abschnitt, den sie betreten hatten, wirkte wie eine kleine Insel im Nichts, vor und hinter ihnen endete der Tunnel in absoluter Dunkelheit. Die Lüftungstunnel hatten wenig vom Glanz der großen Empfangshallen und Thronsäle, und dennoch hatten die Erbauer es nicht unterlassen, auch hier kostbare Verzierungen anzubringen. Entlang der Wände führte ein zwei Fuß breiter Streifen aus Marmor, in den aus Malachit die Silhouetten von Zwergenkriegern eingelassen waren.

Gebannt hielten sie einen Moment inne und warteten ab.

»Keine Wachen«, brummte Mogda fast enttäuscht.

»Er hat Recht«, bestätigte Barrasch. »Sie hätten uns schon längst entdeckt und Alarm geschlagen.«

Mogda löste die Fackel aus der Halterung und folgte dem Gang in westlicher Richtung, zum Herz der Zwergenesse. Die Stille, die sie umgab, wirkte beängstigend und schien sogar ihre eigenen Geräusche zu schlucken – wie die Dunkelheit das Licht ihrer Fackel. Schritt für Schritt wagten sie sich tiefer in den Tunnel hinein, doch außer den Wandverzierungen wies nichts darauf hin, dass sie wirklich vorankamen. Jeder Stein war ordentlich bearbeitet und glich dem benachbarten wie ein Haar dem anderen. Anscheinend besaß kein einziger einen Makel oder unterschied sich in Form, Größe und Färbung.

Plötzlich zögerte Mogda und schwenkte die Fackel am ausgestreckten Arm von Wand zu Wand.

»Da vorne ist etwas«, sagte er und starrte auf den Boden, wo sich in einiger Entfernung Licht und Schatten abwechselten. Mit gezogener Waffe schritt er langsam näher.

Vor ihnen lag ein Zwerg auf der Erde, zusammengekrümmt wie ein Neugeborener. Er trug die lederne Wachuniform seines Volkes. Ein schmales, dunkelrotes Rinnsal getrockneten Blutes füllte die Fugen der Steine vor seiner Brust. Mogda drehte ihn auf den Rücken und sah die kleine, kreisrunde Einstichstelle unter seinem Herzen. Barrasch zwängte sich an Mogda vorbei und bückte sich, um den Puls des Bärtigen zu fühlen. Mit einem Kopfschütteln ließ er wieder von ihm ab.

Der Zwerg konnte noch nicht lange tot sein, das Blut war noch nicht vollständig geronnen.

»Hier ist etwas«, flüsterte Finnegan und eilte einige Schritte voraus zur Wand.

»Nicht anfassen!«, rief Barrasch ihm zu. Er riss Mogda das Licht aus der Hand und eilte zu seinem Untergebenen. In der Wand steckte eine weitere Fackel. Er entzündete sie und löschte den Stumpen in seiner Hand. Einen Fuß unterhalb der Halterung ragte ein bronzener Hebel aus der Mauer, der nach oben zeigte. Der Knauf war reich verziert und stellte den Kopf eines Bullen dar. Barrasch schlug Finnegan mit Wucht auf den Handrücken, als dieser eben im Begriff war, den Hebel genauer zu untersuchen.

»Das dient der Verteidigung«, erklärte er. »Wenn du den Hebel betätigst, stürzt wahrscheinlich der gesamte Tunnel ein und begräbt uns unter sich. Also lass gefälligst die Finger davon.«

»Da liegt noch einer«, rief Finnegan und hastete weiter.

»Der Junge ist schlimmer als ein Wurf junger Kätzchen«, brummte Barrasch.

Finnegan hockte bereits über einem zweiten Zwerg, der etwas weiter den Gang hinunter lag.

»Dieser ist auch tot«, stellte er fest. »Gegen wen haben die Zwerge wohl gekämpft?«

»Sie haben nicht gekämpft«, erklärte Barrasch. »Ihre Waffen stecken noch in den Scheiden, und Zwerge, die im Kampf gefallen sind, sehen anders aus. Sie sind ausdauernde Streiter und können eine

Menge einstecken. Die hier hat man mit einem einzigen Stich getötet.«

»Vielleicht waren es ausgebil ...«, Finnegans Stimme erstarb.

Mogda sah, wie der junge Soldat auf den Knien hockend vornüberfiel und auf den toten Zwerg sackte.

»Angriff!«, brüllte Mogda und stieß Cindiel weg, die den Zwerg näher untersuchen wollte. Er griff nach dem massiven Rundschild der toten Wache und schleuderte ihn den Gang hinunter.

Barrasch riss die Fackel aus der Wand und warf sie so weit er konnte in den Tunnel hinein. Wie Schatten huschten zwei Gestalten vor der Lichtquelle davon und hielten sich eng an der Wand, während sie mit fließenden Bewegungen den Rückzug antraten. Sie besaßen fast die Größe von Menschen und wirkten schlank und grazil. Ihre Kleidung bestand, soweit Mogda das erkennen konnte, aus einem einzigen dunklen Tuch, das sie sich übergeworfen hatten und bis zu den Knöcheln reichte. Die langen schwarzen Haare verbargen ihre Gesichter.

Eine der Gestalten hielt drohend ein Blasrohr in Mogdas Richtung. Bevor er Genaueres erkennen konnte, war das Wesen im Dunkeln verschwunden.

»Was waren das für Kerle?«, flüsterte Cindiel.

»Keine Ahnung«, gestand Mogda. »Offenbar fürchten sie sich aber vor Feuer.«

»Rück vorsichtig vor, Mogda, wir müssen zu Finnegan. Ich will wissen, was mit ihm passiert ist.«

»Langsam, Prinzessin, vielleicht warten sie genau darauf.«

Cindiel huschte an Mogda vorbei und krabbelte auf allen vieren zu dem zusammengebrochenen Soldaten.

»Helft mir, er lebt«, rief sie, nachdem sie Finnegan untersucht hatte.

Mogda nahm dem toten Zwerg den Kriegshammer, ein Kurzschwert und die verstärkte Lederschürze ab, dann eilten er und Barrasch Cindiel zu Hilfe.

»Was ist mit ihm?«, fragte der Hauptmann.

Cindiel drehte Finnegans Kopf auf die Seite und zeigte auf einen hölzernen Dorn, der in seinem Hals steckte. Mit zwei Fingern zog sie ihn vorsichtig heraus und betrachtete das kleine Geschoss.

»Gift«, stellte sie fest. »Es muss sich um ein Betäubungs- oder Lähmungsgift handeln. Die Atmung ist stabil, und das Herz schlägt kräftig. Irgendwann in den nächsten Stunden wird er wieder aufwachen.«

Neugierig beäugte auch Barrasch den kleinen Pfeil.

»So haben sie es also gemacht. Sie haben die Zwerge betäubt und dann einfach abgestochen.«

Mogda steckte sich Kurzschwert und Hammer an die Seite und übergab die Ausrüstung der anderen Wache an Barrasch. Die beiden ledernen Schürzen, die er den Zwergen abgenommen hatte, schnallte er sich über seine Oberschenkel, und den verbleibenden Schild stopfte er sich vor den Bauch.

»Was soll das werden?«, fragte Cindiel.

»Wir werden nicht hier in der Dunkelheit hocken und darauf warten, dass sie uns erneut angreifen. Wir versuchen, weiter vorzudringen und woanders Deckung zu finden.«

»Und was machen wir mit Finnegan? Wir lassen ihn auf keinen Fall zurück«, verkündete sie entschieden.

»Wenn er ohnehin schläft, könnt ihr ihn ruhig mitschleifen«, erwiderte Mogda. »Hauptsache, ihr bleibt hinter mir in Deckung.«

Mogda schritt voraus und versuchte den anderen beiden beim Tragen von Finnegan möglichst viel Schutz zu geben. Er vertraute darauf, dass ihn seine neue Rüstung vor Angriffen schützen würde oder dass das Gift nicht stark genug war, um einen Oger zu betäuben. Barrasch hatte Finnegan an den Armen gepackt und zog ihn hinter sich her, während Cindiel versuchte, seine Füße hochzuhalten. Von Zeit zu Zeit verließ sie allerdings die Kraft, sodass der Hauptmann die Arbeit allein verrichten musste.

Mogda wollte keine Zeit verlieren, damit die unbekannten Angreifer keine Möglichkeit hatten, Verstärkung zu holen. Über zwei Meilen legten sie so zurück, bis sie vor sich ein hölzernes Doppelportal erkennen konnten.

»Dort ist der Zugang zur Esse«, sagte Mogda. »Sie können nur ins Innere der Zwergenstadt geflüchtet sein, was bedeutet ...«

Er sprach nicht weiter. Die wenigen Erklärungsmöglichkeiten verhießen nichts Gutes, und alle wussten es.

»Dort liegen weitere tote Wachen«, fügte der Oger düster hinzu.

Zwei der Krieger hockten an die Wand gelehnt und sahen genauso aus wie die Zwerge, die man zu Dutzenden in den Städten sehen konnte, wenn die Tavernen schließen mussten. Der Unterschied lag darin, dass diese hier zwar den Mund geöffnet hatten, aber nicht sangen; und sie atmeten nicht, sondern bluteten. Zwei weitere lagen fünf Schritt vom Portal entfernt. Sie waren nicht völlig überrumpelt worden, denn sie hatten ihre Waffen gezogen.

»Hier sind wir für den Moment sicher«, sagte Barrasch und deutete auf verschiedene Ketten und Zahnräder an der Wand. »Das Portal lässt sich nur über diesen Mechanismus öffnen. Wenn wir ihn blockieren, bleibt das Tor geschlossen.«

Barrasch untersuchte die komplizierte Mechanik, nahm ein loses Ende der Kette und hakte es in eine anscheinend für diesen Zweck eingelassene Angel ein.

»Schon erledigt«, erklärte er stolz.

Cindiel kümmerte sich inzwischen um Finnegan, der während der ganzen Zeit nur ein leises Stöhnen von sich gegeben hatte.

»Die Wirkung des Gifts lässt langsam nach«, verriet sie. »Es dauert nicht mehr lange, dann kommt er wieder zu sich.«

»Das ist gut«, erwiderte Mogda. »Es könnte von Vorteil sein, dass wir keinen schlafenden Prinzen mehr tragen müssen, wenn wir das Tor öffnen und sie auf uns einstürmen.«

Er legte ein Ohr an die schweren Torflügel und versuchte herauszufinden, was dahinter vor sich ging.

»Nichts, absolute Stille«, teilte er den anderen schließlich mit.

»Barrasch, nimm die Waffen und Schilde der Zwerge und versuch, dich und die anderen damit auszurüsten. Cindiel soll den Umhang überwerfen, vielleicht schützt er ein wenig gegen die Giftpfeile. Wenn der Junge wieder auf den Beinen ist, öffnen wir das Tor. Wer weiß, was uns dahinter erwartet.«

Finnegan warf den Kopf wie im Fiebertraum hin und her. Cindiel träufelte etwas Wasser auf seine Stirn und benetzte seine Lippen. Die Betreuung schien ihm gut zu tun.

Barrasch kümmerte sich um die Ausrüstung der toten Zwerge und legte die Rüstungsteile an. Die übrigen Sachen warf er Cindiel zu.

»Igitt, was ist das denn?«, fluchte er dabei. »Das ist kein Umhang, Mogda.«

Der Oger drehte sich um und sah, wie der Hauptmann etwas vom Boden hochnahm. Anfänglich dachte Mogda, es sei ein schwarzer Umhang, den einer der Angreifer verloren hatte, doch bei näherem Hinschauen ähnelte es eher einem Stück gegerbtem Leder. Barrasch zog seinen Fund unter den Zwergen hervor und breitete ihn vor sich aus. Ein Geruch, der entfernt an gepökelten Fisch erinnerte, ging davon aus. Das lederartige Gebilde hatte sich in Falten gelegt und besaß in etwa die Größe eines Schaffelles. Im Schein der Fackel schimmerte es tiefviolett, fast schwarz. Mogda beugte sich hinunter und rieb mit einem Finger über die Oberfläche. Kleine, fast durchsichtige Schuppen lösten sich vom Rand und hinterließen eine mattschwarze Stelle. Er betastete das Vlies an einer anderen Stelle und zerrieb einige filzige Fasern zu einem Bündel dünner Strähnen. Dann breitete er die Arme aus und versuchte das Gebilde zu straffen. Barrasch wich erschrocken zurück und hielt sich die Hand vor den Mund.

»Was im Namen der Götter ist das?«, murmelte er.

Mogda trat einen Schritt zurück und betrachtete das Gebilde im Ganzen.

»Sieht aus wie ein getrockneter Teudraeda, nur kleiner.«

»Glaubst du, das ist einer der Angreifer?«, fragte Barrasch.

»Du meinst, wir haben ihn zu Tode gehetzt, und er ist hier verdurstet? Das kann ich mir nicht vorstellen.«

Auch Cindiel betrachtete den ungewöhnlichen Fund. Mit einem Messer begann sie an dem flachen Balg herumzuschneiden. Sie löste die angeklebten Arme vom Rumpf und versuchte etwas aus den Zügen des Gesichtes zu erkennen. Angeekelt wendete sie sich wieder ab.

»Das ist irgendein Fischwesen, aber so etwas habe ich noch nie gesehen«, gab sie zu. »Vielleicht eine Art von niederem Nesselschrecken.«

Finnegan kam langsam wieder zu sich. Er brabbelte einige unverständliche Worte und bewegte die Arme. Barrasch half ihm, sich aufzusetzen, und Cindiel flößte ihm ein wenig Wasser ein. Der junge Soldat litt offenbar unter Orientierungsschwierigkeiten, die jedoch schnell verflogen, als Barrasch ihm eine sanfte Ohrfeige verpasste.

»Junge, wir brauchen dich, also reiß dich zusammen«, flüsterte er.

Mogda beobachtete die Fürsorge um den Jungen mit gemischten Gefühlen. Einerseits wollte er so schnell wie möglich den Angreifern folgen, andererseits konnte er niemanden in den Kampf schicken, der völlig neben sich stand. Cindiels sorgenvolle Miene und ihr stetiges Bemühen um Finnegan ließen ihn schließlich abwarten. Er spürte, dass sie sich um den jungen Soldaten sorgte, mehr als um einen Fremden.

Nachdem Finnegan ohne fremde Hilfe auf die Beine gekommen war und sich die zusätzliche Ausrüstung angelegt hatte, schaute er Mogda an und nickte.

»Kann losgehen«, sagte er.

Der Oger würdigte seinen Mut mit einem zufriedenen Brummen.

Barrasch machte sich an dem Mechanismus zu schaffen und zog die Kette Fuß um Fuß nach unten. Große und kleine Zahnräder griffen ineinander, bewegten Kolben, die in der Decke verschwanden, und öffneten, fast wie von Geisterhand, die beiden Flügel des Portals. Die Kette rastete ein, und eine andere Mechanik, die hinter den Wänden versteckt war, übernahm die restliche Arbeit.

Durch den ersten schmalen Spalt erkannte Mogda, dass auch die Gewölbe dahinter nicht beleuchtet waren. Eng pressten sich die vier Gefährten in den Schutz des hölzernen Bollwerkes. Dann endlich war der Spalt so breit, dass sie hindurch konnten. Mit gezücktem Schwert in der einen und einer brennenden Fackel in der anderen Hand lag es an Mogda die Vorhut zu bilden. Er stürmte hinein, dicht gefolgt von den anderen, und brach schon nach wenigen Schritten seinen Sturmangriff wieder ab. Fassungslos beäugte er den großen Saal, der sich vor ihm auftat. Hunderte Zwergenkrieger lagen niedergemetzelt am Boden. Nirgends war eine Bewegung zu erkennen, die darauf hoffen ließ, einen Überlebenden der Schlacht zu finden. Kaum einen Schritt konnten die vier wagen, ohne in eine Blutlache zu treten. Von ihren dunklen Angreifern fehlte weiterhin jede Spur. Zwischen all den toten Zwergen lag kein einziges dieser Wesen.

»Das können sie nicht getan haben, ohne selbst große Verluste hinzunehmen«, sagte Mogda. »Irgendwo müssen ihre Leichen sein.«

Er hörte, wie hinter ihm jemand zu Boden stürzte. Mit ausgestreckten Armen fuhr er kampfbereit herum. Cindiel lag regungslos zu seinen Füßen. Barrasch kniet dicht hinter ihr und presste ihr eine Hand gegen den Hals. Von Finnegan fehlte jede Spur. Zwei Gestalten lösten sich aus dem Schatten eines Pfeilers und traten in den schwachen Schein der Fackel. Sie hoben drohend ihre Blasrohre, und noch bevor Mogda reagieren konnte, feuerten sie die ersten Giftdornen ab. Einer der kleinen Splitter blieb im Zwergenschild stecken, der andere traf ihn an der Schulter.

Mogda stürmte los, ohne auf seine Deckung zu achten. Er musste die beiden töten, bevor das Gift seine Wirkung tat. Mit wenigen Schritten war er heran und schlug auf den Ersten ein. Die Wucht, mit der er seine Klinge schwang, hätte gereicht, einen Baum zu fällen. Er traf die Kreatur in der Körpermitte, doch anstatt durch sie hindurchzuschneiden, bog und wendete sich der zarte Körper des Wesens wie das lose Ende eines Seils. Mit einer grazilen Bewegung drehte es sich aus Mogdas Reichweite. Ein weiterer Pfeil traf den Oger im Genick. Mogda sprang seinem Gegner hinterher und trat dabei auf den toten Körper eines Zwergs. Noch bevor das Wesen sein Blasrohr erneut ansetzen konnte, war der Oger herbei und schlug mit der Fackel zu. Quiekend wich sein Gegner zurück und ließ die kleine Waffe fallen. Im letzten Moment sah Mogda die blitzende Klinge eines Krummdolches in der Hand des Feindes und parierte mit dem geschützten Oberschenkel. Er packte seinen Gegner an den Haaren, drückte die Fackel gegen den schleimig nassen Körper und schleuderte ihn gegen einen Pfeiler. Der gequälte Schrei der Kreatur schmerzte in seinen Ohren, und noch während er sie verfolgte, traf ein Giftdorn seinen Handrücken. Der zweite Gegner war nirgends zu sehen, doch schien es Mogda momentan wichtiger, erst einmal einen zur Strecke zu bringen. Er schwenkte die Fackel vor seinem angeschlagenen Gegner hin und her und versuchte dessen Bewegungen damit Einhalt zu gebieten. In dem Moment, als das Wesen seinen Blick abwandte, um dem Schein der Fackel zu entkommen, griff Mogda an. Ein gerade ausgeführter Stoß mit der Klinge spießte das Wesen auf. Mit einem erneuten Klageschrei verendete es. Als Mogda sich wieder umdrehte, stand er allein auf dem riesigen Zwergenfriedhof. Von der anderen Kreatur war nichts mehr zu sehen. Einen Moment verharrte er noch und lauschte in die Stille, doch der Angreifer blieb verschwunden.

Plötzlich fiel ihm Cindiel wieder ein. Sie, Barrasch und Finnegan lagen schutzlos am Eingang der Halle. Ein einziger Streich im Vorübergehen würde reichen, sie zu töten. Mogda eilte zurück und fand seine Freunde unversehrt, aber immer noch schlafend vor. Auch er spürte langsam die Wirkung des Giftes, merkte, wie seine Glieder schwer wurden und sein Geist nach Ruhe strebte. Es war zu gefährlich, sich hier schutzlos niederzulassen, während alle schliefen und mindestens ein Feind entkommen war. Er musste einen sicheren Ort suchen.

Als Mogda die Kette des Tores einhakte, schwanden ihm fast die

Sinne. Mit letzter Kraft schleppte er sich zu seinen Weggefährten und sackte hinter den verschlossenen Toren des Belüftungstunnels zusammen. Dann schlief er ein. Eine Weile spendete ihnen noch das Licht der Fackel Gesellschaft, bis auch sie erlosch und die vier in der Dunkelheit allein zurückließ.

19

Abordnung der Elfen

Hagrim hatte sich einen Fensterplatz in der *Kupfergrotte* gesucht, was ihm aufgrund der Tatsache, dass er der einzige Gast war, nicht sonderlich schwer fiel. Er schaute regungslos durch die milchig gelben Butzenscheiben und erfreute sich an dem Treiben auf der Straße. Da er die Menschen draußen nur schemenhaft erkennen konnte, versuchte er zu erraten, um wen es sich handeln könnte. Die einzige Person, die er mit Sicherheit erkennen konnte, war Bauer Navil, der wie jeden Morgen mit einem Karren Brennholz und Kohle zum Schmied fuhr. Sein Körperumfang war so unverkennbar, dass man ihn nur mit einem Heuballen verwechseln konnte. Und die Tatsache, dass Heuballen sich gemeinhin nicht bewegten, verriet ihn.

Hagrim hatte in den letzten Tagen viele Goldmünzen verdient. Jeder war an der spektakulären Geschichte des Mobs, der den Oger aufknüpfen wollte, interessiert; und jeder wollte den Bericht eines direkten Augenzeugen hören. Wen gab es da Besseren als einen Geschichtenerzähler?

Leider war es so, dass seine Freude an dem guten Geschäft auch seinen Durst steigerte. Und fatalerweise freute er sich in etwa zweimal mehr, als er einnahm.

Geräuschvoll wurde ein Glas auf seinem Tisch abgestellt. Zögerlich betrachtete er das Gefäß und seinen trüben, gelblichen Inhalt. Sein Blick wanderte weiter, einen kräftigen Männerarm entlang und dann einen stiernackigen Hals hinauf bis in das Gesicht von Meister Ostmir, dem Wirt der *Kupfergrotte*.

»Ha, falsch geraten. Das ist nicht mein Lieblingsgetränk«, rief Hagrim fröhlich aus.

Ostmir senkte den Kopf etwas und zog die Augenbrauen hoch.

»Doch, das ist es, und es wird es solange bleiben, bis du mir mein restliches Gold bezahlt hast.«

Hagrim ließ seinen Blick durch den Schankraum schweifen, um festzustellen, ob es Zeugen dieser peinlichen Unterredung gab, die ihn als Schnorrer erscheinen ließ.

»Kein Wunder, dass niemand dein Etablissement besucht, wenn das deine Art ist, mit Gästen umzuspringen«, stellte Hagrim danach beruhigt fest.

»Na, du Schlaumeier, ich dachte schon, es liegt daran, dass es früher Morgen ist und wir noch nicht geöffnet haben. Aber danke für deinen Tipp.«

Meister Ostmir wischte einen nicht vorhandenen Fleck vom Tisch und stapfte wieder hinter seinen Tresen.

»Seit wann bin ich hier?«, fragte Hagrim verwirrt.

»Was war vorgestern für ein Tag?«, antwortete Ostmir mit einer gleichmütigen Gegenfrage.

Hagrim schaute aus dem Fenster, um den Sonnenstand zu prüfen. Der Wirt hatte Recht, es war noch früh am Morgen. Peinlich berührt wendete sich Hagrim wieder seinem undefinierbaren Getränk zu.

»Darf ich davon ausgehen, dass es sich bei dieser Plörre nicht um den Urin eines Stalltieres handelt?«, fragte er und drehte das Glas im Licht hin und her.

Ostmir stützte sich mit den Ellenbogen auf den Tresen.

»Lass es auf einen Versuch ankommen.«

Vorsichtig nippte Hagrim an dem Glas.

»Bei den gequälten Seelen der Toten, was ist das für ein Zeug?«

Meister Ostmir konnte sich ein schadenfrohes Lachen nicht verkneifen.

»Das ist schales, lauwarmes Bier von gestern Abend. Es gab nur zwei Möglichkeiten – es in den Rinnstein zu gießen, oder in dich. Und da beides im Grunde genommen dasselbe ist, dachte ich mir, ich mache dir eine Freude«, lachte der Wirt.

Hagrim lagen schon einige Spitzfindigkeiten auf der Zunge, als er von einem Tross Reiter abgelenkt wurde, der die Straße heruntergeritten kam. Langsam und mit stolz erhobenen Häuptern ritten sie in Richtung Palast, gefolgt von einer Traube Menschen.

»Die Elfen! Sie sind zurück«, hörte er begeisterte Rufe von der Straße schallen.

Er sprang auf, kramte eine Kupfermünze aus der Tasche und ließ sie in das Glas fallen.

»Als Dank für deine Bewirtung und Fürsorge, Ostmir. Aber hol das gute Stück lieber schnell wieder raus, bevor es verätzt.«

Hagrim stolperte zur Tür und hätte beinahe seinen Wollmantel vergessen.

»Da vertrödle ich hier mit Prinz Langweilig meine Zeit, und auf den Straßen von Osberg wird Geschichte geschrieben«, murmelte er kopfschüttelnd und verließ die Taverne.

Auf der Straße wimmelte es von Leuten. Wie bei einer Prozession liefen sie hinter den Reitern her. Hagrim versuchte hüpfend einen flüchtigen Blick auf den Anfang des Umzuges zu erhaschen, doch die jubelnde Menge versperrte ihm die Sicht. An den Hausmauern entlang bahnte er sich einen Weg weiter nach vorn. Seine Neugier und die Auswirkungen der letzten Nacht ließen einige zu Dekorationszwecken aufgestellte Blumentöpfe zu Bruch gehen. Immer dichter gelangte er an die Spitze des Zuges.

Unterwegs schnappte er ein paar Gesprächsfetzen auf.

»... Elfen werden für mehr Sicherheit in Nelbor sorgen ...«

»... die Kreaturen Tabals endgültig vernichten ...«

»... wird seinen Platz an der Tafel der Götter verlieren ...«

Für Hagrim war es nicht neu, wie schnell die Bürger vergaßen, verdrängten und neue Hoffnungen schöpften. Zu viele fromme Wünsche dieser Art hatte er schon gehört. Es dauerte nie lange, bis aus Geschichten Legenden wurden; und aus Wahrheiten Lügen. Kaum noch jemand in Osberg erinnerte sich daran, dass es eigentlich nicht der Zorn Tabals gewesen war, der die Unholde in die Schlacht geführt hatte, sondern dass es die Meister gewesen waren.

Er musste an Cindiel denken, und wie sie in diesem Moment wohl aufgeregt hin- und herhüpfen würde, um eines der von ihr bewunderten Wesen sehen zu können. Er machte sich Sorgen um die junge Frau, doch er wusste auch, dass Mogda sie beschützen würde. Wahrscheinlich standen sie in diesem Moment in den Bergen und betrachteten das Naturschauspiel, das ihnen die überschwemmte Wüste bot. Natürlich hatte jeder in Osberg davon gehört, doch was er wusste, reichte noch nicht aus, um eine lohnende Geschichte daraus zu spinnen. Er hoffte, dies bei Cindiels Rückkehr nachholen zu können.

Hagrim war endlich auf Höhe der Reiter angekommen. Die Elfen aus der Nähe betrachten zu können machte die bösen Blicke und wüsten Verwünschungen wegen seines rüpelhaften Benehmens allemal wett. Diese Wesen strahlten eine Anmut und Grazie aus, die keinem anderen Volk auf Nelbor gegeben war. Ihre feinen Züge ließen sie wie übernatürliche Kunstwerke erscheinen. Jedes dieser Geschöpfe verweilte schon länger auf der Welt, als es die Stadt Osberg mit ihren vierhundert Jahre alten Stadtmauern überhaupt gab. Sie hatten Dinge gesehen, die den Menschen allzeit verborgen bleiben sollten, und sie hatten Länder bereist, von denen nur noch Legenden erzählten.

Hagrims ehrfürchtige Gedanken wurden nur durch die Tatsache getrübt, dass ihre äußere Erscheinung durch die vermutlich lange Reise gelitten hatte. Vor seinem inneren Auge sah Hagrim Bilder von Elfen mit langen Gewändern, die mit Goldfäden bestickt waren, mit Edelsteinen besetzte Stirnreifen und Stoffe, die so leicht waren, dass man sie am Körper nicht spürte. So sahen die Elfen in seinen Geschichten aus. Dieses halbe Dutzend elfischer Reiter jedoch war, selbst wohlwollend betrachtet, in Lumpen gehüllt. Einfachste, grob gewebte Stoffe hingen wenig kleidsam an ihnen herab. Ihre langen goldenen Haare wurden von Sackleinenkapuzen verdeckt, und ihr Schuhwerk war so abgenutzt, dass nicht einmal Hagrim mit ihnen hätte tauschen wollen. Die Frage nach edlen Geschmeiden stellte sich gar nicht erst. Der Letzte der Elfen stellte sich in seinen Steigbügeln auf und wandte sich der Menschenmenge zu, welche die Delegation staunend verfolgte. Sein Gesicht zeigte feine Konturen, die Haut war blass, fast weiß, und aus dem langen blonden Haar stachen zwei spitze Ohren heraus. Aus Erzählungen wusste Hagrim, dass sich die Elfen anderen Völkern gegenüber überlegen fühlten und oft arrogant wirkten. Auf den ersten Blick traf dies auch auf diesen Elfen zu, doch dann erkannte Hagrim, dass in seinen leuchtend blauen Augen auch noch etwas anderes lag; etwas wie Verachtung.

Grübelnd schaute Hagrim auf die Menge, die der Delegation folgte. Seine Erzählung musste etwas bieten, das die Zuhörer in Erstaunen versetzen würde. Einen lapidaren Bericht über etwas zu liefern, was die ganze Stadt mit eigenen Augen gesehen hatte, brachte keine Kupfermünze ein. Er musste es schaffen, einen Blick zu erhaschen, der allen anderen verborgen blieb.

Der Reiterzug stoppte vor dem Anwesen von Lord Felton. Die Menschen dahinter drängten sich dicht an dicht, und an ihrer Spitze stand Hagrim. Der Schweif eines Elfenrosses peitschte über seinen heruntergekommenen Umhang.

Hagrim sah an sich herab, an dem schmutzigen Leinenstoff vorbei bis zu den abgewetzten Schuhspitzen. Der Gedanke, über dem er brütete, war genauso verwegen wie brillant; und zugleich einfach. Kurzerhand streifte er seine Kapuze über, senkte den Kopf und verschränkte die Hände in den weiten Ärmeln. Als der Elfen-Abordnung von Lord Feltons Wachen die Tore geöffnet wurden, trottete der Geschichtenerzähler einfach hinterher. Er spürte, wie er sich von dem Mob in seinem Rücken löste.

Offenkundig war er niemandem aufgefallen, und als er es wagte, seinen Blick zu heben, waren bereits vier der Elfen im Haupthaus verschwunden. Die anderen beiden führten ihre Pferde unter Anweisung eines jungen Burschen hinüber in die Stallungen.

»Haha, ein Geniestreich«, flüsterte Hagrim sich selbst zu und rieb sich freudig die Hände.

So unauffällig, wie er gekommen war, verschwand er im Schatten der zahlreichen Säulen des Haupteingangs. Einen Weg ins Innere des Palastes gab es nicht für ihn. Die zwei Wachen am Haupteingang würden sich nicht so leicht täuschen lassen. Ohne Zustimmung von Lord Felton betrat niemand sein Anwesen. Der Ort, den Hagrim aufsuchte, war zwar weitaus weniger spektakulär als das Innere des Anwesens, doch gleichermaßen aufschlussreich. Wenn er im Laufe der Jahre etwas gelernt hatte, dann das, dass ein halb offen stehendes Fenster oft mehr preisgab als der flüchtige Blick in das Schlafgemach einer holden Maid. Nichts war geheimnisvoller und interessanter als Bruchstücke einer Unterhaltung; nicht einmal die Unterhaltung selbst. Es kam darauf an, einige Teile zu hören, andere zu überhören und die restlichen frei zu erfinden, wenn man daraus eine Geschichte spann.

Er hörte Lord Felton, wie er den Gesandten der Elfen von den Neuigkeiten aus Nelbor berichtete. Er erzählte von den Meistern, den Ogern und den Zwergen. In kurzen Zügen lieferte er eine Zusammenfassung der Ereignisse, die in Nelbor stattgefunden hatten, seit die Elfen das Land verlassen hatten. Seine Ausführungen waren klar, exakt und wertfrei, ein Umstand, der ihn als guten Geschichtenerzähler völlig disqualifizierte.

Zu Hagrims Enttäuschung sprachen die Elfen nur wenig. Die Stimme ihres Wortführers klang merkwürdig kehlig und wurde in regelmäßigen Abständen von einem schmatzenden Geräusch begleitet. Offenbar erlaubte es Lord Feltons Anstand nicht, sich nach den Gründen des Sprachfehlers zu erkundigen, jedenfalls erwähnte er ihn mit keiner Silbe.

»Ich danke Euch für die Einladung und nehme sie gerne an«, sagte Felton. »Es ist mir eine große Ehre, die Rückkehr der Elfen nach Nelbor miterleben zu dürfen. Ich glaube, unseren beiden Völkern steht eine große, gemeinsame Zukunft bevor.«

Mit diesen Worten schloss die Unterhaltung. Hagrim hätte gern noch einen Blick in das Zimmer geworfen, doch die Furcht, dabei entdeckt zu werden, ließ ihn unter dem Fenstersims verharren.

Zwei Anläufe brauchte er, um sein Versteck verlassen zu können. Immer wieder kreuzten Wachen, die angelockt von den Elfen ihren üblichen Rundgang veränderten, seinen Fluchtweg durch die Ställe. Endlich hatte er die Unterkunft der Vierbeiner erreicht und war gespannt darauf, was sein langjähriger Freund und Informant Tindel, der auf die Pferde aufpassen musste, zu berichten hatte. Hagrim hoffte, dass einige der Elfen bei ihren Tieren geblieben waren und dem Stallmeister etwas über sich erzählt hatten.

Als Hagrim das Stalltor hinter sich zuzog und den Riegel vorschob, bemerkte er die Unruhe, die unter den Tieren herrschte. Vom Stallmeister und seinem Gehilfen war nichts zu sehen. Lord Feltons weißer Hengst befand sich in einer der ersten Boxen. Das Tier stand auf der Stelle und stampfte aufgeregt mit einem Huf.

»Tindel, bist du hier?«, fragte Hagrim im Flüsterton.

Nichts tat sich, nur das ängstliche Schnauben der Pferde war zu hören. Langsam schritt der Geschichtenerzähler das Stallgebäude der Länge nach ab. Am hinteren Ende lag eine Heugabel auf der Erde, davor ein Bündel Stroh. Hagrim schaute zurück und sah, wie der weiße Hengst ihn mit weit aufgerissenen Augen anstarrte. Weißer Schaum hatte sich vor seinen Nüstern gebildet, und das Tier kaute nervös auf seinem Zaumzeug herum.

»Wenn ich jetzt auch noch deine Arbeit machen muss, will ich jedenfalls ein paar Neuigkeiten von dir hören, Tindel«, brummte Hagrim.

Er bückte sich und nahm das Stroh auf, um es dem Hengst zu geben, da fiel sein Blick auf die dunkelrote Flüssigkeit, die sich darunter verbarg. Es mochte Dutzende von Erklärungen geben, warum hier im Stall eine Blutlache zu finden war, doch es gab nur eine, die ihn unwillkürlich schlucken ließ.

Mit dem Stroh in der Hand näherte er sich vorsichtig Feltons Ross. Er hatte den Pferch noch nicht ganz erreicht, als er die blutigen Beine zwischen den Hufen des Pferdes entdeckte. Er senkte den Blick, versuchte zwischen den Latten des Gatters hindurchzuschauen und starrte schließlich in die toten Augen des Stallmeisters.

Eine plausible Erklärung abzugeben, warum er hier war, was er hier suchte, was der Blutfleck dort machte und warum Tindel tot war, überstieg die Glaubwürdigkeit selbst des besten Geschichtenerzählers.

Hagrim blieb keine andere Möglichkeit als die Flucht.

20

Der Höhlentroll

»Wir sind keine Kundschafter oder Krieger. Wir sind Seeleute«, entgegnete Kapitän Morrodak, als Rator zu den schroffen Felsen hinaufzeigte.

»Wo dein Schiff?«, erkundigte sich der Oger.

»Du hast es selbst gesehen, es ist zerstört.«

Rator reichte ihm das Ende eines Seils, das von Kruzmak in sechzig Fuß Höhe über ihnen gehalten wurde.

»Dort du Kapitän, hier du Späher. Und auf Gipfel du Krieger«, erklärte Rator trocken.

Das Verhalten der Oger gegenüber ihren Schützlingen hatte sich verändert. Rators Anweisungen ließen keinen Zweifel daran, dass sie den weiteren Weg gemeinsam zurücklegen würden. Er behandelte die Menschen nicht wie Gefangene, eher wie unmündige Kinder, die darauf zu hören hatten, was die Eltern ihnen sagten. Morrodak hingegen versuchte sich einzureden, die Oger wollten sie nur schützen; vor wem oder was auch immer.

Am frühen Morgen hatte es einer der Seeleute gewagt, sich bei seinen Kameraden Unterstützung zu suchen, weil er die Route ändern wollte. Auf ein Zeichen von Rator hin hatte sich Gnunt den Mann geschnappt und unter den Arm geklemmt. Es war bereits Mittag, als er ihn wieder auf seine eigenen Füße setzte. Danach hatte niemand mehr gewagt, auch nur in eine andere Richtung zu blicken als die, welche Rator vorgab.

Rator hatte sein Ziel, den fremden Wanderer zu stellen, nicht aus den Augen verloren, nur die Route hatte sich geändert. Anstatt nach Südwesten abzudrehen und dem Pass zur Zwergenesse zu folgen, erklommen sie nun die neu entstandene Kluft und marschierten über den Bergrücken. Große Teile des Massivs waren von der Kraft des Wassers herausgespült und von der Flutwelle weit in das dahinter liegende Land getragen worden. Riesige Gesteinsbrocken, denen das Meer nichts hatte anhaben können, ragten aus der Steilwand.

Rator hatte seinen Leuten beigebracht, an steilen Passagen wie diesen seitlich versetzt zu klettern, damit losgetretenes Geröll niemanden weiter unten erschlug. Die Vorgehensweise war immer dieselbe: Die Oger kletterten voraus und zogen ihre leichteren Begleiter an Seilen hinterher. Alles, worauf die Hüttenbauer achten mussten, war, nicht unkontrolliert gegen die Felswand zu schlagen.

Tausend Fuß hatten sie bereits hinter sich gebracht, und noch einmal die gleiche Strecke lag vor ihnen. Rator klammerte sich an einen Felsen und sah, wie die drei Seeleute neben ihm in die Höhe gezogen wurden. Gnunt stand auf dem Vorsprung über ihnen und holte das Tauwerk mit den Männern ein, wie eine Angel mit einem Köderfisch daran. Sand und kleine Steine rieselten in die Tiefe. Eine kräftige Böe peitschte den Staub umher und schlug ihn den Seeleuten ins Gesicht. Mit schmerzverzerrtem Gesicht und zusammengekniffenen Augen versuchte der oberste Mann, sich mit dem Ärmel etwas Erleichterung zu verschaffen. Das Seil darunter begann zu schwingen. Die Kameraden drohten gegen den Fels geschleudert zu werden, den Halt zu verlieren und in die Tiefe zu stürzen. Rator griff nach dem Seil, doch er konnte es nicht erreichen, es fehlten drei Fuß. Er tastete die Felswand neben sich ab und fand einen Spalt. Ohne nachzudenken rammte er seinen Arm bis zur Hälfte in die natürliche Fuge und ballte die Hand zur Faust. Seine Knöchel keilten sich zwischen das Gestein wie ein Kletterhaken und gaben ihm die Bewegungsfreiheit, die er brauchte. Er schwang sich einen Schritt hinüber und griff nach dem Tampen.

Gnunt stöhnte unter dem zusätzlichen Gewicht des Ogers, ließ aber nicht locker. Rator brachte das schwingende Seil wieder unter Kontrolle und zog sich zurück an die Felswand. Er fühlte, wie das Blut von seinen Knöcheln den Arm hinablief. Er stand mit dem Rücken zum Berg und schaute in die ängstlichen Augen des Seemanns, der sich an das Seil vor ihm klammerte.

»Du genug Kraft für weiter?«, erkundigte sich Rator.

»Ja, keine Angst. Ich habe schon bei Sturm die ganze Nacht in den Wanten gehangen und auch das überlebt«, schnaufte der Seemann.

Für den Bruchteil einer Sekunde legte sich ein Schatten über das Gesicht des Mannes. Im nächsten Moment raste ein Felsbrocken in der Größe eines Wagenrades an Rator vorbei, zerschmetterte den Seemann und riss ihn mit in die Tiefe. Das Seil hing verlassen vor dem

Oger und zeigte nur noch die blutigen Schürfstellen der Hände des Menschen. Seine zwei Kameraden waren nur um Haaresbreite entkommen.

»Steinschlag!«, brüllte Rator etwas verspätet.

Nacheinander meldeten sich die einzelnen Oger von ihren Positionen. Der Felsen hatte glücklicherweise nur den einen Mann mit sich gerissen, alle übrigen waren unversehrt. Eine Weile verharrten sie an ihren Posten und lauschten auf verdächtige Geräusche, doch außer dem Wind, der sie auszulachen schien, hörten sie nichts. Langsam kamen die Kletterer wieder in Bewegung. Felsen um Felsen arbeiteten sie sich voran.

Ohne Vorwarnung stürzte der nächste Brocken an ihnen vorbei und verfehlte Tastmar nur knapp.

»Deckung!«, schrie Rator, wieder etwas zu spät.

Ein Erdrutsch oder Steinschlag war nichts Besonderes in den Bergen. Starke Regenfälle konnten das sonst so unnachgiebig wirkende Gestein in eine Lawine verwandeln, die alles zermalmte, was sich ihr auf dem Weg talabwärts entgegenstellte. Ein Steinschlag entstand, weil sich der feine Sand zwischen den großen Felsen löste und diese ins Rollen brachte. In beiden Fällen kündigte sich das Unheil vorher an. Allerdings waren es nur schwer erkennbare Zeichen, die darauf hindeuteten, wie Rieselsand, der durch die Finger glitt, oder kleine Rinnsäle aus Wasser, die zwischen den Felsen heraussickerten. Hier war es anders. Die Felsen kamen einzeln, ohne weiteres Geröll, und sie schienen es gezielt auf die Oger abgesehen zu haben. Rator kannte die Gefahren der Berge nur zu genau, und er wusste auch, wann er angegriffen wurde.

Eng an die Wand gedrängt drehte Rator sich auf seinem Vorsprung wieder dem Berg zu. Er musterte den Weg hinauf und warf Gnunt einen Blick zu. Es waren nur zehn oder zwölf Schritt bis zu ihm, aber die Strecke war auch lang genug, um einen gezielten Angriff durchzuführen. Der Wucht eines Steines von dort oben war nichts entgegenzusetzen.

In Gedanken erklomm er den Weg wieder und wieder. Jeden Vorsprung, jede Griffmulde prägte er sich ein. Ein Fehltritt oder ein Zögern konnte seinen Tod bedeuten. Er holte noch einmal tief Luft, dann begann er den Aufstieg. Kraftvoll streckten sich seine Arme und griffen nach dem nächsten Vorsprung, bevor sie seinen massigen Körper nach oben zogen. Weit spreizte er die Beine, um Halt zu finden. Sein Gewicht ruhte einen Moment auf den Schenkeln, dann griffen seine Hände wieder nach oben und packten ihr nächstes Ziel. Gleichmäßig und ohne zu stocken erkletterte er die Felswand. Schräg über ihm schlug ein Felsbrocken auf, prallte vom Massiv ab und stürzte in die Tiefe. Rator kletterte weiter.

Über ihm entdeckte er zwei kräftige lange Arme, die einen weiteren Felsen nach unten warfen. Die Attacke war schlecht gezielt, und der Stein prallte gegen einen Vorsprung. Beim Aufprall zersplitterte er in unzählige Stücke und verteilte sich über die Felswand. Rator wurde von einem größeren Brocken an der Stirn getroffen, und Blut sickerte in sein Auge. Er konnte nicht genau erkennen, wohin er griff, und er musste schnell weiter. Plötzlich packte ihn etwas am Arm und zog ihn in die Höhe. Er wurde über den Rand eines Plateaus gehievt und liegen gelassen. Rator setzte sich auf und wischte sich Staub und Blut aus den Augen. Als er wieder sehen konnte, starrte er in das Gesicht von Gnunt.

»Du bluten«, sagte der massige Oger und zeigte auf seine eigene Stirn, dann berührte er Rators klaffende Wunde.

Rator zog mit schmerzverzerrter Miene den Kopf zurück und schlug nach Gnunts Hand.

»Du bluten«, wiederholte Gnunt.

Ein lang gestrecktes Hornsignal ertönte achtzig Fuß über ihnen und ließ die beiden innehalten. Von dort kamen auch die Angriffe. Der Blick auf die Stellung der Feinde wurde verdeckt durch Trümmerteile und herausragende Stützbalken der Zwergenhallen.

Rator kannte die Sprache des Krieges besser als jede andere. Signale waren überlebenswichtig in einem Gefecht, sie entschieden über Sieg oder Niederlage. Wer sie nicht zu deuten wusste, hatte auf dem Schlachtfeld nichts zu suchen. Dennoch kam es vor, dass das Signal keinen Sinn ergab. So wie jetzt. Jemand rief nach Verstärkung, nach zusätzlichen Kriegern, die zu Hilfe eilen sollten. Doch von wo sollten die Truppen kommen?

Rator suchte die Felswand über sich ab, ob Seile herabgelassen oder neue Felsbrocken geworfen wurden. Nichts deutete darauf hin, dass das Signal gehört wurde, bis Gnunt ihm auf die Schulter tippte und auf die andere Seite der Schlucht deutete. Die Umrisse waren nur klein und schwer zu erkennen, aber die geschwungenen lederartigen Flügel und der lange echsenartige Schwanz ließen keinen Zweifel daran aufkommen, worum es sich handelte. Es waren Lindwürmer, die Reittiere der Meister. Rator zählte sechs dieser kleinen Drachen, die sich von der Steilwand lösten und mit angelegten Schwingen in die Tiefe schossen.

Pfeilschnell rasten sie dem Wasser entgegen, um kurz vor dem Aufschlagen die Flügel auszubreiten und mit den Aufwinden wieder emporzusteigen. Lindwürmer waren elegante Flieger, die ihren großen Brüdern, den Drachen, an Beweglichkeit und Geschick in nichts nachstanden. Sie waren zwar nur Tiere, die keinen magischen Odem oder eine gesteigerte Intelligenz besaßen, doch ihre scharfen Krallen und der gefürchtete Giftstachel machten sie zu gefährlichen Gegnern.

Rator hoffte, dass seine Männer die fliegenden Angreifer rechtzeitig entdecken würden, um sich zu schützen; wenn dies an einer Felswand überhaupt möglich war. Ein Warnruf allerdings würde nur die Aufmerksamkeit seiner Gegner wecken.

Die Lindwürmer kreuzten vor dem Abgrund und suchten nach ihrer Beute. Ein krächzender Laut verkündete, dass sie fündig geworden waren. Im Sturzflug schnellten sie auf die Felsen zu und breiteten erst im letzten Moment die Flügel aus, um ihre Krallen in den Gegner zu schlagen. Verfehlte dieser Angriff sein Ziel, peitschten sie mit ihrem Schwanz und versuchten, ihr Opfer mit dem Giftstachel zu treffen.

Noch waren all ihre Versuche erfolglos geblieben. Die Lindwürmer hielten genügend Abstand zu der zerklüfteten Felswand, und Rators Männer sowie die Seeleute pressten sich eng an den Fels oder versteckten sich in den Spalten.

Es dauerte jedoch nicht lange, bis die Manöver der Flugechsen waghalsiger wurden. Sie änderten ihre Taktik und griffen nun nicht mehr im Steig-, sondern im Sinkflug an. Rator und Gnunt hatten sich hinter Felsen versteckt und beobachteten das wilde Treiben. Kurz unterhalb ihres Verstecks wendeten die Lindwürmer und schossen an der Wand im Sturzflug hinab. Eine der Echsen erwischte ein Seil und fädelte es zwischen seine Krallen. Die drei Seeleute daran wurden von der Wand gerissen und mitgezogen. Das andere Ende war um einen Felsen gebunden und zog sich durch die Klaue des Lindwurmes. Wie reife Trauben, die man von den Stielen zog, wurden die Männer von dem rettenden Strang gerupft und stürzten in die Tiefe. Mit gierigen Kreischlauten stürzten die Lindwürmer hinter ihnen her. Noch bevor die Männer ins

Wasser fielen, hatten die Echsen sie im Flug geschnappt und landeten mit ihnen auf nahegelegenen Felsen, um sie zu verspeisen.

Ein weiterer von Morrodaks Männern geriet in die Fänge seiner Angreifer und wurde von zwei futterneidischen Echsen in der Luft zerrissen. Rator sah, wie einer der Oger weiter unten in die Enge getrieben wurde. Ein Lindwurm hatte sich an die Felswand geklammert und schnappte mit seinem hakenförmigen Schnabel nach ihm. Immer wieder peitschte der Giftstachel zwischen seinen Flügeln hindurch und versuchte den tödlichen Treffer zu landen. Dann hatte er es geschafft, der Stachel grub sich tief in die Brust des Ogers und zog ihn aus seinem schützenden Versteck hervor. Der Oger schlug mit Armen und Beinen um sich. Davon unbeeindruckt schwang sich der Lindwurm mit seiner schweren Beute wieder in die Lüfte. Sein Opfer griff mit letzter Kraft nach einem Flügel und umklammerte ihn. Wild kreischend hackte der Lindwurm auf sein Opfer ein, doch er konnte sich der tödlichen Umarmung des Ogers nicht erwehren. Gemeinsam stürzten sie ab und zerschmetterten auf einem Felsen nahe dem Wasser.

Rator beobachtete den Lauf der Sonne. Hier oben in den Bergen, nahe der Küste, würde es noch gut drei Stunden dauern, bevor die Sonne unterging. So viel Zeit hatten sie nicht. Er musste etwas unternehmen, bevor sie vollends aufgerieben wurden.

Mit hastigen Schritten eilte er aus seinem Versteck hervor und wurde sogleich von zwei Lindwürmern erspäht. Er hechtete an die Felswand und kletterte, so schnell er konnte. Gnunt nahm einen großen Stein und schleuderte ihn nach den Angreifern. Das Wurfgeschoss verfehlte den einen nur knapp, doch die Attacke reichte, um das Tier abzulenken. Der andere Lindwurm stürzte sich auf Gnunt.

Rator blickte nicht nach unten, er hangelte sich an einem Vorsprung entlang und nutzte die Trümmerteile, um zu dem Ort zu gelangen, von wo aus die Signale gegeben wurden. Mit einem gewagten Sprung erreichte er das nächste Plateau. Seine Finger krallten sich in den zerklüfteten Felsrand, und sein Brustkorb schlug schmerzhaft gegen die Wand. Seine Füße konnten keinen Halt finden. Die Kraft reichte nicht mehr, sich nach oben zu ziehen.

Gnunt hatte sich in einen kurzen, eingestürzten Gang des Zwergenbaus zurückgezogen und wehrte sich gegen die Angriffe des Lindwurms. Seine Waffe war hier nutzlos, weil ihm die Bewegungsfreiheit fehlte.

Die Schwanzspitze der Flugechse schnellte vor und verfehlte ihn nur knapp. Geistesgegenwärtig griff Gnunt danach und zog mit aller Kraft am Hinterteil seines Gegners. Der Lindwurm wurde von den Füßen gerissen und lag nun mit wild flatternden Flügeln auf dem Rücken. Gnunt ließ nicht locker und zerrte das Tier dichter zu sich heran. Mit den Füßen trat er immer und immer wieder auf den vogelartigen Leib ein.

Gerade als Rators letzte Kräfte schwanden und er dem sicheren Tod entgegenblickte, ergriff jemand seine Hand und zog ihn nach oben. Erschöpft sank er vor seinem Retter auf die Knie und erwartete den Todesstoß. Doch anstatt ihn anzugreifen, wartete sein Gegner ab. Rator blickte hoch, und ihm stockte der Atem. Vor ihm stand ein ausgewachsener Höhlentroll.

Diese Scheusale überragten jeden Oger noch um gut drei Fuß, und ihre unbändige Kraft war denen der Ettins ebenbürtig. Seit den Trollkriegen war kein einziges Exemplar mehr gesichtet worden. Damals hatte man sie aus Grinds Heer verbannt. Niemand vermochte sie zu kontrollieren, und kein lebendes Wesen konnte vorhersagen, was sie als Nächstes tun würden.

In Schlachten begannen sie plötzlich auf die eigenen Mitstreiter einzuschlagen oder wendeten sich gelangweilt vom Kriegsschauplatz ab.

Grind hatte damals befohlen, sie nur in die Schlacht zu schicken, wenn der Kampf ohnehin aussichtslos schien.

Er hatte aber nicht damit gerechnet, dass sie umkehren, das verbliebene Heer angreifen und die schweren Belagerungsmaschinen zertrümmern würden. Seit diesen Tagen waren die Höhlentrolle wie vom Erdboden verschluckt geblieben. Diesen hier hatte wohl der Erdrutsch wieder ausgespuckt. Seine graue, dichte Körperbehaarung glänzte in der untergehenden Sonne. Anscheinend hatte er nie gelernt, Kleidung zu tragen, und so baumelte seine stolze Männlichkeit frei vor ihm herum. Die pergamentartige weiße Haut wurde von zahlreichen dunklen Adern durchzogen und gab ihr das Aussehen eines Mosaiks.

Der Höhlentroll schnaubte und imitierte Rators erschöpftes Husten. Er hämmerte eine Keule auf den Boden, die nicht mehr war als ein herausgerissener Baumstumpf. Er bot Rator im wahrsten Sinne des Wortes die Stirn, wobei er dazu noch nicht einmal auf die Knie gehen musste. Wie bei allen Trollen waren Beine und Arme unverhältnismäßig lang.

Die Handrücken schleiften im aufrechten Gang über die Erde, die Beine waren stark angewinkelt.

Böse funkelte das Ungetüm Rator aus milchigen Augen an. In seinem Mund reihten sich die faulen Stümpfe von Zähnen aneinander. Höhlentrolle waren Aasfresser und dafür bekannt, dass sie ihre Nahrung erst zu sich nahmen, wenn sie schön mürbe war. Wahrscheinlich wartete dieser hier ab, bis Rator wieder zu Kräften gekommen war, um sich dann mit ihm zu messen – und ihn ein halbes Jahr später in einer dunklen, nassen Höhle zu verspeisen.

Diese Aussichten schmeckten Rator gar nicht. Er musste handeln. Unter sich hörte er das aufgeregte Kreischen der Lindwürmer. Es musste nun beendet werden, so oder so.

Rator erhob sich und zog seine Breitaxt.

»Du gehen zurück unter Felsen, du zu hässlich zum Zeigen. Maul riechen wie Kuh hinten«, versuchte der Kriegsoger seinen Gegner zu provozieren.

Der Höhlentroll verstand die Worte nicht. Doch offenbar freute er sich, endlich wieder jemanden sprechen zu hören. In Erwartung eines guten Kampfes schlug er erneut mit der Keule auf den Boden.

Rator bewegte sich seitlich zur Felswand, um von dem Koloss nicht in den Abgrund gedrängt zu werden. Mit überraschender Geschicklichkeit ließ der Troll die Keule von einer Hand in die andere und wieder zurück gleiten. Unvermittelt schwang er dann seine Waffe in Rators Richtung, dem nichts anderes übrig blieb, als sich hinzuwerfen. Der Oger rollte sich auf den Rücken. Die Keule donnerte auf ihn nieder und verfehlte den Kopf nur um Haaresbreite. Die abgebrochenen Wurzelenden zerkratzten sein Gesicht. Rator rollte zur anderen Seite und schlug auf den Fuß des Riesen ein, erwischte ihn aber nur mit dem Stiel seiner Waffe. Ein Ausfallschritt brachte den Höhlentroll wieder in Position und gab Rator die Möglichkeit, aufzustehen. Dieser täuschte einen Angriff an, zog sich zurück und schlug unvermittelt zu. Der Troll parierte, und die Axt vergrub sich in der Keule. Mit ausgestreckten Armen drehte sich der Koloss um die eigene Achse und riss Rator mit sich. Die Waffe löste sich aus dem Holz, und Rator wurde gegen einen Felsen geschleudert. Er spürte, wie zwei Rippen brachen und etwas in seinen Rücken stach. Benommen rappelte er sich auf. Glücklicherweise hatte er die Axt bei dem gescheiterten Angriff nicht verloren.

Der Troll hatte seinen Gegner beim Herumwirbeln offenbar aus den Augen verloren und stand nun mit dem Rücken zu ihm. Doch Rator wusste, dass dies eine Finte war. Das blasse Scheusal beugte den Oberkörper vor und schaute kopfüber durch seine Beine hindurch, um zu sehen, ob die vermeintliche Hilflosigkeit seinen Gegner anlockte. Äußerst geschickt setze der Troll die Hände zwischen die Beine und drehte sich wie eine Raubkatze auf einem Ast herum. Vor Wut schnaubend über Rators Vorahnung drosch er abermals mit der Keule auf den Boden.

Diesmal blieb sein Ausbruch nicht ohne Folgen. Die hausgroße Gesteinsplatte, auf der sie standen, sackte ein Stück weit ab, und zwischen den beiden Kämpfern bildete sich ein schmaler Spalt.

Rator blickte sich verunsichert um. Er fürchtete, das Plateau würde sich aus der Verankerung lösen und sie mit sich in die Tiefe reißen. Diese Unaufmerksamkeit nutze sein Gegner sofort und stürmte auf ihn zu. Im letzten Moment hob der Oger abwehrend die Axt. Die Wucht des Schlages zwang Rator in die Knie und stauchte seine Schultern. Um nicht von der Kraft des Trolls zerquetscht zu werden, rollte er sich seitlich ab und wollte flüchten. Doch sein Gegner war schneller.

Der Troll packte Rator am Bein und schleuderte ihn in Richtung Abgrund. Der Oger schlitterte über den Felsen und konnte gerade noch rechtzeitig die Breitaxt hinter einem Felsen verkeilen, um nicht abzustürzen. Der Troll verlor keine Zeit und setzte ihm nach. Er führte einen Schlag von oben auf Rator hinab. Der Kriegsoger packte das Fußgelenk des Kolosses und zog sich näher an den Feind heran. Abermals verfehlte die Keule ihr Ziel nur knapp.

Das Bruchstück, auf dem sie standen, sackte weiter ab, und der Troll verlor beinahe das Gleichgewicht. Endlich entdeckte Rator das eigentliche Ziel seines Angriffs. Von der Seite des Trolls hing das an einem Lederband befestigte, leicht gekrümmte Horn eines Wollbüffels hinab. Blitzschnell riss Rator das Signalinstrument an sich, rammte seinen Ellenbogen in die Männlichkeit des Gegners und schlüpfte unter dessen Beinen hindurch. Vor Schmerz brüllend führte der Troll einen Schlag blindlings nach hinten und streifte Rators Oberkörper. Die spitzen Stacheln hinterließen tiefe Schnitte auf der Brust des Ogers. Rator taumelte und geriet mit einem Bein in den Spalt, der sich weiter geöffnet hatte. Er sah, dass die beiden Gesteinsplatten nur noch von einer alten, verwitterten Wurzel zusammengehalten wurden. Der dazugehörige Baum war offenbar schon vor langer Zeit als Baumaterial für die Zwerge gefällt worden.

Der Höhlentroll hatte seine Schmerzen überwunden und konzentrierte sich erneut auf den Gegner. Sein Blick verhieß, dass er es dieses Mal zu Ende bringen wollte. Rator stand breitbeinig über dem Spalt und holte aus. Mit einem gewaltigen Schlag drosch er auf den Wurzelstrang ein. Die Klinge der Axt fuhr tief in das trockne Holz – und blieb stecken.

Ein stöhnendes Geräusch, wie ihn ein schwer beladener Marmorkarren von sich gab, stieg aus dem Spalt hervor, dicht gefolgt von einem dumpfen Knall. Die Wurzel riss auseinander und gab die Axt frei. Die vordere Hälfte des Plateaus kippte langsam ab, und Rator rettete sich mit einem Hechtsprung auf die andere Seite. Das ohrenbetäubende Knirschen übertönte Warnrufe, Angstgeschrei und Wutgebrüll. Rator sah, wie der Höhlentroll mit schwingender Keule und stampfenden Füßen auf dem Bruchstück in die Tiefe raste.

Schnell gewann Rator seine Fassung wieder und holte tief Luft. Er setzte das Horn an und blies. Einmal kurz, einmal lang, das war das Signal zum Abbruch und Rückzug. Die Lindwürmer reagierten sofort. Sie flogen größere Kreise und ließen sich tiefer fallen. Mit empörten Kreischlauten landeten sie auf der anderen Seite der Schlucht.

Erst jetzt robbte Rator zur Kante und sah hinunter. Viele Trümmer waren an der Felswand aufgeschlagen und lagen verstreut auf den verschiedenen Vorsprüngen. Direkt unter sich sah er Gnunt aus einer engen Höhle hervorschauen. In der Hand hielt er die stachelbesetzte Schwanzspitze eines Lindwurms. Siegesstolz zog er am Ende der Echse und grinste zu Rator hinauf.

»Du bluten«, rief er Rator zu und zeigte auf seine Brust.

Mit neun Ogern und einem guten Dutzend Seeleuten erklommen sie schließlich den Bergkamm. Der Erdrutsch und der Angriff hatten noch einem weiteren Oger und vier Seeleuten das Leben gekostet.

Rator, Kruzmak und Kapitän Morrodak standen am höchsten Punkt des Gebirges und ließen sich den Wind um die Nase pfeifen, zu erschöpft und ausgelaugt, um die atemberaubende Aussicht zu genießen. Kruzmak hob einen faustgroßen Stein auf und schleuderte ihn weit hinaus in die Schlucht vor ihnen. Gespannt verfolgten die drei seinen Fall, ohne die langen Schatten im Wasser zu beachten, die sich in großen Schwärmen durch die seichte Schlucht zwängten.

21

Halle der Götter

»Bei der unbesiegten Macht Tabals, wer hat den Zwergen erlaubt, die ganze Welt zu durchlöchern?«, jammerte Mogda. »Ich glaube, die kleinen Wühler haben mehr Tunnel gegraben, als es Straßen gibt.«

Seit zwei Tagen irrten sie durch Gänge und Hallen. Der einzige Wegweiser in dieser unterirdischen Stadt war Mogda, der von Zeit zu Zeit sagte: »Hier müssen wir lang!« Noch hatte es keiner gewagt, ihm zu unterstellen, er habe sich verlaufen, doch sein Gesicht verriet, dass ihm das ohnehin bewusst war.

»Erstens ist Tabals Macht nicht unbesiegbar, sondern bildet nur den Ausgleich zu den anderen Göttern, und zweitens glaube ich, die Zwerge graben einfach gern«, konterte Cindiel besserwisserisch.

»Ich wusste, dass mit ihnen irgendetwas nicht stimmt«, brummte Mogda.

»Könnte es vielleicht sein, dass du dich verlaufen hast?«, erkundigte sich Cindiel honigsüß.

»Niemals! Diese kleinen hinterhältigen Sandschaufler haben seit meinem letzten Besuch umgebaut, und jetzt führen die Gänge in die falsche Richtung.«

»Ah, ich verstehe. Genau wie die Kanalisation in Osberg«, murmelte Cindiel.

Mogda gefiel diese Unterhaltung nicht. Er wusste, dass Cindiel sich nicht belehren ließ. Er hatte hier schon einmal herausgefunden, warum sollte es diesmal anders sein? Nur weil alle Zwerge tot, die Stadt in Dunkelheit getaucht und einige Hallen zusammengestürzt waren?

Barrasch und Finnegan hielten etwas Abstand. Der letzte Überfall der mysteriösen Angreifer hatte ihnen gezeigt, dass es nicht sinnvoll war, allzu dicht beieinander zu stehen. Die Körper der Menschen hatten dem Gift nichts entgegenzusetzen und waren im Nu in totale Starre gefallen. Mit ausreichend Abstand konnten sie vielleicht rechtzeitig in Deckung gehen und noch etwas unternehmen, um den anderen zu helfen.

»Findest du, dass Finnegan gut aussieht?«, fragte Cindiel plötzlich, nachdem sie sichergestellt hatte, dass die beiden anderen nicht in Hörweite waren.

Mogda blieb stehen und starrte sie fassungslos an.

»Na gut, ich gebe es zu, ich habe mich verlaufen«, entgegnete er resigniert.

»Nein, ich meine das ernst – sieht er gut aus?«

»Er ist drei Fuß zu klein und hat mindestens vierhundert Pfund zu wenig auf den Rippen«, sagte Mogda trocken.

»Für einen Menschen, meine ich.«

»Frag danach lieber jemand anderen, Prinzessin.«

»Hier ist aber niemand außer dir.«

Mogda zeigte auf einen toten Zwerg, der wie alle anderen, die sie bis jetzt gefunden hatten, einfach niedergestochen worden war.

»Der ist tot«, meinte Cindiel finster.

»Dann hat er Glück gehabt. Bleibt ihm jedenfalls dieses Gespräch erspart.« Mogda zuckte mit den Achseln.

Cindiels Blick verriet, dass sie nicht locker lassen würde, bis sie eine Antwort bekam. Mogda entschloss sich, zumindest ein wenig Gegenwehr zu leisten.

»Gibt es keine Ogerfrauen im Drachenhorst, die du magst?«, setzte Cindiel nach.

Jetzt wurde die Sache brenzlig. Cindiel war auch eine Frau, mittlerweile jedenfalls. Mogda kam es vor, als müsse er sich mit einem Schaf darüber beraten, wie er ein zweites zubereiten sollte. Solche Gespräche wurden nur unter Ogerkriegern geführt, die sich jahrelang kannten. Und das auch nur, wenn sie sicher waren, dass niemand zuhörte, und sie obendrein vor einer Schlacht standen, aus der sie wahrscheinlich nicht heimkehren würden – und oft genug nicht einmal dann.

»Zwei oder drei«, murmelte Mogda verstohlen.

»Das ist toll! Was machst du, um mit ihnen …?«

»Sei still, kein Wort mehr!«, unterbrach Mogda ihren Redefluss.

»Ich meine, um mit ihr zusammen zu sein«, beendete Cindiel ihre Frage resolut.

Mogda war überfordert. Was, in Tabals Namen, wollte sie wissen?

»Ich stelle mich zu ihr«, erklärte er vorsichtig.

»Was tust du, um sie zu beeindrucken, damit sie auf dich aufmerksam wird und sich für dich interessiert?«

»Das ist einfach«, erklärte er. »Ich ziehe los und erschlage einen Gaul. Den bringe ich ihr dann als Geschenk. Im Fall von Finnegan würde aber bestimmt auch eine Katze reichen.«

»Du bist keine große Hilfe«, knurrte sie beleidigt. »Was ist nun? Findest du, dass er gut aussieht?«

Mogda fasste sich ans Kinn.

»Mit dem langen Haar, der glatten Haut und den vielen Muskeln? Lass mich nachdenken – nein.«

Er zeigte ihr sein breitestes Grinsen. Zur Antwort schlug sie ihm mit aller Kraft auf den Oberschenkel.

»Mogda hat sich verlaufen«, rief sie lauthals nach hinten.

Der lange, reich verzierte, auf Dauer aber doch ermüdende Gang endete vor zwei riesigen Flügeltüren. Mogda entzündete die beiden Fackeln an den Wänden, um besser sehen zu können.

»Na, großartig«, stöhnte er und zeigte auf den abgebrochenen Hebel, der den Öffnungsmechanismus in Gang setzen sollte.

Barrasch und Finnegan hatten schnell zu ihnen aufgeschlossen. Auch ihnen stand die Ratlosigkeit ins Gesicht geschrieben.

»Vergiss das mit der toten Katze«, sagte Mogda. »Ein einfacher Zauber, der die Tür öffnet, würde schon reichen.«

»Wovon redet er?«, fragte Finnegan, während Barrasch versuchte, den Hebel wieder festzudrücken.

Cindiel zuckte betont unwissend mit den Schultern.

»Barrasch, es gibt sicher einen Grund dafür, dass du Soldat geworden bist. Aber von Hebeln verstehst du bestimmt nichts«, schnauzte Mogda.

Wutentbrannt warf der Hauptmann den Hebel den Gang hinunter.

»Wenn du es besser kannst, Oger mit den Goldschmiedehändchen, dann tu es.«

Mogda ging zum Tor und hämmerte mit den Fäusten dagegen. Er stemmte sein ganzes Gewicht gegen die Tür, doch die Flügel bewegten sich keinen Deut. Er zog sein Schwert und führte es in den Türspalt, stieß aber sofort auf eine Metallschiene. Danach ließ er wieder von der Tür ab und lief im Gang auf und ab.

»Wie kompliziert kann ein Mechanismus dieser kleinen Löcherbuddler mit ihren fetten Fingern schon sein?«, grübelte er halblaut.

Erneut zog er sein Schwert und stürmte auf Barrasch zu. Der Hauptmann rettete sich mit einem Hechtsprung zur Seite, und Mogda stieß das Schwert in das Loch des Türöffners. Langsam, aber dennoch kraftvoll zog er den Griff des Runenschwertes nach unten. Ein schleifendes Geräusch und das Knarren von Zahnrädern drangen durch die massiven Mauern. Ächzend öffnete sich ein Flügel des Tores. Als der Spalt breit genug war, um einen Oger hindurchzulassen, zog Mogda das Runenschwert wieder aus der Wand.

Die große achteckige Halle hinter dem Doppelportal war das Herzstück der Zwergenesse. Die kuppelförmige Decke befand sich sechzig Fuß über ihnen. Abertausende von geschliffenen Edel- und Halbedelsteinen waren dort so angebracht, dass sie selbst das schwache Licht der Fackeln einfingen und auf die Felsen zurückwarfen. Jede der acht Wände zeigte ein Bildnis der verschiedenen Gottheiten.

»Von wegen verlaufen«, tönte Mogda. »Hier war ich schon.«

Er hob die Arme und präsentierte die dunkle Schönheit der Halle so stolz, als habe er sie selbst gebaut.

»Hier hat König Braktobil mich empfangen«, rief er. »Dort bei dem Bild mit dem Springbrunnen bin ich reingekommen.«

»Das ist kein Springbrunnen«, erwiderte Cindiel beiläufig. »Das ist der Gott des Wassers, einer der vier Elementgötter.«

Cindiel hatte sich über die Leiche eines Zwerges gebeugt und untersuchte sie genauer. Ihr gesteigertes Interesse lockte Barrasch und Finnegan an, denen sie die Fackel aus der Hand nahm, um besser sehen zu können. Mogda war derweil damit beschäftigt, die Wandgemälde näher zu betrachten. Ihm fielen einige Runen auf, die vor fünf der acht Gottesabbildungen auf den Boden gezeichnet waren.

Cindiel ließ sich von Barrasch ein Messer geben und begann die Bänder des Lederharnischs der Zwergenleiche aufzutrennen. Mit der Messerspitze klappte sie den vorderen Teil der Rüstung zur Seite und riss das Hemd des Toten auf.

»Ist das eklig«, stöhnte Finnegan und hielt sich die Hand vor den Mund.

»Die Natur ist nicht eklig«, erwiderte Cindiel. »Sie ist der Prozess zwischen Geburt und Tod, gefolgt von neuem Leben. Sie ist wunderschön und einzigartig, wenn auch manchmal etwas skurril. Und in seltenen Fällen ist sie unlogisch, wie in diesem.«

Auf der Brust des Zwerges waren deutlich zwei Einstiche zu sehen, die von einem Rapier oder Dolch stammen mussten. Die Wundränder begannen sich schon zu zersetzen, und der Tote verströmte den typischen Leichengeruch. Aus den schwarz verfärbten Wunden stachen zwei hellgrüne Pflanzensprosse hervor, die versucht hatten, einen Weg unter dem Harnisch hindurch zu finden. Einer der langen Triebe ragte aus dem Ärmelloch hervor, der andere zwischen Hosenbund und Hemd. Kleine gefiederte Blätter hingen an den Spitzen, die es in die Freiheit geschafft hatten. Die Wurzeln der Pflanzen verzweigten sich unter der Haut des Zwerges und sahen aus wie ein Geflecht von Adern.

»Sie nährt sich von seinen Körpersäften«, sinnierte Cindiel halblaut. »Aber woher bekommt sie das Licht, das sie braucht?«

»Vielleicht ist es eine fleischfressende Pflanze«, brachte sich Finnegan hoffnungsvoll ein.

Cindiel sah zu ihm hoch und verdrehte die Augen.

»Ja, das ist es. Solange sie klein ist, macht sie sich über Zwerge her und später, als Baum, verspeist sie dann reihenweise Oger. Ich glaube, du solltest lieber wieder an das singende Pilzmännchen glauben.«

Finnegan trat schmollend einige Schritte zurück.

»Was ist mit den Ogern?«, fragte Mogda, der sich gerade wieder zu den anderen gesellte.

»Sieh dir das an«, präsentierte Cindiel stolz ihren Fund.

»Igitt, ist das eklig«, brummte Mogda.

Cindiel gab es auf, den anderen die Wunder der Natur näherbringen zu wollen.

Mogda drängte darauf, die Zwergenbinge so schnell wie möglich zu verlassen und zu erkunden, woher die mysteriösen Angreifer gekommen waren. Doch Barrasch bestand darauf, zuerst nach König Braktobil zu suchen.

»Denkst du, er sitzt in seinem Bettchen mit einer albernen Schlafmütze auf dem Kopf und hat noch nicht bemerkt, dass man seinen gesamten Hofstaat getötet hat?«, schnauzte Mogda ihn an.

»Das nicht, aber die Gemächer des Königs sind bestimmt besser gesichert als der Rest dieser Stadt. Vielleicht haben sich einige der Zwerge darin verschanzt.«

»Und wo willst du nach dem König suchen?«, fragte Mogda zweifelnd.

»Dort natürlich«, mischte sich Cindiel ein und zeigte auf die Wand mit der Darstellung des Erdgottes.

Mogda gab sich geschlagen und trottete den anderen hinterher.

»Werden all diese Götter von den Zwergen verehrt?«, fragte er Cindiel.

»Nein, die Zwerge huldigen nur dem Erdgott. Die anderen Darstellungen zeigen die übrigen Götter dieser Welt.«

Mogda blieb stehen und drehte sich im Kreis.

»Es gibt doch nicht nur acht Götter. Außerdem fehlt Tabal.«

»Doch, es gibt nur acht Götter. Viele Völker haben ihnen unterschiedliche Namen gegeben, aber ihr Glaube ist derselbe. Das Bildnis Tabals ist dort drüben.«

Sie deutete auf ein Mosaik mit der Darstellung eines jungen Mannes mit wehendem roten Haar. Er wanderte auf einer breiten Straße auf ein Dorf zu. Die Landschaft in seinem Rücken verwirbelte und verlor immer mehr an Konturen, je weiter sie hinter ihm lag, bis sie nur noch eine wirbelnde rote Fläche ergab, die sich mit seinem Haar vermischte.

»Unsinn«, brummte Mogda abfällig. »Tabal ist ein großer Kämpfer. Er schwingt eine gigantische Streitaxt, mit der er jeden erschlägt, der sich gegen seinen Willen auflehnt. Der Bursche auf dem Bild hat Arme wie ein Kind. Womit sollte er seine Feinde zerschmettern, wenn er nicht mehr tragen kann als einen Dolch?«

»Tabal ist sicherlich ein großer Kämpfer«, beruhigte ihn Cindiel. »Immerhin ist er ein Gott. Doch der Körper, den er wählt, sagt nichts über seine wahre Macht aus. Die Oger mögen ihn als Krieger sehen, aber im Rad der Götter ist er die Speiche des Chaos. Er hält das Gleichgewicht zu unserem Gott Prios, dem Herrn der Ordnung.«

Cindiel zeigte auf die gegenüberliegende Wand, auf der ein Baum dargestellt war. Die Verästelung seiner Zweige war absolut geometrisch geordnet, und jede Astgabel teilte sich in genau zwei gleichgroße Triebe, bevor sie sich ein weiteres Mal teilte.

»Na ja«, sagte Mogda, »bei dem kleinen Bäumchen wäre ein Dolch wohl genug.«

Cindiel war schon weiter gegangen, ohne ihm zu antworten, und so folgte auch Mogda ihr und den anderen. Der Erdgott war als steinernes Elementarwesen dargestellt, der mit erhobenen Fäusten vor einer Gruppe trollartiger Wesen stand und drohte, sie zu zerschmettern. Auf dem Boden zu Füßen des Erdgotts fand sich eine schwarze Rune. Jemand hatte sie dort hingemalt, und sie erinnerte an ein Hufeisen. Zur Verwunderung aller besaß das Portal zu den Gemächern des Königs ganz normale Türgriffe und schien durch keinen weiteren Mechanismus gesichert zu sein. Barrasch öffnete die Tür und fand sich in einem kargen, aus Stein gehauenen Raum wieder, der nirgendwo hinführte.

»Hübsch hat er es hier, der König der Zwerge«, sagte Mogda ironisch. »Noch ein Hocker und ein aufgemaltes Fenster, und das Ganze sähe fast wohnlich aus.«

Barrasch klopfte mit dem Stiel einer Zwergenaxt die Wände nach Hohlräumen ab, doch der Fels dahinter klang massiv.

»Das ist eine Sackgasse, der ganze Raum ist eine Finte«, erklärte der Hauptmann.

Sie wollten gerade wieder kehrtmachen, als Mogda Finnegan am Arm packte. Er drehte ihn zu sich, wischte ihm mit einem Finger über die Stirn und zeigte dem jungen Soldaten das Ergebnis. An seinen Fingerkuppen klebte Blut. Finnegan fasste sich ins Haar und bestaunte seine blutverschmierten Hände. Er wollte gerade seiner Verwunderung Ausdruck geben, als ihm Mogda eine Hand aufs Gesicht presste. Dann zeigte er auf einen geraden Strich an der Decke, an dessen Ende sich ein dunkelroter Tropfen sammelte, der drohte, auf ihn herabzufallen.

Mit einem Zischlaut gewann Mogda auch die Aufmerksamkeit der beiden anderen. Er drängte Finnegan aus dem kleinen Raum und griff nach einem schweren Kriegshammer, der neben der Leiche eines weiteren toten Zwerges nahe der Tür lag. Dann visierte er sein Ziel an und schlug zu. Eine quadratische Platte in der Decke zersplitterte und stürzte zu Boden.

Gleich hinterher fiel der Körper eines Zwerges, den Mogda jedoch in der Luft zu fassen bekam und so vor einer harten Landung bewahrte.

»Das ist Ugomasch«, rief Mogda, »die rechte Hand des Königs. Er lebt noch.«

Cindiel kam herbeigeeilt und kümmerte sich um den schwerverletzten Zwerg. Ein einfacher Zauber würde seine Blutungen stoppen, doch ihren Augen konnte Mogda ablesen, dass ihre Hilfe zu spät kam.

»Er wird sterben«, flüsterte sie.

Mogda legte Ugomaschs Kopf hoch. Der Zwerg hustete, und blutgetränkter Speichel lief ihm aus den Mundwinkeln.

»Braktobil ist tot«, keuchte er. »Die Elfen, sie haben ihre langersehnte Rache endlich bekommen. Und alles wegen eines einzigen Rubins ...«

Mogda gab ihm vorsichtig etwas Wasser zu trinken und beträufelte seine Stirn. Cindiel wirkte noch einen Zauber, um den Zwerg bei Bewusstsein zu halten. Sie nahm Mogdas Hand und presste sie auf Ugomaschs Bauch. Zwischen Brustharnisch und Hosenbund quoll ein Strom Blut hervor.

»Welche Elfen, und von was für einem Stein redest du?«, flüsterte sie dem Zwerg ins Ohr.

Wieder spuckte er Blut, nur dieses Mal schien es direkt aus der Lunge zu kommen und rann als feiner Schaum sein Kinn hinunter in den Bart.

»Die schwarzen Elfen. Sie sind gekommen, um Rache zu üben. Wir haben sie vertrieben, um an den Stein zu kommen. Wir konnten ihn nirgends finden, bis Glimdibur ihn jetzt im Drachenhorst entdeckte. Ein Rubin, so groß, dass er nur ein Geschenk der Götter sein kann. Einen einzigen Tag hat er uns Freude beschert, dann brachte er allen den Tod. *Mystraloon* nannten sie ihn. Sie bringen ihn zurück ins Kr ...« Dann verstummte die Stimme des Zwerges. Ugomaschs Augen waren weit geöffnet, der Brustkorb hatte aufgehört, sich zu heben und zu senken. Ugomasch war tot.

»Das ergibt doch alles keinen Sinn«, sagte Mogda. »Schwarze Elfen und ein riesiger Edelstein, das passt doch nicht zusammen.«

Cindiel schloss Ugomasch die Augen und faltete seine Hände auf der Brust.

»Doch, jetzt ergibt alles einen Sinn«, sagte sie. »Und je mehr die Sache an Bedeutung gewinnt, desto weniger Hoffnung bleibt uns.«

»Jetzt fang du nicht auch noch an, wirres Zeug zu reden«, brummte Mogda.

»Das ist kein wirres Zeug«, krächzte eine Stimme aus der Mitte des Saals hinter ihnen. »Es sei denn, man gehört einer Rasse an, die der Geschichte der Götter ohnehin nicht folgen kann.«

Die vier wirbelten herum. Ein Nesselschrecken stand mit hoch erhobenen Armen in der Halle, flankiert von jeweils zwei schwarzen Gestalten. In der Hand hielt er einen knorrigen Stecken, an dessen Ende ein blauer Stein eingelassen war. Seine Begleiter bogen ihre Körper wie in Trance und sahen aus wie Kornähren im Wind.

»Seht euch an, was wir aus diesem jämmerlichen Volk der Elfen gemacht haben. Sie waren schwach und nutzlos. Ihre Kräfte reichten nicht einmal aus, sich gegen die Unterirdischen zu wehren. Wir haben sie zu etwas Höherem berufen, und als Dank gaben sie uns das, was sie *Mystraloon* nannten.«

Der Zauberstab, der auf die vier gerichtet war, gebot ihnen Einhalt. Ein Blitzstrahl, ein Feuerball oder etwas Ähnliches würde ihr Ende bedeuten, und die Entfernung zu ihrem Widersacher war zu groß, um ihn in einen Kampf zu verwickeln, bevor er den Stab benutzen konnte.

»Was habt ihr vor?«, brüllte Mogda ihn an.

»Nichts, was dich und dein armseliges Leben noch betreffen wird.«

Der Meister richtete den Zauberstab auf sie und sprach die kaum verständlichen Worte: »Nubil sant querrum.«

Die vier starrten entsetzt auf die Spitze des Zauberstabs. Es gab unendlich viele Formen zerstörender Magie, und jede besaß genug Kraft, um ihrem Leben ein Ende zu bereiten.

Doch nichts geschah.

Noch bevor jemand verstand, warum das so war, packte Mogda seine Kameraden und zerrte sie zurück in den kleinen Raum. Er riss das Flügeltor hinter sich zu, und das Letzte, was er sah, war der Meister, der erneut seinen Stab schwang und die Formel wiederholte.

»Gewagter Fluchtweg«, stöhnte Barrasch und schlug mit der Faust gegen die massiven Wände.

»Holt sie da raus, bevor sie durch den Aufzug in die oberen Gemächer gelangen«, hörten sie den Nesselschrecken von draußen schreien. Mogda schätzte seinen Bauchumfang ab und schaute entnervt in den schmalen Schacht über sich. Jemand griff von außen nach den Türklinken, doch Mogda war schneller und zog sie wieder zu sich heran. Die Widersacher hatten dem Gewicht und der Kraft des Ogers nichts entgegenzusetzen. Jemand probierte, die Klinge einer Waffe zwischen die Türflügel zu schieben und sie aufzuhebeln, doch die massive Bauweise der Zwerge ließ den kläglichen Versuch scheitern.

»Es ist doch nur eine Tür, nun macht schon!«, schrie der Meister seine Geschöpfe an.

»Sie ist von innen verriegelt, Meister«, flüsterte eine heisere Stimme.

Schlurfende Schritte näherten sich, und kurz darauf wischte jemand mit den Handflächen über das Holz. Die monoton gesprochenen Silben einer fremden Sprache lösten die reibenden Geräusche ab.

Mogda wollte nicht herausfinden, welch üble Hexerei draußen vorbereitet wurde. Vorsichtig löste er die Hände von den Türgriffen und trat einen Schritt zurück. Dann schob er eine Schulter vor und stürmte los.

Das Gewicht des Ogers riss eine Hälfte des Tores aus der steinernen Verankerung und begrub den Meister und zwei seiner Männer unter sich. Die andere Hälfte schwang mit Wucht auf und schleuderte die beiden anderen Männer gegen die Wand.

»Lauft«, schrie Mogda und zeigte auf das Wandstück mit dem Bildnis des Wassergotts. Er drängte seine Kameraden nach vorn, um ihnen mit seinem massigen Körper Schutz zu bieten.

Auf halbem Weg durch die riesige Halle spürte Mogda die nadelfeinen Einstiche der Giftpfeile in seinem Nacken. Das Licht ihrer beinahe erloschenen Fackeln wurde vom Schatten der Halle geschluckt, und sie verschwanden in der Dunkelheit.

Völlig erschöpft erreichten sie den Ausgang der Halle, der zu den Prachtgängen führte, durch die Besucher zur Audienz beim König geführt wurden. Mogda blickte sich um. Von den Häschern war nichts mehr zu sehen.

Ein weiterer Pfeil traf ihn am Hals. Barrasch, Cindiel und Finnegan eilten voraus. Mogda zwängte sich hinter ihnen durch die Tür und brach die Klinken aus dem robusten Eichenholz.

»Die Runen auf dem Boden«, keuchte Cindiel. »Das waren keine Zeichen der Götter, sie schützten die Halle vor Magie.«

Mogda warf die Beschläge zu Boden.

»Bist du sicher?«, fragte er.

Cindiel schüttelte den Kopf. Mogda betrachtete seine Gefährten, die schnaufend nach Luft rangen. Ein einziger Giftpfeil würde jeden von ihnen zu wehrlosen Opfern machen, und dann stünde er vier Elfen und einem Meister allein gegenüber.

»Lauft! Wir suchen den Ausgang!«, befahl er.

Sie folgten einem langen gebogenen Gang, der alle zwanzig Schritt zwei gegenüberliegende Ausbuchtungen aufwies, in denen die Statuen von Zwergenkämpfern standen. Um gegen das taube Gefühl anzukämpfen, riss Mogda im Vorbeilaufen die vier Fuß großen Statuen aus ihren

Nischen und ließ sie auf dem Boden hinter sich zerbersten. Mit etwas Glück, dachte er, hinderten die Trümmer ihre Verfolger am Vorankommen.

Ein gleißendes Licht erfüllte den Gang hinter ihnen, und das dunkle Grollen eines Blitzschlags betäubte ihre Ohren. Der Meister und seine Kreaturen waren ihnen wieder auf den Fersen. Diesmal wirkten die Zauber des Nesselschreckens, nur war ihr Vorsprung noch zu groß. Mogda warf einen Blick nach hinten. Der Meister stand mit erhobenen Armen am Ende des Gangs. Drohend gestikulierte er mit dem Stecken in seiner Hand. Die dunklen Elfen waren ihm schon vorausgeeilt. Mogda glaubte seinen Augen kaum; sie liefen nicht wie gewöhnlich auf zwei Beinen, sondern hetzten auf allen vieren voran, wie ein Rudel Wölfe, und sie benutzen nicht nur den Boden, sondern auch Wände und Decke. Das Tempo, das sie dabei vorlegten, würde ihren Vorsprung bald zunichte gemacht haben.

Ein Blitzstrahl materialisierte sich auf halber Strecke zwischen ihnen und ihren Verfolgern. Der Strahl traf dreißig Fuß vor Mogda auf die Wand und gabelte sich wie ein Dreizack. Eine der Spitzen züngelte auf ihn zu, und Mogda riss gerade noch rechtzeitig eine Statue aus der Nische, um den Zauber krachend in den Stein fahren zu lassen. Geblendet vom Licht und taub vom Donner versuchte Mogda, nicht den Anschluss zu seinen Kameraden zu verlieren. Eine Hand packte seinen Arm und wies ihm den Weg in einen abzweigenden Tunnel. Hier waren die Decken niedriger und die Wände kaum verziert. Hastig wechselten die vier mehrfach die Richtung und kamen immer tiefer in ein Labyrinth aus Tunneln und Schächten. Mogda spürte, wie das Schlafgift in seinem Körper zu wirken begann. Seine Beine wurden von Schritt zu Schritt schwerer, ein stetiger Pfeifton heulte in seinen Ohren, und außer leuchtenden Umrissen konnte er kaum etwas erkennen.

Die vier verringerten ihr Tempo, bis sie schließlich stehen blieben. Sie waren in einem Gewölbe angelangt, in dem ganz Osberg Platz gefunden hätte. Vom Grund der Höhle bis zur Decke waren es über hundertfünfzig Schritt. Ziegel und Holz bildeten ein Gerüst, das dem Skelett eines Titanen ähnelte. Bogenförmig wie die Rippen eines Brustkorbes stützte das Bauwerk die Hülle.

Die vier standen kurz unterhalb der Decke und starrten in die Tiefe.

Mogda erkannte, wie Barrasch auf etwas schräg unter ihnen deutete, doch was er sagte, wurde von dem Pfeifen in seinen Ohren übertönt. Die anderen begannen, sich an den Gerüstteilen entlangzuhangeln. Mogda folgte ihnen, ohne zu wissen, ob das Gebälk seinem Gewicht standhalten würde. Nur sein Tastsinn war es, der ihm einen Eindruck davon vermittelte, wo er sich gerade befand. Zu seiner Erleichterung hatten sie ihr Ziel schnell erreicht.

Schlaftrunken sackte er in sich zusammen. Zunächst führte er das Schaukeln seiner Umgebung und die Beengtheit auf das Gift zurück, bis er merkte, wo er sich tatsächlich befand. Er hockte mit angewinkelten Beinen in einer Erzlore der Zwerge. Der Schock brachte sein Blut in Wallung und schärfte seine Sinne jedenfalls so weit, dass ihm der Schweiß ausbrach. In den vergangenen Jahren hatte man ihn immer zu überreden versucht, eine Fahrt in den Loren des Drachenhorstes zu wagen, aber obwohl die Streckenabschnitte übersichtlich waren, missfiel ihm das Gefühl des Kontrollverlustes.

Er hoffte, dass seine Augen ihm immer noch einen Streich spielten und dass das Durcheinander an Schienen und Stützbalken nur ein Trugbild darstellte. Doch als sich die Lore mit ihren vier Insassen in Bewegung setzte und in rasender Fahrt nach unten schoss, wusste er, dass dem nicht so war.

Er spürte, wie die anderen sich an seinen Armen und Beinen festklammerten. Die Schussfahrt endete in einer harten Kurve und einem steilen Anstieg. Mogda drehte sich der Magen. Seine Mundwinkel zogen sich nach unten, und er hatte das Gefühl, ihm werde die Stirn über die Augen gezogen. Nachdem die Lore fast zum Stillstand gekommen war, hatte sie eine neue Anhöhe erreicht, und die Tortur begann von neuem.

Ein Blitzstrahl schlängelte sich durch das Gewirr von Holz, Stein und Eisen. Mogda erkannte den Nesselschrecken, der oben am Durchbruch stand und ihre Fahrt beobachtete. Für einen Moment glaubte er die Elfen zu sehen, die grazil zwischen den Stützen umherwirbelten und ihnen nachstellten. Ein weiterer Blitz züngelte, wie vom Metall angezogen, auf die Lore zu und krachte kurz vor ihnen in eine Säule, die einen Teil der Schienen über ihnen trug. Gesteinsbrocken prasselten auf sie nieder, und Mogda wurde an der Schulter getroffen. Schützend beugte er seinen Oberkörper über die drei Menschen. Es würde nicht lange dauern, bis ein Blitz sein metallenes Ziel fand oder ein Stück Schiene vor ihnen zum Schmelzen brachte.

Und richtig, nur wenige Schritte hinter der Lore entlud sich der nächste Blitzstrahl in den Schienen und züngelte von einer Gleisseite zur anderen. Mogda fühlte, wie die Energie in das Metall ihres Gefährtes aufgesogen wurde und seinen Körper durchströmte. Eine der Stützsäulen begann zu kippen und zog die angrenzenden Aufbauten mit sich. Der massive Pfeiler stürzte auf die Stecke hinter ihnen und zog wie in einer Kettenreaktion alles in die Tiefe.

Die Lore raste über eine Gesteinsbrücke auf den hell erleuchteten Tunnel zu. Die vier schossen mit ihrem Gefährt ins Licht, und erst im letzten Moment erkannte Mogda, dass es kein Tunnel, sondern ein Durchbruch war, der nach draußen führte. Durch eine kleine Schanze wurde die Lore hochkatapultiert und flog durch die Luft.

Der freie Fall währte nicht lange, denn der Durchbruch endete kurz über dem Meeresspiegel. Augenscheinlich war dies die Methode, wie die Zwerge ihren Abraum aus dem Berg schafften.

Die Lore klatschte ins Wasser und überschlug sich. Mogda hatte nur einen Gedanken: Er musste es zurück an Land schaffen, bevor das Gift seinen Körper vollends lähmte. Aus den Augenwinkeln sah er, wie Cindiel neben ihm auftauchte, und hinter ihm rief Finnegan nach dem Hauptmann.

Schnell hatte Mogda wieder Boden unter den Füßen und hoffte, dass es den anderen ähnlich erging. Er hörte das Grollen aus dem Bergwerk, hörte, wie Felsen, Holz und Eisen alles unter sich begruben. Dann brach er zusammen und blieb zwischen den Felsen auf dem Rücken liegen. Das Letzte, was seine Augen sahen, waren die großen schwarzen Schiffe, die an der Küste vorüberzogen.

22
Elfenschiffe

Lord Felton beugte sich über den Hals seines Schimmels und tätschelte das geduldige Tier. Seine persönliche Garde und große Teile der Stadtwachen lagerten zusammen mit ihm vor den Stadtmauern von Sandleg. Dutzende von Zelten hatten sie aufgeschlagen, doch Felton saß lieber auf seinem Pferd. Im Sattel zu sitzen hieß für ihn, ein Kommando zu haben. Im Zelt zu hocken war Politik. Normalerweise wäre Hauptmann Barrasch an seiner Seite gewesen. Er war einer der wenigen, der diesen Unterschied noch verstand.

»Fühlt Ihr Euch auch ausgeschlossen, Leutnant?«, fragte Felton den Offizier, der neben ihm stand.

»Wie meinen, Eure Lordschaft?«

Verwirrt schaute der Leutnant zu Boden und überdachte die Frage seines Heerführers noch einmal.

»Ihr wäret auch gerne zum Empfang der Elfen in die Stadt gezogen, oder etwa nicht?«

Felton verzog das Gesicht, als ob ein tiefer Schmerz in seiner Brust ihn plagte. Dann stellte er sich in den Steigbügeln auf und ließ seinen Blick über den Horizont schweifen, bevor er weitersprach. »Hätte ich meine Hand gehoben, als es darum ging, Lord Sigurt aus Turmstein zum Oberbefehlshaber aller Truppen zu ernennen, würde ich nun sicherlich eine bessere Sicht auf den Hafen genießen«, brummte er.

»Da stimme ich Euch zu«, antwortete der Leutnant. »Allerdings hättet Ihr nach der nächsten Schlacht unter seiner Führung auch eine lange Reihe toter Soldaten abzuschreiten. Der Tod seines Vaters hat ihn zwar zum Lord gemacht, das heißt aber nicht, dass er dieser Aufgabe auch gewachsen ist. Sigurt ist nicht gerade als brillanter Taktiker bekannt. Die meisten seiner Männer sterben durch seine Fehlentscheidungen.«

Lord Felton nahm die Antwort von Leutnant Tossil mit Wohlwollen auf, aber er wusste auch, dass er den Worten seines Untergebenen nicht unbedingt vertrauen konnte. Irgendwann kam die Zeit, in der aus einem Leutnant ein Oberleutnant oder Hauptmann werden sollte, und da war es wichtig, vorher die richtigen Worte gewählt zu haben.

Felton musste an Barrasch denken. Sein alter Vertrauter hatte es nicht mit Schmeicheleien zur Beförderung gebracht. Er hatte die Gabe, richtige Entscheidungen zu treffen und ihn mit seinem Können zu beeindrucken. Für Lord Sigurt spielte Leistung keine große Rolle. Fehler schob er üblicherweise auf Untergebene.

»Glaubt Ihr, dass es Schwierigkeiten mit den Zwergen gibt?«, fragte Leutnant Tossil seinen Vorgesetzten.

Lord Felton schüttelte den Kopf.

»Nein, sie würden ihren Zorn niemals offen zeigen. Stattdessen gibt es Reibereien tief unter der Oberfläche, bis einer von ihnen aufgibt.«

»Ihr seid ein Mann mit Weitblick«, sagte jemand hinter ihnen.

Lord Felton fuhr im Sattel herum. Ein alter Mann mit langen grauen Haaren und in Bettlerkluft stand dort. »Weitblickend vielleicht schon«, erwiderte Felton. »Aber anscheinend nicht umsichtig genug, wenn ich es zulasse, dass ein Fremder die Gespräche zwischen mir und meinem Leutnant belauscht.«

Peinlich berührt trat der Alte zwei Schritt zurück und hob besänftigend die Arme. Sein Gesicht war voller Falten, besaß aber dennoch jugendliche Züge.

»Es tut mir leid, ich wollte nicht unhöflich sein. Ein alter Mann stolpert schnell in Situationen, die ihn nichts angehen. Ich wollte Eurer Lordschaft auf keinen Fall zu nahe treten. Bitte verzeiht.«

Felton sah sich den Fremden genauer an. Etwas stimmte nicht mit ihm, doch er konnte nicht auf Anhieb erkennen, was es war. Äußerlich war er ein Bettler, und zwar einer der übelsten Sorte. Seine Kleidung stank erbärmlich, und er selbst sah aus, als habe er den ganzen Tag mit bloßen Händen in der Erde gewühlt. Er trug nicht einmal Schuhe an den Füßen.

Lord Felton störte sich nicht an Bettlern. In Osberg gehörten sie zum täglichen Leben, und meist waren sie unterwürfig und wortkarg. Dieser Mann war bis auf seine äußere Erscheinung das schiere Gegenteil. Seine Worte waren gut gewählt, fast höfisch, und in seinen Augen blitzte Arroganz auf.

»Wohin führt Euch der Weg, Alter?«, fragte Lord Felton.

»Ich will in die Stadt und ein wenig am Lauf der Geschichte teilhaben.«

Felton musste grinsen.

»Ich glaube, Ihr werdet keinen Einlass finden. König Wigold hat Wachen an den Stadttoren aufgestellt, um Fremde fernzuhalten.«

»Ich bin nicht fremd«, sagte der Alte. »Meine Familie erwartet mich in Sandleg.«

»Ach, Eure Familie wohnt in der Stadt«, staunte Felton.

»Nein, sie kommt mit dem Schiff.«

Lord Felton fragte sich, was der Mann ihm noch alles auftischen würde, doch der Alte nickte ihm nur kurz zu und setzte seinen Weg in Richtung Stadttor fort.

»Wie ist Euer Name?«, rief Felton ihm nach.

»Elliah.«

Am Nachmittag hatte Lord Felton die merkwürdige Begegnung schon fast wieder vergessen. Große dunkle Segel waren am Horizont aufgetaucht und hielten auf die Stadt zu. Der Wind stand günstig, und einige seiner Berater meinten, die Schiffe würden den Hafen noch vor Einbruch der Dunkelheit erreichen. Felton war das nur Recht. Je eher die Elfen kamen, desto früher konnte er seinen unwürdigen Posten verlassen und wieder zurück nach Osberg reiten. Er freute sich darauf, einen Blick auf das verschollen geglaubte Volk werfen zu können.

Tatsächlich waren die Schiffe der Elfen am frühen Abend nur noch eine Meile vom Hafen entfernt. Fünf mächtige Barken hielten auf Sandleg zu. Zwanzig weitere Schiffe folgten der Küste in südlicher Richtung und nahmen Kurs auf die übrigen Hafenstädte.

Die Schiffe drehten in einem weiten Bogen bei, um die Einfahrt in den Hafen richtig zu nehmen. Seit der Überflutung der Roten Wüste hatte sich der Meeresspiegel um drei Fuß gesenkt und machte das Manövrieren in Küstennähe besonders schwierig.

Erst jetzt bemerkte Lord Felton die auffällige Bauweise der Schiffe. Dreimastbarken wirkten normalerweise elegant und hatten einen schmalen Rumpf, um selbst bei schwacher Brise noch gut voranzukommen. Doch diese hier waren breit und unförmig. Ihr bulliges Aussehen, die kargen Aufbauten sowie die pechgetränkten Planken und die grauschwarzen Segel schienen Felton nicht gerade typisch für elfische Bauweise zu sein. Wie schwere Kriegsschiffe lagen sie im Wasser und trotzten jeder Welle. An Bord standen zahlreiche in dunkle Stoffe gehüllte Gestalten, die wenig Interesse am Jubel im Hafen von Sandleg zeigten. Wie mächtige Geisterschiffe liefen sie im Hafenbecken ein. Wo sonst die Segel gerafft, die Anker klargemacht und die Stegleinen vorbereitet wurden, herrschte jetzt nur dunkles Schweigen. An Bord schienen keine Vorbereitungen getroffen zu werden, aber die Schiffe fanden dennoch ihren Weg.

Dicht gedrängt standen die Bürger an der Absperrung des Hafens, schwenkten selbst genähte Fahnen und begrüßten die Neuankömmlinge mit Jubelrufen. Die Soldaten hatten alle Hände voll zu tun, die euphorische Masse zurückzuhalten. Dahinter standen im Schutz der königlichen Leibgarde eine Delegation des Adels sowie König Wigold selbst, um die Elfen willkommen zu heißen.

Im Gegensatz zum einfachen Volk befleißigte sich die Delegation einer würdevollen Zurückhaltung. Die Einhaltung des Protokolls und die Wahrung der Etikette waren oberstes Gebot.

Die Schiffe der Elfen kamen schließlich zum Stillstand und säumten die komplette Hafenmauer. Obwohl sie weiterhin unter vollen Segeln standen, bewegten sie sich keinen Fuß von ihrem vorgesehenen Platz. Erst jetzt bemerkte Lord Felton die schweren Katapulte am Bug und am Heck jedes Schiffes. Diese Waffen waren für einen Seekampf absolut ungeeignet. Die groben Wurfkörbe konnten nur große Felsbrocken laden, die zum Durchbrechen von Stadtmauern gedacht waren. Die meisten Städte besaßen auf der Seeseite keine Stadtmauern. Die Bewaffnung ergab also keinen Sinn, doch als Felton sah, dass die Katapulte nicht geladen waren, sondern nur als Aufbewahrungsort für altes Tauwerk dienten, löste sich seine Anspannung wieder.

Ruhig lagen die Schiffe im Wasser, und auch die Menge an der Mole verstummte zunehmend. Als sich an Bord noch immer keine Regung zeigte, wurden in der Abordnung der Adligen die ersten ratlosen Blicke gewechselt.

Lord Felton gab Leutnant Tossil zu verstehen, dass er sich dem Geschehen weiter nähern wollte, als fast zeitgleich die Katapulte auf den Barken ihre Ladungen in die Stadt feuerten. Die großen schwarzen Knäuel, die sich aus den Körben lösten, entwirrten sich in der Luft und regneten als breit aufgefächerte Netze zu Boden. Großflächig bedeckten sie verschiedene Plätze und Straßen in Sandleg.

Felton riss sein Pferd herum und gab Alarm. In wenigen Augenblicken waren die Soldaten aus Osberg zur Stelle. In zwei Gruppen stürmten sie auf das Stadttor von Sandleg zu. Lord Felton führte die Reiterei an, dahinter folgte Leutnant Tossil mit vierzig Fußsoldaten.

Die Soldaten am Osttor hatten ihre Stellung schon verlassen und waren ihren Kameraden im Stadtinneren zu Hilfe geeilt. In vollem Galopp stürmten Lord Felton und seine Männer durch das Tor.

Auf den Straßen herrschte heilloses Durcheinander. Eltern suchten nach ihren Kindern, Frauen nach ihren Männern, einige versuchten, sich so weit wie möglich vom Hafenviertel zu entfernen, andere hatten sich bewaffnet und eilten dem Kampf entgegen. Lord Felton riss sein Pferd gerade noch rechtzeitig herum, um einem kleinen Jungen auszuweichen, der weinend auf der Straße hockte. Sein Pferd scheute, stieg hoch und traf mit den Vorderhufen einen Mann, der orientierungslos umherlief. Der Fremde ging zu Boden, rappelte sich aber sofort wieder auf und flüchtete in einen Hauseingang. Felton wendete sein Pferd auf der Stelle, um das Tier zu beruhigen, und warf noch einen Blick auf den Mann, der sich an das Vordach einer Veranda klammerte. Erst jetzt fielen ihm die starken Verbrennungen im Gesicht des Fremden auf. Die rötlich geschwollenen Striemen wiesen das Muster eines Netzes auf. Felton spornte sein Pferd an, um den anderen Reitern zu folgen, die schon auf dem Weg zum Hafen waren, als Tossil mit seinen Männern durch das Tor gerannt kam.

»Sorgt dafür, dass die Leute die Straßen verlassen! Und schickt Bogenschützen auf die Dächer!«, rief er dem Leutnant zu, dann galoppierte er los.

Auf halber Strecke sah er die ersten reglosen Menschen am Straßenrand liegen. Sie wiesen keine Verletzungen auf, und nirgends war Blut zu erkennen. Felton beschloss, die Bürger sich selbst zu überlassen. Für ihn galt es, den Feind zu bekämpfen. Fünfzig Schritt vor ihm standen drei dieser angeblichen Elfen auf der Straße und verfolgten die flüchtenden Menschen mit Blasrohren. Niemand hinderte sie daran, und jeder, der sich auch nur in ihre Richtung drehte, wurde mit der fremdartigen Waffe attackiert. Nach wenigen Schritten brachen die Getroffenen zusammen. Felton lenkte sein Pferd genau in die Dreiergruppe.

Sofort richteten sich die Attacken gegen ihn. Zwei Salven kleiner spitzer Pfeile trafen den Brustkorb des Pferdes, bevor Felton die Feinde erreichte. Er trieb seine Stute mitten durch sie hindurch, doch die Elfen wichen kein Stück zurück.

Felton teilte im Vorbeireiten rasche Schläge nach links und rechts aus und wendete sein Ross, um seine Gegner erneut anzugreifen. Ein Elfenumhang hatte sich im Zaumzeug des Pferdes verfangen und wurde seinem Träger vom Leib gerissen. Zum ersten Mal sah Lord Felton, mit wem er es wirklich zu tun hatte. Es waren tatsächlich Elfen, aber die Betonung lag auf *waren*. Der mittlere Elf, der zwischen Streitross und Straße geraten war, stand völlig unbekleidet vor ihm. Die zierliche Gestalt, die spitzen Ohren und die feinen Gesichtszüge waren eindeutig elfischer Natur. Aber ansonsten hatte das Wesen nichts gemein mit dem anmutigen Volk aus den Wäldern. Die Haut und das Haar waren grünlichschwarz, und zwischen den Fingern hatte es Schwimmhäute. Die Augen waren milchig trüb, und ob es sich um einen Mann oder eine Frau handelte, war schwer zu sagen, da es keines der unverkennbaren Merkmale aufwies.

Der dunkle Elf keuchte, und seitlich hinter seinen Wangenknochen konnte Felton Kiemen sehen, die sich aufgestellt hatten, um Luft in den Leib zu pumpen. Ein Bein der Kreatur war auf Höhe des Knies abgeknickt und stand seitlich vom Körper ab. Die Verletzung schien ihr nichts auszumachen, denn sie kümmerte sich nicht darum. Auch der Aufbau ihres Skeletts musste seltsam verändert sein, denn die Verrenkungen, welche die drei vollführten, hatte Felton bisher nur auf dem Schlachtfeld gesehen; und das auch nur bei Toten.

Die drei Wesen standen immer noch zusammen. Zwei waren den Hieben und den Flanken des Pferdes ausgewichen, indem sie ihre Körper wie biegsame Äste im Wind wanden. Nun bogen sie sich zurück und visierten Felton erneut an.

Felton ließ sein Pferd steigen, doch anstatt im vollen Galopp wieder vorwärtszustürmen, knickten die Hinterläufe des Tieres ein, es stürzte rückwärts und begrub seinen Reiter unter sich. Im ersten Moment war Lord Felton benommen, doch er kam schnell wieder zu sich. Die Schmerzen in seinem Bein ließen keine Ohnmacht zu. Der reglose Körper seines Pferdes presste sein Knie auf das Pflaster der Straße, und sein Fuß war qualvoll verdreht. Momentan gab ihm das Tier Deckung, aber so konnte auch er seine Feinde nicht sehen.

Ein junger Mann, der den Kampf beobachtete hatte, verließ eine schützende Seitengasse, in der er sich verborgen hatte, und eilte Felton zu Hilfe. Gemeinsam bekamen sie sein Bein frei und suchten Schutz hinter dem Streitross.

»Wo ist der König, habt Ihr ihn gesehen?«, fragte Felton völlig außer Atem.

Der junge Mann schien andere Sorgen zu haben und zeigte, den Blick über den Pferdebauch hinweg gerichtet, nach hinten Richtung Hafen. Felton drehte sich um und erkannte das ganze Ausmaß des Angriffs. Die Barken lagen noch immer unverändert im Wasser. Die einheimischen Schiffe schienen verlassen und waren außerdem nicht ausreichend bewaffnet, um sich auf ein Seegefecht einzulassen. Aus dem Rumpf der Elfenschiffe ergossen sich zahllose Angreifer. Wie ein Schwarm Heuschrecken fielen sie über die kleine Stadt her. Sie stürmten über die ausgelegten Bootsstege, hangelten sich an Seilen entlang, und viele sprangen einfach ins Wasser und kletterten auf der anderen Seite am Pier wieder hoch. Die meisten waren nur spärlich bewaffnet, doch ihrer Überzahl und ihrer Gewandtheit war nichts gewachsen.

Lord Felton sah die feinen schwarzen Netze, die aus den Katapulten abgefeuert wurden. Sie hatten sich über die Flüchtenden geworfen und hielten ihre Beute wie in einem Spinnennetz gefangen. Zusätzlich mussten sie mit einer Säure oder Ähnlichem getränkt worden sein, denn die Menschen, die darunter lagen, trugen entsetzliche Verbrennungen davon. Sie schrien und strampelten, um sich aus ihrem Gefängnis zu befreien, doch dadurch verstrickten sie sich nur noch mehr.

Die Feinde postierten sich und drangen immer weiter ins Innere der Stadt vor. Felton musste mit ansehen, wie einfache Bürger, bewaffnet mit Gegenständen des alltäglichen Lebens, von einer Übermacht niedergemetzelt wurden. Selbst die wenigen Soldaten, die noch auf den Beinen waren, konnten sich der Angriffe nicht erwehren.

»Wohin wollt Ihr, Mylord?«

Der junge Mann hielt Felton an der Schulter zurück, als dieser versuchten wollte, sich weiter zum Hafen vorzukämpfen.

»Ich muss sehen, was mit dem König geschehen ist. Wir müssen ihn hier herausholen.«

Der junge Mann, seiner Kleidung nach zu urteilen ein Metzger, packte Felton an Stirn und Kinn und drehte seinen Kopf in Richtung des südlichen Stadttores. Lord Felton wollte sich losreißen, doch dann erkannte er, auf was ihn der junge Mann aufmerksam machen wollte.

»Das ist die Leibgarde des Königs«, rief der junge Mann. »Glaubt Ihr, sie würden flüchten, wenn der König noch lebt?«

Felton sah einen Tross Reiter, der versuchte, der Stadt und dem Gemetzel zu entkommen. An seiner Spitze galoppierte Lord Sigurt, tief gebeugt über seinen Pferderücken und waffenlos. Wie ein Hund, den man aus der Stadt jagt, suchte er die Lücken, um sich seinen Feinden nicht stellen zu müssen.

»Wo stand der König genau, als der Angriff begann?«, fragte Felton.

Der junge Mann zeigte in Richtung des ersten Schiffs der Elfenwesen.

»Direkt vor dem Steg.«

Felton riss sich los und hechtete zur nächsten Häuserwand. Die drei Elfen, die ihn angegriffen hatten, waren verschwunden, jedoch war er in Sichtweite von mindestens einem weiteren Dutzend dieser Kreaturen. Mit ihren Blasrohren schossen sie auf alles, was sich bewegte. Felton hatte Glück und konnte sich unbemerkt an einem Vordach hochziehen. Oben angekommen rollte er sich vorsichtig über die spärlichen Dachlatten und suchte den Hafen ab. Eine große schlanke Gestalt fiel ihm auf, die ihm den Rücken zukehrte, seelenruhig vor einem der Schiffe hockte und an etwas zerrte.

»Bei Prios, ein Nesselschrecken«, stöhnte Lord Felton.

Die Gestalt hatte sich erhoben und der Stadt zugewandt. Die langen Tentakel des Teudraeda hatten sich über das Gesicht eines Mannes gelegt und labten sich an ihm. Jetzt erst erkannte Felton das Gewand des Opfers. Es war die königliche Robe.

»Nein, mein König!«, schrie Felton und bemerkte erst im letzten Augenblick die zwei kleinen Giftpfeile, die dicht neben seiner Hand ins Holz drangen. Felton ließ sich wieder in Deckung fallen und verschränkte die Arme vor seinem Kopf.

Der König war tot und das Land ohne Herrscher. Die führenden Offiziere waren niedergemetzelt oder feige geflohen.

Felton wagte erneut einen Blick über die schmale Balustrade. Der Nesselschrecken bewegte sich zurück an Bord eines Schiffes. König Wigold hatte er liegen lassen wie ein Stück totes Vieh. Das Gesicht des Königs war rot aufgequollen und bis zur Unkenntlichkeit zerschunden. Die dunklen Elfen strebten weiter ins Zentrum der Stadt. Felton fiel ein solides Haus ins Auge, direkt an der Mole. Die Fensterläden konnte man schließen, und die Tür machte einen festen Eindruck. Der junge Mann hockte immer noch hinter dem Pferdekadaver und blickte sich ängstlich um.

Von den feindlichen Wesen war im Moment nichts zu sehen. Vermutlich wüteten sie in der Stadt. Felton nutzte die Zeit und sprang vom Dach.

»Kommt, wir müssen Deckung suchen. Im Freien sind wir diesen Kreaturen unterlegen«, forderte er den Metzger zum Mitkommen auf. Zusammen rannten sie Richtung Hafen.

Der feste steinige Boden wurde abgelöst durch schwere Bootsplanken, auf denen der vordere Teil der Stadt erbaut worden war. Darunter hörte man die Wellen, die gegen die geteerten Stützpfeiler klatschten.

Auf dem Weg zu dem Haus, das Felton ins Auge gefasst hatte, scharten sich immer mehr Bürger und Soldaten um ihn. Anscheinend fühlten sie sich im Schutz eines Lords von Nelbor sicherer als allein. Doch wurden unterwegs immer noch viele von den kleinen Pfeilen der Elfen getroffen und brachen nach wenigen Schritten zusammen. Gerade mal sechzehn einfache Bürger, vier Soldaten und der Lord schafften es bis zu der dürftigen Zuflucht. Felton verbarrikadierte die Tür und rammte sein Schwert durch eine der Fugen, um einen Sehschlitz zu haben. Keuchend blickte er sich um und begutachtete seine Mitstreiter. Sie waren am Ende ihrer Kräfte.

Das Gebäude, in dem sie sich befanden, war eine Schenke. Felton zog einen Tisch heran und schob ihn unter eine Dachluke. Er kletterte hoch, öffnete den kleinen Schott und wollte sich daran hochziehen, um einen besseren Überblick zu bekommen. Seine Finger griffen in Glasscherben, die den Rand der Luke säumten, um Getier fernzuhalten. Er ließ sich wieder auf den Tisch zurückfallen und krümmte die blutenden Finger. Doch er gab nicht auf, legte seinen Wappenschurz ab und warf ihn schützend über die Scherben. Dann wagte er einen neuen Versuch. Unter Schmerzen zog er sich hoch und steckte den Kopf ins Freie. Die dunklen Elfen waren überall. Viele hockten auf den Dächern und verfolgten von dort aus die fliehenden Menschen mit ihren Pfeilen.

Felton spürte einen stechenden Schmerz an seiner linken Wange. Schnell flüchtete er wieder ins Innere der Schenke und zog sich den kleinen Holzstachel aus dem Fleisch. Dann brach er zusammen.

23

Die Prophezeiung

Der fast zwei Fuß lange und zwölf Pfund schwere silbrig blaue Barsch hatte schon vor zehn Minuten aufgehört, sein Maul zu bewegen, doch Mogda konnte seinen Blick einfach nicht von dem Fisch abwenden. Er war mit einer Welle zwischen die Felsen gespült worden und nicht wieder herausgekommen, während das Wasser durch die engen Spalten zurück ins Meer floss.

»Er ist tot, Mogda«, sagte Barrasch in dem Bewusstsein, dass er dem Oger nichts Neues erzählte. »Du hast doch gesagt, dass du schon häufiger Fisch gegessen hast.«

Mogda schob die breite Klinge seines Schwertes unter die Schwanzflosse und bewegte sie damit in rhythmischen Bewegungen.

»Glaub mir, er ist tot«, wiederholte Barrasch. »Hast du etwa Angst vor einem toten Fisch?«

Mogda spießte den Fisch auf und hielt ihn Barrasch entgegen.

»Wäre es dir lieber, ich hätte ihn lebendig heruntergeschlungen?«

Barrasch drückte die Klinge mit dem Fisch beiseite.

»Ihr Oger seid schon ein merkwürdiges Volk. Im Namen eures Gottes habt ihr früher Gräueltaten begangen, die ihresgleichen suchen, und wenn ihr Hunger gelitten habt, waren sogar Haustiere nicht sicher vor euch. Und jetzt, wo dir eine wirkliche Delikatesse angeboten wird, zierst du dich so.«

Mogda schleuderte den Barsch zurück ins Meer und zielte eine Sekunde später mit der Spitze seiner Klinge auf die Brust des Hauptmanns.

»Wenn Tabal gewollt hätte, dass wir Fische roh essen, hätte er uns nicht so stark gemacht, dass wir euch euer Vieh einfach wegnehmen können. Das merkwürdige Volk seid ihr, denn euer Gott hindert euch nicht einmal daran, euch gegenseitig zu töten.«

»Dir muss man wirklich deine magische Schläue zugute halten. Du hast Glück gehabt mit dem Amulett«, lachte Barrasch und versuchte erneut, die Klinge wegzustoßen. Doch der Kraft des Ogers war er nicht gewachsen; die Spitze zielte weiterhin auf seine Brust.

»Nein«, erwiderte Mogda, »du hast Glück, denn jeder andere meines Volkes hätte dich für deine lästerlichen Worte schon längst getötet.«

Mogda war froh, dass sich Cindiel und Finnegan zum Ausruhen abseits zwischen die Felsen gekauert hatten und von dem Wortgefecht nichts mitbekamen. Bestimmt wäre ihm die eine oder andere Standpauke sicher gewesen.

»Lass deinen Zorn nicht an mir aus«, knurrte Barrasch. »Du wirst noch genug zu tun haben, wenn die Zwerge aus den nördlichen Landen oder von jenseits des Meeres kommen, um zu sehen, was mit ihren Brüdern geschehen ist.«

Mogda senkte sein Schwert.

»Du glaubst, sie werden kommen und sich rächen wollen?«

»König Braktobil war hoch angesehen bei den Völkern der Zwerge. Sie werden keine Rache fordern, sie nehmen sie einfach. Und glaube mir, sie werden den Anhängern Tabals und den Elfen, falls es sie gibt, nicht sonderlich viel Verständnis entgegenbringen, wenn Nelbor ihnen keinen Schuldigen liefert.«

Barrasch hatte Recht, das wusste Mogda. Die Zwerge waren nicht gerade für besonnenes Verhalten bekannt. Natürlich würden sie sich an jene Feinde halten, die sie kannten. Und an deren Spitze standen nun einmal die Völker Tabals, egal wie lange der Frieden in Nelbor schon währte.

»Es geht nicht um die Zwerge, sondern um den Stein«, mischte sich Cindiel plötzlich ein.

Anscheinend war ihr Schlaf doch nicht so fest gewesen, wie Mogda gehofft hatte. Sie hockte genau hinter ihnen und hatte ihren Kopf auf die Hände gestützt.

»Es waren nicht die Elfen, die sich an den Zwergen gerächt haben«, fuhr Cindiel fort. »Es waren die Nesselschrecken, die sich der Elfen bemächtigt haben, um an den Stein zu kommen. Mystraloon – dieser Stein wird in den Sagen der Elfen oft erwähnt. Für sie ist er ein Symbol der Magie.«

Zwerge, Elfen, Götter, magische Steine und die Überflutung – das hörte sich für Mogda zwar interessant an, aber es ergab dennoch keinen Sinn. Irgendwie hingen diese Dinge miteinander zusammen, und ihre treibende Kraft waren die Nesselschrecken. Nur – was bezweckten sie damit?

Mogda musste von hier verschwinden. Dieser Ort hielt ihn und seine Gedanken gefangen. Eingeklemmt zwischen Meer und Gebirge konnten sie nichts herausfinden und nichts unternehmen.

Die vier beschlossen, dem schmalen Küstenstreifen in südlicher Richtung zu folgen, bis sie wieder die Ebene von Nelbor erreicht hatten. Im Landesinneren standen ihnen alle Möglichkeiten offen. Cindiel wollte sich in ihren Büchern die alten Elfenlegenden anschauen und mehr herausfinden. Barrasch würde vielleicht etwas Unterstützung bekommen und einen Trupp zusammenstellen, um die Zwergenesse noch einmal zu erforschen und nach Überlebenden zu suchen. Und Mogda selbst – er wusste noch nicht, was er tun würde. Zuerst einmal galt es zu prüfen, welche Schäden die Überschwemmung angerichtet hatte, und ob es Verluste unter den Ogern zu beklagen gab. Zusammen mit den anderen würde er dann entscheiden, was zu tun war.

Der steinige Weg zwischen den Klippen stellte sich als äußerst schwierig heraus. Die nassen, algenbewachsenen Felsen ließen jeden Schritt zu einem Wagnis werden. Immer wieder brachen sich die Wellen vor ihnen an den Felsen und ließen das kalte, salzige Meerwasser auf sie niederregnen. Ihre Kleidung war durchnässt, und die spärlichen Proviantreste, die sie aus dem Wasser hatten retten können, waren ungenießbar geworden.

Einen kompletten Tag brauchten sie, um eine Strecke von zehn Meilen zurückzulegen. Kein Unterschlupf war zu finden, nicht einmal halbwegs brauchbares Brennholz. So waren sie dem Wind, der Kälte und dem Wasser schutzlos ausgeliefert. Als es dämmerte, beschlossen sie, ein Stück den Berg hinaufzuklettern, um dort nach einer geeigneten Lagerstelle Ausschau zu halten. Alles, was sich ihnen bot, war ein ungeschützter Vorsprung, der gerade ausreichte, um den vieren Platz zum Sitzen zu bieten.

Die drei Menschen waren dennoch schnell eingeschlafen. Nur Mogda knurrte der Magen so sehr, dass er keine Ruhe fand. Aus lauter Verzweiflung kletterte er wieder hinab zum Wasser, um dort in der Dunkelheit vielleicht ein paar Krabben zu fangen, die zwischen den Felsen lebten.

Doch jedes Mal, wenn er gerade zupacken wollte, schwappte eine neue Welle heran und spülte sein Essen davon. Verärgert gab Mogda schließlich auf. Eine einzelne Krabbe war ohnehin keine richtige Mahlzeit für ihn, und bis er ein Dutzend von ihnen gefangen hätte, wäre er an Altersschwäche gestorben.

Es war wie verhext. Sobald er seine Jagd aufgegeben hatte, lag das Wasser still vor ihm. Auch der Wind hatte aufgehört, ihn mit seinen peitschenden Böen zu peinigen. Die Welt lag wie im Schlaf, dennoch spürte Mogda Blicke auf sich ruhen. Er sprang auf und schaute zu seinen ruhenden Gefährten hinauf, in der Angst, sie seien im Schlaf hinterrücks überrascht worden, doch sie kauerten wie zuvor dicht aneinander gedrängt auf ihrem Felsen. Nichts deutete auf einen gemeinen Meuchelmörder hin, und außerdem gab es so gut wie keine Zugänge zu ihrem Versteck. Mogda ließ seinen Blick weiter durch die Dunkelheit schweifen und stockte beim Anblick des silbernen Streifens, den das Mondlicht auf das Wasser warf. Die Spiegelung schlängelte sich auf dem Meer wie der Körper eines Reptils und brach sich weiter vorn an den Felsen. Breit auslaufend umklammerte das Licht die Spitzen des Riffs und tauchte sie in silbernen Glanz.

Mogda genoss das Schauspiel, bis er bemerkte, dass es eigentlich gar keines war. Das Mondlicht bot nicht mehr als das, was es immer zu bieten hatte. Und doch war etwas anders in dieser Nacht: Auf den Felsen saßen drei starre Gestalten, die sich im fahlen Schein des Mondes kaum von ihrer Umgebung abhoben.

Mogda konnte seinen Blick nicht abwenden. Er fühlte sich magisch angezogen von den Wesen. Etwas in ihm sagte, er brauche keine Angst zu haben, und obwohl er ungern auf diese Stimme hörte, sondern lieber seinen Augen vertraute, gab er ihr nach.

Langsam und vorsichtig näherte er sich den kauernden Gestalten. Ihre Häupter waren geneigt, und das lange blonde Haar fiel auf ihre Schultern herab, verschmolz mit den eingestickten Silberfäden auf ihren Umhängen. Der lange Stoff verdeckte die Felsen und ragte bis ins Wasser hinein, wo er wie ein Teppich auf der Oberfläche lag und sich geschmeidig den leichten Wellen anpasste.

Als Mogda näher kam, erhob sich einer von ihnen, während sich die anderen beiden noch weiter hinunter beugten.

Es waren Elfen, wie Mogda sie von früher her kannte. Ihre bedächtige und elegante Art war unverkennbar. Von der Statur her waren sie feingliedriger als die Menschen, und ihre Gesichter ähnelten sich so stark, dass Mogda sie nicht hätte unterscheiden können. Aus früheren

Begegnungen wusste er, dass dies hier keine Krieger waren; sie trugen die Kleidung von höfischem Gefolge, wobei man ihre Zauberkräfte aber auf keinen Fall außer Acht lassen durfte.

Anscheinend warteten sie darauf, angesprochen zu werden, bevor sie selbst die Stimme erhoben.

»Was habt ihr hier zu suchen?«, fragte Mogda. »Wir haben keinen Zwist miteinander.«

Sein Gegenüber schlug die Augen auf, und Mogda wunderte sich, wie jemand in eine derart kleine Bewegung noch Würde legen konnte.

»Wir sind«, sagte der Elf, »auf der Suche nach dem Einen, der von den Göttern dazu auserkoren wurde, eine Brücke zwischen den Völkern zu errichten.«

Die Stimme des Elfen klang weich, fast weiblich, und passte zum leisen Rauschen des Meeres.

»Dann werdet ihr wohl weitersuchen müssen.«

Der Elf legte den Kopf schräg und lächelte.

»Die Zeichen haben uns an diesen Ort geführt. Wir sind seinen Spuren gefolgt, seitdem er sich erhoben hat, um sich gegen jene zu wenden, die ihm seine Bestimmung verwehren wollen.«

Mogda legte seinen Kopf ebenfalls schräg und versuchte das Lächeln ebenso elegant zu erwidern.

»Na, dann hoffe ich, dass ihr ihn bald findet.«

»Wir haben ihn bereits gefunden. Nun liegt es an ihm, die Prophezeiung zu deuten und dem Schicksal einen anderen Weg zu ebnen.«

Der Elf zog etwas aus dem weiten Ärmel seines Gewandes heraus und streckte es Mogda entgegen. Gierig griff er nach dem bräunlich flachen Gebilde, das entfernt an ein Stück Dörrfleisch erinnerte, und hoffte, seinen Hunger damit stillen zu können, egal was es war. Nachdem er es genauer betrachtet hatte, drehte er es enttäuscht zwischen seinen Finger hin und her.

»Danke«, brummte er. »Ein Gedicht auf einem Stück alter Baumrinde. Das habe ich mir schon immer gewünscht.«

»Es ist die Rinde von Mystraloon, dem ersten Baum. In seinem Stamm ruht einer der Funken der Götter. Von Zeit zu Zeit löst sich ein Stück der Borke, und auf ihrer Innenseite finden wir Elfen seit Jahrhunderten die Prophezeiungen. Wir hatten angenommen, sie seien für uns persönlich gedacht, doch die neuen Ereignisse haben uns gezeigt, dass sie jedes Wesen und alle Völker betreffen. Unser Rat hat daraufhin entschieden, sie weiterzugeben.«

»Mystraloon ist aber ein großer roter Stein«, entgegnete Mogda skeptisch. »Das haben uns die Zwerge erzählt.«

»Das Wissen der Zwerge über die Geschicke der Götter ist noch geringer als ihre körperliche Größe«, sagte der Elf mit leiser Verachtung in der Stimme. »Der Stein, von dem du redest, ist der Samen der Götter. Von ihnen gibt es acht. Zwei sind aus dem Rad ausgebrochen. Einen haben wir in Sicherheit gebracht, der andere befindet sich in den Händen von Zweiflern. Niemals dürfen sie einen gemeinsamen Platz einnehmen. Der Stein, den ihr suchen müsst, wurde einst von den Drachen bewacht, doch war es die Aufgabe der Oger, ihn zu schützen. Und ihr wart es auch, die ihn habt gehen lassen.«

Nun interessierte es Mogda doch, was auf dem Stück Holz geschrieben stand. Er hob es hoch, drehte es gegen das Mondlicht und las. Die elfische Runenschrift verschwand, und an ihrer Stelle zeichnete sich die Schrift der Menschen ab.

Zwei Meere sich zu einem verbinden,
die Steppen dahinter im Wasser verschwinden.
Zwei Herrscher hat das Land verloren,
die Völker nur in Angst noch schmoren.
Zwei Götter kämpfen um die Macht,
bis dass der Tag zur Nacht gemacht.
Zwei Seelen in ein Volk gesteckt,
böse Triebe darin sind geweckt.
Zwei Völker, die nur eines sind,
das sich von damals auf das Heut' besinnt.
Entzweit die Welt, sie liegt in Scherben,
Es ist an euch; die Götter sterben.

Einer nur, der übrig bleibt
und sich an tausend Leichen reibt.
Wo Kraft und Mut dich nicht mehr schützen,
dort sollte dir die Ruhe nützen.

Keiner kann die Macht bezwingen,
wenn tote Götter miteinander ringen.

Als Mogda sich wieder den Elfen zuwenden wollte, waren sie verschwunden. So geräuschlos und unauffällig, wie sie gekommen waren, hatten sie sich auch wieder aufgemacht.

Ohne das kleine Stück Rinde in seiner Hand hätte Mogda geglaubt, alles nur geträumt zu haben, doch es war real. Der silberne Streifen des Mondlichts zeigte nun auf ihn.

24

Gefangen in Sandleg

Lord Felton lag schon einige Zeit wach, doch sein Körper gehorchte ihm noch nicht. Er fühlte, dass man ihm etwas Weiches unter den Nacken geschoben und den Brustharnisch gelockert hatte. Die Luft um ihn herum war stickig und verbraucht. Leise Stimmen drangen an sein Ohr, aber er konnte nicht verstehen, was sie sagten. Vorsichtig befeuchtete er die Lippen mit der Zunge. Es gelang ihm, die Augenlider etwas zu öffnen, und schemenhaft sah er die Menschen, die mit ihm in das Haus geflüchtet waren. Regungslos hockten sie auf den Stühlen oder saßen an die Wand gelehnt und dämmerten vor sich hin.

»Wasser«, stöhnte er. »Wasser bitte.«

Jemand trat an ihn heran, hob seinen Kopf und führte ein Glas an seine Lippen. Vorsichtig nippte er an dem Becher und musste feststellen, dass es sich um schales, lauwarmes Bier handelte.

»Tut mir leid«, sagte eine Stimme, »das hier ist bloß eine Hafenkneipe. Hier gibt es alles Mögliche zu trinken, nur kein Wasser.«

Felton erkannte die Stimme. Es war der junge Bursche, der Metzger, der ihm gefolgt war.

»Schon gut«, flüsterte Felton. »Helft mir, mich aufzusetzen.«

Der junge Mann half ihm hoch, und Felton spürte, wie seine Lebensgeister langsam zurückkehrten.

»Wie lange war ich weg?«

»Fast zwei Tage«, antwortete der Junge.

»Wir sind seit zwei Tagen in dieser Kaschemme gefangen, und die dort draußen haben noch nicht einmal versucht, hier einzudringen und uns niederzumachen?«

Sein Gegenüber schüttelte den Kopf, und ihm war anzusehen, dass er froh darüber war.

Felton schlich mühsam zur Tür. Seine Gliedmaßen waren steif und schmerzten, wie bei einem Muskelkater. Er ging in die Hocke und warf einen Blick durch den Spalt in der Tür. Die Schiffe der Fremden lagen immer noch im Hafen. Die Angreifer hatten es noch nicht einmal für nötig befunden, die toten Körper der Bürger wegzuschaffen. Felton stützte sich von einem Knie auf das andere, um durch den schmalen Spalt einen möglichst großen Teil des Hafens überblicken zu können. Einer der schwarzen Elfen hatte auf dem Dach des Hafenmeisters Position bezogen, und ein weiterer hatte sich hinter der Reling des ersten Schiffs verschanzt. Außer diesen beiden sah er keinen weiteren Angreifer.

»Wo sind die alle hin?«, fragte er einen der Soldaten, der neben der Tür saß.

»Wir wissen es nicht, Herr. Vielleicht haben sie sich in den Häusern im Zentrum verschanzt, oder sie sind mit großen Teilen ihrer Armee weiter ins Landesinnere gezogen.«

Ins Landesinnere hörte sich nicht gut an. Osberg wäre einem Angriff fast schutzlos ausgeliefert. Der König hatte sämtliche Soldaten der umliegenden Städte angefordert, um der Ankunft der Elfen beizuwohnen. Ohne den König, seine Berater und mit nur der Hälfte der Lords lag Nelbor da wie ein offenes Buffet.

»Wir müssen hier raus und zurück nach Osberg«, sagte er entschlossen. »Von dort aus können wir vielleicht Widerstand organisieren. Jedenfalls, wenn wir wissen, auf was sie es abgesehen haben.«

Einer der Soldaten, seiner Uniform nach zu urteilen eine Gardewache aus Turmstein, stierte mit trübem Blick auf den Tisch. Mit einer Hand hielt er sich an einer Flasche hochprozentigem Rum fest.

»Ich kann euch sagen, was sie vorhaben«, stammelte er. »Jeder, der eine Waffe trägt oder sich auf der Straße blicken lässt, wird niedergemetzelt. Alle anderen werden später abgeholt und versklavt. Die Barbarenstämme im Norden halten es genauso.«

Der Mann war zu alt, um nicht zu wissen, wovon er sprach, und zu betrunken, um zu lügen. Dennoch durfte Lord Felton sein Gerede nicht dulden.

»Und anstatt Euch den Weg freizukämpfen, sitzt Ihr lieber hier und betrinkt Euch? Was seid Ihr für ein Mann, der nicht für seine Freiheit einstehen will?«

Der alte Soldat erhob sich, und es hatte den Anschein, als sei er doch nicht so betrunken, wie seine Stimme klang.

»Wir haben es versucht, Eure Lordschaft. Wenn Ihr noch einmal einen Blick durch die Tür wagen würdet, fiele Euch bestimmt ein junger Soldat auf, der keine zwanzig Schritt von Euch auf dem Steg liegt. Gestern Nacht hat er versucht, zu entkommen und Hilfe zu holen. Weit ist er nicht gekommen. Er brach einfach zusammen, wie ein Sack Kartoffeln, und wenig später tauchte eine dieser Kreaturen auf und stach ihm mit einem Krummdolch in den Hals. Ich habe sein Verschwinden erst zu spät bemerkt, sonst lägen wir wohl beide dort draußen. Er ist mein Sohn. Aber wenn Ihr ein eigenes Kind habt, könnt Ihr es gern hinausbegleiten und sehen, was passiert. Oder – besser noch – Ihr schickt einen unbewaffneten, hilflosen Bürger, den sie töten können.«

Es geschah nicht häufig, dass ein Bürgerlicher einem Adligen ein schlechtes Gewissen machen konnte, doch dieser alte Soldat schaffte es mühelos. Lord Felton fühlte sich nicht schuldig, schließlich hatte nicht er den Tod des Jungen verursacht. Dennoch hatte er das Gefühl, ein herzloser Tyrann zu sein.

»Es tut mir leid. Trotzdem, er war ein Soldat und handelte wie einer.«

»Und er ist als Soldat gestorben!«, schrie der Alte und schmetterte die halb volle Flasche Rum auf den Boden.

Lord Felton beobachtete, wie der Alkohol zwischen den Bodenbrettern versickerte.

»Dann lasst seinen Tod nicht umsonst geschehen sein und versucht mit mir, das Leben dieser Menschen zu retten.«

»Verzeiht meinen Argwohn, Eure Lordschaft, aber habt Ihr vor, einen nach dem anderen vor die Tür zu schicken, bis unseren Feinden die Munition ausgeht? Oder habt Ihr noch einen anderen Plan?«

Lord Felton verzieh dem Mann den respektlosen Unterton. Er schnappte sich einen Schürhaken, der neben einem alten Gussofen stand. Der alte Soldat wich einen Schritt zurück. Seine zusammengekniffenen Augen und die in Falten gelegte Stirn zeigten, dass er auf alles gefasst war. Er legte die Hand auf seinen Schwertknauf, als Felton das Eisen drohend erhob. Dann schnellte der Haken nach unten und bohrte sich tief zwischen die Planken des Fußbodens.

»Wenn ich mich richtig erinnere, steht dieses Haus im Wasser. Wenn wir nicht durch die Vordertür entkommen können, müssen wir uns eben einen anderen Ausgang schaffen. Es wäre nett von Euch, wenn Ihr mit anfassen würdet«, sagte Felton.

Der Alte hatte seine Verwirrung schnell überwunden und packte mit an. Ächzend löste sich das Holz. Zwei weitere Male setzten sie den Haken an, dann war die erste Planke beseitigt. In wenigen Minuten hatten sie einen Durchgang geschaffen, der breit genug war, um ihnen als Fluchtweg zu dienen. Vorsichtig steckte Lord Felton seinen Kopf durch die Öffnung. Die Wasseroberfläche lag fünf Fuß unter ihm. An einigen Stellen, wo sich Astlöcher in den Planken befanden, fielen schmale Streifen Tageslicht auf die seichten Wellen. Am Hafenbecken verdeckten die langen Schiffsrümpfe die Sicht auf das offene Meer. Die pechgetränkten Stützpfeiler wirkten wie ein düsterer Wald aus toten Bäumen.

»Hier schwimmt etwas im Wasser«, berichtete Felton mit gedämpfter Stimme und griff nach der Brechstange. »Haltet mich fest.«

Jemand hinter ihm legte sich auf seine Waden, als er seinen Oberkörper weit in die Öffnung schob. Er zog das Eisen durchs Wasser, bis er etwas zu packen bekam, dann holte er es langsam an die Oberfläche. Verschwommen zeichneten sich die Umrisse eines Körpers ab. Lange schwarze Haare umspülten das Gesicht des Mannes wie Algen ein Riff. Seine dunkle Haut und die feinen Gesichtszüge ließen keinen Zweifel daran, dass es sich um einen der Angreifer handeln musste. Felton bekam einen Fetzen seines Umhanges zu packen und zog daran. Der Körper des Fremden war sehr leicht und außerdem unglaublich biegsam. Felton hatte ihn schon so weit angehoben, dass er unter die Taille fassen konnte, trotzdem hingen Füße und Kopf immer noch im Wasser. Er packte das Revers des Umhangs, um einen besseren Halt zu bekommen, und fischte mit der anderen Hand nach dem Ärmel des Toten. Ihre Hände berührten sich. Felton spürte die kalten, glitschigen Finger der Kreatur. Sein Griff umschloss das Handgelenk, dann zog er das Wesen aus seinem nassen Grab. Plötzlich schnellte der andere Arm der Kreatur aus dem Wasser und versuchte, ihn ebenfalls zu packen. Der Kopf hob sich, die kiemenartigen Auswüchse klappten nervös hin und her, und die Augenlider schoben sich ruckartig nach oben.

Mit einem Schrei des Entsetzens löste Felton seinen Griff und ließ das Wesen zurück in die Tiefe gleiten. Seine Mitgefangenen packten den zappelnden Lord an den Beinen. Gemeinsam zogen sie ihn aus dem Loch. Das Letzte, was sie von dem Wesen sahen, waren die kalten, bewegungslosen Augen, die ihnen aus der Tiefe entgegenstarrten.

Felton riss sich von seinen Helfern los und krabbelte auf allen vieren davon, bis er keuchend zu Boden sank.

»Dämonische Ausgeburten!«, schrie er, um seine Angst in den Griff zu bekommen. »Was sind das für Geschöpfe, die an Land *und* im Wasser existieren können? Sie sind ebenso weit davon entfernt, Elfen zu sein, wie ich es bin.«

Der alte Soldat hatte sich mit einer losen Planke bewaffnet und kauerte in Angriffsstellung vor dem Loch in der Schankstube.

»Es ist verschwunden«, sagte er nach einer Weile. »Aber es ist sicherlich nicht das Einzige seiner Art dort unten. Sie beobachten jeden Winkel der Stadt, damit ihnen niemand entkommen kann. Sie werden uns so lange aushungern, bis nur noch die Stärksten von uns am Leben sind, und die machen sie dann zu ihren Sklaven. So ersparen sie sich die Mühe, entscheiden zu müssen, wen sie gebrauchen können und wen nicht.«

Felton sah den Alten an. Seine Ausführungen klangen nicht nach Mutmaßungen. Er wusste, wovon er sprach. Sein hohes Alter war untypisch für Soldaten des Königs, doch es gab eine Gruppierung innerhalb der Armee, die fast ausschließlich aus Veteranen bestand.

»Ihr seid Mitglied der Leibgarde des Königs«, stellte Lord Felton verblüfft fest. »Was ist passiert?«

Der Alte warf die Planke zu Boden.

»Ich war Mitglied der Königsgarde, und jetzt ist der König tot. Das ist passiert.«

»Ihr habt geschworen, ihn mit Eurem Leben zu beschützen. Der König liegt tot dort draußen, und Ihr steht hier. Könnt Ihr mir das erklären?«

Der Alte kam mit einem Lächeln im Gesicht auf Felton zu und hockte sich vor ihn hin. Blitzschnell zuckte sein Arm vor und legte sich um die Kehle des Lords. Mit der anderen Hand packte er Feltons Schwertarm und drehte ihn auf den Rücken. Die Kraft und routinierten Handgriffe des Mannes reichten aus, um den Lord hilflos zappeln zu lassen. Mühelos schleifte er Felton quer über den Fußboden zum Loch und ließ dessen Oberkörper über den Rand baumeln.

»Die Erklärung lauert dort unten. Wollt Ihr, dass ich sie Euch zeige?«, schrie er.

Felton hing kopfüber im Loch und bekam kaum Luft. Das Blut sammelte sich in seinem Kopf. Er spürte, wie seine Fußknöchel langsam aus dem Griff des Soldaten rutschten.

»Wulbart, hol ihn wieder hoch! Wenn ihm etwas zustößt, werden sie dich hängen, du Trottel! Er ist schließlich der Lord von Osberg. Du weißt, bei Adligen kennen sie kein Pardon. Sei vernünftig!«

Die Stimme kam vom Eingang. Felton ordnete sie einem der Soldaten zu, die sich an der Tür postiert hatten.

Er wurde wieder hochgezogen und unsanft auf den Boden fallengelassen. Er brauchte einige Augenblicke, um wieder zu Atem zu kommen. Wulbart stand plötzlich über ihm und blickte ihn voller Abscheu an.

»Ich war Lord Sigurt unterstellt, weil sich der König auf die Begrüßung der Elfen konzentrieren wollte. Als sie angriffen, wurde ich von einem dieser Netze am Arm getroffen und verlor mein Schwert. Ich wollte von Sigurts Pferd eine Ersatzwaffe lösen, als mir der Lord ins Gesicht trat und mich anschrie, ich solle mir meine eigene Klinge zurückholen und seinen Rückzug decken. Kurz darauf traf mich ein Schlag am Kopf, und ich brach zusammen. Als ich wieder zu mir kam, sah ich den König tot vor mir liegen. Ihr hattet eine Schar Menschen um Euch versammelt, unter der sich auch mein Sohn befand. Ihr seid hierhergeflüchtet, und ich hielt es für eine gute Idee, Euch zu folgen. Jetzt zeigt mir, dass ich Recht hatte, oder verreckt elendig.«

Lord Felton wusste, was zu tun war. Er würde diesem Mann die Flucht ermöglichen, ihn nach Turmstein bringen, ihn dort Lord Sigurt gegenüberstellen und sich an dem erfreuen, was dann passierte. Leider hatte er immer noch keine Idee, wie sie die Flucht bewerkstelligen sollten, doch das Schicksal dieses Mannes spornte ihn an. Ein Klopfen unterbrach seine Gedanken. Felton sah sich suchend um. Eine junge Frau zeigte auf die hintere Wand.

»Dort, neben dem Gussofen«, sagte sie.

Felton zog seinen Dolch, näherte sich der Quelle des Geräuschs und hämmerte mit dem Griff gegen die Holzwand. Das Klopfen wurde erwidert. Diesmal im Takt eines alten Marschliedes, das Leutnant Tossil gern benutzte, um den jungen Rekruten das Marschieren beizubringen.

»Hallo, wer ist da?«, flüsterte Felton.

»Ich bin es, Eure Lordschaft, Leutnant Tossil. Wir holen Euch heraus.«

Felton erkannte die Stimme und die Dienstbeflissenheit, die darin lag, selbst in den geflüsterten Worten.

»Wie habt Ihr mich gefunden?«

»Ihr habt doch Euren Wappenschurz auf dem Dach ausgebreitet. Ich habe ihn gleich erkannt.«

Jetzt fiel es Felton wieder ein – die Glasscherben und die Luke auf dem Dach. Wenn nötig, erzwang sich das Schicksal seinen Weg auch durch Zufälle.

»Lord Felton«, meldete sich die Stimme Tossils wieder zu Wort, »Ihr müsst den Posten auf dem Dach des Hafenmeisters beobachten. Wenn wir ihn erledigt haben, lauft zum Osttor der Stadt. Dort wartet Verstärkung auf Euch.«

Felton war es schleierhaft, wie Tossil die Wachen ausschalten wollte, doch er war für jede Hilfe dankbar. Mit einem entschlossenen Klopfen gegen die Wand signalisierte er, dass er verstanden hatte. Dann wies er seine Mitgefangenen an, ihm zu folgen, sobald er nach draußen stürmen würde.

Felton postierte sich an der Tür und presste sein Gesicht fest an den schmalen Spalt, um möglichst viel sehen zu können. Der Wachposten der Elfen saß immer noch regungslos auf dem Dach, rund hundert Schritt von ihnen entfernt. Sein Blick bewegte sich langsam von einem Ende der Stadt zum anderen. In seiner Hand lag das lange Blasrohr bereit. Felton bemerkte einen zweiten Elfen, der sich nahe der Schiffe zwischen einigen Fässern verschanzt hatte.

Von Tossil und seinen Männern war nichts zu sehen. Feltons Blick schweifte über den Ostteil der Stadt. Er versuchte sich zu orientieren und einen Fluchtweg zu entdecken. Die eng zusammenstehenden Gebäude ließen nur erahnen, wohin die Gassen zwischen ihnen führten. Eine falsche Abzweigung und eine Sackgasse würden ihren sicheren Tod bedeuten.

Eine rasche Bewegung zwischen zwei Fischerhütten erregte Feltons Aufmerksamkeit. Doch so schnell sie gekommen war, verschwand sie auch wieder. Nichts blieb von ihr übrig, außer einem langen Schatten, der regungslos zwischen den Häusern verweilte. Felton gab es auf, weiter nach Hinweisen auf einen Angriff zu suchen und beschränkte seine Aufmerksamkeit wieder auf den Wachposten am Hafengebäude.

Der Elf kauerte in einer Haltung zwischen Hocken und Stehen und starrte in den westlichen Teil der Stadt. Die ungewöhnliche Haltung schien ihm nichts auszumachen. Sein Oberkörper wand sich hin und her, doch seine Augen fixierten einen festen Punkt.

Ein schwacher Brandgeruch drang Felton in die Nase.

Offenbar hatte Tossil zur Ablenkung ein Haus in Brand gesetzt. Wenn seine Idee sich als schlecht erwies, würde Tossil seinen Dienstherrn wohl zu Grabe tragen müssen.

»Macht euch bereit«, flüsterte Felton seinen Begleitern zu.

Kleine Rauchschwaden zogen über den Pier und zeigten an, dass eine schwache Brise herrschte.

Je weniger Wind, desto besser, dachte Felton. Ein Feuer in der Stadt konnte bei widrigen Umständen schnell zu einem flammenden Inferno werden. Mit Feinden im Nacken durch brennende Straßenzüge zu flüchten war reiner Selbstmord.

Ein breiter Schatten schob sich vom Nachbargebäude über den schmalen Steg zum Haus des Hafenmeisters. Langsam kroch er die Wand empor und hielt erst kurz unterhalb des Daches inne. Der Elf war immer noch abgelenkt durch das Feuer im Westen. Lord Felton traute seinen Augen kaum, aber aus der Deckung des Hauses trat die Gestalt eines Ogers hervor. Von allen Ogern, die Felton bisher gesehen hatte, war dies der mit Abstand mächtigste. Er war fast einen Kopf größer und mindestens zweihundert Pfund schwerer als die anderen Angehörigen seiner Rasse. Anstatt sich anzuschleichen, näherte sich der Koloss in kaum gebückter Haltung. Ein schneller Angriff schien ihm wichtiger zu sein als ungesehen zu bleiben. Seine Bewaffnung ließ ihn zudem noch barbarischer aussehen, als es diesen Kreaturen ohnehin schon zu eigen war. In seinen Händen lag eine Holzbohle, deren Ende mit zahlreichen Metallzinken gespickt war.

Mit zwei mächtigen Schritten war er heran und schwang seine improvisierte Keule über die Dachfläche. Der Elf bemerkte nichts von dem herannahenden Tod und wurde von der Wucht der Waffe einfach mitgerissen. Sein Körper wickelte sich um die Keule und wurde von den Zinken aufgespießt. Mit einem weiteren Schlag zerquetschte der Oger seinen Gegner und ließ die Waffe in den Dachbrettern stecken.

Der andere Elf, der sich zwischen den Fässern verschanzt hatte, bemerkte den Tod seines Kameraden zu spät. Er sprang auf und führte eine große, schneckenförmige Muschel an den Mund. Ein dumpf dröhnender Laut ertönte, doch der Ton erstarb, als eine Harpune seinen Leib durchstieß. Erst jetzt sah Lord Felton einen anderen Oger mit großflächigen Tätowierungen. Er hielt zwei Harpunen in der Hand. Die Ornamente auf seinem Körper wiesen ihn als Kriegsoger aus. Felton kannte ihn, auch wenn es schon Jahre her war, dass er ihn zuletzt gesehen hatte. Es war Rator, der Kriegsoger, der damals Seite an Seite mit Mogda gekämpft hatte.

Felton verlor keine Zeit. Er trat die Tür auf und rannte den schmalen Holzsteg Richtung Osten entlang. Ein kurzer Blick über die Schulter zeigte ihm, dass seine Mitgefangenen ihm folgten. Er strebte einer schmale Gasse zu, an die er sich aus früheren Besuchen in Sandleg zu erinnern glaubte. Wenn seine Orientierung ihn nicht im Stich ließ, musste sie zu dem kleinen Fischmarkt im Osten führen. Von dort aus waren es nur wenige hundert Meter zum Stadttor.

Fast parallel zu sich sah er den großen Oger, der den ersten Wachposten der Elfen ausgeschaltet hatte. Die Planken des Hafenviertels hielten dem Gewicht des Ogers nicht stand. In kurzen, fast rhythmischen Abständen hörte man das Bersten von Brettern und Balken, die unter den Füßen des Kolosses zerbarsten. Schnell geriet er außer Sicht, nur der Lärm der Zerstörung zeugte von seiner ungefähren Position.

Lord Felton und der Trupp in seinem Schlepptau folgten dem Weg zwischen den Häusern. Die Gebäude boten ihnen Schutz vor ihren Verfolgern und vereitelten jeden Versuch, sie mit den vergifteten Pfeilen anzugreifen. Langsam kamen Felton erste Zweifel, ob er wirklich den richtigen Weg gewählt hatte. Die Häuser hier sahen eher nach dem Armenviertel als dem Markt aus. Die Gasse knickte ab, und fünfzig Schritt vor ihnen lag die Werkstatt eines Schmieds, die den Durchgang blockierte. Die Feuer der Esse waren erloschen, und der Blasebalg aus Ziegenleder lag achtlos vor dem Eingang. Auf dem ganzen Weg hierher war ihnen keine Menschenseele begegnet. Sandleg wirkte wie eine Geisterstadt. Bevor sie den Unterstand des Schmieds erreichen konnten, sprang einer der dunklen Elfen auf das leicht geneigte Vordach. Das Blasrohr auf sie gerichtet hatte er freies Schussfeld.

Felton und den anderen blieb nichts übrig, als weiter auf ihn zuzuhalten. Der erste Pfeil traf eine junge Frau in der Mitte der Gruppe. Sie lief noch ein Stück weiter, dann sackten ihr die Beine weg. Schon hatte der

Elf sein nächstes Opfer im Visier, und für Felton gab es keinen Zweifel, auf wen er zielte.

Felton suchte nach einem schützenden Hauseingang, als sich die Bretter des Vordachs, auf dem der Elf hockte, durchbogen. Gleichzeitig brach der Oger von der anderen Seite durch das Haus des Schmieds und zertrümmerte es im Vorbeilaufen bis auf die Grundmauern. Der Elf hatte keine Möglichkeit, einen rettenden Sprung auf ein Nachbargebäude zu tun. Er wurde unter den Trümmern begraben.

»Fnolgen Gnunt«, schrie der Oger, ohne weiter auf die Menschen zu achten.

Die Schneise der Verwüstung, die er hinterließ, führte direkt in nordöstliche Richtung. Hundert Schritt weiter brach er durch eine Ziegelsteinmauer und gelangte zwischen Trümmern und Staub hindurch auf den kleinen Marktplatz.

Felton und seine Begleiter waren ihm dicht auf den Fersen. Der Oger war stehen geblieben und suchte den Platz vor sich ab. Aus zwei weiteren Straßen, die im Norden und im Westen in den Platz mündeten, stießen weitere Oger auf den Platz.

»Gnunt Erstner, Gnunt Sniegner«, rief er seinen Kameraden entgegen und riss die Arme in Siegerpose empor.

Wie aus dem Nichts surrte ein Pfeil heran und vergrub sich tief in Gnunts Seite. Der Oger reagierte nur mit einer wegwerfenden Geste und kniff sich in die wulstigen Speckfalten seines Wanstes. Erst jetzt sah er den übermäßig langen Schaft des Geschosses, das aus seiner Seite ragte. Bevor er es herausziehen konnte, wurde er von einem zweiten Pfeil getroffen. Das Geschoss bohrte sich durch die kräftigen Nackenmuskeln und trat einen Fuß weit aus seiner Schulter wieder heraus.

»Gnunt nicht mehr schlagen. Gnunt njetzt frei«, brüllte der gewaltige Oger.

Er schien die Kontrolle über sich zu verlieren. Statt in Deckung zu gehen und sich die Pfeile aus dem Körper zu ziehen, riss er mit beiden Händen an einer Backsteinmauer. Ein Stück von mehreren Häuserlängen geriet ins Wanken und brach unter dem Wutanfall des Ogers zusammen. Gnunt fuhr herum und suchte die Gegend nach dem Schützen ab. Auf dem Dach eines Hauses erspähte er die zierliche Gestalt eines Elfen. Wutentbrannt stürmte er auf ihn zu.

Noch bevor Gnunt den Platz überquert hatte, löste sich eine Gruppe

Soldaten aus dem Schutz der Baracken seitlich von Lord Felton. Angeführt wurde sie von Leutnant Tossil.

»Eure Lordschaft, geht dorthinüber zu den Ogern. Sie führen Euch aus der Stadt hinaus«, rief er seinem Befehlshaber zu.

Felton verlor keine Zeit und scharte die Männer und Frauen, die ihn begleiteten, wieder um sich.

»Vorwärts, Leute! Bleibt dicht zusammen und bleibt nicht stehen. Habt keine Angst vor den Ogern, sie sind gekommen, um uns zu helfen. Und nun los!«

Im dicht gedrängten Pulk rannten sie los. Felton sah, wie Gnunt die Reihe von Ziegelsteinbauten erreichte. Auf den Dächern hatten sich jetzt drei Elfenwesen versammelt und beharkten den wütenden Oger mit ihren Blasrohren. Gnunt war wie von Sinnen. Mit bloßen Fäusten hämmerte er auf die Fassaden der Häuser ein. Die herabgestürzten Trümmer benutzte er als Wurfgeschosse, um sich seiner Widersacher zu entledigen.

Die Menschen rannten quer über den Platz. Überall hatten die Händler aus Sandleg ihre Stände für den nächsten Markttag aufgestellt. Mehrere voll beladene Wagen mit verkaufsfertigen Gütern standen umher und versperrten den Flüchtenden die Sicht.

Rator, einige Oger und eine Gruppe Seeleute standen auf der anderen Seite des Platzes und verfolgten aufmerksam jede verräterische Bewegung, die sich zwischen den Ständen tat.

Felton hatte die Hälfte der Strecke zurückgelegt und wagte einen kurzen Blick über die Schulter. Direkt hinter ihm lief Leutnant Tossil, der mit seinen Soldaten zu ihm aufgeschlossen hatte. Gerade signalisierte ihm Tossil, dass alles in Ordnung sei, als der Leutnant von einem der kleinen vergifteten Holzpfeile in den Hals getroffen wurde. Im vollen Lauf versagten ihm die Beine, und er stürzte aufs Pflaster. Das Gift wirkte so schnell, dass ihm nicht einmal Zeit blieb, den Sturz mit den Armen abzufangen.

Felton fuhr herum und sah den steinernen Brunnen vor sich. Auf seinem Rand hockten zwei Elfen und visierten ihn mit ihren langen Blasrohren an. Drei weitere tauchten aus der Tiefe des Brunnens auf und gesellten sich zu ihren Kumpanen. Felton hechtete hinter einen Karren, dessen Ladung mit einer Plane verzurrt war.

»In Deckung!«, schrie er, musste aber feststellen, dass die meisten der Leute seinem Befehl schon zuvorgekommen waren.

Ein vorsichtiger Blick verriet ihm, dass immer mehr Elfen aus dem Brunnen emporstiegen und Stellung bezogen. Wie Ameisensoldaten, die ihren Bau schützen, kletterten sie aus dem dunklen Schacht. Nach wenigen Augenblicken hatten sich bereits zwei Dutzend versammelt.

Lord Felton war ratlos. Sie waren in eine Falle gelaufen, aus der es keinen Ausweg gab. Die Elfen würden kein Erbarmen kennen und einen nach dem anderen töten, genau wie sie es seit ihrer Ankunft in der Hafenstadt mit jedem getan hatten, der sich ihnen in den Weg stellte.

Das laute Scheppern von Töpfen und Pfannen ließ Felton noch einmal einen Blick aus seinem Versteck wagen. Ein hoch beladener Wagen mit Blechgeschirr raste von Norden her auf den Brunnen zu. Wie von unsichtbaren Pferden gezogen gewann der Karren trotz einer leichten Steigung immer mehr an Geschwindigkeit. Die Elfen schienen keine Notiz davon zu nehmen, ihre Aufmerksamkeit galt einzig den verängstigten Menschen in ihren dürftigen Verstecken.

Der Karren prallte mit voller Wucht gegen den Brunnenrand, brachte einen Teil der aufgemauerten Steine zum Einsturz und ergoss seine metallenen Waren über die Elfen. Die meisten Angreifer stürzten zurück in die Tiefe oder wurden unter Töpfen und Pfannen begraben. Erst als die hintere Achse des Wagens sich in die Höhe schraubte, erkannte Felton die beiden Oger, die das Gefährt angetrieben hatten. Sie stemmten sich unter die Ladefläche, kippten den Wagen über den Brunnenrand und verschlossen diesen damit. Mit weiten Sprüngen retteten sich die restlichen Elfen aus dem unmittelbaren Gefahrenbereich.

Felton erkannte die Chance für sich und die anderen. Sie mussten die entstandene Verwirrung nutzen.

»Los Leute, rennt!«, schrie er.

Er packte einen von Tossils Soldaten, die an ihm vorbeistürmten, am Arm und hielt ihn zurück.

»Helft mir, den Leutnant in Sicherheit zu bringen«, stöhnte er.

Der junge Mann schaute sich verängstigt um. Leutnant Tossil lag noch immer auf dem Pflaster. Bei seinem Sturz hatte er sich eine stark blutende Kopfwunde zugezogen. Der junge Rekrut fasste sich ein Herz und nickte zuversichtlich. Gemeinsam packten sie den Leutnant an Armen und Beinen und schleppten ihn in Richtung Osttor. Die übrigen Menschen hatten die beiden Oger bereits passiert und suchten ihr Heil in der Flucht.

Nicht weit von ihnen entfernt wütete Gnunt noch immer zwischen den Backsteingebäuden. Mit einer Hand bearbeitete er das Dachgerüst, das mittlerweile zum größten Teil von den Dachpfannen befreit war, und rüttelte an den Balken, an die sich ein Elf klammerte. Mit der anderen Hand wischte er sich panisch über den Rücken, um sich von den unzähligen kleinen Pfeilspitzen zu befreien, die ihn getroffen hatten.

Einer der Oger am Brunnen war zweifelsohne Rator. Wütend schlug er um sich, ohne dabei einen Treffer zu landen. Die akrobatischen Bewegungen der Elfen ließen sie immer wieder vor der mächtigen Axt zurückweichen. Felton und seinen Leuten reichte die Verwirrung dennoch. Eine bessere Chance zur Flucht würde sich ihnen nicht bieten.

Mit einem letzten Wutausbruch schwang Rator seine Axt erneut und trat nach den Trümmerteilen des Brunnens, die auf die Angreifer niederprasselten. Unerwartet hechtete er auf Felton und den jungen Soldaten zu, die sich mit dem Abtransport von Leutnant Tossil schwertaten. Er packte den Bewusstlosen am Brustpanzer und entriss ihn seinen Trägern. »Hüttenbauer, laufen!«, schrie er, wobei er sich Tossil wie ein Gepäckstück unter den Arm klemmte.

Felton hatte seine Verwirrung schnell überwunden und hetzte weiter zum Osttor.

Rator und sein Kampfgefährte bildeten die Nachhut. Im Vorbeilaufen zertrümmerten sie alles, was ihnen in den Weg kam, um ihren Verfolgern die Verfolgung zu erschweren. Nur Gnunt blieb zurück. Noch beim Erreichen des Osttores hörten sie sein wütendes Gebrüll.

Das schwere Doppelportal war weit geöffnet. Zwei Oger säumten den Durchgang, und als sich die flüchtenden Menschen ihnen näherten, zeigten sie auf das kleine Wäldchen im Osten der Stadt.

Lord Felton hatte die Stadtmauer hinter sich gelassen und rannte über das offene Feld, um zwischen den alten Eichen des Waldes Schutz zu suchen. Er wagte einen Blick zurück und sah die vier Oger, die ihre Flucht deckten. Das Stadttor war wieder geschlossen, und anscheinend wagten es die fremdartigen Wesen nicht, ihnen zu folgen. Nicht einmal auf der Stadtmauer hatten sie Schützen postiert, um die kleine Schar weiter anzugreifen.

Im Schutz der Bäume angekommen ging Felton hinter einem umgestürzten Baum in Deckung. Einige Stadtbewohner kauerten in einer Mulde dicht gedrängt zusammen. Rator blieb direkt vor dem Lord aus Osberg stehen und zog ihn aus seinem Versteck hervor. Er legte Leutnant Tossil auf dem weichen Waldboden ab, packte Felton am Brustpanzer und hob ihn in die Höhe.

»Wo Hüttenbauer ohne Schuhe?«, brüllte er. »Rator gesehen, gegangen in Stadt nach gesprochen mit dir. Wo hingegangen?«

Lord Felton verstand die Welt nicht mehr. Was wollte Rator von ihm? Gerade eben hatte er ihm noch das Leben gerettet, und einen Moment später drohte er, ihn mit seinem fauligen Atem zu ersticken und in Stücke zu reißen.

Noch bevor Felton reagieren konnte, krachte etwas mit Wucht gegen das Stadttor. Der Lärm ließ Rator herumwirbeln und den Lord achtlos zu Boden schleudern. Ein zweites Mal stieß etwas gegen das Portal. Diesmal wurde der rechte Flügel aus der Verankerung gerissen und schleuderte seine Beschläge etliche Meter weit auf die Oststraße. Danach kehrte Ruhe ein. Das schwere Osttor hing schief in der Angel. Stück um Stück wurde das Tor nach außen aufgebogen. Eine Woge Sand türmte sich vor dem Holz auf.

Gnunt zwängte sich durch den Spalt und schlurfte auf den kleinen Wald zu. Noch immer steckte ein Pfeil in seiner Seite. Seine Beine drohten einzuknicken, und er schwankte von einer Seite zur anderen.

Geschmeidig wie eine Raubkatze erklomm ein Elf die Stadtmauer hinter ihm und setzte zum Sprung an. Ein weiter Satz ließ ihn auf Gnunts Rücken landen und seinen Hals umklammern. Mit einem gebogenen Kurzschwert versuchte er, dem Oger ein schnelles Ende zu bereiten. Der Elf hatte seinen Gegner jedoch unterschätzt, denn Gnunt packte ihn am Arm und schleuderte ihn auf den Boden. Mit einem gezielten Tritt zerquetschte er dem Elfen den Brustkorb. Dann zog er sein Opfer an den Beinen hoch und schmetterte ihn mehrere Male auf die Erde, bis er ihn schließlich in hohem Bogen über die Stadtmauer zurückwarf. Unbeeindruckt von der Attacke setzte Gnunt seinen Weg fort.

Als er den rettenden Wald erreichte, war er am Ende seiner Kräfte. Er griff nach dem Schaft des Pfeils und brach ihn ab, dann blickte er mit glasigen Augen umher und brummte: »Gnunt müde.« Danach brach er zusammen. In seinem Rücken steckten Dutzende von kleinen Giftpfeilen. Die Verletzungen waren nicht lebensgefährlich, jedenfalls nicht für einen Oger. Doch das Schlafgift tat seine Wirkung.

25

Drohende Sterne

Es regnete bereits seit Stunden. Unaufhörlich prasselten die schweren Tropfen auf die dünnen Holzschindeln des verlassenen Handelspostens. Die Wassermassen ergossen sich auf den kleinen Vorhof und suchten sich auf der schmalen Schotterstraße ihren Weg hinab ins Tal. Tiefe Rillen bildeten sich in dem schon lange nicht mehr benutzten Pfad und machten ihn für Pferde und Wagen unpassierbar.

Ein schwacher Lichtschein drang durch die ramponierte Vordertür des Handelspostens, und aus dem Inneren hörte man die grollende Stimme Mogdas.

»Es ist doch nicht meine Schuld, dass es hier so zieht. Du brauchst dir diese vergammelte Hütte doch nur mal genauer anzuschauen. Es ist ein Wunder, dass sie überhaupt noch steht.«

Hauptmann Barrasch schüttelte belustigt den Kopf.

»Nein, ein Wunder ist es, dass der Türrahmen nicht an deinem Hintern hängen geblieben ist.«

Mogda wandte sich beleidigt ab. Manchmal hasste er sich dafür, den Menschen so viel Verständnis entgegenzubringen. Vor einigen Jahren noch hätte es niemand gewagt, ihn fett zu nennen; und wenn doch, hätte er keine Gelegenheit mehr gehabt, damit zu prahlen. Wissen brachte jedoch Verständnis mit sich, und Verständnis hielt einen davon ab, immer und immer wieder auf jemanden einzuschlagen.

»Ich bin nicht dick«, murmelte Mogda beleidigt.

Sein Blick fiel auf Cindiel und Finnegan, die seit Tagen jede freie Minute miteinander verbrachten. Gestern hatte der junge Soldat damit begonnen, die junge Hexe aus Osberg im Fechten zu unterrichten. Cindiel lernte schnell, und Mogda war sich sicher, dass sie jedes Gefecht am heimischen Brunnen für sich entscheiden würde, doch in einem richtigen Kampf sollte sie sich lieber auf ihre Zauberkräfte verlassen. Finnegans Lob jedoch hob ihre Kampfkunst in den Himmel. Wenn man ihm zuhörte, hätte man denken können, Tabal selbst führe dieses Schwert in der Gestalt eines jungen Mädchens. Er feuerte sie an und ließ immer mehr imaginäre Gegner heranstürmen, die sie eine nach dem anderen mit einem einzigen Streich in das Reich der Götter schickte. Der junge Soldat stand hinter ihr und griff ständig in Cindiels Schwertarm, wobei er seinen Oberarm an ihrem Körper rieb. Ihr schien das nichts auszumachen; im Gegenteil, wie zur Antwort presste sie ihr Hinterteil an Finnegans Becken.

»Ich habe Hunger«, maulte Mogda, dieses Anblicks überdrüssig.

Barrasch fühlte sich wieder in die Unterhaltung eingebunden und wendete sich dem Oger zu.

»Können wir für die Zukunft einfach annehmen, dass du immer Hunger hast? Dann würde es eigentlich genügen, uns nur darüber zu unterrichten, dass du satt bist. Wir gehen dann davon aus, dass dieser Zustand nicht länger als drei Minuten anhält. Somit hätten wir uns viel unnütze Plauderei erspart.«

»Ich habe Hunger«, wiederholte Mogda. Sein Blick kehrte zu dem Kampftraining zurück. »Und, findest du nicht auch, dass Cindiel sich irgendwie merkwürdig verhält?«

»Merkwürdig für einen Oger, eine Hexe oder einen anderen Menschen?«, fragte Barrasch.

»Nur merkwürdig für Cindiel. Als ich ihr gesagt habe, dass ich nachts die Elfen gesehen habe, erinnerst du dich …?«

»Natürlich erinnere ich mich. Mein Gedächtnis funktioniert schließlich ebenso gut wie dein Magen«, erwiderte Barrasch.

»Wie auch immer, sie hat nicht angefangen zu schreien und mich zu beschimpfen, weil ich sie nicht geweckt habe. Selbst als ich ihr die Prophezeiung gezeigt habe, blieb sie ganz ruhig. Den ganzen Tag hängt sie mit diesem Jungen rum. Und überhaupt, was soll das sein, was die beiden da veranstalten?«

Barrasch legte Mogda freundschaftlich eine Hand auf die Schulter, wobei er gerade noch seine sitzende Position beibehalten konnte.

»Das nennt man turteln.«

»Wozu soll das gut sein?«, fragte Mogda missmutig.

»Das kommt darauf an. Wenn sie gewinnt, bekommt er einen Korb und wird in den nächsten Tagen mit einem langen Gesicht herumlaufen, bis sie ihm eine Revanche gewährt. Wenn er gewinnt, hat er eine treue Gefährtin gefunden, und eine der großen Suchen im Leben eines Menschen ist beendet.«

»Los, Prinzessin, hau ihn um! Du bekommst auch einen neuen Korb von mir«, platzte es aus Mogda heraus.

Der Gefühlsausbruch des Ogers brachte die beiden jungen Leute aus dem Konzept. Sie verhakten sich bei einer komplizierten Schrittfolge, die Finnegan Cindiel schon ein Dutzend Mal erklärt hatte, und fielen rücklings in einen Strohhaufen. Barrasch drehte sich abrupt um. Seine Miene leugnete, an diesem Gespräch je teilgehabt zu haben.

»Genau das meine ich«, erklärte Mogda. »Sie ist nicht bei der Sache. Vorhin hat sie noch gesagt, es kommt kein Gewitter. Das hier sei nur ein kurzer Platzregen, und nun hör dir das an ...«

Der Regen peitschte gegen die Wände der Hütte, einige Schindeln lösten sich vom Dach, und die Vordertür drohte vollends aus dem Rahmen zu brechen. Die Kerze, die Barrasch akribisch mit ihrem eigenen Wachs auf dem Tisch festgeklebt hatte, flackerte kurz auf und erlosch. Die überraschende Dunkelheit schien niemanden zu stören. Im Gegenteil, Cindiel kicherte albern auf ihrem Strohlager.

Mogda schloss die Augen, um sich während der letzten Stunden vor Tagesanbruch noch etwas auszuruhen. Barrasch kramte in seinem Lederbeutel herum und legte sich das Zunderkästchen zurecht. Er wartete darauf, dass sich der Wind wieder legte, um die Kerze erneut anzuzünden.

Ein dumpfes Grollen übertönte den Sturm. Der Donner war lang und anhaltend. Er füllte die Lücke zwischen zwei mächtigen Windböen, die fast Orkanstärke erreichten. Der Regen schlug horizontal gegen die morschen Bretter und trieb die Feuchtigkeit in kleinen Tropfen quer durch die Hütte.

Ein zweites Donnern, dicht gefolgt vom berstenden Krachen eines Baumstamms beendete Mogdas wohlverdiente Ruhe abrupt.

Plötzlich verstummte der Sturm, und nur das monotone Rauschen des Regens war noch zu hören. Mogda machte sich nicht viel aus gutem oder schlechtem Wetter. Ein Gewitter unter freiem Himmel zu erleben war für ihn nichts Besonderes. Er hatte schon viele regnerische Nächte unter dem Blätterdach eines Baumes verbracht, und diese Hütte bot auch nur geringfügig mehr Schutz. Das Einzige, was einem Oger etwas anhaben konnte, war lang anhaltende Kälte, und das hauptsächlich wegen der mangelhaften Nahrungsversorgung. Dieser Sturm jedoch war aus irgendeinem Grund anders.

Mogda blickte in der dunklen Hütte umher. Er hockte allein vor dem Tisch, und auch Cindiels Kichern hatte aufgehört. Nur schemenhaft erkannte er die drei Umrisse seiner Gefährten, die sich dich vor dem Türspalt versammelt hatten.

»Was ist los? Habt ihr Angst vor einem Gewitter?«

»Psst!«, ermahnte ihn Barrasch flüsternd. »Hast du schon mal einen Donner gehört, ohne vorher einen Blitz gesehen zu haben?«

Mogda wusste, dass Blitz und Donner zusammengehören, aber im Detail hatte er sich über den Zusammenhang noch keine Gedanken gemacht.

»Ist das wieder so eine Redensart der Menschen?«, brummte er. »So wie ›wo Rauch ist, ist auch Feuer‹ oder ›schlägst du meine Oma, schlag ich deine Oma‹?«

Die drei blieben ihm eine Antwort schuldig; stattdessen starrten sie wie gebannt durch den schmalen Schlitz auf den dunklen Vorhof.

Mogda erhob sich und gesellte sich zu ihnen. Der nach oben hin schmaler zulaufende Spalt bot nur den drei Menschen genug Platz, um hinausblicken zu können. Keiner der drei war gewillt, seinen Platz aufzugeben. Also beschloss Mogda, seine Neugier zu befriedigen, indem er ein Brett aus einem Fensterladen brach. Das Geräusch des splitternden Holzes ging in dem markerschütternden Fauchen und Brüllen unter, das seinen Ursprung direkt vor der Hütte hatte. Zuerst erkannte Mogda nur zwei große schwarze Schatten, die sich von dem sternenklaren Nachthimmel absetzten. Die dunklen Flecken schienen zu pulsieren. In einem Moment verschwammen sie fast gänzlich mit den Bäumen und Felsen, nur um im nächsten Augenblick die Hälfte der Sterne am Himmel zu verschlucken. Die Schatten bewegten sich jedoch nicht lautlos. Steine wurden umhergeworfen, starke Äste brachen, und mit jedem schattigen Pulsschlag stöhnte die Erde auf wie unter mächtigen Hammerschlägen. Langsam hatten sich Mogdas Augen an das Spiel von Schwarz und Grau gewöhnt. Wie an einem fremden Nachthimmel tanzten Sterne in dem undurchdringlichen Schwarz der Schatten umher. Wieder ertönte das dunkle Grollen, gefolgt von einem bestialischen Fauchen. Erst jetzt erkannte Mogda, was sich direkt vor seinen Augen abspielte.

Die großen blassgelben Sterne waren nichts anderes als die messerscharfen Zähne eines Gebisses und die Krallen zweier miteinander kämpfender, nachtschwarzer Drachen. Die beiden mächtigen Wesen rangen um einen erschlafften humanoiden Körper, den einer von ihnen fest umschlungen in seiner Klaue hielt. Es schien, als drohten sie einander mehr, als auf Leben und Tod zu kämpfen. Sie fauchten einander an, und ihre Flügel hoben ihre massigen Körper kurz empor, um sich mit Vorder- und Hinterläufen dem Angriff des anderen zu erwehren.

Der Prankenhieb des einen Drachen warf seinen Widersacher auf die Seite und ließ ihn den Pferdeunterstand samt Tränke unter sich begraben. Graziös rollte sich dieser ab und vollführte einen Flügelschlag, der ihn wieder auf die Beine brachte. Ein Brüllen signalisierte, dass er bereit war, sich dem nächsten Angriff zu stellen. Sein Schwanz schlug aufgeregt hin und her. Mit einem Sprung nach vorn versuchte er seinen Gegner zu überraschen, doch dieser war gewappnet und verpasste ihm erneut einen Prankenhieb. Diesmal konnte er seinen Sturz nicht so gut abfangen und stürzte rücklings auf das Gebäude des Handelspostens.

Das verwitterte Haus hielt dem Gewicht der magischen Bestie nicht stand. Die komplette linke Seite bis zum Türsturz, auf der eben noch Cindiel und Finnegan ihr Training absolviert hatten, wurde unter dem massigen Leib des Drachen begraben. Der Rest der Hütte drohte durch den Aufprall umzustürzen.

Mogda schaffte es gerade noch, die Vorderwand am Fensterrahmen zu packen und mit der anderen Hand stützend unter das Gebälk zu greifen. Obwohl das größte Unheil dadurch abgewendet wurde, konnte er nicht verhindern, dass die Zwischendecke aus ihrer Verankerung riss und seitlich absackte.

Finnegan wurde unter den herabstürzenden Trümmern begraben. Cindiel machte einen rettenden Hechtsprung, um dem gleichen Schicksal zu entgehen, landete aber direkt vor der mächtigen Pranke des Drachen. Regungslos blieb sie liegen. Eine einzelne Kralle erhob sich und machte Cindiel klar, dass sie entdeckt worden war. Drohend schwebte der Hornstachel über ihr, bereit, jederzeit herabzustoßen und ihrem jungen Leben ein Ende zu bereiten. Vorsichtig stupste die Klaue sie an und rollte Cindiel auf den Rücken. Schützend hob sie die Hände vors Gesicht. Die Bewegung reichte aus, um das Interesse des Drachen zu wecken. Der lange Hals bog sich nach unten, der Kopf schnellte vor und kam nur wenige Handbreit vor Cindiel zum Stehen. Die bebenden Nüstern des Untiers verbreiteten einen stechenden Geruch nach ätzender

Säure. Die Lefzen zogen sich auseinander und entblößten das gewaltige Gebiss. Von den Fangzähnen tropfte Geifer, und ein tiefes Grollen entstieg der Kehle des Drachen.

Mogda konnte Cindiels missliche Lage nicht länger tatenlos mit ansehen. Er musste dem Mädchen zu Hilfe eilen, wenn es in dieser Situation überhaupt so etwas wie Hilfe gab. Mit der Schulter stützte er die Vorderwand ab und legte eine Hand auf den Griff des Runenschwertes.

Barrasch hockte immer noch zu seinen Füßen. Er hörte, wie der Oger die Klinge langsam aus der Scheide zog.

»Tu das nicht, du hast nicht die geringste Chance«, flüsterte er.

»Warum nicht? Wir Oger haben vor Jahren all ihre roten Brüder für weniger getötet und verspeist. Und wie du selbst gesagt hast, hält mein Sättigungsgefühl nicht sonderlich lange an.«

Mit diesen Worten löste Mogda sich von der Hütte und sprang mit gezogenem Schwert unter den Trümmern hervor. Noch bevor er zum Schlag ausholen konnte, wurde er von der Pranke des Drachen gepackt und zu Boden gedrückt. Die Wucht, mit der er herumgeschleudert wurde, riss ihm das Runenschwert aus der Hand. Unbewaffnet und hilflos lag er am Boden und versuchte, sich aus dem fesselnden Griff der Drachenklaue zu befreien. Hinter sich hörte er, wie die Reste des Handelspostens in sich zusammenstürzten.

»Mogda, hilf mir!«, hörte er Cindiel schluchzen.

»Ich bin hier, Prinzessin«, brachte er gepresst unter dem Druck der Pranke hervor.

Ihr Peiniger duldete keine Art von gegenseitigem Zuspruch. Sofort erhöhte er den Druck der Klauen auf seine Gefangenen. Sein Kopf schnellte herum und fauchte Mogda an.

Der schwarze Drache unterschied sich nicht nur farblich von seinen roten Artgenossen. Sein Kopf war lang gestreckt, genau wie sein Maul. Das Gebiss war eher eine Ansammlung von wild durcheinander wuchernden Fangzähnen, und sein Haupt krönten zwei lang gebogene Hörner, die an einen Widder erinnerten. Die gelb glühenden Augen zierte eine rote Iris. Tiefes Grollen entstieg seinem Schlund und ließ erneut dünne Speichelfäden an seinen Fangzähnen heruntertropfen, die zischend auf einen Felsen neben Mogdas Kopf tropften. Die Säure begann den Stein sofort zu zerfressen und entwickelte dabei einen beißenden Geruch.

Mogda spürte, wie die Erde bebte. Trotz der Dunkelheit fühlte er, wie sich ein gewaltiger Schatten über ihn beugte. Drohend schob sich der mit Schuppen und Hornplatten besetzte Unterkiefer des zweiten Drachen über ihn. Nach einem kurzen Moment gegenseitigen Taxierens fauchten die Drachen einander an. Sie schienen sich um die Aufteilung ihrer Beute zu streiten. Der Neuankömmling gewann, und Mogda war für einen Augenblick unbeobachtet und frei. Er sah sich hilfesuchend um. Sein Blick fiel auf das Runenschwert, das nur wenige Schritte von ihm entfernt lag. Er zögerte nicht, auch wenn er wusste, wie aussichtslos sein Plan war.

Wenn hier und jetzt sein Ende kommen sollte, wollte er auf jeden Fall die Genugtuung haben, seinem Bezwinger den Tag zu vermiesen. Auf allen vieren robbte er zu seiner Klinge. Er hatte nicht einmal die Hälfte der Strecke zurückgelegt, als der tote Körper eines Elfen vor ihn auf den Boden prallte. Zwei Pfeilschäfte ragten aus seinem Rücken. Sanft stieß der Drache mit seiner Klaue den Leichnam des Elfen an und schob ihn damit näher an Mogda heran. Selbst im Tod sahen die Körper der Elfen noch erhaben aus. Das Blut aus seinen Wunden schien sich nicht mit der schillernden Kleidung vermischen zu wollen. Das schmale Gesicht wirkte friedlich, als schlafe er nur.

Mogda fragte sich, ob die Drachen eine Sprache beherrschten, doch ein Blick in die Augen des schwarzen Unholds reichte, um zu verstehen. In ihnen spiegelte sich Hass wider gegenüber jenem, der den Elfen getötet hatte; unendliche Wut und zugleich Hilflosigkeit.

Barrasch kroch unter den Trümmern des Handelspostens hervor. Sein Stöhnen und Jammern blieb nicht unbemerkt. Gerade hatte er sich unter der Holzwand herausgearbeitet, als auch er gemeinsam mit Mogda von der Drachenklaue zu Boden gedrückt wurde.

Cindiel gesellte sich zu ihnen. Sie hing kopfüber über ihren beiden Gefährten. Ihre Augen waren geschlossen, und ihr Gesicht verriet, dass sie mit dem Schlimmsten rechnete.

Inzwischen war auch Finnegan wieder bei Bewusstsein. Mogda hörte, wie er versuchte, sich aus dem Wust von Balken und Brettern zu befreien.

Die Drachen waren anscheinend der Meinung, es sei besser, wenn der junge Soldat noch einige Zeit in seinem unfreiwilligen Versteck ausharrte. Ein langer, stachelbewehrter Schwanz legte sich über die

Trümmer und ließ alle weiteren Befreiungsgeräusche verstummen. Mogda konnte nicht sagen, welchem Drachen er dieses Hinterteil zuordnen sollte, doch da die beiden sich augenscheinlich wieder einig waren, war es unerheblich für ihn, das zu wissen.

Der Oger warf einen wehmütigen Blick auf das Runenschwert. Die Ettins hatten es ihm vor Jahren überlassen. Seine Kraft reichte über das Hier und Jetzt hinaus. Im Bund der Ettins konnte es Visionen zeigen und einen Verlorenen zurück auf den Weg bringen. Er konnte nur hoffen, dass es für ihn noch einen Weg gab. Als Mogda sich wieder abwandte, sah er sich dem Drachen Auge in Auge gegenüber. Eine dunkelblaue, gespaltene Zuge schnellte zwischen den Zähnen hervor und leckte ihn von der Brust über den Hals und quer durchs Gesicht.

»Prios, hilf uns!«, hörte er die gequälte Stimme Cindiels, die ihren Gott anbetete. »Lass nicht zu, dass sie uns fressen.«

Mogda spürte den Speichel des Drachen, der sich in seine Haut ätzte. Wie Metall, das sich immer weiter erhitzte, brannte er auf seinem Körper. Die Fressgewohnheiten der Drachen waren ihm unbekannt, dennoch glaubte er nicht, dass dieses Züngeln ein Geschmackstest war.

»Wir haben nichts mit dem Tod dieses Elfen zu tun«, sagte Mogda, und dabei bemühte er sich, keine Furcht zu zeigen. »Aber wenn ihr gekommen seid, um den Tod eurer roten Brüder zu rächen, beendet es jetzt. Nur lasst die Menschen gehen, sie hatten nichts damit zu tun.«

Die Drachenklaue ließ Cindiel sanft zu Boden fallen. Die junge Hexe lag noch einige Momente regungslos und riskierte erst dann einen vorsichtigen Blick zwischen ihren Fingern hindurch. Statt die Flucht zu ergreifen oder sich in Mogdas Schutz zu begeben, hockte sie sich vor den toten Elfen und fuhr sanft mit der Hand über seinen Leib. Ihre Berührungen waren so behutsam, dass die mit Silberfäden bestickte Kleidung keine Falten warf, als sie diese berührte. Sie drehte den toten Körper auf die Seite und begann, einen Pfeil nach dem anderen aus seinem Leib zu ziehen. Das Fauchen der Drachen ließ Mogda und sie zusammenzucken.

»Wir haben ihn nicht getötet«, schrie Mogda. »Sie will ihm nur die letzte Ehre erweisen.«

Mogda war kurz davor, eine große Dummheit zu begehen. Sein Schwert lag nur einen Sprung entfernt, doch die sanfte Stimme Cindiels hielt ihn davon ab, den Sprung zu wagen.

»Sie wissen es. Sie sinnen nicht auf Rache, jedenfalls nicht gegen uns.«

»Woher willst du das wissen?«

»Ich weiß es, denn ich kann es spüren«, entgegnete die junge Frau. »Sie kommunizieren auf ähnliche Art und Weise wie ich früher mit meiner Großmutter. Wenn man es schafft, seine Gefühle auf das Wesentliche zu beschränken und diese dann bündelt, kann man sie wie eine Sprache verwenden. Diese Sprache ist nicht so vielfältig wie das gesprochene Wort, aber sie lügt auch nicht.«

Cindiel klang leicht enttäuscht. »Leider kann ich nicht spüren, was sie wollen.«

Mogdas Schmerzen wurden unerträglich. Der ätzende Speichel auf seiner Haut fraß sich immer tiefer. Ungestüm riss er an seinem Hemd und versuchte, die Säure wegzuwischen. Der Stoff hatte unter dem Drachenspeichel schon so stark gelitten, dass er zerriss und ein braun verfärbter Teil sich vom Rest löste. Ein paar von Mogdas Sachen fielen zu Boden, darunter auch das Stück Rinde vom Baum Mystraloon.

»Aber ich weiß es«, stöhnte Mogda. »Sag ihnen, wir werden sie finden.«

Cindiel schaute Mogda verwundert an.

»Sag es ihnen einfach«, wiederholte er.

Cindiel schloss die Augen und konzentrierte sich. Sie hatte große Mühe, ihre Gefühle unter Kontrolle zu bringen. Zu viel war passiert in den letzten Tagen. Sie war hin und her gerissen zwischen Angst und Zorn, Liebe und Trauer. Sie versuchte, das alles aus ihren Gedanken zu löschen, jedenfalls für diesen Moment, für einen winzigen Augenblick. Doch so sehr sie sich auch bemühte, es gelang ihr nicht. Zu tief hatten sich die Eindrücke in ihren Geist gegraben. Und wie sie selbst gesagt hatte: Gefühle konnten nicht lügen und auch nichts verschweigen.

»Ich kann es nicht«, brach es schließlich aus ihr heraus.

Erneut vergrub sie ihr Gesicht zwischen den Händen. Mogda sah, dass sie am Ende ihrer Kräfte war. Sie fiel auf die Knie und weinte bitterlich. Die Drachen jedoch waren für die Botschaft des jungen Mädchens empfänglicher, als sie es selbst angenommen hatte. Mit einem zufriedenen Knurren zogen sie sich zurück und wandten sich in Richtung der zerklüfteten Landschaft der Berge. Ihre Bewegungen waren so vorsichtig, dass man kaum einen ihrer Schritte spürte. Schnell verschmolzen sie mit dem Dunkel der Felsen und Bäume und waren wenig später ganz verschwunden.

Auch Barrasch kam wieder auf die Beine. Erschöpft setzte er sich auf, lehnte sich gegen die Trümmer und ließ seinen Blick durch die Dunkelheit schweifen.

»Sind sie weg?«

»Nein, sie lauern dort irgendwo zwischen den Felsen und beobachten uns«, sagte Mogda, der sich erhoben hatte und unter der zusammengestürzten Hütte nach Finnegan suchte.

»Komm, mein Junge, genug geschlafen. Vielleicht brauchen wir dich noch«, sagte er und hob Finnegan am Hosenbund hoch.

Cindiel hatte inzwischen ihre Fassung wiedererlangt und kümmerte sich um den Soldaten, nachdem Mogda ihn neben den Elfen gelegt hatte. Bis auf ein paar kleine Kratzer und eine Beule am Kopf schien ihm nichts zu fehlen. Nach wenigen Minuten kam er wieder zu sich und blickte in das strahlende Gesicht der jungen Hexe.

»Sind wir tot?«

»Nein, wir arbeiten noch daran«, brummte Mogda.

Cindiel fiel Finnegan erleichtert um den Hals und küsste ihn liebevoll auf die Wange. Mogda fand diese Geste etwas übertrieben; insbesondere deswegen, weil er es gewesen war, der sich den Bestien mutig entgegengeworfen hatte, während Finnegans Beitrag sich darauf beschränkt hatte, sich von einem leblosen Stück Zimmermannsarbeit überwältigen zu lassen. Mogda wollte auch gar nicht gedrückt und geküsst werden. Ein schlichtes ›*Das war heldenhaft!*‹ hätte gereicht.

Barrasch reichte ihm seine Waffe. Er hielt das Runenschwert mit ausgestreckten Armen vor sich wie ein heiliges Artefakt. Mogda nahm es dankbar nickend entgegen. Jedenfalls einer wusste seine Tat zu würdigen.

Voller Ehrfurcht betrachtete Barrasch das Schwert, dann sah er zu Mogda auf.

»Und beim nächsten Mal solltest du versuchen, es nicht gleich wieder zu verlieren.«

26

Elliah

Zur selben Zeit grub sich am südöstlichen Rand des Grindmoores der Mann, der sich selbst *Elliah* nannte, langsam und in kreisenden Bewegungen aus dem losen Sand, der sich am Fuß des Gebirges gesammelt hatte. Sein Körper war alt, seine Haltung gebeugt, und die faltige Haut wirkte ausgetrocknet. Voller Würde reckte er den Hals und richtete sein Antlitz mit geschlossenen Augen in den nächtlichen Himmel. Seine Augenlider bebten und schafften es endlich, die trockenen Verkrustungen in seinem Gesicht zu durchbrechen. Seine Pupillen waren schwarz.

»Ich grüße Euch, Götter! Genießt den ersten Tag vom Rest Eures Daseins. Ich hoffe, Ihr verfolgt mein Tun. Eure Untätigkeit auf dieser Welt wird Euer Untergang sein. Erfreut Euch an der Möglichkeit, dass ich es vielleicht nicht besser machen werde als Ihr, auf jeden Fall aber wird es anders. Die Welt, die Ihr erschaffen habt, hat einfach zu viele Schwächen. Diese unterschiedlichen Rassen, diese Vielfalt an Leben, das Spiel zwischen Chaos und Ordnung, es wirkt alles so *unausgegoren*. Das Schlimmste aber ist, es gibt zu viel Land und zu wenig Wasser. Hockt ruhig weiter untätig dort oben und genießt Euer Ende.«

Das triumphierende Lächeln strafte seinen zerbrechlichen Körper Lügen.

Mit unsicheren Schritten wandte er sich gen Nordosten, direkt auf die großen Elfenwälder zu. Seine Schritte waren zaghaft, und seine Schultern fanden kaum die Kraft, den Kopf aufrecht zu halten. Plötzlich hielt er in der Bewegung inne und schaute nach Nordwesten über das zwei Meilen entfernte Grindmoor.

»Ihr habt Glück, Ihr Götter. Eurem Untergang soll ein kleiner Aufschub gewährt sein. Jedenfalls so lange, bis mein Körper sich erholt hat und ich das Ende dieser Welt mit neuer Kraft erleben kann«, murmelte Elliah.

Er wandte sich einem schmalen Pfad zu, der zum Moor führte, und setzte seinen Weg fort.

Der Morgen graute noch nicht, als er die ersten sumpfigen Felder erreichte. Zufrieden schaute er in einen von Torf und Schlamm dunkel gefärbten Weiher. Das salzige Wasser hatte auch hier schon seine Spuren hinterlassen und ließ den üppigen Bewuchs der Böschung zu einer gelb verfärbten, dahinsiechenden Masse werden.

Wortlos setze er einen Fuß in den morastigen Tümpel. Gierig wie ein Schwamm sog sein Körper die Flüssigkeit in sich auf. Die Haut seiner Beine straffte sich, und die Muskeln in Wade und Oberschenkel zeichneten sich deutlich ab. Wie eine höfische Dame, die ein Bad in Milch, bestreut mit Rosenblüten, nahm, breitete er seinen Umhang aus und stieg ins Wasser hinab. Er tauchte vollends unter, bis nur noch einige Strähnen seines ergrauten Haares an der Oberfläche trieben. Von Zeit zu Zeit stiegen Blasen an die Oberfläche und zerplatzten dort, bis seine Lungen vollständig mit Wasser gefüllt waren.

Es dauerte fast eine Stunde, ehe Elliah dem Wasser entstieg. Er war es zweifellos, das verschlagene Lachen verriet ihn ebenso wie seine Augen, doch der gesamte Körper war wie ausgewechselt. Aus dem greisen Alten war ein kräftiger Jüngling geworden.

Elliah schlang seinen durchnässten Mantel um sich und hielt auf den Elfenwald zu. Das Moor und das dahinterliegende Land hatten sich verändert, seitdem das Wasser in die rote Wüste geflossen war. Die einstige Heimat von Grind, dem letzten Trollkönig, hatte sich von einer fast ausgetrockneten Hochmoorlandschaft in ein übelriechendes Sumpfgebiet verwandelt. Der sonst so fruchtbare Boden und die üppige Pflanzenwelt waren vom Salz des Meerwassers vergiftet. Pflanzen und Tieren fehlte es an trinkbarem Nass. Wer es schaffte, dieser unwirtlichen Gegend zu entkommen, war in Sicherheit, der Rest siechte dahin.

Die ersten Sonnenstrahlen erhellten das Blätterdach des Waldes, als Elliah seinen Fuß in das vergangene Reich der Elfen setzte. Jeder dieser Bäume hatte ein unvorstellbares Alter erreicht. Sie waren ewig. Es hatte sie bereits zu einer Zeit gegeben, in der die Kontinente noch eins waren und das Land keinen Namen hatte. Die Magie der Elfen schützte sie; selbst dann noch, als sie schon lange verschwunden waren. Für die Elfen war es ein heiliger Ort, für Elliah nur das Ende einer langen Suche. Ihm war der Wald egal, er wollte nur diesen einen Baum finden – Mystraloon. Und das auch nur, weil der Baum in seinem Inneren die

Macht der Götter trug. Bald würde Elliah die Macht haben, und dann gäbe es nur noch ihn – Illistanteè.

Auf der Reise, die Elliah bestritten hatte, war er niemals völlig allein gewesen. Sein Volk und seine Untertanen waren immer bei ihm, wenn auch nur in seinen Gedanken, die so mächtig waren, dass er mit ihnen alles bewirken konnte. Dieser Ort jedoch war anders. Er spürte Blicke auf seiner Haut und fühlte schmerzvolle Gedanken in seinem Kopf. Dunkle Augen starrten ihn aus dem Dickicht des Waldes an.

»Grämt euch nicht, meine Kinder«, sagte Elliah, während sein Blick umherschweifte. »Auch wenn ihr euch immer noch zu eurer alten Heimat hingezogen fühlt, bedeutet das nicht, dass ihr sie nicht vergessen werdet. Schon bald wird nichts mehr hier an die Elfen erinnern, und auch dieser Ort wird sich nicht mehr an euch erinnern. Überall wird euer Zuhause sein. Überall, wo meine Gegenwart spürbar wird. Ich werde allgegenwärtig sein.«

Unbehelligt setzte Elliah seinen Weg fort.

Immer tiefer drang er in das Herz des Elfenwaldes ein. Lange Bodendecker rankten an den dicken Baumstämmen empor und verdeckten deren Rinde fast vollständig. Überall hatten sich Flechten, Moose und Pilzschwämme angesiedelt. Jedes Fleckchen Erde wurde von der Vegetation genutzt. Selbst die kleinsten Pflanzen reckten ihre Blätter den zaghaften Sonnenstrahlen entgegen, die durch das dichte Blätterdach auf den Waldboden fielen.

Der lange Weg schien Elliah nicht zu ermüden. Im Gegenteil, mit jedem Schritt, der ihn seinem Ziel näher brachte, wurden seine Sinne wacher, und er gewann neue Lebenskraft. Die Sonne hatte ihren Zenit schon erreicht, und auch wenn das nahezu undurchlässige Blattwerk kaum erahnen ließ, wie weit der Tag schon fortgeschritten war, wusste Elliah dennoch, dass er am Ziel seiner Reise angelangt war.

Vor ihm lag ein kleiner Weiher, der kaum größer war als eine Pfütze. Das Gewässer schien hier fehl am Platz zu sein. Viele Pflanzen waren von dem sonst so lebenswichtigen Element umspült worden und versuchten, ihre Blätter und Stängel vor dem Ersticken zu retten. Nicht weit dahinter stand ein einzelner, kaum sechs Schritte hoher Baum inmitten seiner gigantischen Brüder, die ihr dichtes Blätterdach über ihn geschoben hatten und nur spärliches Licht zu ihm durchdringen ließen. Seine knorrigen Wurzeln hatten sich im Laufe der Zeit über dem Erdreich ausgebreitet und suchten breitflächig nach Halt und Nahrung. Der rissige Stamm war mehrfach verdreht, als habe sich die Wuchsrichtung des Baumes in den vielen hundert Jahren immer wieder geändert. Die kargen Äste waren an den meisten Enden verdorrt, und nur wenige Blätter schmückten das grotesk und zugleich traurig wirkende Geäst.

Aus dem Schatten des Stammes löste sich die hagere Gestalt eines Nesselschreckens. Sein langes, dunkles Gewand passte sich perfekt der Umgebung des Waldes an, und durch seine vor Aufregung züngelnden Nesseln sowie die knochigen Gliedmaßen wirkte er selbst wie ein Teil des Baumes.

»Herr, ich habe Euch schon erwartet«, krächzte er. »Ich dachte mir, dass Ihr Euch nach der langen Reise gerne ein wenig erholen wollt, und so habe ich mir erlaubt, diese Zisterne für Euch anzulegen.« Mit diesen Worten deutete er auf den Teich zu Elliahs Füßen.

Elliah schritt um den Weiher herum und näherte sich seinem Gegenüber.

»Ich bin gekommen, um die Welt aus den Angeln zu heben, ein paar Löcher in die Ordnung zu stoßen und dort meinen Platz einzunehmen. Glaubst du wirklich, ich würde vorher noch ein Bad brauchen?«

Der Nesselschrecken verbeugte sich tief und verharrte in dieser Stellung. Er wartete darauf, erneut angesprochen zu werden. Elliah genoss das unterwürfige Verhalten des Nesselschreckens und schritt an ihm vorbei. Er hielt auf den Baum zu, von dem er schon so viel gehört hatte und der das Ziel seiner Reise darstellte.

»Wo ist der Stein?«, fragte er und ließ sich dabei zum ersten Mal seine Anspannung anmerken. Ungeduldig schaute er in verschiedene Astlöcher.

»Herr, der Stein ist ... nicht da.«

Elliah wirbelte herum. Der Nesselschrecken hob die Arme zur Abwehr, als Elliah auf ihn zustürmte.

»Wir wissen, wer ihn fortgebracht hat. Ich habe schon einen Trupp zur Verfolgung hinterher geschickt«, versuchter er den Zorn seines Herrn zu dämpfen.

Elliah packte ihn an der Kehle.

»Ich glaube, du verkennst den Ernst der Lage. Der Stein ist der Schlüssel zu unserem neuen Königreich. Du solltest nur aufzupassen, dass er genau dort bleibt, wo er seit Anbeginn der Zeiten war. Sag mir endlich, was passiert ist.«

Der Nesselschrecken wollte antworten, doch Elliahs Griff schnürte ihm die Luft ab, sodass er kein Wort herausbrachte.

»Eigentlich interessiert es mich gar nicht. Bring ihn einfach zurück«, schrie Elliah und warf den Unglücklichen rücklings in den Teich. Sofort stand er wieder neben dem Nesselschrecken und zog ihn am Kragen aus dem Wasser.

»Wartet, ich habe eine bessere Idee«, sagte er. »Hört mich an, meine Kinder. Demjenigen, der mir den Stein zurückbringt, werde ich seinen sehnlichsten Wunsch erfüllen. Beeilt euch, meine Brut! Wir haben nicht viel Zeit.«

»Das ist äußerst großzügig von Euch, Herr. Sie werden es zu würdigen wissen. Noch vor Einbruch der Nacht werdet Ihr den Stein zurück haben«, winselte der Nesselschrecken. »Wie kann ich Euch in der Zwischenzeit dienen, Herr?«

Elliahs Hand verkrümmte sich. Die Knochen begannen zu brechen, und vom Ellenbogen an verformte sich der Arm in die Zange eines Krebses.

»Es wäre nett von dir, wenn du mit deinen Eingeweiden mein Bad erfrischen würdest.«

Die Zange stieß herab und durchbohrte den Bauch des Nesselschreckens, der daraufhin wieder im Wasser versank.

Das aufgebrachte Zischen der schwarzen Elfen drang von überall her auf ihn ein. Doch schnell verstummte es wieder, und Elliah wusste, dass sich seine Brut auf die Jagd begab.

27
Fliegender Tod

Der Tagesanbruch enthüllte das volle Ausmaß der Verwüstung. Der Handelsposten war bis auf die Grundmauern zerstört, und selbst die wenigen Sträucher und Bäume in der Umgebung hatten bei der Auseinandersetzung der Drachen gelitten.

Mogda hatte es sich abseits der anderen an einem Felsen bequem gemacht. Ihm war schleierhaft, wie man fast einen ganzen Tag damit zubringen konnte, einen einzigen Elfen zu beerdigen. Zuerst war er fasziniert gewesen von der Melancholie und der Feierlichkeit, mit der Cindiel die Zeremonie einleitete, doch im Laufe der Stunden wiederholten sich die Gesänge und Gesten ein uns andere Mal. Irgendwann hatte Mogda dann den Punkt erreicht, wo sein Gemütszustand es nur noch zuließ, sich entweder mit zwergischen Trinkliedern aufzuheitern oder die Festlichkeit zu verlassen, um nicht trübsinnig zu werden. Er entschloss sich für die zweite Variante, um die anderen nicht vor den Kopf zu stoßen.

Irgendwann endeten die rituellen Gesänge, und Cindiel, Barrasch und Finnegan saßen schweigend um den toten Elfen herum. Die beiden Drachen harrten einige hundert Meter weiter im Schutz der Felsen aus. Dem zufälligen Blick eines Wanderers hätte ihr Versteck standhalten können, doch Mogda hatte sie seit ihrem Rückzug keinen Moment aus den Augen gelassen. Er war erleichtert, dass sie offenbar mehr Verständnis für die Rituale der Elfen hatten als er. Seine Befürchtung, dass sie irgendwann aus ihrem felsigen Versteck stürmen würden, um ihn und die anderen zu verspeisen, bestätigte sich nicht.

»Habt ihr euch endlich verabschiedet?«, brummte Mogda, als ihm seine drei Begleiter mit gesenkten Häuptern entgegenkamen. »Bei diesem ausgedehnten Totenkult bleibt ihnen auch gar nichts anderes übrig, als wesentlich älter zu werden als die meisten Völker. Sonst wären sie ununterbrochen auf den Beerdigungen ihrer eigenen Sippe.«

Cindiel trat ihm mit in die Seite gestemmten Armen entgegen.

»Ich muss zugeben, dass dein Wortschatz sich in den Jahren immer weiter vergrößert hat.«

»Danke«, murmelte Mogda, stutzig geworden.

»Aber vielleicht solltest du jetzt einmal dazu übergehen, den Mund zu halten, wenn es angebracht ist. Die Zeit des Schweigens könntest du dazu verwenden, nachzulesen, was Pietät und Ehrfurcht bedeuten.«

»Schon gut«, besänftigte Mogda sie. »Es ist nur ... die Drachen machen mich nervös. Ich weiß zwar, was sie suchen, aber nicht, wo es ist.«

»Meinst du nicht, es wäre langsam an der Zeit, uns darüber aufzuklären, worum es hier eigentlich geht?«, mischte sich Barrasch ein. »Stattdessen erzählst du den Drachen, dass du ihnen nicht helfen kannst. Wenn ich sterben muss und sie uns fressen, wüsste ich gerne, warum.«

Mogda schüttelte enttäuscht den Kopf.

»Bin ich denn der Einzige, der einen Zusammenhang zwischen dem toten Elfen und jenen Elfen, die den Funken der Götter aus dem Baum Mystraloon in Sicherheit bringen wollten, sieht? Ihr erinnert euch doch, oder?«

Barrasch verschränkte die Arme vor der Brust und schob die Unterlippe vor.

»Doch, natürlich erinnern wir uns. Aber du bist der Einzige, der töricht genug ist, daran zu glauben, dass die Drachen dich brauchen, um die Elfen zu finden. Außerdem, hast du schon mal darüber nachgedacht, dass deine zwei neuen schwarzen Freunde vielleicht nichts Gutes im Schilde führen und ebenfalls für die Nesselschrecken arbeiten?«

Die Einwände des Hauptmanns waren begründet, das erkannte auch Mogda. Im Moment jedoch blieb ihnen nur die Wahl zwischen zwei möglicherweise tödlichen Übeln.

Mogda wandte sich wieder dem Geschehen zwischen den Felsen zu. Die Drachen hatten ihr Versteck verlassen und kauerten am Rand des Wagenplatzes. Erst jetzt, bei Tageslicht, erkannte er ihre wahre Größe. Sie überragten ihre roten Brüder um die Hälfte. Aus den Aufzeichnungen der Menschen wusste Mogda, dass diese Geschöpfe, egal welche Farbe sie besaßen, keine Freunde in den Reihen Tabals hatten. Sie hatten nichts zu schaffen mit den ewigen Fehden zwischen Gut und Böse. Ihre Interessen galten allein einem höherem Ziel und dem Fortbestand ihrer eigenen Rasse. Rücksicht, Mitleid, Hass kannten sie nicht. Wenn man den Forschungen der Gelehrten glauben konnte, lebten sie ewig. Ihr Alter bestimmte man nach ihrer Größe, doch es waren nicht allein die körperlichen Ausmaße, die sie zu schier unbesiegbaren Gegnern werden ließen. Je älter sie wurden, desto mehr und größere Fähigkeiten schrieb man ihnen zu. Zauberei und geschärfte Sinne waren dabei nur Nebensächlichkeiten. In einer Religion, in der die Überzeugung herrschte, nur Göttern huldigen zu müssen, die man sehen und berühren konnte, wären sie jene Rasse gewesen, die man verehrt hätte.

Mogda zeigte Richtung Südosten.

»Wir ziehen ins Landesinnere. Wenn die Elfen versucht haben, den Stein in Sicherheit zu bringen, dann bestimmt irgendwo in einer der großen Städte der Menschen. Ihr seid die Einzigen, denen sie vertrauen und die ihnen Schutz gewähren können.«

Wortlos packten die vier ihre Ausrüstung zusammen und machten sich auf den Weg. Barrasch übernahm die Führung. Er hatte gerade die Grenze des Wagenplatzes erreicht, als einer der Drachen mit einem einzigen Flügelschlag über sie hinweg glitt, vor ihnen landete und seinen Schwanz im Halbkreis um die Gruppe legte. Eingeschüchtert und ratlos wichen die drei Menschen zurück, wobei es sich Finnegan nicht nehmen ließ, seinen Arm schützend um Cindiel zu legen. Nur Mogda ging unbeeindruckt weiter und trat mit einem weit ausgreifenden Schritt über den Drachenschwanz hinweg. Er wandte sich selbstsicher um und winkte den anderen zu.

»Sie wollen nur unsere Entschlossenheit testen«, rief er.

Als er sich wieder umdrehte, um seinen Weg fortzusetzen, stieß er mit dem Maul des Drachen zusammen.

»He, was soll das?«, rief er erbost.

Sofort bemerkte er den ätzenden Speichel, der auf seiner Brust begann, Haut und Haare zu zersetzen. Gekräuselter, stechender Dampf stieg vor seinem Gesicht in die Höhe. In Panik griff er sich eine Hand voll Sand und zerrieb sie auf seinem Oberkörper. Statt die Qual zu lindern, wurde der Schmerz dadurch noch unerträglicher. Säure und Sand hatten sich zu einer schmirgelnden Masse verbunden, die sich immer tiefer einbrannte. Noch bevor er reagieren konnte, war Cindiel neben ihm und entleerte den Inhalt ihrer Wasserflasche auf die brennenden Stellen. Nur der angenehmen Kühlung war es zu verdanken, dass Mogda sein Schwert nicht aus der Scheide zog. In manchen Situationen, wie zum Beispiel dieser, drohte das Oger-Temperament in ihm immer noch die Oberhand zu gewinnen.

»Will er mich erst verdauen und dann fressen? Was ist bloß los mit diesen hässlichen, stinkenden, übergroßen Fledermäusen?«, stöhnte er.

Cindiel tupfte mit etwas ausgerupftem Gras die wunden Stellen ab.

»Ich glaube, sie wollen, dass wir gemeinsam mit ihnen die Elfen suchen«, erklärte Cindiel.

»Na und, das können wir doch auch. Oder denken sie, wir würden sie abhängen? Sie können doch ...«

Mogda verschlug es die Sprache. Er kniff die Augen zusammen und richtete seinen Blick in den Himmel.

»Niemals«, rief er. »Wenn Tabal gewollt hätte, dass ich fliege, hätte er mir Flügel und die Statur eines Elfen gegeben. Ist euch klar, was passiert, wenn dieses Ding dort oben im Himmel zu dem Schluss kommt, dass ich doch zu schwer bin?«

»Sicher«, brummte Barrasch. »Wir ersparen uns deine Beerdigung. Wenn ich dich richtig verstanden habe, legst du dabei ohnehin keinen Wert auf Feierlichkeiten.«

Mogdas anhaltendes Entsetzten ließ ihn keine passende Antwort finden. Nur ein kurzes Aufflackern von Bildern, wie er Barrasch durch das Unterholz jagte, entstand in seinem Kopf.

Cindiel versuchte, ihn zu beruhigen.

»Vor einigen Jahren hattest du auch Angst vor Wasser, aber du hast sie überwunden. Das gelingt dir diesmal wieder.«

Anscheinend verstand ihn niemand. Er hatte keine Angst vor dem Fliegen, er hatte Angst vor dem Aufprall. Wenn man ins Wasser fiel, war man nass; wenn man vom Himmel fiel, war man tot. Wie konnten die anderen so dumm sein und diesen Viechern plötzlich vertrauen? Er würde auf keinen Fall, egal, ob es ihn das Leben kostete, mit diesen ...

Ein dumpfer Schmerz durchzog seinen Hinterkopf, und das Stück eines morschen Dachbalkens fiel ihm in den Schoß. Verblüfft drehte

Mogda sich um und wischte die restlichen Holzsplitter aus seinem Haar. Barrasch stand schräg hinter ihm. Der Hauptmann hielt eine hölzerne Strebe aus den Trümmern des Handelspostens in der Hand und sah ihn mit glasigen Augen an. Noch bevor Mogda reagieren konnte, holte Barrasch zum nächsten Schlag aus. Das faserige Ende traf den Oger an der Schläfe, und bevor er das Bewusstsein verlor, hörte er noch die ängstliche Stimme Cindiels.

»Was tust du, Barrasch? Bist du von Sinnen? Hör auf damit!«

Dann verebbten auch die Geräusche, und er tauchte in eine schwarze Leere ein.

Das Nächste, was Mogda wieder bewusst wahrnahm, war die Kälte, die seinen Körper durchdrang. Seine Arme und Beine waren völlig taub. Nur noch im Ansatz war das Zirkulieren des Blutes zu spüren. Ein ohrenbetäubendes Rauschen umschlang ihn, wie von einem Hurrikan, und starke Windböen zerrten an seiner Kleidung.

Er blinzelte mit den Augen, doch der starke Wind und die Taubheit auf seiner Stirn ließen seine Lider wieder zufallen. Nur ein kurzer, verschwommener Moment blieb ihm, um seinen Sinneseindrücken ein Bild zuzuordnen. Alles war klein und bunt; es sah aus wie ein Mosaik, das keinen Anspruch auf Genauigkeit hatte; wie ein Ornament, wie eine gezeichnete ... Landkarte.

»Aargh, Barrasch, ich werde dich zerquetschen, wenn ich das hier überlebe!«, schrie er

Er flog. Oder besser gesagt, der Drache flog, und er hing kopfüber vom Himmel wie ein geschlagenes Kaninchen, das zur Fütterung zum Adlerhorst gebracht wurde. Der Adrenalinstoß sorgte dafür, dass seine Beine trotz des lähmenden Gefühls zuckten und dass sich trotz der Kälte Schweißperlen auf seiner Stirn bildeten. Mogda hatte im Moment wenig Sinn für den einmaligen Ausblick, der ihm gewährt wurde. Dies war ein Ereignis, das man auf Grund seiner Einmaligkeit im Leben eigentlich genießen sollte, doch es fiel ihm schwer, das zu würdigen. Wenn ihn sein Gefühl nicht trog, befanden sie sich über Zentral-Nelbor. Das große Grün des Tannenverlieses lag bereits weit hinter ihnen. Ein kurzer Blick schräg nach oben bestätigte die Annahme, dass sich seine drei Kameraden in der Obhut des anderen Drachen befanden. Sie reisten allerdings etwas komfortabler als er. Cindiel, Barrasch und Finnegan hatten sich zwischen die Krallen des Drachen geklemmt und saßen darin wie in einem zu engen Käfig. Aber jedenfalls *saßen* sie und genossen die Reise, statt kopfüber zu hängen. Ein erneuter Blick nach unten ließ Mogdas Magen rebellieren, gab ihm aber dennoch Aufschluss darüber, dass sie Richtung Südosten reisten, geradewegs auf Turmstein zu. Und sie waren schnell; schneller als alles, was Mogda kannte. Für ihn unnütz und nicht sonderlich erheiternd war die Erkenntnis, dass sie etwas höher flogen als die lichte Wolkendecke. Er wusste nicht, wie hoch das genau war, aber auf jeden Fall zu hoch für einen Oger.

Erst ungefähr hundert Meilen später lösten sich der Beiß- und Augenkrampf bei Mogda wieder. Sein Kiefer schmerzte, und vor seinen Augenlidern blitzten helle Punkte auf. Der starke Gegenwind zerrte immer noch an ihm und machte es unmöglich, sich mit den anderen zu verständigen.

Weit unter sich erkannte Mogda ein Bauerndorf. Inmitten der gelben und grünen Felder, die wie eine Flickendecke wirkten, standen mehrere Gehöfte und einzeln stehende Gebäude. Die beiden Drachen hatten ihre Richtung geändert und hielten nun auf die Wälder südlich von Turmstein zu. Sie durchbrachen die Wolkendecke und gingen in den Sinkflug. Mogda beobachtete einen kleinen Schwarm Vögel, die anscheinend durch sie aufgeschreckt wurden. Wild schossen sie durcheinander, schafften es aber dennoch, im Schutz ihrer Schwarmformation zu bleiben. Mogda wunderte sich noch, warum die Form der großen Vögel so fremd wirkte, bis er bemerkte, dass es gar keine Vögel waren. Ihr langer Schwanz und die fledermausartigen Flügel ließen nur einen Schluss zu: Lindwürmer!

Diese Erkenntnis bedeutete auch, dass sie nicht aufgeschreckt, sondern losgeschickt worden waren. Und sie waren nicht auf der Flucht, sondern auf der Jagd ... auf der Jagd nach ihnen.

Mogda wollte Alarm schlagen, aber die Drachen hatten ihre drohenden Widersacher bereits bemerkt und setzten zum Sturzflug an. Er spürte, wie sich sein Gesicht durch den strömenden Luftzug verformte und seine Lungen aufgeblasen wurden.

Mit angelegten Flügeln und ausgestrecktem Hals schossen die Drachen in die Tiefe. Nässe schlug Mogda ins Gesicht, als sie in eine Wolke eintauchten. Zwei Sekunden später hatten sie die unwirkliche Barriere wieder durchbrochen. Die Lindwürmer kreisten immer noch eng umeinander. Sie hielten sich so lange wie möglich dicht beieinander, um zu verhindern, dass sie von ihren Kameraden getrennt wurden. Wenn die Drachen es schaffen sollten, ihre Gegner einzeln zu jagen, wären ihnen die Lindwürmer schutzlos ausgeliefert. Nur im Verband waren sie den Herrschern der Lüfte ebenbürtig. Die wesentlich kleineren Flugechsen ließen sich nicht beirren. Mut war jedoch etwas, das ihnen nicht von Geburt an gegeben war. Sich ihren Gegnern tapfer zu stellen war das Ergebnis von Peitschenhieben, Gedankenkontrollen ihrer Meister und der Folter mit dem Brandeisen. Sie waren geknechtete Geschöpfe, wie es auch einst die Oger gewesen waren, und genau wie diese durfte man die Echsen nicht unterschätzen. Die beiden schwarzen Drachen stießen in die Formation der Lindwürmer und brachen durch sie hindurch. Ihre Passagiere hatten sie dicht an den schuppigen Körper gedrückt. Noch bevor sie ihre Gegner wieder hinter sich ließen, breiteten sie ihre Flügel aus und bremsten den Sturz zur Erde ab. Die Verwirbelungen, die sie dabei hinterließen, brachte die Formation der Lindwürmer durcheinander. Der Drache, der Mogda festhielt, brach nach Norden aus, der andere nach Süden. Die plötzliche Richtungsänderung verstörte nicht nur die Lindwürmer, sondern hatte auch direkte Auswirkungen auf Mogdas Wohlbefinden. Er spürte, wie sich Teile seiner letzten Mahlzeit in entgegengesetzter Richtung auf den Weg machten.

Doch das Manöver war erfolgreich. Nachdem sie sich wieder im Gleitflug horizontal zur Erde befanden, jagte Mogdas Drache hinter einem einzelnen Lindwurm her. Das Tier versuchte, seine geringere Größe zu nutzen und seinen Gegner mit plötzlichen Ausbrüchen aus der Flugbahn abzuhängen. Der Drache jedoch schien jede noch so kleine Änderung im Flugverhalten vorauszusehen und darauf zu reagieren. Immer geringer wurde der Abstand zwischen ihnen.

Mogda wurde hin- und hergeschleudert. Anfangs versuchte er noch, durch Körperspannung dagegen anzugehen, doch schnell verließ ihn die Kraft, und er ergab sich in die wilden Flugmanöver. Der Drache rollte über die Längsachse schräg nach unten ab, und Mogda befand sich für einen kurzen Moment über ihm. Außer einem merkwürdigen Gefühl im Magen bescherte ihm diese Position einen einmaligen Ausblick sowie die Erkenntnis, dass ihnen drei der Lindwürmer dicht auf den Fersen waren. Oberflächlich betrachtet folgten sie zwar dem Drachen und versuchten, ihm den Weg abzuschneiden, doch die Beute, auf die sie es wirklich abgesehen hatten, hing als willenloses Bündel in dessen Klauen – sie wollten ihn, aus welchem Grund auch immer. Hasserfüllt fixierten sie den Oger mit ihren gelbroten Augen und züngelten wie Schlangen mit ihren langen gegabelten Zungen. Sie versuchten, im Windschatten des Drachen zu bleiben, um im geeigneten Augenblick zuschlagen zu können. Mogda scheute sich, sein Schwert zu ziehen. Es könnte ihm aus der Hand gleiten, in die Tiefe stürzen und für immer verloren sein. Er beschloss, sich auf die Überlegenheit des Drachen zu verlassen und im Notfall mit bloßen Händen zu kämpfen.

Die Bewegungen des Lindwurms vor ihnen wurden träger und unkoordinierter. Die kräftigen Flügelschläge, die ihn vorantrieben, wurden hektischer und ähnelten dem Geflatter eines Jungvogels. Die Kraft für weitere Finten, um seinen Verfolger abzuhängen, fehlte ihm. Um der Ermüdung entgegenzuwirken, zog er die Beine an, legte die Flügel eng an den Körper und stürzte im freien Fall in die Tiefe. Der Drache folgte dem Manöver, nur mit dem Unterschied, dass er sich mit zwei kräftigen Flügelschlägen mehr Tempo verschaffte. Der Lindwurm sah die mächtige Klaue und das weit aufgerissene Maul nicht kommen.

Mogda glaubte schon fast, die kleinere Flugechse berühren zu können, als die Drachenkralle zupackte, einen Lindwurmflügel hochriss und mit einem einzigen Biss abtrennte. Die Echse kreischte in Todesangst und riss sich mit letzter Kraft los. Ein Sprühregen aus Blut troff Mogda ins Gesicht, und er konnte sehen, wie der Lindwurm, hilflos mit einem Flügel schlagend, in die Tiefe stürzte. Der Drache verfolgte den Todessturz seines Gegners, bis dieser im dichten Grün des Waldes verschwand. Dann drehte er bei und schoss im Gleitflug fünfzig Schritt über die Baumkronen hinweg. Ein Pfeil surrte haarscharf an Mogda vorbei und bohrte sich in die Unterseite des Drachenflügels. Sie flogen zu schnell, als dass Mogda hätte erkennen können, von wo das Geschoss gekommen war.

Der Drache schien den Treffer nicht bemerkt zu haben. Unbeirrt setzte er seinen Flug fort. Augenblicke später hagelte es Pfeile aus allen Richtungen. Direkt unter sich glaubte Mogda eine kleine Gruppe von dunklen Gestalten zu erkennen, die unter den mächtigen Baumkronen Schutz suchten, als sich der dunkle Schatten des Drachen über sie legte.

Die Angriffe vom Boden waren wenig koordiniert. Die meisten

Pfeile gingen ins Leere und regneten irgendwo im Waldgebiet nieder. Nur vereinzelte Schützen schafften es, genügend Vorhalt in ihre Schüsse zu legen. Der Drache versuchte noch nicht einmal, auf die Angriffe zu reagieren. Selbst ein Dutzend Pfeile konnten diesem Wesen nichts anhaben. Im Gegensatz dazu war es für Oger wesentlich unangenehmer, mit Metallspitzen gespickt zu werden.

Das Gefühl, wehrlos in der Luft zu hängen, während andere Schießübungen auf ihn veranstalteten, versetzte den Oger in Panik. Hilflosigkeit war etwas, auf das Oger meist mit Kurzschlusshandlungen reagierten. So versuchte er, durch wildes Rotieren des Oberkörpers, aufgeregtes Schlagen der Arme und lautes Schreien ein schwereres Ziel zu bieten.

Noch bevor Mogda die Sinnlosigkeit dieser Vorgehensweise einsehen konnte, setzte der Drache zum Steigflug an. Er schoss senkrecht in den Himmel. Bei jedem Flügelschlag, den der Drache tat, spürte Mogda, wie seine Gelenke an den Beinen zu reißen drohten. Derartige Schmerzen musste jemand haben, der auf den Streckbänken der Orks gefoltert wurde, ging ihm durch den Kopf. Er sah, wie sich die Landschaft unter ihm entfernte und stetig kleiner wurde, bis sie wieder das unwirkliche Muster einer Landkarte annahm.

Immer noch ließen die Flügelschläge des Drachen nicht nach. Sie durchbrachen erneut die Wolkendecke, und Mogda beobachtete, wie sich die weißen Schwaden hinter ihm wieder schlossen und den Blick zur Erde verdeckten. Einen Moment später schossen drei ihrer Verfolger durch die Wolken. Kreischend setzten sie ihrer Beute nach. Die wesentlich kleineren Lindwürmer hatten Schwierigkeiten, sich in solche Höhen vorzuarbeiten. Ihre im Verhältnis geringe Flügelspannweite machte sie zwar zu wendigen und schnellen Gegnern, doch auf langen Strecken und bei kraftraubenden Flugmanövern waren sie ihren großen Brüdern weit unterlegen. Immer höher schraubten sie sich in den Himmel.

Mogda spürte, wie die Luft dünner wurde und er Schwierigkeiten bekam, Luft zu holen. Die Kälte trug ihren Teil dazu bei und ließ die Lungen bei jedem Atemzug schmerzen. Die Verfolger blieben langsam zurück und waren nur noch als kleine schwarze Punkte zu erkennen. Mit einem letzten kräftigen Flügelschlag beendete der Drache seinen Steigflug. Mogda fühlte, wie die Spannung in seinen Gelenken nachließ und das Blut wieder den Weg in seine Beine fand. Es war nur der

Bruchteil eines Augenblicks, in dem er sich völlig frei und entspannt fühlte. Sein Körper war losgelöst von allem, seine Sinne frei von jeglicher Empfindung. Sein Verstand setze aus und gaukelte ihm vor, nicht mehr Teil dieser Welt zu sein, sondern ein Stück von etwas Höherem: Etwas, das nicht wirklich existierte. Etwas, das die Welt nur aus der Distanz betrachtete und von Zeit zu Zeit in die Geschicke der Wesen eingriff, um weiter beobachten zu können. Dann hatte der Drache den Zenit seines Aufstiegs erreicht, legte die Flügel an, überschlug sich und stürzte langgestreckt und pfeilgerade zurück zur Erde. Mogda verlor die Orientierung. Für ihn gab es kein Oben, kein Unten und kein Norden, kein Süden mehr. Alles um ihn herum war blau und mit länglichen weißen Fäden durchsponnen. Nur drei kleine schwarze Punkte hatten sich auf seine Netzhaut gesetzt, wie Fliegendreck auf eine Scheibe. Immer größer wurden die Punkte und nahmen langsam Gestalt an.

Der Drache hatte seine Verfolger abgehängt, und diese waren auf dem Rückweg zu ihren Herren, um wieder Schutz zwischen den mächtigen Bäumen des Waldes zu suchen und auf neue Anweisungen zu warten. Mogda erkannte die Silhouetten der drei geflügelten Echsen, die gerade zwischen den Wolken verschwanden. Zusammen mit dem Drachen raste er genau auf sie zu. Der Sturzflug verlangte Mogda wieder alles ab, doch er war froh, nicht eines der Wesen zu sein, die gerade hinter den Wolken verschwunden waren. Mit einem kurzen Aufblitzen tauchten sie durch den Nebel. Den drei Lindwürmern blieb keine Zeit, zu reagieren. Der schwarze Drache blähte seine Brust auf und sandte seinen Widersachern einen grünlichen Strahl ätzender Säure hinterher.

Einer der Lindwürmer wurde durch den Säurestrahl regelrecht in zwei Teile geschnitten, ein anderer war so damit beschäftigt, seine durchlöcherten Flügel an Körper und Schwanz zu reiben, dass er ins Trudeln geriet und zu Boden stürzte. Der dritte war seitlich ausgebrochen und suchte sein Heil in der Flucht. Der Drache folgte ihm. Er umrundete den Lindwurm und attackierte ihn von der anderen Seite. Wie eine Katze, die mit einer Maus spielt, hieb die freie Pranke des Drachen auf die Flügelspitzen des Gegners ein. Der Lindwurm geriet in Panik, versuchte seinen Peiniger mit riskanten Flugmanövern abzuschütteln, streifte haarscharf über die Baumkronen und suchte schließlich Schutz zwischen den mächtigen Eichen.

Das war es, was der Drache beabsichtigt hatte. Mogda erkannte die kleinen, dunklen Gestalten, die versuchten, den orientierungslosen Lindwurm zu verjagen. Sie schwangen ihre Bögen, rannten auf ihn zu, und einige sandten ihm Pfeile entgegen. Es half nichts, der Lindwurm ging zu Boden und verriet dem Drachen den Standort von gut zwei Dutzend Bogenschützen. In einem lang gestreckten Bogen flog er heran. Fünfzig Schritt vor der feindlichen Stellung stieß er seinen tödlichen Odem aus. Der ätzende Hauch brannte sich durch alles Irdische, Bäume knickten auf halber Höhe ab und verschmorten. Steine schmolzen wie Schnee in der Sonne, und Haut, Fleisch und Knochen lösten sich voneinander und bildeten zusammen wieder eine stinkende, qualmende Masse.

Mogda hörte die qualvollen Schreie der dunklen Elfen selbst dann noch, als der Drache am Rande des Waldes einen weiteren Bogen flog, um nach weiteren Feinden Ausschau zu halten. Sie kreuzten das Gebiet mehrfach dicht über den Baumkronen, aber am Boden zeigte sich keine Regung. Danach kreisten sie um eine Lichtung, die von einem schmalen Bachlauf durchzogen wurde. Mogda hörte das Plätschern des Wassers und roch den Duft des Waldes. Er war froh, wieder dicht in Bodennähe zu sein, und hoffte, dass seine unbequeme Reise hier endlich ein Ende haben würde. Immer noch fragte er sich, wie der Drache, mit ihm in einer Klaue hängend, landen wollte. Doch dann schweiften seine Gedanken zu der Frage ab, ob er Barrasch lieber mit einem Knüppel malträtieren sollte, während er den Kopf des Hauptmanns unter Wasser drückte, oder ob es effektiver wäre, ihn an einen Baum zu hängen und ihm die Haut in Streifen herunterzuschneiden. Wie kam dieser altersschwache Kämpfer nur auf die Idee, einen Oger niederzuschlagen, ihn dabei aber am Leben zu lassen und in seiner Nähe zu bleiben? Jeder andere hätte sich aus dem Staub gemacht und gehofft, genügend Abstand zu haben, wenn der Oger wieder erwachte.

Mogdas Überlegungen brachen jäh ab, als er merkte, dass der Drache die Umklammerung seiner Beine löste und er kopfüber zu Boden stürzte. Zumindest hatte sich der Drache Mühe gegeben, den kleinen Bachlauf zu treffen. Mogda bezweifelte jedoch, dass das knapp zwei Schritt breite Rinnsaal tief genug war, den Sturz abzufangen. Als Mogda mit dem Kopf zuerst ins Wasser tauchte, war er froh, eines Besseren belehrt zu werden. Vollkommen durchnässt, aber mit heilen Knochen kroch er die Böschung hoch an Land. Sein Blick durchforstete den Himmel über sich. Sein schwarzer Begleiter setzte gerade zur Landung an, und Mogda stellte beruhigt fest, dass der andere über der Lichtung kreiste und ebenfalls langsam in den Sinkflug ging. Er freute sich, Cindiel und Finnegan unverletzt zu sehen; und darauf, dass sich Barraschs Zustand nach der Landung enorm verschlechtern würde. Die beiden Drachen setzten nacheinander behutsam auf der Lichtung auf. Etwas steif, ansonsten jedoch unbeschadet, kletterten die drei Menschen aus der mächtigen Pranke des Drachen. Mogda verlor keine Zeit. Triefnass und mit wütender Miene stampfte er auf Barrasch zu. Der Hauptmann war gerade damit beschäftigt, seine Gliedmaßen zu lockern, als Mogda von hinten an ihn herantrat, ihn kurz unterhalb des Knies packte und verkehrt herum vor seiner Brust baumeln ließ. Mit wildem Blick suchte der Oger nach einem geeigneten Baum, um den Hauptmann erst ein paar Mal dagegenzuschleudern. Nur so, um in Stimmung zu kommen.

»Lass ihn sofort wieder runter, Mogda!«, schrie Cindiel. Finnegan hatte seine Hand auf den Schwertgriff gelegt. Mogda war es unverständlich, was diese Geste bedeuten sollte, außer der junge Mann wollte das Schicksal seines Hauptmanns unbedingt teilen.

»Keine Angst, Prinzessin, das werde ich tun. Hier ein bisschen, dort ein bisschen, und vielleicht werde ich mir aus seinen Füßen ein paar schöne Ohrringe basteln. Schau mal, das würde mir bestimmt prima stehen, findest du nicht?«

Mogda hielt Barrasch mit einer Hand unter seine langen Ohrläppchen.

»Lass ihn runter, habe ich gesagt!«, wiederholte Cindiel im Befehlston. »Er kann nichts für das, was er getan hat.«

Mogda legte den Kopf schräg.

»Moment mal. Das war meine Ausrede, wenn ich das Vieh von den Weiden der Menschen gestohlen habe.« Der Oger schüttelte den Kopf. »Und schon damals hat sie nichts getaugt.«

»Es stimmt«, sagte eine dumpfe, nachhallende Stimme in Mogdas Kopf. »Wir haben ihn dazu gezwungen, damit du dich nicht selbst oder jemand anderen verletzt. LASS IHN RUNTER!«

Die letzten Worte dröhnten so stark in seinem Kopf, dass Mogda dachte, sein Schädel würde platzen. Er ließ Barrasch zu Boden fallen und rieb sich die Schläfen.

»Tut das nie wieder!«, brüllte Mogda den Drachen an. »Sonst werden eurer Rasse langsam die Farben ausgehen.«

Er wrang seine Kleidung aus und stapfte von der Lichtung in Richtung Turmstein.

28

Ein schnelles Spiel

Lord Felton hatte seit seiner gestrigen Rückkehr aus Sandleg das Arbeitszimmer nicht mehr verlassen. Vor ihm ausgebreitet lag die Landkarte von Nelbor. Mit kleinen Markierungen kennzeichnete er die Orte, die seine Späher ihm als verloren gemeldet hatten. Noch waren nicht alle Kundschafter zurückgekehrt, aber er wusste, dass die noch ausstehenden Meldungen ihm auch keinen Grund zum Jubeln geben würden.

Der König war tot, und das Land wurde von einem fremden Feind angegriffen, dessen Stärke und Absichten man nicht einschätzen konnte. Das friedliche Zusammenleben der einzelnen Herrscher der verschiedenen Regionen Nelbors war nur der starken Hand des Königs zu verdanken gewesen. Jetzt, wo Nelbor ohne Führung war, würde ein gemeinsames Vorgehen der verschiedenen Armeen nicht nur schwierig, sondern nahezu unmöglich sein. Alle Lords, deren Länder nicht akut vom Feind bedrängt wurden, würden ihr Heer nicht außer Landes schicken, um ihre eigenen Grenzen bei Gefahr schützen zu können. Obendrein wollte sich jeder für das Ränkespiel gewappnet halten, das beim Streit um die Herrschaft über Nelbor nicht ausbleiben würde.

Sollte der König sterben und keinen Nachfolger hinterlassen, fiel das Land an denjenigen, der das größte Heer stellen konnte. So wollte es das Gesetz. Zum jetzigen Zeitpunkt war dies unweigerlich Tribert von Sigurt, der nach dem Tod seines Vaters vor einigen Jahren in den Stand eines Lords erhoben worden war. Die Hälfte seiner Steuereinnahmen benutzte er dafür, sein Heer stetig weiter aufzubauen. Den Unmut der Bevölkerung über Hunger und Armut versuchte er mit billiger Unterhaltung auf ein Minimum zu beschränken. Der Bau einer eigenen Arena, in der sich verurteilte Verbrecher ihre Freiheit erkämpfen konnten, trug einiges dazu bei. Diejenigen, die dennoch ihre Stimme gegen Lord Sigurt erhoben, fanden sich schnell in der Mitte des Kampfplatzes wieder.

Lord Felton konnte unterdessen nur mit ansehen, wie sein Land Stadt um Stadt vom Feind eingenommen wurde.

Seine Gedanken wurden vom Flackern der Kerze auf dem Tisch abgelenkt. Tänzelnd sprang sie umher und drohte beinahe zu erlöschen, doch einen Moment später hatte sie sich wieder gefangen und brannte unbeirrt weiter.

Lord Felton schaute sich in seinem Arbeitszimmer um, konnte den Ursprung des Luftzugs aber nicht ausmachen. Alle Fenster waren geschlossen, genauso wie die Tür. Seine Dienerschaft war sicherlich schon nach Hause gegangen, und auch keiner seiner Berater würde sich so spät nachts ohne Vorankündigung im Palast sehen lassen.

Felton wirbelte herum. Sein Blick fiel auf die Geheimtür. Sie war verschlossen, und nichts deutete darauf hin, dass jemand sie benutzt hatte. Als er sich wieder seinen Papieren zuwandte und den Arm ausstreckte, um nach seinem halb leeren Kelch Rotwein zu greifen, spürte er den kleinen eiskalten Punkt an seinem Hals. Das Gefühl selbst war ihm nicht unbekannt, doch er war es gewohnt, die Klinge des Messers in den eigenen Händen zu halten, wenn er sich rasierte. Der unangenehme Druck gegen seinen Kehlkopf sagte ihm, dass es in seiner jetzigen Situation nicht um Bartpflege ging. Er spürte, wie die Dolchspitze seine Haut beim Schlucken ritzte und ein Rinnsal Blut an seinem Hals herunterlief.

»Wer seid Ihr, und was wollt Ihr?«, fragte er seinen unsichtbaren Angreifer, ohne dabei den Kopf zu drehen.

»Es ist nicht das erste Mal, dass Ihr mich für den Dienst, Euch aus einer prekären Situation zu retten, nach einer Entlohnung fragt. Aber es ist das erste Mal, dass es mich keine wirkliche Anstrengung kostet.«

Lord Felton erkannte die Stimme. Es war Haran, oder wenigstens jener Mann, den er seit Jahren als Haran kannte. Die Aufträge, die Lord Felton ihm erteilt hatte, waren meist am Rande der Legalität oder ein Stückchen darüber hinaus gewesen. Doch Haran kannte die Gefahr, und er kannte auch seinen Wert. Haran konnte so gut wie alles möglich machen, wenn man ihn dafür entsprechend entlohnte. Entsprechend dreist waren seine Forderungen.

»Was wollt Ihr, Haran?«, wiederholte Lord Felton mit leicht zittriger Stimme.

Haran hatte sich ihm immer noch nicht gezeigt. »Wie immer kommt Ihr gleich zur Sache«, lachte er leise. »Da es für mich einfach wäre, Euch mit einem gezielten Streich zu Euren Ahnen zu befördern, versteht Ihr sicherlich, dass ich Euer Leben nicht umsonst verschonen kann.«

Lord Felton begann zu schwitzen. Kleine Schweißperlen bildeten sich auf seiner Stirn, und die Innenflächen seiner Hände wurden feucht. Er wusste genau, dass jemand wie Haran keinen Moment zögern würde, ihn zu ermorden, wenn es ihm einen Vorteil verschaffte.

»Sagt mir Euren Preis. Ich werde tun, was möglich ist.«

»Es geht nicht um den Preis für mein Handeln, es geht darum, wie viel Euer Leben *Euch* wert ist. Da Ihr mir aber ohnehin alles versprechen würdet, nenne ich Euch den Preis. Es ist genau eine Goldmünze. Zum Beweis, dass die Götter Euch noch wohlwollend gegenüberstehen, möchte ich, dass Ihr sie auf die Kante stellt. Wenn sie stehen bleibt, verschone ich Euer Leben.«

Felton erinnerte sich, dass sie früher als Kinder ein ähnliches Spiel gespielt hatten. Jeder stellte eine Münze auf, und derjenige, dessen Münze am längsten stehen blieb, durfte der heldenhafte Ritter sein; die anderen mussten sein Gefolge spielen. Felton hatte praktisch seine ganze Jugend als Knappe verbracht. Damals war es egal gewesen, nur ein Spaß, ein Kinderspiel. Momentan jedoch war ihm nicht zum Scherzen zu Mute, und von Haran nahm er an, dass dieser gar nicht wusste, was Spaß war.

Vorsichtig tastete Lord Felton mit einer Hand seine Hosentaschen ab. Einige lose Goldstücke fanden sich immer in seiner Kleidung. Er verteilte sie während des Tages für kleine Gefälligkeiten, die man ihm erwies. Seine Finger glitten zwischen den Stoff und tasteten die Münzen ab. Keine Goldmünze war wie die andere. Ihr Gewicht betrug zwar immer eine halbe Unze, aber Stärke und Durchmesser variierten in den verschiedenen Landesteilen. Außerdem hinterließ die jahrelange Benutzung ihre Spuren im weichen Metall.

Felton glaubte schließlich, die richtige gefunden zu haben. Die Prägung war noch gut zu spüren und der Rand nicht scharfkantig. Er holte die Münze hervor und stellte sie mit Daumen und Mittelfinger aufrecht auf den Tisch. Vorsichtig ließ er sie los. In seinem Kopf hörte er wieder und wieder das Geräusch der taumelnden Münzen auf dem Holztisch, das ihn während seiner Kindheit begleitet hatte. Doch diesmal blieb das Geräusch aus.

»Eine gute Wahl, wenn auch äußerst geschmacklos«, drang Harans Stimme an sein Ohr.

Felton neigte den Kopf langsam und starrte auf den Tisch. Die Münze stand aufrecht auf der Kante und zeigte die Prägung von Turmstein. Auf der einen Seite war die kunstvolle Gravur der Stadt, auf der anderen der Kopf von Lord Sigurt zu erkennen. Der Künstler hatte sich alle Mühe gegeben, das Gesicht mit männlich markanten Zügen zu versehen. Dadurch sah Tribert von Sigurt schon jetzt aus wie sein eigener Vater.

Haran ließ von Lord Felton ab. Mit zwei schnellen Schritten trat er hinter seinem Rücken hervor und postierte sich vor dem Schreibtisch.

»Wie es scheint, sind euch die Götter wohl gesonnen. Somit sehe ich auch keinen Grund, Euch meine Dienste zu verweigern – wenn Ihr zahlen könnt«, sagte Haran mit einer übertrieben dienstbeflissenen Geste.

»Was soll der Unsinn«, fragte Felton, um von seiner heiklen Situation abzulenken. »Warum habt Ihr Turmstein verlassen? Meine Anweisungen waren doch klar und eindeutig.«

Haran trat verblüfft einen Schritt zurück.

»Euch dürfte nicht entgangen sein, dass der König tot ist. Durch die neue Situation ließ es sich nicht vermeiden, ein klärendes Gespräch zu führen.«

»Und was wollt Ihr klären?«, fragte Felton ärgerlich.

»Tut nicht so, als ob ich der erste Lakai wäre, der für ein besseres Verhältnis zum Thronfolger geopfert werden sollte.«

»Noch ist Tribert nicht König!«, schrie Felton und schlug mit der Faust auf den Tisch.

»Noch nicht«, wiederholte Haran.

»Eure Aufgabe ist jetzt wichtiger denn je. Ihr müsst alles beobachten, was um Lord Sigurt herum passiert. Jede Kleinigkeit. Wenn er die Führung Nelbors übernimmt, müssen wir sicherstellen, dass er hinter den Lords des Landes steht. Sobald er sich gegen uns stellt oder uns als Bauernopfer für die feindlichen Übergriffe in Betracht zieht, müssen wir handeln.«

Haran legte die Hand auf den Griff seines überlangen Stiletts.

»Ihr meint, *ich* sollte handeln«, stellte er nüchtern fest. »Wie weit geht meine Vollmacht?«

»So weit, wie es nötig ist, um Osberg und seine Ländereien zu schützen.«

Haran grinste.

»Ein Eingreifen in die Thronfolge wird Euch nicht nur ein paar Goldmünzen kosten. Das ist Euch doch klar?«

Lord Feltons Miene verfinsterte sich, doch er nickte.

»Seid vorsichtig, wenn Ihr nach Turmstein zurückkehrt. Dort wird man die Augen nach Spionen und Verrätern offen halten und jeden hinrichten, der auch nur den Anschein erweckt, zu einer dieser beiden Gruppierungen zu gehören.«

Haran verließ den Arbeitsraum durch die Tür zum Foyer.

»Keine Angst, Eure Lordschaft! Ich werde mich unter die Händler aus dem Norden mischen oder mich vielleicht einer Truppe Huren anschließen, die ihr Glück beim neuen König versuchen.«

Felton wusste, dass nichts davon stimmte, aber er wollte auch nicht in Harans wahre Pläne eingeweiht werden.

29
Gäste

Das Leben in Osberg hatte sich schlagartig verändert. Die Meldung vom Tod des Königs und dem Fall der Küstenstädte hatte jeden einzelnen Einwohner des Städtchens geschockt. König Wigold war beliebt und seine Politik im ganzen Land geschätzt gewesen. Die Bürger Nelbors hatten sich unter seiner Herrschaft beschützt gefühlt. Auch wenn er sich nicht um die Belange jedes einzelnen Landes kümmern konnte, so handelten die verschiedenen Lords doch in seinem Sinn. Er hatte den Nelborianern Frieden und Wohlstand gebracht. Sein Tod würde unweigerlich zu einer Menge Zwistigkeiten zwischen den Ländern führen, die auf dem Rücken der Bürger ausgetragen würden.

Was jedoch noch schlimmer war, war die akute Angst vor einem fremden Volk, von dem bislang niemand wusste, was es wollte oder suchte. Der Fall der Küstenregion deutete darauf hin, das die elfenähnlichen Wesen danach strebten, das Land zu besetzten, es vom Nachschub abzuschneiden und für sich einzunehmen.

Die meisten Einwohner Osbergs hatten Angst vor dem, was als Nächstes geschehen würde. Viele trauerten um die Soldaten, die bei der Parade in Sandleg gefallen waren. Einige beklagten den Verlust ihrer Männer, Väter oder Kinder. Es gab aber, wie immer in solchen Zeiten, auch Menschen, die das Ganze mit Gelassenheit betrachteten und versuchten, einen kleinen Nutzen aus der Situation zu ziehen.

Hagrim hatte Schwierigkeiten, dem Verlauf des schmalen Bürgersteigs zu folgen. Sein übermäßiger Genuss von Rotwein hatte an diesem Abend den Höhepunkt erreicht. Es kam selten vor, dass er nach Hause ging, solange es noch willige Zuhörer gab, die ein paar Münzen übrig hatten, um sich seine Geschichten anzuhören. Heute aber war einer dieser Tage. Seine Zunge hatte den Zustand der Lockerung schon weit überschritten. Seine Zuhörer hatten Schwierigkeiten gehabt, den Schilderungen, die er von sich gab, zu folgen. Wörter, die er nicht mehr auszusprechen imstande war, umschrieb er weit ausschweifend, und als selbst dies zum Problem wurde, bediente er sich großer Gesten mit

Händen und Füßen. Irgendwann im Laufe des Abends hatte er dann komplett die Kontrolle über seine Mitteilungsfähigkeit verloren und war kurz eingenickt. Als er wieder aufwachte und feststellen musste, dass es ihm immer noch nicht vergönnt war, selbst ein Gläschen nachzubestellen, hatte er beschlossen, nach Hause zu gehen. Der kurze Weg erschien ihm schier unendlich, aber die Angst vor dem Diebstahl seiner wohlverdienten Münzen ließ ihn diese Tortur zu Ende bringen. Nachdem er sich mehrfach in einigen dunklen Ecken erleichtert hatte, erreichte er schließlich doch noch das gemeinsame Zuhause von Cindiel und seiner Wenigkeit. Er machte sich Sorgen um die junge Hexe. Sie war ihm zwar in den meisten Lebenslagen weit überlegen, war lebenstüchtiger, selbstständiger, unabhängiger, strebsamer und verantwortungsbewusster, doch derzeit musste sie sich alleine dort draußen durchschlagen, außerhalb der Stadt. Sie war nicht wirklich allein, das wusste er, aber er war nicht sicher, ob Mogda eine Hilfe oder eher ein Problem darstellte.

Leider erlaubte es sein augenblicklicher Zustand nicht, weiter darüber nachzudenken und gleichzeitig die Tür zu öffnen, daher verwarf er seine Gedanken und bemühte sich darum, ins Haus zu kommen. Nachdem der Riegel ein drittes Mal wieder ins Schloss gefallen war, gelang es ihm endlich, die letzte dieser Hürden zu überwinden, um seinen wohlverdienten Schlaf anzutreten. Er schlurfte auf den bequemen Schaukelstuhl zu, den Cindiel ihm geschenkt hatte, und ließ sich stöhnend darin nieder. Das Hin- und Herschaukeln verstärkte die aufkommende Übelkeit. Er warf den Kopf zur Seite und fixierte einen Punkt auf dem Boden, um die Übelkeit loszuwerden. Sein Blick fiel auf ein Paar fast albern wirkender höfischer Fußbekleidungen. Er wäre nie auf die Idee gekommen, diese Schlappen als *Schuhe* zu bezeichnen. Sie waren etwas für Leute, die es nicht gewohnt waren, sich auf ihren eigenen Füßen zu bewegen. Die Füßlinge standen genau unterhalb der grünsilbrigen Vorhänge. Erschrocken riss Hagrim die Augen auf. In seinem Haus gab es keine Vorhänge, jedenfalls hatte es heute Morgen noch keine gegeben, als er sich aufgemacht hatte. Sein Blick folgte dem edlen Stoff nach oben. In panischer Angst bemühte er sich, aus dem Stuhl aufzuspringen, was der Stuhl nach Kräften zu verhindern suchte. Gleichzeitig zog er seinen Dolch aus dem Hosenbund und schaffte es, mit der frisch geschärften Klinge den spakigen Stoffgürtel zu durchtrennen. Als er es endlich geschafft hatte, sich aus der Umklammerung des Stuhls zu befreien, rutschte ihm die Hose auf die Knie und brachte ihn zu Fall. Sein Messer glitt ihm aus der Hand und rutsche quer über den Fußboden direkt vor das Paar Schuhe. Hagrim hob den Blick und schaute in das mitleidig wirkende Gesicht eines Elfen.

»Ich wusste, Ihr würdet kommen, um mich zum Schweigen zu bringen«, lallte der alte Geschichtenerzähler.

Der Elf ging in die Hocke und hob den Dolch auf. Ohne ein Wort zu sagen, hielt er Hagrim die Waffe mit dem Griff voran entgegen. Hagrim nahm den Dolch und versuchte, wieder auf die Beine zu kommen. Mit der blitzenden Klinge des Dolches fuchtelte er vor der Nase seines Gegenübers herum. Mit der anderen Hand hielt er seinen Hosenbund fest.

»Ich habe gesehen, was Ihr mit dem Stallmeister gemacht habt. Sie werden Euch nicht wieder lebendig aus der Stadt lassen, dafür werde ich sorgen«, drohte er.

»Du hättest ihm die Waffe nicht zurückgeben sollen, Lodjodran-Thee«, erklang eine melodische Stimme hinter Hagrim. »Er ist zu betrunken, um zu wissen, was er tut. Ich fürchte, er wird sich mit dem alten Stilett noch selbst verletzten.«

Hagrim musste sich beherrschen, um nicht herumzuwirbeln. Er mochte vielleicht betrunken sein und nicht wirklich kampfbereit, aber auf solch billige Tricks, mit denen man ihn entwaffnen wollte, würde er nicht hereinfallen.

»Ihr findet Euch wohl besonders schlau. Glaubt nicht, dass Ihr mich so einfach fertigmachen könnt. Einen von Euch werde ich noch mit ins Jenseits nehmen, glaubt mir«, stammelte er.

Der Elf, der Lodjodran-Thee genannt wurde, griff in einen kleinen Lederbeutel und zupfte einige bräunliche, getrocknete Pflanzenreste heraus, die er vorsichtig vor Hagrim auf den Boden legte. Dann zeigte er auf die Kräuter und bedeutete Hagrim, sie sich unter die Zunge zu legen.

»Ha, wieder eins von Euren perfli ... pferfmi ... bösartigen Spielchen? Das käme Euch wohl gerade recht, wenn ich mich selbst vergifte. Dann hättet Ihr alle Zeugen beseitigt. Aber nicht mit mir, Freunde.«

Der Elf versuchte, den betrunkenen Geschichtenerzähler mit einer besänftigenden Handbewegung zu beruhigen.

»Wir sind nicht gekommen, um Euch irgendetwas anzutun. Wir sind auf Eure Hilfe angewiesen.«

»Ihr glaubt wohl, Ihr könnt mich mit Euren süßen Worten und Eurem Gehabe einlullen. Da müsst Ihr aber früher aufstehen.«

Hagrim spürte, wie der Elf hinter ihm einen Schritt auf ihn zukam.

»Offensichtlich hast du es schon selbst geschafft, deinen Geist einzulullen, mein Freund. Die Gabe, die dir gegeben wurde, hast du im Saft der Trauben ertränkt. Du bist nichts weiter als eine Zumutung für alle, die mit dir Umgang pflegen. Vielleicht solltest du dich eines Besseren belehren lassen und den Schleier von deinen Augen und deinem Geist nehmen, damit du wieder etwas Selbstachtung und Erkenntnis erlangst.«

Die Worte allein hätten Hagrim nicht aus der Fassung gebracht, doch zusammen mit ihnen zerrte etwas Unsichtbares, Ungreifbares an seinem Gemüt. Das Wort *Freund* schwirrte durch seinen Geist und hallte mit jedem Gedanken in seinem Kopf wider. Er spürte ein seltsames Vertrauen in sich aufsteigen und hatte das Gefühl, bei den Elfen geborgen und in Sicherheit zu sein. Tränen traten in seine Augen, und er musste sich zusammenreißen, um nicht vor seinen Peinigern loszuheulen. Wortlos griff er nach den getrockneten Blättern und schob sie sich in den Mund. Der bittere Geschmack löste eine leichte Übelkeit aus. Schon nach wenigen Sekunden stellte sich die erste Wirkung des unbekannten Krauts ein. Hagrim bekam Schweißausbrüche, und seine Augenlider begannen unkontrolliert zu blinzeln. Die Wirkung des Alkohols schwand innerhalb von Minuten, nachdem Hagrim sich auf den Boden gesetzt hatte und in tiefes Schweigen verfallen war. Einzig die Kopfschmerzen, die sich anstatt am nächsten Morgen schon jetzt eingestellt hatten, blieben zurück.

Hagrim konnte und wollte nicht sprechen. Er wusste, dass sie Recht hatten. Ein einfaches Nicken musste reichen, um ihnen zu zeigen, dass er verstanden hatte und nun bereit war.

»Freund Hagrim, hört mir gut zu! In den Mauern Osbergs habt Ihr denen, die Ihr Oger nennt, Unterschlupf gewährt. Wir müssen zu ihnen gelangen und mit ihnen sprechen«, sagte Lodjodran-Thee.

Das Wort *Freund* löste wieder eine Woge wohliger Gefühle in ihm aus. Er musste antworten, egal ob er wollte oder nicht. Das Gefühl der Vertrautheit war stärker als jede Vorsicht.

»Sie lagern im Innenhof der Kaserne«, antwortete er willenlos.

»Bitte, Freund Hagrim, bring uns zu ihnen.«

»Die Wachen werden uns aufhalten«, wandte er ein.

»Das lass unsere Sorge sein.«

Hagrim erhob sich und ging zur Tür. Erst jetzt bemerkte er den dritten Elfen, der sich neben Cindiels Kräutertisch postiert hatte. Die Elfen zogen sich ihre Kapuzen über den Kopf und folgten ihm.

Auf dem ganzen Weg zur Kaserne nahm niemand Notiz von ihnen. Es gab keine erstaunten Blicke und keine aufgeregten Rufe. Selbst als sie vor dem Seitentor der Kaserne stehen blieben und der Wachposten Hagrim mit freundlichen Worten begrüßte, wunderte sich niemand über die Elfen.

»Hagrim, alte Schnapsnase, was ist los? Ostmir hat dich wohl rausgeworfen, und jetzt willst du unsere Bestände leersaufen, was?«, meinte der Soldat lachend.

»Hallo Kandler«, begrüßte ihn Hagrim, »wir würden gern hineingehen und mit den Ogern sprechen.«

Einer der Elfen kam heran und stellte sich genau neben die Wache. Dann beugte er sich ein Stück vor und flüsterte Kandler etwas ins Ohr. Der Soldat reagierte nicht auf den Elfen. Er schien ihn überhaupt nicht zu sehen.

»Hoho, seit wann sprichst du von dir in der dritten Person? Hast du vor, in den Adel einzuheiraten, oder hast du einen unsichtbaren Freund dabei? Du solltest etwas kürzer treten und vielleicht mal das eine oder andere Gläschen ausschlagen. Na klar kannst du reinkommen, Freund.«

Hagrim wunderte sich über gar nichts mehr. Er schritt durch das Tor und gelangte auf den Innenhof der Kaserne. Dicht hinter ihm folgten die drei Elfen.

Der Lagerplatz der Oger war nicht zu übersehen. Das Feuer schlug einige Meter hoch in den Nachthimmel und beleuchtete die Silhouetten der Kolosse. Jedes Mal, wenn er einen von ihnen sah, musste Hagrim an Tarbur zurückdenken. Sie beide hatte damals mehr als nur der gemeinsame Feind verbunden. Der Tod des Ogers hatte Hagrim schwer erschüttert. Ihm war bewusst geworden, dass diese Welt Außenseitern keinen Platz bot. Der Geschichtenerzähler blieb einige Schritte abseits der Oger stehen und sprach sie dann an.

»Wie ich sehe, hat man euren Besuch dazu genutzt, einige ungeliebte Möbelstücke zu Feuerholz zu verarbeiten.«

Zwei Oger sprangen sofort auf und bewaffneten sich, doch Rator hielt sie zurück. Er wies sie an, wieder am Feuer Platz zu nehmen. Hagrim kannte keinen der beiden, und er legte auch keinen besonderen Wert darauf, sie näher kennen zu lernen.

»Du Geschichtenerzähler, Freund von Cindiel der Hexe«, stellte Rator fest. »Sie auch hier?«

Hagrim schüttelte den Kopf und deutete mit einer Handbewegung auf die Elfen. Rator starrte ungläubig ins Leere. Die Elfen traten näher ans Feuer heran, doch niemand außer Hagrim schien sie zu sehen.

»Wo Cindiel? Mogda wollte besuchen kommen. Du gesehen?«, hakte Rator nach.

Noch bevor Hagrim auf seine Fragen antworten konnte, zogen die Elfen die Kapuzen von ihren Häuptern. Rator machte einen Satz zurück und griff nach seiner Streitaxt. Auch die anderen schreckten von der Feuerstelle hoch und bewaffneten sich.

»Ihr braucht Euch nicht zu fürchten, Freund Rator«, sagte Lodjodran-Thee. Hagrim erkannte wieder den Zauber, den sie in das Wort *Freund* legten. Rator machte einen Schritt auf den Elfen zu. Urplötzlich packte er ihn an der Kehle und hob ihn vor sich in die Höhe.

»Mein Volk und dein Volk nicht Freunde. Ihr Sklaven von Meister.«

Lodjodran-Thee hing regungslos im Würgegriff des Ogers. Seine Stimme klang ruhig und gelassen.

»Vielleicht sind wir keine Freunde, aber wir haben die gleichen Feinde. Auch wir sind auf der Suche nach dem Mann ohne Schuhe. Er hat etwas, das in eurer Obhut war, und er sucht nach etwas, das unser Volk seit Ewigkeiten beschützt.«

Rator warf den Elfen zurück, doch statt in den Staub zu stürzen, landete dieser geschickt auf den Füßen und erwiderte standhaft Rators Blick.

»Dein Volk nur Worte«, brummte Rator. »Ich gesehen, sie verändert. Sie Sklaven von Meister. Sie nicht mehr beschützen. Sie Tod bringen über Volk der Oger und Volk der anderen Hüttenbauer. Du allein.«

»Du hast Recht. Die meisten meines Volkes sind dem Willen der

Teudraeden unterworfen worden. Doch an ihrer Spitze steht der Mann ohne Schuhe. Er ist es, nach dem wir suchen und dessen Tod ihr wollt. Wenn er nicht aufgehalten werden kann, wird das Volk der Elfen untergehen und zusammen mit ihnen die Oger, die Menschen und alle anderen Völker. Nur die Meister und deren Sklaven werden übrig bleiben.«

»Woher ich wissen Wahrheit?«, brüllte Rator ihn an.

»Suche nach dem, den ihr Mogda nennt, in Turmstein. Er kennt die Wahrheit.«

Rator stampfte zornig mit dem Fuß auf dem sandigen Boden auf und schleuderte dabei eine Menge Staub und Kiesel in Richtung des Elfen.

»Beweisen, du gesehen Mogda«, forderte er.

Lodjodran-Thee zeigte sich unbeeindruckt vom schroffen Verhalten des Ogers. In ruhigen Worten schilderte er sein nächtliches Zusammentreffen mit Mogda unterhalb der Klippen der Zwergenesse. Ein zustimmendes Nicken von Hagrim sollte Rator zeigen, dass der Elf die Wahrheit sprach.

»Wer sein Hüttenbauer ohne Schuhe«, fragte Rator.

»Er ist kein Mensch«, erklärte Lodjodran-Thee. »Die äußere Gestalt und den Namen *Elliah* hat er nur gewählt, um zwischen den Völkern Nelbors nicht aufzufallen. Sein wahres Aussehen kennen wir nicht, doch unter seiner Verkleidung verbirgt sich Illistanteè, ein Jahrtausende alter Dämon. Ein Geschöpf des Wassers, Allvater der Teudraeden oder Nesselschrecken, wie die Menschen sie nennen. Er hat vor, den Rat der Götter zu zerschlagen und die Welt unter seiner Führung zu unterjochen. Alles, was ihm dazu fehlt, ist der zweite Funken der Götter. Das Volk der Elfen ist zu geschwächt, ihn daran zu hindern. Die Zwerge werden nach ihrer Niederlage in der Esse einen Rachefeldzug starten, der sich jedoch gegen die falschen Feinde wenden wird, und die Menschen sind zu unentschlossen, um zu handeln. So kommen wir zu euch und bitten um Hilfe.«

Rator antwortete dem Elfen nicht, er betrachtete ihn nur eingehend. Für ihn waren die Worte so wenig verständlich wie die Runen auf einer Zauberspruchrolle. Er orientierte sich lieber an den Augen seines Gegenübers. In diesem Fall verrieten sie mehr, als man durch Worte hätte ausdrücken können. In ihnen sah er Erschöpfung, Leid und Enttäuschung genauso wie Hoffnungslosigkeit.

Er wandte sich wortlos dem Lagerfeuer zu und rief seine Kameraden herbei. Hagrim konnte nicht verstehen, was sie sagten, doch anscheinend wurden sie sich schnell einig.

Als Rator sich wieder den Elfen zuwendete, hielt er die schwere Streitaxt vor der Brust.

»Wir folgen weiter Mann ohne Schuhe. Nicht gehen für Elfen, nicht für kleines Volk und nicht für Menschen. Gehen, weil Oger wollen.«

Lodjodran-Thee verbeugte sich und zollte Rator so seine Hochachtung.

Rator und seine Mannen verloren keine Zeit. Schnell hatten sie ihre spärliche Ausrüstung gepackt und waren bereit zum Aufbruch. Lodjodran-Thee und Hagrim traten noch einmal zu ihnen.

»Ihr werdet Osberg nicht einfach verlassen können«, sagte der Elf.

»Warum? Wir als Freunde hier.«

»Das ist richtig. Die, die ihr gerettet habt, sind euch zu großem Dank verpflichtet. Doch es gibt auch andere, die Angst vor euch haben. Sie fürchten sich davor, dass die Oger die Seiten wechseln könnten oder die geschwächte Situation des Landes ausnutzen, um sich selbst zusammen mit den anderen Kreaturen Tabals des Landes zu bemächtigen.«

Rator schnaufte verächtlich. Das Bündnis zwischen Ogern und Menschen verlief vielleicht nicht immer reibungslos, aber es währte jetzt schon seit über sechs Jahren. Was sie momentan nicht brauchen konnten, waren kluge Ratschläge von einem Volk, das fast vollständig ausgemerzt worden war und dessen abtrünnige Angehörige das ganze Land gefährdeten.

»Wir gehen! Hüttenbauer werden nicht hindern daran.«

Rators Worte ließen keinen Einwand zu. Die drei Elfen traten zurück in den Schatten und zogen sich wieder die Kapuzen über das Haupt. Obwohl Hagrim sie keinen Moment aus den Augen gelassen hatte, verschwanden ihre Umrisse zwischen Dunkelheit und Steinmauer fast gänzlich. Nur jemand, der sich auf ihre Gegenwart konzentrierte, hätte ihre Anwesenheit bemerken können. Die Oger nahmen ihre Sachen und versammelten sich vor dem großen Tor der Kaserne. Die beiden Wachen schienen verunsichert. Halbherzig kreuzten sie ihre Hellebarden und versperrten ihnen den Weg.

»Wohin, äh, wollt ihr?«, stotterte einer von ihnen.

Rator schaute ihn geringschätzig an.

»Ziehen weiter. Suchen nach Freund.«

Der Soldat suchte mit verzweifelten Blicken nach Hilfe. Drei Wachen auf dem oberen Wehrgang bemerkten den Tumult am Tor und spannten ihre Armbrüste.

»Lord Felton hat eine Ausgangssperre verhängt. Niemandem ist es gestattet, die Stadt nach Sonnenuntergang zu verlassen oder zu betreten.«

Rator schob die beiden Soldaten einfach beiseite und hob den Verriegelungsbalken aus der Halterung. Krachend bohrte sich ein Bolzen bis zur Hälfte des Schaftes in das massive Eichentor, kaum zwei Fuß von Rators Kopf entfernt. Gelassen schaute der Oger auf das Geschoss und folgte mit seinem Blick dem Verlauf des Schaftes bis zum Schützen.

Hagrim verspürte ein ungutes Gefühl. Was hätte er nicht alles für einen Umhang gegeben, wie ihn die Elfen besaßen, um einfach unsichtbar zu werden. Tatsache war, dass ihm die Oger misstrauten, die Soldaten ihn als Spion betrachten würden und er genau zwischen ihnen stand. Falls Rator seine Kinderstube vergessen sollte, wenn er überhaupt eine besessen hatte, und wenn die Soldaten noch nervöser wurden, als sie ohnehin schon waren, würde er schutzlos im Zentrum einer kleinen Schlacht stehen. Was das bedeutete, wusste er aus den zahlreichen Geschichten, die er für ein Glas Wein Abend für Abend zum Besten gab.

Der Armbrustschütze hielt Rators Blick stand.

»Du hast doch gehört, was die Wache gesagt hat«, schrie er den Oger an. »Niemand verlässt die Stadt nach Einbruch der Dunkelheit.«

Zu Hagrims Verwunderung nickte Rator verständnisvoll und legte sein gepacktes Bündel ab. Kruzmak und die übrigen Oger standen weiterhin abmarschbereit am Tor. Rator ging hinüber zum Lagerfeuer und riss ein brennendes Tischbein aus den Flammen. Damit ging er auf die Unterkünfte der Soldaten zu.

»Halt!«, schrie der Soldat vom oberen Wehrgang. »Was hast du vor?«

Rator stellte sich neben die Hütte und hielt die Fackel unter den Dachfirst. »Zünden Häuser in Osberg an, dann nicht mehr dunkel.«

Die Wachen rissen ihre Armbrüste hoch und nahmen Rator ins Visier.

»Die Waffen runter!«, befahl Leutnant Tossil, der eben aus einem der Wehrtürme auf die Balustrade trat. »Wenn sie gehen wollen, lasst sie ziehen. In den letzten Tagen ist genug Blut geflossen. Wir sind ihnen etwas schuldig.«

Rator und die übrigen Oger zogen ab, ohne weiter behelligt zu werden. Auch Hagrim folgte den Kolossen, ohne unangenehme Fragen beantworten zu müssen. Beim Verlassen der Kaserne hörte Rator die Stimme des Elfen aus dem Dunkeln.

»Geht nicht allein. Nehmt mit, wer immer Euch folgen will. Eure Feinde sind zahlreich.«

Osbergs nächtliche Straßen waren wie leergefegt. Die Patrouillen der Stadtwachen hatten ganze Arbeit geleistet. Nur vereinzelt verschwand ein Schatten in den engen Gassen, als die Gruppe schwer bewaffneter Oger die Hauptstraße herunterkam.

Hagrim wollte nur noch weg; weg von den Ogern, weg von den Stadtwachen, weg von den Elfen, egal wo sie momentan stecken mochten. Und bis morgen früh wollte er so weit weg vom Zustand der Nüchternheit sein, wie nur irgend möglich.

Über die gesamte Straßenbreite verteilt zogen die Oger Richtung Südtor. Staunende Gesichter zeichneten sich hinter den beleuchteten Fenstern ab. Dennoch hatten die Menschen zu großen Respekt vor den Ogern, um sich ihnen zu nähern. Sie bewunderten ihre Kraft und Konstitution genauso, wie sie sie fürchteten.

Doch drei Einwohner hatten sich anders entschieden.

Rator sah die Gestalten rund zweihundert Meter vor sich auf der Straße. Links und rechts standen zwei zäh aussehende Kämpfer, zwischen ihnen eine schmale, kleinere Gestalt. Der Mann in der Mitte hielt eine Fackel vor sich, und das gleißende Licht verbarg ihre Gesichter. Inständig hoffte Rator, dass es sich nicht um Wichtigtuer aus der Garde handelte, die sich eine Belobigung verdienen wollten.

»Ich nehme an, sie haben dir zum Dank kein Schiff geschenkt, oder?« Rator erkannte die Stimme von Kapitän Morrodak. Er stand da, mit einem Barbaren aus den Nordlanden, der die Uniform der Leibgarde des Königs trug, und einem anderen, unauffällig wirkenden Mann.

»Nein, kein Schiff«, antwortete Rator. »Warum du noch hier?«

»Wir haben hier gewartet. Wir wollen uns euch anschließen.«

Rator trat näher an die drei heran und drückte die Fackel beiseite, die Morrodak hielt.

»Warum?«, fragte Rator und schaute einen nach dem anderen an.

»Mir fiel die Geschichte von Kapitän Londor wieder ein«, sagte Morrodak. »Wenn es jemand schaffen kann, mir ein neues Schiff zu besorgen, dann bist wohl du es.«

»Wir nicht reisen zum Wasser, wir gehen Turmstein«, erwiderte Rator.

»Oh, das macht nichts. Mit einem Schloss gebe ich mich auch zufrieden«, feixte Morrodak.

»Wie viele ihr sein?«

»Fünfzig Mann«, sagte der Barbar.

»Wir nicht können warten, wenn bleiben zurück.«

Der Barbar trat vor und baute sich vor Rator auf.

»Das gilt auch für euch. Wir sind nämlich keine Bonnen.«

30

Missverständnisse

»Was hast du eigentlich vor? Es wäre wirklich nett, wenn du uns in deine Pläne einweihen würdest, wenn du dich schon als unser Anführer aufspielst.«

Cindiels Stimme klang entnervt und erschöpft.

Mogda hätte ihr gerne eine Antwort gegeben, doch er wusste selbst nicht, wohin er wollte. Allein die Tatsache, dass die Drachen sie nicht getötet hatten, als sie Richtung Süden zogen, stärkte ihn in der Überzeugung, dass sie auf dem richtigen Weg waren. Wenn die Elfen das Land durchquerten, musste es auch jemanden geben, der sie gesehen hatte. Immerhin war es in diesen Tagen ungewöhnlicher, einem Elfen zu begegnen als einem Oger, und Mogda war es noch nie gelungen, einen Schritt zu tun, ohne dass das halbe Land Bescheid wusste.

»Ich führe euch nicht; ihr lauft mir nur ständig hinterher«, brummte Mogda.

Als sie sich dem Rand des Forstes näherten, wurden die Bäume immer kleiner, und sie standen weniger eng beieinander. Dazwischen wuchs jedoch dichtes Gestrüpp. Ein undurchlässiges, verzweigtes Dornengebüsch stellte Mogdas Laune auf eine erneute Probe.

»Widerliches Grünzeug«, schimpfte er. »Ich schlachte lieber Horden von Orks, als mich hier vom Unkraut tyrannisieren zu lassen. Ich schneide dich in Stücke, du widerliches, mickriges ...«

Mit diesen Worten kämpfte er sich mit dem Schwert durch den letzten Rest des Gebüschs und stand unverhofft vor einem frisch gepflügten Acker. Direkt vor seinen Füßen hockte ein kleines Mädchen mit langen blonden Zöpfen und einem abgetragenen blauen Kleid. Eine selbstgebastelte Strohpuppe, die eine frappierende Ähnlichkeit mit der Kleinen aufwies, fiel zu Boden. Mogda sah in ihr entsetztes Gesicht. Ihr Mund stand weit offen, und sie versuchte die Tränen zu unterdrücken, die sich in ihren Augenwinkeln sammelten. Mogda beugte sich tief zu ihr herunter und versuchte zu lächeln.

»Hallo, du halbe Portion«, brummte er, doch noch bevor er dazu kam, eine Fragen zu stellen, sprang die Kleine auf und rannte schreiend davon.

»Mama, Mama, hier ist ein dickes Monster, das mich auffressen will.«

Als Mogda sich aufrichtete, entdeckte er eine kleine Ansiedlung, rund eine halbe Meile entfernt. Vor den Hütten und Häusern standen eine Reihe angespannter Fuhrwerke, die hoch beladen waren. Leute stapelten hastig Kisten und Säcke auf die Wagen.

Endlich hatten sich auch Cindiel, Finnegan und Barrasch aus dem Unterholz befreit.

»Mit wem hast du dich jetzt schon wieder angelegt?«, fragte Barrasch empört.

Mogda zeigte auf das kleine, in Panik flüchtende Mädchen. »Sie hat mich fett genannt.«

»Langsam solltest du der Wahrheit ins Gesicht sehen und aufhören, andere dafür verantwortlich zu machen«, riet der Hauptmann weise.

»Ich fürchte nur, wenn ich hinter ihr herlaufe, könnte das missverstanden werden.«

Die vier beschlossen, den Bewohnern der Siedlung einen Besuch abzustatten. Selbst das abgelegenste Nest sollte mittlerweile mitbekommen haben, dass es zwischen Menschen und Oger so etwas wie ein Bündnis gab, und wenn nicht, dann war es an der Zeit, sie darüber zu informieren.

»Barrasch sollte vorangehen«, schlug Cindiel vor. »Seine Uniform wird bei den Leuten Vertrauen erwecken.«

Sie folgten einem schmalen Pfad zwischen Acker und Waldesrand. Nach der Hälfte der Strecke hatte auch das Mädchen die Siedlung erreicht, und sofort scharte sich eine Menschenmenge um die Kleine. Irgendwo im Dorf schrie eine Frau etwas von Feinden und Krieg.

»Vielleicht solltest du deine Abzeichen besser polieren, alter Mann. Sonst denken sie noch, du bist ein Landstreicher«, spottete Mogda.

»Ja ja, an dir braucht man nichts zu polieren. Du bist und bleibst ein fetter Oger«, entgegnete Barrasch.

Mogda reichte es langsam. Erst musste er sich bewusstlos schlagen lassen, und jetzt sollte er sich auch noch ständig Beleidigungen gefallen lassen. Alter Mann hin oder her, der Hauptmann verdiente einen Denkzettel. Noch bevor Barrasch mit dem Gesicht in der frisch gepflügten

Erde landete, wunderte sich Mogda, was ein einzelner Tritt in den Hintern so einem gestandenen Soldaten anhaben konnte. Er wusste, gleich würden die anderen wieder über ihn herfallen und ihn beschimpfen, und Cindiel würde ihm eine ihrer berüchtigten Predigten halten. Doch dieser Tritt bewies ihm, dass Recht haben nichts nutzt, wenn man mit dem Gesicht im Dreck lag. Cindiel blieb keine Zeit für ihre Standpauke. Ein paar Männer stürmten heran, bewaffnet mit Forken und Schaufeln.

»Er hat Gefangene bei sich«, schrie einer. »Wir müssen ihn töten, bevor noch mehr von ihnen kommen. Nur in Turmstein sind wir sicher. Dort schützen uns die Soldaten.«

In breiter Front und mit entschlossenen Mienen stellten sich die Dorfbewohner Mogda entgegen. Zwei Männer halfen Barrasch auf die Beine und stellten sich schützend vor ihn.

»Gib die junge Frau und den Soldaten frei!«, forderte ein alter Bauer. Mit der Spitze seiner Holzforke zielte er drohend auf Mogdas Bauch. »Wenn du sie freilässt, kannst du deiner Wege ziehen, Oger. Ansonsten trifft dich der Zorn Prios!«

Mogda blickte in den Himmel und verfolgte das Spiel der Wolken, bis er merkte, dass einige der Bauern es ihm gleichtaten.

»Habt ihr schon etwas gesehen?«, fragte er unschuldig.

»Was meinst du?«

»Gar nichts. *Du* hast gesagt, Prios kommt und wird mich strafen. Jetzt warte ich eben auf ihn, aber momentan scheint er jemand anderem auf die Finger zu klopfen.«

Verärgert machte die Meute einen Schritt auf ihn zu.

»Moment, ich glaube, das alles hier ist ein Missverständnis«, versuchte Mogda schließlich, die Dorfbevölkerung zu beruhigen.

»Du lästerst die Götter und erwartest Milde?«, ereiferte sich der alte Bauer. »Wir werden es dir zeigen, du Ausgeburt Tabals. Wir schicken dich zurück in seinen Schlund.«

Barrasch bahnte sich einen Weg durch die aufgebrachte Menge. Besänftigend drückte er die Schäfte der Heugabeln und Piken zu Boden und stellte sich zwischen Mogda und dessen Widersacher. Cindiel und Finnegan hielten sich weiter im Hintergrund.

»Beruhigt euch, Leute! Ich bin Hauptmann Barrasch, Berater von Lord Felton aus Osberg. Wir sind keine Gefangenen. Der Soldat Finnegan und die Dame Cindiel begleiten mich zusammen mit dem Oger ...«

»Der Oger hat auch einen Namen«, protestierte Mogda.

»... zusammen mit dem Oger Mogda auf einer Mission.«

Unruhe und Verständnislosigkeit machte sich unter den Bauern breit.

»Welches Hexenwerk lässt den Oger sprechen wie unsereins?«, keifte der Alte.

»Wenn es dir lieber ist, dass ich ein wenig grunze und deine Fingerknochen als Zahnstocher benutze, brauchst du es nur zu sagen«, fuhr Mogda mürrisch dazwischen.

Barrasch hatte alle Mühe, beide Seiten einigermaßen zu beruhigen, während sich Cindiel und Finnegan auffallend ruhig verhielten.

Immer wieder hob der Rädelsführer der Bauern seine Forke und zielte damit auf Mogda, und von Mal zu Mal stieß Barrasch sie energischer beiseite.

»Schluss jetzt!«, schrie er. »Leg die Forke weg, oder ich ramme sie dir eigenhändig in den Rücken.« Dabei schaute er den Alten grimmig an. Danach wandte er sich Mogda zu.

»Und du ärgerst sie nicht weiter«, ermahnte er den Oger.

Nach diesen Worten gaben sich endlich alle friedlich. Barrasch holte tief Luft.

»Wie bereits erwähnt«, sagte er ruhig, »wir kommen aus Osberg und sind auf der Suche nach einigen Elfen. Angeblich sind sie hier durchgekommen. Habt ihr irgendetwas gesehen oder gehört?«

Der alte Bauer starrte den Hauptmann fassungslos an.

»Wenn Ihr hier lange genug stehen bleibt, werdet Ihr mehr Elfen treffen, als Euch lieb ist. Ich wundere mich nur, dass Euch entgangen ist, Hauptmann, dass wir mit den Langohren im Krieg sind. Sie sind mit Schiffen gekommen und haben die komplette Küstenregion eingenommen. Der König und seine gesamte Garde wurden getötet.«

»Was, der König ist tot?«, riefen Cindiel und Barrasch wie aus einem Mund.

»Es wird nicht besser, wenn Ihr es wiederholt«, grummelte der Alte. »Einigen Gardisten ist es sogar gelungen, zwei dieser Elfen gefangen zu nehmen. Sie haben sie nach Turmstein gebracht.«

»Waren sie schwarz?«, fragte Mogda.

»Ob sie *was* waren?«, stammelte der alte Bauer.

»Hatten sie schwarze Haut?«

Verständnislos starrte der Bauer einen nach dem anderen an.

»Sie hatten spitze Ohren, lange blonde Haare, alberne Kleider, und sie waren gefesselt. Elfen eben. Was sie nicht hatten, war schwarze Haut. Sie waren blass wie immer. Eben wie Elfen.«

»Sie haben die Elfen nach Turmstein gebracht. Wir müssen sie da rausholen und in Sicherheit bringen«, grübelte Mogda laut.

Der Bauer hob wieder seine Forke und fuchtelte damit vor Mogdas Gesicht herum.

»Früher, als ihr noch Vieh von unseren Weiden geklaut habt, ward ihr mir weniger unheimlich. Ist er irgendwie krank?«

Noch bevor Barrasch den Alten erneut ermahnen konnte, griff Mogda beherzt zu und riss dem Bauern die Forke aus der Hand. Den Schaft am oberen Ende gepackt, brach er die vergabelte Spitze durch den Druck seines Daumens einfach ab. Das Ende ließ er durch die Finger gleiten und holte zum Schlag aus. Der Rädelsführer und seine Anhänger waren zu überrascht, um noch rechtzeitig zu reagieren. Der Stiel traf den Alten seitlich am Knie, und sein Bein knickte weg. Ein zweiter Schlag mit der Rückhand traf ihn in die Magengrube und ließ ihn zu Boden gehen. Mit schmerzverzerrtem Gesicht krümmte er sich auf der Erde.

»Du hast einen schlechten Zeitpunkt erwischt«, brüllte Mogda. »Ich habe euren Spott satt. Wenn es euch nicht gefällt, wie ich bin, dann zeige ich euch eine Seite von mir, die bis jetzt nur das Vieh auf den Weiden kannte.«

Die Begleiter des Alten traten zwei Schritt zurück, mit sich im Unreinen, ob sie ihren Kollegen liegen lassen oder ihm helfen sollten. Mogda packte den Alten am Hosenbund und zog ihn in die Höhe.

»Es sind nicht die Elfen, die euer Land heimsuchen, es sind ... Ach, warum vergeude ich bloß meine Zeit mit euch dummen Bauern? Ihr begreift es ohnehin nicht. Wenn es darauf ankommt, hockt ihr hinter einem Felsen und hofft, dass euch jemand zu Hilfe eilt.«

»Lass ihn sofort los!«, schrie Cindiel aufgebracht und drängte sich zwischen den Mob und Mogda. »Hast du nicht gehört? Sie haben den König getötet. König Wigold, verstehst du? *Der* König Wigold, dem wir unser Leben verdanken. Er war es, der uns aus dem Labyrinth der Nesselschrecken befreit hat. Ihm haben wir alles zu verdanken.«

Mogda ließ den Bauern zu Boden fallen.

»Das habe ich durchaus begriffen, Cindiel. Aber unserem Volk, dem Volk der Oger, verdankst du und verdanken auch all die anderen der Deinen ihr Leben. Du hast es selbst gesehen: Alles wurde überflutet, und wer weiß, wie viele meines Volkes dabei umgekommen sind. Hast du je daran gedacht? Zum Dank und aus Mitgefühl hatten deine Nachbarn beschlossen, mich von meinem Leid zu befreien, indem sie mich am nächsten Baum aufknüpfen wollten.«

Mogda schleuderte den Stiel der Forke weit von sich und trat mit dem Fuß in die lockere Erde. Der lehmige Boden spritzte hoch und ergoss sich über die verängstigte Landbevölkerung. Eilig fassten sie ihren Anführer unter den Achseln und nahmen mit ihm Reißaus.

»Genau, tut das, was ihr immer tut – lauft einfach davon und verkriecht euch.«

Mogda hob sein Bündel auf und stapfte quer über den Acker Richtung Turmstein. Cindiel, Barrasch und Finnegan blieben stumm zurück.

31

Elf und Troll

Der Elf mit der schwarzen Haut kniete bis zum Bauch im langsam dahinfließenden Waldbach. Er brauchte das Wasser mehr denn je. Jedes Leben war von dem flüssigen Element abhängig, doch seit jenem schicksalsträchtigen Tag, an dem die Flotte der Elfen in die Tiefe des Meeres gerissen worden war, verband sie noch mehr mit dem Wasser. Dennoch war es eher Fluch denn Segen. Illistanteè hatte sie zu Sklaven seiner selbst und des Wassers gemacht. Ohne ihn und ohne Wasser war nicht nur ihre körperliche Existenz, sondern auch ihre unsterbliche Seele verloren. Von den erhabenen Geschöpfen, die sie früher einmal gewesen waren, war nichts mehr geblieben. Bei allen anderen Kreaturen waren sie verhasst. Alles, was dem Elfen noch von früher in Erinnerung war, war sein Name; ein Name, den er schon seit Jahren nicht mehr laut ausgesprochen gehört hatte – Sabriel-e-Chin.

Sabriel hatte diesen Ort nicht zufällig gewählt. Er diente ihm nicht nur zur Erholung, sondern war so etwas wie ein geheimer Treffpunkt.

Als Illistanteè das Volk der Elfen nach seinen Wünschen formte, gab es wenig Zuspruch aus den Reihen der Nesselschrecken. Sie befürchteten, dadurch weniger Zuneigung ihres Herrn zu erfahren. Doch im Laufe der Jahre erkannten sie, dass die neue Rasse Fähigkeiten besaß, die sie sich zu Nutze machen konnten. Einzelne Elfen hatten es geschafft, Zauberkräfte aus ihrem alten Leben mit ins neue zu retten. Sie waren in der Lage, mit Pflanzen zu sprechen, sich uneingeschränkt in der Dunkelheit zurechtzufinden und das Vertrauen von Kreaturen zu gewinnen, die normalerweise ihre ärgsten Feinde waren. Am außergewöhnlichsten aber war die Tatsache, dass sie sich innerhalb eines Augenblicks von einem Fleck der Welt zum anderen bewegen konnten. Diese Hand voll Elfen hielten sich die Nesselschrecken als ihre persönlichen Sklaven, um die Verbindung zu den anderen Meistern aufrechtzuerhalten. Die außergewöhnliche Begabung der Elfen kam den Meistern sehr zugute, seit der Ältestenstamm vernichtet worden war und sie auf ihre Fähigkeit, die Gedanken der anderen Nesselschrecken lesen zu können, verzichten mussten.

Die Elfen waren an die Weisungen ihres jeweiligen Herrn gebunden und wurden als Boten zwischen diesen und dessen anderen Untergebenen eingesetzt – jedenfalls solange, bis das Band zwischen ihnen zerriss. Dies geschah jedoch nur durch den Tod. Als Illistanteè vor genau einem Tag Sabriels Meister am Tümpel in der Nähe des Baumes Mystraloon getötet hatte, war er dadurch befreit worden, wie von einer Schlinge um seinen Hals. Zusammen mit dem Versprechen von Illistanteè tat sich für ihn nun eine ganz neue Perspektive auf. Er hatte die Möglichkeit, wieder so zu werden, wie er einst war. So zu werden, wie er war? Nein! Besser als das. Ohne Skrupel und ohne die alten, umständlichen Bräuche seines Volkes.

Sabriels Sinne waren durch das Wasser geschärft. Er vernahm die leichten Erschütterungen von Schritten und das grollende Atmen eines Hünen.

»Wo bist du, Elf? Zeig dich, wir haben keine Zeit für Spielchen.«

Mit einem Satz war Sabriel aus dem Wasser und sprang auf die Böschung. Sein abgewetzter Umhang triefte vor Wasser und Schlamm.

»Da hast du Recht, Nokrat«, zischte er.

Der massige Troll stand mit dem Rücken zu ihm. Seine langen, behaarten Arme reichten bis auf die Erde. Die Hände hatte er zu Fäusten geballt und stützte damit seinen nach vorn gebeugten Oberkörper. Eine frische Wunde am Oberschenkel schien ihm zu schaffen zu machen. Mittels einer Fackel hatte er die Blutung gestillt.

»Wie ich sehe, gab es Schwierigkeiten«, stellte Sabriel fest.

»Kleine, hinterhältige Zwerge«, knurrte Nokrat. »Sie hocken wie Käfer im Mist und warten nur darauf, einem in den Rücken zu fallen.«

»Wie ich dich kenne, hast du es ihnen reichlich heimgezahlt.«

»Mit Stahl und Stein, wie es sich gehört«, antwortete Nokrat stolz und drehte sich langsam zu Sabriel um.

Nokrat und Sabriel waren sich zum ersten Mal begegnet, kurz bevor die Rote Wüste geflutet worden war. Sabriel hatte die letzten Anweisungen seines Meisters an eine Hand voll Trolle, zwei Dutzend Orks und unzählige Goblins, überbracht. Diese hatten den Auftrag bekommen, den Berg zum Einsturz zu bringen. Sobald die Elfen die wenigen Zwerge im Inneren getötet hatten, war es an Nokrat und den anderen gewesen, die stützenden Gerüste zu entfernen, sodass der Überflutung nichts mehr im Wege stand. Nokrat kannte sich gut mit der zwergischen Technik aus, da er früher den Bau überwacht hatte. Danach war es Nokrats Aufgabe gewesen, das Ausmaß der Katastrophe zu bewerten und sich einen Überblick über die Verluste unter den Feinden zu verschaffen.

»Was hast du zu berichten?«, fragte Sabriel.

Nokrat schnaufte verächtlich. »Das Volk von König Braktobil ist gänzlich vernichtet, bis auf ein paar verstreute Zwerge, die sich in den Städten aufhielten. Bevor die Clans der anderen Zwerge ihr Recht an seinem Reich einfordern, wird es zu spät sein. Die Hüttenbauer haben schwere Verluste entlang der Küste erlitten. Ihr König ist tot, und das Land zerstritten. Einen Angriff von ihnen brauchen wir nicht zu befürchten.«

»Und?«

»Und was?«, grunzte Nokrat.

»Was ist mit den Ogern?«

»Die Oger haben sich in ihrem Gebirge verkrochen. Sie sind keine Kämpfer mehr. Sie sind faul und fett geworden. Ohne die Hilfe der Hüttenbauer werden sie über kurz oder lang zu Grunde gehen.«

»Du bist sehr schnell mit deinen Mutmaßungen, Nokrat. Darf ich dich daran erinnern, dass die Oger es vor nicht allzu langer Zeit geschafft haben, all eure Pläne zu durchkreuzen? Und da waren sie nur armselige Sklaven. Du solltest sie nicht unterschätzen.«

Nokrat spuckte vor dem Elfen aus und schlug mit der Faust auf den Boden. »Sie sind nichts als fette Schweine.«

»Wie du meinst«, lenkte Sabriel ein. »Wir haben jedoch ein neues Problem, bei dem ich deine Hilfe brauche. Einer der Steine, die wir gehütet haben, ist verschwunden. Eine Gruppe Elfen hat ihn genommen und ist damit geflüchtet. Wir müssen ihn wiederholen, und zwar schnellstens.«

Nokrat schüttelte den Kopf. »Meine Leute sind erschöpft. Außerdem lagern sie weit im Nordosten. Bis sie hier sind, vergehen Tage. Die Meister haben versprochen, wir dürften anfangen, die ersten Dörfer im Norden zu plündern, sobald die Wüste überschwemmt ist. Und genauso machen wir es.«

»Du verkennst vielleicht den Ernst der Lage«, zischte Sabriel.

Nokrat baute sich vor dem Elfen auf und überragte ihn um fast eine Körperlänge. Dennoch wich Sabriel keinen Schritt zurück.

»Nein«, brüllte der Troll, »du verkennst unsere Intelligenz. Glaubst du vielleicht, wir hätten nicht gesehen, wie die schwarzen Dämonen im Süden des Waldes gelandet sind?«

»Welche schwarzen Dämonen?«

»Die Drachen, Elf. Die Drachen. Es ist erst einen halben Tag her, da sind sie über die Wipfel der Bäume gejagt und haben ihren heißen Odem versprüht. Es sollte mich wundern, wenn nicht viele deines Volkes dabei ihr Leben gelassen haben. Willst du mir weismachen, dass du das nicht gewusst hast?«

In Sabriels Kopf überschlugen sich die Gedanken. Mit Drachen hatte er nicht gerechnet. Das erschwerte sein Vorhaben. Doch nach einem Moment des Überlegens gefiel ihm die Vorstellung, zwei dieser übermächtigen Wesen zwischen sich und dem Stein zu wissen. Den zeitlichen Vorsprung, den die anderen hatten, konnte er dadurch wettmachen. Es musste ihm nur gelingen, alle dunklen Elfen zusammenzurufen und für den Kampf zu gewinnen.

»Nokrat, hör mir zu. Du sollst deine Belohnung erhalten und noch viel mehr. Geh zurück zu deinen Leuten. Aber auf dem Weg dorthin besuchst du den Wanderer. Du findest ihn südlich von hier am Baum Mystraloon. Berichte ihm von den Drachen. Sag ihm, dass sie versuchen werden, den Stein über die Grenzen des Landes zu schaffen. Er soll alle Angehörigen meines Volkes schicken, um das zu verhindern.«

Nokrat kniff die Augen eng zusammen. »Ich werde ihm sagen, dass du diese Anweisung gegeben hast. Aber wenn das ein Trick ist, wirst du dafür büßen.«

»Glaub, was du willst. Bedenke dabei nur, dass die großzügige Belohnung dann an mich fallen wird. Ich kann zwar mit Gold und Geschmeide nicht viel anfangen, aber ich werde sie jemandem geben, der weniger argwöhnisch mir gegenüber ist.«

Sabriel war überzeugt, dass sein Angebot die Raffgier des Trolls geweckt hatte. Wenn er sich auf eines verlassen konnte, dann war es die Habgier der Kreaturen Tabals.

Er schaute Nokrat so lange hinterher, bis dieser zwischen dem Geäst verschwunden war. Der Troll hatte vorhin unbeabsichtigt in die Richtung gezeigt, in welcher er die Drachen am Himmel gesehen hatte. Das musste reichen, um die gigantischen Wesen ausfindig zu machen.

Sabriel folgte Nokrats Fingerzeig. Er schlich entlang des Bachlaufs Richtung Südwesten. Die Nähe des Wassers weckte in ihm ein Gefühl der Geborgenheit. Er war stets darauf bedacht, genau zu wissen, wo ihm die nächste Quelle zur Verfügung stand. Sein ganzes früheres Leben war durch die Natur bestimmt worden. Kräuter, Sträucher und Bäume waren untrennbar verknüpft mit dem Leben der Elfen. Jedem wurde bei der Geburt ein Baum zugewiesen, für den er bis zum Verlassen seines Körpers verantwortlich war. Es war die Pflicht eines jeden Elfen, alle Pflanzen des Waldes zu kennen und ihr mehr oder weniger langes Leben zu behüten.

Doch auch diese Verpflichtung war durch die Verbundenheit zum Wasser abgelöst worden. Sabriel erhöhte seine Geschwindigkeit. Er wollte nicht, dass ihm jemand zuvorkam. Es musste ihm gelingen, einen Vorsprung herauszuarbeiten und einen Hinweis auf den Verbleib des Steins zu finden.

Sein elfisches Wesen erlaubte es ihm immer noch, keine Spuren beim Durchqueren des Waldes zu hinterlassen. Immer rascher wurde sein Vorstoß in das Zentrum des Forstes, bis …

… bis er plötzlich anhielt.

Unbehagen machte sich in ihm breit. Ein beißender Geruch drang in seine Nase und fraß sich allmählich in die kiemenartigen Einschnitte unterhalb der spitzen Ohren. Die Feuchtigkeit in den Poren seiner Haut vermischte sich mit dem ätzenden Geruch in der Luft und erzeugte ein brennendes Gefühl.

Sabriels Sinne waren hellwach und geschärft. Er kannte die Gefahren, die ihm wirklichen Schaden zufügen konnten, Verletzungen, die selbst das Wasser nicht zu heilen vermochte. Sorgfältig suchte er die Umgebung ab.

Nicht weit vor ihm, an der gegenüberliegenden Uferböschung, schien ein Teil der Vegetation dahinzusiechen. Bräunliche Strünke erhoben sich aus einer grüngelblichen Masse von Blättern und Gräsern. Zähflüssige Blasen lösten sich aus dem schleimigen Wasser und zerplatzten an der Oberfläche. Sie hinterließen einen dünnen Faden Säuredampf, der sich schnell zum Himmel emporschraubte und mit der leichten Brise vermischte.

Etwas weiter flussabwärts entdeckte Sabriel ähnlich verätzte Stellen am Wasser. Etwas, das aussah wie ein abgetrenntes Bein, hing seitlich der Böschung im Wasser.

Sabriel blickte nach oben und erkannte die eindeutigen Spuren des Drachenodems, der sich seinen Weg vom Himmel herab bis zur Erde gefressen hatte. Die Bäume, die ihm im Weg gestanden hatten, waren weitgehend von Ästen befreit. Nur der Stamm und einige dickere Äste hatten sich der Säure erwehren können. In einer der übrig gebliebenen Astgabeln hingen – kaum noch zu erkennen – die Überreste einer seiner Schwestern oder Brüder. Die Säure des Odems hatte vor nichts Halt gemacht. Sie zersetzte Bäume, Steine, Fleisch und Knochen genauso wie Metall. Sabriel erinnerte sich, dass der Hauch eines schwarzen Drachen sogar imstande war, Gold zu schmelzen.

Sabriel machte von seinem Talent, durch Magie reisen zu können, Gebrauch. Er musste keine weiten Strecken zurücklegen. Es genügte ihm, von einer Deckung zur nächsten zu gelangen. Die Gesetze des Zaubers waren einfach: Die Beständigkeit obsiegte. Das widerstandsfähigste Material setzte sich durch und nahm den Platz des unbeständigeren ein. Fleisch wurde zu Stein, aber ein Blatt wurde zu Fleisch. *Es ist wie im Leben*, dachte Sabriel, *das Stärkere herrscht über das Schwächere*.

Er wirkte den Zauber, während er sein Ziel genau beobachtete und mit einer Hand eine alte elfische Rune in die Luft zeichnete. Im Bruchteil eines Augenblicks verschwand er von der Uferböschung und tauchte zwanzig Schritt weiter neben dem Stamm einer alten Eiche wieder auf.

Sabriel hatte längst aufgehört, sich zu fragen, woher die Zaubertalente stammten, die ihn von den anderen seiner Rasse unterschieden. Für ihn war es nur wichtig zu wissen, wie man sie dazu nutzen konnte, aus dem Bann seiner Herren zu kommen. Dafür war ihm jedes Mittel recht.

Mit zwei weiteren Zaubern gelangte er an den Rand einer Lichtung. Inmitten zahlreicher Baumstämme, die dort zum Trocknen und späteren Abtransport gelagert worden waren, kauerte eine riesenhafte schwarze Echse. Die beiden Hinterbeine hatte sie angewinkelt, und zum Sprung bereit hockte sie über den Stämmen. Der Drache hatte seinen langen Hals gestreckt und witterte mit den Nüstern in alle Himmelsrichtungen, während er von Zeit zu Zeit mit seiner langen, schwarz verfärbten Zunge seine Wunden leckte. Gegen das Licht erkannte Sabriel die von Pfeilen durchbohrten Flügel und eine breite Bisswunde an einem seiner Hinterläufe. Er kannte die Drachen und wusste, dass ihnen derartige Wunden nichts anhaben konnten. Sicherlich würden die Verletzungen das unheimliche Geschöpf nicht daran hindern, sich bei Gefahr in die Lüfte zu erheben und seine Feinde mit seinem Odem niederzustrecken.

Ein alter, schwarzer Drache im Landesinneren von Nelbor und ein verschwundenes Artefakt, das konnte kein Zufall sein. Der Drache war gewiss nicht im Besitz des Steins, sonst hätte er ihn schon längst außer Landes gebracht, fern von allen Gefahren. Seit Anbeginn der Zeiten waren die Drachen darauf bedacht, das Gleichgewicht der Götter zu wahren. Ihre Aufgabe war noch nicht erfüllt. Dieser hier wartete auf etwas oder jemanden.

Sabriel musste herausfinden, was der Drache wusste. Seine Fähigkeiten gestatteten es ihm jedoch nicht, auf diese Entfernung die Gedanken eines Wesens von so großer Macht zu lesen. Um das zu vollbringen, musste der Drache im Sterben liegen, und sein Wille musste gebrochen sein.

Der Elf strich mit der Hand über sein halb zerrissenes Gewand und ließ seine Finger in einer aufgenähten Seitentasche verschwinden. Nach kurzem Suchen brachte er eine ovale, mit Seepocken verkrustete Muschel zum Vorschein. Vorsichtig führte Sabriel sie an den Mund und blies hinein. Der Ton, den die Muschel erzeugte, ging in den anderen Geräuschen unter. Er war wie ein unterschwelliges Rauschen, das nur jene wahrnehmen konnten, die daran gewöhnt waren, es im Wasser zu hören. Sabriel wartete ab. Er wusste, dass jeder seines Volkes, der diese Nachricht erhalten hatte, kommen würde – und es würden viele sein.

Einige Stunden später lag der Drache immer noch auf der Lichtung und hob in kurzen Abständen den Kopf, um Witterung aufzunehmen. Er schien nicht zu merken, wie sich um ihn herum eine immer größer werdende Gefahr zusammenbraute.

Sabriels Anspannung wuchs. Er spürte, wie sich Hunderte seines Volkes um die große Echse versammelt hatten. Verborgen im nahen Unterholz warteten sie nur auf das Zeichen zum Angriff – sein Zeichen.

Er wollte gerade das Signal geben, als er für einen Moment in einen dunklen Schatten gehüllt wurde.

Die schwarzen Dämonen, hatte Nokrat gesagt. Es war nicht nur einer. Dieser eine da drüben saß nur als Köder hier. Sie waren in eine Falle getappt. Nein, er hatte sein Volk in die Falle geführt. Ein kurzer Blick zum Himmel bestätigte seine Befürchtung. Ein zweiter Drache kreiste genau über ihnen und wartete anscheinend nur darauf, dass sich noch mehr Elfen einfanden.

Sabriel konnte nicht mehr warten. Sie mussten angreifen, bevor die andere schwarze Bestie sich in die Lüfte erhob und begann, ihnen den Garaus zumachen. Sabriel benutzte die Muschel in seiner Hand ein zweites Mal.

Sekunden später verdunkelte ein Pfeilhagel den Himmel. Hunderte von schwarz befiederten Geschossen ergossen sich über die Lichtung. Ein markerschütterndes Brüllen erfüllte die Luft. Der Drache über ihnen warnte seinen Artgenossen und rief seinesgleichen in die Schlacht. Die Bestie auf der Lichtung blähte ihren Brustkorb auf und umgab sich mit einem ätzenden Säureregen. Die meisten Pfeile lösten sich innerhalb der Odembarriere auf oder wurden soweit unbrauchbar, dass sie die Haut des Drachen nicht verletzten konnten. Schon stürmten die ersten Elfen mit Langspeeren bewaffnet auf die Lichtung. Der Drache fuhr herum. Mit seinem peitschenden Schwanz wehrte er ein Dutzend Elfen ab und schleuderte ihre Körper zwischen die Bäume. Zwei Prankenhiebe befreiten ihn von weiteren Feinden, und ein Schritt nach vorn begrub einen Elfen unter sich. Immer mehr Elfen stürmten auf die Lichtung. Die ersten kamen nah genug, um ihre Speere in die Brust des Drachen zu treiben. Geschickt setzten sie die Spitzen so an, dass diese zwischen die Schuppen fuhren und ihre giftige Ladung im Körper hinterließen.

Ein grüner Säurestrahl vom Himmel riss eine breite Bresche in die angreifenden Elfen. Wer direkt getroffen wurde, starb noch im Lauf. Die Körper zersetzten sich und sackten in sich zusammen. Andere Elfen wiederum, die nur flüchtig im Säureregen standen, verloren ihr Augenlicht und taumelten ziellos umher oder erlitten so starke Verätzungen, dass sie der Wahnsinn packte. Dennoch verebbte der Sturm der Elfen nicht. Sie schienen aus einem ewigen Quell zu sprudeln.

Der Drache auf der Lichtung unternahm einen letzten Versuch, sich zu befreien. Das schnell wirkende Gift tat seine Wirkung, ihm blieb keine Zeit. Mit einem Odemstoß tötete er die herannahenden Elfen im Halbkreis vor sich und wagte den Sprung in den rettenden Himmel. Mit weit ausgebreiteten Flügeln stieß er sich vom Boden ab. Der Stamm einer gewaltigen Eiche ächzte und neigte seine Krone zur Seite. Als die letzte Pranke des Drachen den Boden verließ, kippte der riesige Baum in seine Richtung und begrub ihn unter sich. Die Echse fauchte verzweifelt, fand aber nicht mehr die Kraft für einen zweiten Fluchtversuch. Ein schwerer Ast hatte einen Flügel durchbohrt und nagelte den Drachen am Boden fest. Ein weiterer war durch die harten Schuppen gestoßen und steckte in seinem Rücken. Die ganze Last der schweren Eiche lag auf dem Tier und presste ihm die Kraft aus dem Körper. Der Drache in der Luft erkannte das Ende seines Artgenossen und schraubte sich in höhere Gefilde.

Sabriel sah die Krieger seines Volkes über die schwarze Echse herfallen wie ein Ameisenstaat über einen riesigen Leckerbissen. Jetzt verließ auch er sein Versteck und näherte sich dem Schauplatz des Schreckens. Wenige Schritte vor dem Drachenkopf blieb er stehen und sah seinem Feind in die hasserfüllten Augen.

Er zog einen Speer aus der Brust der Bestie und setzte die Spitze in einer der Nüstern an. Dann schloss Sabriel die Augen und trieb den Speer tief in den Schädel des Drachen.

Der Stein im Inneren sucht Schutz im Turm aus Stein.

»Turmstein bietet keinen Schutz«, flüsterte er dem sterbenden Drachen ins Ohr.

32

Fairer Zweikampf

Wieder einmal regnete es unaufhörlich. Kurz vor Einbruch der Dämmerung war nicht eine Wolke zu sehen gewesen, und auch jetzt, fast zwei Stunden später, strahlten noch die Sterne am Himmel; dennoch regnete es. Seit vielen Wochen setzte der plötzlich einsetzende Regen den Gemütern der Bevölkerung zu. Die Bauern führten die ungenießbare und teilweise giftige Ernte auf das übermäßig feuchte Wetter zurück. Niemand glaubte wirklich daran, doch diese Erklärung war einfach zu begreifen und warf keine weiteren Fragen auf.

Dennoch war unbestreitbar, dass der Regen viele Schwierigkeiten mit sich brachte. Händler hatten Probleme, ihre Waren mit Pferd und Wagen über die aufgeweichten Straßen zu schaffen. Flüsse traten über die Ufer und überschwemmten die Felder. Reisenden machte das Wetter ebenso zu schaffen, denn viele Wege waren unpassierbar geworden, und nasse Kleidung machte jeden Schritt zur Strapaze.

Die neun Oger und ihre rund fünfzig Begleiter hatten sich etwas abseits des Weges einen Lagerplatz in einem verlassenen Heuschober gesucht. Neben der Besatzung von Kapitän Morrodak und einigen Leuten aus Sandleg hatten sich ihnen auch sechs Zwerge angeschlossen.

Menschen und Zwerge hatten es sich auf dem Zwischenboden des Schobers gemütlich gemacht und nutzten die Strohreste, um sich ihre Schlafplätze einzurichten. Rator und die anderen Oger hockten auf dem kahlen Lehmboden und genossen die Wärme des Lagerfeuers. Tastmar hatte die untersten Sprossen einer morschen Leiter erklommen und eine Hand voll Stroh ergattert, die er beim Schlafen unter sein Haupt legen konnte. Die herausgebrochenen Sprossen legte er nun kommentarlos auf das Feuer.

Die Zwerge machten keinen Hehl daraus, dass sie ihre Mahlzeiten lieber warm zu sich nahmen. Also wagten sie den Weg nach unten und gesellten sich zu den Ogern, um ihre langen Stöcke mit aufgespießten Leckereien in die Flammen zu halten. Rator und den anderen lief das Wasser im Munde zusammen, als ihnen der Geruch von brutzelndem

Speck, Käse und Pilzen in die Nase stieg. Die Gastfreundschaft der Zwerge gebot ihnen, an einem fremden Feuer ihr Essen zu teilen, auch wenn es dabei nicht unbedingt gerecht zugehen musste. Dankbar stopfte sich Rator einen säuberlich bestückten Spieß in den Mund und kaute genüsslich darauf herum. Etwas zu spät erkannte er, dass die Zwerge das Holz in der Mitte nicht mitaßen, doch dem Geschmack tat dies keinen Abbruch, und so brummte er zufrieden vor sich hin. Allerdings machte der Nachgeschmack der kleinen Köstlichkeit jeden weiteren Bissen des knochenharten Dörrfleischs zur Tortur. Missmutig betrachtete Rator den durch Salz und Trockenheit verkrümmten Fleischbrocken in seiner Hand. Die Geste der Zwerge erwidernd, reichte Rator das Fleisch einem der Bärtigen. Freudig nickend griff der Zwerg zu. Aus seinem Proviantbeutel zog er eine faustgroße Tonschale mit bräunlichem Fett hervor, bestrich damit den Happen und garnierte ihn mit einem Pilz und etwas Käse, bevor er alles zusammen auf einen Spieß drückte und über dem Feuer röstete.

»Ich heiße Dranosil«, stellte sich der Zwerg vor.

»Rator.«

»Rator, glaubst du, dass wir in Turmstein auf die dunklen Elfen treffen? Und glaubst du, dass wir dort Rache nehmen können?«

Der Kriegsoger hatte Schwierigkeiten, seinen Blick von dem Leckerbissen über dem Feuer abzuwenden. Der Käse war mittlerweile geschmolzen und hatte Fleisch und Pilz eingehüllt.

»Dunkle Elfen sehr viele«, sagte Rator. »Anführer sehen aus wie Mensch, aber sein Dämon. Waffen können nicht verletzen.«

Dranosil zupfte an seinem Bart, strich ihn wieder glatt und verzwirbelte dann die Enden geschickt mit einer Hand.

»Sie haben unser Reich zerstört, König Braktobil getötet und uns unserer Heimat beraubt. Und die Menschen haben ein ähnliches Schicksal erlitten. Wir suchen Rache.«

Die Worte rissen Rator aus seinen Gedanken.

»Oger niemals scheuen Kampf. Nicht suchen Ausrede«, grollte Rator. »Suchen Mann ohne Schuhe, und wenn finden, wir kämpfen.«

»Tut mir leid, meine Worte sollten dich nicht verletzen. Ich wollte nur verstehen, warum ihr solchen Hass hegt. Die Überschwemmung der Roten Wüste hat gewiss Opfer in den Reihen der Oger gefordert, doch ihr seid nicht zum Krieg gezwungen.«

»Wir nicht hassen Gegner.«

»Warum tut ihr dann all dies hier?«, fragte Dranosil verblüfft.

»Rator gesehen Mann ohne Schuhe und gewusst, müssen töten.«

Dranosil schüttelte den Kopf. »Und das reicht, um dein Leben und das deiner wenigen Begleiter aufs Spiel zu setzen?«

»Nein, werden nicht sein wenig. Werden sein ganzes Volk. Kruzmak morgen aufbrechen zu Drachenhorst. Kommen wieder mit Armee.«

Dranosil nahm den Spieß vom Feuer und steckte ihn neben sich in den lehmigen Boden.

»Auch wenn König Wigold tot und das Land von Elfen bedroht ist, werden es die Menschen nicht zulassen, dass ihr mit einer ganzen Armee ihr Land durchquert.«

Rator winkte ab.

»Menschen schwach. Nur wenig Krieger. Viele Bauern, viele Kinder. Sie nicht können aufhalten Oger.«

Rator hatte nicht bemerkt, dass Wulbart hinter ihm stand und die Unterhaltung aufmerksam mit angehört hatte. Der grobschlächtige Soldat nahm einen Schluck aus seinem Holzbecher und kippte den Rest über die Schulter des Ogers hinweg ins Feuer. Mit einer Stichflamme verbrannte der Alkohol und färbte die Flammen für einen kurzen Moment blau. Die umsitzenden Zwerge und Oger schützten sich, indem sie ihre Hände vors Gesicht hielten. Nach einem kurzen Augenblick der Verwirrung packte Rator den Soldaten am Bein und wollte ihn von den Füßen ziehen, doch die Klinge eines Katars zielte direkt auf seine Brust. In Wulbarts Augen war keine Gemütsregung zu erkennen. Der Barbar wirkte wie versteinert.

»Oger sind berechenbar«, sagte er ruhig. »Die Stärke von Menschen aber hängt nicht allein von ihrer Körperkraft ab. Sie sind zu Dingen fähig, die einem das Blut in den Adern gefrieren lassen. Es gibt Zauberer, Meuchler und andere, die ihr nicht einzuschätzen wisst, also maßt euch nicht an, uns zu kennen.«

Rator griff blitzschnell nach der Klinge und umschloss sie mit einer Faust. Wulbart versuchte, die kurze Stichwaffe durch Drehen und Ziehen wieder freizubekommen, aber sie steckte fest wie in einem Baumstamm.

»Du nicht Zauberer«, knurrte Rator und zog jetzt seinerseits an der Waffe. Er zerrte den Barbaren immer weiter an das Feuer heran, so weit, bis beide Hände, die den Dolch umklammerten, über den Flammen hingen. Augenblicke später roch es nach verbrannten Haaren, und Wulbart standen Schweißperlen auf der Stirn. Mit schmerzverzerrtem Gesicht löste der Barbar den Griff um die Waffe und rieb sich den Unterarm.

»Du nicht wissen, wer Feind. Ihr nur gehen wegen Hass. Rator gesehen, ihr nur kämpfen wegen Rache oder Angst. Sie alle tot. Ihr sterben wie jeder aus Volk von Hüttenbauer. Augen weit auf und weiß vor Furcht.«

Mittlerweile ruhten sämtliche Blicke auf den ungleichen Kontrahenten. Auf dem Heuboden hatte sich Kapitän Morrodaks komplette Mannschaft versammelt. Neugierig schoben die Männer ihre Köpfe über das brüchige Holzgeländer und verfolgten den Streit zwischen Rator und Wulbart.

»Ihr fürchtet euch genauso«, sagte eine sanfte Stimme vom Heuboden.

Wütend schaute Rator die Reihe von Menschen entlang, die sich über ihm versammelt hatten. Keiner von ihnen stellte sich dem Zorn des Ogers.

»Wer gesagt?«, brüllte er ihnen entgegen.

Tastmar sprang auf und griff nach seiner Keule. Mit einem kräftigen Hieb schlug er auf die ohnehin schon ramponierte Leiter ein. Sie zersplitterte wie morscher Reisig und verteilte ihre einzelnen Sprossen in der Scheune. Anklagend zeigte Tastmar auf einen unscheinbar wirkenden Mann, der seine Beine vom Zwischenboden baumeln ließ und genüsslich ein Stück von einem Laib Brot abbiss. Er war der Einzige, der vom Wutausbruch Tastmars nicht sonderlich beeindruckt zu sein schien.

Rator kam das Gesicht bekannt vor, doch er konnte es nicht einordnen. Der Mann hatte sich ihnen in Osberg angeschlossen und seitdem kaum ein Wort mit jemanden gewechselt. Er reiste zwar mit ihnen, doch schien er kaum Interesse an ihrem Ziel zu haben.

»Wie dein Name?«, brüllte Rator ihn an.

»Haran«, antwortete der Mann und legte den Laib Brot beiseite. »Man nennt mich Haran.«

»Oger nicht Angst, Angst vor niemanden«, mischte sich Tastmar ein.

»Jeder hat Angst«, sagte Haran. »Im Augenblick des Todes bleibt dir nichts anderes mehr übrig, als Angst zu haben. Man betritt eine Welt, von der man nicht weiß, was sie bereithält. Das einzige Gefühl, dass einem in diesem Moment bleibt, ist Angst, und die spiegelt sich in den Gesichtern der Toten wider. Egal, ob Mensch, Zwerg, Elf oder Oger.«

Tastmar schlug vor Wut gegen einen Stützbalken. Das Gebälk der alten Scheune knarrte bedenklich, und feiner Regen aus Schmutz und Heuresten regnete von der Zwischendecke herab.

»Bruder Rolgist gestorben in Mine von Drachenhorst. Nicht Angst auf Gesicht. Er stolz. Er wissen, er gehen zu Tabal und sitzen als Held an Tafel mit Essen.«

»Euer Glaube ist genauso einfach gestrickt wie euer Gemüt. Wer denkt, mit der Gewissheit sterben zu können, was ihn erwartet, ist nicht nur verblendet, sondern auch dumm.«

Tastmar schlug erneut zu. Die Bretter, auf denen der Mann eben noch gesessen hatte, wurden von der Wucht des Schlages zerschmettert. Haran hatte sich gerade noch rechtzeitig nach hinten abgerollt und hockte nun vor dem klaffenden Loch.

»Du beleidigen Tabal. Beleidigen tote Oger!«, brüllte Rator und griff nach seiner Streitaxt.

Haran stand auf und verschränkte die Arme vor der Brust. Seine Miene zeigte keine Furcht, und auch seine Haltung zeigte keine Unsicherheit.

»Werden kämpfen für Ehre von Tabal und Rolgist«, brüllte Tastmar. »Zerschmettern Hüttenbauer. Werden haben Angst.«

»Das ist albern«, entgegnete Haran ruhig. »Dein Tod würde Prios genauso wenig ehren wie Tabal.«

Rator lachte verächtlich. »Glauben, du besiegen Oger?«

»Schon wieder ein Trugschluss. Mein Handeln auf dieser Welt hat nichts mit Glauben zu tun. Wenn ich meine Klinge ziehe, weiß ich, dass mein Feind stirbt.«

»Du kämpfen gegen Tastmar. Er fordern Ehre zurück«, beschloss Rator. »Kampf nach Regeln von Oger. Nur Knüppel zum Schlagen. Kampf gewonnen, wenn Gegner am Boden. Verlierer müssen bitten Verzeihung.«

Haran sprang vom Heuboden herunter und landete sicher auf den

Beinen. Seine Geschicklichkeit stand außer Frage, doch neben Tastmar wirkte er wie ein Kind.

»Hört sich an wie ein Duell bei Hofe. Dort will sich auch niemand die Finger schmutzig machen oder ernsthaft verletzen. Mir soll es Recht sein. Doch wenn ich gewinne, brauche ich keine Entschuldigung. Ich will das Kommando übernehmen, bis wir in Turmstein sind.«

Rator wirkte verunsichert. Was hatte dieser Hüttenbauer vor? Aber das Wichtigste war, rechtzeitig in Turmstein anzukommen und dort auf den Mann ohne Schuhe zu treffen. Er nickte, wenn auch zögerlich.

»Kampf draußen vor Scheune. Suchen Knüppel«, befahl Rator.

»Findest du nicht, dass der Kampf etwas unfair ist?«, meldete sich der Zwerg zu Wort.

»Warum? Beide nicht Kämpfer, beide nur Knüppel«, brummte Rator.

Haran hatte sich mittlerweile eine biegsame Latte besorgt und überprüfte deren Gewicht und Stabilität. Er schnitzte einige Riefen in das Ende und umwickelte es mit einem Fetzen Stoff. Mit der behelfsmäßigen Waffe schlug er ein paar Mal nach links und rechts, als hielte er einen Degen in der Hand. Dann nickte er zufrieden.

Tastmar ging bei der Wahl seine Waffe anders vor. Er durchforstete die Scheune nach dem größten und schwersten Balken, den er finden konnte. Schlussendlich musste er, um die Scheune nicht gänzlich unbrauchbar zu machen, darauf verzichten, einen Balken aus der Zwischendecke zu reißen. Er begnügte sich mit einem Holm der zerbrochenen Leiter.

Dranosil schnalzte mit der Zunge. »Ich glaube, Haran wird keine Minute durchhalten. Der Oger wird ihn ungespitzt in den Boden rammen.«

»Haran wird den Kampf gewinnen«, ertönte Wulbarts Stimme.

Dranosil und Rator drehten sich zu dem Barbaren um und schauten ihn ungläubig an.

»Du glaubst wahrscheinlich, der Mensch wird ihn mit seinem Stöckchen so lange pieken, bis er vor Lachen aufgibt, was?«, witzelte Dranosil.

»Nein, ich glaube, er wird ihn zu Fall bringen. Haran wusste, was er tat, als er den Oger beleidigt hat. Seine Worte zielten genau darauf ab. Er wollte diesen Kampf, und er weiß, dass er ihn gewinnen wird. Für ihn war es die einzige Chance, uns dorthinzubringen, wo er uns haben will. Aus welchem Grund auch immer.«

Rator besah sich den schmächtigen Mann noch einmal. Er wirkte unscheinbar, strahlte aber dennoch Selbstsicherheit aus. Seine Statur hatte nichts gemein mit dem gestählten Körper eines Kriegers. Auf dem Schlachtfeld wäre er ihm sicherlich nicht aufgefallen. Aber immer noch hatte er das Gefühl, den Mann zu kennen.

»Wir werden sehen«, knurrte er.

Schnell hatten sich alle unter dem schmalen Vordach der Scheune versammelt. Fackeln erhellten den Schauplatz und ließen den Vorhof wie eine kleine Arena wirken. Noch immer regnete es, und die Tropfen weichten den mit Lehm befestigten Boden weiter auf.

Tastmar hatte seinen Platz bereits eingenommen. Mit lautem Gebrüll schlug er den Holm in der Luft hin und her.

»Was, kleiner Mann haben Angst vor Regen?«, verhöhnte der Oger seinen Gegner.

Und tatsächlich, Haran stand im Scheunentor und betrachtete missmutig das Wetter. Seine Schuhe hatte er ausgezogen und neben einen klapprigen Flügel des Scheunentors gestellt. Er streifte die Jacke ab und knüpfte sein Hemd auf. Nachdem er beides ordentlich gefaltet und auf ein leeres Fass neben seinen Schuhen abgelegt hatte, krempelte er sich die Hose hoch. Vorsichtig streckte er den Kopf unter dem Vordach hinaus und sah in den nächtlichen Himmel.

»Du lieber warten, bis Regen aufhören?«, spottete Rator.

»Nein, ist schon gut. Hauptsache, meine Kleidung wird nicht nass und dreckig. Wir haben immerhin noch einen langen Weg vor uns«, erwiderte Haran ernst.

»Du glauben, du können gehen nach Kampf?«, fragte Tastmar drohend und schwang sein Holz wie einen Tambourstab.

Haran überging die Bemerkung und trat dem Oger entgegen. Er drehte seine Füße im Schlamm und versuchte, besseren Halt auf dem rutschigen Untergrund zu finden. Pfeifend ließ er seine hölzerne Waffe durch die Luft peitschen. Mit einem Nicken zeigte er seinem Gegner, dass er bereit war.

Rator zögerte noch einen Moment. Er wollte vermeiden, dass dem Menschen ein glücklicher Schlag gelang und der Kampf dadurch ein frühes und unerwartetes Ende fand. Haran wirkte äußerst konzentriert. Rator kamen Zweifel, ob er den Menschen nicht vielleicht doch unterschätzt hatte. Dieser war zwar nicht muskelbepackt, machte aber dennoch einen durchtrainierten Eindruck. Seine Bewegungen waren kraftvoll und geschmeidig. An Schulter und Rücken hatte er zwei handtellergroße Narben, die von der Form her entfernt an ein Spinnennetz erinnerten.

Das Publikum wurde langsam ungeduldig. Rator wollte die wartenden, angetrunkenen Seeleute nicht länger auf die Folter spannen. Er befürchtete, dass es sonst zu einem allgemeinen Kräftemessen zwischen Hüttenbauern und Ogern kommen könnte.

»Kämpfen!«, brüllte er den beiden Kontrahenten zu. Sogleich begannen die Seeleute mit lallenden Anfeuerungsrufen für Haran. Die Oger waren etwas zurückhaltender. Sie stampften und klopften in monotonem Rhythmus, um ihren Favoriten zu unterstützen.

Tastmar stürmte sofort auf Haran los. Beidhändig schlug er mit dem Holm nach seinem Gegner. Haran sprang zur Seite und ließ den Oger ins Leere laufen. Mit zwei kraftvollen Schlägen traf er Tastmars Oberschenkel. Er wirbelte herum und sah, dass Tastmar Schwierigkeiten hatte, zum Stehen zu kommen. Die beiden Treffer konnten dem Oger nichts anhaben, nur seine Wut steigerte sich. Schnaubend standen sie sich wieder gegenüber. Tastmar arbeitete sich langsam vor und schwang den Holm beidhändig hin und her, um Haran zurückzudrängen und einen plötzlichen Vorstoß von dessen Seite zu verhindern. Der Mensch wich mit kleinen Sprüngen rückwärts aus und versuchte, aus der größeren Reichweite des Ogers zu bleiben. Sein Blick folgte der Waffe, und in Gedanken schien er die Zeit zwischen zwei Schlägen zu zählen. Tastmar gewann immer mehr an Boden und trieb seinen Gegner allmählich in die Enge. Er lenkte ihn rückwärts auf die Scheunenwand zu. So einfach war Haran allerdings nicht zu überlisten. Er nutzte die Zeit zwischen zwei Schlägen und sprang mit einem Satz auf den Oger zu. Ein kräftiger Hieb über Tastmars Wange brachte dessen linkes Auge zum Tränen. Und schon tauchte Haran unter dem nächsten Schlag hindurch und stand wieder im Rücken seines Gegners.

Zwei weitere Hiebe mit dem degenartigen Stock bescherten Tastmar blutige Striemen auf dem Rücken. Brüllend wirbelte der Oger herum. Haran war bereits wieder außer Reichweite und begann das Spiel von vorne. Tastmar erhöhte das Tempo der Schläge, um einen erneuten

Vorstoß des Menschen zu verhindern. Immer wütender preschte Tastmar vor. Haran konterte mit einer ähnlichen Taktik wie zuvor. Diesmal sprang er über den heranschnellenden Holm hinweg und verpasste Tastmar einen Schlag auf den Bauch. Geschickt tauchte er wieder unter dem zurückschnellenden Holz weg und schlüpfte an der Seite des Ogers vorbei in dessen Rücken. Er wollte gerade zum Schlag ausholen, als Tastmar den Holm um seine Hüfte kreisen ließ und Haran mit dem Ende voll an der Brust erwischte. Der Mensch taumelte rückwärts und prallte mit der Schulter gegen die Scheunenwand. Tastmar ließ keine Zeit verstreichen und setzte mit wirbelnden Schlagkombinationen nach.

Harans einzige Chance lag in einer Gegenattacke. Er wich einem Schlag aus, rollte sich ab und entging dem Angriff um Haaresbreite. Verzweifelt schlug er nach seinem Gegner und traf erneut den Oberschenkel. Dann drückte er sich mit den Beinen von der Holzwand ab und schlitterte auf dem Rücken liegend zwischen den Beinen des Ogers hindurch. Ein weiterer Schlag auf den Steiß ließ Tastmar leicht nach hinten einknicken. Haran sprang hoch und trat dem Oger gleichzeitig in beide Kniekehlen. Tastmars Beine knickten weg, und er verlor das Gleichgewicht. Mit rudernden Armen stürzte er hintenüber. Haran rollte sich zur Seite. Blitzschnell versetzte er seinem Gegner einen Tritt mit der Ferse gegen die Schläfe, ein zweiter Tritt brach die Nase des Ogers. Fast akrobatisch warf er die Beine in die Höhe und benutzte den Schwung, um seinen Oberkörper aufzurichten und in die Hocke zu kommen. Mit voller Wucht schlug er dem liegenden Oger die Holzlatte über den Kehlkopf. Tastmar blieb am Boden liegen. Der Kampf war entschieden. Mit kurzen röchelnden Atemzügen versuchte der Oger, wieder Luft zu bekommen. Haran beugte sich über ihn und tastete seinen Hals ab.

»Es wird gleich wieder in Ordnung sein, nur sprechen wird dir die nächsten Tage schwerfallen«, stellte er nüchtern fest.

Oger, Menschen und Zwerge starrten ihn fassungslos an.

»Lasst uns wieder zurück in die Scheune gehen, hier draußen holt man sich ja den Tod«, sagte Haran und sammelte seine Kleidungsstücke ein.

Rator und Gnunt halfen Tastmar auf die Beine und setzten ihn in der Nähe des Eingangs ab. Seine Nase blutete immer noch, doch er bekam wieder besser Luft.

Haran stand am Feuer und trocknete sich oberflächlich ab.

»So, damit hätten wir das geklärt«, sagte er zu Rator, Wulbart und Dranosil, die auf ihn zukamen. »Nun will ich dir deine beiden Fragen beantworten, Rator.«

Der Oger blickte ungläubig drein. Er hatte keine Frage gestellt.

»Was Frage?«

Haran warf sich sein Hemd über, bückte sich zu dem Feuer hinunter und zog den Käsespieß aus dem Boden, der noch immer dort steckte.

»Ja, du darfst ihn essen, und auf deine zweite Frage gibt es ebenfalls ein Ja.«

Rator begriff noch immer nicht, wollte sich aber nicht die Blöße geben, ein weiteres Mal nachzufragen.

»Ja, wir kennen uns«, erklärte Haran. »Vor rund sechs Jahren haben wir uns in Lorast getroffen. Meine Lage damals war ziemlich beschämend und wesentlich hoffnungsloser als unsere heute.«

»Du Mann in Käfig«, schloss Rator. »Du gefoltert von Meister.«

»Genau, mein breitschultriger Freund. Und genau wie damals werde ich euch auch heute wieder in die richtige Richtung lenken.«

»Wir gehen Turmstein«, protestierte Rator.

»Ja, keine Angst! Du wirst Turmstein näher kommen als dir lieb ist«, beruhigte ihn Haran.

33

Ein gutes Versteck

Eine Nacht ist wie die andere, sagte sich Mogda, als er versuchte, ungesehen in die Nähe der Stadtmauern zu kommen. Turmstein war zweifelsohne die beeindruckendste und größte Stadt Nelbors. Leider war sie auch die am besten bewachte. Auf den sechzig Fuß hohen Mauern mit doppelten Wehrgängen patrouillierten Soldaten Tag und Nacht.

Der untere Gang lag auf halber Höhe im Inneren der Mauer. In regelmäßigen Abständen unterbrachen schmale Schießscharten den glatt behauenen Stein. Im Falle eines Angriffs sollten sie dazu dienen, gezielte Schüsse mit Armbrüsten auf Belagerungsmaschinen abzugeben. Für den Fall, dass Sturmleitern angelegt wurden, konnten von ihnen aus auch Reißketten verschossen werden.

Der obere Wehrgang bot Platz für eine ganze Armee der besten Langbogenschützen des Landes. Durch die erhöhte Position war es keinem Feind möglich, sich näher als dreihundert Schritt an die Mauer zu wagen, ohne von einem Pfeilhagel begrüßt zu werden.

Für den Fall eines Ansturms durch einen zahlenmäßig weit überlegenen Gegner dienten die bis zu einhundertfünfzig Meter hohen Türme als Plattform für die Zauberer. Von hier aus schleuderten sie Feuerbälle und Blitzschläge auf die heranstürmenden Krieger.

Turmstein galt als uneinnehmbar.

Mogda hatte allerdings auch gar nicht vor, die Stadt einzunehmen. Ihm würde es schon reichen, unbemerkt hineinzugelangen.

Turmstein war ihm nicht fremd. Vielleicht ein Dutzend Mal hatte er die Stadt bereits als Botschafter der Oger besucht.

Bei jedem Besuch war er immer wieder aufs Neue von der filigranen Architektur beeindruckt gewesen. Die Gebäude schienen sich gegenseitig zu stützen und allen irdischen Gesetzen zu trotzen. Bei jedem Schritt durch die kleinen Händlergassen veränderten sich die Düfte, die einem in die Nase stiegen. Die Dekoration der Läden zeigte kostbarste Waren aus allen Ländern. Wohin man auch sah, feilschten Händler und Käufer miteinander und hofften, ihren Schnitt zu machen. Trotz der Vielzahl von Eindrücken behagte Mogda die Stadt nicht. Viele Einwohner waren finstere Gestalten und ihm zumeist nicht wohlgesinnt.

Enge Gassen und kleine Läden machten es einem Oger schwer, sich hier zu bewegen. Doch am schlimmsten war die Hektik. Nichts schien in Ruhe geregelt werden zu können. Normale Unterhaltungen wurden schreiend geführt und einfache Botengänge im Dauerlauf erledigt. Mogda waren kleinere Städte lieber. Die Bevölkerung dort bestaunte die Oger eher, statt sie misstrauisch zu beäugen. Den kleinen Ausrutscher in Osberg überging er großzügig.

»Eine Nacht ist wie die andere«, wiederholte Mogda in Gedanken. »Nur gleicht leider nicht ein Busch dem anderen.«

Die ersten Sonnenstrahlen enthüllten sein in der Nacht für gut befundenes Versteck als äußerst mangelhaft. Er hatte es tatsächlich geschafft, in dem gerodeten Gebiet vor den Stadttoren einen alleinstehenden Busch ausfindig zu machen, der sich bei Tage jedoch als ein zu klein geratener Trommelbeerenbusch entpuppte. Das fast blätterlose Gestrüpp mit seinen rötlichen Beeren hätte eher einen roten Drachen verstecken können als einen in Grün und Braun gekleideten Oger. Als Mogda seinen Irrtum bemerkte, bemühte er sich darum, sich so wenig wie möglich zu bewegen. Er hoffte, dieses Verhalten ließe ihn von der Stadtmauer aus wie einen Stein erscheinen.

Mogda hätte Turmstein auch ganz normal betreten können, doch seine Erlebnisse in dem kleinen Bauerndorf hatten die Befürchtung in ihm geweckt, auch hier nicht willkommener zu sein. Das Land der Menschen wurde angegriffen, und jetzt machten sie vermutlich jeden dafür verantwortlich, der anders war als sie. Und Mogda war zweifelsohne anders.

Sein momentanes Versteck verdammte ihn zur Untätigkeit. Er musste sich damit begnügen, die Stadtmauern und das Nordtor weiter zu beobachten. Bei Anbruch der Nacht würde er einen anderen Weg suchen; einen besseren, wie er hoffte. Falls er nicht hineinkommen oder in der Stadt verhaftet werden sollte, hätte sich die Suche nach den Elfen vermutlich erledigt. Er hatte schon viel über Tribert von Sigurt gehört, und er wusste, dass der junge Lord nicht viel vom Bündnis der Oger und Menschen hielt. Jetzt, nach dem Tod des Königs, hatte er alle Handhabe, einen dahergelaufenen Oger für immer in seinem Kerker verschwinden zu lassen. Solange kein neuer König gefunden war, würde

Mogda keine Fürsprecher finden und im Gefängnis versauern – wenn es gut lief.

Der Oger hatte sich bereits damit abgefunden, den Rest des Tages mit eingeschlafenen Beinen bei Nieselregen hinter dem zu klein geratenen Busch hocken und einen Felsen imitieren zu müssen, als er hinter sich entferntes Pferdegewieher hörte. Durch langsames Drehen des Kopfes rückte nach und nach ein Gespann in sein Blickfeld. Es war kein Gespann im eigentlichen Sinne, sondern eher eine unglückliche Zusammenstellung der traurigen Überreste eines Heuwagens, die von den ältesten Maultierzwillingen gezogen wurden, die Mogda je gesehen hatte.

Er erkannte seine Chance. Mit etwas Glück war der Wagen auf dem Weg in den Süden, und er konnte im Schatten der hohen Heuladung sein Versteck ungesehen verlassen. Die ärmliche Bauernfamilie saß dicht zusammengedrängt vorn auf dem Kutschbock. Er brauchte nur zu warten, bis der Karren seine Höhe erreicht hatte, dann konnte er neben ihm herschleichen, bis er aus der Sichtweite der Wachen war. Wichtig war nur, dass niemand einen Oger sah, der fluchtartig sein Versteck verließ.

Mogda verharrte regungslos in seinem Versteck und hatte Glück. Der Wagen fuhr tatsächlich auf dem holprigen Feldweg entlang der Stadtmauer Richtung Südwesten. Der Oger kauerte dicht an den Boden gepresst, hatte den Kopf eingezogen und versuchte, die Luft anzuhalten. Polternd hörte er die verschlissenen Räder des Karrens näher kommen. Unendlich erschien ihm die Zeit, die die beiden altersschwachen Esel brauchten, um die letzten fünfzig Meter zurückzulegen. Statt langsam vorbeizuziehen, stoppte das Gespann auf Höhe des Kutschbocks genau neben ihm. Mogda geriet in Panik. Hatten ihn die Leute entdeckt und den Wachen gewunken, oder war es nur ein dummer Zufall? Er hatte Schwierigkeiten, seine Atmung ruhig zu halten, dafür waren seine Beine aber soweit eingeschlafen, dass er sie nicht mehr spürte. Was für ein Schlamassel! Hob er den Kopf und wurde entdeckt, würden seine Beine beim Versuch zu fliehen versagen. Hockte er weiterhin regungslos im Gebüsch, während die Wachen nahten, wäre er eine leichte Beute. Vorsichtig drehte er den Kopf, um zu sehen, was neben ihm vorging. Die Esel hatten bislang noch keine Notiz von ihm genommen, und Mogda glaubte auch nicht, dass sie ihn überhaupt bemerken würden, selbst wenn er auf ihnen ritte. Esel waren eben Geschöpfe für sich.

Was ihnen an Intelligenz fehlte, hatten sie an Trägheit zu viel. Behutsam richtete Mogda seinen Blick auf den Kutschbock und starrte in drei grinsende Gesichter.

»Was macht ihr denn hier?«, fragte er verblüfft und gleichzeitig erleichtert.

Cindiel, Finnegan und Barrasch hatten sich ihrer Kleidung entledigt und einfache Bauernkluft übergeworfen. Um ihre Verkleidung zu vervollständigen, hatten sie sich Hände und Gesicht mit Schmutz eingeschmiert.

»Eigentlich wollten wir in die Stadt fahren, um die Elfen zu suchen«, erklärte Cindiel, »doch vor einer knappen Meile sahen wir diesen merkwürdigen Busch, aus dem ein riesiger Hintern hervorlugte. Da jedem von uns noch kein Bär untergekommen ist, der so schlecht sitzende Hosen trägt, dachten wir, dass wir uns die Sache mal genauer anschauen sollten. Und hier sind wir.«

»Findest du eigentlich, dass dein Versteck gut gewählt war?«, fragte Barrasch mitleidig.

»Macht euch ruhig lustig über mich. Wir wollen erst mal abwarten, was die Stadtwachen dazu sagen, wenn ihr drei mit einer Ladung faulem Heu in die Stadt wollt.«

Mogda kroch aus seinem Versteck hervor und robbte zum hinteren Teil des Karrens. Das einachsige Gespann knarrte bedenklich, als er sich unter dem feuchten Heu versteckte. Es bedurfte mehrerer Anläufe, bis Mogda sein Gewicht so auf der Ladefläche verteilt hatte, dass es den Eseln gelang, den Karren weiter zu ziehen.

Die Wachsoldaten am Stadttor waren schon auf den Bauernkarren aufmerksam geworden, doch ihr Misstrauen reichte nur für ein paar abfällige Witze auf Kosten der ärmeren Bevölkerungsschichten. Barrasch konnte nicht jedes Wort verstehen, doch es reichte für die Erkenntnis, dass auch in diesem Teil des Landes nicht unbedingt Klugheit und respektvolles Verhalten erforderlich waren, um Torwache zu werden. Der Hauptmann zwang sich ein freundliches Lächeln ab und nickte eifrig. Cindiel und Finnegan verhielten sich ihrer gespielten Stellung entsprechend eingeschüchtert.

Als sie mit dem Karren näher kamen, versperrten ihnen die Soldaten den Weg.

»Halt! Na, Alterchen, wo willst du denn hin?«

»Oh, ich würde gern zurück auf meinen Hof«, antwortete Barrasch.

»Nicht frech werden, Opa. Was willst du in der Stadt? Sprich!«

Einer der beiden Soldaten zielte mittlerweile mit seiner Hellebarde auf Barrasch. Der andere umrundete misstrauisch den Wagen.

»Eine Soldatenpatrouille kam gestern Morgen in unser Dorf und hat gesagt, wir sollen eine Fuhre Heu zum Stallmeister Winst bringen, um behelfsmäßige Lager für die Flüchtlinge einzurichten.«

Die andere Wache stocherte mittlerweile missmutig in dem Heuhaufen herum.

»Was für eine Patrouille?«, fragte der Posten nach.

»Ich weiß nicht«, mimte Barrasch. »Einen von ihnen nannten sie Losan.«

»Leutnant Losan?«, fragte der Wachposten erstaunt.

Barrasch zuckte ahnungslos mit den Schultern. Sofort hörte der andere auf, im Heu herumzustochern, und bewegte sich zügig zurück zu seinem Kameraden.

»Was steht ihr hier rum? Ihr versperrt den ganzen Weg. Macht, dass ihr weiterkommt.«

Barrasch verlor keine Zeit und lenkte das Gespann durch das Stadttor. Er bemühte sich, die Esel im gleichmäßigen Trab zu halten. Die Tiere kannten sicherlich nur das Landleben und drohten entweder durchzugehen oder stehen zu bleiben, wenn sie mit einer neuen Umgebung konfrontiert wurden.

In Turmstein galten für den Begriff *Zusammenleben* ganz neue Maßstäbe. Anders als in Osberg oder vergleichbaren Städten gab es hier keine vereinzelt stehende Häuser. Die lehmverschmierten Fassaden zogen sich über hundert Meter und mehr hin. Enge Gassen führten auf Hinterhöfe oder bildeten neue Häuserfronten. Haus an Haus und Tür an Tür wohnten, lebten und arbeiteten die Einwohner der größten Stadt Nelbors auf engstem Raum.

Nicht selten hatten einfache Wohnhäuser fünf oder mehr Etagen, doch neben den in den Himmel ragenden Türmen wirkten sie wie Kiesel neben Felsen. Die wenigen breiten Hauptstraßen, Prunkgassen, wie sie sich nannten, verliefen sternförmig auf das Zentrum zu. Es gab deren sechs, jeweils ausgehend von einem der Stadttore. Im Zentrum der Stadt lag das Schloss. Früher einmal war es die Residenz des alten Lord Sigurt gewesen; heute regierte dort dessen Sohn, Tribert von Sigurt.

Die Schlossanlagen nahmen rund ein Drittel der kompletten Stadt ein und beherbergten sämtliche Stadtwachen, einige hohe Beamte, zahlreiche Zauberer und Kleriker sowie rund zweihundert Bedienstete. Im Vergleich zum restlichen Teil Turmsteins war das Schloss der ländliche Teil der Stadt. Es gab aber nicht nur das Leben in und über der Stadt, sondern auch unter ihr. Turmstein besaß ein ausgedehntes Netzwerk aus Kanalisation und unterirdischen Katakomben. Dieses Tunnelsystem war mehr oder weniger frei zugänglich, auch außerhalb der Stadtmauern wurde es nur durch ein Fallgitter geschützt.

Dennoch hieß es, es sei einfacher, die Mauern Stein für Stein abzutragen, um in die Stadt einzudringen, als durch die Tunnel.

Eindringlinge, die sich dort unten nicht auskannten, irrten entweder bis zum Hungertod durch das endlose Labyrinth von Gängen, oder sie starben durch Fäulnisgase. Und jemand, der diese Gefahren zu meistern wusste, wurde sicherlich Opfer eines oder mehrerer Bewohner der Kanalisation. Dort unten hausten Aussätzige, Mörder und Kreaturen, die nur entfernt etwas mit Menschen zu tun hatten. In einem Gedicht hieß es:

Das Ärgste, das die Götter schufen,
wurde in Turmstein ins Leben gerufen.
Die unseligsten Kreaturen
Kriechen dort aus finst'ren Fluren.

Böse Zungen hatten den Text im Laufe der Jahre umgedichtet und ersetzten die letzte Zeile mit den Worten:

... wohnen in Lord Sigurts Fluren.

Doch egal, was die Volksweisheit sagte, Barrasch wusste es besser. Die Bewohner von Turmstein waren nicht böse. Die Stadt war es, die sie verdarb. Turmstein war fest in der Hand des Lords. Durch die schlechte Lage für den Handel und die wenigen Rohstoffe, die das Land hergab, hätte Turmstein eigentlich nicht über die Größe eines Dorfes hinauswachsen können. Der alte Lord Sigurt jedoch hatte den Wunsch gehegt, die größte Stadt des Landes zu regieren. Das dafür notwendige Geld verschaffte er sich mit horrenden Steuern und hohen Geldstrafen für kleine Delikte. Im Laufe der Jahre füllten sich seine Kassen immer mehr, und die Bevölkerung wurde immer ärmer. Der alte Lord Sigurt war jedoch kein schlechter Mensch gewesen, nur besessen von seiner Vision. Sein Sohn, Tribert, war da anders.

»He, ihr Bauerntrampel, zieht ab mit eurem Gerümpel. Macht, dass ihr wegkommt!«

Verunsichert blickten sich Cindiel, Finnegan und Barrasch um. Hinter ihnen drängelte eine vornehm aussehende Pferdedroschke, die von zwei Rappen gezogen wurde. Der Lenker, ein anscheinend übellauniger und kräftiger Mann mit Vollbart, wurde immer ungeduldiger.

In solchen Droschken fuhren keine normalen Bürger. Nur Adlige oder höhere Beamte konnten sich Personal und einen Stellplatz für ein Gespann leisten. Um weiterhin unauffällig zu bleiben, mussten die drei der lautstarken Aufforderung nachkommen. Geschickt nutzte Barrasch eine Lücke zwischen zwei Marktständen und wich auf den Bürgersteig aus, damit die Droschke vorbeiziehen konnte.

»Ihr solltet lieber auf den Feldern bleiben, wo ihr hingehört«, schrie der Kutscher noch, als er seinen Pferden die Peitsche gab.

Verärgert schauten die drei der Droschke hinterher, auf deren hinterem Teil das Wappen von Lord Sigurt zu sehen war: ein Habicht, der auf seine Beute niederstürzt. Die Esel hatten beschlossen, eine kleine Verschnaufpause einzulegen. Trotz wiederholter Versuche konnte Barrasch die Tiere nicht dazu bewegen, sich wieder auf den Weg zu machen. Der Kaufmann, vor dessen Laden sie standen, lief aufgeregt hinter seinem Tresen auf und ab. Barrasch ging das komplette Repertoire an Befehlsworten und Lauten durch, die nötig waren, um ein Pferd in die Schlacht zu lenken. Anscheinend hatten die Tiere überhaupt keine Ausbildung genossen, denn die einzige Regung, die sie zeigten, waren ihre zuckenden Ohren. Der Händler hatte wenig Verständnis für das widerspenstige Verhalten der Esel und stürmte mit einer Knute bewaffnet aus seinem Laden.

»Ihr versperrt meinen Kunden den Weg, blödes Pack! Wenn ihr nicht auf der Stelle verschwindet, rufe ich die Stadtwache.«

Barrasch wollte einlenken und den Kaufmann beruhigen. Doch bevor er den Mund aufmachen konnte, verpasste der Händler einem der Esel einen Schlag auf das Hinterteil. Das Tier drehte sich gelangweilt um und schnaubte verächtlich. Barrasch nahm die Sache weniger gelassen hin. Er sprang vom Kutschbock, riss dem Mann die Knute aus der Hand und peitsche sie ihm über den Oberschenkel. Bevor der überraschte Händler um Hilfe rufen konnte, packte ihn der Hauptmann an der Kehle und drückte ihn gegen die Wand.

»Du siehst doch, dass ich mich bemühe, die Viecher auf Trab zu bringen. Du solltest ein wenig Rücksicht auf Leute vom Land nehmen. Und wenn du noch einmal das Maul aufmachst oder die Hand gegen mich, meine Begleiter oder die Tiere erhebst, spanne ich dich eigenhändig anstelle der Esel vor den Karren. Das wird eine lustige Fahrt durch die Stadt geben. Haben wir uns verstanden?«

Der Kaufmann nickte ängstlich, und als Barrasch ihn wieder losließ, eilte er schnurstracks in seinen Laden zurück und suchte erst einmal Schutz hinter dem Tresen.

»Könnt ihr mir helfen?«, wandte sich Barrasch an Cindiel und Finnegan. »Einer von euch muss neben den Tieren herlaufen.«

»Ich mache das«, sagte Cindiel. »Mit sturen Wesen kenne ich mich aus.«

Ein dumpfer Schlag gegen den Kutschbock bewies, dass Mogda die Anspielung verstanden hatte.

»Großartig«, erwiderte Barrasch, während er wieder auf den Bock kletterte. »Und du, Finnegan, läufst voraus und suchst nach einer blinden Gasse, wo wir den Wagen abstellen können, bis es dunkel wird. Ich hoffe, dass wir bis dahin wissen, wo wir die Elfen finden.«

Cindiel erwies sich als äußerst geschickt im Umgang mit den Grautieren. Ein kurzes Zureden reichte, und schon bequemten sich sie die Tiere, weiterzulaufen. Zügig nahm Cindiel wieder ihren Platz auf dem Kutschbock ein und strahlte Barrasch mit einem breiten Grinsen an.

»Zwei sture Esel sind nichts gegen einen beleidigten Oger.«

»Und außerdem auch nur halb so schwer«, fügte Barrasch hinzu.

Wieder polterte etwas gegen den Kutschbock.

Je mehr sie sich dem Zentrum näherten, desto besser kam der Wagen voran. Die Straße wurde breiter und war weniger belebt. Die noblen Gebäude, die sie säumten, schienen größtenteils Wohnhäuser zu sein, und die wenigen Händler, die es hier gab, priesen Waren an, die man nicht auf Tischen vor den Läden feilbot. Kurz vor einem Juweliergeschäft, das den verheißungsvollen Namen »goldenes Kleinod« trug, stand Finnegan mit hoch erhobenen Armen auf der Straße und zeigte in eine Seitengasse. Barrasch lenkte den Wagen zwischen den Häusern hindurch und fuhr bis zum Ende der Gasse. Der dunkle Innenhof, in den die Nebenstraße mündete, war wie geschaffen für sie. Die wenigen

Fenster waren mit hölzernen Läden verschlossen, und die drei Balkone hatten keinen Zugang von unten.

»Perfekt«, lobte Barrasch den jungen Soldaten, der die Anerkennung sichtlich genoss.

»Perfekt hieße, dass ich mich an einem Feuer wärmen und mir einen der Esel braten kann, nachdem ich diesem jungen Soldaten am Tor die Knochen gebrochen habe«, ertönte Mogdas Stimme unter dem Heu.

»Hat er dich verletzt?«, fragte Cindiel besorgt.

»Hätte er mich verletzt, wäre er bereits tot. Er hat mir ein Loch in die Hose gerissen.«

»Sei still!«, ermahnte Barrasch den Oger. »Du wirst hier ausharren müssen, bis es dunkel wird. In der Zwischenzeit versuchen wir herauszubekommen, wo die Elfen sind. Bei Einbruch der Dunkelheit sind wir zurück.«

Mogda hörte noch, wie einer der drei die Esel an einem Haltering an der Wand festband. Dann lauschte er den leiser werdenden Fußschritten und beschloss, seinen tauben Beinen zu gehorchen und ein Nickerchen zu machen.

Draußen war es gewiss schon dunkel, als Mogda von der rauen Stimme eines Mannes geweckt wurde. Durch das Heu hindurch konnte er den fahlen Schein mehrerer Laternen ausmachen.

»So sieht man sich wieder, Barrasch. Ich hätte gedacht, dass ein Hauptmann mit mehr Fingerspitzengefühl vorgeht. Dachtet Ihr etwa, wir wären nicht darauf vorbereitet? Jeder Lord schickt seine Schmeißfliegen los, um sich einen Tropfen Honig zu sichern. Aber dass Lord Felton auf einen altersschwachen Soldaten und seinen Schüler zurückgreifen muss, hätte ich nicht erwartet. Und dann hat man Euch auch noch eine billige Straßendirne zur Tarnung mitgegeben. Ich muss gestehen, ich bin enttäuscht von Euch, Barrasch.«

Mogda hörte, wie jemand in schweren Stiefeln auf dem Pflaster des Hinterhofs auf und ab ging. Der Sprecher war sicherlich nicht allein, sonst hätte er seine Worte wohl vorsichtiger gewählt.

»Losan.«

»Leutnant Losan«, wurde Barrasch korrigiert.

»Mir war schon früh klar, dass Ihr es zu etwas bringen würdet. Euer

Ehrgeiz und Eure Speichelleckerei haben Euch damals bereits geholfen. Leider sind Eure Rückschlüsse immer noch die falschen.«

»Schweigt!«, knurrte Losan wütend. »Lord Felton wird entscheiden, was mit Euch passiert. Glaubt ja nicht, dass Ihr mit einer einfachen Rüge davonkommt. Ihr könnt froh sein, wenn Ihr Osberg jemals wiederseht. Führt sie ab!«

Mogda konnte nicht zulassen, dass die drei verhaftet wurden. Ohne ihre Hilfe würde er niemals herausfinden, wo die Elfen gefangen gehalten wurden. Er hoffte, dass Barrasch und Finnegan auf einen Überraschungsangriff vorbereitet waren. Wenn es nur drei Stadtwachen waren, käme er allein klar. Bei fünf oder gar sechs war er jedoch auf die Unterstützung der beiden angewiesen. Überraschung und Verwirrung waren der halbe Sieg. Mit martialischem Gebrüll richtete sich Mogda unter dem Heuhaufen auf. Er versuchte, so viel getrocknetes Gras wie möglich in die Luft zu schleudern, um seine Gegner abzulenken. Als er vom Wagen sprang und all die brennenden Fackeln um sich herum sah, wusste er, dass er einen Fehler begangen hatte. Er landete in einem Pulk von sechs schwer gerüsteten Soldaten, die ihre Schwerter blank gezogen hatten und Barrasch, Finnegan und Cindiel bedrohten. Im hinteren Teil der Gasse, auf den Balkonen und an den Fenstern zum Innenhof waren Armbrustschützen postiert. Mit ausgebreiteten Armen riss Mogda drei Soldaten zu Boden. Die anderen wichen entsetzt zurück. Doch die Übermacht war zu groß. Jetzt kam es nur noch darauf an, niemanden zu töten und selbst nicht getötet zu werden. Wenn nur einer der Soldaten umkam, würden sie alle zum Tode verurteilt werden, und diesmal zu Recht. Mogda rollte sich ab und prallte gegen eine Hausmauer.

»Erledigt das Monster!«, schrie Losan.

Die mit Schwertern bewaffneten Wachen reagierten nur zögerlich. Die Armbrustschützen waren nicht so zimperlich. Schnell hatten sie in dem allgemeinen Durcheinander ihr Ziel erfasst. Die Schützen warteten nur darauf, dass sich die Wachen im Innenhof aus ihrem Schussfeld bewegten. Noch während Mogda am Boden kauerte, begann es Grashalme zu regnen. Ein Großteil des Heus, den er aufgewirbelt hatte, war nass und gleich wieder zu Boden gefallen. Die trockenen Halme jedoch sanken langsam wie Schnee zu Boden. Die Fackeln der Wachen entflammten das trockene Grass wie Zunder. Plötzlich tanzten überall im

Innenhof brennende Halme durch die Luft. Die Wachen hatten alle Hände voll damit zu tun, Haare und Kleidung vor dem glühenden Funkenregen zu schützen.

Fasziniert beobachtete Mogda das Schauspiel. Sein Blick fiel mehr zufällig auf Cindiel. Sie stand im Innenhof, mit hoch erhobenen Armen, den Rücken gegen einen Hauswand gepresst. Ihre Lippen bewegten sich, und mit den Fingern schien sie die glühenden Funken zum Tanz aufzufordern. Und tatsächlich bewegte sich der Funkenregen wie von einem magischen Wind geleitet. Sobald ein Soldat glaubte, sich in Sicherheit gebracht zu haben, jagten die glühenden Teilchen hinter ihm her. Schließlich entzündete sich der Rest des Heus auf dem alten Kutschwagen. Nun erwachten auch die Esel aus ihrer Lethargie und versuchten, dem Feuerregen zu entgehen. Sie schlugen nach hinten aus und stürmten los, den brennenden Heuwagen hinter sich herziehend. Die Soldaten konnten sich nur mit einem Sprung zur Seite retten. Als der Wagen die enge Gasse hinunter raste und auf die Prachtallee einbog, war der Zauber vorbei.

»Legt euch auf den Boden!«, brüllte Losan seine Gefangenen an. »Wir werden jeden töten, der es wagt, sich zu bewegen.«

Die Armbrustschützen waren bereit, seine Drohung wahr zu machen. Gefügig rollte sich Mogda auf den Bauch.

»Legt dem Oger den Eisenkragen an!«, befahl Losan zweien seiner Männer.

»Die anderen beiden werden gefesselt. Wo ist die junge Frau? Wo ist sie hin?«, schrie er. »Sucht sie!«

Mogda hörte, wie einige der Wachsoldaten die Gasse hinunterliefen.

»Ihr findet sie doch nicht«, flüsterte er zufrieden.

34
Myrel

Myrel spielte in der Scheune ihrer Eltern. Das sechsjährige Mädchen mit den blonden Zöpfen und dem blauen Kleid hockte auf der Erde und tanzte mit ihrer Strohpuppe um zwei aufeinander gestellte Steine herum. Geschickt führte sie den Arm der Puppe und focht mit einem geschnitzten Holzschwert gegen die Steine.

»Hier, du dickes Monster!«, rief sie verzückt. »Nimm dies! Und das! Ich bin Myrel, die größte Schwertkämpferin von ganz Nelbor.«

Myrels Eltern hatten bereits am Vortag die beiden Kühe aus den Ställen genommen, die vier Schafe von der Weide geholt und an ihren Wagen gebunden. Die beiden Esel hatten sie gestern noch verkaufen können, genau wie den alten Karren. Sie waren froh über das gute Geschäft. Andernfalls hätten sie ohnehin beides zurücklassen müssen. Als der alte Soldat dann auch noch mehr zahlte, als Karren und Esel wert waren, schien fast wieder alles in Ordnung zu sein.

Myrel war nicht klar, was Krieg genau bedeutete, doch sie wusste, dass Soldaten in den Kampf zogen und alle anderen in den Städten Schutz suchten, um nicht getötet zu werden.

Sie fand den Krieg aufregend. Endlich nahmen ihre Eltern sie mit nach Turmstein, und ihre Mutter hatte ihr versprochen, dass sie sich dort ein neues Kleid aussuchen dürfe. Allerdings waren Vater und Mutter nicht so angetan von der Vorstellung, längere Zeit in Turmstein verbringen zu müssen. Sie machten sich Sorgen um Haus und Hof.

Myrel hatte ihre Sachen schon vorgestern gepackt, und Mutter hatte sie dafür gelobt. Sie brauchte aber auch bei weitem nicht so viel mitzunehmen; nur ein paar Dinge zum Anziehen, ein wenig Bettzeug und Petty. Sie hätte auch gern Teck, den Kater, mitgenommen, doch die Mutter hatte gesagt, das Leben in der Stadt sei nichts für eine Katze, und außerdem müsse Teck auf den Hof aufpassen. Sie meinte, der Kater habe schon so viele Gefechte in seinem Leben ausgetragen, da käme es auf einen Krieg mehr oder weniger nicht an. Myrel hatte sich vorgenommen, später, wenn sie groß wäre, zusammen mit Teck auf den Hof aufzupassen. Sie würde eine große Schwertkämpferin werden und den Hof vor allen Feinden schützen. Dann müssten ihre Eltern auch nicht so viele Sachen einpacken, und wenn sie wiederkämen, würden sie ihr zur Belohnung ein Geschenk mitbringen.

Wenn ich doch nur groß sein könnte, dachte Myrel. Dann hätte sie natürlich auch niemals vor dem Oger Reißaus genommen. Sie hätte ihr Schwert gezogen und diesen Unhold vertrieben. Ihr Vater hatte ihr gesagt, dass Oger immer Kreaturen Tabals blieben, Bündnis hin oder her. Er meinte überdies, wenn man das Böse in sein Haus einlädt, sollte man sich nicht wundern, wenn man selbst zum Nachtisch wird.

»So, du dicker Oger, nun schick ich dich zurück in die roten Berge, und zwar ohne Nachtisch«, ließ sie die Strohpuppe zu dem Steinhaufen sagen.

Ein klagendes »Miau« drang von oben zu ihr herunter.

Myrel ließ ihre Strohpuppe fallen und lief ein Stück zurück zum Tor, um besser auf den Heuboden schauen zu können.

»Miez, miez! Komm runter, Teck. Du sollst den Hof bewachen und die bösen Elfen verjagen, wenn sie kommen. Miez, miez! Was ist los mit dir? Ich habe dir doch vorhin deinen Napf aufgefüllt. Hast du keinen Hunger?«

Auf dem Heuboden rührte sich nichts. Nur ein leichter Geruch von verdorbenem Fisch lag in der Luft. Myrel wollte gerade ihre Puppe wiederholen und nachsehen, wie weit ihre Eltern mit dem Verpacken des Hausstands waren, da hörte sie eine heisere, krächzende Stimme von oben.

»Lauf nicht weg, Kleine. Du solltest Miez nicht zurücklassen, ohne ihr auf Wiedersehen zu sagen.«

Myrel wirbelte herum und starrte auf den Heuboden.

»He, wer bist du?«

Ein Schatten zeichnete sich oben neben dem Fenster ab. Myrel hätte schwören können, dass er vor einem Moment noch nicht dort gewesen war.

»Mein Name ist Sabriel. Ich reise im Land herum und zeige allen, wie sie am besten gegen ihre Feinde kämpfen können.«

»Bist du so etwas wie ein Schwertmeister?«

»In der Tat, als solcher bezeichne ich mich. Um genau zu sein, bin ich sogar ein Großmeister. Ich bin gekommen, weil deine Miezekatze mich gerufen hat. Sie möchte, dass ich dich zu einer Schwertkämpferin ausbilde.«

Myrel dachte einen Moment nach.

»Wieso kannst du verstehen, was sie sagt? Sprichst du die Sprache der Tiere?«

»Ja, ich spreche alle Sprachen.«

»Auch die der Drachen?«

»Natürlich, aber das ist die schwierigste von allen.«

Myrel war begeistert, wenn auch immer noch nicht ganz überzeugt. Doch die Verlockung, zur Schwertmeisterin ausgebildet zu werden, war einfach zu groß.

»Bitte, bring mir bei, richtig mit dem Schwert zu kämpfen, bitte, bitte, bitte.«

Der Schatten hinter den Heuballen wuchs.

»Du musst mir erst einige Fragen beantworten, damit ich erkennen kann, ob du würdig bist«, sagte Sabriel.

»Gut, fang an!«, rief Myrel aufgeregt.

»Also, meine erste Frage: Waren in letzter Zeit Fremde hier?«

Myrel lachte. »Das ist leicht. Gestern Morgen war ein dicker Oger hier, aber mein Vater hat ihn verjagt.«

»Ein Oger, soso. Dein Vater scheint ein mutiger Mann zu sein. Und was wollte der Oger?«

»Er wollte die bösen Elfen befreien, die von den Soldaten gefangen genommen wurden.«

»Warum sollte er das tun wollen?«, fragte Sabriel überrascht.

»Bei Prios, du weißt aber nicht viel«, antwortete Myrel vorwurfsvoll. »Die Elfen sind böse geworden, weil die Zwerge sie aus dem Land vertrieben haben, und sie mögen die Menschen nicht, weil sie ihnen nicht geholfen haben. Weil wir Menschen aber zu stark sind, haben die Elfen sich Unterstützung bei den Ogern geholt. Der, der hier war, war der Ogerkönig, und er versucht jetzt, den König der Elfen aus dem Gefängnis in Turmstein zu holen. Vater hat aber gesagt, dass sie den dicken Oger niemals nach Turmstein hineinlassen werden. Und ich brauche auch keine Angst zu haben. Turmstein ist die sicherste Stadt in ganz Nelbor. Alle Elfen und Oger der Welt zusammen schaffen es nicht, über die Mauern zu kommen. Die Soldaten würden sie alle töten.«

Myrel holte tief Luft und wollte noch mehr von dem erzählen, was sie gehört hatte, doch Sabriel unterbrach sie.

»Wann war das?«

Myrel rechnete mit den Fingern nach. »Vor vier Tagen. Jetzt habe ich aber genug Fragen beantwortet, nun musst du mir zeigen, wie ich mit dem Schwert kämpfen soll.«

Einen Augenblick herrschte Stille auf dem Heuboden.

»Du hast Recht, Kleine. Komm hoch zu mir, dann ich zeige dir, was man mit einer Klinge alles anstellen kann.«

»Prima, ich hole nur eben das Holzschwert, das Papa für mich gemacht hat. Warte einen Moment.«

»Nein, nein! Du brauchst das Schwert deines Vaters nicht. Ich habe natürlich für jeden meinen Schüler ein eigenes Schwert – ein richtiges Zauberschwert.«

Myrels Augen weiteten sich. »Wirklich?«

Das kleine Mädchen ließ seine Stoffpuppe fallen und rannte zur Leiter. Schnell hatte es die ersten Sprossen erklommen. Doch auf halber Höhe zögerte es.

»Warum zeigst du mir das Schwert nicht draußen? Dann kann Papa es auch sehen.«

»Das geht nicht, Kleine. Was ich dir zeigen will, ist ein Geheimnis.«

»Warum ist es ein Geheimnis?«

»Wenn alle zusehen, was ich dir beibringe, kann es eines Tages jeder. Und wenn es jeder kann, wirst du nie die größte Schwertkämpferin von allen werden.«

»Ach ja, da hast du natürlich Recht.«

Geschwind kletterte Myrel den Rest der Leiter hoch. Oben versperrte eine Reihe Heuballen den Zugang zum Zwischenboden. Als Myrel den Arm über den ersten Ballen legte, packte sie eine kalte, feuchte Hand.

»Myrel, wir sind so weit. Wo bleibt du?«

Der Vater des Mädchens tauchte plötzlich im Scheunentor auf. Myrel erschrak und zog ihre Hand zurück. Ein stechender Schmerz zog sich über ihren Handrücken. Mit einem Sprung hechtete sie von der Leiter und landete in einem Haufen Stroh.

»Papa, der Schwertkämpfer hat mir weh getan«, weinte sie und lief in die tröstenden Arme ihres Vaters.

»Du musst vorsichtig sein, Myrel. So ein alter Kater kann manchmal unberechenbar sein.«

»Es war nicht Teck, es war der Großmeister.«

»Mädchen, hör auf, die ganze Zeit in deinen Tagträumen zu verbringen«, ermahnte sie der Vater. »Lauf zum Wagen, Mutter verbindet deine Hand, und dann müssen wir los.«

Nachdem der Bauer das Scheunentor geschlossen hatte, ertönte der klagende Laut einer Katze. Wenig später tropfte Blut durch den morschen Heuboden ins Stroh.

35

Der neue König

»He, hört mich hier keiner? Ich bestehe darauf, als Kriegsgefangener behandelt zu werden. Ich will in meine Arrestzelle gebracht werden. Hallo, ist denn da niemand?«

Barrasch rüttelte an der Käfigtür und trat mit dem Fuß gegen die Gitterstäbe.

Leutnant Losan und seine Soldaten hatten die drei Gefangenen in den Innenhof der Garnison gebracht und dort in Käfigwagen gesperrt. Finnegan und Barrasch saßen zusammen in einem Wagen und Mogda in einem anderen. Seit Stunden nieselte es, und ein Blick zum Himmel versprach nur wenig Besserung. Seitdem die Soldaten sie zurückgelassen hatten, war der Hofplatz menschenleer.

»Schrei nicht so rum«, maulte Mogda. »Ich will schlafen, und das ist schwer genug bei diesem Wetter. Meine Sachen sind nass, und das Dörrfleisch ist mittlerweile aufgequollen und schmeckt nach Schuhsohle. Also, gib endlich Ruhe, sonst frag ich die Wachen, ob sie uns zusammen in einen Käfig stecken.«

»Und was dann?«, fragte Barrasch provozierend

»Dann fülle ich meinen Proviantbeutel mit Hauptmann auf.«

Der Innenhof der Garnison war großzügig angelegt und gepflastert. Durch den starken Regen bildeten sich große Pfützen, die es kaum jemandem erlaubten, den Hof trockenen Fußes zu überqueren. In den Quartieren der Soldaten brannte durchgängig Licht, und von Zeit zu Zeit konnte man Leute in den langen Gängen zwischen den Unterkünften umherlaufen sehen. Das schwere, schmiedeeiserne Fallgitter am Haupttor war heruntergelassen. Auch hier fehlte jede Spur von den Wachen.

»Ich verlange, angehört zu werden«, forderte Barrasch lautstark.

Mogda sprang auf und riss an den Gitterstäben. »Der Einzige, der auf dich achtet, bin ich; und ich verspreche dir, dass meine Stimme auch das Letzte sein wird, was du hörst, wenn du nicht endlich Ruhe gibst.«

Er packte die Stäbe und begann daran zu rütteln. Stück für Stück bogen sich die Stangen auseinander. Mit letzter Kraft schaffte Mogda es, die Stäbe so weit auseinander zu drücken, dass ein Mann seinen Kopf hätte hindurchstecken können.

»Das hast du hervorragend gemacht, mein dicker Freund«, spottete Barrasch. »Jetzt verzichtest du einfach ein Jahr lang auf jegliches Essen, dann kannst du bequem hinausspazieren.«

Mogda wandte sich ab und widmete sich der vergitterten Wagentür. Er griff mit den Händen in die oberen Gitter und trat mit Wucht gegen den unteren Teil. Scheppernd brach die Tür aus den Angeln und landete auf dem Pflaster. Seelenruhig kletterte der Oger aus dem Wagen und betrachtete die herausgerissene Tür.

»Schlechtes Schmiedewerk«, sagte er gelassen. »Man sieht, dass es bis jetzt nur wenig Oger nach Turmstein geschafft haben. In Osberg sind die Türen dicker.«

Mit grimmiger Miene stapfte er auf Barraschs und Finnegans Gefängnis zu.

Noch bevor er den Wagen erreicht hatte, sprangen die Türen der Garnisonsunterkünfte auf, und ein Dutzend Männer stürmte heraus. Als hätten sie nur darauf gewartet, eingreifen zu können, rannten sie auf Mogda zu. Auch oben auf den Wachtürmen gingen Soldaten mit Armbrüsten in Stellung. Auf einem der Türme blies jemand in ein Signalhorn, und aus dem Inneren der Unterkünfte hörte man den dumpfen Klang eines Gongs. Mogda hatte nicht vor, zu fliehen – wohin auch? Das Garnisonstor sah aus, als ob fünf Oger zusammen es nicht hätten heben können. Ihm blieb nichts anderes übrig, als mit der herausgerissenen Gittertür nach den Wachen zu werfen – und genau das tat er. Funken sprühend schlitterte die Tür den Wachen entgegen. Leider reichte die Wucht des Wurfs nicht aus, die Soldaten wirklich in Gefahr zu bringen; kurz vor ihnen blieb die Tür liegen. Die heranstürmenden Männer waren bis auf vier mit Armbrüsten bewaffnet. Dennoch waren die Wachen früher mutiger gewesen, oder jemand hatte ihnen inzwischen beigebracht, dass es nicht sonderlich klug war, sich auf einen Nahkampf mit einem Oger einzulassen. Mogda war stolz. Allein die Tatsache, dass sie ein Dutzend Männer schickten, um ihn unter Kontrolle zu bringen, obgleich er nicht einmal mehr ein Schwert besaß, freute ihn.

Mit erhobenen Armen trat er ihnen entgegen.

»Keine Angst! Wenn ihr euch ergebt, verschone ich euer Leben«, brüllte er lachend.

Die Wachen waren anscheinend nicht in der richtigen Stimmung für Scherze. Ein Bolzen bohrte sich in Mogdas Wade und hinterließ eine klaffende Wunde. Mogda sank brüllend auf die Knie.

Vier Soldaten in verstärkten Lederrüstungen näherten sich Mogda aus verschiedenen Richtungen. Bewaffnet waren sie mit langen Eisenstangen, an deren Ende Haken eingelassen waren. An einer von ihnen war eine breite, kräftige Lederschlaufe angebracht. Bereitwillig ließ sich Mogda diese über den Kopf stülpen und um den Hals legen. Fast gleichzeitig griffen die anderen drei Soldaten mit ihren Stangen in die Ösen des Lederriemens. Die Stangen hielten den Oger in gebührendem Abstand zu seinen Häschern. Mit Hilfe einer feingliedrigen Kette zogen sie den Riemen eng um seinen Hals.

Dann öffneten sie den Käfig, in dem Barrasch und Finnegan saßen.

»Wo bringt ihr uns hin?«, wollte Barrasch wissen und erntete einen Schlag mit dem Schaft einer Armbrust in den Rücken.

»Ihr haltet das Maul, bis man Euch etwas fragt. Habt Ihr das verstanden?«, brüllte einer der Soldaten.

Barrasch, der nach dem Schlag in die Knie gegangen war, nickte gequält.

Die Soldaten führten ihre Gefangenen zum Haupttor. Die Parole »Königsmacher« ließ die Wachen im Inneren des Tores das eiserne Gitter mit Hilfe von Kurbeln, Ketten und Umlenkrollen öffnen.

Barrasch, Finnegan und Mogda wurden durch einen großzügig angelegten Park zur Residenz von Lord Sigurt gebracht. Die schmalen Wege waren fein säuberlich mit einem Kieselbett aufgefüllt worden, und links und rechts der Begrenzungen hatte man Sträucher und Pflanzen gesetzt, von denen Mogda die meisten noch nicht einmal vom Sehen her kannte. In regelmäßigen Abständen standen Marmorbüsten herum. Mogda fragte sich, wozu sich jemand ein Stück Natur in die Stadt holte, um es dann so entgegen der freien Wildbahn zu gestalten. Zwei von Mogdas Wachen waren durch die langen Stangen gezwungen, neben dem Weg zu laufen. Als der Oger merkte, wie unangenehm es ihnen war, durch die gepflegten Rabatten zu laufen, machte er sich einen Spaß daraus, ihr Ungemach noch zu vergrößern. Breitbeinig trampelte er über Blumen und Sträucher, trat kleine Steinfiguren um und bemühte sich erfolgreich, eine Schneise der Verwüstung zu hinterlassen. Sobald er ein lohnendes Ziel ausmachte, erhöhte er den Druck auf die Stangen, um die Wächter zu lenken.

Als sie am Palast ankamen, drehte sich Mogda um und stellte mit Genugtuung fest, dass man seinen Spuren problemlos folgen konnte, auch ohne Fährtenleser zu sein.

Der Palast selbst hatte die Ausmaße eines kleinen Bauerndorfes. Die drei Hauptgebäude liefen in der Mitte zusammen und teilten sich ein halbrundes Kuppeldach. Unzählige kleine Fenster und Nischen säumten die Außenfassade. Säulen, Wasserspeier und sonstige Verzierungen bestanden aus edelsten Materialien und waren von Künstlerhand gefertigt worden. Im Laufe der Jahrzehnte seiner Um- und Anbauten hatte der Palast seinen ursprünglichen Zweck als Regierungsgebäude verloren und war nun eine Ansammlung von Kostbarkeiten und Sammelsurien, die den Bewohnern offenbar gefielen. Im Inneren sah es ähnlich aus. Der gesamte auf Hochglanz polierte Fußboden bestand aus rotem Marmor. Die Wände waren bis zu vier Fuß Höhe mit demselben Material ausgekleidet. Zwischen kostbaren Vitrinen, Schränken aus Wurzelholz und mannshohen Vasen hingen reihenweise Gemälde einzelner Familienmitglieder aus der Dynastie der von Sigurts.

Mogdas Verletzung war schmerzhaft, wenn auch nicht gefährlich. Das Fleisch der Oger heilte schnell, dennoch besaßen sie keine übernatürlichen Regenerationskräfte wie Trolle. Irgendwann musste sich Mogda um die Wunde kümmern. Bis es so weit war, versuchte er, so gut wie möglich sein Leid zu zeigen. Es war sicher besser, die Wachen in dem Glauben zu lassen, er sei schwer angeschlagen und leicht zu halten, falls er einen Fluchtversuch unternehmen sollte.

Der breite Flur mit seinen bemalten Fenstern führte geradewegs auf ein Doppelportal zu. Die Schnitzereien auf den Türflügeln zeigten mehrere kreisförmig angeordnete Wappen und im Zentrum eine Schlachtszene. Mogda erkannte einen gigantischen Troll, der mit einer Breitaxt um sich schlug, während eine Reiterschar mit angelegten Lanzen auf ihn zustürmte. Das Bild sollte sicherlich Grind den Trollkönig darstellen, wie er vom Adel niedergestreckt wurde. Mogda war sich sicher, dass die hohen Herren nicht einmal in der Nähe gewesen waren, als Grind starb. Leider blieben manchmal selbst die schlechtesten Kunstwerke länger erhalten als die Erinnerung an die Wahrheit.

Bevor Wachen und Gefangene den Saal betraten, hielten sie einen Moment vor dem Portal inne. Die Soldaten richteten ihre Kleidung und überprüften den Gurt um Mogdas Hals. Finnegan und Barrasch stellten anscheinend keine Gefahr dar, da sie unbewaffnet waren. Man verzichtete darauf, ihnen Hand- oder Fußfesseln anzulegen.

Der Saal, den sie anschließend betraten, wirkte zum Großteil ungenutzt. Die lange, kahle Fensterfront bot einen Blick auf den Park. An der gegenüberliegenden Seite reihten sich weitere Gemälde der Ahnengalerie. Auf einem der letzten Bilder glaubte Mogda den alten Lord Sigurt zu erkennen. Der lange rote Teppich führte sie durch den fast leeren Saal, an dessen Ende ein dunkler Thron aus Wurzelholz stand.

Der Herrschersitz, obwohl so ziemlich das einzige Möbelstück des Raums, wirkte irgendwie deplatziert. Das fast schwarze Holz einer Mooreiche war auf Hochglanz poliert. Die Polsterung bestand aus kostbaren, kunstvoll drapierten Fellen. Das ganze Gebilde war an die sieben Fuß hoch und breiter als ein Kutschbock. Der Thron schien wie geschaffen für den König eines Barbarenstammes. Für einen großen, hünenhaften, mit Muskeln bepackten Mann, der sich, in Wolfsfelle gehüllt, auf sein Zweihänderschwert aus Bronze stützt.

Diese Vorstellung wurde jäh zerstört durch den Anblick von Tribert von Sigurt, der sich auf dem Thron räkelte wie ein Kind im Bett seines Vaters. Tribert besaß die Figur eines Elfen, die Grazie eines Zwergs, und in seinem Gesicht zeigten sich deutlich die familiären Charakteristika der Sigurts, die nicht gerade für ein Übermaß an Schönheit standen.

»Na, wen haben wir denn da?« Sigurt setzte sich auf und schaffte es dennoch nicht, mit den Beinen den Boden zu berühren. »Wenn das nicht der altersschwache Hauptmann aus Osberg ist.«

Sigurts Stimme klang krächzend, was seine Nase noch mehr wie einen Vogelschnabel erscheinen ließ.

Zu beiden Seiten des Throns waren zwei persönliche Leibwachen von Lord Sigurt postiert. Rechter Hand, etwas hinter dem Thron, stand ein alter Mann mit kurzen grauen Haaren und einem lang gezwirbelten Bart. Seine schwere, dunkelblaue Robe wies ihn als Magier im Dienste der königlichen Familie aus.

»Warum hat Lord Felton Euch geschickt?«

Barrasch hatte keine sonderlich überzeugende Antwort auf die Frage parat.

»Offiziell bin ich nicht mehr Hauptmann von Osberg. Meine Reise nach Turmstein war rein zufällig.«

»Rein zufällig?«, keifte Lord Sigurt. »Dass ich nicht lache. Jeder weiß, dass Ihr immer noch die rechte Hand von Lord Felton seid. Außerdem habt Ihr versucht, eine Kreatur Tabals in die Mauern Turmsteins zu schmuggeln.«

»Mein Name ist Mogda, und ich war schon oft ...«

»Das Ungeheuer soll den Mund halten!«, schrie Sigurt und schlug mehrfach mit einer kurzen Lederknute auf die Armlehne seines Throns.

Lord Sigurts Wachen wurden nervös. Sie schienen schon häufiger die Auswirkungen seines Unmutes gespürt zu haben.

»Wir wissen doch alle, wie Ihr zu mir steht«, wandte sich der Lord wieder an Barrasch. »Letztes Mal ist es Euch noch geglückt, meine Ernennung zum Oberbefehlshaber zu boykottieren. Diesmal werdet Ihr mir keinen Knüppel zwischen die Beine werfen.«

Barrasch hob den Kopf und sah Sigurt fest in die Augen. Er widerstand dem arroganten Blick seines Gegenübers.

»Ich habe nicht gegen Euch gestimmt, weil ich einen persönlichen Groll gegen Euch hege. Ich habe dagegen gestimmt, weil ich der Meinung war, dass Ihr unfähig seid.«

Lord Sigurt bebte vor Zorn. Die Knute in seiner Hand klopfte einen hämmernden Rhythmus auf die Seitenlehne des Throns.

»Diesmal, Barrasch, brauche ich Eure Stimme nicht. Mein neues Ziel entspricht meiner wahren Befähigung. Innerhalb der nächsten Wochen werde ich zum König gekrönt werden. Ich werde über Nelbor herrschen, und Ihr könnt als Märchenonkel umherziehen und kleine Kinder erschrecken, dessen seid gewiss. Auch das ist nichts Persönliches.«

So lächerlich dieser Gedanke auch sein mochte, so ernsthaft war Sigurts unbändiges Verlangen nach der Königskrone.

»Ihr seid der Erste, der sich über die Situation im Lande zu freuen scheint«, bemerkte Barrasch sarkastisch.

Die Unterstellung schien Lord Sigurt nicht sonderlich zu schocken. Ruhig erwiderte er: »Natürlich freue ich mich nicht über den Tod von König Wigold, und auch nicht darüber, dass das Land bedroht wird. Dennoch ist es so, dass die Umstände mir erlauben, mein Können unter Beweis zu stellen. Ich werde derjenige sein, der das Land zu Frieden und

Reichtum führt. Mein Name wird auf immer und ewig in aller Munde sein. Ich werde unsterblich sein.«

Barrasch war entsetzt über den Größenwahn des Lords und zugleich verblüfft von dessen Zuversicht.

»Und wie im Namen Prios' wollt Ihr das machen?«

Sigurt legte die Knute an die Stirn, als wolle er die Zuhörer auf seine Genialität aufmerksam machen.

»Ich werde dieses Land von der Last, die auf ihm liegt, befreien.«

Er machte eine Pause, um den anderen die Möglichkeit zu geben, nach Einzelheiten seines klugen Plans zu fragen. Da die Gefangenen jedoch keine Anstalten dazu machten, schlug er mit dem Lederriemen nach hinten und erwischte den Hofmagier am Handrücken.

»Und was gedenkt Ihr zu tun, Hoheit?«, fragte der Alte artig.

»Ah, eine gute Frage. Da Euer geistiger Horizont nicht in der Lage sein dürfte, meine Gedanken zu erfassen, werde ich mein weiteres Vorgehen nur grob umreißen. Zuerst gebe ich den Elfen das, was sie verlangen.«

»Und was wäre das, Eure Hoheit?«, fragte der Magier stellvertretend.

»Die Zwerge natürlich. Die Elfen wollen am Volk der Zwerge Rache nehmen, weil sie von ihnen aus Nelbor vertrieben wurden.«

»Das Volk von König Braktobil ist bereits so gut wie ausgelöscht«, gab Barrasch zu bedenken. »Wir kommen eben vom Bergrücken. Die Hallen der Zwerge sind mit ihren Leichen gefüllt.«

»Sicherlich gibt es noch welche, die wir ausliefern können. Und selbst wenn nicht, werden die Clans der Zwerge andere schicken, die wir dann statt ihrer übergeben werden«, tat Sigurt den Einwand ab.

»Wie geht es dann weiter, Eure Hoheit?«, fragte der Magier mit erzwungener Wissbegier.

»Dann werde ich Nelbor endgültig von den Kreaturen Tabals und allen anderen Unruhestiftern befreien.«

In der Erwartung, tiefe Bewunderung für seine Ausführungen zu ernten, machte Sigurt eine erneute Pause.

»Großartig, Eure Hoheit!«, ertönte die Stimme hinter dem Thron.

Sigurt lächelte übertrieben stolz, obwohl ihn die Reaktionen seiner Gefangenen kaum zufrieden stellen konnten.

»Und wenn ich von Unruheherden und Tabals Kreaturen rede,

dann meine ich genau euch drei. Meine Herrschaft wird keine Ausnahmen dulden. Freunde der Oger werden genauso bestraft wie Oger, Orks oder Goblins. Wenn sie sich in meinem Land aufhalten, werden sie getötet – ausnahmslos.«

»Dann werdet Ihr ohne den Marmor aus unseren Minen auskommen müssen«, brummte Mogda.

»Der Oger soll schweigen!«, schrie Sigurt, hüpfte von seinem Thron und warf die Knute nach Mogda. Der lederne Strang prallte von dessen Brust ab und blieb vor seinen Füßen liegen.

»Auch die Rote Wüste wird zu meinem Hoheitsgebiet zählen. Wenn ihr dort Marmor abbaut, dann sicherlich nur als Sklaven. Ihr glaubt doch wohl nicht, dass wir weiterhin mit solch hässlichen Ausgeburten Handel treiben werden. Euch und die restliche Brut Tabals werde ich ausrotten, und wenn es das Letzte ist, was ich tue.«

Mogda ließ sich seine Wut nicht anmerken. Er verzog das Gesicht zu einer schmerzverzerrten Grimasse und knickte mit dem verletzten Bein ein.

»Was macht er denn?«, schrie Sigurt, jetzt schon fast außer Atem. »Er ist verletzt.«

Die Wachen schauten sich fragend an, bis einer den Mut aufbrachte, dem Herrscher zu antworten.

»Er hat uns angegriffen«, rechtfertigte er sich.

»Das ist mir egal. Seht ihr nicht, dass er mit seinem Blut den ganzen Teppich versaut?« Sigurts Stimme war kurz davor, zu versagen. »Ihr hättet die Wunde ausbrennen sollen, bevor ihr ihn hier hereinschleppt.«

Hastig versuchten die Wachen, den Oger vom Teppich zu zerren. Mogda aber knickte vollends ein und stützte sich auf einem Knie ab. Die Wachen zogen und schoben an ihren Stangen, mussten jedoch feststellen, dass ihre körperlichen Kräfte nicht ausreichten, um den schweren Oger von der Stelle zu bewegen. In ihrer Furcht, Lord Sigurt noch weiter zu erzürnen, taten sie genau das, was ihnen schließlich zum Verhängnis werden sollte. Zwei von ihnen legten die Stangen beiseite und versuchten, ihrem Gefangenen aufzuhelfen. Mogda schnappte sich die Lederknute und zog sie dem Ersten über das Gesicht. Mit einem hässlichen Knacken brachen Nase und Kiefer. Blutüberströmt sackte der Mann zusammen und hielt sich schreiend die Hände vors Gesicht. Den Zweiten packte der Oger am Bein und schleuderte ihn durch die Fensterfront.

Noch bevor die anderen beiden reagieren konnten, begann Mogda, sich im Kreis zu drehen. Wie die Eimer eines Wasserträgers rotierten die Wachen um ihn herum. Die Handschlaufen an den Stangen verhinderten, dass sie loslassen konnten. Mit einem Schritt zur Seite verkürzte Mogda den Abstand zur Wand und ließ die Wachen gegen das Mauerwerk prallen, wo sie reglos liegen blieben. Barrasch, Finnegan und die anderen Soldaten hatten sich zu Boden geworfen, um nicht umgerissen zu werden. Mogda zog sich den Lederriemen über den Kopf und stürmte auf den Thron zu. Sigurt war vor Schreck auf seinen Herrschersitz gesprungen und kauerte sich dort ängstlich zusammen.

Mogda hatte bereits die ersten zwei Stufen hinauf zum Thron geschafft, als ihn etwas am Bein zwickte. Wütend schlug er nach hinten, traf aber ins Leere. Ein dünnes Band aus rotem Licht hatte sich um seinen Knöchel gewickelt und kroch seine Wade hinauf bis zum Knie. Mogda versuchte, den glühenden Faden abzuschütteln, aber dieser reagierte nicht. Mit aller Kraft stemmte sich der Oger dagegen, um dem Spuk zu entkommen, doch er konnte sich nur wenige Fuß breit Freiheit erkämpfen. Als der Zauber seine Taille erreichte und sich drei Mal um seinen Bauch schlang, gab es endgültig kein Weiterkommen mehr. Zornentbrannt schleuderte Mogda die Lederknute auf Lord Sigurt, der sich schützend die Hände vors Gesicht hielt.

»Du willst unsterblich werden?«, brüllte Mogda. »Dann pass auf, dass du mir nicht zu nahe kommst.«

Sigurt linste vorsichtig zwischen seinen Fingern hindurch. Es dauerte eine Weile, bis er erkannt hatte, dass er in Sicherheit war. Er schnappte sich die Knute und beugte sich über die Lehne seines Throns. Der alte Magier trat mit zufriedener Miene vor. Völlig unerwartet schlug Lord Sigurt zu und zielte auf den Rücken des Alten.

»Das war zu spät, zu spät, zu spät!«, knurrte er. Der Magier ließ sich den Schmerz und die Demütigung nicht anmerken. »Wenn du noch einmal jemanden so dicht an mich herankommen lässt, lasse ich dich von deinem Nachfolger in Stein verwandeln und als Putte in den Garten stellen. Und ihr, ihr dämlichen Trottel«, Sigurt zeigte auf seine Leibgarde und die Wachen, »ihr bringt dieses Viech und die beiden Männer in den Kerker. Mal sehen, ob ich meinem Volk nicht eine Freude machen kann.«

36

Dunkle Machenschaften

Cindiel saß am Fenster der »Goblinschmiede«. Die Wahl dieser Schänke hatte nichts mit der ausgefallenen Namensgebung, den zwielichtigen Besuchern oder dem kaum genießbaren Essen zu tun. Alles, was sie an dieser Spelunke interessierte, war die Aussicht. Den halben Abend hatte sie damit verbracht, auf das Freiwerden genau jenes Platzes zu warten, auf dem sie nun saß. Eine weitere halbe Stunde hatte sie damit zugebracht, auf ein Gläschen hochprozentigen Rum zu warten, mit dem sie jetzt versuchte, die Scheibe so weit zu reinigen, dass man hindurchsehen konnte. Die schmierige Schicht auf den Butzenfenstern setzte sich aus Tabakqualm, Fett, Kerzenwachs und Staub zusammen. So unauffällig es ging, tauchte Cindiel den Ärmel ihres neuen Kleides in das winzige Glas und spannte den Stoff über ihren Daumen. Mit betont gelangweilter Miene wischte sie ein kreisrundes Guckloch frei. Ein kurzer Blick zeigte ihr, dass ihre Bemühungen nicht umsonst gewesen waren.

Von einem Bettler namens Lurg hatte sie erfahren, dass nach Einbruch der Dunkelheit nur noch eine Wache auf der Innenseite des Stadttors postiert war.

Seit ihrer Flucht aus dem Hinterhof hatte sie versucht, Informationen über den Verbleib der Gefangenen und die allgemeine Vorgehensweise der Stadtwachen bei Verhaftungen zu bekommen. Leider musste sie feststellen, dass die Bewohner von Turmstein nicht nur äußerst unfreundlich, sondern auch sehr verschwiegen waren. Die Angst vor Ärger mit den Stadtwachen war erheblich größer als das Mitteilungsbedürfnis gegenüber Fremden.

Und Cindiel fehlten einfach die Zeit und die Geduld, den Antworten hinterherzulaufen. Daher hatte sie sich entschlossen, ihr Problem direkt anzugehen. Wie es schien, stand das Problem direkt vor dem Nordtor. Der einzelne Soldat, der reglos das Tor bewachte, stützte sich auf seine Hellebarde. Sein zwar sorgfältig frisiertes, aber schütteres Haar und sein schlecht rasierter Bart legten den Verdacht nahe, dass er jenseits des Alters war, in dem ein Mann sich von jungen Mädchen becircen ließ. Cindiel setzte all ihre Hoffnungen auf den nächsten Wachwechsel. Zwei Stunden und drei plumpe Annäherungsversuche später war es endlich soweit. Der junge Wachmann war keine Schönheit, kein Vorbild an Pflichtbewusstsein und sicherlich auch kein Genie – er war genau der Richtige, und er besetzte die Hundewache zwischen ein Uhr nachts und vier Uhr in der Frühe.

Cindiel wollte nicht noch einen Tag verlieren. Sie rückte das Dekolleté ihres neuen Kleides zurecht, das eine junge Frau am Nachmittag einen Moment zu lange aus den Augen gelassen hatte. Das Kleid hatte nicht genau Cindiels Größe, doch schließlich suchte sie nicht den Mann fürs Leben, sondern nur ein paar Informationen.

Als Cindiel das holprige Kopfsteinpflaster vor der *Goblinschmiede* betrat, stellte sie fest, dass der Regen aufgehört hatte.

Der Wachposten trottete vor dem Tor auf und ab. Cindiel verschwand unbemerkt in einem Hauseingang und bereitete einen Zauber vor. Leise murmelte sie die magische Formel und zeichnete eine Rune in die Luft. Dann drückte sie ihren Finger in einen kleinen Lederbeutel mit rotem Pulver. Nachdem sie sich versichert hatte, dass genug der Zauberingredienz daran haften geblieben war, schlich sie auf die Rückseite des Wachturms. Sie wartete, bis die Wache ihr den Rücken zugekehrt hatte, und pirschte sich an den jungen Soldaten heran. Als er sich umdrehte, stand er direkt vor Cindiel und starrte sie fassungslos an. Blitzschnell griff sie nach seinen Händen und schaute ihm tief in die Augen.

»Ich kann in Euer Innerstes blicken, Herr. Lasst mich Euch zeigen, was die Zukunft für Euch bereithält.«

Unsicher erwiderte der Soldat ihren Blick.

Cindiel nutzte die Überraschung des jungen Wachmanns und strich mit ihrem Finger, eine Rune nachzeichnend, über seinen Handrücken. Erschrocken zog der Mann seine Hand und musterte die junge Frau.

»Mach, dass du wegkommst. Such dir jemand anderen, dem du deine billigen Tricks zeigen kannst«, polterte er los.

Cindiel wich einen Schritt zurück. Anscheinend hatte sie den Zauber nicht rechtzeitig beenden können. Das aggressive Verhalten des jungen Mannes machte ihr nicht sonderlich viel Hoffnung, ihn allein durch ihre Anmut besänftigen zu können, geschweige denn, vertrauliche Informationen aus ihm herauszuholen.

»Entschuldigt, Herr.«

Cindiel war zwar verärgert über die harsche Reaktion des Wachmanns, wollte aber auch keine große Aufmerksamkeit auf sich lenken. Daher unterließ sie es, dem Rüpel einen Denkzettel zu verpassen.

Sie hatte dem Soldaten gerade den Rücken zugekehrt, als dieser ihr nachrief: »Es heißt nicht *Herr!* Du kannst mich Jorge nennen.«

Ein Lächeln huschte über Cindiels Gesicht, als sie sich umdrehte. Schnell war sie wieder bei dem jungen Mann und drängte ihn zur Seite, in den Schatten des breiten Wachturms. Mit einer Hand fasste sie seinen Unterarm, die andere legte sie auf seine Stirn. Dann sprach sie die Worte: »Veriatas orarec lucruma!«

Dies war eine der Formeln, die sie aus dem Zauberfolianten ihrer Großmutter kannte. Der Zauber war im Grunde genommen sehr simpel, doch er hatte zur Voraussetzung, dass der Zaubernde das uneingeschränkte Vertrauen seines Gegenübers besaß.

Ihr erster Zauber zwang den Bezauberten dazu, sie zu mögen, der zweite, ihr die Wahrheit zu sagen.

»Hallo Jorge, frierst du gar nicht?«, begann sie zaghaft.

»Nein.«

Sein leicht dümmliches Grinsen und der verträumte Blick verrieten Cindiel, dass zumindest der erste Zauber Wirkung zeigte. Nun musste sie herausfinden, ob der Soldat auch die Wahrheit sprach.

»Hast du eine Frau, Jorge?«

»Nein, noch nicht«, antwortete er hoffnungsvoll.

»Ist es nicht furchtbar einsam, jede Nacht das Stadttor zu bewachen? Alle anderen sind zu Hause bei ihren Frauen und Kindern, und du musst hier alleine ausharren.«

Jorge schüttelte langsam den Kopf. Er stand völlig in Cindiels Bann.

Die junge Frau drückte den Soldaten weiter in die Ecke.

»Wie ich sehe, bist du Fähnrich. Das bedeutet, dass du nicht mehr lange am Stadttor zu stehen brauchst. Wahrscheinlich bekommst du schon bald deinen eigenen Trupp und wirst über die Landesgrenzen hinausgeschickt, um Turmstein zu dienen.«

»Nein, das könnte ich nicht. Wer würde dann Meister Neggelt helfen?«

»Wer ist Meister Neggelt?«, fragte Cindiel überrascht.

Jorge deutete über ihre Schulter hinweg. Cindiel blickte sich um und sah ein kleines Backsteingebäude, dessen Schaufenster von einer Laterne erhellt wurde. Eine verblasste Holztafel zeigte das Bild eines Stiefels, und darunter stand: *Meister Neggelt, Lederreparaturen aller Art.*

»Was soll das heißen?«, fragte Cindiel ungeduldig.

Jorge schaute sich um, als sei er aus einem Traum erwacht. Er wollte ein Stück zurückweichen, bis er merkte, dass Cindiel ihn in die Ecke gedrängt hatte. Die Auswirkungen ihres Zaubers schienen verschwunden. Jorge blickte verlegen zu Boden.

»Ich bin keine Stadtwache. Ich bin der Geselle von Meister Neggelt. Mir wurde bloß befohlen, hier Wache zu schieben. Gestern war mein erster Tag.«

»Und wer hat dir das befohlen?«

»Ich«, sagte eine Stimme hinter Cindiel. »Hofmagier Libriandus, gegenwärtig in Diensten des ehrenwerten Lord Sigurt, des zukünftigen Königs von Nelbor.«

Cindiel wirbelte herum. Im Halbdunkel erkannte sie die Gestalt eines großen, hageren Mannes, der in eine dunkle Robe gekleidet war.

»Gib dir keine Mühe«, ermahnte sie der Hofzauberer höflich. »Deine Hexenkünste sind meinen Fähigkeiten hoffnungslos unterlegen.«

Cindiel wusste, dass der Hofmagier Recht hatte. Die Ausbildung am Hofe des Königs machte aus normalen Zauberern Magier, die sich mit den Elementarzaubern genauso auskannten wie mit der Magie der Veränderung, der Herbeirufung und jeder Form von Erkenntniszaubern.

»Was wollt Ihr von mir?«, heuchelte Cindiel Ahnungslosigkeit.

»Ich will, dass du zurück in die *Goblinschmiede* gehst und dort dem Wirt deine Arbeitskraft zur Verfügung stellst. Du wirst so lange bei ihm Dienst tun, bis jemand kommt und dir neue Anordnungen erteilt. Das ist alles.«

Cindiel war verwirrt. Was sollte das alles? Der Magier hatte ihr eine Falle gestellt, und sie war hineingetappt. Wenn er in Sigurts Diensten stand, brauchte er sie nur zu verhaften. Beschränkte sich sein Eid immer noch auf König Wigold, brauchte er sie nur entkommen zu lassen. Seine Aufforderung ergab keinen Sinn.

»Gibt es keine Arbeitskräfte in dieser Stadt, sodass Ihr Fremde dazu zwingen müsst, wie Sklaven zu schuften?«

»Tu einfach, was ich dir befohlen habe«, entgegnete Libriandus gelassen.

»Und was passiert, wenn ich mich weigere?«

»Dann, junge Hexe, werde ich deinem Körper befehlen, Dinge zu tun, die sich dein Geist selbst in seinen kühnsten Träumen nicht vorzustellen vermag. Aber ich kann dich beruhigen und dir die Entscheidung etwas erleichtern. Meine Ziele sind zwar nicht die gleichen wie deine, doch unser beider Absichten laufen zumindest ein Stück weit parallel.«

Eingedenk seiner Worte fiel Cindiel die Wahl leicht. Mit etwas Glück sprach er die Wahrheit.

37

Das Troll-Orakel

Dunkel und drohend zogen die Rauchschwaden in Richtung Küste; eine Vorahnung dessen, was sich hinter der grünen Hügelkette verbarg.

Zwei Stunden war es her, seit Haran hinter der Anhöhe verschwunden war, um nach der Ursache des Feuers zu suchen. Schon am frühen Morgen hatten sie den Qualm gesehen und seitdem darauf zugehalten.

Rator und die anderen Oger zeigten wenig Interesse an dem, was hinter den Hügeln vor sich ging. Sie hatten ihr Lager aufgeschlagen und taten sich an dem Proviant gütlich, den Haran im letzten Dorf beschafft hatte. Zwei Schweinehälften hatte er den Bürgern von Bachberg, einer abgelegenen Bauernsiedlung, abkaufen können, bevor diese sich aufmachten, um weiter östlich in anderen Dörfern Schutz zu suchen.

Die Zwerge hatten sich ebenfalls zurückgezogen und waren damit beschäftigt, ihre Kettenhemden und Kriegshämmer zu polieren. Wulbart hatte sich zu ihnen gesetzt und beobachtete ihr Treiben.

»Warum kämpfen mit Hammer?«, rief Rator ihnen zu. »Und warum tragen kleines Volk schwere Rüstung?«

Die Zwerge warfen sich verstohlene Blicke zu, als suchten sie im stummen Zwiegespräch jemanden, der dem Oger Rede und Antwort stehen wollte. Wulbart schien an der Antwort ebenfalls interessiert zu sein und verfolgte die Blicke der Zwerge. Nach kurzer Zeit erhob sich einer von ihnen. Es war Dranosil, ihr Anführer. Er nahm sein Kettenhemd und warf es sich über, dann packte er seinen Hammer und hielt ihn sich vor die Brust.

Der blank geputzte Kriegshammer ließ die mattiert eingelassenen Zwergenrunen gut sichtbar werden. Der Hammerkopf wies tiefe Scharten auf, und von der Spitze der gekrümmten Klaue waren gut zwei Fingerbreit abgebrochen. Dennoch präsentierte der Zwerg seine Waffe mit Stolz.

»In den Augen des Erdgottes Grothak ist unsere Art zu kämpfen die ehrbarste. Wir weichen dem Kampf nicht aus. Wir gehen auf unsere

Gegner los und greifen sie direkt an. Unsere Stärke ist der Mut und das Vertrauen auf unsere Waffen. Unsere Rüstungen schützen uns vor feigen Angriffen aus dem Hinterhalt; oder wenn wir gegen zahlenmäßig überlegene Feinde kämpfen. Die Klauen durchbohren jedes Metall, und der Hammer zertrümmert selbst den festesten Stein.«

Mit einem kreisenden Schlag hieb er auf einen Felsen vor seinen Füßen ein. Der Stein zersplitterte in unendlich viele scharfkantige Bruchstücke, die der Zwerg mit einem Fußtritt auseinanderstieben ließ.

»Lasst die Feinde nur kommen«, verkündete er selbstbewusst.

»Mit Worten schlagt ihr ganz schön um euch«, merkte Kapitän Morrodak an. »Doch wie es scheint, ist keiner von euch Manns genug, den Leuten aus dem Dorf vor uns zu Hilfe zu eilen.« Morrodak erntete von seinen Männern Nicken und Zustimmung, die ihn dazu brachte, weiterzureden. »Zwerge und Oger, zwei Rassen, die die größten Kämpfer hervorbringen, die Nelbor kennt; und doch steht ihr hier im Schutz der Hügel und seht zu, wie die Menschen abgeschlachtet werden.«

Die Zwerge gerieten bei seinen Worten in Zorn, doch sie wussten, dass Morrodak nicht ganz Unrecht hatte. Wenn es darum ging, jemandem aus ihrem Volk zu helfen, dann waren sie unerbittlich, doch Menschen und Elfen kümmerten sie wenig. Trotzdem konnten sie die Vorwürfe nicht so stehen lassen. Dranosil trat vor und spuckte vor dem Kapitän aus. Morrodak war zu besonnen, um sich auf die Provokation einzulassen. Er wendete sich an die Oger, die immer noch unbeteiligt dasaßen und große Stücke aus dem Schwein herausschnitten.

»Ihr tut so, als ginge euch das Schicksal dieser Menschen nichts an«, brüllte Morrodak. »Aber als es darum ging, die Trolle zu bekämpfen, habt ihr unsere Hilfe gerne in Anspruch genommen. So etwas wie Dank kennt ihr anscheinend nicht.«

Rator biss widerwillig ein Stück von seiner Haxe ab und warf den Rest dann achtlos zur Seite. Dem Oger steckte ein fingerlanger Knochensplitter zwischen den Zähnen. Er lockerte ihn mit den Fingern und zerkaute ihn genüsslich. Dann stand er auf und trat auf den Kapitän zu. Morrodak ließ sich seine Angst nicht anmerken und wich keinen Schritt zurück. Rator richtete sich zu seiner vollen Größe auf. Der Mensch vor ihm reichte ihm kaum bis zur Brust. Dann packte er den Kapitän an seiner ledernen Jacke und hob ihn am ausgestreckten Arm in die Höhe.

»Was du sehen, Schiffslenker«, knurrte Rator.

»Flammen und Rauch«, antwortete Morrodak mit zittriger Stimme.

Der Oger schleuderte den Kapitän ins Lager, wo er von Gnunt fast beiläufig aufgefangen und abgesetzt wurde.

»Wir nicht sehen«, knurrte Rator. »Wir riechen Holz brennen. Wir riechen Teer. Wir riechen Fleisch verkohlt. Aber nicht hören Schreie und nicht hören Hüttenbauer kämpfen.«

»Na und, was willst du uns damit sagen?«, rief einer der Seeleute.

Rator drehte sich zu den Männern von Morrodak um, die ängstlich zurückwichen.

»Rator sagen, egal wer da, ob Ork, ob Troll, schon beendet Kampf. Hüttenbauer tot, Dorf verloren.«

»Woher willst du das wissen, wenn du nicht dort warst?«, fragte eine etwas entfernte Stimme. Rator kniff die Augen zusammen und blinzelte in die Sonne. Haran kam über den Hügel ins Lager geschlendert.

»Rator wissen, weil oft gerochen und gehört.«

»Das glaube ich dir unbesehen«, erwiderte Haran trocken. »Und du hast Recht mit deiner Vermutung. Die Menschen sind schon vor Stunden geflohen oder getötet worden. Das Vieh ist abgeschlachtet, und die Häuser sind bis auf die Grundmauern niedergebrannt. Bei den Angreifern handelt es sich um zwei Trolle und je ein Dutzend Orks und Goblins. Wie es aussieht, haben sie die Dorfbewohner im Schlaf überrascht.«

Betretenes Schweigen breitete sich unter den Menschen aus, und die Zwerge flüsterten üble Verwünschungen. Die Einzigen, die den Tod der Dorfbewohner ohne Gemütsregung hinzunehmen schienen, waren die Oger. Rator nickte seinen Kumpanen zu, und wie auf Kommando begannen die anderen Oger ihr Lager abzubrechen. Schnell hatten sie ihre paar Habseligkeiten verstaut und waren zum Aufbruch bereit.

»Wo wollt ihr hin?«, fragte Haran herausfordernd.

»Gehen von Westen um Dorf. Wind kommen in Gesicht. Goblins nicht riechen Oger, und Rauch geben Deckung. Besser wir beeilen, suchen Mann ohne Schuhe«, erklärte Rator.

»Du scheinst vergessen zu haben, dass ich das Kommando habe, bis wir in Turmstein sind«, sagte Haran.

»Du besserer Plan?«, grollte der Oger.

»Es geht nicht um *besser* oder *schlechter*. Es geht um richtig oder falsch. Du wirst mit deinen Leuten noch früh genug in Turmstein sein, um den Mann ohne Schuhe zu treffen. Zuerst geht es darum, dem Land zu helfen. Ich sage, wir nehmen Rache für dieses Dorf. Wir töten die Trolle und Orks und stellen sicher, dass sie keine weiteren Dörfer überfallen können.«

Rator warf sein Gepäck wieder hin und stampfte mit dem Fuß auf.

»Plan schlecht«, brüllte er. »Wir nur wenige. Schlecht, wenn verlieren Krieger in Kampf für tote Hüttenbauer.«

Haran schien wenig beeindruckt von dem Ausbruch des Ogers. Er verschränkte die Arme vor der Brust und lächelte.

»Wenn du meinst, dass du ein besserer Anführer bist, solltest du das nächste Mal einen stärkeren Gegner gegen mich kämpfen lassen. Wer weiß, vielleicht folge ich dann deinen Anweisungen.«

»Nächstes Mal kämpfen gegen Rator!«, grollte der Oger herausfordernd.

»Gut. Aber bis dahin sage ich, wo es langgeht. Wir werden das Dorf angreifen, und wir werden keines dieser Scheusale entkommen lassen. Was deine Befürchtungen angeht, jemanden im Kampf zu verlieren, kann ich dir einen guten Rat geben – strengt euch an! Die Planung des Kampfes überlasse ich gerne dir. Ich werde mich auf den Weg nach Turmstein machen und dort eure Ankunft vorbereiten.«

»Du nur feige«, platzte es aus Tastmar heraus.

»Nein, ich könnte sie alle ohne eure Hilfe töten, doch leider bleibt uns nicht die Zeit dazu«, antwortete Haran unbeeindruckt. »Meine jetzige Aufgabe ist wichtiger. Ihr müsst es nur schaffen, innerhalb von drei Tagen bis an die Stadtmauer von Turmstein zu kommen, ohne einen Krieg zu entfachen. Wartet dort bei Sonnenaufgang auf mich. Ich werde euch in die Stadt bringen.«

»Wir nicht wollen in Stadt, wir wollen ...«

»Ihr wollt den Mann ohne Schuhe, ich weiß«, unterbrach Haran Rator. »Wenn meine Informationen richtig sind, wird er versuchen, in die Stadt zu gelangen. Dort könnt ihr ihn dann fangen.«

Haran verlor keine weitere Zeit mit Erklärungen. Er packte seine Sachen zusammen und zog in östlicher Richtung an den brennenden Ruinen des Bauerndorfes vorbei.

Rator wusste nicht genau weshalb, doch er vertraute dem Menschen. Er besah sich seine Mitstreiter aus den verschiedenen Völkern. Die

Menschen waren, mit Ausnahme von Wulbart, im Kampf gegen die Rassen Tabals unterlegen. Die meisten von ihnen waren Seeleute, Händler oder Landstreicher. Bei einem offenen Schlagabtausch wären ihre Verluste enorm. Die sechs Zwerge schienen nur unwesentlich besser ausgebildet zu sein als die Menschen, aber ihre Rüstungen und ihre Waffen machten sie zu nützlichen Verbündeten.

»Menschen bleiben in Lager«, entschied Rator. »Oger und Zwerge angreifen Dorf bei Nacht. Kleines Volk sorgen für Ablenkung. Wir töten Feinde.«

»Ihr glaubt wohl, ihr seid die besseren Kämpfer«, widersprach Dranosil. »Wir Zwerge wollen bei diesem Kampf nicht den Köder abgeben. Wir können bis zum Anbruch der Nacht warten, dann sind wir unseren Gegnern überlegen.«

Rator wusste, dass Dranosil auf die Fähigkeit der Zwerge anspielte, auch im Dunkeln ausgezeichnet sehen zu können. Ein Talent, das die Oger nicht teilten.

»Angriff vor Dunkelheit. Orks ziehen weiter, wenn Nacht. Sie überfallen anderes Dorf, wenn Tag kommt neu. Zwerge können töten Feinde, wenn Oger übrig gelassen«, erklärte Rator.

Die Zwerge waren bemüht, sich ihren Unmut nicht anmerken zu lassen. Ihr Stolz hätte es ihnen nicht erlaubt, zuzugeben, dass sie auf ihren Sichtvorteil angewiesen waren. Der Plan des Ogers stützte sich jedoch nicht auf die Kampfkraft der Bärtigen, sondern eher auf deren Zähigkeit.

Rator trommelte seine Leute zusammen. Auf sein Geheiß hin statteten sich die Oger mit je einer zweiten Waffe aus. Die Zwerge legten ihre Rüstungen an und befreiten sich von allen überflüssigen Ausrüstungsgegenständen. Wulbart äußerte seinen Unmut, nicht an dem Angriff teilnehmen zu dürfen. Doch die Unterstützung der übrigen Menschen blieb aus, und somit verpufften seine Einwände.

Rator führte den Trupp in weitem Bogen westlich an die Siedlung heran. Im Schutz des Rauchs näherten sich Oger und Zwerge bis auf zweihundert Fuß den schwelenden Überresten einer Scheune. In einer Senke gingen sie in Deckung und beobachteten das Treiben der Orks und Goblins. Die Sicht war durch den Qualm stark eingeschränkt. Der beißende Geruch machte allen zu schaffen, und selbst den Zwergen, die es gewohnt waren, an ihren Schmiedeöfen zu arbeiten, tränten die Augen.

Rator stieß Dranosil an. »Ihr laufen durch Lager. Greifen an alles, was auf Weg. Ihr brechen durch bis Steinwall auf Ostseite.«

Der Zwerg drehte sich zu ihm um. »Was passiert, wenn wir die Mauer erreicht haben?«

»Du hoffen, wir euch eingeholt.«

Auch wenn Dranosil diese Aussicht beunruhigend fand, zeigte er es nicht.

»Macht euch bereit«, flüsterte er seinen Kameraden zu. »Lassen wir sie den harten Stahl aus unserer Esse spüren. Für König Braktobil!«

Mit diesen Worten erhob sich das kleine Volk und stürmte durch den Rauch davon. Die ersten Kriegsrufe von Dranosil und seinen Männern wurden laut. Sofort erklang das erste Warnhorn der Orks, und die bellenden Befehle ihres Anführers antworteten darauf.

Die Zwerge stürmten mit erhobenen Waffen auf eine Übermacht von Orks und Goblins zu. Das erste Waffenklirren und die Grunzlaute der getroffenen Gegner gaben den Ogern das Signal zum Angriff. Mit weiten Schritten stürmten sie über die rauchenden Trümmer hinweg. Gewaltig wie Tabals Horden aus dem Jenseits brachen sie mit hohen Sprüngen durch den Rauch in das Lager ein und hetzten hinter ihrer Beute her. Keiner der Oger brüllte einen Schlachtruf. Rator hatte sie angewiesen, ihre Gegner erst kurz vor der Mauer zu stellen und beidhändig zu attackieren, um so viele Feinde wie möglich beim ersten Ansturm zu töten. Einige Goblins hatten die Verfolgung der Zwerge verpasst und feuerten ihre Mitstreiter eifrig an, statt selbst mitzukämpfen.

Die Oger stürmten von hinten heran und erschlugen die zurückgebliebenen Goblins im Vorbeilaufen. Jetzt erst bemerkten die ersten Orks, was hinter ihnen vorging. Rator verlor schon bald den Überblick, welche Orks flohen und welche die Zwerge verfolgten.

Zwerge und Orks erreichten fast zeitgleich den Wall aus Felssteinen. Die Barrikade diente nicht als Schutz gegen Angreifer, sie war lediglich mit Steinen aufgetürmt worden, die von den umliegenden Feldern stammten und die Landarbeit erschwert hatten. Rator wunderte sich, dass die Zwerge es geschafft hatten, den Orks so weit zu entkommen. Ein Blick auf seine Widersacher gab jedoch schnell Aufschluss. Die Orks schienen kränklich und unterernährt zu sein, und die wenigen Goblins, die es bis hierher geschafft hatten, bluteten aus Augen und

Ohren. Die Kreaturen Tabals waren von großen Ekzemen gezeichnet, die sich auf Händen, Unterarmen und Gesichtern zeigten.

Noch bevor die Zwerge in ernsthafte Schwierigkeiten gerieten, waren die Oger bei ihnen. Rator teilte beidhändig Schläge aus. Gnunt hatte seine Waffen fallen gelassen und prügelte mit zwei Goblins, die er an den Füßen hielt, auf die Orks ein. Die übrigen Oger stachen ihre Gegner nieder, ohne auch nur einen einzigen Schlag abblocken zu müssen. Ihre Feinde waren körperlich ausgezehrt und nicht in der Lage, sich des Angriffes zu erwehren. Es war kein Kampf, es war ein Schlachtfest.

Lediglich zwei Zwerge trugen leichte Blessuren davon. Dranosil quälte sich mit der Bisswunde eines Goblins herum, und ein weiterer Zwerg hatte eine Schnittwunde an der Schulter. Den Ogern fehlte außer etwas Atem und der Genugtuung, einen guten Kampf geführt zu haben, nichts.

Rator drehte einige tote Orks auf den Rücken, um sich ihre geschundenen Körper genauer anzusehen. Sie alle mussten von einer grausamen Krankheit befallen gewesen sein. Das Dorf wäre so oder so zu ihrem Grab geworden.

Gnunt klopfte seinem Anführer auf die Schulter. Rator schaute hoch und folgte dem Blick seines Kameraden auf ein niedergebranntes Wohnhaus. Drei der rußgeschwärzten Außenmauern standen noch, und vor der eingestürzten Vorderfront hatte sich ein Troll postiert. Breitbeinig und in Angriffspose hielt er die schwere bronzene Breitaxt vor sich.

»Der gehört uns«, knurrte Dranosil, doch Rator hielt ihn zurück.

»Er nicht werden kämpfen«, erklärte der Oger. »Rator gehen und sprechen.«

Er warf das geliehene Schwert zu Boden und steckte seine eigene Axt in die Lederschlaufe am Gürtel. Als er auf den Troll zuging, hörte er in seinem Rücken Dranosil, der Verwünschungen ausstieß und Unterstützung bei seinen Männern suchte.

Der Troll ließ Rator und dessen Gefolgsleute keinen Moment aus den Augen. Je näher der Kriegsoger kam, desto angespannter wurde er. Sein Oberkörper schwankte hin und her, während er von einem Bein auf das andere trat. Der Troll wirkte völlig gesund und gut genährt. Außerdem schien er die Angewohnheit zu haben, verschiedenste Knochen seiner getöteten Gegner mit sich herumzutragen. Neben einer Reihe von kleinen und mittleren Schädeln bemerkte Rator eine skelettierte Hand, die von der Größe her zu einem Oger passte. Rator baute sich vor dem Troll auf, ohne Feindseligkeit zu zeigen – zumindest soweit dies einem über und über tätowierten, muskelbepackten Kriegsoger überhaupt möglich war.

»Du seien Behüter«, stellte Rator fest.

Der Troll nickte und präsentierte stolz seine Waffe mit den angehängten Trophäen. Hinter ihm, im Schutz der Trümmer des Hauses, schwelte ein Feuer, das seinen schneeweißen Rauch senkrecht in den Himmel sandte.

»Sie bei dir?«, fragte Rator vorsichtig.

»Du wirst es nicht bis zu ihr schaffen«, verkündete der Troll. »Viele haben schon versucht, das Orakel zu befragen, und alle sind an mir gescheitert.«

Rator versuchte, einen Blick an dem Wächter vorbeizuwerfen, doch der Troll versperrte ihm die Sicht.

»Ihr solltet weiterziehen, sonst holt euch der schleichende Tod. Wie die Orks und Goblins.«

»Schleichen Tod?«

»Ja, der schleichende Tod«, erklärte der Troll geduldig. »Sie haben die Warnung des Orakels nicht verstanden und von den vergifteten Vorräten des Dorfs gegessen. Am ersten Tag haben sie noch nichts gemerkt. Ich war unterwegs, und als ich nach drei Tagen zurückkam, lag die Hälfte von ihnen bereits im Sterben, und die übrigen hatten starke Krämpfe. Ihr habt sie nur von ihren Leiden erlöst. Kein glorreicher Kampf für einen Oger.«

Rator nahm seine Breitaxt aus der Schlaufe und stellte sie vor sich auf den Boden. Der Troll zog seine buschigen Brauen nach unten und knurrte tief. In seinen Augen spiegelte sich keine Angst wider, und in seinem Gesicht zeigte sich eine gelangweilte Gleichgültigkeit, die zu sagen schien: »Du wirst es nicht schaffen.«

»Rator muss sprechen Orakel«, forderte er.

Man sagte den Troll-Orakeln nach, dass sie in die Vergangenheit und in die Zukunft blicken konnten. Die Fähigkeit zu zaubern war ihnen nicht gegeben, aber die Visionen und Tagträume, die sie hatten, entsprachen meist der Wahrheit.

»Du wirst nicht mit ihr sprechen, und du wirst ihn nicht finden«, erwiderte der Troll.

Rator wunderte sich nicht, dass der Troll wusste, wonach sie auf der Suche waren. Dem Orakel selbst entgingen nur wenige Dinge, und ein Troll, der es beschützte, war meistens eingeweiht. Leider war dem Orakel in der Vergangenheit nur wenig Gehör geschenkt worden. Trolle ließen sich lieber von großen Versprechungen leiten als von düsteren Weissagungen.

»Lass ihn zu mir, Nokrat«, erklang die krächzende Stimme einer alten Frau. »Er wird mir nichts tun. Tabal würde ihn strafen, und davor hat er zu viel Angst.«

Egal, ob man dem Orakel Vertrauen schenkte oder nicht, damit hatte die Alte Recht. Rator fürchtete den Zorn seines Gottes, und er würde es niemals wagen, die Hand gegen einen Zeichengeber Tabals zu erheben.

Mürrisch trat Nokrat beiseite und machte den Weg frei. Aufmerksam beobachtete er jede Bewegung des Kriegsogers.

Rator betrat die Ruine und lehnte seine Streitaxt an die verkohlte Backsteinwand. In einer Ecke zwischen den Trümmern hockte eine alte Trollin. Sie zerrieb ein Büschel Haare zwischen ihren Handflächen, die in ein kleines Lagerfeuer rieselten und weiße Rauchfäden aufsteigen ließen. Rator hatte noch nie ein Wesen gesehen, dass sein Alter so offen zur Schau stellte. Drachen waren Jahrtausende alt, die Meister behaupteten seit Anbeginn aller Zeiten zu existieren, und die Götter hatten sich selbst erschaffen, als es noch keine Zeit gab.

Gemessen an ihnen war die Trollin gerade erst geboren, doch ihr Aussehen erweckte den Eindruck, als sei sie die Mutter aller Kreaturen. Ihre grauweiße Körperbehaarung wies große Lücken auf. Die Krallen an Händen und Füßen waren lang und verdreht, und die behaarten Brüste lagen in ihrem Schoß auf.

»Du bist Rator, eines der Lieblingskinder Tabals«, begrüßte die Alte den Oger. »Sei gewiss, Nokrat hätte dich getötet, wenn du ihn gefordert hättest. Aber ich bin der Meinung, es sei richtig, dir einige Fragen zu beantworten. Es wird ohnehin nicht von Bedeutung sein.«

Rator verstand nicht, wovon die Alte sprach. Er suchte jemanden, und sie wusste, wo dieser Jemand war. Bedeutsam war nur, wer zum Schluss den Sieg davontrug. Wenn sie wirklich das zweite Gesicht hatte, würde sie ihm sagen können, wo er den Mann ohne Schuhe finden und was ihn töten konnte. Früher hatten sich die Oger häufiger der Hilfe von Troll-Schamaninnen bedient.

»Rator suchen Mann ohne Schuhe. Du wissen, wo kann finden.«

»Soll ich dir sagen, wo er sich gerade befindet, wo er hin will, oder wo du ihn treffen wirst?«

Rator ließ die Worte auf sich wirken. Er hatte gehört, dass die Orakel in Rätseln sprachen. Rätsel lösen war nicht seine Stärke.

»Du nicht machen lustig über Oger«, grollte Rator. »Sonst töten erst dich, dann Troll.«

»Ihr Oger habt es noch nie verstanden, richtig zuzuhören«, erwiderte die Alte enttäuscht. »Ich kann dir sagen, dass du nicht nach ihm zu suchen brauchst. Euer Weg wird sich kreuzen, das steht fest.«

Die Antwort war nicht zufriedenstellend, aber zumindest einfach zu verstehen. Rator war es egal, wer zu wem ging oder ob sie sich zufällig trafen. Hauptsache war, sie fanden einander.

»Wer sein Mann ohne Schuhe?«

»Die Frage ist nicht, wer er ist, sondern zu was er wird.«

Die Trollin sammelte ein Dutzend kleiner Knochensplitter vom Boden auf und schüttelte sie in der Handfläche hin und her. Mit geschlossenen Augen warf sie die Splitter wieder hin und tastete danach.

»Ich sehe, dass du nicht wirklich daran interessiert bist, wer er ist. Du willst vielmehr wissen, wie du ihn töten kannst.«

Rator brummte zustimmend.

»Du kannst ihn gar nicht töten«, sagte die Schamanin und riss dabei die Augen weit auf.

Rator war es leid, sich ihre nichtssagenden Antworten anzuhören. Jedes Wesen konnte getötet werden. Nicht zu bluten war nicht gleichbedeutend mit Unsterblichkeit. Selbst die Götter starben, wenn die Welt zu sein aufhörte.

Etwas gab es jedoch, was ihn noch interessierte. Er wandte sich noch einmal an die Trollin.

»Warum Nokrat dich herbringen?«

Die Alte kicherte belustigt.

»Die Knochen haben mir verraten, dass ich mich auf die Suche machen soll.«

»Suchen wonach?«, fragte Rator ungeduldig.

»Nach dem Herz Tabals. Eines der Artefakte, die eines Tages seine Wiederkehr einläuten.«

»Das sein Lügen von Meister«, brüllte Rator. »Sie erfinden, um machen zu Sklaven.«

»Nein, die Knochen haben mir erzählt, dass der, den du verfolgst, uns das Herz bringen wird.«

»Niemals haben Artefakt von Tabal. Er nicht mal haben Schuhe«, grollte Rator zornig.

»Er hat es *noch* nicht. Aber er wird es erschaffen, und dann werden wir dort sein, um es zu nehmen.«

Wutschnaubend verließ Rator die Ruine. Mit der Schulter versetzte er der Außenmauer einen Stoß und brachte sie dadurch auf mehreren Armeslängen zum Einsturz.

»Wir euch nichts tun«, schnauzte er Nokrat an. »Du gehen zurück in Berge und nehmen Orakel mit. Wenn wiedersehen, wir euch töten.«

38

Sand und Wasser

Das Antlitz der Roten Wüste hatte sich verändert, aber noch immer zeigte sie nicht ihr endgültiges Gesicht. Sand und Wasser, Sonne und Regen kämpften um ihre Gestaltung. Beinahe ein Drittel der sandigen Steppe war von Meerwasser bedeckt. Im westlichen Gebirge klaffte ein Durchbruch zum Meer, der breit genug war, um die größte Flotte Nelbors hindurchzuschicken. Von diesem Punkt aus eroberte sich das Salzwasser die Wüste. Die ehemalige Einöde sah jetzt aus wie ein künstliches Hafenbecken, das darauf wartete, von einer Stadt umringt zu werden. Sand und Gestein hatten sich fast gänzlich dem Wasser ergeben. An einigen Stellen aber stachen schroffe Felsen durch die glitzernde Wasseroberfläche, und verborgene Untiefen erwarteten jeden, der es wagen sollte, hier ein Schiff hineinzusteuern. Genauso unbezwingbar wie das Wasser war das Land dahinter. Der Sand war tückisch, die Felsen unbezwingbar. Kein Fleck der Roten Wüste würde es jemals erlauben, ein Gebäude auf ihm zu errichten. Das Salz in der Erde würde auf Dauer jeden Stein zerfressen. Kein Baum und kein Strauch hätte eine Chance, auch nur ein einziges Blatt hervorzubringen. Die Rote Wüste hatte zwar ihr Aussehen verändert, doch ihre Feindseligkeit gegenüber allem Lebenden herrschte hier wie eh und je.

Kruzmaks Beine schmerzten. Seine Fußsohlen waren zerschnitten und die ledernen Gamaschen durch Feuchtigkeit und Salz brüchig geworden. Sand und Wasser hatten die Haut dünn wie Pergament werden lassen.

Seitdem er zum Kriegsoger ernannt worden war und unter der Führung von Rator stand, hatte er noch nie einen Befehl angezweifelt. Auch diesmal stand für ihn außer Frage, dass Rator die richtige Entscheidung getroffen hatte. Sie brauchten Verstärkung. Kruzmak hatte am eigenen Leib erfahren, zu was ihr Gegner imstande war. Er zweifelte nicht daran, dass es notwendig war, den Fremden zu töten. Er glaubte auch den Elfen, dass sie den Hüttenbauer ohne Schuhe in Turmstein wiedertreffen würden. Dennoch war ihm unwohl bei dem Gedanken, die Krieger seines Volkes durch das Land der Menschen zu führen. Das Bündnis hatte mit dem Tod König Wigolds zu existieren aufgehört. Niemand wusste, wie die Menschen darauf reagieren würden, wenn Hunderte Oger ihr Land durchquerten.

Kruzmaks Füße versanken bis zu den Knöcheln im roten Schlamm. Die oberste Schicht des Wüstenbodens war ausgetrocknet und rissig, doch sobald er seinen Fuß darauf setzte, sackte er ein. Das Vorankommen war mühselig und kraftraubend.

Kruzmak hatte sich die Route zwischen dem Drachenhorst und dem Pass nach Nelbor, über den sie mit ihren Marmortransporten zogen, ausgesucht. Die Strecke war eben, frei von Geröll und Treibsandbecken, und die meisten Bewohner der Wüste mieden die Gegend wegen der häufigen Ogerpatrouillen. Zu beiden Seiten des Pfades lagen breite Hügelketten, zwischen denen sich das Wasser der Überschwemmung gesammelt hatte. Die Flutwelle hatte Bäume, hölzerne Balken, Gestrüpp und kleines Geröll weit in die Wüste hinausgetragen. Mancherorts ragten Überbleibsel vom Durchbruch im Gebirge aus dem Sand. Das Wasser hatte sogar eine Zwergenleiche bis hierher getragen. Die zahlreichen Verletzungen machten es unmöglich zu sagen, woran der Bärtige gestorben war.

Der Leichnam steckte bis zur Hüfte im Sand – wie eine Boje im Wasser. Der Bart und die langen Zöpfe waren verkrustet und verliehen dem Toten das Aussehen einer Statue. Kruzmak wunderte sich noch über die steife Rüstungsplatte auf seiner Brust, die vom Halsansatz bis zum Becken reichte, als er feststellte, dass der Kopf des Zwerges um neunzig Grad verdreht war. Der Oger machte sich nicht die Mühe, die Leiche freizuschaufeln. Ein toter Zwerg als Wegweiser war immer noch besser, als im Nirgendwo begraben zu werden.

Einen Tag würde es noch dauern, bis Kruzmak den Drachenhorst erreicht hatte. Dann würde er sehen, wie die Heimat der Oger die Flutwelle überstanden hatte, und er würde wissen, ob die Ogerin, mit der er in den letzten Wochen zusammen gewesen war, ein Kind von ihm bekam. Er war schon lange alt genug, Nachwuchs zu zeugen, doch die Streifzüge mit Rator hatten ihn immer davon abgehalten. Erst als ihr Volk in der Roten Wüste sesshaft geworden war, hatte er sich mit dem Gedanken angefreundet. Bralba war sicherlich keine der begehrtesten Frauen im Drachenhorst, doch sie besaß die Eigenschaften, die man haben musste, um einen jungen Oger ohne fremde Hilfe in den Bergen aufzuziehen. Bralba konnte mit ihren Reserven ein Kind auch in harten Wintern ernähren, und sie war kräftig genug, um sich gegen ihre Feinde zur Wehr zu setzen. Sie war sogar geübt im Umgang mit schweren Kriegswaffen. Ein junger Oger würde alles Erforderliche von ihr lernen, damit er sich später in der Welt zu behaupten wusste.

Wie so häufig in letzter Zeit begann es aus heiterem Himmel zu regnen. Wieder einmal war keine einzige Wolke zu sehen. Kruzmak hatte sich bereits an dieses Phänomen gewöhnt und schöpfte neue Kraft aus der Erfrischung. Er spürte, wie die Salzkruste von seiner Haut gespült und das brüchige Leder an seinem Körper etwas geschmeidiger wurde.

Weit voraus glaubte er das typische Wüstenflimmern zu erkennen, dass er tagein, tagaus gesehen hatte, als er mit den Karawanen zum Pass und wieder zurück gereist war. Doch dieses Mal spiegelte sich nicht das Abbild der Wüste in der heißen Luft. Der silberne Streifen trennte zwei unterschiedliche Landschaften. Erst als er näher kam, erkannte er, dass es sich nicht um einen silbernen, sondern um einen roten Streifen handelte, und dass er nicht aus Luft, sondern aus Wasser bestand. Mitten durch die Wüste hatte sich ein Fluss mit mehr als zweihundert Schritt Breite und roter Färbung seinen Weg gebahnt. Es sah aus, als blute die Erde.

Am jenseitigen Ufer ragte der umgestürzte Karren eines Marmortransports der Oger aus dem Schlamm. Der immer noch festgezurrte Steinblock hatte den Wagen mit seinem Gewicht bis zur Hälfte in der feuchten Erde versinken lassen. Vor ihm lag der Kadaver eines Maultiers im Wasser, von dem nur noch die Hinterläufe zu sehen waren.

Kruzmak war kein guter Schwimmer. Um es genau zu sagen: Er konnte überhaupt nicht schwimmen. Unbeholfenes Rudern mit Armen und Beinen hatte bislang immer ausgereicht, um ihn wieder an Land zu bringen. Die wenigen Flüsse, die es in Nelbor gab, konnte man entweder umgehen, an seichten Stellen durchwaten oder an einen Baumstamm geklammert überqueren. Leider bot sich ihm hier keine dieser Möglichkeiten.

Der Fluss schlängelte sich vom Meer bis zum Horizont. Die rote Trübung verhinderte, dass er auf den Grund blicken konnte, und etwas, das ihn tragen würde, hatte er schon seit Stunden nicht mehr gesehen. Es half nichts – er musste darauf bauen, dass er von keinem Oger wusste, der in einer Wüste ertrunken war. Er löste den Beutel mit Proviant vom Gürtel und trank das letzte Wasser. Alles, was er nicht brauchte oder das keinen Wert besaß, ließ er am Ufer zurück. Missmutig wog er das Gewicht seiner Streitaxt ab. Sie hatte zahlreichen Gegnern das Leben gekostet. Für die gequälten Seelen wäre es gewiss eine Genugtuung, wenn das einst so gefürchtete Gewicht dieser Waffe ihren Träger in den Tod reißen würde. Dennoch, den Rest des Weges ohne Waffe zu beschreiten, konnte ebenfalls den Tod bedeuten. Kruzmaks Blick wanderte über das Wasser bis zum gegenüberliegenden Ufer.

»Gnunt würde schaffen«, murmelte er.

Kruzmak trat einige Schritte vom Ufer zurück. Seine langen Arme erlaubten es ihm, die Streitaxt weit hinter den Rücken zu führen. Mit Anlauf stürmte er auf die Böschung und schleuderte die Waffe beidhändig in die Luft. Dann schloss Kruzmak die Augen und lauschte dem Flug der Axt. Er hörte, wie die kreisende Bewegung der Klinge die Luft zerteilte. Er presste die Lider fest zusammen und betete zu Tabal. Mit einem schmatzenden Geräusch bohrte sich die Waffe in den Boden. Kruzmak blickte auf und sah den Schaft seiner Axt am gegenüberliegenden Ufer keine zwei Schritt vom Wasser entfernt aus dem Boden ragen.

Jetzt musste nur er es noch schaffen, auf die andere Seite zu kommen. Vorsichtig tastete er sich Schritt für Schritt in den roten Fluss. Die Böschung war steil, und schon nach den ersten Metern versank Kruzmak bis zur Brust. Zum Schutz hob er die Arme über den Kopf. Zu seiner Erleichterung stellte er fest, das die Strömung nur schwach und der Untergrund verhältnismäßig fest war. Den Blick starr auf seine Waffe gerichtet, watete er weiter.

Schließlich hatte er die Hälfte der Strecke zurückgelegt. Das Wasser stand ihm bis zum hochgereckten Kinn. In ihm machte sich ein Gefühl der Erleichterung breit. Er hatte es bis zur Mitte geschafft, was konnte also noch passieren? Der nächste Schritt brachte die Antwort. Unerwartet sackte Kruzmak weg. Seine Hände ragten gerade noch einen Fuß über die Wasseroberfläche hinaus und versuchten, nach etwas zu greifen, das nicht da war. Langsam und beharrlich steuerten die beiden Hände weiter auf das rettende Ufer zu. Immer hektischer wurden die Greifbewegungen. Luftblasen stiegen zwischen ihnen auf und zerplatzten ebenso wie die Hoffnung, doch noch einen Halt zu finden. Dann versanken auch die beiden Hände in den roten Fluten, und es sah aus, als schauten sie einander an, bevor sie verschwanden.

Eine Kolonne kleiner Luftblasen bahnte sich den Weg nach oben. Kruzmaks Schädel stieß aus der Tiefe hervor. Der Oger spuckte Wasser, hustete und rang nach Luft. Mit letzter Kraft ruderte er vorwärts und bekam wieder Boden unter die Füße. Völlig erschöpft erreichte er das andere Ufer. Neben seiner Axt brach er zusammen und würgte die Reste des Salzwassers aus seinen Lungen.

Es dauerte eine ganze Weile, bis sich Kruzmak von den Hustenanfällen erholt hatte. Trotz seines Keuchens vernahm er ein leises Stöhnen. Blitzschnell ruhte die Hand auf seiner Waffe, und er rollte sich herum. Sein Blick fiel auf den umgestürzten Wagen mit seiner tonnenschweren Ladung. Unter dem Steinblock ragte der Oberkörper eines Ogers hervor. Sein Kopf bewegte sich im feuchten Sand hin und her.

Immer noch erschöpft, robbte Kruzmak zu ihm hinüber. Ein Blick in das Gesicht des Ogers zeigte ihm, dass er hier schon seit längerer Zeit liegen musste. Wahrscheinlich war der Trupp genauso von der Flutwelle überrascht worden wie Kruzmak und die anderen. Der andere Oger stand kurz davor, zu verhungern oder zu verdursten. Seine Haut war von der ewigen Sonne und dem Salz rissig geworden, und die Augen waren zugeschwollen. Verärgert über sich selbst, blickte Kruzmak auf das zurückgelassene Proviantpaket am anderen Ufer.

Jedoch wusste er sich zu helfen. Man hatte ihm beigebracht, auch in aussichtslosen Situationen am Leben zu bleiben und anderen zu helfen. Ohne zu zögern stellte er die Klinge der Streitaxt auf und zog seinen Handballen über die Schneide. Aus der tiefen Wunde unterhalb des Daumens quoll sofort Blut, das sich in seiner Handfläche sammelte. Er ballte die Hand zur Faust und ließ die zähe rote Flüssigkeit zwischen seinen Fingern hindurch auf die Lippen des bewusstlosen Ogers vor ihm tröpfeln. Nach und nach benetzte der Lebenssaft die ausgetrocknete Mundhöhle und rann die Kehle hinunter.

Es dauerte eine kleine Ewigkeit, dann bemerkte Kruzmak endlich leichte Schluckbewegungen bei dem Oger. Dessen Kopf neigte sich zur Seite, und hinter den geschlossenen Lidern sah Kruzmak, wie die Augen hin und her wanderten. Einen weiteren Tag in der brütenden Sonne hätte der Oger nicht überlebet. Doch auch so stand es schlecht um ihn. Kruzmak musste ihn von hier wegbringen. Mit etwas Glück würden sie es schaffen, in der Nacht so weit zu kommen, dass Kruzmak am nächsten Morgen Hilfe aus dem Drachenhorst holen konnte. Zuerst musste es ihm jedoch gelingen, seinen Kameraden von der Last des Steinblocks zu befreien. Mit bloßen Händen versuchte Kruzmak, den Körper freizuschaufeln, doch der lose Sand rutschte immer wieder nach.

Er nahm die Axt und begann, den umgestürzten Wagen zu zerlegen. Mehrere kräftige Planken legte er beiseite, den Rest warf er auf einen Haufen. Dann rammte er zwei Balken tief in den Sand, und zwar schräg unter den Marmorblock. Schließlich schulterte er die Hölzer und begann zu drücken. Stück für Stück hob sich der Koloss aus der roten Erde, doch es reichte nicht. Kruzmaks Waden brannten, und sein Nacken hatte blutige Quetschungen. Er versuchte es von der Wasserseite her. Das Nass würde seinen Körper kühlen und ihm vielleicht die erforderliche Kraft verleihen.

Bis zur Hüfte tauchte er in den Fluss ein und wiederholte die Tortur. Er hatte festen Halt auf einem Felsen gefunden. Mit einem schmatzendem Geräusch löste sich der Steinblock vom Untergrund. Kruzmaks Kamerad schien die Erleichterung zu spüren und warf den Kopf unruhig hin und her. Seine Beine waren gebrochen, und ohne fremde Hilfe würde er seinen Körper nicht wegbewegen können.

Kruzmak hoffte, den Marmorblock eventuell seitlich wegdrücken zu können, doch noch bevor er sein Gewicht verlagern konnte, spürte er eine Bewegung im Wasser. Um ihn herum spritzte die Oberfläche, als ob Regentropfen auf ihr tanzten – doch es regnete nicht. Verschwommen sah er Schatten unter der Oberfläche, die sich überall um ihn herum schlängelten. Es waren Dutzende. Sie schienen von etwas angelockt worden zu sein, nach dem sie nun suchten. Regungslos verharrte er in dem immer trüber werdenden Fluss. Die hektischen, ruckartigen Bewegungen der Wesen wühlten den roten Schlamm auf und verbargen sie.

Kruzmak presste seine Hände gegen die Balken, um die Last auf seinen Schultern zu verringern. Unsicher, wie lange er diese Position noch würde halten können, starrte er auf seine Unterarme. Das Blut von seiner Hand rann den Unterarm entlang und formte einen klebrigen Tropfen, der sich zähflüssig löste und ins Wasser fiel. Betört durch den Geruch, krümmten sich die Wesen unter ihm wie in einer Schlangengrube.

Kruzmak war unwohl. Wesen, die vom Geruch des Blutes angelockt wurden, waren selten Pflanzenfresser. Ihre Größe konnte er nur erahnen – einen Schritt, vielleicht auch zwei. Sie fühlten sich glitschig an wie Fische, und sie waren schnell.

Fliehen oder gar kämpfen würde bedeuten, den Marmorblock wieder abzusenken und seinem Kameraden Schmerzen zuzufügen. Kruzmak entschloss sich, weiter auszuharren und darauf zu hoffen, dass die Wesen wieder verschwanden. Sie schlängelten sich um seine Beine, und er spürte eine Hand, die an seinem Fußknöchel Halt suchte. Was auch immer im Wasser schwamm, es nahm ihn genauso wenig wahr, wie er es sehen konnte. An den Wellenbewegungen erkannte er, dass die Kreaturen zum Ufer strebten. Kruzmak sah, wie sie sich in die flache Uferböschung bohrten. Wie Würmer in der Erde schlängelten sie sich durch den feuchten Schlamm, geradewegs auf seinen verletzten Kameraden zu. Noch bevor Kruzmak verstand, was dort vor sich ging, stieß eine schwarze Hand aus dem Sand hervor und packte den bewusstlosen Oger am Arm. Eine zweite Hand griff nach dem Haar und zog die geflochtenen Zöpfe in die Erde. Unter dem Steinblock, den Kruzmak mittlerweile fast einen Fuß breit angehoben hatte, tauchte der Kopf eines schwarzen Elfen auf, entblößte die nadelspitzen Zahnreihen und vergrub sie tief in das Bein des Ogers.

Kruzmak schrie auf und stieß die Balken von den Schultern. Mit ungeheurer Wucht wurden die Hölzer vom Marmorblock in die Fluten geschlagen. Der absackende Stein ließ die Erde kurz erbeben und begrub die Beine des Ogers sowie den Kopf des Elfen unter sich.

Kruzmak suchte nach seiner Waffe und entdeckte sie neben dem Oger am Ufer. Ohne sie würde er niemanden retten, nicht einmal sich selbst. Er nahm all seinen Mut zusammen und stürmte los. Niemand hätte ihn aufhalten können, doch Wasser und Schlamm machten seine Bewegungen so unbeholfen wie in einem schlechten Traum. Er beugte den Oberkörper weit nach vorn und ruderte mit den Armen. Es schien eine Ewigkeit zu dauern, bis er das Ufer erreicht hatte. Die Wesen im Wasser stoben vor ihm davon. Mit einem Satz erreichte Kruzmak seine Axt und hieb damit nach dem Arm, der neben seinem Kameraden aus dem Boden ragte und dessen Kehle umklammerte. Der Arm wurde sauber abgetrennt, und der schwarze Elf quiekte qualvoll. Kruzmak sah die schlängelnden Bewegungen unter dem Sand, mit denen der Elf Reißaus nahm. Er wirbelte herum, um weitere Gegner abzuwehren, doch es waren keine mehr da. Der Oger wartete noch einen Moment und beobachtete den Sand um sich herum. Die schwarzen Elfen waren so schnell verschwunden, wie sie gekommen waren – spurlos, bis auf einen abgetrennten Arm.

Als Kruzmak sich zu seinem verwundeten Kameraden hinunterbeugte, sah er die tiefe Bisswunde an dessen Hals und die Blutlache, die sich um seinen Kopf gebildet hatte. Er war tot.

39

Der Kerker

Das Gemäuer mit seiner kuppelförmigen Decke roch muffig. Von den grob behauenen Felswänden tropfte Wasser herab und sammelte sich in flachen Pfützen auf dem Lehmboden. Ein zwei Fuß breites, vergittertes Fenster kurz unterhalb der Decke ließ gerade genügend Licht in den Raum, um einen Haublock zu bescheinen. In dem Block steckte eine Axt mit langer Klinge, die vom Rost bereits angefressen war. Aus einem Nebenraum drang der Schein einer Fackel und ließ seltsame Schatten an den Wänden tanzen.

Mogda hörte die gleichmäßige Bewegung eines Blasebalgs. Von Zeit zu Zeit stocherte jemand mit einer Eisenstange in der Glut einer Esse herum. Der Oger wusste genau, wer sich dort an den mannigfaltigen Instrumenten zu schaffen machte. Die beiden Männer hatten es sich nicht nehmen lassen, sich und ihr Handwerk in den letzten Tagen eingehend vorzustellen. Und heute war anscheinend der Tag einer Demonstration ihres Könnens gekommen.

Es waren zwei Männer, die sich gegenseitig ›Meister‹ und ›Schwachkopf‹ nannten. Das waren natürlich nicht ihre richtigen Namen, dennoch fand Mogda sie sehr passend.

Meister sah aus wie ein Oger, gepresst in die Hülle eines Menschen. Sein kahler Schädel war übersät mit Narben, die Hände waren mit Schwielen bedeckt, und die ausgiebige Rückenbehaarung unterstrich seinen eigenwilligen Körpergeruch. Mit etwas Wohlwollen hätte man sagen können, dass er doppelt so viel wie Schwachkopf wog. Mogda wusste, dass so gut wie jeder, der darauf bestand, *Meister* genannt zu werden, an Größenwahn litt. Egal, ob diese Herrschaften durch Überzeugungskraft, Magie oder Gewalt zu ihrem Titel gekommen waren, sie verkörperten das, was Mogda seit Jahren bekämpfte.

Schwachkopf dagegen war das typische Exemplar einer unterdrückten Kreatur. Sein Gesichtsausdruck allein schrie nach einem Joch. Er schien jedem zu vermitteln: Sag mir, was ich tun soll.

Leider war Schwachkopf nicht in der körperlichen Verfassung, sich gegen seinen Unterdrücker zu wehren, wie es die Oger vor Jahren mit den Nesselschrecken getan hatten.

Das Geräusch des Blasebalgs hatte aufgehört. Im Durchbruch erschienen zwei Gestalten, die den Fackelschein aus dem Nebenraum verdeckten und das Gemäuer in Dunkelheit tauchten. Meister hielt einen glühenden Schürhaken in der Hand und drehte ihn stolz. Schlimmer aber noch als die Drohung, gebrandmarkt zu werden, war das Grinsen von Schwachkopf. In seinem Gesichtsausdruck paarte sich Dummheit mit der Vorfreude auf eine Gräueltat.

»Zünde die Fackeln an«, befahl Meister seinem Gehilfen. »Wir wollen doch sehen können, ob man unsere Künste zu schätzen weiß.«

Mogda fragte sich, ob Meister sich wirklich als Künstler sah. Trolle und Orks töteten und quälten aus reinem Vergnügen, aber einen Menschen so etwas sagen zu hören war neu für Mogda.

»Du solltest dich beeilen mit deinem glühenden Zahnstocher, sonst reicht es nur zum Füße wärmen«, brummte der Oger.

Die Wachen hatten sich viel Mühe gegeben, ihn an die Wand zu ketten. Die Bewegungsfreiheit seiner Arme und Beine reichte keinesfalls aus, um die Verankerung aus den Wänden zu reißen. Die Ketten und Schellen waren vermutlich speziell für seinesgleichen angefertigt worden, oder aber die Menschen waren dazu übergegangen, ausgewachsene Bullen in ihren Verliesen anzuketten. An Flucht war nicht zu denken. Das wussten auch die beiden Folterknechte, und entsprechend selbstsicher verhielten sie sich.

Schwachkopf war gerade dabei, die dritte Fackel in der Wandhalterung zu entzünden. Mogda wunderte sich, dass bei so viel Dummheit anscheinend auch das Feuer schlechter brannte. Angespornt von Mogdas spitzer Bemerkung eilte Meister auf die gegenüberliegende Wand zu, an der Barrasch und Finnegan hingen. Die beiden Männer waren ebenfalls an die Mauer gekettet worden, doch ihre Füße schwebten kurz über dem Boden. Schmerzen und Überanstrengung hatten sie bereits nach dem ersten Tag in Bewusstlosigkeit fallen lassen.

Meister packte Finnegan am Fußgelenk und drehte das Bein gewaltsam nach oben. Dann presste er das glühende Brecheisen auf die Fußsohle. Stöhnend versuchte sich der junge Soldat aus dem Griff des Folterknechtes zu lösen, doch seine Kraft reichte nicht aus. Als Meister ihn wieder losließ, hing er schlaff in den Ketten.

Mogda wusste aus seiner Erfahrung mit Orks, dass es falsch war, in einer Situation wie dieser persönliche Freundschaften zu zeigen. Folterer nutzten die Schwäche, wenn sie mit Schmerzen nicht weiterkamen.

»Na, wie gefällt es dir, wenn deine Freunde leiden, nur weil du nicht reden willst?«, höhnte Meister.

Schwachkopf war mittlerweile mit dem Anzünden der Fackeln fertig. Er konnte sich gar nicht satt sehen am Leiden des jungen Soldaten. Sein Blick wanderte unentwegt hin und her zwischen Finnegan und dem glühenden Eisen. Mogda sah ihm an, dass er nur allzu gerne selbst Hand angelegt hätte.

»Es sind Menschen«, antwortete Mogda. »Sie sind klein und schwach. Es ist mir egal, was ihr mit ihnen anstellt. Aber ihr solltet darüber nachdenken, was ihr eurem eigenen Volk antut.«

Die beiden hatten sich daran gewöhnt, von dem Oger eine passende Antwort zu bekommen. Was sie jedoch nicht ertragen konnten, war, wenn er Recht hatte. Um ihm zu zeigen, wie sehr sie diese Zurechtweisungen hassten, hielt Meister die glühende Stange auf Finnegans Bauch. Dessen Reaktion darauf war nur noch ein leises Wimmern. Schwachkopf hingegen sprang umher, klatschte in die Hände und kicherte wie ein kleines Mädchen.

»Sag mir noch einmal, wie die Frage lautete«, grollte Mogda. »Immer wenn ich in eure Gesichter sehen muss, dreht sich mir der Magen um, und mein Kopf ist wie leergefegt.«

Meister kam auf Mogda zu und fuchtelte mit dem Brecheisen vor seinem Gesicht herum. Schwachkopf hing an seinem Rockzipfel. Von Zeit zu Zeit zeigte sich sein breites Grinsen hinter dem massigen Körper seines Ausbilders.

»Lord Sigurt möchte wissen, wer euch nach Turmstein geschickt hat, wie viele ihr seid und was ihr vorhabt«, wiederholte Meister seine Frage.

Mogda versuchte nachdenklich zu wirken.

»Drei«, stieß er hervor und ließ den Mund offen stehen, um einen möglichst dümmlichen Eindruck zu machen.

»Was drei?«, fauchte Meister.

»Wir sind drei«, erklärte der Oger. »Das wolltest du doch wissen. Kann ich jetzt etwas zu essen haben?«

Zur Antwort bekam Mogda die Brechstange auf den Oberschenkel.

»Du kommst dir wohl besonders schlau vor, Oger. Glaub mir, wir haben bis jetzt noch jeden kleingekriegt.«

Mogda hegte keinen Zweifel, dass in diesen Gewölben schon genug Geständnisse über die Lippen von Schuldigen wie Unschuldigen gekommen waren. Irgendwann war der Punkt erreicht, wo jeder alles zugab. Er nahm sich vor, es den Folterknechten nicht zu leicht zu machen. Für ihn bräuchten sie gröberes Werkzeug als eine plumpe Eisenstange.

»Dann fang endlich mit deiner Arbeit an und hör auf, die beiden Menschen zu quälen. Oder traust du dich etwa nicht an einen Oger heran? Ich bin gefesselt und unbewaffnet, das sollte als Ansporn doch wohl genügen.«

Die beiden Folterknechte wirkten verunsichert und enttäuscht zugleich. Meister sah sich suchend um, und sein Blick traf dabei auf das einfältig grinsende Gesicht von Schwachkopf. Zornbebend packte er den Gehilfen am Ohr und zwang ihn in die Knie.

»Nennst du das Hilfe? Hier sieht es aus wie auf einem Misthaufen. Mach dich nützlich und fang endlich an, sauber zu machen.«

Schwachkopf verlor keine Zeit und sammelte mit den Händen kleine Holzsplitter vom Boden auf. Mit einem Fußtritt gegen die Schulter und einem weiteren in das Hinterteil seines Untergebenen spornte Meister diesen zu größerer Eile an.

»Lord Sigurt hat gesagt, wir sollen dich unversehrt lassen. Er hat noch Großes mit dir vor.«

Mogda schenkte den Worten seines Gegenübers nicht sonderlich viel Glauben. Erst als er sah, dass es Meister peinlich war, so viel verraten zu haben, dachte er darüber nach. Der Folterknecht machte seinem unguten Gefühl Luft, indem er einen Eimer mit Nägeln umstieß und diese auf dem Boden verteilte.

»Räum das weg, Schwachkopf«, brüllte er und stampfte zurück in den Nebenraum.

Mogda nutzte den Lichtschein der Fackeln, um Barrasch und Finnegan zu beobachten. Beide waren noch am Leben. Barraschs Brustkorb hob und senkte sich gleichmäßig und ruhig. Finnegans Atmung war kurz und flach. Er schien unter Schock zu stehen.

»He, Junge«, sagte Mogda. Die Anrede *Schwachkopf* vermied er. Er wollte keine zusätzliche Feindseligkeit bei dem Jungen schüren. Ihre Beziehung war ohnehin nicht die beste.

»Wenn du nicht willst, dass die Männer dort drüben vorzeitig sterben und euch den Spaß verderben, solltest du ihnen etwas zu trinken geben.«

»Darf nicht«, kam als Antwort.

»Wer sollte etwas dagegen haben?«

»Meister.«

»Dein Meister ist etwas ungestüm. Du solltest selbst Entscheidungen treffen. Wenn du meinst, dass etwas richtig ist, dann tu es einfach.«

Schwachkopf hörte auf, die Nägel vom Boden zu klauben und hockte sich vor Mogda hin. Sein Gesichtsausdruck verriet dem Oger, dass er über etwas nachdachte – oder etwas zwischen den Zähnen hatte. Allerdings schien der Folterknecht sehr intensiv überlegen zu müssen, denn seine Beißwerkzeuge wollten gar nicht mehr zur Ruhe kommen. Offensichtlich war er nicht weniger einfältig als der dümmste Ork.

»Ich sage Lord Sigurt auch, was für ein guter Foltermeister du bist.«

Die Worte verfehlten nicht ihre Wirkung. Schwachkopf sprang auf und eilte zu einem Eimer mit Wasser. Er nahm eine Schöpfkelle voll und flößte sie Finnegan ein; danach war Barrasch an der Reihe. Dann eilte er zurück, schnappte sich einen kleinen Hammer und schlug Mogda mit voller Wucht vor das Schienbein.

»Aua! Was soll das, du Schwachkopf«, brüllte Mogda.

Der Gehilfe aber hockte schon wieder über seinen verschütteten Nägeln und sammelte sie weiter ein. Ein breites Grinsen huschte über sein Gesicht, als er hochschaute.

»Was ist denn da los?«, schrie Meister von nebenan. »Kann man euch denn keinen Moment alleine lassen?«

»Nichts, Meister«, erklang die ängstliche Stimme von Schwachkopf.

»Wir haben uns nur nach deiner Gesellschaft gesehnt«, ergänzte Mogda.

»Du wirst dir noch wünschen, mir nie begegnet zu sein«, grunzte Meister.

Voller Stolz präsentierte er zwei halb zusammengeschraubte Holzstücke. Jede Hälfte hatte in der Mitte eine Aussparung. In den Augen des Folterers funkelte pure Bosheit, als er die Stellschrauben enger zusammenzog. Das dämonische Grinsen und das hysterische Lachen von Schwachkopf ließen Mogda ahnen, dass sie sich nun mit ihm beschäftigen würden. Meister schob die Apparatur über Mogdas Daumen. Bereitwillig ließ der Oger die Prozedur über sich ergehen. Gegenwehr hätte nur zu Folge gehabt, dass sie ihm zuerst andere Schmerzen zufügten, um dann doch an ihrem Plan festzuhalten. Gleichgültigkeit verringerte zwar nicht die Schmerzen, aber sie gewährte den Folterern weniger Spaß an ihrer Arbeit.

»Na, du Ausgeburt Tabals, jetzt werden wir sehen, wie hart du wirklich bist«, drohte Meister.

Mogda blickte auf die Klemme, die sich um seinen Daumen schloss.

»Jetzt darfst du die Braut küssen«, sagte er, spitzte die Lippen und schloss die Augen.

Meister hatte wenig Sinn für den Humor des Ogers. Bevor Mogda die Augen wieder öffnete, zog der Folterknecht die Daumenschraube an. Der Oger spürte, wie sich die Klemme um den Finger spannte. Sein Puls schnellte hoch.

Meister begann mit der Befragung. Es waren dieselben Fragen, die er schon seit Tagen stellte und die auch Lord Sigurt an ihn gerichtet hatte. Mogda hatte sie bereits alle beantwortet – mehrfach. Doch Keine Auskunft schien ihnen zu gefallen; somit konnte er genauso gut schweigen. Die Daumenschraube wurde weiter zusammengepresst. Mogda spürte, wie das Fleisch um seine Knochen rissig wurde und zu bluten begann.

»Sag schon, warum Lord Felton euch hier hergeschickt hat. Gib zu, dass ihr Lord Sigurt töten solltet. Stecken noch andere hinter diesem verräterischen Attentat?«

Mogda achtete gar nicht mehr auf die Worte. Die Schmerzen waren unerträglich. Eine Wunde im Kampf war bereits vergessen, bevor sie zu bluten aufhörte, doch das hier war etwas anderes. Der Schmerz war anhaltender, er traf ins Mark, und hinzu kam die persönliche Erniedrigung. Keiner dieser beiden Wichte wäre je in der Lage gewesen, ihm das anzutun, wenn er nicht angekettet gewesen wäre. Sie waren nicht würdig, ihn zu verletzen. Daher verweigerte er ihnen auch die Genugtuung, laut zu schreien oder zu wimmern. Er ließ die Folter stumm über sich ergehen, in der Hoffnung, es den beiden irgendwann heimzahlen zu können.

Meister zog die Schrauben abermals an. Mogda spürte, wie der Fingernagel unter dem Druck des Holzes riss und ein Knochen brach. Dann endlich gab der hölzerne Bügel nach und ließ das Gestell bersten. Von Schmerzen betäubt schaute Mogda auf das blutige Gestell vor seinen Füßen.

»Das hier war nur ein Modell«, sagte Meister. »Ich werde es verbessern.«

Mogda schluckte, bevor ihm eine passende Antwort einfiel.

»Das Ding war ein bisschen zu weit. Ich hatte schon Angst, dass es mir vom Finger rutscht.«

Noch bevor Mogda ausgesprochen hatte, griff Meister nach der Brechstange und drohte, sie dem Oger über den Schädel zu ziehen. Er wurde durch ein Klopfen an der Kerkertür unterbrochen.

»Lord Sigurt bittet um Einlass«, ertönte die Stimme eines Wachsoldaten.

»Ich bitte niemals. Und schon gar nicht, wenn ich in meinen eigenen Kerker gelangen will«, zischte Sigurt die Wache an.

Man hörte, wie er mit der ledernen Knute auf den Soldaten eindrosch.

Als Schwachkopf die eiserne Tür öffnete und Lord Sigurt das Kellergewölbe betrat, sah Mogda die blutigen Striemen im Gesicht des Wachpostens. Sigurt war in Begleitung seines Hofmagiers Libriandus und zweier weiterer Wachen.

»Hat er schon geredet?«, bellte er.

»Reden tut er ständig, aber den Verrat will er nicht zugeben, Eure Lordschaft«, gestand Meister demütig.

Sigurt ließ seinen Blick umherschweifen. Natürlich passte ihm die Antwort nicht. Offenbar suchte er nach etwas oder jemanden, an dem er seine Wut auslassen konnte.

»Was ist das hier?«, brüllte er, »eine Folterkammer oder ein Freudenhaus? Die beiden Männer da scheinen zu schlafen, und der fette Oger sieht aus, als ob er sich prächtig amüsiert.«

Der Kerkermeister und sein Geselle achteten darauf, gebührenden Abstand zur Lordschaft zu halten, um nicht Bekanntschaft mit der Knute zu machen.

»Vielleicht sollte ich dich als Hofnarren beschäftigen, Schwachkopf«, brüllte Sigurt den Kerkermeister an.

»Schwachkopf ist der andere«, unterbrach Mogda Lord Sigurt mit erschöpfter Stimme.

»Da hast du es! Er hat sogar noch genug Kraft, mich zu verhöhnen. Noch einen Tag in eurer Gesellschaft, dann fordert er womöglich den Thron von mir.«

Die beiden Wachen hatten sich am Eingang postiert und standen immer stramm. Libriandus hatte sich weiter hineingewagt und betrachtete die verschiedenen Folterwerkzeuge. Vorsichtig näherte er sich Mogda. Sein Blick fiel auf die Daumenschraube am Boden. Unsicher stieß er sie mit dem Fuß an. Seine Augen waren zu Boden gerichtet, und Mogda hatte das Gefühl, dass er sich scheute, ihn anzusehen.

»Los, holt Wasser und weckt Hauptmann Barrasch und seinen Lakaien auf!«, befahl Sigurt den Folterknechten. »Dann werde ich euch zeigen, wie man eine Befragung durchführt. Und zwar so, dass man Antworten bekommt.«

Zwei Holzkübel Wasser wurden über Barrasch und Finnegan entleert. Doch zu Lord Sigurts Unmut kamen die beiden nicht zu Bewusstsein. Außer einem leisen Stöhnen und dem Versuch, sich aus den Ketten zu winden, zeigten sie keine Regung.

»So, nun zu dir, du Unhold«, sagte Sigurt. »Wenn ich noch ein Wort von dir höre, verspreche ich dir, einen der beiden zu töten. Du wirst einfach nicken oder den Kopf schütteln, statt zu reden. Haben wir uns verstanden?«

Mogda war immer wieder überrascht, wie es bei den Menschen gerade die Verrücktesten schafften, sich andere untertan zu machen. Jetzt war gerade einer von ihnen dabei, die Königswürde zu erlangen. Dennoch durfte man Sigurt nicht unterschätzen. Er war nicht dumm, und er war dazu fähig, seine Drohungen wahr zu machen. Das Leben anderer Menschen hatte für ihn augenscheinlich keinen besonders hohen Stellenwert. Mogda nickte.

»Gibst du zu, dass Lord Felton dich und die beiden anderen nach Turmstein geschickt hat, um mich zu töten?«

Mogda schüttelte den Kopf.

»Du lügst!«, schrie Lord Sigurt, außer sich vor Wut. »Felton steckt mit den Kreaturen Tabals unter einer Decke. Er war es, der bei den Angriffen dieser dunklen Teufel vor den Stadttoren stand. Er war der Einzige, dessen Leben nicht in Gefahr war. Und weißt du, warum?«

Mogda schüttelte den Kopf.

»Er hat das alles eingefädelt. Er will sich selbst zum König krönen.«

Mogda war erstaunt, wie der Lord seine eigenen Machtgelüste auf Felton projizierte. Er konnte nicht mehr unterscheiden zwischen dem, was er selbst geplant hatte, und dem, was andere ausheckten.

»Ich frage dich zum letzten Mal: Steckt Felton hinter all dem?«

Mogda schüttelte den Kopf.

Statt erneut in Tobsucht zu verfallen, wandte sich Lord Sigurt ab. Er ging geradewegs auf den alten Haublock zu und zog das rostige Beil aus dem Stamm. Fast liebevoll strich er mit den Fingern über die Klinge. Einen Moment später stand er vor Barrasch. Mit der freien Hand packte er ihn an der Schulter und holte zum Schlag aus. Das gedämpfte Geräusch, als die Klinge auf den Stein traf, verhieß nichts Gutes. Von Barrasch selbst hörte man nur ein gequältes Stöhnen, dann verstummte er. Als Lord Sigurt zurücktrat, sackte der Arm des Hauptmanns zu Boden. Die abgetrennte Hand hing an der Kette über ihm.

»Erkennst du nun, was passiert, wenn du mich weiterhin anlügst?«, fragte Sigurt in ruhigem, fast gelassenem Ton. »Dieses Spiel können wir so lange fortsetzen, bis wir deinen Freund vollkommen befreit haben. Ich frage mich nur, ob ihm die Freiheit so viel wert ist.«

Mogda zerrte an den Ketten. Es war aussichtslos. Es gab nichts mehr zu gewinnen, nur noch zu verlieren. Er wollte keine Schuld am Tod des Hauptmanns tragen. Lord Sigurt würde ohnehin das tun, wonach ihm der Sinn stand. Eine erzwungene Lüge war hier unten genauso viel wert wie die Wahrheit. Der Lord wollte den Thron – sollte er ihn ruhig haben. Die Frage war nur, wie lange diese Welt noch einen König brauchte.

»Hat Felton euch geschickt?«, wiederholte Lord Sigurt seine Frage.

Mogda nickte.

»Ich habe es gewusst!«, rief der Lord verzückt. »Das wird ihn die Ländereien Osbergs sowie seine Armee kosten. Und ich werde König sein!«

Sigurt drehte sich um und schlug das Beil in den Haublock.

»Folterknecht, du kümmerst dich um den Hauptmann. Binde seine Wunde ab und sorge dafür, dass er bis übermorgen am Leben bleibt. Wenn er stirbt, wirst du bei meiner Krönung seinen Platz einnehmen. Und glaube mir – der wird dir nicht gefallen.«

Mit diesen Worten verließen Sigurt und sein Gefolge den Kerker.

Das Letzte, was Mogda von ihnen sah, war der Hofmagier Librian- dus, wie er die Tür hinter sich zuzog und Mogda einen Blick zuwarf. In den Augen des Magiers konnte er Schuldgefühl und Bedauern erkennen.

40

Die Goblinschmiede

In der Durchreiche zur Küche türmte sich das schmutzige Geschirr. Immer wieder hetzte die Schankmaid Isbell aus der Gaststube heran und stellte benutzte Gläser, Krüge und Teller ab. Es würde nicht mehr lange dauern, und Tordek der Wirt würde in die Küche stürmen, eine seiner Predigten über entgangenen Profit halten und wieder hinausstürmen. So ging das jetzt schon seit Tagen in der *Goblinschmiede*.

Cindiel hasste die Zeit von Sonnenuntergang bis zur Sperrstunde, wenn schon der Morgen graute. Das Abwaschwasser war bereits kalt, und es blieb nicht einmal genügend Zeit, einen frischen Kessel aufzusetzen. Tordek hatte Isbell angewiesen, jedes Glas vom Tisch zu nehmen, sobald der Gast ausgetrunken hatte. Dadurch wollte er verhindern, dass die Besucher der Kneipe ihren eigenen Wein oder andere Getränke mitbrachten und so einen billigen Abend bei ihm verbrachten.

Die Schwingtür wurde aufgestoßen. Tordek kam mit dem Hintern voran in die Küche, ein leeres Fass Bier in den Händen. Er stellte das Fass in den Lastenaufzug, der zum Keller führte.

»Na los, Mädchen, halt dich ran! Wie sollen wir neue Getränke ausschenken, wenn keine Gläser mehr da sind?«

Cindiel blickte auf ihre vom Wasser aufgeweichten Hände.

»Es geht nicht schneller«, erklärte sie bestimmt. »Es dauert seine Zeit, alles sauber zu bekommen.«

Tordek hatte die Luke zum Weinkeller schon aufgerissen. Kommentarlos verschwand er in dem Gewölbe unter der Küche. Cindiel hörte, wie er Fässer und Flaschen umräumte. Glas zersplitterte, und leise Verwünschungen hallten die Treppe herauf. Als Tordek wieder aus dem Keller kam, hielt er vier Flaschen Wein unter dem Arm.

»Wir haben nur noch gutes Zwergenbier«, nörgelte er. »Auf keinen Fall schenke ich das an den Pöbel dort draußen aus.«

Cindiel zuckte mit den Achseln. Ihr war es gleich, was die Gäste tranken, die Gläser musste sie ja ohnehin spülen; egal, was darin gewesen war.

»Mit dieser Brühe bekomme ich das Geschirr einfach nicht mehr sauber«, erklärte sie.

»Es muss ja auch nicht sauber sein«, schimpfte Tordek. »Das Essen schmeckt sowieso immer gleich, Bier ist Bier, und die Gläser schwenke ich solange, bis die Rotweinränder verschwunden sind. Wichtig ist nur der Umsatz. Von den Dummköpfen da draußen erinnert sich morgen keiner mehr daran, was er gestern getrunken hat. Die kommen schon wieder.« Mit diesen Worten verschwand er wieder hinter seinem Tresen.

Der Schankraum war zum bis Bersten gefüllt. Nur die Hälfte der Gäste hatte einen Stuhl ergattern können, die übrigen standen am Tresen, saßen in den Fensternischen oder hockten neben einem Tisch. Isbell hatte alle Hände voll zu tun. Von überall her riefen ihr die Gäste Bestellungen zu oder pöbelten sie an, wenn sie zu lange warten mussten.

Seit Tagen beherrschten nur zwei Themen die Gespräche der Einwohner Turmsteins: Der drohende Krieg gegen die elfenartigen Wesen und die bevorstehende Krönung Lord Sigurts zum König.

Wie in jeder Schankstube üblich, wurden auch hier sämtliche Gedanken lautstark zum Besten gegeben. Und genau wie überall, wo hitzige Gemüter zusammenkamen, meinte stets derjenige Recht zu haben, der am lautesten brüllte.

»Es hätte gar nicht erst so weit kommen dürfen«, schrie ein Zwerg. »Man hätte diese elfischen Bastarde schon auf hoher See versenken müssen. Wenn die Schiffe des Königs auf der Hut gewesen wären, hätten sie die Schiffe der Elfen gleich auf den Meeresgrund geschickt. Der Unachtsamkeit der Menschen haben wir es zu verdanken, dass das Reich König Braktobils, das heißt *unser* Reich, zerstört wurde.«

Einen Moment herrschte Totenstille in der Schänke. Cindiel hatte sich bisher noch nicht um die Gäste kümmern können, doch es schien unwahrscheinlich, dass die Zwerge zahlreich genug waren, um sich derartige Äußerungen leisten zu können. Sie räumte einen Stapel Gläser beiseite und warf einen Blick auf den Tumult, der sich draußen anbahnte.

»Für einen Zwerg«, brüllte ein Mann in die Stille, »der sich vor vielen Jahren in Turmstein eingenistet hat und die Lande des Bergrückens nur aus Erzählungen kennt, spuckst du ganz schön große Töne.«

Erbost sprang der Zwerg von seinem Platz auf. Er baute sich vor dem hageren Mann auf.

»Fünf Jahre lang habe ich in Braktobils Armee gedient. Mit meinem Sold habe ich mir hier eine neue Existenz aufgebaut. Wer bist du, dass du dir anmaßt, über mich zu urteilen?«

Der Mann erhob sich ebenfalls von seinem Stuhl. Fast zwei Fuß größer als der Zwerg, doch kaum schwergewichtiger, packte er den Griff seines Kurzschwertes, zog es aber nicht.

»Ich bin Fähnrich bei den Stadtwachen«, erklärte er. »Meine Kollegen und ich wollten hier in Ruhe etwas trinken, bevor wir nach Hause zu unseren Familien gehen. Doch wenn ich es mir richtig überlege, können wir auch eine Extra-Schicht einlegen und pöbelnde Zwerge wegen Landesverrats in den Kerker werfen lassen. Wie würde dir das gefallen, Bärtiger? Im Nu hättest du wieder ein neues Zuhause tief unter der Erde und müsstest keine Angst mehr vor den Elfen haben.«

Zwei andere Zwerge versuchten, ihren Freund zur Vernunft zu bringen. Doch ihr aufgebrachter Kamerad schien bereits zu viel getrunken zu haben, und so blieben ihre Bemühungen fruchtlos.

»Stadtwache? Dass ich nicht lache«, höhnte der Zwerg. »Wahrscheinlich eine Wache von der Sorte, die in Sandleg oder einer der anderen Städte an der Küste gestanden und gewunken haben, als die Schiffe der Elfen einliefen.« Der Zwerg lachte verbittert. »Ihr erkennt den Feind noch nicht einmal, wenn er vor euch steht. Das Einzige, was Ihr könnt, ist Bürger einsperren, die euch die Wahrheit sagen.«

Ein Bierkrug flog durch den Raum und traf den Zwerg am Kopf. Cindiel konnte den Werfer nicht ausmachen, und auch die übrigen Gäste sahen sich verwundert um. Nur der Zwerg hatte seine Gegner sofort ausgemacht – alle anderen.

Beherzt schnappte er sich zwei leere Bierkrüge. Den einen rammte er dem Wachsoldaten unters Kinn, den zweiten schleuderte er dessen Nebenmann an die Schläfe. Noch bevor die übrigen Gäste sich auf die neue Situation einstellen konnten, waren die drei Zwerge voll in ihrem Element. Sie kippten ihren Tisch um und benutzten ihn als Barrikade. Der Rädelsführer brach ein Stuhlbein ab und hielt sich damit die anstürmende Meute vom Hals. Der zweite nahm seinen Stuhl und stürzte sich damit auf die Menge in seinem Rücken. Der letzte leerte in Ruhe seinen Bierkrug, blickte enttäuscht auf den Grund des Bechers und warf ihn dann wütend in die Menge. Die Antwort auf das provozierende Verhalten der Zwerge ließ nicht lange auf sich warten. Im nächsten Moment füllte sich die stickige Luft mit Wurfgeschossen aller Art. Neben Tellern, Krügen und Flaschen wurden auch Essensreste und kleineres Mobiliar geworfen. Innerhalb weniger Augenblicke herrschte absolutes Chaos.

Cindiel hatte erwartet, dass sich die Menschen geschlossen auf die drei Zwerge werfen würden. Sie sollte sich getäuscht haben. Schon bald vermochte sie nicht mehr zu sagen, wer gegen wen kämpfte. Anscheinend schlug hier jeder Gast wahllos auf den nächsten ein. Die Bärtigen standen Rücken an Rücken. Das war ihre Art zu kämpfen, und wie es aussah, war sie äußerst erfolgreich. Um sie herum bildete sich ein geschlossener Kreis aus prügelnden Raufbolden. In kürzester Zeit ging mehr Mobiliar und Geschirr zu Bruch, als ein Erdbeben hätte vernichten können. Der Schankraum glich einem Schlachtfeld.

Cindiel konnte ihren Blick kaum von den Zwergen lösen. Es war nur eine Kneipenschlägerei, dennoch war es beeindruckend mit anzusehen, wie jemand dabei Format bewies.

Doch dann wurde ihr Blick wie magisch von einem Mann angezogen, der auf einem der Fenstersimse hockte. Zwei Dinge erregten ihre Aufmerksamkeit: die Tatsache, dass er der einzige Gast war, der sich aus allem heraushielt, und dass sein Blick unverwandt auf ihr ruhte. Als er bemerkte, dass sie ihn ansah, stand er auf und kam auf sie zu. Jeder seiner Schritte durch den Tumult wirkte gelassen. Selbst als er einen heranfliegenden Krug mit dem Unterarm abwehren und sich unter einem Schlag mit einem Stuhlbein wegducken musste, behielt er die Ruhe. Die wildesten Schläger schienen ihn gar nicht wahrzunehmen. Er durchquerte den Schankraum, ohne einen einzigen Treffer abzubekommen, und öffnete ruhig die Tür zur Küche.

Cindiel eilte schnell zu ihrem Waschbottich und begann, wieder Gläser zu schrubben. Der Fremde schloss die Tür und beobachtete sie. Erst jetzt fiel ihr auf, wie absurd es wirken musste, in aller Seelenruhe einer Arbeit nachzugehen, während im Nebenraum eine Schlacht tobte. Sie ließ das schmutzige Geschirr in den Bottich gleiten und blickte auf.

Das Gesicht des Mannes schien ihr vertraut, doch wollte ihr nicht einfallen, woher sie es kannte.

»Gäste dürfen nicht in die Küche«, sagte sie, und sofort war ihr klar, wie einfältig dieser Protest angesichts der Schlägerei nebenan klang.

»Dein Gedächtnis ist genauso schlecht wie das deiner großen Freunde«, sagte der Mann.

»Wer seid Ihr und was wollt Ihr?«, fragte sie barsch.

»Ich bin Haran, und wir haben uns vor Jahren schon einmal in Lorast getroffen. Allerdings muss ich gestehen, dass ich damals etwas derangiert gewirkt haben muss.«

Allmählich kehrte Cindiels Erinnerung zurück. Er war der Mann im Käfig gewesen. Ein Vertrauter von Lord Felton, der ihnen damals den Weg zu König Wigold gewiesen und sie ermutigt hatte, den König zu entführen, um ihn von ihrem Vorgehen zu überzeugen.

»Haran«, wiederholte sie seinen Namen langsam. »Ich hatte Euch schon fast vergessen.«

Er setzte ein zufriedenes Lächeln auf. »Ein Umstand, den ich normalerweise zu schätzen weiß.«

»Seid Ihr der, den ich hier treffen soll?«, fragte Cindiel unsicher.

»So ist es«, bestätigte Haran. »Libriandus und ich verfolgen die gleichen Ziele. Leider fehlt mir die Zeit, dich in unsere Pläne einzuweihen. Daher muss es reichen, dass du tust, was wir von dir verlangen.«

Für Cindiel klang das weder nach einem guten Ratschlag noch nach einer Bitte. Er wollte Anweisungen erteilen, und sie sollte diese befolgen, gehorsam wie eine Dienstmagd? So leicht würde sie es ihm nicht machen. Sie hatte ebenfalls Pläne. Ohne eine Gegenleistung für ihr Einverständnis konnte er sich wieder dorthinscheren, wo er herkam.

»Habt Ihr Mogda gesehen?«, fragte sie.

»Ich habe mir schon gedacht, dass du nicht leicht zu überzeugen sein wirst. Dir liegt viel an den Ogern, stimmt's?«

Cindiel beantwortete die Frage nicht, sondern starrte ihn weiter an. Ihr Blick war herausfordernd.

»Nein, ich habe Mogda nicht gesehen«, gestand Haran. »Aber ich habe gehört, dass er morgen bei der Krönung von Lord Sigurt die Hauptattraktion sein wird.«

»Das kann ich nicht zulassen«, fauchte Cindiel. »Ich werde ihn dort herausholen.«

»Du tust nichts dergleichen«, sagte Haran in eisigem Tonfall, von dem Cindiel annahm, dass er das Letzte war, das einigen Menschen in ihrem Leben aufgefallen war.

»Wenn du hingegen tust, was ich dir sage, wird dem Oger nichts geschehen. Aber es ist wichtig, dass du die Ruhe bewahrst. Hast du das verstanden?«

Diese einfachen Worte genügten, Cindiel auf seine Seite zu bringen. Sie wusste, welche Aufgaben er für Lord Felton erledigte. Er würde keinen Moment zögern, sie zu töten, wenn sie ihm lästig werden sollte. Sie wusste aber auch, dass Haran es nicht nötig hatte, sie zu belügen. Ihr blieb nicht anderes übrig, als ihm zu vertrauen. Also nickte sie gequält.

Haran zog eine handgroße Phiole aus seinem Cape hervor und stellte sie auf den Tisch. Das kleine Gefäß war aus dunklem Rauchquarz mit passendem Verschluss. Eingefasst wurde es von einem filigranen Goldband.

»Libriandus hat dafür gesorgt, dass du morgen während der Festlichkeiten als Bedienung für den Adel und den Hofstaat eingestellt wirst. Wenn du in die Nähe von Lord Sigurt kommst, wirst du diese Phiole unter seinen Stuhl stellen. Das ist alles.«

Cindiel nahm die kugelförmige Flasche und schüttelte sie vorsichtig.

»Du darfst sie auf keinen Fall öffnen«, warnte Haran.

»Was enthält sie?«, fragte Cindiel.

»Nichts, absolut nichts.«

Haran wendete sich ab und ging zum Hinterausgang.

»Wo wird Mogda sein?«, rief Cindiel ihm nach.

»Wenn er so gut ist, wie ich ihn in Erinnerung habe – immer noch auf den Beinen.«

Haran griff in einen Lederbeutel, holte zwei Münzen heraus und legte sie auf ein Regal neben der Tür.

»Gib dies hier Tordek für den zerbrochenen Krug.«

»Welchen Krug?«, fragte Cindiel verwirrt.

»Für den Krug, der den Zwerg am Kopf getroffen hat.«

41

In der Arena

Mogda erwachte davon, dass es im Kerker still war. Seine Fußknöchel und Handgelenke hatten sich durch den Druck der grob geschmiedeten Fesseln entzündet und schmerzten.

Der Blick des Ogers fiel auf Barrasch und Finnegan. Der Zustand der beiden Menschen hatte sich weiter verschlechtert. Barrasch hatte zwar Hilfe von einem Heiler bekommen, aber der Blutverlust und die Erschöpfung forderten ihren Tribut. Finnegan war zwar nicht verletzt, doch auch ihn hatte das Martyrium bis an die Grenzen ausgezehrt. So anpassungsfähig die Menschen waren, so zerbrechlich waren sie auch. Mogda machte sich Sorgen. Eine weitere Woche in diesem feuchten Kerker, mit kaum etwas zu essen und ab und an nur einer Schüssel Wasser, würden die beiden nicht überleben.

Das brodelnde und zischende Geräusch von glühendem Metall in einem Wasserbad riss Mogda aus seinen Gedanken und rief ihm ins Gedächtnis, dass sie nicht allein waren. Seit gestern hatten sie einen neuen Besucher – einen Zwerg. Er war in den Kerker geführt worden und gleich danach im Nebenraum verschwunden. Die ganze Nacht über hatte er gehämmert und geschliffen. Von Meister und Schwachkopf hatte der Oger seitdem nichts mehr gehört. Wahrscheinlich ruhten sie sich aus, um neue Kraft für den kommenden Tag zu schöpfen.

Jemand warf scheppernd Metallteile auf einen Haufen. Was immer der Zwerg dort getrieben hatte, jetzt schien er damit fertig zu sein. Auf einem Wachstuch, das er an einem Lederband befestigt hatte, zog er das Ergebnis seiner schweißtreibenden Arbeit in den Kerkerraum.

Lederschürze, angesengte Barthaare und muskelbepackte Oberarme ließen wenig Zweifel am Broterwerb des Bärtigen. Die Schmiedekünste des kleinen Volkes waren sehr gefragt, dennoch konnte sich Mogda keinen Reim auf diesen skurrilen Haufen Metall machen. Wenn das Ganze eine neue Foltervorrichtung ergeben sollte, würde es noch Tage dauern, die einzelnen Teile zusammenzusetzen.

»Was soll das werden?«, brummte er.

Der Zwerg blickte auf den Haufen gehämmerten Blechs und trat mit dem Fuß dagegen.

»Deine neue Rüstung«, antwortete er gelassen.

Mogda versuchte, sich die Teile als Ganzes und an seinem Körper vorzustellen.

»Sie scheint ein wenig schwer und klobig«, stellte er fest. »Zum Schwimmen, Klettern und Laufen ist sie wohl weniger geeignet.«

Der Zwerg hob ein Metallteil auf und wog es abschätzend in der Hand. Es sah aus wie ein stachelbesetzter Schulterschutz.

»Nein, sie ist eher zum Tauchen, Stürzen und Stehen gedacht. Vor allem aber sieht sie äußerst Furcht erregend aus«, bewertete der Zwerg seine Arbeit.

»Weshalb die ganze Mühe?«, fragte Mogda.

»Lord Sigurt war der Ansicht, dass dein Aussehen nicht dem entspricht, was sich die Bürger unter einem ›Schlächter Tabals‹ vorstellen. Er möchte sicher gehen, dass die Leute dich als das erkennen, was du bist. Sie sollen schließlich jubeln, wenn du am Ende blutverschmiert und tot zu Boden sinkst.«

Endlich wurde dem Oger klar, was Sigurt plante – der künftige König hatte sich offenbar etwas ganz Besonderes für ihn ausgedacht. Mogda sollte in die Arena. In dieselbe Arena, für welche die Oger vor Jahren den Marmor geliefert hatten. Damals hatte Mogda einen der Händler gefragt, wofür so eine Arena eigentlich gut sei, und der Mann hatte ihm erklärt, dass dort Gladiatoren gegeneinander kämpfen sollten, für Ruhm und Ehre. Mogda war begeistert gewesen und hatte sich damals vorgenommen, irgendwann einmal so einem Kampf beizuwohnen. Heute war es soweit, doch der Gedanke daran ließ keine rechte Begeisterung in ihm aufkommen.

Der Zwerg sammelte zwei Rüstungsteile aus dem Haufen und verband sie mit einem Splint, dessen Enden er mit einer Zange umbog.

»Stimmt es, was die Leute sagen?«, fragte er, während er die Stücke um Mogdas Waden legte.

»Was sagen denn die Leute?«

»Dass die Oger und andere Kreaturen Tabals sich mit den Elfen gegen Menschen und Zwerge verschworen haben. Man sagt, dass ihr die Überfälle an der Küste geplant und das Königreich Braktobils in Schutt und Asche gelegt habt ... und beide Könige getötet.«

Bei den Worten des Zwergs fielen Mogda wieder die Worte der Prophezeiung ein:

Zwei Meere sich zu einem verbinden,
die Steppen dahinter im Wasser verschwinden.
Zwei Herrscher hat das Land verloren,
die Völker nur in Angst noch schmoren.
Zwei Götter kämpfen um die Macht
Bis der Tag zur Nacht gemacht.

Dann blickte er in die traurigen Augen des Zwergs, der auf eine Antwort wartete.

»Wie heißt du, Zwerg?«

»Kordruk«

»Nein, Kordruk, die Zwerge Braktobils waren unsere Freunde. Sie haben uns vieles gelehrt, und wir waren dafür dankbar und standen in ihrer Schuld.«

Der Zwerg versuchte in Mogdas Augen zu ergründen, ob er die Wahrheit sprach. Nach einiger Zeit nickte er traurig und machte sich wieder an die Arbeit.

»Wer war es dann?«, fragte er, als beschäftigten ihn die Worte Mogdas weiterhin.

»Der Alte Feind«, antwortete Mogda, »die Nesselschrecken. Sie haben sich das Volk der Elfen untertan gemacht und wollen mit ihrer Hilfe das beenden, was sie vor sechs Jahren begonnen haben.«

»Die Rache der Bleichen soll sie holen«, flüsterte Kordruk, während er zwei weitere Rüstungsteile zusammenschraubte.

Mogda hatte diesen Ausdruck schon häufiger bei den Zwergen gehört, aber nie verstanden, was sie damit meinten.

»Die Bleichen? Wer soll das sein?«

Stolz erhob sich Kordruk vor dem Oger.

»Unsere Brüder im Norden. Sie leben verborgen in Eis und Schnee. Jedes Mal, wenn dem Volk der Zwerge großes Unrecht zugefügt wurde, kamen sie mit ihren Schiffen und forderten Rache.«

Mogda erinnerte sich an die Ettins, die ihnen vor sechs Jahren zu Hilfe geeilt waren, und er erkannte die Parallelen. Er hoffte für Kordruk, dass die Bleichen genauso wirklich waren wie das Volk der Ettins und dass sie erkennen würden, wer Freund und wer Feind war, wenn sie wirklich hierherkommen sollten.

»Ich wünsche dir, dass du die Rache findest, nach der du suchst«, sagte Mogda.

Erneut erhob sich der Zwerg von seiner Arbeit und verbeugte sich vor Mogda.

»Und ich wünsche dir, Oger, dass du, wenn die Sonne untergeht, aufrecht vor deinen Feinden stehst, nachdem sie ihren letzten Atemzug ausgehaucht haben.«

Mogda hatte das Gefühl, damit sei alles zwischen ihnen gesagt. Deshalb schwieg er und ließ den Zwerg seine Arbeit machen. Zwei stachelbesetzte Platten zierten schließlich Mogdas Schultern. Seine Oberarme waren fast gänzlich in Metall gehüllt. Der Schienbeinschutz war mit ledernen Bändern befestigt, und vor seiner Brust lag ein fester Panzer mit dem Zeichen Tabals, dem brennenden Turm. Nur ein einziges Teil war noch übrig. Kordruk hielt es in den Händen und betrachtete sein Werk offenbar mit gemischten Gefühlen.

»Passt sie?«, fragte er.

Mogda bewegte sich im Rahmen seiner Möglichkeiten und spannte die Muskeln an.

»Gute Arbeit«, gestand er.

»Leider sieht sie besser aus, als sie in Wirklichkeit ist«, erwiderte der Zwerg. »Das Metall ist mit Kohlenstaub versetzt und äußerst brüchig. Ein Treffer an der richtigen Stelle, und die Platte zersplittert wie Glas. Auch die Dornen werden deinen Gegnern nichts anhaben können. Sie sind stumpf und aus ebenso schlechtem Material geschmiedet. Lord Sigurt legt viel Wert auf das Äußere.

»Was ist mit Waffen?«, erkundigte sich Mogda.

»Sie werden in der Arena für dich bereitstehen«, erklärte Kordruk. »Deine beiden Freunde werden auch dort sein, wenn du den Platz betrittst. Tu mir einen Gefallen und geh es ruhig an«, bat er.

Mogda nickte.

»Ach, noch etwas«, sagte der Schmied. »Hier ist ein kleines Geschenk, das dir von Nutzen sein könnte, bis du deine eigenen Waffen hast.«

Kordruk deutete auf den Ellbogenstachel, den er in seinen Händen hielt, und schnallte ihn Mogda um.

»Ups, hart wie Mithriel und scharf genug, um die Schuppe eines Drachen zu durchstoßen«, stellte Kordruk mit gespieltem Erstaunen fest. »Die lange Nachtarbeit muss mich verwirrt haben.«

Mogda betrachtete den Stachel. Im Gegensatz zur übrigen Rüstung war er glänzend blankpoliert und mit zwergischen Runen graviert, und er maß fast einen Fuß.

»Warum tust du das?«, fragte Mogda verwundert. »Wenn sie es herausfinden, werden sie dich töten.«

Kordruk zuckte mit den Schultern und lächelte.

»Jemand hat dafür bezahlt – sehr gut bezahlt. Doch jetzt hätte ich es auch getan, wenn es kein Auftrag gewesen wäre.«

»Wer?«, wollte Mogda wissen.

Kordruk ließ die Frage unbeantwortet, packte sein Werkzeug zusammen und ging zur schweren Metalltür.

»Ihr könnt ihn abholen. Er ist fertig«, brüllte er durch die Klappe.

Kurz danach öffnete einer der Wachsoldaten die Tür und ließ den Schmied heraus. Ohne sich umzudrehen verließ dieser den Raum.

Ein Trupp von sechs Wachen ließ nicht lange auf sich warten. Zuerst schafften sie Barrasch und dann Finnegan aus dem Kellergewölbe. Kurz danach lösten sie Mogdas Ketten. Vier Soldaten bedrohten ihn unablässig mit ihren Hellebarden und führten ihn aus dem Kerker.

Die Wachen zeigten sich wenig gesprächsbereit. Mogda versuchte ihnen zu entlocken, mit wie vielen Gegnern er es zu tun bekommen würde, doch sie blieben ihm die Antwort schuldig.

Schließlich erreichten sie das Ende eines langen Tunnels und postierten sich in einer kuppelförmigen Halle, von der es durch ein vergittertes Tor in die Arena gehen musste. Weitere Gänge führten von hier aus in andere Teile des Labyrinths. Mogda war froh, sich nicht mehr bücken zu müssen und endlich wieder Tageslicht zu sehen. Hämmernde und schleifende Geräusche drangen durch die Tunnel an sein Ohr. Jemand brüllte unbeherrscht, wohl, um sich in die richtige Stimmung für einen Kampf zu bringen, und jemand anderes schlug mit Ketten auf einen Stein ein. Irgendwo da hinten musste das Trainingslager der Gladiatoren sein, die Wiege von Ruhm und Ehre. Nur Mogda kämpfte allein; um sein eigenes Leben und das seiner Freunde.

Er hörte die krächzende Stimme von Lord Sigurt, der zu der Bevölkerung Turmsteins sprach und seine Lügen verbreitete. Er redete von

Unterwanderung und Intrigen, die gegen ihn und Turmstein geschmiedet worden seien. *Verräter* und *Kreaturen des Bösen* nannte er seine Feinde.

Er versprach aber auch Wohlstand, Sicherheit und Unabhängigkeit für Turmstein und seine Bürger, wenn diese ihm nur folgen wollten. Alles, was er sagte, war genauso wirr wie seine Gedanken, doch dem Volk schien es zu gefallen. Jubelrufe und Beifallsstürme ließen die Arena erbeben. Dann setzten dumpfe Trommelschläge ein.

Zwei Männer drehten an einem großen Holzrad und hoben damit das Gittertor. Einer der Wachsoldaten schlug Mogda die Stange der Hellebarde in den Rücken.

»Los voran, Scheusal!«, befahl er. »Sie warten auf dich.«

Mogda setzte sich in Bewegung. Unbewusst lief er im Takt der Trommelschläge. Die Augen des Ogers hatten sich noch nicht an die Helligkeit gewöhnt. Das Licht wurde vom gelben Sand der Arena reflektiert und blendete ihn, als er ins Freie trat. Eine Woge aus Jubel und Buhrufen schwappte ihm entgegen. Nur mühsam erkannte er die ersten Umrisse.

Schemenhaft sah er die beiden Gestalten, die sich am anderen Ende der Arena hin und her bewegten. Hinter ihnen ragte ein großes Holzgestell auf. Mogda rieb sich die Augen. Die Angreifer würden ihm nicht lange Zeit lassen, sich zurechtzufinden. Die kreisrunde, mit gelbem Sand gefüllte Arena hatte einen Durchmesser von hundertfünfzig Schritt. Begrenzt wurde der Kampfplatz durch eine zwölf Fuß hohe Mauer aus rotem Marmor. Die schräg angelegten Ränge waren bis zum letzten Platz mit Zuschauern gefüllt. Niemals hätte Mogda gedacht, dass so viele Leute zusammenkommen würden, um ihn sterben zu sehen.

Er sah sich zwei Gladiatoren gegenüber. Zu behaupten, sie seien kräftig gebaut, erschien Mogda untertrieben. Beide waren fast sieben Fuß groß und wogen sicherlich an die dreihundert Pfund. Ihre Rüstungen bestanden aus Arm-, Bein- und Brustpanzer, die von Lederriemen gehalten wurden. Auf Helme hatten sie gänzlich verzichtet, und an den Füßen trugen sie einfache Sandalen. Bewaffnet mit einer Breitaxt und einer langen Eisenkette, an deren Ende wie bei einem Morgenstern Metallkugeln hingen, posierten sie für das jubelnde Volk.

Hinter den beiden Muskelprotzen hatte man ein großes Holzrad aufgebaut, an dem zwei Gestalten hingen. Über ihre Köpfe hatte man ausgehöhlte Widderschädel gestülpt, ihre Körper waren mit Fellen bedeckt. Der blutige Armstumpf einer der Gestalten verriet dem Oger, dass es sich um Barrasch und Finnegan handeln musste.

Seitlich von Mogda, in einem abgetrennten Teil der Ränge, hatte sich der Hofstaat versammelt. Mogda erkannte Lord Sigurt auf seinem Thron und neben ihm den Hofmagier Libriandus. Hinter den beiden erhob sich ein Gerüst, auf dem Musikanten saßen. Vor diesen stand ein Mann, der die Menge anheizte. Mogda bekam nur den Rest seiner Ansprache mit.

»... und aus dem Schlund des Bösen kroch die Kreatur Tabals, um die Bluthunde, die ihm zur Seite gestellt wurden, zu befreien.«

Mogda wollten die Worte des Mannes und die Wut der Menge nicht einleuchten. Seit Jahren lebten Oger und Menschen friedlich nebeneinander, und auf einmal schien dies alles vergessen zu sein. Eine alberne Rüstung und ein paar ausgehöhlte Widderschädel sollten die Wahrheit verschwinden lassen und rückten eine absurde Geschichte an ihre Stelle.

Mogda musste irgendetwas finden, um sich der Angriffe der beiden Gladiatoren zu erwehren.

Ein Trommelwirbel ertönte, und noch einmal hallte die Stimme des Mannes auf dem Gerüst durch die Arena.

»Lasst die Götter entscheiden, wer den Kampf gewinnt. Die verschlagene und unbeugsame Kreatur des Chaos als Gesandter Tabals, oder die ruhmreichen Gladiatoren, die Brüder Brosius und Pein. Sie sind angetreten für unseren König Sigurt und stehen unter dem Schutz des Gottes Prios, des Herrn über Ordnung und Stolz.«

Mit diesen Worten schleuderte er das Runenschwert des Ogers in die Arena. Zur Freude des Publikums blieb es aufrecht im gelben Sand stecken. Schnell wurde Mogda klar, dass er den Kampf beginnen sollte. Die Brüder reagierten auf jede seiner Bewegungen. Machte er einen Schritt auf sein Schwert zu, taten sie es ihm gleich. Versuchte er, sie zu umrunden, hielten sie Abstand. Sie waren darauf trainiert, einen Kampf in die Länge zu ziehen, um dem Publikum größtmögliche Unterhaltung zu bieten. Dennoch glaubte Mogda nicht, dass sie riskieren würden, sich unnötig in Gefahr zu bringen. Ihn an sein Schwert gelangen zu lassen, wäre töricht von ihnen. Dem Oger hingegen erschien es aussichtslos, sie ohne Schwert angreifen zu wollen. Er musste die Initiative ergreifen und stürmte los.

Brosius, gut zu unterscheiden von seinem Bruder durch das schulterlange schwarze Haar, schwang die Kette und versuchte, vor Mogda beim Schwert zu sein. Pein, mit kahl rasiertem Schädel, schlug einen Bogen und näherte sich dem Oger von der Seite.

Brosius und Mogda erreichten das Schwert gleichzeitig. Mit einem Fußtritt wirbelte der Gladiator Sand auf, doch die Größe des Ogers ließ die Sandkörner an seinem Bauch abprallen. Mogda rannte mit ausgestrecktem Arm auf sein Schwert zu. Bevor er danach greifen konnte, trafen ihn die Stachelkugeln auf dem Handrücken, und er verfehlte die Waffe. Mogda wich seitlich aus, um aus der Reichweite der Ketten zu kommen. Nur um Haaresbreite entging er Peins Schwerthieb.

Die Brüder begannen ihr Spiel aufs Neue. Sie wiegten Mogda in Sicherheit, um ihn erneut dazu zu bringen, die Waffe erreichen zu wollen – mit Erfolg. Diesmal allerdings ging er etwas besonnener vor, auch wenn ihn das Publikum mit Verwünschungen und Gelächter bedachte. Die Brüder waren schnell, und einer von ihnen stand immer in Mogdas Rücken.

Diesmal bewachte Pein das Runenschwert. Brosius lief hinter Mogda von einer Seite auf die andere. Dem Angriff des Langschwerts zu entkommen war unmöglich für den Oger, wenn er sich seiner Waffe nähern wollte.

Mogda machte eine schnelle Bewegung auf das Runenschwert zu, stoppte, drehte sich um und rannte auf Brosius los. Dieser führte die Kette lang. Eine weit ausholende Bewegung reichte Mogda, um eine Lücke zu finden. Der Oger hielt genau auf den Gladiator zu, der versuchte, den Rückzug anzutreten. Die drei Stachelkugeln rasten auf ihn zu. Der Abstand war bereits zu gering, die Kette legte sich um Mogdas Rücken, und die Kugeln prallten auf seinen Bauch. Schmerzhaft bohrten sich die Stacheln in sein Fleisch. Der Oger ignorierte den Schmerz und griff nach der Kette, um einen weiteren Angriff zu vereiteln. Am ausgestreckten Arm schleuderte er Brosius, der sich an seine Waffe klammerte, um die eigene Achse. Pein kam heran, musste sich aber unter der Kette wegducken, um nicht mitgerissen zu werden. Er rollte sich geschickt ab und zielte mit einem Hieb seines Langschwerts auf Mogdas Arm. Dem Oger blieb nichts anderes übrig, als die Kette freizugeben. Brosius wurde rückwärts zu Boden geschleudert. Mogda nutzte die Verwirrung der beiden und hielt auf sein Runenschwert zu. Er erreichte es.

Sofort änderten die beiden Gladiatoren ihre Strategie. Pein tastete sich in gebückter Haltung heran, während Brosius hinter ihm stehend die Kette schwang. Sie lauerten auf einen unkonzentrierten Moment ihres Gegners. Brosius ließ der Kette mehr Spiel und vergrößerte damit ihren Radius.

Langsam und verhalten begannen die Zuschauer einen Sprechgesang, der jedoch schnell lauter wurde.

»Brosius, Pein ...«

Schließlich stimmten auch die Musikanten mit ihren Trommeln in den Rhythmus ein.

Es war nur ein winziger Moment, in dem Mogda einen Blick auf seine beiden Kameraden warf. Brosius hatte die Unaufmerksamkeit des Ogers sofort bemerkt und ließ zwei Fuß der langen Kette durch seine Finger gleiten. Die drei Stachelkugeln streiften Mogdas Arm und zerfetzten den Panzer zwischen Schulter und Ellenbogen.

Mogda riss zur Abwehr sein Schwert hoch. Er versuchte, sich des herabbaumelnden Stücks seiner Rüstung zu entledigen. Pein nutzte die fehlende Deckung für einen Angriff. Sein Schlag zielte auf die Beine des Ogers, doch Mogda konnte rechtzeitig parieren und verpasste seinem Angreifer einen Fußtritt. Von der Wucht zurückgeschleudert stürzte Pein auf den Rücken. Mogda hieb nach den kreisenden Stachelkugeln. Funken sprühend trafen Klinge und Kugeln aufeinander. Der Oger sprang auf Brosius zu und versetzte ihm einen Schlag mit dem Schwertgriff gegen die Schulter. Die Beine des Gladiators knickten weg. Ächzend fiel er auf die Knie. Mogda knallte ihm die Klinge auf den Rücken, drehte sich um und zog dem am Boden liegenden Pein die Schneide über die Brust.

Augenblicke später waren die beiden Brüder wieder auf den Beinen. Mogda traute seinen Augen kaum. Brosius hatte lediglich einen blutigen Striemen auf dem Rücken, und Pein schien vollkommen unverletzt zu sein. Das Publikum war verstummt, aber nach einigen Momenten der Ratlosigkeit ertönten die ersten Buhrufe. Sofort eilten Soldaten herbei, um die Querulanten zur Räson zu bringen.

Mogda strich mit dem Daumen über die Klinge des Runenschwertes. Sie war stumpf. Jemand hatte die Schneide abgeschliffen.

Die beiden Gladiatoren rückten wieder vor. Auch sie hatten erkannt, dass die Runenklinge ihnen nicht gefährlich werden konnte.

Mogda wich langsam zurück. Die beiden Brüder drängten ihn auf das große Holzgestell zu, an dem Finnegan und Barrasch hingen. Die Stachelkugeln kamen bedenklich näher. Pein schnappte sich ein paar Kieselsteine und traktierte den Oger damit. Mogda wusste sich nicht anders zu helfen, als hinter dem Holzgestell Schutz zu suchen. Es war eine Schmach, aber ein Angriff ohne Waffen wäre einem Selbstmord gleichgekommen. Und die beiden Gladiatoren konnten es sich nicht erlauben, noch einmal bloßgestellt zu werden. Ein weiteres Versagen würde sie endgültig die Gunst des Publikums kosten.

Das war es! Mogda musste versuchen, sie aus der Reserve zu locken. Er musste das falsche Spiel aufdecken, solange das Publikum noch Groll gegen sie hegte. Vielleicht würden sie dann leichtsinnig werden.

Mogda griff von hinten durch das große Holzgestell, an dem Finnegan und Barrasch hingen. Pein und Brosius hatten seine List durchschaut. Sie stürmten auf ihn zu, doch Mogda war schneller. Hastig zog er die Felle von seinen beiden Freunden und riss ihnen die Widderschädel vom Kopf.

Ein Schrei des Entsetzens ging durch die Reihen der Zuschauer, und nach und nach hallte nun ein anderer Chor von den Rängen:

»Oger! Oger! Oger!«

Pein und Brosius blieb keine andere Wahl. Sie mussten dieser Demütigung ein Ende setzen. Getrieben von blinder Wut stürmten sie aus zwei Richtungen auf den Oger zu. Mogda machte einen Schritt auf Pein zu, drehte sich, ging in die Hocke und schlug Brosius das Heft des Schwerts gegen die Brust. Die Kette surrte knapp über seinen Kopf hinweg. Die Wucht des Schlags brach seinem Gegner mehrere Rippen und ließ ihn zurücktaumeln.

Pein hatte die Finte nicht rechtzeitig durchschaut, und sein Angriff geriet ins Stocken. Mogda sprang auf ihn zu, wehrte einen Schlag seines Gegners ab und schlug ihn mit der Faust zu Boden. Brosius hatte sich noch nicht erholt von dem Angriff und konnte seinem Bruder daher nicht zu Hilfe eilen. Pein kniete vor seinem Gegner und holte zu einem letzten Schlag aus. Doch bevor die Klinge vorschnellen konnte, hatte Mogda ihn an den Armen gepackt und schlug ihn mit dem Rücken voran auf die Kante der Marmorblöcke. Das Geräusch des berstenden Rückgrats war bis in die obersten Ränge zu hören. Pein blieb leblos auf dem Stein liegen.

Brosius brüllte wie ein verwundetes Tier. Verzweifelt schwang er die Kette an zwei Enden, einem langen und einem kurzen. Mogda sah, dass seinen Gegner jede Bewegung schmerzte. Brosius konnte seine Waffe nicht mehr mit voller Kraft führen. Der Oger sprang vor. Eine Kugel traf ihn kurz unterhalb der Kehle und ritzte seine Brust auf. Die Kette begann zu schlingern. Mogda riss seinen Arm hoch, wickelte sich die Glieder um den Arm und zog. Brosius stolperte auf ihn zu und wurde erst von dem emporschnellenden Ellenbogen seines Gegners gebremst. Mogda hob den blank polierten Stachel unter seinem Arm und rammte ihn dem Gladiator von oben in den Schädel. Brosius sackte tot zusammen.

Für einen kurzen Moment war es totenstill in der Arena. Dann begannen die ersten Zuschauer zu klatschen.

Mogda bemerkte eine Schar von Seeleuten und eine kleine Gruppe Zwerge im unteren Teil der Ränge, die wiederholt etwas riefen. Zuerst verstand er nicht, was es war, doch dann wurde es deutlicher und erfüllte bald die ganze Arena.

»Mogda!«

Ihm selbst blieb keine Zeit, sich darüber zu wundern, denn er sah, wie sich Bogenschützen hinter der Steinmauer bereit machten. Dann ertönte eine Fanfare, und das eiserne Gitter, aus dem Mogda kurz zuvor gekommen war, öffnete sich.

Dem Oger war klar: Diesmal würden sie alles schicken, was sie hatten, um ihm den Garaus zu machen. Er durfte nicht hierbleiben. Die Bogenschützen würden wenig Rücksicht auf Finnegan und Barrasch nehmen, wenn sie einen Pfeilhagel auf ihn niederregnen ließen. Außerdem wollte er den nächsten Gegnern keine Gelegenheit geben, ihn einzukreisen. Mogda rannte auf das offen stehende Tor zu. Dort würden ihm höchstens zwei oder drei Gegner gegenüberstehen. Während er den Platz überquerte, sah er, wie die Soldaten ihre Bögen spannten.

Die Bürger Turmsteins waren außer sich. Sie drängten von den Tribünen hinunter zu den vordersten Plätzen und jubelten dem Oger zu. Die Bogenschützen, die auf den Schussbefehl warteten, wurden gegen die Balustrade gedrückt.

Mogda hatte den Platz fast überquert, als ihm ein einzelner Bronzehelm mit eingedrücktem Nasenschutz entgegenrollte. Der Oger blieb wenige Meter vor dem Gitter stehen und machte sich bereit. Doch kein Kampfgeschrei, kein Gladiator und auch kein Ansturm erwartete ihn. Stattdessen stolperte ihm jener Mann aus dem Kerker entgegen, den er als Meister kannte. Er zitterte am ganzen Leib. Brust und Beine waren blutverschmiert, doch soweit Mogda erkennen konnte, stammte das Blut nicht von ihm selbst. Meister blieb genau vor Mogda stehen und sah dem Oger in die Augen.

»Du?«, keuchte er. »Der Zorn der Götter soll dich treffen.«

Mogda blies ihm ins Gesicht.

»Der Zorn der Götter *hat* mich bereits getroffen, als ich den Menschen das erste Mal vertraute. Euer Volk ist es nicht wert, sich mit ihm zu verbünden. Ihr seid machtbesessen, und euch ist jede schmutzige Intrige recht, um das zu erlangen, was ihr haben wollt.«

Meister schien überhaupt nicht zugehört zu haben.

»Und, was willst du jetzt machen, Scheusal?«, fragte er.

»Ich?«, grollte Mogda. »Ich wollte mich für das stumpfe Schwert bedanken. Menschen wie dich zu töten hat mir nie etwas ausgemacht. Doch es bereitete mir auch keine Freude, weil mir euer Tod zu leicht erschien.«

Der Oger stieß dem Kerkermeister das Runenschwert in die Brust. Er hörte das schabende Geräusch, als das Metall entlang der Wirbelsäule am Rücken wieder austrat. Meister riss die Augen weit auf und starrte Mogda ungläubig an.

»Eine stumpfe Waffe ist schmerzhafter«, sagte der Oger.

Er stellte dem Toten einen Fuß auf die Brust und zog sein Schwert heraus. Dann verschwand er im Tunnel der Gladiatoren.

42

Ein guter Plan

Cindiel stand wie erstarrt da und konnte den Blick einfach nicht abwenden. Es war nur ein Dutzend Herzschläge her, seit Mogda den dunklen Tunnel betreten hatte. Die junge Frau erschauderte bei der Vorstellung, jeden Moment eine Horde barbarischer Kämpfer mit blutverschmierten Waffen und dem toten Mogda aus dem Gewölbe kommen zu sehen. Und sie hatte Angst, Barrasch und Finnegan in ein schmachvolles Ende zu begleiten. Finnegan war noch so jung, er hatte sein ganzes Leben noch vor sich – sie beide hatten noch ihr ganzes Leben vor sich ...

Cindiel fegte ihre Ängste beiseite. Bis jetzt war alles so gekommen, wie man ihr prophezeit hatte. Sie war nicht mehr als ein Rädchen in dieser Prophezeiung. Jetzt aber lag es an ihr, den weiteren Weg zu bestimmen.

Das Publikum war immer noch außer sich. Von den oberen Rängen drängten stets mehr Leute nach unten. Die ersten Wachen hatten die Flucht angetreten und sprangen in die Arena. Die Soldaten hatten alle Mühe, die aufgebrachte Menge im Zaum zu halten. Mit ihren Schilden versuchten sie, die Menschen zurückzudrängen, um die Situation nicht eskalieren zu lassen. Wenn es einen richtigen Zeitpunkt gab, um die kleine Phiole unter dem Thronsitz zu platzieren, dann war es dieser. Cindiel warf Finnegan noch einen letzten Blick zu und rang sich ein verzweifeltes Lächeln ab.

Tordek, der Gastwirt aus der *Goblinschmiede*, hatte ihr erst in den frühen Morgenstunden mitgeteilt, dass sie in der Arena arbeiten und den Hofstaat bedienen sollte. Er hatte ihr ein sauberes Kleid von Isabell gegeben und sie angewiesen, die Haare hochzustecken. Auf die Frage, wer sie sei, sollte sie antworten, dass sie Myrie vertrete und sonst in der Wäscherei arbeite. Von den anderen Bediensteten hatte sie erfahren, dass Myrie heute Nacht plötzlich von einem Fieber heimgesucht worden war und in den nächsten Tagen ausfallen würde.

Lord Sigurt saß mit seinem Hofstaat in einem abgetrennten Bereich.

Im Gegensatz zu dem Chaos auf den Rängen herrschten hier nach wie vor Ruhe und Ordnung.

Tordek hatte Cindiel noch schnell in die Regeln eingewiesen, die für Dienstboten galten. Für eine Hexe und das Wirken eines Zaubers war es unerlässlich, sich an immer wiederkehrende, gleiche Verhaltensmuster zu erinnern. Deshalb hatte die junge Frau immer geglaubt, es gäbe nichts Schwierigeres, als Magie anzuwenden. Doch jetzt hatte man sie eines Besseren belehrt. Das Leben als Dienstbote eines paranoiden Königs war weitaus schwieriger. Es gab mehr Vorschriften am Hofe als Gesetze in Nelbor.

Niemals unaufgefordert sprechen, keinen direkten Blickkontakt, immer nur mit einer Hand servieren, niemals von hinten nähern . . . ging sie die Liste in Gedanken durch.

Cindiel wusste es aus vielen schmerzhaften Erfahrungen: Ein einziger Fehler, und der Zauber war verloren, die Finger waren verbrannt, der Verletzte war tot, oder – ein machthungriger Tyrann wurde König. Was sie heute zu tun gedachte, war eminent wichtig, für jeden in Nelbor. Ihr durfte kein Fehler unterlaufen.

Auch für Lord Sigurt war heute ein wichtiger Tag, wahrscheinlich der wichtigste in seinem ganzen verlogenen Leben. Als Cindiel ihn heute Morgen das erste Mal gesehen hatte, hatte er äußerst entspannt und gut gelaunt gewirkt. Noch während Mogda in die Arena einlief, hatte er gelacht und Scherze über die Körperfülle des Ogers gemacht. Hofmagier Libriandus saß zu seiner Rechten, und Cindiel sah, dass es ihm schwerfiel, sich auf die Scherze des zukünftigen Königs einzulassen. Sein Lächeln wirkte aufgesetzt und gequält. Im Gegensatz dazu schien sich Losan, der Hauptmann der Stadtwachen, köstlich zu amüsieren; jedenfalls bis zu jenem Zeitpunkt, als die beiden Gladiatoren tot in den Staub sanken. Losan wollte einschreiten, doch Lord Sigurt hielt ihn zurück. Er hatte für den Oger einen spektakulären Tod in der Arena vorgesehen, und niemand sollte seine Pläne durchkreuzen. Er hatte die Tore öffnen lassen, um jeden kampfbereiten Gladiator auf den siegreichen Koloss zu hetzen, doch irgendjemand hatte es geschafft, ihm einen Strich durch die Rechnung zu machen. Kein Gladiator war erschienen. Jetzt saß er unruhig da, sein triumphierender Gesichtsausdruck war verflogen, und auch zu Scherzen war er nicht mehr aufgelegt.

Hauptmann Losan hatte alle Hände voll zu tun, seine Wachen unter

Kontrolle zu halten. Cindiel glaubte, den Anflug echter Erheiterung in Libriandus Gesicht zu sehen. Lord Sigurt schäumte vor Wut.

Jetzt oder nie, sagte sich Cindiel.

Sie tastete nach der Phiole in der Tasche ihres Kleides. Immer noch war ihr unklar, wie das Gift aus dem kleinen geschliffenen Kristallbehälter in den Körper von Lord Sigurt gelangen sollte. Ihr war kein Gift bekannt, das seine Wirkung durch die bloße Nähe zum Opfer entfalten konnte. Doch ihr blieb nichts anderes übrig, als sich auf das zu verlassen, was Haran gesagt hatte.

Cindiel nahm die goldene Karaffe mit dem Rotwein und machte sich auf ihren Rundgang. Die meisten Edelleute waren zu abgelenkt, um auf Cindiel zu achten.

Sie hatte die Empore des zukünftigen Königs erreicht und stellte sich zurückhaltend, wie es sich für einen Dienstboten gehörte, zwischen Libriandus und Sigurt. Der Lord war wie die meisten anderen zu abgelenkt, um auf Cindiels Offerte zu reagieren.

»Möchtet Ihr auch?«, erhob Libriandus die Stimme. »Sie werden den fetten Oger schon wieder herausscheuchen, Eure Majestät.«

Erst die ungewohnte Anrede ließ Sigurt seinen Blick vom Zugang zur Arena abwenden.

»Ihr habt wie immer Recht, Libriandus. Sie werden ihn wohl kaum übersehen können. Wahrscheinlich steckt er mit seinem dicken Hinterteil in einem der Tunnel fest und ruft um Hilfe«, sprach er sich selbst Mut zu.

Cindiel war in Gedanken alles genau durchgegangen. *Ein untertäniges Nicken mit geschlossenen Augen, die Andeutung eines Knicks und dann zuerst Lord Sigurt den Wein anbieten. Während ich den Becher des Hofmagiers fülle, vorsichtig nach der Phiole in der Tasche greifen. Zum Schluss ein tiefer demütiger Knicks zwischen den beiden, mit einer leichten Drehung nach links und dann nach rechts*. Genau in diesem Augenblick würde sie die Phiole unter dem Thron des Königs deponieren.

Cindiel war noch in Gedanken, als die Stimme von Lord Sigurt »Verrat!« krächzte.

Etwas Hartes schlug Cindiel unter das Kinn, und jemand packte ihr Handgelenk.

»Ich habe es gewusst!«, schrie Sigurt. »Sie würden es erneut probieren, noch bevor die Krone auf meinem Haupt ruht.«

Er hatte den Attentatsversuch durchschaut. Cindiels Gesicht war ganz taub von dem Schlag mit der Lederknute, und Sigurts Worte drangen nur dumpf zu ihr durch. Er hatte ihre Hand gepackt, in der sie die Phiole hielt, und bestaunte das gläserne Schmuckstück.

»Du siehst zu gut aus, Kindchen, um in der Wäscherei zu arbeiten. Du könntest mehr Geld nachts in den Straßen verdienen.«

Schmerzhaft verdrehte er ihre Hand.

»Was ist das, Gift?«

Entweder bemerkten die übrigen Gäste die Situation nicht, oder sie wollten sie nicht bemerken. Hauptmann Losan stand etwas abseits und brüllte seinen Soldaten Befehle zu. Selbst Libriandus schien nichts mitzubekommen, und es hatte den Anschein, als gönne er sich inmitten des Trubels gerade ein Nickerchen.

Lord Sigurt war so außer sich vor Freude, den Anschlag persönlich vereitelt zu haben, dass er es unterließ, die Wachen zu rufen. Offenbar wollte er seinen Triumph voll und ganz für sich alleine auskosten. Er riss Cindiels Arm hoch, zog sie zu sich heran und verdrehte ihre Hand weiter, bis die Phiole zwischen ihnen auf der Höhe ihres Kinns war. Dann drehte er die Öffnung in ihre Richtung.

»Lass uns sehen, was du mir mitgebracht hast«, flüsterte er ihr zu.

Mit der anderen Hand griff er nach dem Verschluss und öffnete ihn.

Für einen Moment war es, als halte nicht er Cindiel fest, sondern umgekehrt. Sein Griff lockerte sich für einen Augenblick, und seine Beine drohten wegzusacken. Cindiel sah, wie seine Pupillen jeglichen Glanz verloren und sich grau färbten. Noch bevor sie begriff, was vor sich ging, war der Spuk vorüber. Lord Sigurt tauchte aus dem lethargischen Zustand auf wie ein Ertrinkender aus dem Wasser. Seine Pupillen waren geweitet, und die Augen tränten. Orientierungslos versuchte er, Halt zu finden. Sein Körper war verkrampft, und sein Atem ging stoßweise.

Obwohl sie allen Grund gehabt hätte, Sigurt fallen zu lassen und ihr Heil in der Flucht zu suchen, stützte Cindiel den Lord weiter. Noch immer hielt er ihre Hand mit der Phiole umschlossen.

»Danke, meine Liebe«, flüsterte er. »Es wird besser sein, wir verschließen sie jetzt wieder.«

Cindiel hielt ihm die Phiole hin, und er setzte den Stöpsel darauf. Schnell ließ sie den Flakon in ihrer Tasche verschwinden. An Sigurts

Blick erkannte sie, dass es ihm missfiel, doch er war noch nicht in der Verfassung, etwas dagegen zu unternehmen.

Cindiel hatte die ganze Zeit kein Wort gesagt, und auch jetzt, als sich die Gelegenheit dazu bot, blieb sie stumm. Es gab nichts richtig zu stellen, es gab keine Entschuldigung, die Situation war eindeutig, und auf Unterstützung ihres Auftraggebers konnte sie nicht hoffen. Libriandus hatte entweder den festesten Schlaf der Welt, oder er war tot. Und die Möglichkeit, dass Haran plötzlich auftauchte und alle Schuld auf sich nahm, war ohnehin nur ein Wunschtraum.

Cindiel stand vor Sigurt wie eine ungehorsame Schülerin, die auf die Strafe ihres Meisters wartete. Auch wenn die Phiole jetzt leer und das Gift nicht ausreichend war, hatte Sigurt die Auswirkungen sicherlich gespürt und würde sie nicht ungeschoren davonkommen lassen. Dennoch bewegte sie sich nicht vom Fleck. Sie würde ihm zeigen, wie sehr sie ihn verachtete.

Lord Sigurt zeigte keinerlei Interesse an der jungen Hexe. Vielmehr schien er immer noch ziemlich orientierungslos zu sein und durchsuchte die Taschen seines Gewandes. Wonach immer er suchen mochte, er blieb erfolglos.

»Hauptmann Losan!«, brüllte er schließlich in das Durcheinander. Schnell richteten sich aller Augen auf ihn, nur Libriandus schlief selig weiter. »Stellt die Leibgarde zusammen und lasst den Rest der Soldaten dafür sorgen, dass die Leute die Arena verlassen.«

»Wie bitte, Eure Majestät?«, fragte Losan irritiert.

»Hört mit Eurer Speichelleckerei auf, Hauptmann. Ihr habt mich verstanden. Das Spektakel ist zu Ende. Folgt meinen Anweisungen und findet Euch danach mit der Leibgarde vor dem Gladiatorentor ein.«

Auf ein Zeichen von Hauptmann Losan hin verkündete der Ansager das Ende der Veranstaltung. Die Bürger Turmsteins reagierten empört, doch angesichts der herannahenden Soldaten aus dem oberen Tribünenbereich fügten sie sich und verließen unter lautstarken Protesten die Arena. Lord Sigurt beobachtete ihren Auszug mit Wohlwollen. Erst danach wandte er sich wieder Cindiel zu.

»Wir sollten sehen, was deine Freunde machen«, sagte er mit ruhiger Stimme und einem Unterton, der so gar nicht zum üblichen Gebaren dieses gefährlichen Adeligen passte.

Cindiel traute dem Frieden nicht. Über Lord Sigurt war ihr bislang kaum etwas Gutes zu Ohren gekommen. Die Zeit hatte zwar nicht gereicht, sich ein eigenes Bild von dem Herrscher zu machen, doch eines konnte sie mit Sicherheit sagen: An teuflischen Plänen hatte es ihm noch nie gemangelt.

»Mogda wird Euch in Stücke reißen, wenn Ihr auch nur einen Fuß in die Arena setzt«, drohte sie.

»Das würde nicht nur *meine* Pläne durchkreuzen, junge Hexe.«

Sigurt zögerte nicht, den direkten Weg einzuschlagen. Äußerst gelenk kletterte er über die Tribünen hinweg und erklomm die Marmorbarrikade. Cindiel konnte ihre Verblüffung nicht verbergen, als Sigurt die Hand ausstreckte, um ihr auf die Mauer zu helfen. Mit einem weiten Sprung landete er im gelben Sand und forderte Cindiel auf, es ihm nachzumachen. Einen besseren Zeitpunkt zur Flucht gab es nicht. Sie brauchte nur in der Menge unterzutauchen und im Schutz der Massen das Weite zu suchen; doch sie beschloss, ihre Freunde nicht im Stich zu lassen. Barrasch und Finnegan waren ohne ihre Hilfe verloren, auch wenn sie im Moment nicht wusste, wie sie ihnen helfen konnte. Irgendetwas in ihr sagte Cindiel, dass der Weg hier noch nicht enden würde. Sie sprang.

Die Leibgarde des zukünftigen Herrschers war auf den Tatendrang Sigurts nicht gefasst. Die Männer wussten genau, wie der Lord reagierte, wenn er in Gefahr geriet, selbst verschuldet oder nicht. Wenige Augenblicke später sahen Cindiel und Sigurt sich umringt von Soldaten, die die Arena in alle Richtungen sicherten.

Cindiel verlor keine Zeit und rannte zu Barrasch und Finnegan. Doch bevor sie einen der beiden untersuchen konnte, hatte Lord Sigurt seiner Leibgarde bereits befohlen, die Gefangenen loszumachen. Die beiden Bewusstlosen wurden vor das Tor getragen, wo Cindiel mit etwas Wasser und ein paar Heilzaubern versuchte, ihr Leiden zu lindern. Barrasch wurde von einer Infektion am Armstumpf geplagt. Er hatte starkes Fieber. Finnegan brauchte nur ein wenig Ruhe und etwas zu essen, dann würde er schnell wieder zu Kräften kommen.

»Ihr sechs passt auf die beiden hier auf«, sagte Sigurt zu den Soldaten. »Die anderen bringen den Hofmagier Libriandus in seinen Turm. Habt ihr verstanden?«

Unter den Leibgardisten machte sich Unruhe breit.

»Was ist mit Euch, Eure Lordschaft?«

»Die Hexe und ich machen uns auf die Suche nach dem Oger.«

»Das solltet Ihr nicht tun, Lord Sigurt. Er ist gefährlich«, mahnte einer der Wachsoldaten.

»Seid Ihr jetzt mein Berater geworden, Soldat? Glaubt Ihr, ich müsste mir von Euch Ratschläge geben lassen? Seht Euch Libriandus an. Er ist die Ruhe selbst. Er würde kaum schlafen, wenn Gefahr droht.«

»Natürlich nicht, Eure Lordschaft«, antwortete der Mann untertänig.

Sigurt nickte Cindiel kurz zu, dann machten sie sich auf den Weg in das dunkle Tunnelsystem.

Cindiel fiel es schwer, dem Lord zu folgen. Mit jedem Schritt entfernte sie sich weiter von Finnegan. Seinetwegen hatte sie sich der Gefahr ausgesetzt und war auf den Plan des Magiers eingegangen. Finnegan war es, der ihre Hilfe brauchte; ihn galt es in Sicherheit zu bringen; ebenso wie Barrasch. Mit dem alternden Hauptmann verband sie eine Freundschaft, die im Laufe der Jahre gewachsen war, dennoch war das Band zu dem jungen Soldaten stärker. Und Mogda? Er hatte ihr Leben geprägt, und sie würde es ihm jeder Zeit anvertrauen. Seine Größe und Stärke gaben ihr Kraft. Aber Mogda brauchte ihre Hilfe sicher am wenigsten. Im Allgemeinen kam er gut alleine zurecht.

Ganz im Gegensatz zu Cindiel schien Lord Sigurt von keinerlei Zweifeln geplagt zu sein. Raschen Schrittes ging er voraus.

Nur spärlich erhellte das Tageslicht ihren Weg. Je weiter sie in den Tunnel vordrangen, desto dunkler wurde es, bis sie schließlich nur noch von Schwärze umgeben waren.

»Halt!«, flüsterte Sigurt, keine fünf Schritte von Cindiel entfernt. »Wir sind da.«

Cindiel war immer noch unklar, wonach der Lord suchte, außer vielleicht einem schnellen Tod durch die Hand Mogdas, der ihm mit Sicherheit bevorstand, sollte er auf den Oger treffen. Es hatte keinen Sinn mehr, ihre Maskerade aufrechtzuerhalten. Sigurt schien ohnehin zu wissen, mit wem er es zu tun hatte. Er würde es nur niemandem mehr erzählen können. Die junge Hexe sprach einen Lichtzauber und erhellte das Tunnelgewölbe, in dem sie standen. Als die flammenlose Lichtkugel nur wenige Fuß vor ihr schwebte, stockte Cindiel der Atem. Um sie herum lag ein halbes Dutzend toter Gladiatoren. Die langen tiefen Wunden ließen keinen Zweifel daran, wer sie getötet hatte. Cindiel hatte schon oft gesehen, was ein Oger mit einem Schlag anrichten konnte, doch dieses Gemetzel versetzte sie in Erstaunen. Mogdas Gegner waren keine einfachen Kämpfer gewesen, keine Hilfstruppen; es waren Gladiatoren. Schwer gerüstet und bewaffnet waren sie einem Oger fast ebenbürtig. Der Kampf in der Arena gegen zwei von ihnen war nur so verlaufen, weil sie Mogda unterschätzt hatten. Sie hatten darauf vertraut, die stumpfe Waffe und die Zeit im Kerker hätten aus dem Oger eine leichte Beute gemacht. Mogda hatte sie zwar eines Besseren belehrt, doch diese sechs hier hätten sich eigentlich nicht überraschen lassen dürfen.

»Seht sie Euch an, Lord Sigurt«, schrie Cindiel. »Das hier sind die ersten Opfer Eurer Herrschaft. Ihr gebietet über ein Land, das Euch nicht will. Nelbor liegt im Krieg, und Ihr wagt es, den Zorn der Oger heraufzubeschwören. Seht Euch die Toten gut an. Ihr werdet sie über das ganze Land verstreut finden. Das hier hat *ein* Oger getan. Könnt Ihr Euch vorstellen, was passiert, wenn deren tausend anrücken? Ihr seid so sehr davon besessen, König zu werden, dass ihr nicht über den Rand Eurer Krone hinausblicken könnt. Wenn Mogda Euch findet, wird er Euch richten.«

Ein Tonkrug ging zu Bruch, und jemand trat auf die Scherben, die knirschend zermalmt wurden. Cindiel fuhr erschrocken herum. Aus dem Dunkel eines Gangs lösten sich die massigen Gestalten von mehreren Ogern, angeführt von Haran.

»Richten klingt gut«, brummte Mogda, der sich an Haran vorbeidrängte, »doch beschreibt es nicht annähernd die Schmerzen, die du dabei erleiden wirst.«

Neben einigen anderen Ogern sah Cindiel auch Rator, der im Hintergrund stand. Obwohl sie ihn seit Jahren nicht gesehen hatte, erkannte sie den Kriegsoger an seinen großflächigen Tätowierungen. Bevor Cindiel überhaupt verstand, was hier vor sich ging, war Mogda schon heran und drückte Lord Sigurt die stumpfe Klinge an den Hals. Der junge Adlige stand wie erstarrt.

»Eure Lordschaft war der Meinung, Oger sollten nicht sprechen?«, fragte Mogda und presste die Klinge stärker gegen Sigurts Kinn.

»Er kann dich nicht hören«, nuschelte Sigurt mit zusammengebissenen Zähnen.

Mogda ließ angewidert von dem Adligen ab und wandte sich Cindiel zu.

»Geht es dir gut, Prinzessin?«

Cindiel wich ängstlich zurück.

»Was ist hier los?«, schrie sie.

»Frag ihn!« Mogda zeigte auf Lord Sigurt.

Der Adlige hatte sich wieder gefangen und wischte sich brüskiert die Hände an der Weste ab.

»Ich hatte gehofft, Ihr würdet von selbst darauf kommen«, begann er. »Ich war immer der Meinung, dass sich Hexen mit jeder Art von Ränkespiel auskennen. Doch ich will Euch Eure unzulängliche Ausbildung nachsehen, da Ihr es wart, die unseren Plan in die Tat umgesetzt hat.«

»Wovon sprecht Ihr?«, fragte Cindiel verwirrt.

»Die kleine Phiole. In ihr war kein Gift. Um es genau zu sagen: Sie war leer. Das kleine Kunststück wirkt wie ein Seelenspiegel. Öffnet man es, saugt es die Seele des Öffnenden in sich auf. Mit ein wenig Talent gelang es mir, meine Seele vom Körper zu trennen und damit in Sigurts Leib zu fahren.«

»Ihr seid Libriandus«, stellte Cindiel verblüfft fest.

»So ist es, meine Liebe. Dürfte ich jetzt um die kleine Phiole bitten? Ich bin es langsam leid, in diesem Körper zu stecken.«

»Was habt Ihr vor?«, fragte Cindiel.

»Mit Eurer Unwissenheit verblüfft Ihr mich immer wieder aufs Neue. Ich werde Sigurts Seele wieder befreien. Sie wird die meine aus diesem Körper vertreiben, und ich kann in meinen eigenen zurückkehren. Danach wird sich Haran Sigurts annehmen, wenn Ihr versteht, was ich meine.«

Cindiel zog die kleine Phiole aus der Tasche und hielt sie Libriandus hin. Unerwartet griff der Oger danach und nahm sie an sich.

»Was soll das?«, krächzte der Zauberer.

»Haran wird Sigurt töten, und Ihr schiebt die Schuld den Ogern zu«, stellte Mogda fest.

»So war es geplant.«

»Euer Plan wird nicht aufgehen. Übergebt die Elfen und geleitet uns aus der Stadt, dann könnt Ihr die Phiole haben.«

Libriandus wirkte enttäuscht, wenn auch nicht überrascht.

»Wartet hier, bis es dunkel wird. Dann kehren wir zurück.«

43

Das Zusammentreffen

Es war Nacht geworden, und wie fast immer in den letzten Wochen regnete es ununterbrochen. Mogda hockte in dem niedrigen Tunnel und schaute in die dunkle Arena. So menschenleer wirkte sie geradezu friedlich. Doch wer schon einmal in ihr gestanden hatte, konnte nur schwer vergessen, welchem Zweck sie eigentlich diente. Mogda musste daran denken, wie viele seiner Vorfahren in einer ähnlichen Kampfstätte ihr Leben gelassen hatten.

Der Oger hätte zufrieden sein können. Sie waren ihrem Ziel wieder einen Schritt näher gekommen, doch irgendetwas in ihm war dennoch unruhig. Es lag nicht an ihm oder an den Aufgaben, die noch vor ihnen lagen, es waren die Menschen. Wieder einmal lag es in der Hand der Oger, die Völker Nelbors vor den dunklen Mächten zu schützen. Es machte ihm nichts aus, sich dem Kampf zu stellen, aber es störte ihn, für wen er das alles tun sollte. Die Menschen hatten nichts anderes im Sinn, als sich mehr und mehr Macht anzueignen. Selbst in dem drohenden Krieg suchten sie noch ihren Vorteil. Niemals würden sie sein Volk gleichberechtigt an ihrer Seite dulden. Für sie waren die Oger nur bessere Sklaven.

Mogda hielt die kleine Phiole zwischen den Fingern und hob sie gegen das fahle Mondlicht. Gebannt versuchte er, in ihrem Inneren etwas zu entdecken, doch sie schien wirklich leer zu sein.

»Du kämpfen wie Kriegsoger.«

Mogda ließ das Glasfläschchen in seine Hand fallen und umschloss sie mit der Faust. Hinter ihm standen Rator und Cindiel. Die junge Hexe wirkte erschöpft.

»Ich hatte ja auch einen guten Lehrmeister«, entgegnete Mogda. »Trotzdem hatte ich gehofft, auf einen anderen Feind zu treffen.«

»Ich wissen, du lieber kämpfen mit Frucht gegen Goblins.«

Mogda lächelte Cindiel zu. Anscheinend hatten sie und Rator genügend Zeit gefunden, sich auszutauschen; selbst über die Dinge, die nur für ihre Ohren bestimmt gewesen waren.

»Es waren Riesenkürbisse,«, stellte Mogda richtig.

»Oh, Rator gehört, waren Goblins«, sagte Rator etwas enttäuscht.

»Ihr seid doch nicht gekommen, um mit mir über meine letzten Heldentaten zu reden, oder?«

»Nein, Zwerge haben Schleifrad gefunden, wollen Runenschwert schärfen«, erklärte Rator.

Mogda zog die Klinge aus der Scheide und fuhr mit dem Finger über die Schneide.

»Ein hartes Stück Arbeit.«

»Sie gute Waffenmacher. Sie werden können. Sie nur wollen helfen.«

Mogda übergab Rator das Schwert. Der Kriegsoger wog die Waffe in der Hand. Missbilligend schüttelte er den Kopf.

»Vielleicht doch besser kämpfen mit Frucht«, sagte er, drehte sich um und verschwand im Tunnel. Zurück blieben Mogda und Cindiel, die eine Weile schweigend das Mondlicht betrachteten.

»Wie geht es Finnegan und Barrasch?«, erkundigte sich Mogda.

»Du hast sie gesehen. Sie werden bald wieder auf den Beinen sein.«

Der Oger nickte geistesabwesend.

»Na ja«, fügte Cindiel hinzu, »sie werden vielleicht nicht ganz die Alten sein. Es sieht so aus, als ob Barrasch den Arm verliert und vielleicht auch das linke Bein. Ich habe ihm sicherheitshalber schon mal den Hals abgebunden, damit er sich daran gewöhnt. Und Finnegan – ich weiß nicht genau, er ist ganz steif und bleich, aber ich hoffe, dass das Sonnenlicht ihn wieder auftaut. Dann wird bestimmt auch seine Atmung wieder einsetzen.«

Mogda zeigte keine Regung.

»Hörst du mir überhaupt zu?«, fragte Cindiel.

»Natürlich höre ich dir zu«, heuchelte der Oger. »Es ist gut, dass du dich um die beiden kümmerst.«

Cindiel trat ihm mit voller Wucht auf den Fuß. Mogda blickte erstaunt zu ihr hinunter.

»Aua!«

»Was ist los mit dir? Worüber denkst du nach?«

Mogda atmete tief ein und suchte nach den richtigen Worten.

»Alles, was hier passiert, übersteigt die Kräfte der Oger. Ich folge irgendwelchen Prophezeiungen, Rator sucht mit seinen Leuten nach einem unverwundbaren Fremden, und im Rest des Landes tobt ein Krieg. Als wenn das alles nicht genug wäre, werden bald auch noch die Götter anfangen, gegeneinander in die Schlacht zu ziehen. Und wir, wir befinden uns mitten drin in dem ganzen Schlamassel.«

»Es ist genau wie vor sechs Jahren.«

»Nein, damals war es anders. Wir haben gekämpft, weil wir nicht mehr in Knechtschaft leben wollten. Wir haben die Meister getötet, weil sie uns dabei im Weg standen. Es war uns egal, wer von unserem Sieg profitierte und wer nicht. Wir wollten nur frei sein. Jetzt aber mischen wir uns in Geschicke ein, die uns nichts angehen.«

»Das stimmt nicht«, erwiderte Cindiel. »Es geht auch um euer Dasein. Das ganze Land ist in Gefahr.«

»Welches Land?«, fragte Mogda erzürnt. »Das Land der Menschen, die uns als billige Sklaven betrachten und uns Marmor aus den Tiefen der Erde graben lassen, um damit Arenen zu bauen, in denen sie uns dann zu ihrer Belustigung hinrichten. Dasselbe Volk, das sich nach sechs Jahren nicht einmal an unseren Pakt zu erinnern scheint. Oder denkst du, wir kämpfen für die Zwerge, von denen nur noch eine Hand voll übrig ist und die mit dem Diebstahl des Rubins und der Vertreibung der Elfen diesen Krieg erst ausgelöst haben? – Nein, jetzt weiß ich es, wir kämpfen für die Horden von Orks und Trollen, die uns für Verräter halten, weil wir jeden von ihnen töten oder fortjagen. Schließlich sind wir ja das erwählte Volk.«

Cindiel sah den Oger traurig an. Sie verstand, was ihn quälte. Die Last der Verantwortung, die er trug, war zu groß.

»Du kämpfst nur für dich allein, und du bist niemandem Rechenschaft schuldig«, versuchte sie ihn zu beruhigen. »Dein Handeln bestimmt nur deinen Weg.«

»Sehen das die beiden Gladiatoren, die ich getötet habe, auch so?«

»Es war ihre Entscheidung, gegen dich zu kämpfen, und sie sind nun einmal diesen Weg gegangen.«

»... und ich habe ihn beendet.«

Mogda erkannte, dass die Unterhaltung zu nichts führen würde und war froh, als er die grollende Stimme Rators vernahm.

»Halt! Legen Waffen weg!«

Wie es schien, hatte Libriandus sein Versprechen gehalten und schickte Wachen, um ihn und die anderen aus der Stadt zu bringen.

Jetzt hing alles davon ab, ob die Elfen das besaßen, wonach sie suchten; oder ob sie zumindest wussten, wo sie es finden konnten – den Funken der Götter aus dem Baum Mystraloon.

Als Cindiel und Mogda den Kreuzgang erreichten, hatten sich bereits Fronten gebildet. Libriandus, der immer noch im Körper von Lord Sigurt gefangen war, stand vor Rator und hatte die Faust drohend erhoben. Um dieser wenig bedrohlich wirkenden Geste Nachdruck zu verleihen, hatten sich hinter ihm zwei Wachen postiert, die mit ihren Hellebarden auf den Kriegsoger zielten. Dennoch wirkte Rator nicht gerade eingeschüchtert.

»Was ist hier los?«, knurrte Mogda

»Endlich jemand mit Verstand«, rief Libriandus begeistert. »Dieser Fleischberg will, dass wir ihm die Elfen übergeben.«

»Leider muss ich Euch enttäuschen, Zauberer«, erwiderte Mogda. »Der Verstand ist bei allen Ogern gleich, mir wurde nur die Gabe zuteil, mich gewählter auszudrücken. Zu meiner Schande muss ich aber gestehen, dass Rator bei der Durchsetzung seines Willens euch Menschen gegenüber bessere Erfolge vorweisen kann als ich.«

Libriandus schluckte, trat einen Schritt zurück und wandte sich Mogda zu.

»Dennoch verhandle ich lieber mit Euch«, gestand der Zauberer.

»Auch gut. Übergebt uns die Elfen!«, wiederholte Mogda Rators Forderung.

»Das ist gegen unsere Abmachung«, schimpfte der Zauberer.

»Abmachung!?«, brüllte Mogda, was zur Folge hatte, dass die Wachen ihre Waffen nun gegen ihn richteten. »Solche Abmachungen, wie sie die Menschen schon vor sechs Jahren mit uns getroffen haben und die sie bis heute nicht einhalten? Wir haben nichts dergleichen abgemacht. Wir sagen, was wir wollen, und ihr gebt es uns. Entweder einigen wir uns so, oder Rator wird die Verhandlungen weiterführen.«

Libriandus drehte sich zu den Wachen um und gebot ihnen, die Waffen zu senken.

»Bringt die Elfen«, wies er zwei von ihnen an, die eilig in dem dunklen Gang verschwanden

»Ihr solltet nur wissen, dass ich in diesem Körper keine Magie wirken kann«, gab Libriandus zu bedenken.

»Macht Euch nichts draus«, erwiderte Mogda lakonisch. »Kann ich in diesem Körper auch nicht. Momentan haben wir auch gar keine Zeit, eure kleinen Zaubertricks zu bewundern. Wir wollen einfach nur durch diesen Tunnel und dann raus aus der Stadt. Ich glaube, das schaffen wir sogar ohne Magie. Hinein sind wir ja auch ohne Zauberei gekommen.«

Mogda konnte in dem Gesicht des Zauberers lesen, dass ihm die Antwort nicht gefiel. Sicherlich wäre es Libriandus lieber gewesen, über ein Druckmittel zu verfügen, doch alles, was er anbieten konnte, waren die beiden Gefangenen, die gerade von den Wachen in den Kreuzgang geführt wurden.

Die beiden Elfen, ein junger Mann und eine junge Frau, machten einen erschöpften Eindruck. Ihr langes blondes Haar war schmutzig und verfilzt. Die zerrissene Kleidung und ihre verdreckten Gesichter ließen nur wenig von der Anmut erahnen, die ihrem Volk sonst zu eigen war.

Sie verneigten sich tief vor Mogda.

»Geht es euch gut?«, erkundigte sich der Oger mit ungewohnt sanfter Stimme.

»Danke!«, war die spärliche Antwort der Elfin, die beim Sprechen die Augen geschlossen hielt.

»Seid ihr nur zu zweit?«

»Ja, nur ich und mein Bruder. Wir sind die Letzten derer, die sich dem Schutz des Funken der Götter verschrieben haben. Alle anderen sind am Ende ihres Weges angelangt und nun Teil des Ganzen. Sie sind bereit, sich dem Licht zu stellen.«

Mogda hatte sich nie mit dem Glauben der Elfen beschäftigt, doch die Worte und der Ausdruck tiefen Schmerzes im Gesicht der Elfin ließen wenig Zweifel daran, dass alle anderen Wächter tot waren.

»Der Funke, den ihr bewacht habt, ist er in Sicherheit?«, fragte Cindiel aufgeregt.

»Einst war es die Aufgabe der schwarzen Drachen, den Samen der Magie, den Funken Timuleès zu bewachen, doch vor langer Zeit hat das Volk der Elfen ihnen diese Bürde abgenommen. Als unsere Brüder und Schwestern Nelbor verließen, blieben wir zurück, um den Stein im Inneren des Baumes Mystraloon weiter zu schützen. Jetzt sind wir auf der Suche nach einem Platz für den Funken, der das Gleichgewicht wieder herstellt.«

»Die schwarzen Drachen haben uns hergeführt«, erwiderte Mogda.

»Ja, sie spürten, dass ihr Erbe in Gefahr ist. Genauso, wie ihre roten Brüder damals spürten, dass es an der Zeit war, ihre Last den Ogern zu übergeben und diesen die Verantwortung für den Samen der Natur zu überlassen.«

Mogda war verblüfft, wie weitreichend das Wissen einer Gruppe Elfen zu sein schien, die sich über Jahrzehnte hinweg hinter einem Baum versteckt hatte. Zugleich war es ihm unangenehm, ihnen sagen zu müssen, dass ihre Sicht der Dinge ein wenig verschroben war. Dennoch wollte er das Vertrauen der Elfen nicht mit einer Lüge gewinnen.

»Die roten Drachen hatten sich niemanden für ihre Nachfolge ausgesucht. Vielmehr war es so, dass wir sie im Schlaf überwältigt und getötet haben. Das alles geschah nur, um ein Lager zu haben, von dem aus wir unseren Krieg führen konnten.«

Die Elfin lächelte.

»Es gehört Mut dazu, sein schlechtes Gewissen zu erleichtern, und es gehört Vermessenheit dazu, an Euer Geschick in dieser Sache zu glauben.«

Mogda war irritiert. Glaubte diese Elfin wirklich, die Drachen hätten sich freiwillig geopfert? War sie der Meinung, dies alles wäre seit langer Zeit vorausbestimmt und von den Göttern so geplant gewesen? Er tat den ungeheuerlichen Gedanken damit ab, dass sie wohl nur versuchte, seine Vorwürfe gegen sich und sein Volk zu schmälern.

»Wenn Ihr den Stein besitzt, sollten wir uns endlich auf den Weg machen und jenen Ort aufsuchen, wo er das Gleichgewicht wiederherstellt, wie Ihr sagt.«

»Wir sind bereit«, entgegnete die Elfin.

Barrasch und Finnegan sollten von Gnunt und Tastmar getragen werden. Cindiel hatte die beiden Menschen in tiefen Schlaf versetzt, damit sie sich erholen konnten. Für den weiteren Weg, egal wohin er sie führen sollte, würden sie ihre Kräfte brauchen. Die beiden Menschen zurückzulassen stand für Cindiel und Mogda außer Frage. Wie es schien, war auch Rators restlicher Trupp, bestehend aus Menschen und Zwergen, fest entschlossen, sie weiter zu begleiten. In einigen erkannte Mogda jene Zuschauer aus der Arena, die während seines Kampfes die Menge dazu angestachelt hatten, dem Oger zuzujubeln.

Rator war der Einzige, der von der Idee, Turmstein zu verlassen, nicht sonderlich angetan zu sein schien. Suchend schaute er immer wieder in die dunklen Gänge und horchte.

»Was ist los mit dir?«, fragte Mogda schließlich.

»Wir nicht kommen für Elfen. Wir gefolgt Mann ohne Schuhe.«

Mogda war überrascht. Er hatte dem Kriegsoger erzählt, was er von den Elfen und deren Prophezeiung wusste. Dennoch verfolgte Rator immer noch sein altes Ziel – den Wanderer. Ihm schien es wichtiger zu sein, sich einem Einzelnen zu stellen, als das ganze Unheil, das ihnen drohte, abzuwenden.

»Wenn wahr ist, was wir über ihn wissen, werden wir ihn ohnehin wiedersehen«, erklärte Mogda ruhig. »Er wird versuchen, in den Besitz des Steins zu kommen, und dann brauchen wir dich.«

Rator grunzte halb zustimmend, halb verärgert.

Wie der Kriegsoger es ihnen beschrieben hatte, folgten sie den Tunneln zu dem geheimen Eingang in der Stadtmauer. Von hier aus hatte Haran sie in die Stadt geführt, und genauso hatten sie vor, Turmstein wieder zu verlassen.

Das Prinzip des geheimen Zugangs war ebenso einfach wie wirkungsvoll. Ein einzelner Mann konnte mit seiner Körperkraft einen Felsblock von sechs Fuß Höhe mittels eines Rades aus der Wand ziehen. Die mit Ketten gesicherte Vorrichtung, bestückt mit zahlreichen Gegengewichten, ließ den Block auf Schienen ins Innere gleiten. Sobald man das Rad losließ, drehte es sich langsam zurück und verschloss die Lücke wieder.

In dem Kettengewirr entdeckte Mogda den zu Tode geschundenen Körper eines jungen Mannes. Erst als der Oger ihn auf den Boden legte, erkannte er ihn – es war Schwachkopf. So viel Groll Mogda auch gegen die beiden Folterknechte hegte, als er in die vor Angst aufgerissenen, leblosen Augen des Gehilfen schaute, tat ihm die arme Kreatur leid.

»Musstet ihr sie alle töten?«, fragte Mogda Rator, dem ins Gesicht geschrieben stand, dass er die Frage für bedeutungslos hielt.

»Nur töten Krieger. Wollten töten uns.«

Mogda drehte die Leiche auf den Rücken und bemerkte den winzigen Einstich am Hals von Schwachkopf.

»Haran«, sagte eine Stimme neben Mogda.

Libriandus schaute verlegen auf den toten Jungen.

»Wo ist Haran, und warum hat er ihn getötet?«, wollte Mogda wissen. »Jemanden aus seinem eigenen Volk, der ihm nichts getan hat, und der dazu noch unbewaffnet war.«

»Er hat ihn getötet, um sicherzustellen, dass niemand weiß, wo er ist. Für ihn und seine Aufgaben ist es unerlässlich, unentdeckt zu bleiben. Die meisten Lords beschäftigen Männer wie ihn.«

Mogda versuchte gar nicht erst, einen Sinn in diesen Worten zu entdecken. Die Menschen bezeichneten die Oger gern als Barbaren; doch sie selbst handelten nur selten zivilisierter.

»Lasst uns gehen«, sagte Mogda zu den anderen. »Hier stinkt es nach Verlogenheit.«

Eine der Wachen von Libriandus drehte das hölzerne Rad. Der Steinblock löste sich knirschend aus der Mauer.

»Gebt mir die Phiole«, bat Libriandus. »Ich habe meinen Teil der Abmachung eingehalten.«

Mogda schüttelte den Kopf.

»Ich finde, dass Ihr und Eure Männer uns noch ein Stück begleiten solltet. Ich möchte nur sichergehen, dass wir nicht in einen Eurer Hinterhalte laufen, die angeblich dem Gleichgewicht dienen.«

So verließ die Gruppe der Oger, gefolgt von Menschen, Zwergen und Elfen, die Festung Turmstein. Es regnete in Strömen, und der tiefschwarze Nachthimmel verriet nicht, ob ein Ende des Unwetters abzusehen war. Ein Blitz zuckte über den Himmel und tauchte die Ebene vor Turmstein in gleißendes Licht.

»Wann können wir zurück?«, fragte Libriandus. »Wir haben noch allerhand Vorbereitungen zu treffen.«

»Können gehen, wenn erreichen Dickicht«, entschied Rator.

Mogda ging direkt hinter dem Kriegsoger und packte ihn an der Schulter.

»Halt!«, grollte er. »Was für ein Dickicht?«

»Vorne«, erklärte Rator und zeigte in die Dunkelheit vor sich.

Ein weiterer Blitz erhellte das Firmament.

Nun verstand Rator, was sein Kamerad gemeint hatte. Das Buschwerk vor ihnen entpuppte sich als gigantischer Aufmarsch von Tausenden dunkler Elfen, die regungslos im Gewitter verharrten und ihre

Arme gen Himmel reckten. Kurz darauf wurden sie wieder von der Dunkelheit geschluckt, doch die Gewissheit blieb, dass da vorne ein feindliches Heer lagerte. Was das bedeutete, stand außer Frage.

»Turmstein wird belagert«, sagte Mogda. »Wir müssen zurück in die Festung.«

44

Die Belagerung

Zwei Tage war es her, dass sich Mogda und die anderen wieder in die Tunnel zurückgezogen hatten, die den Kerker und die Gladiatorenunterkünfte mit der Arena verbanden. Libriandus, der immer noch im Körper von Lord Sigurt steckte, war in den Palast zurückgekehrt und traf Vorkehrungen, um den bevorstehenden Ansturm der Elfen abzuwehren. Bis jetzt hatte sich niemand über den Sinneswandel des Herrschers gewundert, oder man war zu feige, ihn darauf anzusprechen.

Mogda hatte beschlossen, die beiden Elfen in den Kerker zurückbringen zu lassen. Für sie war es dort am sichersten. Mogda wollte vermeiden, dass die Fehde zwischen Zwergen und Elfen neu entbrannte oder jemand die beiden aus Angst vor dem Heer der dunklen Elfen angriff. Noch immer hatten die Elfen das Versteck des Funken nicht preisgegeben. Mogda wollte keinen Druck auf sie ausüben, schließlich hatten sie das gleiche Ziel. Außerdem war der Ort umso sicherer, je weniger Personen ihn kannten.

Libriandus hatte Hauptmann Losan angewiesen, drei Mal täglich einen Trupp Wachen zu den Ogern zu senden, die sie mit Proviant und Informationen über die Belagerung versorgten. Sowohl das Essen als auch die Nachrichten fielen in Mogdas Augen sehr spärlich aus. Es war schon schlimm genug, dass das Essen auf Grund der Belagerung rationiert wurde, doch noch mehr störte Mogda, dass das beste Fleisch niemals den Weg zu ihnen fand. Somit begnügten sie sich damit, an Knochen herumzunagen, die vermutlich nur zufällig der Größe von Haustieren entsprachen.

»Solange mich noch das Gekläffe der Hunde nachts wach hält, mache ich mir keine Sorgen«, hatte Dranosil lachend am Lagerfeuer gesagt. Am nächsten Morgen war das Bellen verstummt, und bis jetzt hatte es nicht wieder angefangen.

Die Wachen achteten darauf, den Lagerplatz der Oger möglichst schnell wieder verlassen zu können. Meist erledigten sie ihren Bericht mit den Worten »Keinerlei Veränderungen!« und verschwanden.

Dass Rator sie einmal mit den Worten »Oh, lecker, Stadtwachen!« begrüßt hatte, hatte das Verhältnis nicht unbedingt verbessert.

Die Zwerge waren so grimmig wie eh und je. Ihre üble Laune schlug auch den Ogern aufs Gemüt. Nur den Menschen, zum Großteil Seeleute von Kapitän Morrodak, war keine schlechte Stimmung anzumerken. Solange ihr Vorrat an Alkohol nicht zur Neige ging, feierten und sangen sie in fröhlicher Runde. Sie waren es gewohnt, über längere Zeit eingesperrt zu sein.

Allein der Barbarenkrieger Wulbart beteiligte sich nicht an den Gelagen. Er hatte seit einem Tag kein einziges Wort mehr gesagt, saß nur da und starrte in die Flammen. Finnegan und Barrasch waren wieder auf den Beinen. Der junge Soldat hatte sich schnell erholt und nutzte jeden Moment, um mit Cindiel herumzuturteln. Barrasch dagegen litt immer noch unter starken Schmerzen. Nachts lag er meistens wach und schien dem Verlust seiner Hand nachzutrauern. Mogda hoffte, dass er sich angesichts des bevorstehenden Kampfes wieder fangen würde.

Was die Belagerung durch die Elfen betraf, wusste Mogda nur, dass diese sich auf eine Meile bis zum Waldrand zurückgezogen hatten. Wie viele es waren, konnte man nur schätzen, doch es mussten Abertausende sein.

Hauptmann Losan hatte dem Feind gezeigt, wie weit man sich Turmsteins Mauern nähern konnte, bevor man die Langbogenschützen auf den Wällen fürchten musste. Selbst die schweren Katapulte hatte er abfeuern lassen, um die Stärke der Stadt zu demonstrieren. Damit hatte er lediglich erreicht, dass die Elfen jetzt wussten, wo sie sich gefahrlos formieren konnten.

Was die Elfen vorhatten, und wie sie sich ein Eindringen in die Stadt vorstellten, blieb im Dunkeln. Nach Aussage der Wachen trafen sie keinerlei Vorkehrungen zum Bau von Belagerungsmaschinen, Türmen oder Leitern zum Erklimmen der Stadtmauer. Mogda wusste jedoch, dass sie nicht dumm genug waren, einen Frontalangriff auf die Stadt zu wagen, ohne einen Plan zu haben.

Rators anfängliche Freude, dem Feind doch noch gegenübertreten zu können, verging von Stunde zu Stunde mehr. Er hatte sich ausgemalt, das Heer der Elfen unter der Führung des Wanderers anzutreffen. Doch je mehr Zeit verging, desto deutlicher wurde, dass der Mann ohne Schuhe nicht auftauchen würde.

»Noldaten!«, rief Gnunt durch die Tunnel. Der recht schweigsame Oger hatte es sich zur Aufgabe gemacht, den Arenaplatz zu beobachten und die ankommenden Patrouillen anzukündigen. Die Zeit dazwischen verbrachte er mit dem Werfen von Steinen, in der Hoffnung, sie wie auf einer Wasseroberfläche springen zu lassen. Der Erfolg war äußerst mäßig, doch das tat seiner Begeisterung keinen Abbruch.

»Na endlich«, riefen die Zwerge fast wie im Chor. »Was tischen sie uns denn heute auf?«

»Wenn wir Pech haben, gibt es Nagetierragout. Von diesen Biestern muss es noch reichlich in der Stadt geben«, lachte Morrodak.

Die Wachen drängten sich eilig an Gnunt vorbei. Zur Überraschung aller hatten sie diesmal große Brocken Fleisch dabei. Als sie die Keulen auf ihrem Handkarren abdeckten, stieg die Stimmung bei den Zwergen spürbar. Hochgestimmt halfen sie den Soldaten beim Abladen, was die Wachen sichtlich nervös machte.

»Das ist Rind«, stellte einer der Zwerge fest.

»Unsinn, man sieht doch, was das ist. Pferdekeule!«, schrie ein anderer dazwischen.

»Hat es irgendwann mal Felsbrocken gehagelt, als ihr draußen wart? Das ist Schwein«, berichtigte sie ein dritter.

»Esel«, sagte eine der Wachen ängstlich.

Die Zwerge schauten den Mann verwundert an.

»In einer Gasse standen zwei herrenlose Esel. Es ist Eselsfleisch«, wiederholte der Soldat.

Mogda erinnerte sich mit einigem Widerwillen an die beiden altersschwachen Maultiere, die sie mit in die Stadt gebracht hatten, behielt die Erkenntnis jedoch für sich.

Plötzlich hatte Rator den Soldaten an der Rüstung gepackt und hielt ihn über den Karren. Mit dem Gesicht nach unten ließ er ihn über der blutigen Ladefläche hängen.

»Wie viele Beine Esel hat«, brüllte er.

Das hilflose »*Was?*« des jungen Mannes trug diesem ein hartes Aufschlagen auf dem hölzernen Karren ein. Ungehalten wiederholte Rator seine Frage. Die übrigen Wachen zogen eher zögerlich ihre Waffen blank.

»Vier«, krächzte der Soldat.

»Wie viel Keulen gebracht?«, setzte Rator sein Verhör fort.

»Zwei?«, antwortete der Mann verunsichert.

»Wo sein andere Bein von Esel?«

»Die Vorderläufe? Wir haben sie weggeworfen. An ihnen ist kein Fleisch, man kann sie nicht essen«, mischte sich ein anderer Soldat ein.

Rator schaute seinen Kumpanen unsicher an. Zögernd nickte Mogda. Wortlos stellte Rator den Soldaten wieder auf die Füße, und sofort wollte dieser mit seinem Trupp das Weite suchen. Mogda konnte die Flucht gerade noch verhindern.

»Was ist mit der Belagerung?«, wollte er wissen.

Der Soldat schüttelte den Kopf.

»Die Elfen lagern immer noch zu Tausenden am Waldrand. Es gibt keine Hinweise, dass sie sich auf eine Erstürmung der Stadt vorbereiten. Sie haben einen Einzelnen als Späher vorgeschickt. Er steht einsam und verlassen eine halbe Meile vor der Stadtmauer. Vielleicht wollen sie sehen, wie weit sie sich herantrauen können.«

Rator reagierte als Erster. Seit Tagen wartete er auf die Meldung über einen einzelnen Mann. Einen Mann ohne Schuhe, der bereit war, sich einem ganzen Heer zu stellen.

»Wie aussehen Mann?«, fragte Rator den Soldaten und hob ihn dabei wieder an seiner Rüstung hoch.

»Ich weiß nicht«, stotterte der Soldat. »Wir laufen nur Patrouille. Wir sind nicht als Turmwachen eingeteilt.«

»Du zeigen Mann.«

»Das geht nicht. Man kann ihn nur von der Stadtmauer aus sehen, und um dorthinzugelangen, müsstet ihr quer durch Turmstein hindurch.«

Mogda verstand den Einwand, doch er bezweifelte, dass Rator ähnlich einsichtig war, wenn es um den Wanderer ging. Als einzige Hoffnung blieb, dass der andauernde Regen die Leute von der Straße vertrieben hatte.

»Bringen zu Stadtmauer!«, befahl Rator.

Der Ton, den er dabei anschlug, ließ keinen Zweifel aufkommen, wie ernst er es meinte. Auch der Soldat erkannte, dass eine Weigerung nur dazu führen würde, leblos in der Ecke zu landen.

»Wir geleiten euch bis zum Nordturm«, lenkte der junge Mann ein.

Rator zeigte sich zufrieden. Er setzte den Wachsoldaten wieder ab und gab ihm mit einer Handbewegung zu verstehen, er solle vorgehen. Unter den verängstigten Blicken seiner Kameraden übernahm der Soldat die Führung. Neben Rator, Mogda und Gnunt machte sich auch Wulbart auf den Weg, der sich den anderen schweigend anschloss.

Sie überquerten den Arenaplatz und folgten den Stufen bis hoch zu den Tribünen. Die Soldaten öffneten ein eisernes Gatter, um in den Innenhof zu gelangen, der direkt an die Stadt grenzte.

»Ihr müsst euch ruhig verhalten. Die Menschen in Turmstein sind Oger nicht gewohnt«, ermahnte der Soldat die vier.

»Wir Oger sind immer ruhig«, sagte Mogda. »Es sind normalerweise die anderen, die panisch werden, wenn sie uns sehen.«

Der Soldat rang sich ein verkniffenes Lächeln ab und ging voraus. Mogdas Hoffnung erfüllte sich, die Straßen Turmsteins waren fast menschenleer. Die meisten Bewohner hatten sich wegen des anhaltenden Regens in ihre Wohnungen zurückgezogen und versuchten, ihre wenigen Habseligkeiten zu schützen, falls es doch zu einer Erstürmung der Stadt kommen sollte. Viele der kleineren, ungepflasterten Gassen waren kaum passierbar, weil der Regen den Untergrund vollkommen aufgeweicht hatte.

Mogda sah eine Gruppe Bettler, die im Kellereingang einer Kneipe Schutz gesucht hatten und neugierig die Hälse reckten. Eine ältere Frau mit einem Kind auf dem Arm kehrte auf halber Strecke um, als sie die Oger sah, und suchte Schutz in einem der Häuser. Fensterläden wurden zugezogen, doch nur so weit, dass man noch einen Blick hindurchwerfen konnte.

Die Soldaten führten sie von den dicht besiedelten Gebieten weg in eine Straße mit Lagerhäusern. Viele dieser Lager wurden von einem oder zwei Soldaten bewacht, welche die Oger mit Misstrauen beobachteten. Der überraschende Sinneswandel des neuen Königs hatte jedoch zur Folge, dass die seltsamen Wanderer ungehindert weiterziehen konnten. Mogda tastete nach der kleinen Phiole in seiner Tasche und schwor sich erneut, sie erst herauszurücken, wenn die Stadt außer Sichtweite war.

Der junge Soldat deutet auf einen breiten Treppenaufgang nahe der Stadtmauer. Die Stufen führten in drei Etappen bis hoch zum Wehrgang. Auf den beiden Treppenabsätzen waren Lastgalgen aufgebaut, die helfen sollten, schwere Ausrüstung hinaufzuschaffen. Am Fuß des Aufgangs standen große, mit Felsbrocken gefüllte Körbe. Die Soldaten boten sich an, vorauszugehen und den Wachhabenden zu informieren, doch Rator war bereits an ihnen vorbei und hatte den ersten Absatz erreicht, als ihm drei Wachen entgegentraten.

»Das Betreten der Stadtmauer ist nur den Truppen Turmsteins erlaubt«, erklärte der wachhabende Offizier dem Oger. Der Leutnant und seine beiden Untergebenen wichen nicht zurück. Rator näherte sich den dreien so weit, dass die Spitzen ihrer Hellebarden seine Brust berührten. Die Männer schienen sich durch das rüde Auftreten des Ogers nicht so einschüchtern zu lassen wie die übrigen Soldaten.

»Lord Sigurt hat uns uneingeschränkten Zugang zum Wehrgang zugesichert«, versuchte Mogda zu vermitteln.

»Mir wurde nichts dergleichen gemeldet. Ich habe meine Befehle.«

Während Mogda noch überlegte, wie er den Leutnant umstimmen konnte, hatte Rator bereits die Lanzen gepackt und drängte die Soldaten zurück. Der Wachhabende zog sein Schwert.

»Rator schon oft auf Stadtmauer. Du denken, können aufhalten?«

Die Worte des mächtigen Ogers wirkten. Hilfe suchend blickte der Leutnant zu den Stadtwachen, die hinter Mogda, Gnunt und Wulbart auf den untersten Stufen der Treppe standen. Das zögerliche Kopfschütteln seiner Kameraden ließ ihn sein Schwert wieder in die Scheide stecken und den Weg freigeben.

Rator ließ die Soldaten stehen und erklomm den Wehrgang. Sein Blick schweifte über die Ebene vor Turmstein, bis er gefunden hatte, wonach er suchte. Mogda und die anderen erreichten den Wehrgang, als Rator gerade eine lange Stange aus ihrer Halterung an der Innenmauer nahm. Wie einen Speer schleuderte er das Holz weit in die Ebene. Mogda verfolgte den Flug des Wurfgeschosses. Der Mann mit dem dunklen Umhang und den langen Haaren, dem der Angriff galt, war durch den starken Regen kaum zu erkennen. Er stand fast dreihundert Schritt von der Stadtmauer entfernt und hatte die Arme gen Himmel gereckt. Mogda hätte sich nicht zugetraut, den Mann eindeutig zu identifizieren, doch Rator war sich sicher.

»Mann ohne Schuhe«, brummte er.

Gebremst durch Regen und Wind verlor die hölzerne Stange schnell an Höhe und bohrte sich auf halber Strecke zwischen Stadtmauer und dem Wanderer tief in den Boden.

Rator brach in schallendes Gelächter aus. Es war ein Lachen, das einem Mut und Angst zugleich machen konnte. Besorgt schaute Mogda seinen Freund an.

»Warum lachst du?«, fragte er.

»Er nicht unsterblich.«

»Woher willst du das wissen? Du hast ihn nicht getroffen.«

Wulbart drängte sich zwischen die beiden und spuckte verächtlich in Richtung des Wanderers aus.

»Wenn er unsterblich wäre, würde er kommen und sich den Stein holen. Er bräuchte keine Armee.«

Mogda hoffte, dass die beiden Recht behalten würden.

45

Regen

Die Nacht näherte sich ihrem Ende. Doch statt des Krähens eines Hahns oder des Bellens eines Hundes erklang der lang anhaltende Ton eines Signalhorns. Den meisten, die sich an diesem Morgen im Tunnelgang aufhielten, war dieser Laut geläufig. Mogda hatte kaum geschlafen. Er schreckte sofort hoch, als der Alarm ertönte, und umso mehr überraschte es ihn, dass Rator bereits fertig gerüstet am Tunneleingang stand. Die beiden Oger lauschten dem Signal mit gemischten Gefühlen. Mogda hatte gehofft, es in seinem Leben nie wieder hören zu müssen, unabhängig davon, auf welcher Seite der Mauer er stand. Für Rator war es der lang ersehnte Aufruf, sich endlich dem Feind zu stellen, wie es einem Kriegsoger zukam.

Die anderen erhoben sich erst von ihren Lagerstätten, als Mogda bereits seine Ausrüstung und das neu geschliffene Runenschwert angelegt hatte. Er gesellte sich zu Rator, der am Eingang zur Arena stand, und atmete die kühle Morgenluft tief ein.

»Es ist so weit. Sie werden kommen und versuchen, den Stein zu holen.«

Rator nickte. »Sie nicht brauchen, wenn Rator töten Mann ohne Schuhe.«

»Ich weiß, dass du ihn töten willst, aber vergiss nicht, worum es hier eigentlich geht. Wir müssen sicherstellen, dass er den Stein nicht in die Hände bekommt. Sonst war alles umsonst.«

»Du wissen, wo Stein?«, erkundigte sich Rator.

»Nein, die Elfen wollen es nicht verraten, aber ich bin sicher, dass sie ihn bei sich haben. Und ich fürchte, dass der Wanderer weiß, wo er suchen muss. Wenn er den Stein vor uns findet, werden wir es wissen.«

Rator grunzte verächtlich.

Fackelschein erschien am Aufgang zur Arena und wanderte hinter der steinernen Balustrade entlang. Schnell kam der Schein näher, begleitet vom Geräusch lärmender Stiefel und klirrender Rüstungen. Wie an den Tagen zuvor stieg der Trupp Soldaten die Ränge hinunter. Mogda und Rator nahmen sie in Empfang. Die jungen Männer wirkten gehetzt und erschöpft. Angst und Verunsicherung waren ihnen ins Gesicht geschrieben; Gefühle, die diesmal nicht von den Ogern ausgelöst wurden.

»Die Elfen rücken vor. Sie sammeln sich zu Tausenden vor den Stadtmauern«, berichtete ein Soldat außer Atem.

»Haben sie Leitern und Türme in Stellung gebracht?«, erkundigte sich Mogda.

»Nichts dergleichen. Viele unserer Späher sind nicht zurückgekehrt, doch die wenigen, die es geschafft haben, berichteten uns, dass die Elfen keinerlei Vorkehrungen zum Erstürmen der Mauer getroffen haben. Sie haben weder Türme und Leitern noch Ballisten oder Katapulte«, sagte der Soldat so zögerlich, als könne er seinen eigenen Worten kaum Glauben schenken.

»Wie wollen sie dann in die Stadt kommen?«

»Unsere Generäle sind ratlos, sie wissen es auch nicht. Die Magier haben ihre Vertrauten losgeschickt, um die Armee aus der Luft zu beobachten, doch selbst die konnten nichts Brauchbares in Erfahrung bringen.«

Der Soldat schluckte.

»Ich habe noch ein Anliegen von Lord Sigurt«, fuhr er fort. »Er sagte, ihr hättet etwas, das ihm gehört, und er benötigt es dringend, damit Turmstein den nächsten Tag noch erlebt.«

Mogda wusste, wovon der Soldat sprach. Libriandus wollte die Phiole mit der Seele Sigurts, um in seinen Körper zurückkehren und seine Magie einsetzen zu können. Der Oger hatte keine Vorstellung, wie mächtig die Magie des Hofmagiers war, aber sie reichte sicherlich nicht, um eine ganze Armee aufzuhalten. Libriandus wollte nur sicherstellen, dass *er* den nächsten Tag noch erlebte. Mogda griff in seinen Proviantbeutel und holte einige vertrocknete Trommelbeeren hervor, die er den Goblins abgenommen hatte. Er reichte sie dem Soldaten.

»Hier, gib das deinem Lord. Sag ihm, wenn ihn der Mut verlässt, soll er sie essen. Sie lassen den Feind weniger bedrohlich wirken.«

Der Soldat schien wenig begeistert von der Vorstellung zu sein, seinem Herrn vertrocknete Früchte zu überreichen; dennoch steckte er sie ein und bedankte sich mit einem Kopfnicken.

»Die Straßen sind geräumt. Die Bewohner sind in ihren Häusern.

Die Soldaten auf der Nordmauer erwarten euch.« Der Soldat machte kehrt und verließ mit dem Trupp die Arena.

»Du nicht mögen Magier«, stellte Rator fest.

»Doch. Aber ich möchte ihn spüren lassen, wie es ist, mit einem stumpfen Schwert zu kämpfen.«

»Das wieder Redewindung von Hüttenbauern?«

»So ist es«, bestätigte Mogda. »Sollten wir nicht langsam anfangen, es diesen Elfen heimzuzahlen?«

»Für Oger du lange gebraucht zu Entscheidung.«

Mogda blickte in Rators grinsendes Gesicht. Für den Kriegsoger bestand die Welt nur aus drei Möglichkeiten – Freund, Feind oder Essen. Manchmal wünschte Mogda sich zurück in seine alte Welt.

Als die beiden in den Kreuzgang zurückkamen, waren die anderen fertig gerüstet. Sie warteten nur darauf, dem Feind gegenüberzutreten. Keiner zweifelte daran, was das Richtige war, und jeder war bereit, sein Leben dafür einzusetzen. Doch Rator hatte nicht vor, jedem den Heldentod zu ermöglichen. Nur die Oger und die kampferfahrenen Zwerge sowie der Barbarenkrieger Wulbart sollten sich dem heranstürmenden Elfenheer entgegenstellen. Die übrigen Menschen, unter ihnen auch Kapitän Morrodak und seine Crew, sollten die Tunnel bewachen, um eine Flucht aus der Stadt zu sichern. Cindiel, Barrasch und Finnegan mussten bei den Elfen bleiben, denn diese durften nicht in Gefahr geraten, falls Turmstein fiel. Nicht jeder war mit der Entscheidung des Kriegsogers einverstanden, doch alle wussten, dass man seine Befehle besser nicht anzweifelte.

Rator führte den Trupp aus Kämpfern an. Sie folgten dem gleichen Weg, den sie einen Tag zuvor mit den Wachen gegangen waren, doch der Anblick, der sich ihnen dabei bot, hatte sich gewandelt. Alle Fenster und Türen waren mit Brettern vernagelt. Kaum ein Lichtschein drang aus dem Inneren der Häuser, und Mogda war sich sicher, dass sie niemand mehr mit Argwohn betrachtete. Wenn es darum ging, jemanden zu verurteilen, verloren die Menschen keine Zeit; ging es aber darum, Hilfe von anderen einzufordern, dann waren alle Beschuldigungen rasch vergessen.

Zahlreiche Soldaten kreuzten ihren Weg. Bogenschützen suchten ihren Platz auf dem Wehrgang, Hellebardenträger formierten sich vor dem Haupttor, und das Fußvolk schaffte Waffen und Steine heran. Der

Wehrgang an der Nordmauer war nur spärlich mit Bogenschützen besetzt, obwohl sich vor der Mauer ein Großteil der elfischen Armee versammelt hatte. Mogda konnte sich ausmalen, wie es um den Rest der Verteidigung bestellt war. Turmsteins Heer war groß, das stand außer Frage, doch es war für die Verteidigung der Landesgrenzen gedacht. Die Stärke der vielen tausend Soldaten bestand darin, eine Schlacht auf offenem Gelände zu führen. Dass man sie einmal dafür brauchen würde, die Stadtmauern Turmsteins zu schützen, war für die Generäle unvorstellbar gewesen.

Die Frage, ob es sinnvoll war, die Tore der Stadt zu öffnen und die Elfen frontal anzugreifen, erübrigte sich, als Mogda seinen Blick über die in der Morgendämmerung liegende Ebene schweifen ließ.

Dicht gedrängt standen die Elfen in dreihundert Schritt Entfernung vor der Stadtmauer, und ihr Heer reichte bis zum Waldrand. Wenn nur ein Drittel von ihnen mit Pfeil und Bogen ausgerüstet war, würden Turmsteins Truppen bereits am Nordtor fallen, noch bevor sie ihre Schwerter gezogen hätten.

Mogda hatte nicht gewusst, dass die Elfen so viele Krieger besaßen. Sie waren ein eher scheues Volk, das einst versucht hatte, Streitigkeiten mit vernünftigen Argumenten auszuräumen. Ihre Fehde mit den Zwergen hatte sie jedoch gelehrt, dass dies nur funktionierte, wenn beide Seiten bereit dazu waren. Wie es schien, hatten sie aus den Fehlern gelernt. Diesmal waren sie nicht gekommen, um zu verhandeln, und offensichtlich hatten sie dies auch nicht nötig.

Das feindliche Heer glich einem schwarzen Ozean. Wie zuvor der Wanderer hatten auch die Elfenkrieger ihre Arme gen Himmel gereckt, als wollten sie nach dem Regen greifen.

»Was haben sie nur vor?«, fragte Mogda erstaunt.

»Wollen vielleicht aushungern Hüttenbauer«, antwortete Rator.

»Wenn sie sich nicht von schlechtem Wetter ernähren, werden sie kaum so lange durchhalten wie die Menschen in Turmstein. Allerdings werden wir wohl keines von beiden mehr erleben, wenn es nicht anfängt, altersschwache Esel zu regnen«, erklärte Mogda.

»Sein schlecht für Elfen. Esel schwer«, stellte Rator fest und blickte zweifelnd in den Himmel.

»So etwas nennen die Menschen Galgenhumor.«

»Es gibt Wort für Esel regnen?«, fragte Rator erstaunt.

»Natürlich.«

In Mogdas Rücken liefen Soldaten umher und nahmen Aufstellung an der Mauer. Mit Steinen gefüllte Körbe wurden auf den Wehrgang gezogen und in Position gebracht, um sie auf die Feinde niederregnen zu lassen. Mit Hilfe der Lastkräne wurde eine Balliste nach oben gezogen.

Irgendetwas sagte Mogda, dass all diese Vorbereitungen sinnlos waren. Das Elfenheer war nicht aufmarschiert, um mit Leitern oder Enterhaken die Mauer zu erklimmen. Sie hatten keinerlei Vorbereitungen getroffen, die Stadt mit schwerem Belagerungsgerät zu erobern. Sie standen einfach nur da und warteten auf etwas. Fragte sich nur, auf was. Hauptmann Losan schritt die Reihen seiner Soldaten ab und beobachtete missmutig das Geschehen.

»Die Steine näher an die Mauer!«, schimpfte er. »Ihr werdet keine Zeit haben, euch die Brocken zusammenzusuchen, wenn diese schwarzen Unholde erst einmal ihre Leitern angelegt haben.«

Mogda bewunderte die Gradlinigkeit, mit welcher der Hauptmann vorging. Seine Anweisungen waren klar und einfach, seine Vorbereitungen folgten strikt den auswendig gelernten Regeln. Für den hoch dekorierten Offizier war es unvorstellbar, dass der Feind vielleicht mit einer Taktik aufwarten würde, die nicht im Lehrbuch stand. Mogda hoffte inständig, Losan möge nicht enttäuscht werden, doch insgeheim wusste er es besser.

»Warum nehmt ihr sie nicht mit euren Langbögen unter Beschuss?«, fragte Mogda den Kämpen.

Empört drehte sich Losan um.

»Warum senden wir unseren Feinden keinen Pfeilhagel entgegen?«, gab er die Frage an einen seiner Soldaten weiter. Der Bursche war gerade damit beschäftigt, den Inhalt eines Steinkorbs auf andere Körbe zu verteilen. Wie von einem Schwert in den Allerwertesten gepiekt, stand der Soldat stramm. Losan wiederholte die Frage und legte so viel Überheblichkeit in seine Stimme, dass dies alleine als Antwort gereicht hätte.

»Bei regnerischem Wetter und schlechten Sichtverhältnissen ist es laut Handbuch für Fernkampfstrategien unzulässig, den Feind unter Beschuss zu nehmen, wenn er weiter als einhundertachtzig Schritt entfernt ist«, zitierte der Soldat.

»Und warum ist das so?«, wollte Losan wissen.

»Erstens: Den Pfeilen fehlt bei größerer Entfernung die Kraft, die feindliche Rüstung zu durchschlagen. Zweitens: Eine schlechte Trefferquote könnte dazu führen, dass der Feind zusätzlich motiviert wird. Drittens: Eigene Truppen, die sich hinter den feindlichen Stellungen aufhalten, könnten gefährdet werden. Viertens: Nach Vorschrift wird jeder zehnte Pfeil mit einem Brandsatz ausgerüstet. Da der Regen diesen aber löschen würde, wäre das Verschwendung von Munition, die für den weiteren Kampf strategisch notwendig ist.«

Mogda musste den Redeschwall erst einmal auf sich wirken lassen. Losans Gesicht verriet höchste Genugtuung, und auch der junge Soldat schien recht zufrieden mit seiner Leistung zu sein. Kurzerhand stürmte Mogda an den beiden vorbei. Er packte das Seil, an dem sich vier Soldaten mit größter Kraftanstrengung abmühten, die Balliste auf die Mauer zu hieven. Mit einem einzigen Ruck beförderte der Oger das Wurfgeschütz nach oben, und mit einem weiteren hatte er es auf das feindliche Heer ausgerichtet. Mogda zog einen Bolzen aus dem angebrachten Korb. Verlegen überreichte ihm einer der Männer die Kurbel zum Spannen. Angewidert betrachtete Mogda das Stück Metall und warf es achtlos über die Schulter in die Tiefe.

»Was machst du da, Oger?«, fuhr Hauptmann Losan ihn an.

Noch bevor er nah genug war, um Mogdas Plan zu vereiteln, hatte Gnunt den Offizier gepackt und hielt ihn umklammert wie eine Liebste vor dem nahen Abschied. Hauptmann Losan, wahrscheinlich das erste Mal in seinem Leben in ernster Bedrängnis, war stumm und starr vor Angst.

Mogda tauchte den Bolzen von der Größe eines Zaunpfahles in einen nahe stehenden Pecheimer. Mit einem verschmitzten Lächeln war sofort ein Soldat bei ihm, der das Geschoss entzündete. Rator hatte sich zu seinem Kameraden gesellt und spannte die riesige Armbrust mit bloßer Hand. Dann legte Mogda das Brandgeschoss in die Führung.

»Erstens: Das Ding ist schwer genug, um zwei Mann zu durchbohren und einen weiteren zu erschlagen. Zweitens: Ihr habt niemanden, der dort draußen hinter den Elfen lauert und noch lebt. Drittens: Es muss einfach stärker brennen als regnen.«

Mit diesen Worten betätigte Mogda den Abzug. Gespannt beobachteten alle das brennende Geschoss, das in einem weiten Bogen fast bis ins Zentrum der elfischen Armee flog. Vereinzelte Jubelschreie ertönten aus den eigenen Reihen. Dann schlug der Bolzen auf. Brennendes Pech verteilte sich zwischen den Elfen und erhellte für einen Moment die Umgebung. Zwei Elfen wurden von dem lodernden Speer an den Boden genagelt, ein weiterer geriet in Brand und wälzte sich im Schlamm.

»Guter Snuss«, kommentierte Gnunt und versuchte, mit den Fingern zu zeigen, wie viele Gegner getroffen worden waren.

Hauptmann Losan nutzte Gnunts verzweifelte Versuche, die richtige Fingerkombination zu erwischen, und riss sich los.

»Glaubt ja nicht, dass ihr ungeschoren davonkommt . . .«, schrie er.

Er verstummte jedoch sofort wieder, als er merkte, dass ihm niemand Aufmerksamkeit schenkte. Wütend fuhr er herum und suchte nach jemandem, der seinem Blick trotzte. Dann wendete auch er sich dem schwächer werdenden Lichtkegel im Elfenheer zu.

Der Anblick war für Menschen und Oger gleichermaßen überraschend. Viele der elfischen Krieger waren bis zur Hüfte im Schlamm versunken; von einigen schien nur noch der Kopf aus der Erde zu schauen; andere wiederum hatten sich mit dem Oberkörper zuerst in den Boden gebohrt.

Plötzlich wurde Mogda klar, was die Elfen planten. Sie würden nicht versuchen, die Stadtmauer zu erklimmen, sie wollten unter ihr hindurchkriechen; wie Würmer, die sich durch die Erde fressen. Der tagelange Regen hatte die Erde aufgeweicht und diesem merkwürdigen Volk, das auf dem Land und im Wasser gleichermaßen leben konnte, einen einzigartig gefahrlosen Weg in die Stadt verschafft.

Hauptmann Losan schien noch nach einer entsprechenden Anweisung aus seinem Kriegshandbuch zu suchen. Leider hatte Mogda nicht die Zeit, darauf zu warten, und so übernahm er das Kommando auf der Stadtmauer.

»Zurück auf die Straßen, Männer. Sobald sie durch die Erde brechen, schlagt mit allem, was ihr habt, auf sie ein. Geht dorthin, wo die Wege nicht gepflastert sind. Passt auf jedes Stückchen freie Fläche auf. Tränkt die Erde mit Pech und steckt sie in Brand.«

Die Soldaten setzten sich in Bewegung. Einige rüsteten sich mit Fackeln aus und beleuchteten jeden freien Fleck, andere wiederum gaben die Kommandos weiter an ihre Kameraden. Zum Schluss blieben nur noch die Oger, eine Hand voll Zwerge und der Barbarenkrieger auf der Stadtmauer. Plötzlich durchfuhr es Mogda wie ein Blitz. Der Boden im Kerker war nicht befestigt.

»Wir müssen zu Cindiel. Sie kann die Elfen und den Stein nicht beschützen«, rief er.

Rator hatte sich noch immer nicht vom Anblick des Elfenheeres losreißen können. Er beobachtete, wie die Elfen einer nach dem anderen im Morast verschwanden und mit ihnen die Chance, sie von der Stadt fernzuhalten. Ein Tor zu bewachen oder ein Stück eingerissene Mauer zu verteidigen lag im Bereich des Möglichen. Zu verhindern, dass sie aus dem Erdreich krochen und über die Bewohner herfielen, nicht. Der Kampf war so gut wie verloren, bevor er überhaupt begonnen hatte.

»Dort!«, brüllte Rator urplötzlich. »Jetzt sehen, ob bluten.«

Mogda blickte in die Richtung, in die sein Freund zeigte. Inmitten des ganzen Schauspiels vor den Toren Turmsteins stand ein einzelner Mann. Er hatte die Arme erhoben und schien zu den Wolken zu sprechen. Noch bevor Mogda etwas sagen konnte, hatte Rator die Schar Oger und Zwerge um sich versammelt und rief zum Aufbruch.

»Öffnen Stadttor!«, brüllte er. »Guter Tag für töten Gott.«

Mogda hatte wenig Hoffnung, dem rasenden Kriegsoger Einhalt gebieten zu können. Auch das Nordtor würde ihn nicht stoppen können, ob offen oder nicht. Es war sicherlich nicht die erste Pforte, die er ohne Zustimmung aufbrach.

»Wenn wir versagen, bleibt wenigstens noch ein Funken Hoffnung«, sagte eine Stimme hinter Mogda.

Wulbart, der Barbarenkrieger, hatte sich dem Trupp um Rator nicht angeschlossen. Stattdessen reichte er Mogda eine Fackel.

»Ich habe gesehen, wie du kämpfst«, sagte er. »Aber du wirst meine Hilfe sicherlich brauchen können.«

Mogda nickte ihm dankend zu.

46

Funke der Götter

Als Mogda den aufgeweichten Boden der Arena betrat, gellten bereits die ersten Schreie aus den Tunneln. Mit langen Schritten hetzte er über das Feld. Wulbart und zwei Soldaten, die der Barbar unterwegs rekrutiert hatte, gaben sich alle Mühe, ihm zu folgen.

»Warte! Mogda, sollten wir nicht versuchen ...«. Die Rufe des Barbaren erstarben.

Mogda hatte den Tunnel schon erreicht. Er hielt kurz an und drehte sich zu seinen Begleitern um. Der Wind peitschte den Regen durch die Luft. Die Sonne stand noch dicht über dem Horizont und ließ den Kampfplatz weitgehend im Dunkeln. Wulbart musste kurz hinter Mogda gewesen sein, doch von ihm und den beiden Soldaten war nichts mehr zu sehen. Langsam bewegte sich Mogda zurück.

»Wulbart«, rief er. »Wulbart?«

Der Barbar antwortete nicht. Plötzlich entdeckte der Oger die schemenhafte Gestalt eines Soldaten. Er stand wie angewurzelt da und starrte nach unten.

»Wo ist Wulbart?«, rief Mogda ihm zu.

Der Soldat reagierte nicht. Dann sah Mogda die beiden Körper am Boden liegen. Sie waren bereits zur Hälfte im Morast versunken. Unzählige Arme ragten aus dem Schlamm und versuchten, die beiden hilflosen Männer fester zu packen. Wulbart lag auf dem Bauch. Das Gesicht in den Schlamm gedrückt versuchte er verzweifelt, sich aus der Umklammerung zu befreien. Der Soldat neben ihm lag auf dem Rücken. In kurzen Abständen stach die Klinge eines Krummsäbels von unten durch seine Brust.

Mogda stürmte vor und trat nach den Armen, die Wulbart umklammern wollten. Doch so sehr er sich auch bemühte, sie wollten einfach nicht von ihrem Opfer ablassen. Die Gliedmaßen der Elfen waren so biegsam, dass ihre Knochen nur schwer brachen. Mogda zog sein Schwert und rammte es tief neben dem Barbaren in die Erde. Immer wieder zog er es aus dem Schlamm, um es sofort danach wieder an einer anderen Stelle zu versenken. Er beugte sich weit über den Griff, um die Klinge möglichst tief in den Boden bohren zu können.

»Hack sie ab!«, rief er dem unter Schock stehenden Soldaten zu.

Doch bevor dieser aus seiner Starre erwacht war, zogen sich die Arme von selbst zurück. Mit einer Hand packte Mogda Wulbart am Schopf und zog ihn aus dem Schlamm. Keuchend richtete sich der Barbar auf. Schnell hatte er sich wieder gefangen und dankte Mogda mit einem erschöpften Nicken.

»Du bist wirklich eine große Hilfe«, brummte Mogda, keineswegs unfreundlich. »Kannst du aufstehen?«

»Geht schon wieder, danke«, stammelte Wulbart.

Der überlebende Soldat hatte mittlerweile seine lähmende Angst überwunden und die Chance genutzt, um Reißaus zu nehmen. Mogda und Wulbart machten sich gemeinsam auf in die Tunnel. Der Lagerplatz am Kreuzgang war verlassen. Die Ausrüstung lag verstreut umher, die Hälfte der Fackeln war aus den Halterungen an der Wand gerissen worden und lag schwelend auf der klammen Erde. Im Boden klafften drei fußgroße Trichter, die sich langsam wieder schlossen. Kampflärm drang durch den Tunnel, der zu dem Geheimgang führte. Wulbart wollte den Männern des Kapitäns sofort zu Hilfe eilen, doch Mogda hielt ihn zurück.

»Morrodaks Leute müssen zunächst ohne uns auskommen. Cindiel braucht unsere Hilfe dringender.«

Wulbart nickte zustimmend und folgte Mogda weiter. Der leicht abschüssige Gang führte weiter bis zu den Kerkern. Durch diesen Tunnel waren im Laufe der Jahre zahllose Krieger in die Arena gezogen. Der Tunnel bedeutete Freiheit oder Tod, egal in welche Richtung man ihm folgte.

Die Zahl der dunklen Elfen, die es in dieses Gewölbe verschlagen hatte, konnte man nur an den verräterischen Trichtern im Boden erkennen, und Mogda zählte wenigstens zwei Dutzend. Es stank nach Seetang und Algen. Normalerweise verströmten die Meister diesen ekelhaften Geruch, doch der Oger war sich sicher, dass er hier von deren neuen Sklaven stammte.

Die schwere Tür zum Kerker stand offen, genau wie die gegenüberliegende Pforte, die zu den Gefängniszellen führte. Mogda hatte die beiden Elfen in einen der Käfige gebracht, in denen sie zuvor von den

Soldaten gefangen gehalten worden waren. Er hatte nicht zulassen können, sie frei herumlaufen zu lassen. Das Gefängnis bot genügend Schutz, wenn man von der Möglichkeit absah, dass Feinde aus der Erde gekrochen kommen könnten.

Mogda trat gegen den geöffneten Türflügel, um einen Blick auf die Käfige werfen zu können. Der Gefängnistrakt war in zwei hintereinander liegende, breite Flure eingeteilt. In jedem dieser Räume standen ein Dutzend Käfige, die bei Bedarf auf einen Karren gestellt und durch das ›Prangertor‹ gezogen wurden. Dahinter lag ein freier Platz, wo die aufgebrachte Menge den Beschuldigten mit Essen bewerfen konnte, während er hilflos in seinem Käfig hockte und die Schmach über sich ergehen lassen musste; eine Vorstellung, die einen Oger nicht unbedingt das Fürchten lehrte – eher im Gegenteil.

In den Fluren war niemand zu sehen. Die Elfen waren in der letzten Zelle des hinteren Trakts untergebracht. Mogda zwängte sich durch die zu kleine Türöffnung und schlich in gebückter Haltung an der Reihe leerer Käfige vorbei. Wulbart hielt Ausschau nach Feinden in ihrem Rücken. Vorsichtig näherten sich die beiden der Tür zum nächsten Trakt.

Eine bösartig klingende, flüsternde Stimme, begleitet von schweren Atemzügen, drang an ihr Ohr.

Mit der Spitze des Runenschwertes drückte Mogda die Tür auf.

Cindiel, Barrasch und Finnegan kauerten dicht zusammengedrängt an der Wand und versuchten, sich der tänzelnden Angriffe eines dunklen Elfen zu erwehren. Barrasch war schwer an der Schulter verletzt und blutete stark. Cindiel und Finnegan stützten den Hauptmann mit je einer Hand. In der anderen hielten sie ihre Schwerter, wohl mehr, um den Elfen zu beeindrucken, als ihm ernsthaft zu schaden. Von den vielen Lehrstunden im Schwertkampf und den guten Ratschlägen war bei beiden nichts mehr zu erkennen. Unkontrolliert fuchtelten sie mit ihren Waffen herum und wirkten eher wie Kinder, die sich mit einem Stock einen Hund vom Hals hielten. Als der Elf den Oger erblickte, wollte er der Spielerei ein schnelles Ende bereiten. Mit gezielten Schlägen hieb er nach den Schwertern der beiden, um ihre Deckung zu öffnen. Cindiels Klinge zerbrach, und vor Schreck ließ sie die Waffe fallen.

Gerade noch rechtzeitig zog Mogda eine Fackel aus der Halterung und warf sie in Richtung des Elfen. Verängstigt fuhr die Kreatur zurück.

Wulbart stürmte am Oger vorbei und stürzte sich mit lautem Gebrüll auf den Feind. Mit einer Reihe harter Schläge drängte er den Elfen an die Käfige. Er parierte einen Angriff des Krummsäbels und trat zu. Der Elf wurde zwischen zwei Käfigwände geschleudert und versuchte, sich an die Gitterstäbe zu klammern. Doch bevor er Halt finden konnte, stemmte sich Mogda gegen den ersten Käfig und drückte die beiden Gitterwände der Zellen zusammen. Der Elf wurde eingeklemmt, und die Metallstangen drückten sich tief in seinen Körper. Obwohl einer der Stäbe quer über seinem Gesicht lag und den Kopf mit einer tiefen Furche verformte, konnte er seine Schwerthand befreien und hieb weiterhin mit zielgenauen Schlägen nach dem Barbaren. So sehr Mogda auch drückte, der Elf quoll wie eine gallertartige Masse weiter und weiter zwischen den Stäben hervor und drohte sich jeden Moment wieder frei bewegen zu können.

Cindiel sprang vor, bückte sich, nahm die Fackel und zeichnete mit einer Hand die Konturen der Flamme nach. Sie streckte zwei Finger aus und formte mit kreisenden Bewegungen einen breiter werdenden Trichter, der in Richtung des Elfen zeigte. Das Feuer der Fackel flackerte, als habe es ein Windstoß erfasst. Die Flamme züngelte immer heftiger, bis sich eine Feuergarbe formte und wie ein Drachenodem auf den Elfen zuschoss. Gierig nährten sich die Flammen am Körper des Elfen.

So schnell der Zauber gekommen war, verebbte er auch wieder. Das Feuer hatte sein Ziel gefunden und loderte so lange auf dem geschundenen Körper, wie es Nahrung fand. Der brennende Arm des Elfen hielt noch immer den Krummsäbel umklammert und schlug damit wild um sich, bis er schließlich zu Boden sank.

Mogdas Blick fiel auf den letzten der Käfige, in dem sich die Elfen befanden. Die Elfin lag am Boden, und über ihr hockte eine dunkle Gestalt, die sie festhielt.

»Der Stein!«, schrie er. »Sie dürfen ihn nicht bekommen.«

Mogda rannte die Zellenreihe entlang und ließ sein Schwert an den Gitterstäben Funken schlagen, um den Feind aufzuschrecken.

Der Elf aus den Tiefen des Meeres ließ von seinem Opfer ab und wandte seine bösartig funkelnden Augen dem Oger zu. Als er Mogda und kurz hinter diesem Cindiel mit der Fackel in der Hand erblickte, löste er sich einfach in Luft auf. Mit ihm verschwand der Säbel, den er vorher tief in den Leib der Elfin getrieben hatte.

Mogda stand ratlos vor dem Käfig. Die Zellentür war verschlossen, die Elfin lag sterbend am Boden, und ihr Peiniger war verschwunden. Genau wie der Bruder der Elfin.

Mogda stemmte einen Fuß gegen die Gitterstäbe und riss an der Käfigtür. Klirrend zerbarst das Schloss. Wütend schleuderte er das Gatter den Gang hinunter. Finnegan und Wulbart schreckten hoch, als ihnen das scheppernde Metall entgegenkam. Die beiden kümmerten sich gerade um Barrasch, der kraftlos am Boden saß. Mogda griff durch die Öffnung in den Käfig und zog die Elfin zu sich heran.

»Was ist passiert?«, flüsterte er.

Die Elfin war noch bei Bewusstsein, hatte durch die tiefe Wunde aber viel Blut verloren. Ein Blick zu Cindiel machte Mogda klar, dass die junge Frau ihr nicht mehr helfen konnte. Die Elfin würde sterben.

»Wo ist der Stein?«, fragte Mogda leise.

Die Elfin formte Wörter mit den Lippen, doch ihr Atem reichte nicht mehr, sie auszusprechen. Stattdessen sprach sie durch Cindiel, wie es zuvor schon die Drachen getan hatten.

»Der Stein schlägt in der Brust meines Bruders, wie ein Herz«, sagte Cindiels Stimme. »Aber *er* wird ihn sich nehmen und sich mit dem Leben meines Bruders ein eigenes erkaufen. Ihr müsst ihn aufhalten.«

»Wer ist *er*?«, fragte Moda

»Sabriel-e-Chin, Sohn eines Hohepriesters der Elfen und ein gefährlicher Magier. Selbst im Körper eines Sklaven verfügt er noch über unvorstellbare Zauberkraft. Ihr müsst euch beeilen, sonst wird er sich meines Bruders bemächtigen und ihn töten.«

»Wo kann ich deinen Bruder finden?«

»Er sucht den Schutz des Himmels und ist unterwegs, den Funken an die schwarzen Wächter zurückzugeben, damit sie ihn gut verstecken.«

»Die schwarzen Wächter? Der Schutz des Himmels?«, wiederholte Mogda und schaute Cindiel fragend an. »Was soll das bedeuten?«

Als er wieder in das Gesicht der Elfin blickte, war diese bereits tot, und Cindiel verstummte.

»Hat sie noch etwas gesagt?«, fragte der Oger.

Die Augen der jungen Hexe waren mit Tränen gefüllt. Sie schüttelte den Kopf.

»Im Schutz des Himmels, wo soll das sein?«, fragte Mogda und schickte einen derben Fluch hinterher. »Vielleicht sitzt er auf einem Baum oder hockt auf dem Dach eines Hauses.«

Der Oger sprang unvermittelt auf und stieß sich prompt den Kopf an der Decke.

»Die Türme der Magier«, rief er. »Ihr bleibt hier. Wulbart und ich haben einen anstrengenden Weg vor uns, wenn ich Recht habe.«

Schon rannte er wieder los, und der Barbarenkrieger folgte ihm, wenn auch etwas verwirrt.

Sie erreichten das Innere der Arena, ohne auf neue Feinde zu stoßen. Mogda drehte sich mehrfach um die eigene Achse und zeigte schließlich auf den höchsten aller Türme.

»Dort oben hat er sich versteckt und wartet, bis die schwarzen Drachen ihn abholen«, erklärte er Wulbart, als habe ihm dieser eine entsprechende Frage gestellt.

Zurück auf der Straße musste Mogda feststellen, dass es den Soldaten nur vereinzelt gelungen war, die Elfen am Eindringen zu hindern. Hier und da sah er schwelende Elfenkörper aus den Trichtern ragen. Mehr Erfolg schienen die Wachen damit gehabt zu haben, umliegende Gebäude trotz des starken Regens in Brand zu setzen. Überall loderten Feuer. Es würde nicht lange dauern, und die ersten Viertel stünden lichterloh in Flammen.

Die Elfen bewegten sich über die Dächer. Durch die oberen Fenster drangen sie in die einzelnen Gebäude ein und jagten die Bewohner aus ihren Häusern. Sie hingen an Mauervorsprüngen und kletterten an glatten Fassaden empor wie Spinnen. Jeder, der sich ihnen in den Weg stellte, machte Bekanntschaft mit ihren Säbeln.

Offenbar aber waren die Elfen nicht daran interessiert, die Menschen zu versklaven oder zu töten. Sie setzten kein Gift ein und stellten auch niemandem nach. Sie waren auf der Suche nach jemandem. Sie suchten einen Elfen und den Stein, das war alles.

Nach und nach füllten sich die Straßen wieder. Die Anwohner merkten, dass ihnen die Häuser keinen Schutz boten, oder sie flohen, weil die Gebäude brannten. In den Gassen herrschte Chaos. Mogda spürte die Anwesenheit Tabals, doch etwas daran war ungewohnt. Diesmal war sein Gott nicht allein.

Mogda versuchte, sich neu zu orientieren. Der Turm, auf dem er den Elfen vermutete, lag südwestlich, nahe der Stadtmitte. Zweifellos war es das höchste Gebäude in Turmstein. Wenn der Elf eine Flucht auf einem Drachen plante, dann war dies der richtige Ort dafür. Und wenn er sich irren sollte, hätten sie wenigstens eine wunderbare Aussicht auf die brennende Stadt.

»Dort entlang!«, brüllte er Wulbart zu und rannte los.

Mit lautem Gebrüll stürmte Mogda auf die in Panik fliehenden Menschen zu. Aus Angst, von dem Koloss überrollt zu werden, sprangen sie beiseite und suchten Schutz in Nischen und Hauseingängen. Selbst zwei dunkle Elfen, die sich ihm anfänglich in den Weg stellen wollten, besannen sich eines Besseren und flüchteten auf ein Vordach.

»Das ist eine Sackgasse«, warnte Wulbart den Oger, als er sah, dass Mogda auf einen engen gepflasterten Weg zusteuerte, der weiter hinten von einem Marktstand auf einem Karren blockiert wurde.

Mogda hatte den Karren schon längst erspäht, und dieser war sogar der eigentliche Grund gewesen, die schmale Gasse zu wählen. Die wenigen Einwohner, die ihnen entgegenkamen, flohen entweder zurück in ihre Häuser oder warfen sich einfach zu Boden. Mogda warf sich mit voller Wucht gegen den Karren und drückte ihn vorwärts. Die Hälfte der sorgsam auf dem Stand aufgereihten Früchte ging über Bord. Wulbart hatte Schwierigkeiten, sich durch das Durcheinander an zermatschtem Obst zu kämpfen, ohne darauf auszurutschen. Gellende Schreie ertönten auf der anderen Seite des Karrens, als Mogda ihn durch die Gasse schob. Von Zeit zu Zeit schlugen Hindernisse gegen die Karrenwand, und es war kaum auszumachen, ob es sich um Bewohner, Feinde oder vielleicht nur Zäune handelte. Jedenfalls gab es nichts und niemanden, der sich dem Gespann erfolgreich entgegenstellte, bis die Gasse schließlich an einem Torbogen endete. Mogda erhöhte das Tempo und stemmte sich gegen die Rückwand des Obststandes. Kreischend verkanteten sich die Radnaben im Mauerwerk und hinterließen tiefe Kerben im Stein. Mogda erhöhte den Druck ein weiteres Mal. Die dünnen Spriegel bogen sich und gaben schließlich nach. Die Vorderachse blockierte, die Ladefläche stellte sich auf und schlug gegen den Torbogen. In einem Regen aus Splittern und Obstresten brach Mogda durch das Tor und gelangte auf einen leeren Marktplatz. In südlicher Richtung lag der Turm, dessen weit auslaufende Treppenstufen hinauf zum halb geöffneten Portal führten.

Zu spät erkannte Mogda den kleinen Trupp Elfen, der nur auf sie gewartet zu haben schien. Dünne Speere schlugen auf dem Pflaster auf, als sie zu laufen begannen. Mogda packte Wulbart am Kragen und schob sich zwischen ihn und die Angreifer. Wie feine Nadelstiche trafen ihn mehrere Wurfspieße an Schulter und Rücken. Ein weiterer bohrte sich in seine Hand.

Mogda trieb den Barbaren weiter vor sich her, die Treppenstufen hinauf zum Turm. Keuchend erreichten die beiden das Gebäude und stemmten sich gegen das Portal. Im Inneren angelangt schob Mogda sofort den schweren Riegel vor die Tür, während weitere Geschosse gegen das Holz hämmerten.

»Ein Kinderspiel«, stöhnte Mogda und verrenkte sich beinahe, um die Pfeile aus seinem Rücken zu ziehen.

Wulbart ging ihm zur Hand.

»Gift!«, entfuhr es dem Hünen.

Misstrauisch begutachtete Mogda eine Pfeilspitze. Pechähnliche Substanz lief zähflüssig vom Schaft herunter und tropfte auf die Steinfliesen.

»Wollen wir hoffen, dass der Regen den größten Teil abgewaschen hat«, sagte Mogda.

»Und was, wenn nicht?«, fragte Wulbart unsicher.

»Dann weckst du mich einfach, wenn alles vorüber ist.«

Als Mogda sich den letzten Pfeil aus dem Handrücken zog und sich der Halle zuwandte, hoffte er beinahe, das Schlafgift würde seine Wirkung nicht verfehlen.

Das Innere des Turms erinnerte entfernt an die Haupthöhle im Drachenhorst. Außer einer großzügig angelegten Wendeltreppe aus geschmiedetem Eisen, die zu mehreren gemauerten Plattformen in schwindelerregender Höhe führte, gab es keine weiteren Räume. Die Plattformen waren frei schwebend und wurden nur von jeweils drei gemauerten Rundbögen getragen.

»Ein beeindruckendes Meisterwerk zwergischer Schmiedekunst«, kommentierte der Barbar.

»Genau das befürchte ich«, stöhnte Mogda. »Kunst soll man betrachten, nicht darauf herumtrampeln.«

Bis zur ersten Plattform in rund sechzig Fuß Höhe war kein einziges Fenster zu sehen, was Mogda die Gewissheit gab, dass die Elfen so schnell nicht wieder auftauchen würden. Wulbart eilte hastig voraus, doch als er den ersten Fuß auf die Treppe setzte, zögerte er.

»Am besten, ich bleibe hinter dir, falls du stecken bleibst«, erklärte der Barbar verlegen.

Mogda verzog die Mundwinkel, nickte aber zustimmend. Schon nach den ersten Stufen wusste Mogda, dass die Treppe mit Kunst genauso wenig zu tun hatte wie mit Meisterarbeit. Bei jedem Schritt bogen sich die Stufen unter seinem Gewicht durch. Das Geländer gab nach und verzog sich in ovalen Ringen um den Mittelpfeiler.

»Das ist der Turm vom Hofmagier Libriandus«, sagte Wulbart und hoffte wohl, dem Oger damit Mut zu machen. »Wahrscheinlich hat er die Treppe mit einem Zauber verstärkt.«

»Wenn nicht, wird er den Rest seines Lebens als der meist gehasste König von Nelbor fristen.«

Stufe um Stufe arbeiteten sich die beiden voran. Von der Eile, die sie zuvor an den Tag gelegt hatten, war nichts mehr zu spüren. Auf halber Höhe zur ersten Plattform rissen die ersten Verankerungen aus dem Mittelpfeiler und ließen feinen Marmorstaub auf den Kopf des Barbaren rieseln.

»Du musst dein Gewicht besser verteilen«, mahnte Wulbart.

Mogda drehte vorsichtig den Kopf und schenkte dem Barbaren aus den Augenwinkeln einen vernichtenden Blick.

»Ich versuche, mich zu konzentrieren, damit sich *unser* Gewicht nicht gleichmäßig über die Fliesen verteilt. Wäre es zu viel verlangt, einfach die Schnauze zu halten?«

Mogda spürte, wie ihm der Schweiß über den Rücken rann. In all seinen Kämpfen hatte er nicht so geschwitzt, nicht einmal in der prallen Sonne der Roten Wüste. Ein raschelndes Geräusch ließ ihn seinen Kopf vorsichtig über den Rand der ersten Plattform strecken. Vor ihm hockte, je nach Betrachtungsweise, Libriandus oder Lord Sigurt. Das Schwert zitternd erhoben saß er auf dem Boden und zielte auf den Oger. Als er die Ankömmlinge erkannte, ließ er die Klinge erschöpft sinken.

»Gib mir das Fläschchen. Ich brauche meinen Körper zurück, um meine Magie einsetzen zu können«, flehte er außer Atem.

Mogda erklomm die restlichen Stufen, blieb jedoch voller Misstrauen gegenüber der Konstruktion am Rand der Plattform stehen. Libriandus saß gegen einen großen ovalen Holztisch gelehnt und schüttelte verzweifelt den Kopf. Unmengen von Papieren und Büchern waren vom Tisch gefegt worden und lagen verstreut auf dem Boden.

Neben sich hatte der Zauberer eine Karaffe Wein stehen, aus der er hastig einen Schluck nahm. Auf den Tisch hinter ihm hatten die Soldaten seinen reglosen Körper gebettet. Das Ganze wirkte auf Mogda wie eine skurrile Totenzeremonie, nur waren weder der König noch der Magier tot; jedenfalls nicht wirklich – noch nicht.

»Jammer nicht!«, blaffte Mogda den Magier an. »Andere wären froh, König zu sein. Sag uns lieber, ob hier einer der Elfen vorbeigekommen ist.«

Libriandus hatte nicht mehr die Kraft, sich mit dem Oger auseinander zu setzen. Wortlos deutete er nach oben.

»Ist er allein?«, wollte Mogda wissen.

Der Magier zuckte mit den Achseln.

»Nimm ihn mit«, sagte Mogda zu Wulbart. »Vielleicht können wir seine königliche Hoheit noch gebrauchen.«

»Warum ich?«, fragte Wulbart unschlüssig.

»Weil ich dir zwei Mal das Leben gerettet habe und es nicht bereuen möchte; deshalb.«

Noch während sich Wulbart widerwillig an Mogda vorbeidrängte, hatte sich Libriandus erhoben und kam zu ihnen.

»Wenn ich euch helfe, den Stein zu finden, gebt ihr mir dann die Flasche?«

»Wie oft muss ich es noch wiederholen, Magier? Wenn ich den Stein habe und wir aus der Stadt heraus sind, *dann* kannst du das Ding haben und damit machen, was du willst – vorher nicht.«

Libriandus blieb keine Wahl. Er war nicht in der Lage, Forderungen zu stellen. Er musste sich entscheiden. Entweder blieb er weiter bei seinem Körper sitzen, den er ohnehin nicht schützen konnte, wenn es ernst wurde, oder er begleitete den Oger, um zumindest in der Nähe der Phiole zu sein.

Mogda schickte den Magier voraus. Er traute ihm nicht. Nach außen hin verfolgte Libriandus zwar dieselben Ziele wie Lord Felton und dessen undurchsichtiger Handlanger Haran. Doch was bedeutete das schon in Bezug auf die Machtbesessenheit der Menschen?

Je höher sie stiegen, desto stabiler schien die Treppe zu werden, gleichzeitig aber auch umso enger. Mogda beschäftigte sich vorrangig mit zwei Gedanken: Wenn die Treppe unter seinem Gewicht nachgab, würde er es dann schaffen, sich an einen Pfeiler zu klammern? Und wenn er stecken bleiben sollte, wo würde Wulbart drücken, um ihn frei zu bekommen?

Die Befürchtungen des Ogers bewahrheiteten sich nicht. Stattdessen erreichten sie die Luke zum Dach. Libriandus stemmte sich zwei Mal erfolglos dagegen, zerrte an der Verriegelung und kam schließlich zu dem Schluss, dass von außen abgesperrt war. Mogda schob den schmächtigen Mann zur Seite und drückte mit der flachen Hand gegen die Bretter. Einen Moment später hörten sie, wie die Verriegelung aus dem Holz sprang und klirrend zu Boden fiel.

»War nur verklemmt«, entschied Mogda, der sich nicht vorstellen konnte, dass man eine Tür mit einem so brüchigen Schloss versah.

Einer nach dem anderen kletterten sie auf die Galerie des Magierturms. Das oberste Stockwerk maß immer noch zwanzig Schritt im Durchmesser und war umsäumt von einer zwei Fuß hohen Balustrade. Das kuppelförmige Dach darüber wurde von fünf massiven Marmorsäulen gestützt. Auf dem Boden waren die Säulen mit Obsidianplatten in Form eines Pentagramms verbunden. Von hier oben hatte man einen beeindruckenden Blick auf die Stadt. Momentan jedoch bot sich den dreien eher der Ausblick in eine Katastrophe. Viele der umliegenden Gebäude standen in Flammen. Die Bewohner Turmsteins waren nur als kleine Punkte zu erkennen, die hektisch durch die Gassen rannten. Einige versuchten, die Brände zu löschen oder zu verhindern, dass sie auf die anliegenden Gebäude übersprangen. Andere wiederum flohen vor den Elfen oder lagen reglos auf dem Straßenpflaster. Zur Gegenwehr entschlossene Stadtwachen waren nirgends zu erkennen.

Mogda betrachtete den Untergang Turmsteins mit beiläufigem Interesse. Der eigentlich Grund seines Hierseins war ein anderer – der Elf, oder vielmehr das, was jener bei sich trug. Von beidem war allerdings nichts zu sehen.

»Vielleicht ist er gesprungen«, mutmaßte Wulbart, lehnte sich weit über die Brüstung und starrte in die Tiefe.

»Gewagter Plan – und wunderbar sinnlos«, erwiderte Mogda missmutig.

»Nein, warte, er ist noch irgendwo hier oben«, berichtigte sich Wulbart, beugte sich weiter vor und zog sein Schwert.

Mogda lehnte sich neben dem Menschen über die Brüstung und schaute hinab. Wie Insekten, die vom Licht angezogen werden, stürmten immer mehr dunkle Elfen auf den Turm zu. Sie kamen aus Häusern und dunklen Gassen, und ganze Gruppen rannten auf den breiten Prachtstraßen Turmsteins herbei. Doch statt das Innere des Turmes zu betreten, kletterten sie an der Außenwand hinauf.

Für einen kurzen Moment legte sich ein dunkler Schatten über die aufgehende Sonne. Mogda wirbelte herum. Sein Gefühl trog ihn nicht. Die schwarze Silhouette kreiste auf halber Höhe zwischen ihnen und der Stadtmauer. Es war einer der schwarzen Drachen, und wie es schien, war die letzte Zeit auch an ihm nicht spurlos vorübergegangen. In einem Flügel prangte ein großes Loch, und eine verletzte Klaue hielt der Drache dicht an den Leib gepresst. Seine Flugfähigkeiten waren eingeschränkt, aber immerhin *war* es ein Drache; körperlich nicht ganz auf der Höhe vielleicht, dafür aber groß und zornig. Immer wieder streifte er den Turm und riss dabei etliche Elfen mit sich. Einige stürzten einfach in die Tiefe, andere zermalmte der Drache mit seiner gesunden Klaue oder fraß sie noch im Flug. Jetzt war sich auch Mogda sicher, dass der Elf hier war. Kurz entschlossen packte er Libriandus und hielt ihn am ausgestreckten Arm über die Brüstung. Mittlerweile war nicht nur die Seele aus dem königlichen Körper gewichen, sondern auch jegliche Farbe. Libriandus war vollkommen verkrampft, biss sich auf die Lippen und kniff die Augen zusammen.

»Mach die Augen auf!«, knurrte Mogda. »Sieh nach, ob der Elf auf dem Dach ist.«

Blinzelnd warf der Magier einen Blick auf die Kuppel und nickte hektisch.

»Ja, ja, er steht dort oben und hält die Arme ausgebreitet, als ob er fliegen will. Hol mich bitte wieder rein.«

»Nichts da. Du wirst ihn zu uns herunterholen«

Mit diesen Worten schob Mogda den Zauberer auf das kuppelförmige Dach. Unbeholfen kletterte Libriandus hinauf und robbte auf allen vieren über die Schindeln.

Immer noch stürmten weitere Feinde heran. Es waren Hunderte, die es auf den Turm des Magiers abgesehen hatten. Mogda fragte sich, wie ihnen die Flucht gelingen sollte, selbst falls sie in den Besitz des Steins gelangen würden.

Der Drache zog weiter seine Kreise um den Turm. Er streifte zwei Dächer naher Gebäude und ließ die Trümmer auf die elfischen Heerscharen niederprasseln. Dann schraubte er sich senkrecht in den Himmel, fiel über den Rücken ab und begann einen Sturzflug. Kurz vor Erreichen des Bodens breitete er seine Flügel aus und spie einen Säureregen quer über den Platz vor dem Magierturm. Die Elfen stoben auseinander und flohen in den rettenden Schatten von Mauern und Hauseingängen. Sie warfen ihre Speere und feuerten dem schwarzen Ungetüm Salven von Pfeilen hinterher. Ein weiterer Odem traf die dreißig Fuß hohe Statue König Wigolds am Fundament des Turms und brachte sie kurze Zeit später zum Einsturz. Der Kopf wurde vom Rumpf getrennte und rollte polternd über den Platz.

»Vorsicht, hinter dir«, hörte Mogda eine Stimme vom Dach, die nicht ihm zu gelten schien. »Du widerwärtige Ausgeburt der Tiefe des Meeres. Lass ihn sofort los, du aargh ...«

Aus dem Augenwinkel sah Mogda eine Gestalt vom Dach in die Tiefe stürzen. Er hechtet zur Balustrade, schaute hinab und verfolgte den Sturz von Sigurts Körper, wie er mit rudernden Armen versuchte, im Nichts Halt zu finden. Reflexartig griff Mogda in seine Tasche, zog die Phiole hervor und warf sie auf den Boden, wo er sie mit dem Fuß zerstampfte.

»Wie schnell ist eine Seele?«, fragte Mogda Wulbart, der ihn entgeistert ansah, um dann mit den Schultern zu zucken.

»Ich will hoffen, sie hat ihn eingeholt, bevor er unten aufschlägt.«

Mogda fühlte etwas Zähflüssiges, Warmes auf seine Stirn tropfen. Es kroch seine Braue entlang und rann in sein Auge. Ein roter Schleier legte sich über alles. Erst jetzt begriff er. Blut tropfte vom Dach, und es konnte nur von dem Elfen stammen. Mogda stemmte sich gegen die Verstrebung über seinem Kopf. Mit aller Gewalt riss er an dem Querbalken und schlug mit den Fäusten auf die Schindeln ein. Er wütete so lange, bis er seinen Oberkörper durch die losen Ziegel zwängen konnte.

In der Mitte des Dachs kniete der Elf. Hinter ihm stand einer seiner dunklen Brüder und griff mit einer Hand in den geöffneten Brustkorb seines Opfers. Es war Sabriel. Er zog die blutverschmierte Hand aus dem Körper des Elfen. Zwischen seinen Fingern glitzerte ein grün schimmernder Kristall von der Größe eines Dolches. Sabriel hatte den Funken der Götter gefunden, der in der Brust seines Bruders geruht hatte. Er stieß den sterbenden Elfen beiseite, bis dieser langsam vom Dach rutschte.

»Du wirst das Meer nie wiedersehen, Sabriel!«, brüllte Mogda. »Ich werde dich töten, und wenn es das Letzte ist, was ich tue.«

Mogda schlug mit dem Runenschwert auf das Dach ein. Holz und Schindeln wurden umhergeschleudert und stürzten in die Tiefe. Immer weiter trieb der Oger die Kerbe vorwärts.

Sabriel blieb ganz ruhig. Vorsichtig rückwärts gehend näherte er sich dem Rand des Daches. Mogda hatte gerade die mittlere Verstrebung erreicht, als Sabriel ihm zuzwinkerte, die Hand zum Gruß erhob und sich fallen ließ. Noch bevor sein Körper ganz nach hinten überkippte, verschwand er einfach, wie schon zuvor in den Zellen.

Damit war der Stein verloren. Und mit ihm jegliche Hoffnung.

47
Niederlagen

So schnell die Elfen ins Innere der Stadtmauern gelangt waren, so schnell verschwanden sie auch wieder. Nachdem sie in den Besitz des Steines gekommen waren, zogen sie sich zurück, sei es in die Erde, über die Stadtmauer oder einfach durch eines der Haupttore. Sie ließen jeden zurück, der es nicht wert war, sie in die neue Welt zu begleiten, darunter auch Verletzte und Tote ihrer eigenen Rasse.

Mogda und Wulbart verließen den Turm auf demselben Wege, auf dem sie gekommen waren. In der Gewissheit, die Erfüllung der Prophezeiung nicht vereitelt zu haben, verlief ihr Abstieg weniger hastig als der Aufstieg.

Auf der unteren Plattform angekommen stellten die beiden fest, dass der Körper von Libriandus verschwunden war. Mogda fühlte sich erleichtert. Ihm war der Magier vom ersten Moment an unsympathisch gewesen, doch an seinem ewig währenden seelenlosen Tod hätte er dennoch nicht schuld sein mögen. Die Erleichterung über die wundersame Rettung des Hofmagiers erfuhr jedoch einen gewaltigen Dämpfer, als Mogda in der Eingangshalle auf einen desorientiert wirkenden Libriandus traf. Wie in Trance schlurfte der Magier umher und bewegte sich so lange vorwärts, bis er mit etwas zusammenstieß. Dann blieb er einen Moment stehen, änderte die Richtung und schlurfte weiter.

Nachdem er das Schauspiel eine Weile betrachtet hatte, schritt Mogda auf den Magier zu, hob ihn hoch und warf ihn sich über die Schulter.

»Was machst du?«, fragte Wulbart verwundert.

»Ich nehme ihn mit. Vielleicht können wir ihn noch gebrauchen«, erklärte Mogda.

Auf dem Vorplatz herrschte wildes Durcheinander. Der Kampf gegen die Elfen war zwar beendet, doch nun galt es, brennende Gebäude zu löschen und zu retten, was noch zu retten war. Händler brachten ihre Waren in Sicherheit, Eltern suchten ihre Kinder und umgekehrt.

Vor der umgestürzten Statue König Wigolds hatte sich ein ganzer

Pulk aufgebrachter Bürger versammelt und schrie Verwünschungen der übelsten Art. Erst als Mogda und Wulbart näher kamen, erkannte der Oger den Grund für den Menschenauflauf. Dicht gedrängt standen die Leute um den übergroßen abgetrennten Marmorkopf ihres alten Herrschers. »Weg da!«, befahl Mogda der gaffenden Menge, die, durch das zornige Auftreten des Ogers erschreckt, sofort eine Gasse bildete. Aus dem linken Auge von König Wigold ragte zur Hälfte der Körper eines dunklen Elfen. Es war nicht irgendein Elf. Es war Sabriel-e-Chin, jener Elf, der zwei seiner Brüder und Schwestern getötet hatte, um in den Besitz des Steins zu gelangen. Sabriel war noch am Leben, aber gefangen im Stein. Sein Zauber hatte ihn zwar an dieselbe Stelle zurückgebracht, von der er gekommen war, jedoch war der Platz nicht mehr frei gewesen. Ein toter König hatte seine Flucht vereitelt. Mogda packte ihn an der Kehle und drückte mit dem Daumen gegen sein Kinn, sodass der Elf ihn anblicken musste.

»Wo ist der Stein?«

»Du kommst zu spät, Laune der Götter«, wisperte Sabriel. »So dicht wie oben auf dem Turm wirst du dem Funken der Götter nie wieder kommen. Illistantheè hält ihn bereits in Händen und wird das letzte bisschen Glut aus ihm herauspressen, genauso wie aus euren Göttern. Ihr seid die letzten Überlebenden einer sterbenden Welt. Wenn eure Gebeine längst im Boden verrottet sind, wird eine andere Rasse diese Welt bevölkern. Eine Rasse, die aus unserem Geschlecht hervorgehen wird.«

»Du wagst es, mich Laune der Götter zu nennen?«, drohte Mogda. »Du warst einmal ein Elf, eines der erhabensten Wesen, die die Welt kennt. Schau dich jetzt an. Du bist nicht mehr als ein Sklave mit dem Geruch eines Fisches. Und was die Rasse betrifft, die nach uns kommt: Sei dir gewiss, du wirst ihr nicht mehr angehören.«

Mogda legte den Magier Libriandus auf den Boden und zog sein Schwert.

»Verzeiht mir, König Wigold«, flüsterte er. »Ihr habt da etwas im Auge.«

Die Klinge schrammte über den Marmor und trennte Sabriels Oberkörper vom Steinkopf der Statue. Die Menge war begeistert. Jubelrufe, die den Oger hochleben ließen, wurden laut. Doch Mogda wusste, was diese Rufe wert waren. Noch vor wenigen Tagen hatten dieselben

Menschen in der Arena seinen Tod gefordert. Er tröstet sich mit dem Gedanken, dass sie es nicht besser wussten und wahrscheinlich in der wenigen Zeit, die ihnen noch verblieb, auch nicht mehr lernen würden. Alles, was ihn interessierte, war, wie es seinen Gefolgsleuten am Nordtor ergangen war.

Kurzerhand warf er sich Libriandus wieder über die Schulter und eilte zusammen mit Wulbart zum nördlichen Stadttor. Auf halbem Wege kamen sie an einem Tempel des Prios vorbei, der bis auf die Grundmauern niedergebrannt war. Der Priester kniete vor den schwelenden Überresten des Gotteshauses und hatte das Gesicht tief in den Hände vergraben. Um ihn herum standen Bürger Turmsteins, die sich vor Freude über den Rückzug der Elfen in die Arme fielen. Sie jubelten sich gegenseitig zu und priesen die Besonnenheit und Stärke ihrer Soldaten.

Mogda hatte von beidem nichts gesehen. Die Wachen hatten genauso Reißaus genommen wie alle anderen. Dass sie sich jetzt als Helden feiern lassen konnten, hatten sie nur zweierlei Umständen zu verdanken: Ihre Verstecke waren gut gewählt, und die Elfen hatten gefunden, was sie suchten. Mogda war sich sicher, dass es nicht mehr lange dauern würde, bis die meisten Menschen dieselbe Hoffnungslosigkeit wie der Priester spüren würden.

Auch wenn Turmstein dem Angriff der Elfen hilflos gegenüber gestanden hatte, am Nordtor herrschte bereits wieder militärische Ordnung. Sechs Wachen hatten sich an dem halb geöffneten Durchlass zur Stadt postiert und zeigten soldatisches Pflichtbewusstsein.

»Wohin?«, fragte eine der Wachen und versperrte Mogda mit einem Speer den Weg. Ohne den Soldaten weiter zu beachten, griff Mogda nach der Waffe und zerbrach sie in zwei Teile.

»Wir führen den Hofmagier etwas aus«, murmelte er und drängte sich durch das Nordtor nach draußen.

Der eigentliche Kampf hatte von den Toren Turmsteins stattgefunden. Nur einen Steinwurf vom Stadttor entfernt bedeckten tote Krieger den Boden. Zuhauf lagen die Gefallenen im Schlamm, mit blutigen Wunden übersät und von den Überlebenden niedergetrampelt. Mogda konnte ihre Zahl nur schätzen, doch es mussten Hunderte sein. Neben toten Menschen und gefallenen Zwergenkriegern lagen auch die massigen Körper von Ogern.

Mogda wusste, dass sich um sie keine ruhmreichen Legenden ranken würden. Diese Ehre wurde meist nur erfindungsreichen Feiglingen zuteil.

Inmitten des Schlachtfelds erhob sich nur noch eine Hand voll Überlebender. Rator und Gnunt stützten Tastmar, dem der Schaft einer Lanze aus dem Oberschenkel ragte. Dranosil und drei weitere Zwerge suchten zwischen den Toten nach gefallenen Kameraden. Der Rest der tapferen Krieger hatte in dem aussichtslosen Kampf sein Leben verloren, unter ihnen auch viele Bewohner Turmsteins, die sich den Ogern angeschlossen hatten. Es waren einfache Leute, bewaffnet mit Forken und allem, was sie hatten finden können. Für Mogda waren sie die eigentlichen Helden der Schlacht.

Inzwischen hatten sich auch Cindiel, Barrasch und Finnegan sowie Kapitän Morrodak und ein Teil seiner Leute auf der Stadtmauer eingefunden. Stumm und regungslos standen sie auf den Zinnen und starrten auf das Schlachtfeld hinab.

Mogda suchte sich einen Weg zwischen all den Leichen hindurch. Vorsichtig setzte er einen Fuß vor den anderen. Der Schlamm, in dem er bei jedem Schritt knietief versank, hatte sich vom Blut rot verfärbt. Immer wieder stieß er im Morast gegen etwas, dass sich anfühlte wie die Gliedmaßen lebloser Körper. Mogda konnte sich nicht vorstellen, dass dies ein einzelner Mann getan haben sollte. Erwartungsvoll sah er Rator an, um zu erfahren, was hier passiert war. Der Kriegsoger zog jedoch mit gesenktem Haupt an ihm vorüber, um Tastmar den zersplitterten Lanzenrest aus dem Oberschenkel zu ziehen.

»Was ist passiert?«, wollte Mogda von Dranosil wissen, der bis zu den Hüften im Schlamm stand und verzweifelt am Arm eines Zwergenkriegers zog. Mogda half ihm, seinen toten Kameraden zu bergen.

»Wir waren etwa fünfzig, als wir bei strömenden Regen durch das Nordtor stürmten«, begann Dranosil. »Der Wanderer schien gar keine Notiz von uns zu nehmen. Er stand nur da und hatte die Arme zum Himmel erhoben. Ich wusste zuerst nicht, was mit ihm nicht stimmte, doch schon bald war es offensichtlich. Wir alle versanken im Schlamm, nur er allein stand trockenen Fußes darauf. Während unsere Kraft vom mühsamen Vorankommen im Morast aufgezehrt wurde, streckte er seine Arme einfach in den Himmel. Wir waren keine dreißig Schritt mehr von ihm entfernt, da zuckten die ersten Blitze vom Himmel. Es war nicht wie bei einem Gewitter, sondern die weißen Finger der Götter suchten nach uns. Einer nach dem anderen wurde vom Blitz gepackt und in die Erde gestampft. Alles, was von ihnen übrig blieb, war ein brodelnder Haufen Schlamm am Boden. Rator und die anderen Oger erreichten den Wanderer als Erste. Voller Wut schlugen sie auf ihn ein. Der Wanderer war flink und schnell wie ein Elf im Wald. Keine Klinge konnte ihn erreichen, kein Krieger ihn packen. Rator stieß sich vom Rücken eines gefallenen Ogers ab und führte seine Axt mit einem mächtigen Schlag gegen die Brust des Wanderers. Doch dessen Körper wurde nicht zerteilt wie der eines Sterblichen. Stattdessen rutschte der Wanderer nur einige Meter rückwärts – genau in die Reichweite meines Zwergenhammers. Ich drosch auf seine Beine ein, doch die Knochen wollten nicht brechen. Er entriss mir den Hammer ... Nie zuvor hat jemand Hand an meine Waffe gelegt.«

Dranosil hatte Tränen in den Augen. Er musste schlucken, bevor er weitersprechen konnte.

»Er brauchte nur einen Schlag. Mit meiner eigenen Waffe enthauptete er meinen besten Freund. Immer mehr Bürger Turmsteins kamen uns zu Hilfe. Mit und ohne Waffen, beritten oder zu Fuß. Einer nach dem anderen fiel durch seine eigene Waffe oder die eines Freundes. Als nur noch eine Hand voll Kämpfer übrig war, versank der Wanderer plötzlich im Boden und blieb verschwunden. Er hat hundert und mehr von uns getötet, und wir konnten ihn nicht einmal verletzen. Er ist kein Mensch, auch kein Zauberer oder Dämon. Wahrscheinlich ein Gott und unsterblich!«

Rator hatte die Worte des Zwerges gehört. Wutentbrannt sprang er auf, stieß Mogda beiseite und zog den Zwerg aus dem Schlamm. Er hielt ihm die blutigen Splitter der Lanze hin.

»Mann ohne Schuhe nicht sein Gott. Gott nicht kämpfen mit Waffen. Du einfach sterben, wenn Gott kommen. Er nicht gewagt, Rator zurücklassen. Er gewusst, Rator kommen wieder für Rache, für töten Mann ohne Schuhe.«

Rator meinte es ernst. Und Mogda wusste, dass er sein eigenes Leben und das eines jeden anderen opfern würde, um den Wanderer wiederzufinden.

48

Die Vision

Es schien, als sei mit den Elfen auch der Regen weitergezogen, und als der letzte Tote geborgen war, brach die Nacht herein. Oger und Zwerge hatten ihre gefallenen Kameraden vor der Stadtmauer aufgebahrt. Nach größeren Schlachten geschah es oft, dass man die Leichen von Freund und Feind zusammen in ausgehobene Gruben warf und ihre Körper sofort mit Erde bedeckte. Zu groß war die Gefahr von Seuchen und Krankheiten. Außerdem wollte man verhindern, dass sich Aasfresser oder Leichenfledderer an den Toten gütlich taten.

Doch Rator bestand darauf, die Bürger Turmsteins, die im Kampf gegen den Wanderer ihr Leben gegeben hatten, nicht einfach zu begraben, sondern ihnen eine letzte Ehre zu erweisen. Stundenlang hatten er und Gnunt Holz aus Turmstein herbeigeschleppt. Egal, ob es sich um Bretter, kaputte Karren oder Trümmer aus Häuserruinen handelte, sie schafften es aus der Stadt heran und schichteten es zu einem langen Damm auf, auf den sie die Toten betteten.

Niemals zuvor war der Toten der Menschen, Zwerge, Elfen und Oger gemeinsam gedacht worden, doch heute war dieser Tag gekommen. Am Fuß der Stadtmauer hatten sich die vier Oger, ein halbes Dutzend Zwerge sowie die wenigen Mitstreiter aus Osberg und Sandleg versammelt. Gemeinsam entzündeten sie den Holzwall. Als die Flammen die gewaltige Totenbahre erhellten, versammelten sich auch die ersten Menschen auf den Wehrgängen und stimmten ihre Gebete an. Immer mehr drängten auf die Stadtmauer. In andächtigem Schweigen beobachteten sie, wie die Flammen nach und nach die Körper der Toten verzehrten.

Über eine Stunde lang herrschte bedrückende Stille, bis plötzlich die ersten Schreie von der Stadtmauer ertönten.

»Oger! Tabal schickt sein Heer. Schließt die Tore.«

Noch bevor Mogda wirklich begriff, was geschah, ertönten die Hornsignale von den Wachtürmen. Die eben noch schweigende Menge geriet in Aufruhr und Panik. Zu Hunderten flüchteten die Menschen zurück in ihre Häuser, und an ihrer statt erschienen Wachsoldaten auf den Zinnen. Eilig wurde das Nordtor geschlossen. Mogda hörte, wie die schwere Eichenbohle vor das Doppelportal geschoben wurde. Gellende Schreie warnten die ahnungslosen Einwohner. Wachoffiziere brüllten ihren Soldaten Befehle zu. Nacheinander wurden die Feuerkörbe auf der Stadtmauer entzündet. Die wenigen Ballisten waren innerhalb kürzester Zeit besetzt und ausgerichtet.

Der Anblick, der sich Mogda von der Mauer aus bot, war nur schemenhaft. Die Flammen versperrten die Sicht, Rauchschwaden verdunkelten die andere Seite des brennenden Walls, und die flimmernde Luft verzerrte die Gestalten, die sich der Stadt genähert hatten. Zwei Dinge konnte er jedoch mit Gewissheit sagen: Es waren Oger, und es waren viele.

Rator hatte ihm erzählt, dass er Kruzmak zum Drachenhorst gesandt hatte, um Verstärkung zu holen, doch er hatte nicht damit gerechnet, dass dieser mit einem ganzen Heer zurückkommen würde. Jetzt blieb nur zu hoffen, dass die Menschen diese vorausschauende Maßnahme der Nachschubsicherung nicht missverstanden und das Kommen der Oger für eine erneute Belagerung hielten.

Die Schützen auf der Stadtmauer warteten ruhig, und irgendwann verebbten auch die zahllosen durcheinander gebrüllten Befehle der Wachoffiziere.

Mogda und Rator hatten derweil den Feuerwall umrundet und konnten nun das volle Ausmaß von Kruzmaks Bemühungen bestaunen. Mogda schätzte die Zahl der Oger auf etwa vierhundert. Jeder war bewaffnet und kampferprobt, was nicht selbstverständlich war. Angeführt wurden sie von Hagmu, einem jener Oger, die Mogda auf ihrem letzten Marmortransport begleitet hatten. Nach Rators Aussage war er bei der Auseinandersetzung mit den Händlern von einem Armbrustbolzen ins Auge getroffen worden und hätte beinahe nicht überlebt. Doch von der gefährlichen Verletzung war nicht mehr übrig geblieben als eine dünne Naht, die Ober- und Unterlid zusammenhielt, um die offene Wunde vor Schmutz zu schützten.

Die Begrüßung der Kriegsoger mit den gegenseitigen Respektsbekundungen verlief wie immer ohne großes Aufheben. Was bei den Menschen für viel Palaver und manchmal sogar Tränen sorgte, wurde bei den Ogern mit einem bloßen Zusammenstoßen der Oberarme abgetan.

Gelassen tauschten sie sich über die Geschehnisse der letzten Zeit aus, und erst als Rator Mogdas Kampf in der Arena erwähnte, nahmen Kruzmak und Hagmu Notiz von ihm. Ihre Anerkennung reichte aber nur für ein freundliches Nicken.

»Was habt ihr jetzt vor?«, erkundigte sich Mogda, der sich nur schwer vorstellen konnte, ein Stimmrecht bei den drei Veteranen zu haben.

»Kruzmak erzählen, Fluss fließen durch Wüste. Elfen schwimmen entlang Richtung Osten. Finden Elfen, finden Mann ohne Schuhe«, erklärte Rator.

»Ihr wollt alle Krieger unseres Volkes gegen den Wanderer schicken? Du hast gesehen, was er anrichten kann. Willst du wirklich deine Freunde opfern, nur um deine Rache zu bekommen?«, fragte Mogda mahnend.

»Du bleiben hier, kümmern um Frauen und Kinder.«

Der Unterton in Rators Stimme passte Mogda gar nicht. Die Worte enthielten den kaum verhohlenen Vorwurf der Feigheit. Der Kriegsoger sollte es eigentlich besser wissen. Sie waren lange genug zusammen unterwegs gewesen und hatten viel gemeinsam erlebt – zu viel für eine solche Beleidigung.

»Auch ich will den Wanderer finden«, stellte Mogda klar. »Ich sehe aber nicht nur meinen Stolz, ich will auch den Stein zurückholen, um das zu verhindern, was die Elfen uns prophezeit haben.«

»Er nicht geben freiwillig«, konterte Rator.

»Es mag sein, dass wir kämpfen müssen, doch sollten wir uns vorbereiten. Wenn wir ihn töten, und er trägt den Stein nicht bei sich, ist alles verloren. Umgekehrt wird aber ein Schuh daraus: Haben wir erst den Stein, dann haben wir auch den Wanderer.«

»Du haben Schuhe von Wanderer?«

Mogda suchte noch nach einer passenden Antwort, als sich plötzlich Libriandus wie ein Schlafwandler zwischen sie drängte und versuchte, Hagmu beiseite zu drücken.

»Wer sein das?«, fragte dieser, ohne auch nur die geringsten Anstalten zu machen, aus dem Weg zu gehen.

»Jemand, der vielleicht weiß, wo wir die Schuhe finden«, erklärte Mogda und hoffte inständig, nicht vollkommen falsch zu liegen.

Mogda packte Libriandus am Genick und führte ihn um den Kriegsoger herum. Es dauerte nicht lange, und der Hofmagier schlurfte weiter seines Weges. Unter den verständnislosen Blicken seiner Kameraden trottete Mogda hinter ihm her. Libriandus war vielleicht nicht bei Sinnen, doch die Zielstrebigkeit, mit der er pfeilgerade durch das Lager der Oger schlich, gab Mogda die Zuversicht, dass etwas tief in ihm wusste, was er tat. Mürrisch machten die erschöpften Oger Platz, als Mogda sie aus dem Weg scheuchte. Der tiefe Schlamm machte dem Magier zu schaffen, aber er hielt ihn nicht auf. Mogda hoffte, dass Libriandus ihn schnell an sein Ziel führen würde, wie auch immer dies aussehen mochte. Mogdas Hoffnung wurde jedoch enttäuscht. Das Heer der Oger lag bereits weit hinter ihnen, und das Feuer war nur noch als heller Punkt in der Dunkelheit auszumachen.

»Tut mir leid«, nörgelte der Oger, »ich habe wohl einfach nicht zugehört, als du gesagt hast: ›Nimm Fackeln und Verpflegung mit, es ist ein weiter Weg!‹«

Wie auf Befehl blieb der Magier stehen. Mogda musste aufpassen, ihn im Dunkeln nicht umzurennen.

»Oh, sei nicht gleich eingeschnappt«, sagte Mogda. »Bis jetzt kommen wir beide doch ganz gut miteinander klar, oder?«

Er schlich um Libriandus herum und kniete sich vor ihn auf den Boden, um ihm ins Gesicht schauen zu können. Das fahle Mondlicht ließ den Magier noch bleicher erscheinen, als er ohnehin schon war. Noch immer waren seine Augen glasig und sein Gesichtsausdruck starr.

»Das ist jetzt nicht dein Ernst! Ich kann nur hoffen, dass du dich bloß einen Augenblick ausruhen musst«, fluchte Mogda. »Wenn das deine persönliche Rache dafür sein soll, dass du geistig etwas eingeschränkt bist, muss ich dich darauf hinweisen, dass es noch schlimmer kommen kann.«

Libriandus verzog weiterhin keine Miene. Mogdas Worte liefen ins Leere, und er war sich nicht einmal sicher, ob der Magier ihn überhaupt hören konnte.

»Nehmen wir einmal an, ich würde ohne dich zurückkommen; glaubst du wirklich, irgendjemand ...«

Der Oger brach mitten im Satz ab. Jemand pustete ihm heißen Atem in den Nacken – und zwar von oben. Ganz vorsichtig drehte er den Kopf. Der nächste Atemzug stach beißend in seine Schleimhäute. Direkt vor ihm tropfte ätzender Speichel zu Boden und fraß sich zischend in die Kiesel. Dies und die Tatsache, dass er nichts außer einer Reihe von Zähnen sah, bestätigte ihm, dass der Drache den Kampf überlebt hatte.

»So sieht deine Rache also aus, Magus«, grollte Mogda. »Was von dir übrig ist, könnte man in der Pfeife rauchen, und deshalb bedienst du dich eines Drachen. Ich schwöre dir, bevor er mich verschlingt, schaffe ich es noch, dich zu erwürgen.«

Der Drache schnaufte verächtlich, worauf Mogda den Kopf zur Seite drehte, um nicht zu ersticken.

»Du suchst nach Antworten, Oger?«, drang die kehlige Stimme aus dem Mund des Magiers. »Dann nutze das Geschenk unseres Gottes.«

Geschenk unseres Gottes, wiederholte Mogda in Gedanken. Nicht Libriandus bediente sich des Drachen, sondern es war der Drache, der den Magier hierher geführt hatte und nun durch den menschlichen Körper zu ihm sprach. Dennoch konnte er nicht glauben, was die Stimme des Magiers ihm erzählte. Die Brut Tabals war eine eingeschworene Sippe, oder war es jedenfalls gewesen, bis sich die Oger gegen den Rest gestellt hatten. Trolle, Orks, Goblins und Oger waren nach seinem Ebenbild erschaffen. Jeder von ihnen stellte einen Teil Tabals dar. Aber Drachen waren gottlos, sie hatten keinen Schöpfer. Sie waren Dämonen mit Flügeln, denen es verwehrt war, an der Tafel der Götter zu sitzen, deshalb suchten sie ihre Rache in der Welt der Sterblichen.

»Wir haben keinen gemeinsamen Gott«, brüllte Mogda. »Mein Gott ist Tabal. Du bist nur eine Echse mit Flügeln.«

»Dein Gott ist Tabal«, gurgelte es aus Libriandus' Kehle. »Wir nennen ihn Toqual. Aber egal, welchen Namen man ihm gibt, er ist der Herr des Chaos.«

Mogda war außer sich vor Wut, und nur der Gedanke daran, dass es nicht die Worte des Magiers selbst waren, retteten diesen davor, von der Faust eines Ogers zerquetscht zu werden. »*Herr des Chaos* nennen ihn nur die Menschen«, zischte Mogda, »weil sie Angst vor seiner Macht haben. Denn das Chaos ist etwas Schlechtes, und damit wollen sie Tabal und seine Brut beleidigen.«

»Chaos ist nichts Schlechtes«, sagte die Stimme des Drachen. »Es ist der Ausgleich zur Ordnung. So, wie die vier Elemente einander brauchen, so bedingen sich auch Chaos und Ordnung, um existieren zu können. Chaos bedeutet, vom vorhersehbaren Weg abzuweichen. Veränderung ist Chaos, und nur durch sie konnten sich die Oger aus der Sklaverei befreien. Und was dein Runenschwert betrifft, es hat denselben Ursprung. Also nutze es; aber nicht nur auf dem vorherbestimmten Weg einer Waffe.«

Mogda wusste genau, was der Drache wollte. Das Schwert sollte ihm wieder eine Vision zeigen, wie vor Jahren am Drachenhorst. Damals hatte er sich in einem Feuerball sterben sehen, und nur durch eine List war es ihm gelungen, die Vision aufrechtzuerhalten und trotzdem am Leben zu bleiben. Einen weiteren Blick in seine Zukunft wollte er sich eigentlich ersparen. Allein die Tatsache, dass mit dem Verlust des Steins das Ende der Welt prophezeit wurde, und dass der Drache es vielleicht vorziehen würde, mit vollem Magen zu sterben, stimmte Mogda um.

Er zog das Schwert aus der Scheide und fuhr mit den Fingern über die Klinge. Langsam ertastete er die in den Stahl eingravierten Runen. Dann setzte er die Spitze auf den Boden und rammte sie zwei Fuß tief in die Erde. Noch bevor er sich hingekniet hatte, wich die Dunkelheit einem grünen Blättermeer.

Mogda glitt langsam durch das Unterholz. Sein Körper spürte die Berührung der Äste und Dornen nicht. Wie schwebend bewegte er sich über Mulden und Wälle hinweg. Baumstämme hüllten ihn beim Hindurchschreiten kurz in grünbraunen Nebel und verschwanden danach. Die Geräusche des Waldes waren nur entfernt zu hören, und der Geruch des Waldbodens hatte etwas Metallisches. Das Tempo, mit dem er sich durch den Wald bewegte, war anfangs so schnell wie der Flug auf einem Drachen, doch je weiter er in den Wald eindrang, desto langsamer wurde er. Bei den letzten Schritten kam er so langsam voran, dass Mogda sich wie gelähmt fühlte. Stück für Stück tauchte er in das Blätterdickicht eines Busches ein. Deutlich zeichneten sich die Adern auf dem Laub ab. Mogda konnte sehen, wie das Leben durch die Rispen floss. Als die Blätter schwanden, trat er auf eine schmale Lichtung, in dessen Zentrum ein flacher Weiher lag. Am anderen Ufer stand ein Baum, so alt und zerfurcht, dass man hätte meinen können, er stünde hier seit dem Anbeginn aller Tage.

Die Umgebung war Mogda fremd, doch der seltsame, uralte Baum mit dem mehrfach verdrehten Stamm inmitten seiner hoch aufragenden Artgenossen ließ nur einen Schluss zu: Er war im Elfenwald angekommen, und bei dem Baum handelte es sich um Mystraloon.

Erst als die Gestalt sich bewegte, die zwischen den freiliegenden knorrigen Wurzeln des Baumes kauerte, nahm Mogda sie wahr. Der junge Mann hatte sich in ein Leinengewand gehüllt und ließ eine Hand langsam ins Wasser gleiten. Als befürchte er, die Oberfläche des Weihers könne zersplittern wie ein Spiegel, tastete der Mann mit seinen Fingern behutsam nach den sich kreisförmig bildenden Ringen.

Der Mann war Mogda fremd. Doch die Schlichtheit seiner Kleidung und das fehlende Schuhwerk sowie die fühlbare Bedrohung, die von dem Fremden ausging, sagte ihm, was er wissen musste: Es war der Wanderer; oder Elliah, wie er sich selbst nannte.

Mogda spürte das Bedürfnis, auf ihn zuzustürmen und mit dem Schwert auf ihn einzudreschen, aber die Gewalt über seinen Körper besaß ein anderer. Er war gefangen, dazu verdammt, alles über sich ergehen zu lassen.

Elliah zuckte zusammen. Er schaute in Mogdas Richtung, doch er schien ihn nicht wahrzunehmen. Suchend wanderte sein Blick das Ufer entlang, zwischen den Büschen hindurch und weiter in den Wald hinein. Eine Bewegung im Dickicht ließ ihn erstarren. Auch Mogda spürte die Anwesenheit eines dritten Wesens. Wie ein Geist trat der dunkle Elf aus dem Busch hervor. Keine zwei Fuß von Mogda entfernt schritt der ehemalige Waldbewohner an ihm vorbei. Mit ausgestreckten Armen trug er einen offenen Lederbeutel vor sich her, in dem pulsierend einer der Funken der Götter lag. Der rhombenförmige grüne Kristall schien von innen her zu leuchten. Er war zum Greifen nahe, und doch war er unendlich weit entfernt für den Oger.

Zielstrebig durchquerte der Elf den hüfttiefen Weiher und trug das göttliche Artefakt seinem Herrn entgegen. Elliah hatte sich erhoben und empfing das Geschenk mit offenen Armen.

Mogda war der Verzweiflung nahe. Er hätte schreien können, doch nichts konnte die Vision aufhalten. Unaufhaltsam rückte das Ende der Welt näher.

»Wie ich sehe, kann ich stolz auf meine Kinder sein«, sagte Elliah, als er den Elfen begrüßte. »Gib mir den Stein! Alles, wofür wir all die Jahre gekämpft haben, wird sich in wenigen Momenten erfüllen. Ihr, meine Kinder, werdet unter meiner Herrschaft die Welt regieren. Ich bin stolz auf dich, mein Sohn. Gib mir den Stein!«

Der Elf war stehen geblieben. Weniger als fünf Schritte vor Elliah stand er im Wasser und verharrte dort.

»Was ist los mit dir?«, fauchte sein Herr. »Meine Geduld ist am Ende. Ich *habe es satt, warten zu müssen. Gib ihn mir, und dann kehre zurück zu den anderen ins Meer. Wenn die Welt sich neu geformt hat, werde ich euch holen.«*

Der Elf klappte das lederne Tuch zwischen seinen Händen zusammen und machte einen Schritt rückwärts.

»Ihr gabt uns ein Versprechen«, zischte er mit heiserer Stimme. »Ich fordere meine Belohnung.«

»Deine Belohnung?«, krächzte Elliah. »Wo ist dein Meister? Er soll dir Manieren beibringen.«

»Mein Meister starb in diesem Gewässer durch Eure Hand. Habt Ihr das vergessen?«

»Aha, so stehen die Dinge also«, murmelte Elliah. »Und – was hast du dir als Belohnung gedacht?«

Der Elf verneigte sich vor seinem Herrn so tief, dass sein Haar das Wasser berührte. Dann streckte er ihm das Bündel entgegen.

»Wenn die Welt Euch zu Füßen liegt, möchte ich nicht mehr eines Eurer Kinder sein.«

»Was denn dann?«, fragte Elliah verwundert.

»Ich möchte Euer Bruder sein und an Eurer Seite herrschen. Das Volk der Elfen soll mir zu Füßen liegen. So, wie der Tod der Götter Euch verändert, soll er auch mich verändern.«

Elliah lächelte beruhigt, als sei allein die Bitte des Elfen schon ihre Erfüllung.

»Es ist erstaunlich, wie aus einem Sklaven ein Prinz werden kann, wenn man seine Ketten öffnet. Nun gut, dann bleibe bei mir und sei mein Zeuge bei der Erschaffung einer neuen Welt.«

»Ich bin Cynthell a Dün, dein Bruder!«, forderte der Elf.

»Was immer du sagst.«

Der Mann ohne Schuhe nahm den Stein in Empfang. Demütig kniete Cynthell vor dem Baum Mystraloon nieder und senkte den Kopf. Elliah wickelte den Funken der Götter eilig aus dem Lederbeutel. Siegessicher reckte er ihn gen Himmel.

»Seht ihn euch an, Ihr Götter! Dies ist die Macht, auf die Ihr Euch gründet. Ein Kristall, so zerbrechlich wie Eure Religion. Doch die Welt, die ich erschaffen werde, währt ewig.«

Mogda wurde von dem funkelnden Kristall angezogen wie eine Motte vom Licht. Im Nu stand er neben Elliah und streckte seine Hand nach dem Arte-

fakt aus. Nur war es nicht seine Hand, sondern die eines Fremden. Die Finger glichen denen eines Trolls, waren aber knochig wie die Krallen eines Drachen. Die Hand schnellte vor, doch anstatt den Stein zu greifen, spreizten sich die Finger und pressten den stahlharten Fingernagel gegen den Kristall. Mit einem kaum hörbaren Knacken durchzog ein Riss den Edelstein. Im nächsten Moment stand Mogda wieder auf der anderen Seite des Weihers und beobachtete Elliah, der nichts bemerkt zu haben schien.

»Ihr Götter, haltet den Atem an!«, rief der Mann ohne Schuhe. »Ab sofort seid Ihr eine aussterbende Rasse. Ihr habt Euren Meister gefunden.«

Mit diesen Worten schritt Elliah zum Baum Mystraloon und versenkte den grünen Kristall in einem Astloch. Die Blätter des magischen Baums begannen rasend schnell zu verdorren. Jegliche Lebenskraft schwand, und breite Risse bildeten sich in der schroffen Borke. Zuerst war es nur ein schwaches Glimmen, das aus den Astlöchern des hohlen Stammes drang. Doch mit jedem Augenblick wurde das Licht heller. Wie ein Geysir, in dem sich der Druck unter der Oberfläche anstaut, um dann unerwartet daraus hervorzubrechen, riss der Stamm Mystraloons der Länge nach auf und tauchte das elfische Orakel in gleißendes Licht.

Voller Ehrfurcht erhob sich Cynthell a Düin und stellte sich neben Elliah. Er streckte seine Hände dem Baum entgegen und zeichnete den Weg des Lichtstrahls zum Himmel nach. Wie durch einen Schlag in die Magengrube klappte er plötzlich zusammen und sank auf die Knie. Elliah aber beachtete ihn gar nicht, sondern trat lediglich einen Schritt zur Seite. Cynthell hatte sein Gesicht in den Händen vergraben uns schrie qualvoll. Sein Körper dorrte aus, der Brustkorb wölbte sich nach innen, und seine lange dunklen Haare erhielten einen silbrigen Glanz. Cynthells Schrei erstarb in einem erstickenden Gurgeln. Ängstlich betrachtete er seine Hände, deren Finger immer länger und dünner wurden. Sein Gesicht wurde hohlwangig, und das schmale Kinn des Elfen verzog sich nach unten. Die Finger hatten schnell eine Länge von zwei Fuß und mehr erreicht, sie bogen sich wie zu lang gewordene Triebe. Kaum hatten sie die Erde erreicht, verankerten sie sich im verdorrten Waldboden und zogen Cynthell auf die Knie. Das Rückgrat des Elfen verformte sich zu einem Buckel, bis plötzlich ein armdicker Spross aus seinem Rücken hervorbrach. Aus Oberschenkeln und Kopf trieben Wurzeln, die den Elfen zu absoluter Bewegungslosigkeit verdammten. Haut und Kleidung Cynthells formten sich zu einer tief violetten Borke. Das Ende der Umwandlung war erreicht, als der Spross eine Höhe von vier Fuß erreicht hatte und eine Knospe bildete, die an ein pulsierendes Herz erinnerte. Elliah schien nicht sonderlich verwundert über den Vorgang zu sein. Fasziniert tippe er mit dem Finger gegen die herzförmige Knospe.

»Hast du geglaubt, so werden zu können wie ich? Du warst ein Kind der Natur, das ich mittels meiner Magie gestaltet habe. Und nun bist du gerade Zeuge dessen geworden, was passiert, wenn der Gott der Magie und der Gott der Natur sich um ihre Kinder streiten. Wie es aussieht, bist du ihr erster gemeinsamer Sprössling.«

Elliah begab sich einige Schritte in den Weiher hinein und atmete tief durch. Dann hob er die Arme gen Himmel und drehte sich im Kreis.

»Was ist, Ihr Götter? Spürt Ihr nicht, dass zwei von Euch ums Überleben ringen? Wollt Ihr nicht erscheinen?«

Starke Böen umkreisten den Weiher und Mystraloon. Sand, Blätter und dünne Äste wurden aufgewirbelt, mitgerissen und in die Höhe getragen. Immer stärker wurde der Wind, der sich zu einem Tornado entwickelte. Das Letzte, was Mogda sah, war das zufriedene Grinsen Elliahs. Dann wurde auch er von dem Wirbelsturm gepackt und mitgerissen.

Als Mogda aus seiner Vision erwachte, war er allein. Lediglich ein Schuh und der blutverschmierte Umhang des Magiers lagen auf der Erde. Die Frage, wovon sich Drachen wirklich ernährten, hatte sich ihm nie gestellt, doch jetzt wusste er, wie sie es schafften, den Ausgleich zwischen Chaos und Ordnung herzustellen.

Noch bevor Mogda sein Schwert aus dem Boden ziehen konnte, stieg weit im Norden des Landes eine grelle Lichtsäule empor, die sich durch die Wolkendecke fraß und im Firmament verschwand.

»Keiner kann die Macht bezwingen, wenn tote Götter miteinander ringen«, flüsterte Mogda.

49
Gefangene

Der Morgen dämmerte bereits, als Mogda die Stadt Turmstein wieder erreichte. Verwunderte Blicke begegneten ihm. Er spürte, dass die anderen sich fragten, wo er die Nacht über gewesen war, was er gesehen hatte, und nicht zuletzt, wohin sein menschlicher Begleiter verschwunden war.

Das Feuer der langen Totenbahre war heruntergebrannt. Von dem drei Fuß hohen und vierzig Schritt langen Wall mit seinen hundert toten Körpern war kaum mehr übrig als Ruß und Asche. Zwischen all der Asche stachen vereinzelte Knochen oder Schädel hervor, die sich der Kraft des Feuers widersetzt hatten.

Das Heer der Oger lagerte noch immer vor den verschlossenen Toren der Stadt. auf den Zinnen der Mauer sah Mogda die patrouillierenden Wachen. Die Stadt war weiter in Alarmbereitschaft, was Mogda jedoch nicht sonderlich verwunderte, da es schließlich Rator war, der mit den Menschen verhandelte. Der Kriegsoger beratschlagte sich gerade mit Hagmu, Kruzmak und Gnunt vor dem Nordtor.

Allein die Tatsache, dass noch kein Pfeilhagel den Himmel verdunkelt hatte, seitdem er angekommen war, ließ Mogda hoffen, dass die Verhandlungen nicht gescheitert waren. Als er sich seinen Kameraden am Stadttor näherte, sah er, wie zwischen den Zinnen mit Armbrüsten auf ihn gezielt wurde.

»Was ist hier los?«, fragte er Rator, der damit beschäftigt war, Schwachstellen am Tor zu suchen.

»Wollen nicht geben Proviant«, erklärte er empört.

»Proviant wofür?«

Rator war noch zu beschäftigt, um Mogda zu antworten. Gnunt schien sich wie immer in seiner eigenen Welt zu befinden; nur Hagmu fühlte sich angesprochen.

»Proviant für Suche nach Wanderer«, erklärte er und zeigte auf den Lichtstrahl, der nördlich des Gebirges in den Himmel ragte.

Mogda versuchte gar nicht erst, zu leugnen. Sie hatten eins und eins zusammengezählt, wobei das für die meisten Oger schon eine beachtliche Leistung darstellte, und hatten sich entschlossen, Elliah weiter zu verfolgen. Was Mogda Sorgen bereitete, war der Umstand, dass der Wanderer seinen Aufenthaltsort so auffällig preisgab. Dieser musste doch damit rechnen, dass sie versuchen würden, ihn an seinem Vorhaben zu hindern. Also war es entweder schon zu spät dafür, oder es war eine Falle.

Mogda erzählte den anderen, was er in seiner Vision gesehen hatte, aber die Oger schenkten ihm nur wenig Beachtung.

»Was habt ihr denn vor?«, erkundigte er sich, als Rator sich abermals gegen das Stadttor stemmte.

»Haben nicht gehört?«, fauchte Rator. »Wollen nicht geben Proviant.«

»Na und? Wir ziehen einfach Richtung Norden. Dort werden wir genug verlassene Dörfer mit zurückgelassenen Vorräten finden.«

Wieder hörte ihm niemand richtig zu. Rator und die anderen verhielten sich nicht unbedingt feindselig, doch es schaffte bestimmt nicht gerade Vertrauen, mit vierhundert bewaffneten Ogerkriegern vor verschlossenen Stadttoren zu lagern und immer wieder die Widerstandskraft des Holzes zu testen. Nur der Umstand, dass die Menschen gerade ihren Herrscher verloren hatten und die letzte Belagerung erst einen Tag zurücklag, bot eine Erklärung dafür, dass sie still hielten.

»Sie werden uns nicht in die Stadt lassen«, erklärte Mogda.

Rator drehte sich um, doch anstatt Mogda grimmig anzuschauen, spähte er Richtung Wald und setzte ein zufriedenes Grinsen auf.

»Brauchen nicht reinlassen.«

Rator zeigte Richtung Norden. Auf halbem Wege zwischen Turmstein und dem Wald sah Mogda die Gruppe Oger, die einen Baumstamm von der Länge eines ausgewachsenen Drachen schulterten.

»Das kann doch nicht euer Ernst sein«, keuchte Mogda. »Ihr könnt die Stadt nicht mit einem Baumstamm als Rammbock angreifen. Die Bogenschützen werden uns niederstrecken, bevor das Tor erreicht ist. Ihr werdet uns alle umbringen, nur für ein bisschen Proviant.«

»Rator gekämpft gegen Trolle und Drachen und immer noch leben. Rator keine Angst vor Hüttenbauer. Sie schwach.«

Mogda konnte nicht glauben, was er da hörte. Rator war einer der erfahrensten Kriegsoger, die er kannte. Niemals würde er das Leben seiner Krieger so leichtsinnig für etwas Verpflegung aufs Spiel setzen. Irgendetwas war in der Nacht mit ihm passiert.

»Sie sind vielleicht schwach«, sagte Mogda. »Aber nicht so dumm, ruhig zuzusehen, wie du ihre Stadt stürmst.«

Wieder schien Mogda ins Leere geredet zu haben. Rator klopfte das Tor ab, um herauszufinden, wo sie den Rammbock ansetzen sollten, während Hagmu den Anlaufweg vorbereitete und Kruzmak die Stadtmauer ausspähte. Einzig Gnunt schien von all dem nur wenig mitzubekommen. Er flüsterte irgendwelches unverständliche Kauderwelsch vor sich hin. Mogda fürchtete, ihn zu stören hieße, einen weiteren Verfechter der Angriffspläne gegen sich zu haben. Er musste Zeit gewinnen, und das würde er nur schaffen, solange die Menschen nicht von einem Angriff ausgingen. Mogda ließ die Vier stehen und rannte dem Rammbock entgegen.

Die zwei Dutzend Oger, die mit der Beschaffung des Baumstammes beauftragt worden waren, wurden von ihren Kameraden mit Beifallsrufen begrüßt. Mogda wunderte sich über so viel Begeisterung, doch dann sah er, dass der Stamm nicht alles war, was die Oger aus dem Wald mitbrachten. Unter schwerster Bewachung führten sie zwei Trolle aus dem Forst. Soweit er erkennen konnte, waren es ein Kriegstroll und eine Trollschamanin. Die Vermutung lag nahe, dass es dieselben waren, auf die Rator in dem Bauerndorf gestoßen war.

»Halt!«, rief Mogda dem Trupp entgegen. »Rator und Hagmu wollen den Rammbock hier bearbeiten, um die Hüttenbauer nicht zu warnen«, log er.

Die Namen Hagmu und Rator taten ihre Wirkung. Durch die Bewachung ihrer Gefangenen war nur ein Dutzend Oger mit dem Tragen des Stammes beschäftigt, und diesem Dutzend war anzusehen, dass sie froh waren, ihre Last für eine Weile ablegen zu können.

»Wir wollen keine Zeit verlieren. Am besten ihr fangt gleich an, die Haltemulden einzuschlagen«, kommandierte Mogda.

Interesse heuchelnd wandte er sich der Gefangeneneskorte zu. Der Trollkrieger hatte eine blutige Verletzung an der Stirn und eine Stichwunde an der Schulter. Keine dieser Blessuren würde einen Troll davon abhalten, weiterzukämpfen, erst recht keinen Beschützer einer Schamanin.

»Ihr habt Gefangene gemacht, gute Arbeit«, lobte Mogda den Trupp. »Wo habt ihr sie gefunden?«

Ein besonders großer Oger zeigte Richtung Wald.

»Wie ist dein Name?«

Der Koloss schaute Mogda an, als habe sich ihm eine neue Welt eröffnet. Voller Stolz pochte er sich auf die Brust und verkündete: »Tugbar.«

Mogda schnaubte zufrieden. Er schien an den Richtigen geraten zu sein. So oft er sich auch gewünscht hatte, dass sein Volk etwas scharfsinniger wäre, in diesem Moment dankte er Tabal für dessen Einfältigkeit.

»Du bist ein großer Krieger, Tugbar. Ihr alle seid große Krieger. Ich werde vorschlagen, euch zu Kriegsogern zu ernennen, damit ihr in Tabals Heer aufgenommen werdet«, verkündete Mogda. »Die Schamanin wird uns wichtige Informationen über die Elfen und ihren Anführer liefern. Wenn wir sie ausgequetscht haben, werden wir unsere Rache fordern.«

Bei dem Wort ›ausgequetscht‹ wanderten verunsicherte Blicke durch die Reihen der Oger. Als Mogda sich eben berichtigen wollte, bemerkte er die beeindruckten Gesichter und unterließ es.

»Sicherlich war es ein schwerer Kampf«, erkundigte er sich vorsichtig.

»Haben überrascht auf Lichtung. Troll kämpfen wie wild. Hexe versuchen zu zaubern. Wir stärker, schlagen Troll bis umfällt. Nehmen Hexe Zauberkraft. Bringen her.«

Mogda ging die Liste in Gedanken durch: *niemals*, *Lüge*, *Unsinn*, *niemals*, *Unsinn*.

»Tabal wird stolz auf euch sein. Ihr habt euch eine Rast verdient. Ruht euch aus, bevor wir weiterziehen.«

»Wir brennen Stadt. Wir Rache für ... Tabal.«

»Rache für Tabal!«, schrie Mogda, zog sein Schwert und übernahm unter Jubelschreien die Gefangenen.

In der allgemeinen Begeisterung schien es keinen der Oger zu stören, dass Mogda die beiden so gut wie unbewacht zum Nordtor führte.

»Wir sind genau wie ihr Kreaturen Tabals«, murmelte der Troll.

»Das scheint mir auch der einzige Grund zu sein, warum ihr noch am Leben seid«, antwortete Mogda.

»Ich bin Nokrat, und das ist die Schamanin Tusfell. Wir haben dich gesucht, weil Tabal dich erwählt hat.«

Mogda blieb stehen und hielt Nokrat die Klinge seines Runenschwertes unter das hervorstehende Kinn. Der Kriegstroll entblößte seine Hauer und hob drohend eine Pranke.

»Nokrat, gehorche!«, fauchte ihn die Trollschamanin an.

Wie ein ängstliches Tier zog sich der Troll zurück.

»Ich bin nicht von Tabal erwählt worden«, grollte Mogda. »Ich habe lediglich einen alten Magier getötet, wobei selbst diese Behauptung eigentlich anmaßend ist. Anstatt mich einfach an seinem Vieh gütlich zu tun, war ich dumm genug, mir sein Zauberamulett um den Hals zu hängen. Ja, ich kann schreiben und lesen, und manchmal habe ich Einfälle, die auch funktionieren. Aber ich bin sicherlich nicht das, was Tabal einen *Auserwählten* nennen würde. Tabal ist der Gott des Krieges, von mir aus auch der Gott des Chaos, was soll er da mit einem ... was weiß ich.«

Tusfell schien nicht sonderlich beeindruckt von Mogdas Ansprache zu sein. Sie lächelte sanft und ein wenig herablassend. Mogda hasste das Lächeln. Es erinnerte an Rators Miene, wenn es darum ging, Mogda seine Unzulänglichkeiten im Kampf vorzuhalten.

»Ich habe keine Zeit, dich zu unterweisen«, sagte Tusfell. »Du wirst es irgendwann selbst erkennen.«

»Was erkennen?«, unterbrach Mogda sie. »Dass ich der Begründer einer neuen Rasse bin?«

»Sei still, Oger«, fauchte Tusfell abermals.

Mogda blieb die Spucke weg. Jetzt wusste er, wie Nokrat sich wenige Augenblicke zuvor gefühlt hatte. Von der Schamanin ging eine Kraft aus, die selbst der Gewalt eines Trollhiebs oder der Waffe eines Ogers trotzte.

»Keiner kann die Macht bezwingen, wenn tote Götter miteinander ringen«, zitierte sie ruhig. »Du kennst diese Prophezeiung, Mogda. Ich kannte sie auch, nur war ich nicht einsichtig genug, sie richtig zu deuten, so wie du. Erst jetzt, wo es zu spät ist, eröffnet sich mir ihre Bedeutung. Die Prophezeiung hat sich erfüllt, Mogda. Die Götter liegen im Sterben. Doch bevor sie diese Welt verlassen, werden sie alles mit sich nehmen oder zerstören, was sie geschaffen haben. Jeder von ihnen ringt darum, seinen Anteil daran zu haben. Chaos und Ordnung, Kampf und

Schutz, oder Prios und Tabal. Nenn sie wie du willst – in diesem Moment fechten sie alle ihren Streit hier unter uns aus. Ihre Waffen sind Oger und Menschen, verstehst du?«

Mogda verstand tatsächlich. Einiges wusste er bereits, und anderes fügte sich hinzu wie die Teile eines Mosaiks. Nur konnte er noch nicht erkennen, wie das Bild endgültig aussehen würde.

Die Schamanin gefiel ihm nicht. Sie war eine Trollin und verfügte außerdem über das zweite Gesicht. Doch er konnte nicht umhin, ihren Worten Glauben zu schenken. Sie mochte doppelt oder vielleicht sogar dreimal so alt sein wie er selbst. Wahrscheinlich war sie schon eine Greisin gewesen, als Grind noch König war, doch sie hatte etwas Würdevolles an sich, das dem Oger vermittelte, dass sie nicht log.

»Was kann ich schon dagegen tun?«, fragte Mogda. »Ich schaffe es ja noch nicht einmal, Rator von der Erstürmung des Stadttors abzubringen. Die Oger wollen ihre Rache und nicht jemanden, der sie führt.«

»Das eine schließt das andere nicht aus«, zischte die Trollin. »Lass uns sehen, was von dem Zauber in dir übrig ist. Bring uns zu ihnen.«

Mogda spielte ihr Spiel mit, auch wenn er noch nicht wusste, was sie vorhatte. Mit vorgehaltener Waffe führte er Nokrat und Tusfell durch das Lager der Oger in Richtung Nordtor.

Von weitem sah Mogda, wie Kruzmak seinen Freund anstieß und auf die beiden Trolle aufmerksam machte. Wutschnaubend griff Rator nach seiner Axt und stürmte auf Mogda und die Gefangenen zu.

»Rator sagen, wenn wiederkommen, Rator euch töten«, brüllte er schon von weitem.

Die Frage, ob es dem Kriegsoger ernst damit war, stellte sich Mogda nicht. Er kannte Rator seit Jahren, doch so aufgebracht hatte er ihn selten erlebt. Um zu verhindern, dass er sofort auf die beiden Trolle losging und sie tötete, ohne Tusfell angehört zu haben, stellte sich Mogda schützend vor seine beiden Begleiter.

»Nimm dich in Acht, das Chaos hat bereits Besitz von ihm ergriffen«, warnte die Trollin Mogda. »Tabal buhlt um seine Kinder.«

Mogda starrte verunsichert auf den heranstürmenden Kriegsoger. Entweder hatte Tusfell Recht, oder Rator verspürte einen enormen Bewegungsdrang. Mit lautem Gebrüll und kreisender Axt kam er tobend auf sie zu. Breitbeinig trat Mogda Rator entgegen, mit dem festen Entschluss, den Rasenden aufzuhalten.

Rator schien wenig beeindruckt und hielt weiter auf ihn zu, den Blick fest auf Nokrat gerichtet. Als die beiden Oger zusammenstießen, dachte Mogda, es würde ihm den Arm ausreißen. Der Kriegsoger rammte Mogda die vorgestreckte Schulter in den Brustkorb, und im Vorbeilaufen verpasste er ihm noch einen Schlag mit dem Ellbogen gegen den Hals. Mogda rang nach Luft und musste sich mit einem Arm abstützen, um nicht das Gleichgewicht zu verlieren. Noch während er versuchte, die Orientierung wiederzufinden, hatte Rator Nokrat am Hals und unter der Achsel gepackt und zu Boden geschleudert. Mit einem Satz stand er über dem Troll und hielt die Axt bereit, um ihm den Garaus zu machen. Nokrat hatte anscheinend mehr Gegenwehr von Mogda erwartet und lag hilflos am Boden. Tusfell stand direkt neben den beiden, unternahm jedoch nichts. Mit einem bösartigen Grinsen beäugte sie die Szene.

»Halt, Rator!«, schrie Mogda. »Lass sie reden. Sie sind euch den ganzen Weg gefolgt, weil sie etwas Wichtiges zu berichten haben.«

»Sie nur Lügen verbreiten«, knurrte Rator. »Sie nicht wissen von Mann ohne Schuhe.«

»Sie wissen mehr über den Wanderer, als du glaubst«, versuchte Mogda ihn umzustimmen. »Du musst sie anhören! Sie können uns helfen.«

Rator rammte die Klinge der Axt direkt neben Nokrats Kopf in den Boden. Voller Wut trat er dem Troll in die Seite und setzte einen Fuß auf dessen Hals. Nach und nach erhöhte er den Druck auf die Kehle.

»Rator sagen, sie nicht Tabals Kinder. Sie sich abgewandt. Trolle nur wie Sklaven von Mann ohne Schuhe. Sie uns belügen«, schrie der Kriegsoger.

Tusfell war mit einem Sprung heran. Sie packte Rator an den Haaren und zog seinen Kopf zurück. Sie versetzte dem Oger einen Prankenhieb ins Gesicht, der tiefe Kratzwunden auf der Wange hinterließ. Der Kriegsoger war vor Angst plötzlich wie erstarrt. Taumelnd wich er einige Schritte von der alten Trollin zurück und befühlte die schmerzhafte Wunde. Tusfell griff nach seiner Axt und warf sie in die Höhe. Wie von Zauberhand schwebte sie zehn Fuß über Rators Kopf, blieb dort hängen und drehte sich um ihre eigene Achse. Die Schamanin kontrollierte den Tanz der Waffe mit einem kaum sichtbar abgespreizten Finger, den sie mal links, mal rechts herum bewegte.

Mogda sah, wie sich die Behaarung auf dem Handrücken der Alten aufstellte und der weiße Glanz ihrer Augen sich zu einem bösartigen Gelb verfärbte.

Plötzlich spreizte sie die Finger und schlug mit der flachen Hand auf die Erde. Wie ein Blitz schoss die Axt zu Boden und schlug mit der Breitseite auf. Die Wucht, mit der die Waffe zu Boden geschmettert wurde, war unvorstellbar. Die Erschütterung glich einem kleinen Erdbeben. Sand und Steine spritzten auf wie eine Wasserfontäne. Staub und der Geruch nach Erde füllten die Luft.

Fassungslos starrte Mogda auf die Mulde zu seinen Füßen, in der die Streitaxt des Kriegsogers lag. Das Metall der Klinge war zerbrochen wie ein Stück Glas, und der hölzerne Stiel verkohlt wie nach einem Brand.

»Ihr wart es, die sich von der Gemeinschaft abgewandt haben«, knurrte Tusfell und zeigte anklagend auf das Heer der Oger. »Trotzdem hat Tabal euch nicht verstoßen. Im Gegenteil, er scheint euch stärker in seinen Schutz genommen zu haben als seine anderen Kinder. Doch ihr steht hier und erkennt die Zeichen nicht und hört seine Stimme nicht. Euer Volk hat seinen eigenen Glauben noch nie verstanden. Ich bin gekommen, um euch seinen Willen zu verkünden, doch ihr hört nur euer eigenes Gebrüll. Zuflucht habt ihr gesucht, bei den Menschen. So zu werden wie sie war euer Begehr, doch wurdet ihr wieder versklavt, und jetzt sinnt ihr auf Rache.«

Mogda sah Rator an, dass er hin und hergerissen war. Der Kriegsoger überlegte, ob er Tusfell mit bloßen Händen erwürgen oder ihr weiter zuhören sollte.

»Hör ihr zu«, forderte Mogda ihn auf. »Sie kann uns helfen.«

Nokrat war inzwischen wieder auf den Beinen und stellte sich neben die Schamanin. Die meisten Oger waren von ihren Lagerplätzen aufgesprungen und beobachteten die Auseinandersetzung zwischen Rator und den Trollen. Grollende Rufe wurden laut: »Töten Trolle!«

Rator hob die Hand, um Ruhe zu schaffen.

»Wenn bringen Rator Nachricht von Tabal, dann sprechen jetzt. Dann du gehen und kehren nie zurück, sonst Rator dich töten.«

Tusfell und ihr Beschützer schienen auf das Angebot eingehen zu wollen. Mit einem Mal wieder alt und gebrechlich trat sie Rator entgegen.

»Ich habe dir gesagt, dass du den Wanderer hier treffen wirst«, begann sie. »Und ich habe dir erklärt, dass du ihn mit all deiner Kraft nicht töten kannst. Doch statt den Stein zu schützen, hast du meine Warnungen in den Wind geschlagen und gegen ihn gekämpft. Nun ist er im Besitz der beiden Splitter und lässt die Götter dieser Welt wie Marionetten gegeneinander kämpfen. Sobald sie geschwächt sind, wird er ihren Platz einnehmen. Die Zeit läuft uns davon, und ihr seid damit beschäftigt, eine Stadt zu belagern, nur um an ein bisschen Nahrung zu kommen.« Die Schamanin machte eine kurze Pause. »In wenigen Tagen wird es keine Götter mehr geben ... und keine Oger.«

»Wenn wir ihn nicht töten können, wie sollen wir ihn dann aufhalten?«, fragte Mogda.

»Ich kenne die Antwort nicht, und ich weiß auch nicht, ob es überhaupt eine gibt. Alles, was ich euch sagen kann, ist Folgendes: Tabal hat es in eure Hände gelegt, den Wanderer zu besiegen.«

50
Verstärkung

Rator hatte ein Einsehen gehabt. Vor drei Tagen hatten die Oger die Belagerung Turmsteins aufgegeben und waren Richtung Norden gezogen. Vierhundert Oger durchquerten Nelbor – ohne Proviant und voller Zorn, der jeden traf, der nicht ihrer Rasse angehörte. Mogda war froh, den Kriegsoger davon überzeugt zu haben, den Ausläufern des Bergwalls zu folgen. Die Vorstellung, dass sich die Horde quer durchs Land bewegte und ihren Ärger an den mehr oder weniger wehrlosen Menschen ausließ, ließ ihn schaudern.

Entgegen seinem Versprechen hatte Rator die beiden Trolle nicht laufen lassen. Er hatte ihnen die Hände auf den Rücken gebunden und einen Holzstamm zwischen die Armbeugen geschoben, der Nokrat und Tusfell miteinander verband. Sonst aber ließ er sie in Ruhe, was bei seiner momentanen üblen Laune an ein Wunder grenzte. Die Bewachung der beiden Gefangenen hatte er Kruzmak übertragen, der sich seiner Verantwortung bewusst war und ein Dutzend Oger zu seiner Unterstützung gerufen hatte.

Es war früher Morgen, und die meisten Oger hatten die letzten Stunden dazu genutzt, sich von dem mühsamen Marsch durch die felsige Landschaft zu erholen.

Rator und Hagmu, die die Führung des kleinen Heeres übernommen hatten, machten keinen Hehl daraus, dass sie mögliche Angriffe der Menschen nicht fürchteten.

Mogda beobachtete seine Kameraden, während er seinen letzten Proviant kaute. Mit Besorgnis stellte er fest, dass das Verhalten der anderen von Stunde zu Stunde aggressiver wurde. Die meisten verhielten sich planlos und gereizt. Eigentlich waren dies Eigenschaften, die jeder Oger von Geburt an besaß, jedoch nicht in dieser Ausprägung. Mogda fragte sich, ob es der Einfluss Tabals war, wie Tusfell ihn beschrieben hatte, oder ob die Gereiztheit auf die Proviantknappheit zurückzuführen war. Die einzige Ausnahme bildete Gnunt.

Mogda war dieser selbst für einen Oger klobige Koloss schon häufiger aufgefallen. Er unterschied sich in seinem Tun vollkommen von den Artgenossen. Statt träge herumzuliegen, ständig auf der Suche nach etwas Essbarem zu sein und keiner Rauferei aus dem Wege zu gehen, verbrachte er seine Zeit damit, seine Umwelt zu untersuchen.

Momentan lag er über einen großen Felsen gebeugt und streckte sein Hinterteil in die Luft. Mogda erkannte ihn nur an dem fehlenden Flicken in Höhe der Gesäßtasche und dem zu niedrigen Hosenbund. Beides gewährte ihm einen Einblick, den Mogda sich gern erspart hätte, jedenfalls vor dem Frühstück.

»Gnunt, bist du das?«, fragte er. »Was machst du da?«

Gnunt antwortete nicht. Er war damit beschäftigt, mit einem trocknen Ast einen Kreis in der sandigen Erde nachzuzeichnen. Dies schien Mogdas Beobachtung zu bestätigen, dass Gnunt nur selten zwei Sachen gleichzeitig tat.

Mogda schaute eine Weile zu und fand Gefallen an der Beharrlichkeit, die Gnunt an den Tag legte.

»Genau wie Gnunt«, flüsterte Gnunt.

Mogda betrachtete die Linien im Sand, konnte aber keine Ähnlichkeit feststellen.

»Malst du schon länger?«, fragte er.

»Fniege genau wie Gnunt«, wiederholte der Oger.

Mogda musste etwas übersehen haben. Neugierig beugte er sich weiter hinunter und versuchte, etwas zu erkennen. Erst als sein enttäuschtes Schnauben eine Vielzahl von Ameisen aufwirbelte und hektisch umherlaufen ließ, erkannte er das Treiben vor seiner Nase. Die kleinen Sechsbeiner hatten sich zu Dutzenden auf eine Wespe gestürzt, versuchten sie zu erledigen und in ihren Bau zu schaffen.

»Das ist eine Wespe«, klärte Mogda seinen Kameraden auf.

»Gnunt wie sie. Aneise wie Ork.«

Mogda beschloss, Gnunt nicht ständig zu verbessern. Schließlich konnte er nicht wissen, wie der Oger darauf reagierte, wenn er mit seinen Beobachtungen fertig war. Dennoch ließ ihm sein Verhalten keine Ruhe. Er musste herausfinden, was Gnunt und ihn selbst von den anderen Kindern Tabals unterschied, auch wenn dabei nur herauskam, dass Gnunt eben ein Kind im Körper eines Ogers war, und er selbst nur verhext.

Mogda schnappte sich ebenfalls einen Ast und begann, die Ameisen von ihrer Beute zu verjagen. Jedes Mal, wenn er einen kleinen Trupp dieser Krabbeltiere aufgescheucht hatte, blies er sie fort und schlug schließlich mit der flachen Hand darauf. Irgendwann schaffte es die Wespe, wieder die Oberhand zu gewinnen und die restlichen Angreifer zu vertreiben. Erschöpft fing sie an, sich einzugraben.

»Fniege jetzt frei, aber kann nicht fniegen«, stellte Gnunt verblüfft fest.

»Genau wie Gnunt«, bestätigte Mogda und lächelte.

Bei Gnunt dauerte die Reaktion etwas länger, äußerte sich dafür aber umso überschwänglicher.

»Du Freund gefunden?«, hörte Mogda die herablassende Stimme von Rator hinter sich. »Gnunt aufpassen, sonst zerbrechen Lieblingsoger von Tabal.«

Mogda löste sich aus der Umarmung seines neuen Freundes und rieb sich die frischen blauen Flecken an den Armen.

»Ich dachte immer, ihr Kriegsoger seid die Lieblinge Tabals, und die anderen werden mehr oder weniger nur geduldet?«, antwortete Mogda ungehalten.

»Du auch werden Kriegsoger«, sagte Rator. »Hüttenbauer folgen uns. Du gehen und halten auf.«

In Rators Stimme lag etwas Verächtliches. Tusfells Worte mussten einen wunden Punkt bei ihm getroffen haben, und nun gab er Mogda die Schuld dafür.

»Woher weißt du, dass sie uns verfolgen?«

»Späher haben berichtet«, antwortete Rator knapp.

»Dann sollen die sich mit ihnen herumschlagen.«

»Zu viele für Späher.«

»Wie viele?«, wollte Mogda wissen.

»Drei Mal Dutzend.«

Gnunt hörte dem Gespräch aufmerksam zu und schaute dabei abwechselnd Rator und Mogda an. Er schien immer mehr Gefallen daran zu finden, je länger es sich hinzog. Sein zunehmend breiter werdendes Grinsen stachelte die beiden Streithähne offenbar an.

»Drei Mal ein Dutzend sind sechsunddreißig. Findest du nicht, dass das ein paar zu viele für mich alleine sind?«, brüllte Mogda.

»Töten Dutzend, dann weniger«, konterte Rator. »Je mehr töten, je mehr leichter.«

»*Desto* leichter!«, verbesserte Mogda. »Ich denke nicht daran, alleine zu gehen und mich dieser Meute zu stellen.«

»Du nicht brauchen gehen alleine. Nehmen neuen Freund mit. Desto besser.« Mit diesen Worten kehrte Rator den beiden den Rücken zu.

Mogda und Gnunt blieben unter den verwunderten Blicken der anderen zurück – Mogda vor Wut schnaubend, Gnunt breit grinsend.

Am liebsten hätte sich Mogda Rators Befehl widersetzt, doch das hätte nur dazu geführt, dass ein anderer Trupp losgeschickt worden wäre. *In der momentanen Verfassung der Oger würde das unweigerlich zu einem Gemetzel führen*, dachte er. *Im Grunde genommen war Rators Entscheidung genau richtig; allerdings war sie nicht so gemeint*.

Kurze Zeit später riefen Hagmu und Rator zum Aufbruch. Es dauerte keine halbe Stunde, bis von dem Heer nichts mehr zu sehen war. Mogda und sein neuer Freund blieben zurück und schwiegen sich eine Weile an. Gnunt hatte gerade die Faszination von rieselndem Sand zwischen seinen Fingern entdeckt und kostete die neue Erfahrung ausgiebig aus.

»Wir sollten sie alleine weiterziehen lassen«, sagte Mogda schließlich.

Gnunt schaute hoch. »Hüttenbauer?«

»Nein, Rator und die anderen. Wozu brauchen sie uns schon?«, stellte Mogda fest.

Gnunt warf den Sand zu Boden und stampfte mit dem Fuß auf. »Sie uns bnauchen. Du kennen Fnotezeiung, und Gnunt wissen, wie töten Wanderer.«

Mogda konnte sich ein Lächeln nicht verkeifen. »Gnunt, du bist wirklich schlecht zu verstehen, aber ich verstehe dich immer noch besser als alle anderen. Ist das nicht merkwürdig?«

»Wir Fneunde«, war die schlichte Antwort.

Nach Aussage der Späher konnte es nicht mehr lange dauern, bis ihre Verfolger den Lagerplatz erreichten. Mogda und Gnunt beschlossen, ein geeignetes Versteck zu suchen, um sich erst einmal einen Eindruck von dem Trupp zu verschaffen.

Mogda kletterte eine kleine Anhöhe hinauf, die ihm ein passendes Versteck zu versprechen schien. Hinter einem herabgestürzten Felsen ging er in Deckung, während sich Gnunt hinter einem Geröllhaufen verbergen konnte. Die erhöhte Lage sicherte ihnen eine strategisch gute Position für ein mögliches Gefecht.

Schon beim Hinhocken bemerkte Mogda das stechende Gefühl an der Innenseite seines Oberschenkels, doch er kümmerte sich nicht darum. Erst als der Schmerz immer stärker wurde, tastete er mit den Händen nach der Ursache. Die Länge des Dorns, die geschliffenen Ränder und die eisige Kälte von Metall ließen nur einen Schluss zu: eine Dolchklinge. Ein Blick zwischen seine Beine verriet, dass es sich um eine sichelförmig geschmiedete Klinge in den Händen eines Mannes handelte. Bedrohlich klopfte die Waffe gegen die Innenseite seines Schenkels.

»Freund oder Oger?«, fragte eine Stimme, die ihm entfernt bekannt vorkam.

»Es ist noch nicht lange her, da war das eine gleichbedeutend mit dem anderen«, erwiderte Mogda.

»Die Dinge ändern sich«, sagte der Mann, »und für viele von uns ist es wichtig, schnell darauf zu reagieren.«

»Für viele?«, fragte Mogda. »Oder nur für die, die schmutzige Arbeiten im Auftrag eines Lords erledigen, ohne Fragen zu stellen, Haran?«

Einen Moment herrschte Schweigen, dann zog sich die Klinge zwischen Mogdas Beinen langsam zurück. Als Mogda sich dem Dolchbesitzer zuwandte, hatte er Harans Klinge sofort an der Kehle.

Mogda wusste, wozu der Mann selbst ohne Waffe imstande war.

»Warum verfolgt Ihr uns?«, fragte Mogda.

»Warum ich dir folge, oder warum die anderen den Ogern folgen?«, erkundigte sich Haran.

»Wenn es einen Unterschied gibt, interessieren mich beide Antworten.«

»Der Grund der anderen ist schnell erklärt: Sympathie, Zuwendung, gemeinsame Feinde und Rachedurst. Sie wollen euch helfen.«

»Dann gehe ich davon aus, dass Eure Beweggründe, uns zu folgen, eigennützig sind.«

Haran stutzte einen Moment. »Wärest du vier Fuß kleiner und nicht so offensichtlich hässlich, würde ich dich als Lehrling anwerben. Du hast Recht, deine Kameraden und ihr Vorhaben sind mir vollkommen egal. Ich habe nur dich gesucht.«

»Was kann ich für Euch tun?«, fragte Mogda gelassen.

»Du kannst mir sagen, wo ich Libriandus finde.«

»Das wäre möglich, nur glaube ich nicht, dass Euch die Antwort gefällt.«

»Dann reicht es mir, wenn du mir sagst, dass er tot ist und du im Besitz eines Briefes bist, den er bei sich trug.«

Mogda wusste, dass seine Antworten neue Fragen aufwerfen würden, was Haran schwerlich gefallen konnte. Ebenso war ihm klar, dass Haran nicht zögern würde, jeden zu beseitigen, der davon wusste. Schließlich machte er nicht den langen Weg, um einen alten Liebesbrief ausfindig zu machen.

»Hofmagier Libriandus, der Brief und all seine persönlichen Sachen, mit Ausnahme eines blutigen Schuhs, werden nie wieder ans Tageslicht gelangen«, erklärte Mogda in der vagen Vermutung, dass Drachen ihre Exkremente in dunklen Höhlen verscharrten. »Der Brief, den Ihr sucht, existiert nicht mehr.«

Haran ritzte mit der Dolchspitze über Mogdas Kehle und blickte dem Oger dabei tief in die Augen.

»Vielleicht mache ich einen Fehler, aber ich glaube dir«, sagte Haran. »Ich hoffe, wir müssen uns nicht noch einmal über diesen Brief unterhalten.«

»Sicherlich nicht«, erwiderte Mogda. »Künftig werde ich aufpassen, wo ich mich hinsetze.«

Haran gab ihm zu verstehen, dass er sein Versteck verlassen sollte. Gnunt hatte von der Auseinandersetzung zwischen Mogda und Haran nichts mitbekommen. Der Koloss hockte in einer Mulde, den Kopf tief zwischen den Beinen vergraben, und hatte sich Sand und Kiesel auf den Rücken geworfen.

»Gnunt, du kannst herauskommen aus deinem Versteck, uns droht keine Gefahr«, rief Mogda.

Vorsichtig drehte Gnunt den Kopf und blickte Mogda fragend an.

»Es sind Freunde. Sie sind gekommen, um uns ihre Hilfe anzubieten.«

Gnunt schüttelte sich den Dreck vom Hemd.

»Du wissen?«

Mogda zeigte in Richtung seines Verstecks. Erst jetzt bemerkte er, dass Haran verschwunden war. Mogda beschloss, seinem Kameraden nichts von dem zwielichtigen Menschen zu erzählen.

Gnunt schaute verständnislos in die Richtung, in die Mogda gedeutet hatte. »Verstneck auch gnut«, sagte er schließlich mit einem Achselzucken.

Als die beiden Oger die Anhöhe verließen, entdeckten sie am westlichen Rand des Waldes die gedrungene Gestalt eines Zwerges. Mit aufgestützter Streitaxt und völlig unbekümmert präsentierte er sich den Ankömmlingen.

»Was wir Zwerge einmal begonnen haben, bringen wir auch zu Ende«, rief der Bärtige ihnen entgegen.

Mogda kannte die Stimme. Sie gehörte Dranosil, und wie es schien, hatte der Zwerg neue Mitstreiter in Turmstein gefunden. Hinter ihm, zwischen den Bäumen, sah der Oger weitere schwer bewaffnete und gerüstete bärtige Krieger.

Mogda war nicht wohl bei dem Gedanken, auf diesem Feldzug neben den Ogern noch weitere Begleitung zu haben. Das Verhalten seiner Kameraden unter dem Einfluss Tabals versprach wenig Gutes.

»Es ist nicht euer Krieg. Es sind dieselben Feinde wie vor Jahren, und auch ihr Ziel ist gleich geblieben«, versuchte Mogda den Zwerg umzustimmen.

Dranosil griff in seine Tasche und holte einen kleinen, schwarzvioletten Gegenstand hervor. Es war ein abgetrenntes Ohr.

»Sieht aus wie von einem Elfen, oder? Es stinkt auch wie ein verdammtes Langohr, abgesehen vom Fischgeruch. Erzähl mir also nichts von alten Feinden. Zwerge und Elfen haben schon Krieg gegeneinander geführt, als die Oger noch in dunklen Höhlen hockten und sich nicht ans Tageslicht wagten.«

»Sie sind keine Elfen mehr«, wandte Mogda ein. »Sie sind Sklaven eines Dämons der Meere.«

Dranosil zeigte ein breites Grinsen. »Wir Zwerge nehmen das nicht so genau. Eigentlich reicht es schon, dass sie ähnlich aussehen. Außerdem haben sie König Braktobil getötet und sein Reich zerstört. Das ist Grund genug, euch zu begleiten.«

Mogda hätte sich selber ohrfeigen können. Wieso bildete er sich ein, einen Zwerg davon überzeugen zu können, nicht gegen Elfen zu Felde zu ziehen? Was ihren Göttern in Tausenden von Jahren nicht gelungen war, wollte er mit einem kleinen Plausch ändern?

»Wer ist noch mit euch gekommen?«, fragte Mogda.

»Die junge Hexe und ihr Liebster«, dröhnte Wulbarts Stimme aus dem Dickicht. »Außerdem die Wasserratten und ihr Kapitän. Sie lagern drei Meilen in südlicher Richtung und warten auf unsere Rückkehr. Nur der einarmige Hauptmann ist in Turmstein geblieben und kuriert sich dort aus.«

Mogda hatte sich schon gedacht, dass Cindiel es sich nicht nehmen lassen würde, sie zu begleiten. Dennoch hatte er gehofft, dass die junge Liebe zu Finnegan sie zurückhalten würde. Der Kampf zwischen Ordnung und Chaos würde seine Opfer fordern, und Mogda musste verhindern, dass seine Freunde, seien es Menschen oder Oger, aufeinander losgingen.

»Wulbart, hör mir zu. Du musst die anderen westlich aus dem Wald und dann zum Pass zur Roten Wüste führen«, rief Mogda.

»Warum sollte ich das tun?«, antwortete der Barbar und trat aus dem Wald hervor. »Seit Tagen verfolgen wir euch. Sie wollen nur helfen.«

»Genau das ist es. Sie wollen uns helfen, können es aber nicht. Du hast gesehen, was die Menschen ausrichten können. Sie würden alle sterben, und du wärest der, der sie in den Tod geführt hat. Willst du das?«

Menschen waren leichter zu beeinflussen als Zwerge. Doch es bedurfte nur eines kurzen Nickens von Dranosil, und Wulbart war einverstanden.

»Die junge Hexe wird die List bemerken. Was soll ich ihr sagen, wenn sie Antworten will?«

»Sag ihr, dass ich sie bei Usils Haus treffe, wenn alles vorbei ist.«

Gnunt und Mogda machten sich zusammen mit den Zwergen auf den Weg. Es würde bis zum Abend dauern, den Rest des Heeres wiederzufinden. Wulbart blieb zurück und beobachtete sie, bis sie außer Sicht waren. Dann kehrte er zurück zum Lager der Menschen.

51
Geflüchtet

Das Wetter war kälter geworden, und es hatte wieder zu regnen begonnen. Starker Wind peitschte die Nässe in die Gesichter der kleinen Truppe, doch Mogda und die Zwerge ließen sich davon nicht aufhalten.

Die neuen Gefolgsleute von Dranosil waren ausnahmslos Zwerge aus Turmstein, die dort einem Handwerk nachgegangen waren. Zwischen Schmieden und Steinmetzen fanden sich auch Edelsteinschleifer und sogar ein Goldschmied. Alle waren einst aus dem Norden des Landes gekommen, aus dem Reich König Braktobils. Obwohl sie schon vor Jahren oder Jahrzehnten die Zwergenbinge verlassen hatten, waren sie mit dem Volk aus dem Norden eng verbunden geblieben.

Mogda überraschte die gute Verfassung der bärtigen Stadtbewohner. Keiner ließ sich die Anstrengungen des langen Marsches anmerken. Sie schienen besser mit der schlechten Witterung zurechtzukommen als ihr Anführer.

»Das Leben unter der Erde ist um einiges angenehmer«, fluchte Dranosil. »Die Kinder Grothaks sollten nahe der Steine und Erze leben, und sie sollten das Feuer nutzen, um sich Metalle gefügig zu machen. Wind und Wasser sind Elemente, auf die ein Zwerg verzichten kann. *Wir* wissen, wie man sich eine ordentliche Behausung baut.« Missmutig starrte er in den Himmel. »Wenn ich mich nicht bald an einem Feuer wärmen kann, werden mich die Eisigen noch als einen der ihren ansehen.«

»Wie es aussieht, hat dich dein Gott erhört«, erwiderte Mogda und zeigte Richtung Norden. »Wenn er dir jetzt noch genügend Verstand gegeben hat, um meine Brüder nicht zu verärgern, wirst du in Kürze behaglich am Feuer sitzen und dich wärmen.«

»Und was, wenn nicht?«, fragte Dranosil lauernd.

»Dann wirst du näher am Feuer sein, als dir lieb ist. Glaub mir, wenn ich dir sage, dass vierhundert hungernde Oger nicht lange fragen, woher das Fleisch kommt, das sie gerade essen.«

Dranosil schluckte seinen Ärger über Mogdas Drohung herunter und erwiderte nichts.

»Sie sind nicht sonderlich weit gekommen«, stellte Mogda halblaut fest.

»Das Wetter, ich sag es doch«, erklärte der Zwerg unaufgefordert.

Von weitem schon sah Mogda, dass sich das Ogerheer nicht auf eine kurze Rast eingerichtet hatte. Die Oger fällten Bäume, rammten Pfähle in die Erde und entzündeten große Feuer. Wachen waren aufgestellt, die mit Hornsignalen die Ankunft von Mogda und den Zwergen ankündigten.

Erst jetzt wurde Mogda auf das Gewitter aufmerksam, das sich über dem zwanzig Meilen entfernten Bergwall zusammenbraute. Das Gebirge zu überqueren, ohne den Pass zu benutzen, war nur bei ruhigem Wetter möglich. Die schroffen Steilwände und schmalen Gebirgspfade bargen ohnehin schon genügend Gefahren. Schnee, Regen und Sturm machten die Strecke unpassierbar.

Misstrauische Blicke verfolgten Mogda und die Zwerge, als diese das Lager betraten. Rator löste sich aus einem Pulk Oger, denen er Anweisung gegeben hatte, für Proviant zu sorgen. Er wusste genau, dass bei einem Sturm viele Tiere Schutz in ihren Höhlen suchten. Sie dort zu erwischen, war einfacher als im Gelände hinter ihnen herzuhetzen, um sie dann doch wieder entkommen zu lassen.

Herausfordernd baute sich der Kriegsoger vor den Neuankömmlingen auf.

»Oger nicht brauchen Hilfe von kleinem Volk«, brummte Rator grimmig.

Mogda hatte sich auf dem Weg bereits eine passende Rede zurechtgelegt, um dem Kriegsoger entgegenzutreten, doch bevor er loslegen konnte, wurde er jäh unterbrochen. Dranosil schlug Mogda mit etwas mehr Wucht, als es für eine freundschaftliche Geste nötig war, aufs Knie. Unbeeindruckt von der Größe Rators baute sich der Zwerg vor diesem auf.

»Wir sind auch nicht gekommen, um dem Volk der Oger zu helfen«, sagte Dranosil. »Wir fordern Rache. Das vergossene Blut von König Braktobil soll nicht ungesühnt bleiben. Solange noch einer dieser Elfen in Nelbor herumläuft, egal ob hochnäsiger Baumbewohner oder nachtschwarzer Meereself, werden wir Jagd auf ihn machen.«

Mogda konnte in Rators Augen lesen, dass dieser wenig beeindruckt war. Sich selbst musste er jedoch eingestehen, dass seine eigenen Worte kaum überzeugender geklungen hätten. Dennoch stellte er mit Erleichterung fest, dass die Oger auf die Zwerge weniger jähzornig reagierten als auf die Menschen.

»Oger nicht jagen Elfen. Zwerge nicht gehen mit Ogern«, knurrte Rator.

Doch Dranosil gab nicht klein bei.

»Ich weiß, ihr sucht nach dem, den ihr den *Wanderer* nennt. Euer Feind ist auch der unsere, denn er ist Herr über die Elfen. Es gibt zu viele gute Gründe, um nicht zusammen weiterzuziehen.«

»Gründe? Rator kann nicht sehen«, knurrte der Kriegsoger höhnisch.

»Nur, weil du nicht genau genug hinschaust«, entgegnete Dranosil. »Ihr Oger seid im Grunde genommen nichts anderes als große Zwerge. Ihr habt im Laufe der Zeit überlegene Kämpfer hervorgebracht. Ihr esst gern und seid auch einem guten Tropfen nicht abgeneigt. Euer Volk hat dickes Blut, ihr haltet zusammen, wenn es hart auf hart kommt. Außerdem hasst ihr schlechtes Wetter genau wie wir. Aber wir kennen immer einen Weg unter der Erde, der uns an unser Ziel bringt. Vielleicht kennen wir sogar einen Weg durch den Bergwall, der nicht weit von hier am Fuße der Berge beginnt und an der Ostseite des Grindmoors endet.«

Mogda hoffte inständig, dass Dranosil damit nicht zu viel versprach. Eine Finte würde Rator schnell durchschauen, und dann würde er den Zwergen zeigen, wo die Unterschiede zwischen den Völkern lagen.

»Zwerge wissen Weg durch Berg?«, fragte Rator.

»Ja, und wenn ihr uns auf diesem Weg begleiten wollt, ist uns das nur recht. Ich habe doch gesagt, dass wir die gleichen Ziele haben.«

»Zwerge uns begleiten. Oger ziehen im Morgengrauen weiter, dann ihr bereit.«

»Zwerge stehen immer bereit«, grummelte Dranosil und ging zu seinen Leuten.

Mogda schlug sein Lager etwas abseits zwischen zwei einzeln stehenden Bäumen auf. Gierig machte er sich über die wenigen Proviantreste her, die Dranosil ihm gegeben hatte. Immer noch hungrig beobachtete er das bunte Treiben im Lager. Die ersten erlegten Tiere wurden von den ausgesandten Ogern herangeschleppt, darunter auch ein junges

Reh. Das Tier wurde sofort zerlegt und über die Flammen gehängt. Die Ausbeute des Jagdausflugs war gut, doch um vierhundert hungrige Oger zu verpflegen, reichte es bei weitem nicht. Die meisten würden am nächsten Morgen übellaunig und mit knurrendem Magen weiterziehen. Auch Mogda war nicht abgeneigt, das eine oder andere Stück Fleisch für sich zu ergattern, aber er hatte andere Sorgen. Er musste vermeiden, durch Streit oder Rangeleien um ein Stück Reh unnötiges Aufsehen zu erregen.

Je länger Mogda das barbarische Verhalten seiner Kameraden beobachtete, desto bewusster wurde ihm, wie sehr er sich im Laufe der Jahre verändert hatte. Die anderen hatten Recht: Er war keiner mehr von ihnen; er war ein zwiegespaltenes Wesen, äußerlich Oger, innerlich Mensch. Mogda spürte, wie der Kampf zwischen Chaos und Ordnung, der sein Volk und das der Menschen gegeneinander aufwiegelte, langsam auch in ihm selbst entbrannte.

Der Tag neigte sich dem Ende zu, und im Lager kehrte Ruhe ein. Der Schein der Lagerfeuer verblasste, und die langen Schatten der Umgebung vermischten sich mit der Dunkelheit. Mogda wartete, bis die meisten Oger schliefen und nur noch wenige Wachen das Lager durchstreiften. Ihrem Gang war die Müdigkeit anzumerken, und von Mal zu Mal dauerte es länger, bis sie ihren Ausgangspunkt wieder erreichten.

Lautlos erhob sich Mogda. Vorsichtig umrundete er das Lager, wobei er versuchte, so viel Deckung zu nutzen, wie die karge Landschaft hergab. Sein Ziel lag am anderen Ende des Lagers. Die beiden Oger, die am östlichen Rand zur Wache eingeteilt waren, hatten ihren Rundgang abgekürzt und wärmten sich an der verbliebenen Feuersglut. Unbemerkt schlich Mogda zu einer alten abgestorbenen Eiche, die ihren kahlen Stamm aus einer Reihe herabgestürzter Felsbrocken reckte. Aus der Dunkelheit stierten ihn ein Paar bösartige, gelbe Augen an. Hätte er nicht gewusst, dass die Oger hier ihre Gefangenen angekettet hatten, wäre Mogda arglos an ihnen vorübergegangen. Die beiden Trolle verschmolzen mit dem Stamm und den Felsen. Sie waren Meister der Tarnung, und dies war ihre natürliche Umgebung.

Mogda bückte sich, um zu prüfen, ob er die Ketten von den Händen der Gefangenen lösen konnte. Noch bevor er das robuste Schloss in den Fingern hielt, packte ihn Nokrat an der Kehle. Mogda fühlte, wie sich die Krallen des Trolls langsam in seine Haut bohrten.

»Nicht«, flüsterte der Oger heiser. »Ich bin gekommen, um euch zu helfen.«

»Wofür brauchen wir deine Hilfe, Oger?«, knurrte ihn Tusfell an. »Unsere Fesseln halten uns schon seit Stunden nicht mehr. Wir haben nur noch darauf gewartet, endlich mit dir reden zu können. Danach ziehen wir weiter.«

Warum im Namen der Götter wollte jeder mit ihm sprechen? Alle luden ihre Probleme bei ihm ab oder traktierten ihn mit ihren Weisheiten. Und dann bauten sie darauf, dass seine Taten alles zum Guten wenden würden. Mogda war es leid, eine Gliederpuppe zu sein, an deren Fäden die anderen beliebig zerren konnten.

»Ihr hättet mir eine Nachricht in den Baum ritzen können. Bei den Elfen kam das sehr gut an. Dann wärt ihr jetzt schon Meilen entfernt.«

Nokrat drückte die Kehle des Ogers weiter zu. Humor war keine herausragende Eigenschaft der Trolle.

»Hör mir zu, Fettwanst«, fauchte Tusfell. »Der Sturm über den Bergen ist kein gewöhnlicher Sturm. Es ist der Kreis der Elemente. Alte Prophezeiungen bezeichnen ihn als Vorboten des Endes. Ich habe immer versucht, seinen Ursprung zu ergründen, doch dass es die Götter sind, die in ihm kämpfen, habe ich erst jetzt begriffen.«

»Nicht noch eine Prophezeiung vom Ende der Welt!«, stöhnte Mogda. »Können sich die Götter nicht ein bisschen klarer ausdrücken, was sie wollen?«

»Halt den Mund, du Tölpel!«, zischte die Trollschamanin. »Es ist genau so, wie ich dir erklärt habe. Hier, wo wir stehen, sammeln Chaos und Ordnung gerade ihre Kräfte. Ihr Kampf hat noch nicht begonnen, doch er wird alles beenden, was wir kennen. Der Sturm, den du zu sehen glaubst, ist die Arena der Elemente. Diese werden solange untereinander wüten, bis sie sich gegenseitig ausgelöscht haben. Vertraue nicht auf die Zwerge. Es gibt keinen Weg, der sicher ist, um ins Innere zu gelangen.«

»Ins Innere?«, fragte Mogda.

»Ja. Wenn ihr die Elemente hinter euch gelassen habt, kommt ihr in den inneren Zirkel. Natur und Magie haben sich bereits gegenseitig ausgelöscht. Statt ihrer sollte dort eine Mischung aus beiden herrschen. Wenn ich die Zeichen richtig deute, hat Tabal seinen Spross gepflanzt und ist für kurze Zeit Herr über Natur und Magie geworden.

Du musst den Wanderer aufhalten und diesen Spross finden. Nur dann können die Götter neu erwachen.«

Mogda reichte es. Nicht nur, dass die Oger wieder einmal auszogen, um die Welt zu retten, weil alle anderen einfach zu beschäftigt waren. Nein, außerdem sollten sie einen unbesiegbaren Gott töten, irgendwelche Kinder von Tabal suchen, nebenbei gegen Feuer und Wind kämpfen, und das alles ohne ausreichenden Proviant, während sämtliche anderen Völker sich bemühten, den Ogern den Garaus zu machen.

»Ist das dein Ernst?«, fragte Mogda und schlug Nokrat auf den Unterarm, um zu signalisieren, dass dieser seinen Griff lockern sollte – was jener auch tat. »Was soll das sein, der Spross Tabals? Wie soll ich danach suchen, wenn ich nicht einmal weiß, worum es sich handelt? Glaubst du nicht, wir hätten schon genug damit zu tun, den Wanderer zu töten? Immerhin schien er bis jetzt nicht sonderlich beeindruckt von unserer Kampfkraft zu sein. Es wäre mir lieber, du könntest mir ein paar zusätzliche Informationen über ihn geben; am besten darüber, wie man ihn töten kann. Hörst du, Tusfell …?«

Mogda musste feststellen, dass er sich mit einer Baumwurzel unterhielt. Die Trollschamanin und ihr Begleiter waren bereits verschwunden. Mogda vermutete, dass ihm Tusfell keine Antworten geben wollte; oder schlimmer noch, dass sie selbst keine hatte.

Mogda schlich zu seiner Lagerstatt zurück und nutzte die letzten Stunden vor dem Aufbruch, um sich ein wenig auszuruhen.

52

Stollen des Vergebens

»Wie können entkommen?«, schrie Rator.

Außer sich vor Wut trat er gegen die verwaisten Ketten, die immer noch um den Stamm der Eiche hingen. Von der Trollschamanin und ihrem Beschützer fehlte jede Spur.

»Wer gehen Wache?«, wollte der Kriegsoger wissen. Die ratlosen Gesichter von Kruzmak und Hagmu sprachen Bände. Mogda hatte sich in gebührendem Abstand zu den dreien gesellt und versuchte, eine möglichst erstaunte Miene aufzusetzen. Einen der Oger von letzter Nacht, Drachte, hatte er erkannt. Doch hielt er es für besser, diese Information nicht preiszugeben. Drachte war ein Oger aus dem Hinterland. Selbst für einen Oger war er etwas einfältig, hatte jedoch ein gutes Herz und bemühte sich sehr, alles richtig zu machen. Außerdem konnte Mogda ihn nicht verraten, da er sich sonst selbst verdächtig gemacht hätte.

»Wir sollten lieber unseren Weg fortsetzen, statt uns über die Trolle Sorgen zu machen«, schlug Mogda vor.

»Du wissen!«, fauchte Rator ihn an.

»Ich? Nein, woher?«, heuchelte Mogda. »Ich habe die ganze Zeit geschlafen. Was gehen mich eure Gefangenen an? Du hättest sie gleich töten sollen, statt sie mit herumzuschleppen.«

Mogda sah Rator an, dass dieser überlegte, wer entschieden hatte, die Trolle am Leben zu lassen; anscheinend wollte es ihm nicht mehr einfallen.

»Du Recht«, sagte Rator schließlich. »Wichtiger finden Wanderer. Zwerge sollen führen Oger durch Berg.«

Diese Anweisung schien auch Kruzmak und Hagmu weitaus besser zu gefallen als die Suche nach einem Schuldigen. Immerhin hatte die Verantwortung bei ihnen gelegen, und somit bestand die Möglichkeit, dass sie die Nächsten wären, die Wache schieben mussten.

»Ich gebe Dranosil Bescheid, dass er und seine Männer sich zum Aufbruch bereit machen sollen«, erklärte Mogda und machte sich zu den Bärtigen auf.

Die Zwerge waren ziemliche Morgenmuffel, was sie in Mogdas Augen sehr sympathisch machte. Das kleine Volk saß dicht beisammen und schwieg sich ausgiebig an. Ein heißes Gebräu mit tiefbrauner Farbe wurde in einem Tonkrug herumgereicht und mit vorsichtigen Schlucken getrunken.

»Hm, das sieht aber lecker aus«, verkündete Mogda aufgeräumt, um die allgemeine Übellaunigkeit zu vertreiben.

»Ist es aber nicht«, brummte Dranosil. »Im Feuer geröstete Eicheln, zerstampft und mit heißem Wasser aufgegossen.«

»Ein Zaubertrank?«, fragte Mogda vorsichtig.

»Nein, es hilft dabei, morgens ...«

Dranosil hob den Kopf und schaute in die teils angsterfüllten und teils beschämten Gesichter seiner Kameraden.

»... nicht schon Bier zu trinken«, vollendete er dann den Satz und schlug sich feixend auf den Oberschenkel. Die restlichen Zwerge stimmten einen Moment später erleichtert in das Gelächter ein.

Mogda verstand zwar nicht, was daran so lustig war, doch er wollte die steigende Laune der Zwerge nicht dämpfen und stimmte mit ein.

»Wir sollten uns beeilen, der Sturm scheint näher zu kommen«, sagte Mogda zu Dranosil, als dieser sich wieder beruhigt hatte.

»Gegen Abend sind wir am Ziel, dann können uns Wind und Regen nichts mehr anhaben«, erklärte der Zwerg.

Trotz erneut aufkommenden Regens und heftiger Windböen kam das Heer der Oger gut voran. Die Zwerge hatten die Führung übernommen und legten ein hohes Tempo vor. Laut singend schienen sie sich selbst zu Höchstleistungen anzustacheln. Am frühen Abend erreichten sie einen verlassenen Zwergenstollen. Mittlerweile hatten die ersten Oger bereits begonnen, die nicht gerade große Auswahl an zwergischen Trinkliedern mitzusummen.

»Hier ist er, der Stollen des Vergebens«, verkündete Dranosil am Eingang zu dem Tunnelsystem.

»Warum habt ihr ihn so genannt?«, wollte Mogda wissen. »Hat der Name etwas mit eurem Gott zu tun?«.

»Nein, wir haben hier vergebens gegraben. Es gab kein Erz«, gestand Dranosil.

»Und dann habt ihr euch trotzdem bis zur anderen Seite durchgegraben?«, fragte Mogda erstaunt.

»Wie hätten wir sonst herausfinden sollen, dass es hier kein Erz gibt?«, entgegnete Dranosil.

Rator hatte zu ihnen aufgeschlossen und betrachtete missmutig den dunklen Tunneleingang.

»Jedenfalls groß genug für Oger«, stellte er fest.

»Warte ab, bis du die Stollen gesehen hast«, verkündete Dranosil stolz.

Es dauerte noch eine Weile, bis auch die letzten Nachzügler der Oger eingetroffen waren. Rator und Hagmu waren sich darüber einig, nicht alle Oger auf einmal durch die Stollen zu führen. Sie teilten Gruppen zu je fünfzig Mann ein, die einander in gewissen Abständen folgen sollten. Um sicherzustellen, dass sie nicht in eine Falle gelockt wurden, egal ob von Zwergen, Elfen oder Menschen, steckte Rator die erfahrenen Kämpfer und einen Großteil der Zwerge in die erste Gruppe. Zu seiner Verwunderung zählte auch Mogda dazu.

Bevor er und seine Kameraden in der Mine verschwanden, nahm Mogda sich einen Moment Zeit und beobachtete die Blitze, die sich über dem Gebirge entluden und den Krieg der Elemente für kurze Momente in gleißendes Licht tauchten.

»Nicht Sturm von schlechtes Wetter«, stellte Rator fest.

Mogda sah seinen Freund verwundert an. Den ganzen Weg über hatte der Kriegsoger gewusst, auf was sie sich einließen, und er hatte nicht einen Ton gesagt.

»Es sind die vier Götter der Elemente. Sie kämpfen gegeneinander. Auch Tabal und Prios streiten.«

»Tabal siegen«, verkündete Rator überzeugt.

»So wird es sein«, stimmte Mogda zu.

Gemeinsam verschwanden sie in der Zwergenmine.

Dranosil hatte nicht zu viel versprochen. Der Haupttunnel der Mine hatte eine Höhe von mindestens fünfzehn Fuß und war noch einmal doppelt so breit. Die Zwerge mussten sich durch massiven Fels gearbeitet haben, denn die Baumeister hatten darauf verzichtet, ihre Grabungen mit Stützen abzusichern. Offenbar waren die Arbeiten an dem Tunnel schon vor vielen Jahren beendet worden. Halterungen für Fackeln, Schienen und sogar ein Großteil der Schwellen waren abgebaut und weggeschafft.

Ganz im Gegensatz zu den anderen Minen, die Mogda kannte, hatten die Bärtigen hier auf Verzierungen verzichtet. Der Fels war grob behauen, und nur der nötigste Abraum war aus dem Berg befördert worden. In regelmäßigen Abständen zweigten weitere Tunnel ab, von denen die meisten jedoch nach wenigen Metern endeten.

»Was meinte Dranosil, wonach die Zwerge hier gesucht haben?«, fragte Mogda.

»Erz«, antwortete Rator knapp.

Mogda brummte verächtlich. Er war kein Bergbauexperte, doch egal, was die Zwerge hier gemacht hatten, auf der Suche nach Erz waren sie bestimmt nicht gewesen. Anders als bei anderen Zwergenbingen verlief dieser Tunnel waagerecht und nicht stetig nach unten abfallend. Je weiter sie kamen, desto mehr gewann Mogda den Eindruck, die Bauarbeiten von damals seien unter großem Zeitdruck durchgeführt worden. Der Fels war förmlich aus dem Berg gerissen worden, und der Tunnel wurde mit zunehmender Länge schmaler.

»Halt!«, schrie Mogda. Zu seiner Verwunderung hörten alle auf seinen Befehl.

Mogda bahnte sich einen Weg an den anderen Ogern vorbei, bis zur Spitze des Trupps. Dranosil und dessen Gefolgsleute schienen sichtlich nervös zu werden.

»Was ist das hier, und wohin führt der Tunnel?«, verlangte Mogda zu wissen.

Dranosil sah ihn verständnislos an.

»Ein Tunnel, und er führt quer durch den Berg auf die andere Seite. Er endet am Grindmoor, und von dort aus führt ein schmaler Pfad direkt in die Elfenwälder. Ich dachte, das hätte ich bereits erwähnt.«

Mogda erinnerte sich natürlich daran, was der Zwerg ihm erzählt hatte, dennoch beantwortete es seine Frage nicht. Vielmehr warf es weitere Fragen auf.

»Ich will nicht wissen, wohin die Tunnel führen. Ich will wissen, welchem Zweck sie gedient haben.«

»Warte bis wir da sind«, erwiderte Dranosil. »Noch eine halbe Meile, dann wirst du es sehen.«

Die Antwort gefiel dem Oger nicht. Andererseits traute er dem Bärtigen aber auch keinen Verrat zu, denn immerhin hatte dieser sich bis jetzt als nützlicher Verbündeter erwiesen, der bereit war, sein eigenes Leben für die Sache zu opfern. Mogda ließ seine Fragen auf sich beruhen und zügelte seine Neugier.

Der Tunnel verengte sich weiter und nahm die Form einer ovalen Röhre an. In diesem Teil der Mine hatten die Zwerge auch keine Loren mehr verwendet und den Abraum anscheinend von Hand nach draußen befördert.

»Wir sind da«, verkündete Dranosil feierlich.

Neugierig hoben die Zwerge ihre Fackeln, um am Ende des Tunnels in die Dunkelheit einer Höhle zu leuchten. Offenbar war Dranosil der Einzige, der von der Existenz und der Geschichte dieses Bauwerks wusste.

»Was ist das?«, fragte Mogda und reckte seinen Kopf über die Zwerge hinweg in das Gewölbe.

»Von hier aus wollten wir die Angriffe gegen die Elfen führen. Grothak, der Erschaffer, Gott der Erde und Behüter aller Unterirdischen, hat die Höhle für uns aus dem Fels gerissen, um die hochnäsigen Elfen ein für alle Mal aus Nelbor zu vertreiben. Leider kamen wir zu spät. Die feigen Spitzohren nahmen Reißaus und betrogen uns um einen ehrenhaften Sieg.«

»Ihr hattet vor, sie alle zu töten?«, fragte Mogda fassungslos. »Warum?«

Dranosil griff nach der Fackel eines Gefolgsmanns und schleuderte sie weit in das Innere der Höhle. Dreißig Fuß tief stürzte das Licht hinunter, bis es mit einem Funkenregen am Höhlenboden aufschlug. Dutzende, mehrere Fuß große Achatscheiben warfen das Licht zurück und verteilten es gleichmäßig über das Höhleninnere.

»Diese Frage ausgerechnet aus dem Munde eines Ogers?«, fragte Dranosil verdutzt. »Seit Anbeginn aller Zeiten seid ihr die Kriegsknechte Tabals, die ohne Anlass gegen jeden und alles Krieg führen. Ihr braucht keinen Grund, um zu töten. Wir haben einen, doch du würdest ihn nicht verstehen.«

Mogda fühlte sich beschämt. Der Zwerg hatte Recht. Sechs Jahre erst war der Sinneswandel der Oger her, und schon begann er mit Fingern auf jene zu zeigen, deren Krieg viel älter war.

»Dort die Stufen hinab«, sagte Dranosil und machte Mogda damit klar, dass er ihr Gespräch für beendet hielt.

Mit schlechtem Gewissen trottete Mogda hinter den Zwergen her. Die natürliche Höhle war nur wenig kleiner als der Drachenhorst. Wenn es zwischen den Zwergen und den Elfen tatsächlich Krieg gegeben hätte, hätten hier tausend und mehr schwer bewaffnete Zwergenkrieger Platz gefunden.

Nach und nach folgten die Oger der grob behauenen Steintreppe bis auf den Grund der Höhle. Am östlichen Ende hatte man den Abraum des Tunnelbaus gelagert. Felsbrocken, die zu groß waren, um sie mit Muskelkraft nach draußen zu befördern, und kleinere Gesteinsmassen, für die man eine Lore gebraucht hätte, waren dort aufgeschüttet worden.

»Höhle gut für Kriegslager«, rief Rator aus. Der Hall seiner Stimme wurde mehrfach von den Wänden zurückgeworfen.

»Ich würde vorschlagen, wir legen eine kleine Pause ein«, sagte Dranosil.

Ohne eine Antwort abzuwarten, machte er sich mit einigen anderen Zwergen zu der Geröllhalde auf. Dranosil wies seine Kameraden an, große Felsblöcke zur Seite zu schaffen.

In Windeseile trugen sie die Felsen ab und schichteten sie an einer anderen Stelle wieder auf. Mogda wollte Rator gerade auf das wunderliche Verhalten des kleinen Volkes aufmerksam machen, als Dranosil auch schon voller Freude ein hölzernes Fass von der Größe eines Kürbisses hervorholte.

»Wenn einem das Glück beim Suchen nicht gnädig ist, muss man eben mit List nachhelfen«, rief der Zwerg erfreut.

Äußerst vorsichtig, als handle es sich um das Ei eines Drachen, schleppte er seinen Fund heran und legte ihn Mogda breit grinsend vor die Füße.

»Welch ein Glück für uns, ein Fässchen Zwergenbier«, mutmaßte der Oger unbeeindruckt. »Wir füllen für jeden einen Fingerhut ab und schlafen die nächsten drei Tage unseren Rausch aus.«

»Tut mir leid, dass du so wenig verträgst«, entgegnete Dranosil, »doch ich muss dich enttäuschen. Kein Bier, nicht einmal das beste Zwergenbier, würde fünfzehn Jahre überdauern. In diesem Schmuckstück aus feinstem Eichenholz ist der edelste Tropfen, den Nelbor je gesehen hat – Zuckerrübenrum. Zwar ziehen wir gegen den gleichen Feind zu Felde und haben schon mehrere Kämpfe gemeinsam bestritten, aber unsere Freundschaft ist nicht gefestigt genug, um so etwas mit euch Ogern zu teilen.«

Mogda war auch gar nicht erpicht darauf, von dem Gebräu zu kosten.

Etwas Fleisch oder sogar ein trockener Laib Brot wäre ihm bedeutend lieber gewesen.

Die meisten Oger hatten es sich zwischen den schroffen Felsen der Höhle bequem gemacht und vertilgten die spärlichen Reste ihres Proviants. Die Zwerge waren unterdessen unermüdlich auf der Suche nach weiteren Fässern. Die unkoordinierten Arbeiten in dem Geröllhaufen ließen oft größere Brocken von oben nachrutschen und brachten die Zwerge in Gefahr.

»Seid vorsichtig«, schrie Dranosil, der sich mittlerweile seinen Becher zum dritten Mal vollschenkte. »Die Fässer sind alt und morsch. Für jeden Tropfen, den ihr verschüttet, wird Grothak euer Blut fordern.«

Kurz danach ertönte das Signalhorn der Oger, das Gnunt an sich genommen hatte. Erschrocken fuhr Mogda auf und schaute sich um. Sein Blick fiel auf Rator, der unweit von ihm auf einem Felsen thronte.

»Signal für Rest von Oger. Platz gut für Lager. Wir zusammen ziehen aus Höhle weiter«, sagte der Kriegsoger beruhigend.

Wieder polterten große Felsbrocken zwischen den Zwergen herunter.

»Ihr sollt doch aufpassen!«, brüllte Dranosil.

Mogda wollte sich nur vergewissern, dass keiner der kleinen Trunkenbolde zu Schaden gekommen war, als er sah, wie sich ein gigantischer steinerner Arm aus dem Boden schob und mit einem Faustschlag einen der Zwerge unter sich begrub. Noch bevor der Oger begriff, was hier vor sich ging, stoben die Zwerge wild auseinander und schrien: »Grothak will uns dafür strafen, dass wir uns mit den Horden Tabals verbündet haben. Der Erdkoloss wird uns alle richten!«

Mogda sprang auf und riss sein Schwert aus der Scheide. Der steinerne Arm schien direkt aus der Erde gewachsen zu sein. Kleine und große Felsen hatten sich wie durch Magie zusammengefügt und eine riesige Gliedmaße gebildet. Das Gewicht des Arms hätte gereicht, um ganze Häuser wegzufegen.

Mogda machte sich Sorgen, ob sein Schwert eine geeignete Waffe war, um sich dem Gebilde zu stellen. Doch ohne sich von seinen Zweifeln aufhalten zu lassen, stürmte er los. Neben ihm tauchte Rator auf, die Axt hoch erhoben. Hinter sich hörte er das Gebrüll von weiteren Ogern.

Noch bevor sie den steinernen Arm erreicht hatten, flog ihnen auf

Brusthöhe ein Zwerg entgegen. Mogda musste sich ducken, um nicht von dem Bärtigen erwischt zu werden. Rator erreichte als Erster sein Ziel. Mogda sah, wie er seine Axt tief in die gewaltige Armbeuge schlug und am Stiel der Waffe hängend in die Höhe gezogen wurde. Mogda selbst konzentrierte sich auf die Hand und deren Finger. Hier versprach er sich die größte Wirkung seines Schwerts. Funken sprühten, als die Runenklinge den Fels traf. Ächzend fuhr die Schneide zwischen die Steine des Fingers, doch der Hieb blieb wirkungslos.

Weitere Oger stürmten heran und schlugen auf den Erdkoloss ein. Gesteinssplitter flogen durch die Luft, doch auch diese Angriffe zeigten wenig Erfolg. Rators Axt löste sich aus der Armbeuge, und der Kriegsoger stürzte zu Boden. Die steinerne Hand ballte sich zur Faust und sauste hinab. Rator rollte sich gerade noch rechtzeitig zur Seite, um nicht zermalmt zu werden.

Die Zwerge hatten sich fluchtartig hinter einigen Felsen verschanzt. Einzig Dranosil und zwei seiner Gefolgsleute stellten sich mit Hammer und Meißel dem Zorn ihres Gottes. Gezielt trieben sie ihre Steinmeißel in die porösen Adern des Arms.

Der Erdkoloss beugte sich nach hinten und raffte einen Haufen Felsen zusammen. Dann erhob er sich und ließ Steine und Geröll auf seine Gegner niederprasseln. Felsbrocken von der Größe eines Menschen donnerten zwischen Oger und Zwerge. Gewaltige Staubmengen nahm ihnen die Sicht. Das Atmen wurde schwer.

Mogda warf sich zu Boden und hielt sich die Arme schützend über den Kopf. Der steinerne Arm holte erneut aus und schlug mit seiner Pranke dicht über den Kopf des Ogers hinweg. Erneut wirbelte Staub auf. Nur schemenhaft sah Mogda, wie einer seiner Kameraden in der Luft zappelte. Es war Drachte, der von der felsigen Klaue emporgehoben wurde.

Gnunt sprang brüllend auf. Er schnappte sich einen zentnerschweren Stein und stürmte damit auf den Angreifer zu.

Mogda und Rator schlossen sich ihrem Kameraden an. Gemeinsam liefen sie auf die Armbeuge zu. Gnunt verkeilte den Felsen dort, wo der Arm aus dem Boden ragte, um dessen Bewegungsfreiheit einzuschränken. Rator trieb die Klinge seiner Axt erneut zwischen die Steine, und Mogda stocherte in den Zwischenräumen herum. Dadurch hoffte er das zu durchtrennen, was die Felsen zusammenhielt. Sand und kleinere

Steine rieselten aus den Spalten. Rators Axt schlug Funken auf dem harten Gestein, und Gnunt versuchte unterdessen, mit bloßen Händen einen Brocken aus dem Gefüge herauszureißen.

Nichts half. Der Arm hatte kein Leben in sich, er war unverletzlich. Steil wuchs er immer weiter aus dem Boden empor. Die drei Oger ließen von ihm ab und betrachteten das Gefüge aus Steinen und Magie beinahe mit Ehrfurcht. Plötzlich knickte der Arm ein und stieß mit dem Ellenbogen herab. Rator zog Mogda am Gürtel zur Seite und riss seinen Kameraden zu Boden, gerade noch rechtzeitig, um nicht von den Steinen zerquetscht zu werden. Gnunt rette sich mit einem Sprung in einen Felshaufen. Die Erde bebte. Der Erdkoloss zertrümmerte herumliegende Felsen und ließ Gesteinssplitter wie Geschosse durch die Luft sausen. Dann streckte sich der Arm erneut und schlug mit der Faust auf seine Gegner ein. Ein Oger wurde unter ihr begraben, einem anderen wurden die Beine gebrochen. Mogda sah, wie Blut zwischen den steinernen Fingern der Faust hervorsickerte – Drachtes Blut. Dessen Körper hing leblos in der Umklammerung der riesigen Finger.

Dranosil und seine beiden Begleiter stürmten vor und schlugen mit ihren Werkzeugen auf die Faust ein. Unter der Wucht der Schläge splitterte ein größerer Brocken ab. Sofort setzten die Zwerge nach. Mit ihren Steinmeißeln hebelten sie den entstandenen Zwischenraum weiter auf. Sie schafften es, den kleinen Finger von der Faust abzuspreizen. Dranosil holte mit seinem Hammer zum Schlag aus. Ein Ruck fuhr durch den Fels, dann brach der Finger mit lautem Getöse ab und landete auf dem Boden.

Der steinerne Arm schoss hoch. Die Faust öffnete sich und gab den toten Drachte frei. Die Hand mit der fehlenden Gliedmaße drehte sich wie vor den Augen eines unsichtbaren Betrachters. Suchend fuhr sie durch die Luft, bis sie schließlich die gespreizten Finger in einen Geröllhaufen steckte.

Unterdessen hatten die meisten Oger begonnen, auf den Erdkoloss einzuschlagen, doch die Angriffe blieben wirkungslos. Als die Hand wieder aus dem Geröll zum Vorschein kam, hatte sich der fehlende Finger erneuert.

Mogda sah Gnunt aus dem Geröllhaufen hervorkrabbeln. Er kroch auf allen vieren, die schwere Stachelkeule hinter sich herziehend und das Signalhorn um seinen Hals tragend.

Mogda verließ der Mut, doch seinen Kameraden schien es anders zu ergehen. Sie würden so lange kämpfen, bis alle durch die Hand des Gottes gefallen waren. Keiner würde einem Aufruf zur Flucht folgen. Das Wort Flucht oder Rückzug kannten sie nicht – doch sie kannten das Signal.

Mogda lief auf Gnunt zu und wollte nach dem Horn greifen, aber Gnunt war schneller und hielt es fest umklammert.

»Was wnollen?«, brüllte der Oger ihn an.

»Wir müssen uns zurückziehen. Sonst werden wir alle getötet.«

»Gnunt Horntnäger. Gnunt nicht Befehl Nückzug. Gnunt nufen Verstnärkung.

»Nein!«

Es war zu spät. Gnunt hatte das Horn bereits an die Lippen gesetzt und blies hinein. Zwei lang gezogene, dumpfe Töne hallten durch den Berg. Die erfahrenen Kriegsoger, mit Ausnahme von Rator, reagierten sofort. Umsichtig zogen sie sich aus dem Kampf zurück und suchten den Ausgang im Norden der Höhle. Die unerfahrenen Krieger und die Hand voll Zwerge folgten ihnen. Einzig Gnunt, Rator und Mogda blieben zurück. Der Kriegsoger starrte die beiden mit zornigem Blick an, doch seine Wut musste warten, denn der Erdkoloss ließ sich davon nicht aufhalten.

»Ihr Befehle gehört!«, schrie Rator. »Durchbruch. Angriff aus Flanke!«

Mit verschämter Miene überreichte Gnunt Mogda das Horn. Dann folgten sie Rator.

Es dauerte Stunden, bis sie das Tunnelende erreichten. Rator nutzte die Zeit, um Gnunt und Mogda seine Verachtung zu zeigen. Zu ihrer Verteidigung konnten die beiden lediglich anführen, dass Mogdas falsche Entscheidung durch Gnunts falsches Signal zum richtigen Ergebnis geführt hatte. Das wusste auch Rator, doch er konnte oder wollte es nicht zugeben.

Außer ihnen hatte auch die zweite Gruppe das Signal vernommen, war durch die Höhle gestürmt und schloss schnell zu ihnen auf. Was aus den übrigen geworden war, wussten sie nicht. Keiner von ihnen erreichte den nördlichen Tunnelausgang.

Als sie ins Freie treten wollten, tobte der übernatürliche Sturm direkt über ihnen. Starke Böen peitschten den Regen waagerecht durch die Luft. Dazwischen prasselten Hagelkörner, groß wie Hühnereier, zu Boden. Wasser lief in Sturzbächen vom Gebirge herab und überschwemmte das nahe Grindmoor. Blitze zuckten vom Himmel und tauchten die Berge für kurze Zeit in gleißendes Licht.

Mit argwöhnischen Blicken drängten sich die Oger am Ausgang der Mine zusammen. Rator bahnte sich grob den Weg durch die Reihen seiner Kameraden und trat ins Freie.

»Ihr nie gesehen schlechtes Wetters?«, verhöhnte er die anderen. »Das nur Regen und Wind. Tabal wird lachen über Oger, Angst vor Wetter.«

Die Worte taten ihre Wirkung. Nach und nach betraten die Oger den schmalen Pfad, der sie durch das Grindmoor leiten und zum Wald der Elfen führen sollte. Rator und Hagmu gingen an der Spitze des Zugs, dicht gefolgt von den Zwergen.

Mogda hatte sich in der Mitte eingereiht und lief direkt hinter Gnunt. Unaufhörlich stieg der Wasserpegel im Moor, und es würde nur noch Stunden dauern, bis der Pfad nicht mehr passierbar war. Trotz des Sturms zog Mogda immer wieder ein feiner, kaum auszumachender Geruch in die Nase. Der Duft war ihm wohlbekannt und weckte böse Erinnerungen in ihm.

»Schwefel«, murmelte er vor sich hin. »Der Gestank der roten Drachen.«

Er hielt einen Moment inne und beobachtete den Himmel. Das schwere Unwetter machte es jedoch unmöglich, irgendetwas zu erkennen.

»Dnu nicht Angst«, rief ihm Gnunt zu. »Gnunt wnissen wie töten Wandener.«

Der massige Oger hatte eine Platzwunde über der Augenbraue. Blut lief ihm über die Wange und tropfte zähflüssig von seinem Kinn herab.

»Du blutest«, stellte Mogda fest.

Verwundert sah Gnunt an sich herunter. Erst als Mogda sich gegen die Stirn tippte, befühlte Gnunt die Platzwunde über der Braue.

»Hagel gnoß wie Steine«, erklärte Gnunt und zeigte auf die Hagelkörner, die im Moorwasser trieben.

Mogda betrachtete die im Wasser dümpelnden und immer kleiner werdenden Eissplitter. Erst jetzt bemerkte er die zarten Nebelschwaden, die über der Wasseroberfläche hingen und schnell vom Sturm zerstreut wurden. Er kniete nieder und tauchte seine Hand ins Wasser. Schnell zog er sie wieder zurück. Das Wasser war heiß. Unweit neben ihm erhob sich ein brauner Schlammhügel aus dem Moor, der auch der Quell des Nebels zu sein schien. Gelblicher Dampf blubberte aus dem Matsch hervor.

»Halte mich fest«, bat Mogda seinen Kameraden und zog das Runenschwert, um das Gebilde näher zu untersuchen.

Mit ausgestrecktem Arm stocherte Mogda in dem Hügel herum. Plötzlich brach aus dem Schlamm rot glühendes Magma hervor und ergoss sich mit einem Schwall Wasserdampf ins Moor.

»Wir müssen weg von hier«, schrie Mogda seinen Kameraden zu. »Das Wasser wird uns sonst bei lebendigem Leibe kochen.«

Nicht alle Oger verstanden sofort, wovor Mogda sie warnen wollte, doch als sich weitere heiße Wasserfontänen aus dem Moor erhoben, begriffen auch sie.

Die Oger begannen zu laufen. Der schmale Pfad, der sie durch das Moor führte, ließ keine Fehltritte zu. Jede Unachtsamkeit konnte Verbrühungen oder den Tod bedeuten. Weiter vorn musste ein Oger gestürzt sein, denn als Mogda an der Stelle vorbeikam, sah er nur noch einen Arm aus dem Wasser ragen.

Keiner kümmerte sich mehr um den anderen. Jeder war nur noch daran interessiert, die kochende Landschaft schnell hinter sich zu lassen. Heiße Geysire schossen aus dem Moorwasser empor und ergossen sich über Oger und Zwerge.

Urplötzlich erreichten sie die Grenze des Sturms der Elemente – und fanden sich in einer neuen Welt wieder.

53

Krieg der Götter

Mogda überquerte die Grenze. Von einem Moment zum nächsten endeten Regen, Sturm und schwefliger Gestank.

Sie waren immer noch in Nelbor, denn Mogda sah das Grindmoor und dessen Ausläufer, die Wälder der Elfen und dahinter im Osten die hohen Berge. Das Land war dasselbe wie zuvor ... und doch war es das nicht.

Das Sonnenlicht hatte eine violette Färbung angenommen und ließ das Grün der Pflanzen fast schwarz erscheinen. Bis auf das erschöpfte Keuchen der Oger herrschte Stille. Mogda drehte sich um. Der Sturm wütete keine zehn Fuß von ihm entfernt. Bis hoch in den Himmel kämpften die Elemente gegeneinander, doch nicht ein einziger Tropfen fiel hinter die unsichtbare Grenze. Immer noch kamen Oger aus dem Unwetter hervor und blieben verdutzt stehen.

An Rators Gesichtsausdruck konnte Mogda ablesen, dass die neue Umgebung dem Kriegsoger nicht sonderlich zusagte.

»Was hier passieren?«, fluchte er.

»Ich nehme an, genau das, was uns prophezeit wurde«, erwiderte Mogda.

Diese Antwort schien Rator noch weniger zu gefallen als die Umgebung. Kurzerhand packte er Mogda an der Kehle und drückte zu, während er seine Frage wiederholte.

»Ich erkläre es dir«, röchelte der gebeutelte Oger.

Rator löste seinen Griff.

»Die Götter versuchen, sich gegeneinander zu behaupten. Dadurch, dass der Wanderer die zwei Steine zusammengebracht hat, ringen Magie und Natur um die Vorherrschaft und bringen das Gefüge durcheinander. Im äußeren Kreis standen sich Tabal und Prios gegenüber. Der Sturm, den wir gerade hinter uns gelassen haben, ist der mittlere Ring. Dort kämpfen die Elemente gegeneinander und versuchen, der neuen Macht im Zentrum zu widerstehen. Hier, im inneren Kreis, sind Magie und Natur miteinander verschmolzen. Sie breiten sich immer weiter aus.«

Mogda zeigte auf die Barriere, die sich langsam Fuß um Fuß verschob.

»Irgendwann wird ganz Nelbor verschlungen sein, und wenig später der Rest der Welt. Wenn es dazu kommt, bricht das Gefüge auseinander, die Götter werden sterben, und an ihre Stelle tritt der Wanderer.«

»Woher du wissen?«, fragte Rator.

Mogda zuckte mit den Achseln und blieb ihm die Antwort schuldig. Er *wusste* es nicht. Die Elfen, das Orakel, die Troll-Schamanin, seine eigenen Visionen – was war davon wahr und was nicht? Ob es sein Wissen oder nur eine dunkle Vorahnung war, würde sich bald zeigen.

»Mogda nichts wissen, du gar nichts wissen«, knurrte Rator. »Du nicht mal können sagen, wo Mann ohne Schuhe hingelaufen.«

Mogda blickte sich kurz um und zeigte auf einen Teil der Elfenwälder, aus dem einige Baumkronen weit über die übrigen hinausragten.

»Er ist dort, im Herzen des Waldes, am Fuß des Baumes Mystraloon.«

Rator betrachtete einen Moment die dunklen Kronen der Bäume, die über den Wald zu herrschen schienen. Dann wandte er sich wieder Mogda zu. Sein Gesicht verriet, dass er dem anderen Oger zwar vertraute, aber das Wissen verabscheute, das sein Kamerad besaß.

»Er nicht Gott, er nur weitere Kerbe in Axt von Rator.«

Sie warteten noch, bis auch die letzten Oger den Sturm der Elemente verlassen hatten. Viele hatten Platzwunden oder Verbrühungen vom heißen Moorwasser davongetragen. Notdürftig wurden die Verletzten von ihren Kameraden versorgt, dann setzten sie ihren Weg zu den Elfenwäldern fort.

Die Zwerge hatten erneut die Führung übernommen. Je weiter sie sich den Wäldern näherten, desto breiter und fester wurde der Pfad. Aus dem zähflüssigen Moorwasser reckten merkwürdige Pflanzen ihre herzförmigen Blätter empor und richteten ihre Blattspitzen nach den vorbeiziehenden Kriegern aus.

Viele Stunden liefen die Oger und Zwerge durch das Moor, immer geradewegs auf die düsteren Baumreihen der Elfenwälder zu. Ob es Tag war oder Nacht, vermochte niemand zu sagen. Eine violettrote Scheibe hing am Himmel und rührte sich nicht.

Mogda hatte genügend Zeit, sich die veränderte Welt genau anzusehen. Sein Blick fiel auf eine skurrile Schwimmpflanze. Das netzartige Gebilde trieb dicht unter der Wasseroberfläche und bewegte sich wie eine Qualle fort. Langsam folgte es einem Schwarm Fische, die sich an dem reichhaltigen Futter im braunen Moorwasser gütlich taten. Äußerst geschickt drängte das Geflecht einen einzelnen Fisch vom übrigen Schwarm ab und zog sich langsam zusammen. Der Fisch schien nichts von seinem Schicksal zu ahnen, bis die Pflanze schließlich eine Art grünen Kokon um ihn gebildet hatte. Nach wenigen Augenblicken entfaltete sich das Knäuel wieder und ließ einzig die Mittelgräte zurück.

»Was ist das für eine Welt, wo Pflanzen die Jäger sind?«, überlegte Mogda halblaut.

Dranosil hatte sich dem Oger unbemerkt genähert.

»Eine, in der nur die Steine deine Freunde sind«, sagte er. »Für uns hat sich nur wenig verändert.«

Misstrauisch beobachtete das ungleiche Paar noch eine Weile die Umgebung, bevor sie weiterzogen.

Das Moor, das einst Grind der Trollkönig sein Zuhause genannt hatte, war von jeher ein Ort gewesen, in dem sich kein Oger sonderlich wohl fühlen konnte, und das hatte sich auch jetzt nicht geändert. Obwohl keiner von ihnen wusste, wer oder was in den Elfenwäldern auf sie lauerte, konnten sie es kaum erwarten, endlich dort anzukommen.

Nach einer endlos scheinenden Wanderung erreichten sie den Wald der Elfen. Erschöpft begannen die Zwerge, ihr Lager aufzuschlagen.

»Wir sollten weiterziehen«, ermahnte Mogda die Krieger des kleinen Volkes. »Mit jeder Stunde, die wir verlieren, breitet sich der innere Kreis weiter aus und schwächt die Götter.« Hilfe suchend blickte er zu Rator.

»Weg sein voller Anstrengung. Besser ausruhen, bevor treffen auf Feind«, grollte der Kriegsoger.

Mogda wusste, dass er Recht hatte, und fügte sich der Anweisung.

Die Oger suchten im Schatten der Bäume nach einem geeigneten Platz zum Ausruhen. Obwohl das Licht der Sonne der Abenddämmerung glich, brannte es auf der Haut. Doch die breiten Baumkronen der Eichen spendeten erholsamen Schatten. Rund um die massigen Stämme errichteten die Oger ihre Lager und versuchten, trotz knurrender

Mägen neue Kraft zu schöpfen. Kein Lüftchen bewegte die Äste der Bäume, und auch die kümmerlichen Gräser am Waldboden standen wie erstarrt. Mogda trat mit der Ferse in den ausgedörrten Boden. Die Erde war trocken und staubig. Das Moos, das den Waldboden bedeckte, war brüchig. Trudelnd fiel das Blatt einer Eiche vor Mogdas Füße. Er hob es auf und zerdrückte es knirschend zwischen den Fingern.

»Kein Leben«, murmelte er.

Der Wald sah aus wie jeder andere. Die Bäume waren grün, der Boden bedeckt mit kleinen Flechten, und Moose klammerten sich an die Stämme der uralten Bäume.

Offenbar spürte Rator Mogdas Unsicherheit.

»Du denken, Rast sein Fehler?«

»Nein«, erwiderte Mogda langsam. »Es ist nur so *ruhig* hier. Der Wald wirkt tot, irgendwie vertrocknet.«

»Vielleicht Falle von Elfen. Rator schicken Späher für erkunden Wald.«

»Es sind nicht die Elfen«, sagte Mogda. »In meiner Vision gab es keine Elfen mehr. Ich schätze, sie haben sich ins Wasser zurückgezogen und warten, bis alles vorüber ist.«

Rator schaute sich um und rümpfte die Nase.

»Elfen nicht in Traum, weil Oger alle getötet. Mann ohne Schuhe wird wissen, dass Rator kommt zurück. Er nicht wird sein allein. Rator schicken Späher, kann riechen Falle. Elfen hier in Wald.«

Mogda war immer wieder erstaunt über Rators Sicht der Dinge. Für ihn schien alles furchtbar einfach und logisch zu sein. Er nannte den Wanderer nie beim Namen, er sagte immer nur ›Mann ohne Schuhe‹. Das ließ den Gedanken, dieses Wesen könne tatsächlich unsterblich sein, unmöglich erscheinen. Die Möglichkeit, dass Elliah kein Heer benötigte, um zu siegen, existierte für ihn nicht.

Der Kriegsoger wandte sich wieder ab und rief Kruzmak und Hagmu zu sich. Gemeinsam stellten sie einen Trupp zusammen, der um das Lager herum patrouillieren und die anderen vor Elfenangriffen warnen sollte.

Mogda suchte sich wie die anderen einen Platz zum Ausruhen. Unerwartet schnell überkam ihn eine bleierne Müdigkeit, und er schlief ein.

»Gnunt hat gefnunden.«

Mogda schreckte hoch. Wie lange er geschlafen hatte, wusste er nicht. Die Sonne stand immer noch am selben Fleck.

»Gnunt gefnunden. Fnüchte von Baum«, wiederholte der andere Oger und lächelte stolz.

Mogda brauchte einen Moment, um sich zu sammeln. Trotz all der dunklen Visionen und des bevorstehenden Kampfs mit einem Gott hatte ihn kein Alp geplagt. Er hatte vom Essen geträumt. Ein wärmendes Feuer, ein aufgespießtes Schwein und der wohlige Geruch von triefendem Fett, das zischend in die Flammen troff, hatten seinen Schlaf begleitet. Umso enttäuschender war das Erwachen. Vor ihm hockte Gnunt mit seinem schmutzigen Gesicht und der verkrusteten Platzwunde an der Stirn. In der offenen Hand hielt er ein paar kleine rote Was-auch-immer-Beeren.

»Was ist das?«, stammelt Mogda.

Gnunt kam mit seiner Hand näher.

»Fnüchte fallen von Baum«, erklärte Gnunt. »Vieneicht können essen.«

Mogda betrachtete die kleinen runden Dinger genauer. Sie sahen aus wie Eicheln, nur waren sie blutrot.

Mogda schüttelte den Kopf.

»Ich glaube nicht«, sagte er. »Und selbst wenn sie essbar sind, sie reichen sie nicht aus, um unseren Hunger zu stillen. Ich würde sie lieber wegwerfen. Vielleicht sind sie giftig.«

Gnunt warf noch einen enttäuschten Blick auf die Eicheln und ließ sie dann in Mogdas Schoß fallen. Der bullige Oger schien Mogda mehr denn je als Freund und Vertrauten anzusehen. Vielleicht war es die gemeinsame Erfahrung, anders zu sein als der Rest ihrer Sippe. Unfreiwillig wanderten Mogdas Gedanken zu Matscha, dem Halboger, der Rator und ihn vor einigen Jahren an die Meister verraten hatte. Schnell versuchte er den Gedanken zu verdrängen, und die Rückkehr des Spähtrupps stellte eine willkommene Ablenkung dar.

Wie gewohnt erstattete der Trupp Rator und Hagmu Meldung. Kopfschüttelnde Gesten und achselzuckende Schultern bewiesen Mogda, dass sie auf keinerlei Elfen gestoßen waren. Viel mehr als das Verschwinden der Feinde schien Hagmu jedoch zu erzürnen, dass sie kein Wild erlegen konnten, um den Hunger ihrer Kameraden zu stillen.

Wutentbrannt stürmte Hagmu los und trieb die Klinge seiner Barbarenaxt drei Fuß über einem schlafenden Oger in eine alte Eiche.

Zuerst schien es niemand außer Mogda zu bemerken, doch dann wurde auch Rator stutzig.

Jeder wusste, dass Hagmus Wutausbruch nicht dem schlafenden Oger galt, dennoch wäre es normal gewesen, wenn dieser mächtige Schlag den Oger aufgeschreckt hätte. Doch dem war nicht so. Regungslos und in sich zusammengesackt kauerte der Oger weiterhin am Baumstamm.

Mogda erhob sich und ging zu dem Baum hinüber, aus dem Hagmu gerade seine Axt riss. Zusammen mit Rator stand er, nichts Gutes ahnend, vor dem bewegungslosen Oger. Beide wussten, dass dieser nicht schlief. Zaghaft stieß Rator den Liegenden an. Er rührte sich nicht. Dann wiederholte Rator den Stoß etwas energischer.

»Aus seinem Mund tropft Blut«, erklärte Mogda.

Ein dünnes, rotes Rinnsal sickerte über das Kinn auf die Brust. Mogda wollte sich gerade hinunterbeugen, als ihm erneut eine der roten Eicheln vor die Füße fiel. Verwundert schaute er nach oben. Inmitten des dichten Blätterdachs hingen vereinzelt rote Früchte. Rator hob eine Eichel auf und rollte sie zwischen Zeigefinger und Daumen hin und her. Dann zerdrückte er sie. Eine rote, klebrige Masse quoll daraus hervor und tropfte über seine Hand. Vorsichtig probierte er den Saft und spuckte ihn sofort wieder aus.

»Blut«, knurrte er.

Mogda packte den Oger zu seinen Füßen und zog ihn vom Baumstamm weg. Leblos rollte dieser auf den Bauch und blieb liegen. Auf seinem Rücken waren zahlreiche Einstiche zu sehen, die seinen Lederpanzer sauber durchstoßen hatten. Kein einziger Tropfen Blut drang aus den Wunden.

»Da!«, grollte Rator. »Stachel kommen aus Baum.«

Mogda starrte auf die Stelle, an der eben noch der Oger gelehnt hatte. Ein Dutzend Stacheln von einem halben Fuß Länge ragten aus der Borke der Eiche heraus. An ihren Spitzen klebte das Blut des Ogers.

Mogda zog sein Schwert und hackte einen Dorn ab. Sofort zogen sich die anderen Stacheln zurück und verschwanden hinter der Rinde. Mogda hob den Dorn auf und betrachtete ihn.

»Innen ist er hohl«, stellte er fest. »Anscheinend hat der Baum sein Blut getrunken. Daher kommen auch die roten Eicheln.«

»Sammeln!«, brüllte Rator.

Sofort sprangen die Oger von ihren Lagern auf, packten ihre Sachen und versammelten sich um Rator und Hagmu. Selbst die Zwerge verließen zögernd ihre Lagerstätte und fanden sich bei den Ogern ein.

»Was ist denn los?«, wollte Dranosil wissen. »Ziehen wir weiter?«

Rator bahnte sich einen Weg aus dem Pulk der Oger und schaute sich bei den anderen Bäumen um. Acht weitere Oger hockten regungslos an verschiedenen Stämmen. Keiner von ihnen schlief – alle waren tot.

Unverzüglich befahl Rator den Aufbruch. Er ordnete an, allen Pflanzen fern zu bleiben, obwohl ihm bewusst sein musste, dass das in einem Wald nur schwer möglich war. In Gruppen zu sechst machten sie sich auf den Weg.

Immer noch zeigte der Stand der Sonne keine Veränderung. Mogda fragte sich, ob es in einer gottlosen Welt vielleicht überhaupt keinen Tag und keine Nacht mehr geben würde. Vielleicht gäbe es auch kein Wetter oder sonstige Veränderungen. Eigentlich war ihm nur eines klar: In einer derartigen Welt gäbe es sicherlich keinen Platz für Oger.

Je weiter sie ins Zentrum des Waldes vordrangen, desto mächtiger wurden die Bäume. Alte Eichen, deren Stämme so dick waren, dass ein Oger sie nicht umfassen konnte, waren hier keine Seltenheit. Die Baumkronen ragten ins Ungewisse. Mogda spürte, dass sich Magie und Natur von Schritt zu Schritt mehr vermischten.

Bäume schienen ihre Äste nach den Fremdlingen zu recken, Gräser versuchten, den schweren Schritten der Oger auszuweichen. Außerdem wurde Mogda das Gefühl nicht los, dass ihnen jemand folgte.

Sie mussten schon wenigstens einen Tag durch den Wald gelaufen sein, ohne eine einzige Rast eingelegt zu haben. Das Hungergefühl in Mogdas Magen war mittlerweile anhaltender Übelkeit gewichen.

Die einzelnen Trupps hatten sich wieder zu einem langen Treck zusammengeschlossen. Erschöpft und übel gelaunt schlichen die Oger hintereinander her. Plötzlich kam die Kolonne zum Stillstand. Mogda sah, wie die Oger an der Spitze hinter einem umgestürzten Baum in Deckung gingen.

Vorsichtig schlich Mogda an seinen abwartenden Kameraden vorbei zu Gnunt und Rator.

»Was habt ihr vor?«, fragte er flüsternd.

»Mogda sehen selbst«, forderte Rator ihn auf.

Es dauerte einen Moment, bevor Mogda verstand, was der Kriegsoger zwischen den mächtigen Bäumen sah. Das violette Licht der Sonne schien durch das dichte Blätterdach hindurch und formte eine Lichtung, die kaum größer war als ein Schweinepferch. Dicht an dicht drängte sich ein knappes Dutzend menschengroßer Pilze in den wärmenden Sonnenstrahlen. Die Pilze waren hellbraun und trichterförmig. Außer ihrer Größe konnte Mogda nichts Ungewöhnliches an ihnen entdecken.

»Das sind große Pilze«, stellte er fest.

»Sie gelaufen zu Licht«, erklärte Rator.

»Sie sind gelaufen?«, fragte Mogda ungläubig. Unwillkürlich fiel Mogda Cindiels Worte über den Pilzmännchen-Aberglauben ein. Was hätte sie wohl gesagt, wenn sie dies hier gesehen hätte?

»Was höre ich da über laufende Pilze?«

Mit zweien seiner Krieger war auch Dranosil an die Spitze des Zuges geschlichen und belauschte nun offenkundig die Gespräche der Oger.

»Du hast richtig gehört; laufende Pilze«, bestätigte Mogda. »Schau sie dir selbst an.«

Dranosil warf einen Blick auf die Lichtung.

»Die sind ja riesig«, stammelte er. »Und sie können laufen, sagt ihr?«

Rator brummte zustimmend.

»Das ist ja fantastisch, dann brauchen wir sie nicht zu schleppen. Pilze, die hinter einem herlaufen? Wenn es jetzt noch anfängt, Käse zu regnen, sage ich: Das hier ist das Paradies.«

Auf eine Art konnte Mogda den Zwerg verstehen. Je länger der Bärtige von Essen sprach, desto überzeugender erschien sein Gerede.

»Wie lange dauert es wohl noch, bis wir diesen Wanderer treffen?«, wollte Dranosil von Mogda wissen.

»Ich würde sagen, noch zwei bis drei Stunden strammer Fußmarsch.«

»Na bitte«, folgerte der Zwerg. »Gibt es einen besseren Zeitpunkt, um sich noch einmal richtig die Wampe voll zu hauen, bevor wir in die Schlacht ziehen? Ich würde vorschlagen, wir schnappen uns so viele dieser Pilze wie möglich und bereiten uns dann ein Festmahl zu. Los,

Rator, ich weiß doch, wie du hinter den kleinen Leckereien aus meinem Proviant her warst! Ein voller Bauch liegt direkt vor dir.«

Rators Hunger und die Worte des Zwerges taten ihr Übriges. Der Plan war einfach. Sie würden losstürmen und darauf hoffen, dass die fremdartigen Pilze nur unwesentlich schneller waren als ihre verwurzelten Verwandten. Rator fand mehr als genug Freiwillige für das Pilz-Kommando.

Zehn Oger und eine Hand voll Zwerge stürmten schwer bewaffnet über den morschen Baumstumpf hinweg. Mogda lief mit Rator und Gnunt an der Spitze. Aus den Augenwinkeln sah Mogda, dass die Zwerge etwas zurückfielen. Noch bevor er sich wundern konnte, dass keiner der Pilze Reißaus nahm, hörte er einen hohen schrillen Ton. Mit jedem Schritt, den sie taten, wurde das Geräusch lauter, bis es schließlich in den Ohren schmerzte. Es gab keinen Zweifel, der Ton kam von den Pilzen. Sie schienen zu schreien. Immer lauter und unerträglicher wurde das Kreischen. Mogda presste sich die freie Hand auf ein Ohr, doch es half nichts. Es fühlte sich an, als müsste sein Kopf platzten. Gnunt tauchte neben ihm auf und versuchte, ihn abzudrängen. Blut lief aus den Ohren des riesigen Ogers. Er wirkte orientierungslos. Dann begann der Wald um Mogda herum zu verschwimmen. Er selbst wollte nur noch rennen, immer schneller, um dem schrillen Schreien der Pilze zu entgehen.

54
Mystraloon

Seit Stunden irrte Mogda durch den Wald. Die Verteidigung der riesigen Pilze hatte außerordentlich gut funktioniert. In Panik waren Zwerge und Oger in alle Richtungen geflohen. Das Schreien der Pilze war so durchdringend und schmerzvoll gewesen, dass Mogda seinen Gehörsinn erst zwei Stunden später wiedererlangte. Noch immer schien der schrille Ton in seinen Ohren nachzuhallen. Wenn die Gefährten nicht vor Verzweiflung geflüchtet wären, hätte das Schreien sie sicherlich wahnsinnig gemacht. Immer noch sah Mogda vor seinem inneren Auge einen verzweifelten Gnunt, dem das Blut aus den Ohren lief.

Mogda hatte aufgehört zu laufen. Wenn er aus diesem Wald herauskommen wollte, brauchte er seine Stärke. Immer wieder hörte er die entfernten Rufe der anderen. Anfangs hatte er sie noch hoffnungsvoll erwidert, doch dann musste er feststellen, dass seine Rufe ihn mehr und mehr Kraft kosteten, aber keineswegs halfen, die anderen aufzuspüren. Mal schienen die Rufer direkt vor ihm zu sein, dann erklangen ihre Stimmen wieder in seinem Rücken.

Krampfhaft versuchte Mogda, sich nur in eine Richtung zu bewegen, auch wenn er nicht wusste, welche das war. Im Kreis herumzuirren wäre das Schlimmste, was ihm passieren könnte. Die hochgewachsenen Stämme der Bäume standen um ihn herum wie grüne Säulen. Efeu, Moose und Flechten hatten sich an ihnen festgesetzt und kämpften um jeden Lichtstrahl. Die unteren Äste der Bäume hingen immer noch so hoch, dass Mogda sie trotz seiner Größe nicht erreichen konnte.

Erschrocken blieb Mogda vor dem zweigeteilten Stamm einer alten Buche stehen. Er war schon einmal hier gewesen. Zwischen all den hochgewachsenen kahlen Stämmen stach dieser heraus wie ein Oger im Königreich der Zwerge. Wütend und enttäuscht nahm Mogda einen Stein und warf damit nach der Buche. Als wolle sie ihn verhöhnen, flog der Stein genau zwischen den Stämmen hindurch und verschwand im dichten Gewirr der Farne.

Mogda stutzte. *Der Stein, der Baum.* An irgendetwas erinnerte ihn das alles. Er kannte den Baum. Er war schon einmal hier gewesen, doch war die Erinnerung blass – zu blass, um noch kaum vergangen zu sein.

Mogda hob einen zweiten Stein auf und schleuderte ihn hinter dem anderen her. Jetzt fügten sich die Bilder in ihm zusammen. In seiner Vision war er hier vorbeigekommen. Sein Traum hatte ihn genau durch die aufrecht stehende Astgabel geführt. Nicht weit dahinter musste sich die Lichtung mit dem Tümpel, dem Baum Mystraloon und dem Wanderer befinden.

Erneut überprüfte Mogda die Richtung, aus der er gekommen sein musste, und dachte darüber nach, wohin ihn die Vision geführt hatte. Schritt für Schritt folgte er genau dem Weg, den er zuvor in seinem Tagtraum zurückgelegt hatte. Er hatte Angst, den Wanderer nicht zu finden, wenn er den Weg verlassen würde.

Sehr bald jedoch musste er feststellen, dass sich Traum und Wirklichkeit voneinander unterschieden. Offenbar war sein Körper in der Vision um einiges schlanker gewesen, denn schon beim Durchschreiten des geteilten Baumstammes blieb er stecken.

»Das ist lächerlich, Tabal«, stöhnte er. »Du hättest mich ebenso gut fliegen lassen können. Warum machst du es mir so schwer? Ich gebe ja zu, vielleicht den einen oder anderen Zentner zugenommen zu haben. Doch das meiste davon sind Muskeln – gut, dann eben Bauchmuskeln.«

Ein tiefer Atemzug und ein paar tänzelnde Schritte auf den Zehenspitzen ließen ihn weiterkommen.

»Geht doch«, murmelte er.

Die meisten anderen Völker sprachen regelmäßig mit ihren Göttern, doch Oger waren da anders. Das mochte daran liegen, dass Oger ohnehin nur wenig sprachen. Mogda sprach gewöhnlich nicht mit Tabal, weil er nicht wusste, was er sagen sollte. Was sollte man schon einem Gott erzählen, der ohnehin alles wusste? Er hätte um etwas bitten können, doch die Vergangenheit hatte ihm gezeigt, dass Tabal seinem Volk nie etwas gab, um das man ihn bat. Oger nahmen sich, was sie brauchten. Momentan redete er nur zu Tabal, um sich die Zeit zu vertreiben. Wobei er nicht wusste, wie er reagieren würde, falls es eine Antwort gab.

Ein grünes Gestrüpp mit herzförmigen Blättern weckte seine Aufmerksamkeit. Dahinter lag ein Weiher.

Das dumpfe Geräusch, mit dem die rote Eichel Mogda am Kopf traf, war kaum zu hören. Dennoch musste sich Mogda zusammenreißen, nicht verärgert loszubrüllen. Grimmig schaute er in die Richtung, aus der die Frucht angeflogen gekommen war. Kruzmak hockte keine zehn Schritt von ihm entfernt hinter einem Baumstamm. Mit einer deutlichen Geste bedeutete der Kriegsoger Mogda, sich still zu verhalten. Mogda schlich zu ihm und kniete sich neben ihm auf den Boden.

Kruzmak griff vorsichtig in den Strauch vor ihnen und bog einige Äste beiseite. Durch den Busch hindurch sah Mogda das Bild aus seiner Vision. Nahe einem kleinen Tümpel stand der Baum Mystraloon. Nicht seine Größe war es, die ihn als *den* Baum auswies. Kaum zwanzig Fuß hoch, war er eher einer der Zwerge in diesem Wald. Es waren sein Wuchs, die uralten, freigelegten Wurzeln, der verdrehte Stamm und die rissige Borke, die ihn als den ältesten Baum des Waldes kenntlich machten. Aus einer seiner tiefen Höhlen quoll strahlend weißes Licht. In dieser von Krankheit zerfressenen Spalte mussten die beiden Steine liegen. Keine fünfzig Schritt entfernt von Mogda.

Als einziges Hindernis zwischen ihm und den Steinen stand ein junger Mann am Weiher. Barfuß und nur mit einem Leinengewand bekleidet, schien er zu einer merkwürdig aussehenden Pflanze zu sprechen. Der Mann kehrte Mogda den Rücken zu, doch der Oger wusste dennoch mit Gewissheit, dass es Elliah war. Und der war unbewaffnet.

Mogda zog vorsichtig das Runenschwert aus der Scheide und wog die Klinge abschätzend in der Hand. Er wollte gerade aufstehen, als Kruzmak ihm zurückhielt und auf die andere Seite der Lichtung deutete. Mogda konnte nichts erkennen. Unschlüssig starrte er auf die grüne Blätterwand.

Ein von oben geführter Axthieb trieb eine tiefe Kerbe in das Gewirr aus Blättern, Zweigen und einem Baumstumpf. Rator stapfte auf die Lichtung. Er schenkte dem jungen Mann auf der anderen Seite des Tümpels nur wenig Beachtung, und dieser ignorierte ihn vollständig. Rator schlug seine Axt in einen morschen Baumstumpf. Dann begann er, seine Ausrüstung abzulegen. Nach und nach warf er den leeren Proviantbeutel, einen Wetzstein, ein kurzes Seil und seinen Trinkschlauch zu Boden. Schließlich löste er die Riemen seine Lederrüstung. Zu guter Letzt knüpfte er sein Hemd auf, zog es aus und warf es zu den übrigen Sachen. Zum ersten Mal sah Mogda sämtliche großflächigen Tätowierungen auf dem Oberkörper des Kriegsogers. Die breiten Ornamente schienen sich um seinen Körper zu schlängeln. Es war ein Gewirr aus Ranken, die ihren Ausgangspunkt in Höhe von Rators Herz nahmen und weit verzweigt bis auf die Hände und ins Gesicht reichten. Erst jetzt wurde Mogda bewusst, dass er Rator noch nie danach gefragt hatte, was diese Tätowierungen bei den Kriegsogern zu bedeuten hatten. Er hoffte, dass er noch die Gelegenheit bekommen würde, dies nachzuholen.

Rator wandte sich Elliah zu. Ohne ein Wort zu sagen, blickte er den Wanderer einfach nur an. Elliah schien vom Auftauchen des Ogers wenig überrascht zu sein, dennoch behagte ihm Rators Schweigen offenbar nicht.

»Ihr Oger wollt es wohl nie lernen«, sagte er. »Glaubst du wirklich, mich aufhalten zu können? Der Kampf in Turmstein hätte es dich besser lehren sollen.«

Rator zog die Axt aus dem Baumstumpf und hielt sie sich vor die Brust.

»Was willst du, Fleischberg?«, fragte Elliah. »Willst du, dass ich dich zu deinem Gott an die Tafel schicke? Das könnte ich, auch wenn ich wenig Lust dazu verspüre. Aber ich muss dich warnen, die Zeit an seiner Seite ist nur von kurzer Dauer. Tabal wird bald gezwungen sein, vor meinen Thron zu kriechen. Dort ist für dich kein Platz mehr. Also, was willst du?«

Rator trat einen Schritt vor und stand nun bis zu den Knöcheln im Tümpel. »Rator will sehen wahre Gestalt von Mann ohne Schuhe.«

Elliah schüttelte den Kopf. »Denkst du, dass du verstehen würdest, wer oder was ich bin? Oder glaubst du, ich bin nur in menschlicher Gestalt unverletzbar? Da muss ich dich enttäuschen.«

»Rator bringen Tabal Kopf von Mann.«

Elliah lachte. »Gut, du sollst sehen, wer ich wirklich bin.«

Kopfüber sprang Elliah in den Tümpel und tauchte vollends unter. Rator machte einen Schritt zurück und belauerte die aufsteigenden Blasen.

Eine Wasserfontäne ergoss sich über die Lichtung, und aus ihr sprang ein graugrünes Wesen auf den Kriegsoger zu. Rator rührte sich keinen Zoll vom Fleck und erwartete seinen Angreifer in aller Ruhe. Dieser verpasste Rator einen Hieb, der tiefe Kratzwunden quer über der Brust hinterließ. So schnell der Angreifer zugeschlagen hatte, so schnell sprang er auch wieder zurück und stand wieder vor dem Baum Mystraloon.

Endlich hatte Elliah seine wahre Gestalt gezeigt. Der Dämon war kaum menschlich zu nennen. In der Gestalt eines mager aussehenden, aufrecht stehenden Frosches wirkte er eher erbärmlich. Doch der Größenunterschied zu seiner menschlichen Gestalt war enorm. Fast zwei Fuß größer als zuvor, mit einer grünlichen, schleimigen Haut, einem Froschgesicht mit nadelspitzen Zähnen und langen Krallen an Händen und Füßen, lauerte er auf den Gegenangriff des Ogers.

»Du sein Kröte«, sagte Rator angewidert.

»Komm schon, Oger«, schrie Elliah mit krächzend kehliger Stimme.

Als hätten sie auf dieses Stichwort gewartet, betraten Hagmu und Tastmar von Süden und Gnunt zusammen mit Dranosil von Norden her die Lichtung. Jetzt gab Kruzmak auch Mogda ein Zeichen. Gemeinsam verließen sie das Dickicht.

»Das also ist der klägliche Rest«, keifte Elliah. »Der Letzte der Zwerge sucht Rache für seinen erbärmlichen König, und eine Schar von Ogern will mich töten, weil sie nicht begreifen, dass ihre Zeit vorbei ist.«

»Du holen Steine«, knurrte Kruzmak in Mogdas Richtung.

Mogda wurde immer noch nicht schlau daraus, was die anderen vorhatten. Doch alles war besser als kein Plan, und die Steine zurückzuholen war immerhin ein Plan.

Hagmu stürmte vor. Mit einem gewaltigen Sprung hechtete er über den Tümpel und landete vor Elliah. Aber noch bevor er die Axt zum Schlag heben konnte, schnellte aus dem breiten Froschmaul eine peitschenartige Zunge hervor und wickelte sich um den Hals des Ogers. Hagmu fiel auf die Knie und versuchte, sich aus dem Würgegriff zu befreien. Tastmar, immer noch schwer verletzt durch den Lanzenstich in Turmstein, schleuderte einen Speer. Das Geschoss verfehlte Elliah nur knapp und bohrte sich in den Baum Mystraloon. Rator und Kruzmak rannten getrennt los. Sie umrundeten den Teich und attackierten die Flanken ihres Gegners. Fast zeitgleich erreichten sie Elliah. Rators Axt fuhr von oben herab auf den Schädel seines Gegners. Kruzmak rammte dem Dämon sein Schwert mit aller Kraft in die Seite. Doch die Waffen prallten ab, als hätten Kinder mit Holzschwertern die Angriffe geführt. Elliah geriet nicht einmal ins Wanken.

Mit einem gewaltigen Satz sprang der Dämon über seine Gegner hinweg und landete auf der anderen Seite des Tümpels. Noch immer würgte er Hagmu mit seiner Zunge. Der einäugige Kriegsoger wurde Stück für Stück von ihm herangezogen. Tastmar kam seinem Kameraden zu Hilfe. Er stützte sich auf sein Schwert und humpelte auf Elliah zu. Ungelenk schlug er das Schwert gegen den dünnen Froschhals. Elliah packte das Schwert an der Klinge und brach diese mit einer Drehbewegung hinter dem Griff ab. Sein langer Arm schnellte vor und trieb Tastmar den blanken Stahl direkt in die Kehle. Aus dem Mund des Ogers quoll Blut, dann sank er auf die Knie und brach zusammen.

Mogda war unterdessen zum Baum Mystraloon gelaufen. Auf halber Höhe des Stamms war ein Loch, kaum groß genug, um einen Arm hineinzustecken – besonders keinen Ogerarm. Gleißendes Licht strömte daraus hervor. Mogda versuchte, den Stamm mit dem Schwert weiter aufzuspalten, doch das Holz war hart wie Stein.

Gnunt und Dranosil belauerten den Froschdämon. Sie warteten auf einen Fehler ihres Gegners. Hagmu war immer noch von der langen Zunge gefangen und röchelte erbärmlich. Seine Kraft reichte nicht, um sich selbst aus Elliahs Fängen zu befreien. Gnunt schwang seine stachelbewehrte Keule. Mit weiten Schlägen näherte er sich dem Gegner. Dranosil stürmte hinter dem massigen Oger hervor, rollte auf dem Boden ab und hieb mit der Axt nach der langen Zunge des Dämons. Der Hieb vermochte sie nicht zu durchtrennen, die Wucht des Schlages hatte vielmehr zur Folge, dass sich die Zunge noch enger um Hagmus Hals schnürte. Der einäugige Kriegsoger kroch mittlerweile auf allen vieren. Er war dem Tode nah. Elliah trat nach Dranosil und traf ihn an der Schläfe. Der Zwerg stürzte rückwärts in den Teich und versank.

Gnunt nutzte die mangelnde Standfestigkeit des Dämons und schlug mit seiner Keule nach dem Kopf des Feindes. Dumpf traf die Waffe Elliahs Schädel. Wie alle Attacken zuvor blieb auch diese ohne Wirkung. Doch so einfach wollte Gnunt seinen Gegner nicht davonkommen lassen. Er packte Elliah am Arm und versuchte, ihn ein Stück von sich zu schieben, um erneut angreifen zu können. Der Dämon reagierte sofort. Seine Klauen kratzten wild über Gnunts ungeschützten Brustkorb. Blutige Striemen, vom Hals bis hinunter zum Bauch, zeichneten sich auf dem Körper des Ogers ab. Als Gnunt immer noch nicht von Elliah abließ, löste dieser seine Zunge von Hagmus Hals und schlug damit nach dem Gesicht des schwerfälligen Ogers. Mittlerweile hatten auch Rator und Kruzmak den Kampfplatz erreicht. Kruzmak zog Dranosil, der von dem Tritt noch total benommen war, aus dem Teich. Rator half Hagmu auf die Beine. Während ihre beiden Mitstreiter keuchend am Ufer zusammenbrachen, besannen sich Rator und Kruzmak auf den Feind.

Mogda schlug unterdessen wie ein Berserker auf die alte Eiche ein. Mit jedem Schlag lösten sich nur wenige Splitter aus dem Stamm. Das Loch reichte noch immer nicht aus, um in die Höhlung des Baumes zu fassen. Verzweifelt hackte Mogda weiter auf dem heiligen Baum der Elfen herum.

Rator und Kruzmak stürmten gleichzeitig auf Elliah los. Rator hielt zusätzlich zu seiner Axt einen Dolch in der anderen Hand. Kruzmak wechselte sein Schwert von einer Hand in die andere. Rator täuschte einen Stoß mit dem Dolch an und führte die Axt hinterher. Elliah wich zur Seite und lief genau in Kruzmaks Hieb. Die Klinge traf Elliahs Schulter und schabte an seinem Arm hinab. Der Schlag hinterließ nicht die geringste Verletzung, obwohl die Wucht gereicht hätte, einen mittelgroßen Baum zu fällen. Rator drängte weiter vorwärts. Die über Kreuz geführten Schläge waren nicht sehr heftig, ließen aber auch keinen Raum für Gegenangriffe.

Erneut pirschte sich Gnunt von hinten heran. Der Oger hielt den Griff seiner Keule weit oben umfasst.

Aus irgendeinem Grund wich Elliah weiter vor den Angriffen der Kriegsoger zurück. Schritt für Schritt trieben ihn die Gegner auf Gnunt zu. Der große, tumbe Oger streckte seinen Arm aus und war fast nah genug, Elliah zu packen, da drehte sich der Dämon um. Die Froschbeine knickten ein, Gnunt griff ins Leere, und mit einem mächtigen Sprung schlug Elliah Gnunt den Ellbogen unter das Kinn. Gnunt stürzte wie ein gefällter Riese zu Boden und schlug mit dem Kopf auf einem Stein auf.

Rator nutzte Elliahs Gegenattacke, um selbst einen Angriff zu starten. Kruzmak erkannte das Vorhaben seines langjährigen Gefährten. Mit über Kreuz geführten Schlägen rückte er seinem Feind zu Leibe. Elliah wandte sich gerade wieder seinen übrigen Gegnern zu, als Rator den Dolch warf. Die Spitze der Klinge traf Elliahs Stirn genau in der Mitte. Doch anstatt stecken zu bleiben, prallte der Dolch ab und fiel zu Boden. Elliahs einzige Reaktion war ein verwundertes Blinzeln mit den hervorstehenden Froschaugen.

Rator war außer sich vor Wut. Nichts schien ihrem Widersacher etwas anhaben zu können. Mit einem markerschütternden Brüllen stürzte er sich erneut auf den Froschdämon. Der blieb ruhig stehen. Rator holte weit aus und legte all seine Kraft und all seine Wut in den Schlag. Elliah packte den kräftigen Arm des Ogers. Seine langen, dürren Krallen umschlossen das Handgelenk des Gegners und rissen die Waffe herum. Noch bevor Rator verstand, was geschehen war, fuhr die Axt in Kruzmaks Brust. Die scharfe Klinge durchtrennte die Rüstung und blieb tief im Körper des Ogers stecken. Blut sickerte aus der breiten Wunde und rann an Kruzmaks Bein hinab. Fassungslos starrte er seinen Freund an. Rator war wie gelähmt. Seine Hände lösten sich vom Axtgriff, und Kruzmak wankte einige Schritte rückwärts, die Augen auf die Axt in seiner Brust gerichtet.

Elliah betrachtete den Tod des Ogers mit Genugtuung. Er schien es zu genießen, wie Leid und Schuld die beiden Oger innerhalb weniger Augenblicke zerfraßen.

Gnunt hatte sich von seinem Sturz erholt. Statt mit seiner Keule hatte er sich mit einem abgerissenen Ast von der Stärke eines Oberarms bewaffnet. Ruhig und besonnen näherte er sich Elliah erneut von hinten. Er schlang seinen ausgestreckten Arm um den dünnen Froschhals. Ohne Gewalt, fast freundschaftlich, zog er Elliah zu sich heran. Der Froschdämon hatte der Umarmung des Ogers nichts entgegenzusetzen. Mit Armen und Beinen strampelnd versuchte er sich zu befreien. Die Zunge peitschte hin und her, doch es gelang ihm nicht, den Gegner in seinem Rücken zu erreichen. Mit ausdruckslosem Blick presste Gnunt dem Froschdämon den Ast ins Kreuz und durchbohrte ihn auf Höhe des Bauches. Elliah gab ein gequältes Quaken von sich und zuckte mit seinen langen Gliedmaßen, als sei er vom Blitz getroffen worden.

Erst jetzt kam Rator wieder zu sich. Gleichgültig betrachtete er den sterbenden Elliah. Dann schritt er auf ihn zu und packte seine Beine. Gnunt hielt sein Opfer weiter im Würgegriff. Langsam begannen die Oger zu ziehen und stemmten sich gegeneinander. Sie brauchten nicht lange, um den geschundenen Körper auseinanderzureißen. Beide Teile fielen schlaff zu Boden.

Mogda hatte inzwischen aufgehört, auf den Baum einzudreschen. Ungläubig beobachtete er den Tod ihres Feindes. Er rammte sein Schwert in die Erde und lief zu Gnunt und Rator.

»Was ist passiert?«, schrie er.

Rator stand auf und ging hinüber zu Kruzmaks Leichnam. Mogda schien er überhaupt nicht wahrzunehmen. Gnunt schaute Mogda an, und seine Lippen formten lautlose Worte. Mogda blickte auf die blutverschmierten Ohren von Gnunt. Die Schreipilze hatten ihn anscheinend seines Gehörsinns beraubt. Erneut wiederholte Mogda seine Frage und zeigte auf Elliahs zerrissenen Kadaver.

Gnunt verstand und nickte eifrig.

»Wandener wie Wasser«, sagte er. Zur Erklärung bückte er sich vor den Tümpel und schlug mit der flachen Hand auf die trübe Oberfläche. Dann nahm er einen Finger und tauchte ihn langsam und tief in das Wasser.

Mogda verstand, doch es war schwer zu glauben, dass Gnunt, der sonst nicht gerade der Hellste war, Elliahs Magie durchschaut hatte. Genau wie Wasser wurde der Dämon unverletzlicher, je mehr Kraft man in den Angriff legte. Wasser konnte hart wie Stein sein. Fasste man jedoch sanft hinein, war es spielend einfach zu durchdringen.

Rator zog die Axt aus Kruzmaks Brust. Geduckt schlich er zum Baum Mystraloon und stellte sich davor. Mit festem Blick betrachtete er die alte Eiche und hob die Axt. Ein einziger Schlag reichte, und der uralte Stamm spaltete sich in zwei Hälften. Sofort erlosch das Licht in seinem Inneren. Rator griff in die Höhlung und holte die Bruchstücke der verschmolzenen Steine heraus. Wortlos übergab er die Teile Mogda.

Der Oger betrachtet die drei Bruchstücke. Ein roter und ein gelber Stein pulsierten schwach in seiner Hand. Zwischen ihnen lag ein schwarzer Splitter von der Größe einer Drachenkralle.

Mogda gab den gelben Stein an Rator zurück, und den schwarzen Splitter überreichte er Gnunt.

»Wir sehen uns im Drachenhorst, wenn jeder von uns sein Bruchstück so versteckt hat, dass nie wieder jemand daran gelangen kann.«

55
Freunde

Eine Woche war vergangen, seitdem die drei Oger sich am Baum Mystraloon getrennt hatten. Mogda hatte keinen der beiden mehr gesehen, doch er wusste, sie würden ihre Aufgabe ernst nehmen – genau wie er.

Mogda hatte beschlossen, nicht direkt zum Drachenhorst zu gehen. Er hatte noch eine Verabredung, die er einzuhalten gedachte.

Vorsichtig schlich der Oger durch den Hain, der zu dem kleinen Hof inmitten des Tannenverlieses führte. Aufmerksam lauschte Mogda den Geräuschen des Waldes. Alles war, wie es sein sollte. Dennoch lag ein Schatten über dem Land. Oberflächlich hatte sich kaum etwas geändert, doch tief in allem verwurzelt konnte er den Wandel spüren. Nur Usils Haus schien von jeder Veränderung verschont geblieben zu sein. Noch immer hing der Dachfirst schräg, und die Wände wölbten sich nach außen, als wollten sie dem Gewicht des Dachs entfliehen. Wie bei seinem letzten Besuch leuchtete eine einzelne Kerze im Fenster, und genau wie damals lief jemand vor dem Haus auf und ab – und es war wieder nicht Usil.

Mogda schlich gebückt durch die Reihen von Maispflanzen, deren Fruchtstände verfault von den Stängeln hingen. Hinter der letzten Reihe wartete er darauf, die Wache überraschen zu können.

»Du kannst ruhig herauskommen, Mogda«, sagte Finnegan und postierte sich vor der Tür.

Mogda erhob sich aus seinem Versteck und trottete auf den Vorplatz. Bedächtig klopfte er seine Kleidung ab.

»Wie hast du mich entdeckt?«, fragte er.

»Du hast Füße so groß wie Schweinetröge und das Gewicht eines voll beladenen Holzkarrens. Glaubst du, du könntest dich an einen ausgebildeten Wachmann aus Osberg anschleichen, ohne dass er etwas bemerkt?«

Mogda verzog herablassend die Mundwinkel. »Die letzten beiden, die so etwas über mich gesagt haben, liegen nicht weit von hier entfernt begraben. Möchtest du ihren Gedenkstein sehen?«

Finnegan hatte wenig Sinn für Mogdas Humor. Er öffnete die Tür und trat beiseite.

»Sie wartet bereits auf dich.«

Mogda zwängte sich durch die kleine Tür, die noch die Schäden aufwies, die sie bei seinem letzten Besuch davongetragen hatte. Bevor er hindurchschlüpfte, wandte er sich noch einmal an Finnegan.

»Wenn du lauschst, nehme ich dich als Proviant mit.«

Finnegan verstand sofort und untersuchte aufmerksam die ersten Reihen des Maisfeldes.

Mogda trat ein und schloss die Tür hinter sich. An dem provisorisch hergerichteten Tisch saßen Cindiel und Usil. Der alte Mann war immer noch nicht wieder bei Kräften, doch es gelang ihm, Mogda ein Lächeln entgegenzubringen. Cindiel fütterte Usil mit klarer Brühe. Auch sie lächelte, aber es wirkte aufgesetzt.

»Ihr habt es geschafft«, sagte sie und legte den Löffel beiseite.

»Natürlich, Prinzessin. Hattest du etwas anderes erwartet?«

Cindiel schüttelte den Kopf.

»Was ist passiert?«, fragte sie.

»Ich weiß es selber nicht«, antwortete Mogda. »Wir haben ihn besiegt. Wir haben die Steine getrennt und verschwinden lassen, aber …«

»… aber es ist nicht wie früher«, nahm die junge Frau Mogda die Worte aus dem Mund.

Der Oger nickte betrübt.

»Vielleicht braucht es noch einige Zeit?«, fragte sie. »Wie das Bündnis zwischen uns. Es gib doch noch ein Bündnis, oder?«

»Zwischen mir und dir, ja. Zwischen Menschen und Ogern? Das wird die Zeit zeigen.«

Cindiel zog die große Schüssel heran und fischte mit der Kelle in der Suppe.

»Möchtest du etwas essen, Mogda?«

Mogda schüttelte den Kopf. »Nein danke, auf dem Weg hierher hatte ich schon zwei Pferde und einen Kaufmann. Ich muss ein wenig auf die Figur achten.«

Cindiel konnte sich ein Lachen nicht verkneifen, und auch Usil feixte, was jedoch in einem Hustenanfall endete.

»Was hast du jetzt vor?«, fragte die junge Hexe.

»Ich werde einen Karren besorgen und Usil mit in die Berge nehmen. Er kann nicht länger allein bleiben. Er wird jemanden brauchen, der sich um ihn kümmert. Ich habe ihm versprochen, ihn nicht zurückzulassen.«

Cindiel nickte. »Und woher willst du einen Karren nehmen?«

Mogda zuckte verlegen mit den Schultern, als er sich auf den Weg hinaus machte. »Ein oder zwei Händler passen da bestimmt noch rein«, brummte er und klopfte sich auf den Bauch. Dann verschwand er in der Nacht.

Epilog

Grinds Taten, sowie sein Tod waren vielen Menschen in Erinnerung, doch die Umstände blieben ein Rätsel.

Tusfell, die Trollschamanin, hockte im Keller des abgebrannten Gasthauses »Zum Hort« in der Nähe eines Lindenwaldes. Vor zwei Tagen hatte ein Spähtrupp der Orks das Haus niedergebrannt. Viele Jahre später sollte der Wald »Siegeshain« und der wiedererbaute Gasthof »Zum Trollkönig« heißen.

Der Krieg zwischen den Horden Tabals und den Völkern der anderen Götter hatte das Heer aus Trollen, Ogern und Orks tief in das Land Nelbor hineingetragen. Die Spitzen von Grinds Armee standen bereits vor den Toren von Lorast und Turmstein, den mächtigsten Städten der Menschen. Alles, was sie zurückgelassen hatten, waren Tod und Zerstörung.

Tusfell hatte den ledernen Beutel mit ihren Runenknochen am Boden des Weinkellers ausgebreitet, im Lichtkegel der offenen Kellerluke. Gezielt stieß sie einige Knochen mit den langen verkrümmten Fingernägeln an und verschob sie. Plötzlich erschien eine Gestalt in der Kellerluke und verdunkelte den Weinkeller.

»Nokrat, du bist mein Beschützer und nicht dazu da, den Anderen zu zeigen, wo ich gerade stecke. Also komm herunter, und hör auf, nach Verfolgern Ausschau zu halten.«

Mit einem knurrenden Geräusch ließ sich der Trollkrieger durch die Kellerluke hinunter zu der Schamanin.

»Hast du die Orkspäher gefunden?«, fragte Tusfell.

»Ja, Herrin. Ich habe ihnen von dem geheimen Treffen des Menschenkönigs mit König Braktobil aus dem Zwergenreich erzählt. Mit Wohlwollen haben sie aufgenommen, dass jeder von ihnen nur eine kleine Leibgarde zu dem Treffen bringen wird.«

»Ich bin stolz auf dich, Nokrat. Dein Dienst wird unsere Bande ewig einen.«

»Herrin, was macht Euch so sicher, dass die Orks nicht verraten werden, von wem sie diese Informationen haben?«

Tusfell schaute zu dem Trollkrieger auf. »Sie sind Orks.«

Wenige Tage später ließ Grind Tusfell zu sich rufen. Die Treffen zwischen ihm und der Trollschamanin waren selten geworden. Der König der Trolle war vom Machthunger besessen, und die oft gegensätzlichen Visionen von Tusfell hatten sie entzweit. Grind saß in seinem Heerlager am Feuer und wetzte seine Axt.

»Ihr habt mich rufen lassen, Herr?«, fragte die Schamanin untertänig.

»Erzähl mir von dem alten Baum bei den Elfen und diesem Orakel in der Rinde«, grollte er.

»Der Baum Mystraloon ist der älteste Baum im Elfenwald ...«

»Ich will keine Nachhilfe in Geschichte, wiederhole einfach nur, was du in deinen Träumen gesehen hast«, unterbrach er Tusfell grob.

Die Schamanin wiederholte die Worte des Orakels, die sie Grind schon so oft als Warnung vorgetragen hatte. Diesmal jedoch schien es Grind besser zu gefallen.

»Zwei Herrscher hat das Land verloren, die Völker nur in Angst noch schmoren.«

»Was gedenkt Ihr zu tun, Herr?«, fragte Tusfell, wobei sie die Antwort schon kannte.

Ein breites Grinsen legte sich über das Gesicht des Trollkönigs. »Ich werde persönlich dieses Orakel erfüllen.«

Am nächsten Tag zog Grind mit acht seiner besten Krieger aus, und wollte das ungleiche Königspaar seiner Bestimmung zuführen. Statt auf die beiden Landesherrscher stießen sie auf eine Anzahl von Generälen mit einer Garde von zweihundert bewaffneten Söldnern. Noch bevor die Sonne untergegangen war, hatte sich die Nachricht vom Tod des Trollkönigs durch ganz Nelbor verbreitet. In kürzester Zeit zogen sich die Truppen Tabals aus dem Land zurück.